方卫平学术文存

第八卷

儿童文学现场与对话

方卫平 著

山东教育出版社

图书在版编目（CIP）数据

儿童文学现场与对话 / 方卫平著 .— 济南：山东教育出版社，2021.7
（方卫平学术文存；第八卷）
ISBN 978-7-5701-1773-4

Ⅰ.①儿… Ⅱ.①方… Ⅲ.①儿童文学-文学研究 Ⅳ.①I058

中国版本图书馆 CIP 数据核字（2021）第 129659 号

方卫平学术文存　第八卷
儿童文学现场与对话　　方卫平　著
ERTONG WENXUE XIANCHANG YU DUIHUA

责任编辑：杜　聪　薄子桓
责任校对：任军芳
美术编辑：蔡　璇
装帧设计：王承利　王耕雨

主管单位：山东出版传媒股份有限公司
出　版　人：刘东杰
出版发行：山东教育出版社
地　址：济南市市中区二环南路 2066 号 4 区 1 号
邮编：250003
电话：(0531)82092660
网址：www.sjs.com.cn
印刷：山东临沂新华印刷物流集团有限责任公司
开本：710 mm×1000 mm　1/16
印张：37
字数：441 千
版次：2021 年 7 月第 1 版
印次：2021 年 7 月第 1 次印刷
印数：1—1000
定价：298.00 元

（如印装质量有问题，请与印刷厂联系调换，电话：0539-2925659）

作者简介

方卫平，祖籍湖南省湘潭县，1961年8月出生于浙江省温州市；1977年考入宁波师范学院中文系读本科，1984年考入浙江师范大学中文系读研究生，毕业后留校工作至今。1988年任讲师，1994年由讲师晋升为教授。曾任浙江师范大学中文系副主任、儿童文化研究院院长、儿童文学研究所所长、儿童文学系主任等。

现为浙江师范大学二级教授、博士生导师，中国作家协会儿童文学委员会副主任，浙江省作家协会副主席，意大利马切拉塔大学《教育史与儿童文献》杂志国际学术委员，鲁东大学兼职教授。

主要从事儿童文学、儿童文化研究与评论，出版个人著作多种；在中国、美国、意大利、德国、日本、韩国、马来西亚发表论文和评论文章数百篇，论文曾被《新华文摘》、《中国社会科学文摘》、中国人民大学《复印报刊资料》等转载或摘介。

主编有"中国儿童文化研究年度报告"系列、"中国儿童文学大系"（增补卷10卷）、"当代西方儿童文学理论译丛"、"国际安徒生奖大奖书系"、"中国儿童文学名家论集"、"第六代儿童文学批评家论丛"；选评有"方卫平精选儿童文学读本"、"方卫平精选少年文学读本"、"中国儿童文学分级读本"；主编学术丛刊《中国儿童文化》，合作主编《新语文读本·小学卷》等。

1. 1986年2月在宁波北仑
2. 2005年8月18日于台湾台东小野柳
3. 演讲瞬间
4. 2011年5月7日在河南新野举办的"新语文读本"出版十周年活动中,为一千余名教师做儿童文学讲座

1. 2014年3月26日，在博洛尼亚童书展安徽少年儿童出版社主办的"'国际安徒生奖大奖书系'首发仪式"上，以主编身份致辞

2. 2017年6月10日上午，应邀在中国人民大学书报资料中心主办的"全国学前教育学术论坛暨教育研究方法与成果表达专题研讨会"开幕式后，做题为《什么是好的童年书写》的主题报告

3. 2018年3月26日在意大利博洛尼亚童书展上参加安徽少年儿童出版社主办的"熠熠生辉——'国际安徒生奖大奖书系'全球推介会"

4. 2018年3月27日出席由德国慕尼黑国际青少年图书馆策划、主办的国际对谈"中国儿童文学：推荐与趋势"

1. 2018年6月26日在海燕出版社承办的2018金羽毛绘本高峰论坛"国际视野下图画书的中国格调"上，做题为《"差异"与"互补"的艺术》的专题报告

2. 2019年5月22日在山东教育出版社做儿童文学讲座

3. 2019年6月12日，在鲁东大学首届贝壳儿童文学周上做题为《儿童故事的难度》的学术报告

4. 2020年11月19日在广州"粤港澳大湾区儿童文学高峰论坛"上做题为《真相与正道》的发言

5. 2019年7月6日在深圳宝安图书馆做专题学术演讲

目 录

演 讲 1

一些故事，一些思考 1

我们离儿童文学的艺术之门有多远 7

什么是好的童年书写 9

高度是如何建构起来的 36
——关于儿童文学的一点思考

共名时代的完结与儿童文学的写作智慧 42

《西游记》与《讲不完的故事》 50

"差异"与"互补"的艺术 57
——关于图画书图文关系的一点思考

丰子恺儿童图画书奖：我有幸跟它相伴十年 86

儿童故事的难度 90

原创图画书对童年教育的价值 111

今天儿童文学的艺术起点在哪里 116

榜 评 123

让童年"看见"什么 123
——《中国新闻出版报》2014年6月畅销书榜评

没有一艘船能像一本书 　　126
　　——《中国新闻出版报》2014年8月畅销书榜评

一场身体和心灵的探险 　　129
　　——《中国新闻出版报》2014年10月畅销书榜评

带你去看外面的世界 　　132
　　——《中国新闻出版报》2015年1月畅销书榜评

少年的精神 　　134
　　——《中国新闻出版报》2015年3月畅销书榜评

阅读的好胃口与好口味 　　137
　　——《中国新闻出版报》2015年5月畅销书榜评

世界很大，你不要怕 　　140
　　——《中国新闻出版广电报》2015年6月畅销书榜评

阅读抵抗遗忘 　　143
　　——《中国新闻出版广电报》2015年8月畅销书榜评

给童年的"神奇魔法床" 　　146
　　——《中国新闻出版广电报》2015年9月畅销书榜评

那些闪耀在心里的星星 　　148
　　——《中国新闻出版广电报》2015年10月畅销书榜评

让读书成为孩子的日常生活 　　150
　　——《中国新闻出版广电报》2015年11月畅销书榜评

一个人，在路上 　　152
　　——《中国新闻出版广电报》2016年1月畅销书榜评

向远方的眺望和行走 155
——《中国新闻出版广电报》2016年3月畅销书榜评

时光的魔力 157
——《中国新闻出版广电报》2016年5月畅销书榜评

我们能为孩子做的 160
——《中国新闻出版广电报》2016年7月畅销书榜评

从昨天到明天 163
——《中国新闻出版广电报》2016年8月畅销书榜评

生命的美妙馈赠 166
——《中国新闻出版广电报》2016年10月畅销书榜评

童年的花儿一朵朵开 169
——《中国新闻出版广电报》2017年1月畅销书榜评

带你去看世界 172
——《中国新闻出版广电报》2017年4月畅销书榜评

循着"书籍地图"起航 175
——《中国新闻出版广电报》2017年6月畅销书榜评

读书与吃果 178
——《中国新闻出版广电报》2017年9月畅销书榜评

想起来是甜的 181
——《中国新闻出版广电报》2017年11月畅销书榜评

一个孩子能做的 184
——《中国新闻出版广电报》2018年3月—4月畅销书榜评

让"金雨滴"落下 187
——《中国新闻出版广电报》2018年5月畅销书榜评

听时光的故事 190
——《中国新闻出版广电报》2018年7月畅销书榜评

洞见生活的灿烂光华 193
——《中国新闻出版广电报》2018年10月畅销书榜评

像生活一样亲切 196
——《中国新闻出版广电报》2019年1—2月畅销书榜评

所有以梦为马的年代 199
——《中国新闻出版广电报》2019年4月畅销书榜评

做你自己的英雄 201
——《中国新闻出版广电报》2019年6月畅销书榜评

心中的博物馆 204
——《中国新闻出版广电报》2019年8月畅销书榜评

在童年里寻找遗失的灵魂 207
——《中国新闻出版广电报》2019年11月畅销书榜评

有些事情,永远不会改变 210
——《中国新闻出版广电报》2020年3—4月畅销书榜评

答　问 213

关于校园文学创作的观察与评说 213
——2003年9月2日答《中华读书报》记者舒晋瑜问

图画书：需要在叙事创意和内涵上开拓　　216
——2008年5月15日答《出版商务周报》记者武慧芳问

关于图画书的答问　　220
——2008年5月答《新京报》编者问

关于儿童文学与小学语文教学、阅读　　223
——2009年2月11日答马来西亚《快乐教学报》编者问

关于儿童文学的翻译问题　　230
——2009年2月20日答爱丁堡大学研究生汪晶问

"世界儿歌日"前夕谈儿歌　　235
——2009年3月20日答新华社记者王海鹰问

儿童文学选本出版的透视与思考　　237
——2009年7月25日答《中华读书报》记者陈香问

儿童文学：可以遥望的精神远方　　244
——2009年10月7日答《中国教育报》记者郜云雁问

一种承继　一种跨越　　250
——关于浙江师范大学儿童文化研究院的建设与思考

关于儿童文学创作与阅读　　262
——2009年11月8日答《广东教育》记者问

关于当前的青少年阅读　　265
——2010年5月25日答《光明日报》记者庄建问

重新评价中国儿童文学　　269
——答《中华读书报》记者陈香问

重新呈现中国儿童文学美学版图　　　277
　　——2011年4月2日答《文学报》记者陆梅问

儿童文学，成人也要读读　　　284
　　——2011年4月28日答《温州都市报》记者李跃问

少儿图书市场·出版方·经销商　　　288
　　——2012年2月24日答《出版参考》编者问

童年情怀·儿童阅读·底层推广　　　290
　　——2012年2月25日答《图文信息》编者王晓敏问

耕耘在儿童文化研究的学术园地　　　294
　　——2013年2月2日答《文汇读书周报》记者顾军问

关于儿童学学科建设　　　299
　　——2013年5月28日答《中国社会科学报》记者毛莉问

我看儿童分级阅读　　　302
　　——2013年9月10日答新华社记者璩静问

把最好的书奉献给孩子　　　305
　　——2013年10月5日答《中国教育报》记者却咏梅问

孩子该读什么书　　　316
　　——2013年10月10日答《光明日报》记者杜羽问

关于第三届丰子恺儿童图画书奖　　　318
　　——2013年11月4日答《中华读书报》实习记者白彬问

"处境不利儿童"及其研究现状　　　321
　　——2013年11月11日答《中国社会科学报》记者张清俐问

呼唤独立、纯粹的批评精神 323
　　——2014年4月8日答《文艺报》记者李墨波问

关于新少年作文大赛中忧伤苦闷写作现象的思考 334
　　——2014年4月9日答《钱江晚报》记者朱平问

视像化对儿童文学是祸是福？ 336
　　——2014年4月21日答《人民日报·海外版》记者刘凯佳问

世界童书出版的多元风景 338
　　——2014年4月21日答《文汇读书周报》记者顾军问

在"红楼"，直面批评 343
　　——2014年8月25日答《文学报》记者金莹问

关于语文教材的答问 350
　　——2014年9月11日答《文艺报》记者李墨波问

重写《儿童文学教程》 353
　　——2015年3月29日答《中华读书报》记者陈香问

关于名著精读本、改编本的一点思考 363
　　——2015年6月22日答《文艺报》记者行超问

怎样才能为小孩子写出大文学 366
　　——2015年7月12日答《文艺报》记者刘颋、李墨波问

关于当下的儿童文学理论建设 369
　　——2016年3月9日答《文艺报》记者王杨问

童书与童书阅读 372
　　——2016年4月7日答《文艺报》记者行超问

培养相对纯正的儿童文学艺术趣味　　375
——2016年5月8日答《文学报》记者金莹问

关于冒险题材儿童动画片的对话　　383
——2016年5月24日答人民日报社《环球人物》记者李静涛问

原创童书：如何"书香弥漫"又"童趣盎然"？　　387
——2016年7月19日答《光明日报》记者李苑问

原创图画书发展的艺术瓶颈在哪里　　389
——2016年8月11日答《文学报》记者金莹问

我看"少儿书业的黄金十年"　　395
——2016年11月8日答《文艺报》记者行超问

关于童书创作、出版现状的观察与思考　　398
——2016年12月3日答《光明日报》记者杜羽问

大学生活与学术起步　　402
——2016年7月26日答宁波大学校友会孙煜坤同学问

坚持文学"批评"的初心和本义　　407
——2017年7月16日答《文艺报》记者王杨问

对话方卫平：如何评价新世纪中国儿童文学？　　416
——2018年9月10日答《中华读书报》记者陈香问

关于小学生的阅读和写作　　427
——2018年10月31日答《钱江晚报》记者王湛问

衡量一本童书好坏的标准是什么　　430
——2018年10月31日答《中国出版传媒商报》记者孙钰问

以儿童文学的力量塑造更好的童年　　432
——2018年11月7日答《文艺报》记者行超问

关于改革开放四十年来的儿童文学发展　　440
——2018年11月13日答《中国新闻出版广电报》记者汤广花问

关于近年来原创图画书的发展　　444
——2019年5月29日答《中国新闻出版广电报》记者汤广花问

关于儿童文学创作、出版与阅读现状　　446
——2019年6月20日答《齐鲁晚报》记者师文静问

让美好的童诗播惠童年，映照未来　　450
——关于《童诗三百首》与《文艺报》记者行超的对话

做理想儿童诗选本需要独特审美　　459
——2019年7月15日答《中国出版传媒商报》记者郑杨问

语文教材与原作改写　　462
——2019年10月30日答《南方周末》实习记者杜嘉禧问

如何看待当下的儿童文学市场及其问题　　465
——2019年12月23日答《文汇报》记者汪荔诚问

通　信　　469

"国际安徒生奖大奖书系"主编给编辑的信

（2011年10月7日—2019年8月2日）

演 讲

一些故事，一些思考

主持人（冰波）要我的发言长一点。"落井下石"总是比较容易的。（笑声）我尽量多讲一些，以满足主持人"陷害"的"图谋"。（笑声）

今天我想讲三个话题，这三个话题可以用几个关键词来表达：一、历史·语境；二、时代·英雄；三、艺术·情怀。

第一个话题：历史·语境。

新时期我国儿童文学的发展过程可以分为特征鲜明的两个阶段：80年代和90年代。

如果用关键词来概括的话，80年代儿童文学发展的关键词应该是：突围和创新。进入80年代，人们从"文革"多年的失忆中寻找新的东西。80年代是一个对文学充满敬意的年代，是儿童文学作家感到光荣的年代。作家们从"文革"中突围，从五六十年代的创作内容和手法中突围，不时给我们带来新的惊喜。

90年代儿童文学发展的关键词是：市场。不管作家是否乐于接受，进入 90 年代，市场已经成为一种有力的制约和引导机制，那种不问市场而只顾埋头创作"纯文学"作品的作家已经面临着显而易见的生存困境。

第二个话题：时代·英雄。

可以这样说，进入新时期，作家们所有的困惑、所有的迷惘、所有的突围都与时代有关。

近几年来，儿童文学曾一度被少年写作和低龄化写作所淹没。我想提一下这样几个事实：这个时代青少年写作界一度最具召唤力的写作偶像是 17 岁的韩寒，最畅销的神话是由 16 岁的少年作家郁秀的长篇小说《花季·雨季》创造的（正版和盗版的发行总数约三百余万册）。

这些神话与我们的成人文学作家无关，这些少年写作者被媒体炒作成了我们这个时代的文学英雄。在低龄化写作现象产生之初，有的批评者指出：这是一种商业炒作，是媒介与大众的合谋，是一种商业投机主义。在这些作品中，我们看到的是令我们感到陌生甚至震撼的青少年的精神和生活现实。仔细考察这些作品，我们会发现：它们不应属于儿童文学的范畴，但它们与儿童文学相关。这些作品可以被视为主流文化和大众文化对青少年亚文化的揉捏和塑造，这些作品可以成为从事教育、社会、心理和文学研究的人们思考和解剖的文本。

第三个话题：艺术·情怀。

我重点谈一下这个话题。我想提出三个关键词：哲学、故事、美学，这三个关键词之间是互相交叉的。1980 年代的作家有一种质朴的情怀，他们的作品饱含对现实的反思，是凭借自己的经验感受，对自己的童年的一种回望。1990 年代的儿童文学作家则不能仅仅依靠生活经验和直觉来从事创作了，他们同时也需要拥有自己独特的思想和气质，尤其是哲学气质。

哲学可以为我们提供一种智慧。在参与编写《新语文读本·小学卷》的时候，我们的研究生发现了这样一首小诗，这首诗的名字是《进城怎么走法》。它是加拿大作家丹尼斯·李的作品，由任溶溶翻译。这首诗是这样的："进城怎么走法？／左脚提起，／右脚放下，／右脚提起，／左脚放下，／进城就是这么走法。"当时在看到这首诗的时候，我们都说无论如何一定要选用这首小诗。这首诗很简单，但它却为我们提供了无限广大的思考空间，关于人生、关于道路的选择等等。这首诗简单明了到没有任何形容词的修饰，但它所暗含的智慧和韵味又是很难穷尽的。

哲学可以营造一种格局，一种大的精神格局。如由德国作家雅诺什编绘，由春风文艺出版社出版的"雅诺什系列图画书"中就有这样一个故事，故事的名字叫《噢，美丽的巴拿马》。故事中的小熊和小老虎是好朋友，他们住在一个很小但很舒适的房子里，房子周围的环境也很宜人。小熊和小老虎快乐地生活着。但是有一天，小熊发现了一个箱子，箱子上写着"巴拿马"。于是巴拿马便成了他们的理想王国，很快，他们就踏上了去巴拿马的路。上路之前，他们把一个写着"巴拿马"的路标竖在他们的房子旁边。他们经历了很多艰辛，最终在乌鸦的帮助下找到了巴拿马，其实他们找到的巴拿马就是他们原来住的地方。这是一个关于找寻的故事，找寻是人类的一个永恒的话题。这个故事为我们开拓的精神格局是宏大而又深刻的，这种格局也为我们提供了充分的想象、思考和回味的空间。

哲学可以使故事变得有深度。我在给函授班上课的时候曾给参加函授的学员们讲过一个故事,叫《失落的一角》。这是美国作家希尔弗斯坦创作并绘画的一本图画书,书中的图画非常简单。看到这本图画书,你会想:我也可以画出这样的图画。它的故事也很简单:有一个缺失了一角的圆想要找到失落的一角,由于失落了一角,它前行的速度很慢。经过一番找寻,它终于找到了失落的一角!它前进的速度比以前快了很多,但是它再也不能停下来闻闻路边的花香,也不能停下来和蝴蝶聊聊天了。于是它放下了找到的那一角,继续以失落的状态缓慢前行。当时我的班里有几个小朋友也被他们的父母带来接受儿童文学的熏陶,我问他们这个故事的内容,他们都能很好地讲述出来,更深层的意义他们却总结不出。但他们的父母都知道,这个故事背后关于缺失和圆满的辩证关系和深层内涵是值得认真挖掘和细细品味的。

哲学还能提供一种情怀。有一本图画书叫《猜猜我有多爱你》,讲的是一只大兔子和一只小兔子的故事。在一个静谧的夜晚,大兔子和小兔子依偎着将要进入梦乡,小兔子问大兔子:"猜猜我有多爱你?""我爱你有这么多。"小兔子尽量伸长他的胳膊比画着。"我爱你有这么多。"大兔子也伸长了胳膊,当然大兔子的胳膊比小兔子的长。小兔子急了,站在一块大石头上,尽量向上伸展身体,说:"我爱你有这么多。"大兔子也伸展了身体,说:"我爱你有这么多。"大兔子不用站在石头上也比小兔子高。小兔子又想了好多方法都觉得不够,后来他看到了天上的月亮,他对大兔子说:"我爱你从这里一直到月亮。"说完这句话他感到困了,一会儿就睡着了。大兔子搂着睡着了的小兔子,轻轻地说:"我爱你,从这里到月亮——再绕回来。"这个故事蕴涵的是文学作品的永恒母题——爱的母题。故事本身非常简单，非常自然，读来却很温情，很柔软，很能打动读者的心。

故事对于一部儿童文学作品来说是非常重要的，作为儿童文学作家首先要会讲故事。有一本小说叫《我有一个跑马场》，是国际安徒生奖的获奖小说。故事讲的是：一个叫安迪的小男孩家的附近有一个跑马场，他每天都去跑马场，门卫从不阻拦，他们都知道这个小男孩是一个特殊的孩子。一次，安迪在跑马场附近看到了一个拾荒的人，他以为拾荒者就是跑马场的老板，就给了他3澳元，说："我要买下这个跑马场。"拾荒者拿到3澳元就走了。安迪就认为他已经买下了这个跑马场，他对他的朋友说："我有一个跑马场。"他的朋友们不肯相信，他就信心十足地带他们去了跑马场。跑马场的工作人员为了照顾小男孩的情绪，对他和他的同学们未加阻拦。安迪喜欢跑马场，也把事情搞得有一点糟。跑马场方面有些犯愁了：该如何解决这个问题呢？为此，他们专门召开了董事会进行讨论，最后董事会决定用10澳元从小男孩手中买回跑马场。故事结束了，但故事里那些善良的人们对智障儿童付出的温情却萦绕在每个读者的记忆里。深入考察这个故事，你还会发现它的每个细节、每个转换都有悬念，都有智慧，正是这些悬念和智慧使故事拥有了令人过目难忘的魅力。

儿童文学美学的多样性也很重要：神奇与幻想，荒诞与幽默，神秘与恐怖，诗意与抒情……只有多样的美学，才能满足多样的审美需求。

最后，我想提醒各位作家朋友，其实这也是我们作为评论者的一种期待：希望我们的儿童文学作品不要写得太用力；希望我们的作品多一些智慧、深度和情怀；希望我们的作品也能像泰戈

尔的作品一样，对未来的读者发出这样的提问，"亲爱的读者你是谁，在百年后阅读我的作品？"（热烈的掌声）

（本文系作者2003年8月12日在浙江省作家协会第19届儿童文学年会上的报告，根据记录整理）

我们离儿童文学的艺术之门有多远

我给今天的发言取了一个题目,叫作:"我们离儿童文学的艺术之门有多远?"

如何看待当今的儿童文学现状?我认为,判断儿童文学有很多的参照系,有很多的指标。比如说读者的选择,读者的选择换句话也就是市场的选择。读者的选择和市场的选择可以提供一个时代总体的阅读趣味,也可以提供一个经济学上的硬道理。所以这一维度的选择有时候在纯艺术方面看不一定可靠,因为小读者的选择有时候会有一种自发性、本能性,而且读者的选择还要受到很多中介环节的连接、制约或者是牵引;同时,市场选择也与商业营销等因素有关。

另外一个参照系,就是所谓的专业人士的评价和态度。讲到专业考量,我举一个例子。2006年国际儿童读物联盟(IBBY)第三十届世界大会在澳门举行,主办者请了国际安徒生奖当时的评委会主席和候任主席与几位中国儿童文学作家、学者座谈。我问了一个问题:安徒生奖评委会在选择获奖作品时考虑的首要标准是什么?他们说是作品价值的永恒性。这个回答引起了我的共鸣。我觉得儿童文学最重要的价值和生命力,还在于它在文学表现上所达到的深刻、细腻、动人、独创的程度。

今天,我们的儿童文学作品中可能还存在这样一些问题:第一,一部分畅销作品在文学性方面极度贫血,比如说人物形象平面化、卡通化,语言表达脚本化;第二,有些作品比较具有文学性,但又缺乏真正的童年生命的意趣和面貌。

  我以为，中国当代儿童文学的艺术症结，其实并非表现在缺乏那些五光十色的、时髦的现代艺术手法和策略上。我们儿童文学创作缺乏的仍然是属于普遍文学魅力和力量构成的一些最基本的，也是最重要的文学元素，那就是思想，还有表现这些思想的童趣、巧思和细节，等等。而今天有些年轻的写作者认为，写儿童文学很容易，写童话很容易；在他们的笔下，我们看不到真正神奇的想象，看不到久远的文学力量，也看不到很有智慧的文化能量的释放。所以，如何将我们的创作带回儿童文学的艺术常态中，这是我给出的一个思考，一个方向。

  如果要问我们今天离儿童文学的艺术之门有多远？我认为，可能只要我们一转身，儿童文学的艺术之门就在我们身边。就像我不久前在一篇文章中所说过的那样，儿童文学最基本的艺术面貌和最独特的美学魅力，其实就是源自一种天真而质朴的性情，一种简单而又智慧的巧思；儿童文学的最基本的美学，其实也就是儿童文学的最重要、最深刻的美学。这一切，其实离我们并不遥远。

  （本文系作者2008年9月15日在二十一世纪出版社承办的"首届中国少儿出版高层论坛"上的发言摘要，由承办方整理，原载2008年9月27日《中国新闻出版报》）

什么是好的童年书写

我们知道，儿童文学是以童年书写作为自己的核心艺术内容的，它是否书写了童年，书写了怎样的童年，怎样书写了童年等等，这样一系列的问题，一直是儿童文学艺术语境中非常重要的课题和潜台词。也许我们每个作家都明白，作为儿童文学的写作者，他的起点就在于表现了童年或者为童年所关切的那种生活、思想、情感等等。但是，他最高的艺术目标在哪里？抵达这样一个艺术目标的路径又在哪里呢？

对于儿童文学写作者来说，能否创造这样一种独特的、深刻的、重要的儿童文学艺术和美学，显然跟童年书写的策略是息息相关的。

我想分三个方面来谈今天的话题。

第一个是关于童年纯真及其深度的书写。

19世纪俄国作家陀思妥耶夫斯基在他的作品《卡拉马佐夫兄弟》中有大量关于童年的描写，其中他借阿廖沙之口谈到了童年记忆对于人甚至对于写作的重要性。他说："一个好的回忆，特别是儿童时代，从父母家里留下来的回忆，是世上最高尚、最强烈、最健康，而且对未来的生活最为有益的东西。人们对你们讲了许多教育你们的话，但是从儿童时代保存下来的美好、神圣的回忆也许是最好的回忆。如果一个人能把许多这类的回忆带到生活里去，他就会一辈子得救。"我们知道，童年的文学表现在成人世界里是十分丰富的，世界范围里的经典作家是这样，我们中国的许多当代作家也是这样。我们随意一梳理，就看到当代作家当中像余华、张炜、莫言、铁凝、苏童、王安忆、阿来、格非、马原等很多作家，童年常常是他们写作的灵感来源和重要内容。那么，在儿童文学中书写童年，跟陀思妥耶夫斯基笔下的童年书写，就可能完全是不一样的。当陀思妥耶夫斯基的作品把童年的真相与苦痛撕开来的时候，它的力量常常是我们承受不了的，可在儿童文学中不能这样写。所以我认为，儿童文学对童年纯真的把握与描写，一定是儿童文学把握童年的基本姿态。

现在的问题是，你怎么去表现这种童真？如果童真变成了简单，那儿童文学的艺术魅力就一定失去了。纯真不等于简单，童年的纯真也不等于童年的简单。我们怎么去描写它？举个例子，儿童诗经常用儿童的口语表现出他们对世界的感受和认识，这是儿童诗的一种境界。台湾有个小学生刘美惠写了一首诗《娶太太》，这首诗大体是这样写的："爸爸问小明，长大了要娶谁做太太？小明说要娶最疼我的人。爸爸问那是谁？小明说是祖母。爸爸说，她是我妈妈，你怎么能娶她做太太呢？小明说，那我妈妈你怎么可以娶她做太太？"这就是一个年幼的孩子表达他对祖母的那种跨代之间的感情的方式。在这种单纯当中，我们看到了美好的东西，这是一种温暖，当然还有童年自身所带来的趣味感和幽默感。

童年还可以用另外一种方式来写，比如用讽刺的甚至是挖苦的方式来写。台湾有位已故的诗人詹冰，儿童诗写得非常好。有一首诗是对话形式的，叫《游戏》。这首诗写的是刚上小学一年级的姐姐十分热爱学校课堂的生活，她回到家里，和五岁了还没有上学可是又渴望学堂的弟弟玩上课的游戏，边上还有一个小妹妹，就是这么一个情境。这首诗是这么写的："小弟弟我们来做游戏／姐姐当老师你当学生／姐姐，那小妹妹呢/小妹妹她什么也不会/我看就让她当校长好了！"我儿子上一年级的时候有一次放学回家问我："老师大还是校长大？"我觉得很难回答这样的问题。如果说是校长大，我不想把这种观念带给他；如果我说是老师大，好像也不合适。我就说："他们一样大！"这首诗表现了儿童对成人世界的理解，校长进进出出的，什么都不做就当校长，诗里自然地传达了对无所作为的官员的嘲笑。我们再来看看詹冰的另一首诗《插秧》。记得当初看到这个题目，我的第一反应是，《插秧》这首劳作的诗怎么写出诗意呢？请看：

  水田是镜子，

  照映着蓝天，

  照映着白云，

  照映着青山，

  照映着绿树。

  农夫在插秧，

  插在绿树上，

  插在青山上，

  插在白云上，

  插在蓝天上。

你看，简简单单的儿童诗，也能写出劳作的诗意和无比蓬勃的气势。

还有像苏联诗人鲍罗杜林的《刽子手》一诗中，描绘了在刽子手面前，孩子那渴求的眼光，"叔叔啊，别把我埋得很深，要不妈妈会找不到我的"。就这样一首诗，写在战争这样惨绝人寰的情境下，无辜的孩子要被活埋，这是一个何等让我们不能面对的惨痛场景。可是这个不幸的孩子在这样的时刻，竟然叫刽子手"叔叔"，他惦念的是母亲对他的牵挂，"别把我埋得很深，要不妈妈会找不到我的"。写战争的罪恶，写战争对童年的伤害，用这样几个短小的句子，就让我们对战争的残酷无情，对无辜儿童生命的惨遭涂炭和杀戮，产生了无比强烈的伤痛和抵抗情绪。

其实童年也可以表现一些有趣的事情。我们来看这样一本图画书，如何通过童年的视角来对"白人中心主义"的文化霸权观念进行嘲弄和解构。"我是黑人，出生的时候皮肤是黑色。你是白人，出生的时候皮肤是粉红色。我长大后皮肤是黑色，你长大后皮肤是白色。我晒太阳以后皮肤是黑色，你晒太阳以后皮肤变成红色。我冷的时候皮肤是黑色，你冷的时候皮肤变成蓝色。我害怕的时候皮肤是黑色，你害怕的时候皮肤变成绿色。我上天堂的时候皮肤是黑色，你上天堂以后皮肤变成灰色。你居然说我是有色人种。"在这本图画书中，"我"从出生到进入天堂，都是黑色的，而你像变色龙一样，粉红色、红色、蓝色、绿色、灰色，"我"怎么会是有色人种呢？有人说这本图画书中政治色彩太浓了，但我个人还是很喜欢的。可以说，这些作品，对童年的呈现、书写，都是比较独特、深刻的。

保加利亚裔的德国作家迪米特尔·茵可夫的幼儿小说《拉拉与我》，是由湖南少年儿童出版社引进出版的，一共五本，里面有很多很多的好故事。作品中的拉拉是一个姐姐，"我"是一个弟弟，姐弟俩都还没有上学。其中有这样一个故事叫《婴儿》：

婴儿

桐尼叔叔和一位女学生结婚了。

刚开始她很漂亮,后来越来越胖,很快就比桐尼叔叔胖了。

我们都为桐尼叔叔担心,因为他和他太太睡的是狭窄型的法国床。如果她再胖下去,他就没地方可睡了,就像有次夜里,我从床上摔下来一样。

我们应该送他一张床吗?

我们还有一张旧床在地下室。可是床该放在哪里呢?他的房间已经没有空间了。

"最好是她减肥!"拉拉说,"桐尼叔叔不该给她吃那么多,或者,他应该把食物藏起来!"

"对!"我赞成,"他应该把食物藏起来!"

我们想马上去找桐尼叔叔,告诉他应该把食物藏起来,否则他太太会越来越胖。但是,妈妈说,桐尼叔叔不在,带他太太去度假了。

一天,我们从窗外看到桐尼叔叔的车。

"快!拉拉!桐尼叔叔回来了!"

我们看到桐尼叔叔下车,还有他的太太,她更胖了。

可怜的桐尼叔叔,床上可能没有他睡的地方了。他们开车出去时,车子一定有一边倾斜下来了。

"你将来会和这样胖的太太结婚吗?"拉拉问我。

"才不呢!"

"我也是!"她说。

桐尼叔叔看来根本不因为他太太这么胖而受影响,他们手拉着手走,好像不知道她是全街最胖的女人。这简直把我们给弄糊涂了。可怜的桐尼叔叔!

拉拉认为:"爱情是盲目的。"

我想知道为什么爱情是盲目的,但是拉拉也不知道。

第二天早餐时,我听到妈妈对爸爸说:

"下午有个电视节目——如何在两星期内减肥五磅,我无论如何都要看。"

我和拉拉马上跑去告诉桐尼叔叔。

"桐尼叔叔,桐尼叔叔。"

"什么事?孩子们!"桐尼叔叔问。

"今天有个电视节目——如何在两星期内减肥五磅。你太太一定要看。"

桐尼叔叔笑着说:"为什么?"

"因为……因为……"拉拉吞吞吐吐地说,"因为她太胖了!"

"对!"我说,"她必须减肥了,她变成整条街最胖的女人了!"

"她是很胖!"桐尼叔叔说,"因为我们的小娃娃在她的肚子里!"

我和拉拉呆呆地站在那儿。

"什……什么……样的小娃娃?"拉拉结结巴巴。

"我们的小娃娃,她的小娃娃,也是我的小娃娃!"桐尼叔叔说。

"那小娃娃在那里做什么?"我想知道。

"他在睡觉。"桐尼叔叔解释,"他一边睡一边长大,有一天他会跑出来，那时我太太就会像以前一样瘦了。"

　　天呀，原来是这么一回事！拉拉和我下楼时说好，这件事我们绝对一个字也不说出去。我们好兴奋，等小娃娃醒了跑出来，那才是更大的惊喜呢。这栋房子里住了那么多人，却只有我和拉拉知道桐尼叔叔的太太为什么变胖了。

（郑如晴译）

　　这个故事里面全是故事，将童年纯真的趣味性发挥到了极致。以童年一派天真的眼光看待世界，对周围世界的天真、友善、热情的关心和参与，造成了独特的童趣幽默，体现了童年独特的至浅至清至纯至美的纯真美学，晨露般晶莹、透明、富有情趣的童心之美和儿童文学之美。不管我们如何笑话拉拉和"我"为桐尼叔叔和他的妻子所做的一切，这两个小不点儿可是在自己的世界里过得认真而严肃。而反过来，正是这种来自童年主人公的认真和严肃，为故事带来了令人忍俊不禁的效果，也把其中的幽默和趣味衬托得愈发浓稠起来。他们的天真与可爱，使他们的行为在不知不觉中超越了所有人的道德判断，变成了一种可以观赏的纯粹而美好的事物。

　　明天出版社引进的美国著名作家艾诺·洛贝尔的《青蛙和蟾蜍》系列，是一部杰作。今天我想跟大家一起来欣赏其中的一个故事《惊喜》。

惊　喜

　　十月了。树上的叶子纷纷落下，落得满地都是。

　　青蛙说："我要到蟾蜍家去，帮他把草地上的叶子扫干净，给蟾蜍一个惊喜。"

青蛙从花园的储藏室里拿出一把耙子。

蟾蜍望望窗外，他说："这些零零乱乱的叶子把什么都盖住了。"他从放杂物的柜子里拿出一把耙子。"我要到青蛙家跑一趟，把他的叶子扫光。青蛙一定会很高兴。"

青蛙从树林里跑过去，这样蟾蜍才不会看见他。

蟾蜍从深深的荒草里跑过去，这样青蛙才不会看见他。

青蛙来到蟾蜍的家。他从窗户往屋里看了看。"正好，"青蛙说，"蟾蜍不在家，他绝对想不到是谁把他的叶子扫光的。"

蟾蜍到了青蛙的家。他从窗户往屋里看了看。"正好，"蟾蜍说，"青蛙不在家。他绝对想不到是谁把他的叶子扫光的。"

青蛙努力地扫啊扫，他把叶子扫成一堆，不一会儿，蟾蜍的草地就干净了。青蛙拿起他的耙子走回家去。

蟾蜍拿着耙子辛苦地扫来扫去，他把叶子扫成一堆。不一会儿，青蛙的前院连一片叶子也没有了。蟾蜍拿着他的耙子走回家去。

一阵风吹来，吹过这片土地，把青蛙帮蟾蜍扫好的叶子吹得到处都是，也把蟾蜍帮青蛙扫好的叶子吹得到处都是。

青蛙回到了家，他说："明天我也该把自己家草地上的叶子扫一扫了。蟾蜍看见他的叶子已经扫干净，不知道会多么惊喜呢！"

蟾蜍回到了家，他说："明天我得干点活儿，把自家的叶子清扫一下。青蛙看见他的叶子已经扫干净，不知道会多么惊喜呢！"

当天晚上，青蛙和蟾蜍都很快乐。他们各自关了灯，上床睡着了。

（潘人木　党英台　译）

这是一个典型的双线对称结构的童话故事。这种对称的故事结构特别适合儿童阅读，因为它能够大大增加文本叙事的稳定感。但这样的结构也容易导致故事自始至终都缺乏必要的紧张感和吸引力。在这则故事中，青蛙与蟾蜍互相为对方扫落叶的情节尽管不乏令人感动之处，但如果仅仅是这样，它还不足以成为一个优秀的童话故事。作品最出色的设计，发生在青蛙和蟾蜍各自扫完落叶回家的路上，"一阵风吹来"，把他们分别帮对方扫好的叶子吹得到处都是。于是，就像什么事也没有发生过一样，两个好朋友分别回到了家，他们"都很快乐"，因为他们都以为，自己已经给好朋友带去了一个"惊喜"——正是因为这样意外的转折和处理，让这则童话有了一种令人心中一颤的震撼与感动。只有我们知道，在青蛙和蟾蜍各自的小院里，曾经发生过一些什么样的事情；但也要允许我们承认，故事中互相不知情的这一对好朋友，才是最幸福的。

《惊喜》这个故事，最妙在它的结尾。如果没有这个结尾，它就是一个比较普通的童话故事，简短，可爱，温暖，但并不那么特别。有了这个结尾，故事就有了出人意料的转折，这个转折使它从大部分题材、风格相近的童话小故事中脱颖而出，体现了文学创作的"陌生化"效果。

但这还是它第一个层次的艺术妙处。第二个层次的艺术妙处在于，随着一阵风吹来，落叶遍地，掩盖了青蛙和蟾蜍为彼此所做的一切，这个结局充满了文学的张力：一方面，两个好朋友努力所做的一切，最终并未达成他们期望的目的，也没有留下任何痕迹，这似乎令人遗憾；但另一方面，满地的落叶虽然掩盖了他们曾经的举动，却不曾掩盖他们的友情，相反，正是在这静态的表象下，埋藏着那个只有我们看见并见证了的故事，它的温情因这一沉默的存在方式而更令我们感动。这种以静衬动、以无衬有的手法，达到了比单纯表现"动"和"有"更生动的艺术效果。

还有第三个层次。如果说前两个层次更多地关乎文学的手法，这个层次就更关乎故事的精神。当一阵风抹去了青蛙和蟾蜍为彼此清扫落叶的一切痕迹，他们却在满足的情绪中上床安睡。如果你仔细品味的话，在这里，一件为朋友所做的好事情，其终点并非让朋友感动并明白自己的心意，而是这件事情本身带给自己的满足和快乐。这就把友情的感觉带到了一种更单纯的境界。我们读到了太多以朋友间的互相关怀和帮助为主题的童话故事，在这些故事里，你会发现一个并不彰显却隐隐存在的"回报"主题，即我关心朋友，朋友也会关心我，这样互相依靠，彼此惠利。这种想法在注重实务的现实生活中是很有说服力的。但在《惊喜》的故事里，一阵风之后，这种实务性的互利关系不见了（因为他们谁也没有从中得到可见的惠好），留下的是一份最单纯的关切之情。这份关切并不需要现实效果的证明，它的存在，本身就充满了美感。《惊喜》以这样一个别出心裁的结局，巧妙地传递出了这一更纯粹的艺术精神。这就是童年单纯的高级艺术。

所以，我觉得儿童文学真的可以写得很深很深。这个故事完全符合童年的逻辑和现实的逻辑。作者写出了人生的这样一种真相，让我们温暖，也让我们遗憾；让我们幸福，也让我们倍感无奈。生活就是这样的。生活的逻辑也符合艺术的逻辑。这些年，我们引进了很多优秀的作品，比如说，天天出版社出版的《我亲爱的甜橙树》。这是一部长篇小说，非常让人感动。里面的小男孩泽泽的家庭非常困苦，爸爸失去了工作，家里孩子多，泽泽经常跟着社会上的人混，在社会染缸里变得早熟。比如，他很喜欢一首流行歌曲，每天都在唱，可那首歌的歌词词又是具有色情意味的。但这个孩子很简单很单纯，他完全不知道歌词有多么不适宜，他就觉得好玩。爸爸尽管被生活的重担压得很悲苦很无奈，可当儿子在他面前肆无忌惮地唱这么一首歌曲的时候，底层人们的那种单纯善良以及对孩子的伦理要求，让他痛下狠手，把孩子往死里打。故事中的小男孩完全不明白为什么会被爸爸痛打一顿。小男孩有一个好朋友老葡，是一个50多岁的长辈，两个人经常一起交流，成了忘年交。他们经常到列车经过的地方看列车。小男孩受了这样一种在他看来是莫名其妙的毒打后，他想躺卧到那个列车轨道上面，告别这个世界。但在这之前，他想跟忘年交老葡告别，于是就去找了他。他把自己的委屈跟不幸都告诉了老葡，并告诉他不想活了。这里的细节就很精彩了，老葡对小男孩说："你不要这么想不开，周末我还想去我女儿那里的。我不去了，我带你去海边兜风。""是吗，那太好啦！"这段话结束的时候，老葡问小男孩："你还想着刚才那件事吗？""什么事？刚才什么事？"我们可以看到，父亲有很多的生活无奈，当他把这些东西发泄到孩子身上的时候，可以看出生活赋予他的苦难，也可以看出一个底层劳动者心底的道德坚守。我们也可以看到孩子无法承受这种巨大的伤害，甚至想告别这个世界了。他吃的苦是许多吃过苦的孩子都没有承受过的，可是在这样的对话中，一点点属于童年特有的小小的欢乐，就把刚才所有的苦难一阵风吹走了，这是作家非常好的处理智慧。

优秀的作家，会把一些沉重的东西做举重若轻的处理。沉重的命运苦难、不幸、委屈、哀愁等，他会用童年的方式，很自然地很轻巧地一步迈过，所以儿童文学描写的细节也是很重要的，究竟怎么去写它的细节也是很重要的。1984年获得国际安徒生奖的奥地利作家涅斯特林格的作品《我有一个跑马场》，也是我特别喜欢的作品。这个故事我也经常跟一些爱好写作的朋友分享。前几年江苏少年儿童出版社出版了黄蓓佳女士的《你是我的宝贝》，这本书出版以后，他们的编辑邮寄了两本给我，希望我看看。我看完之后，觉得这本书有很多值得讨论的地方，我给编辑回了一封信，说："黄蓓佳女士与贵社重视特殊儿童题材的创作，这是世界儿童文学的一个普遍、重要的题材，而且有很多名著。我们中国在这些方面的作品还很少，所以我很敬佩你们关注这样的题材，而且还写出了这样一部长篇的作品。但是特殊童年、智障的孩子该怎么去表现，我认为这本书还有些值得商榷的地方。"《你是我的宝贝》这部作品中前半部分，写男孩周围的人如何欺负他，他的奶奶如何焦虑和紧张。奶奶不知道该怎么办，千方百计要让他学会适应社会的技能和本领。作者完全是用一种现实的逻辑去写这个故事，一个不幸的孩子的故事。这种写法，不是这种题材的儿童文学的好的处理角度和立场。我的理解是，表现智障儿童的重点不是我们要如何去同情这些人，也不是要写他们有多么不幸，用现实的逻辑让他们学会适应社会的本领，适应未来的生存。如果智障儿童题材的作品是这样来写的话，它的艺术力量就减弱了。

　　那么，那些优秀的作品是如何来表现的？我认为，它们的重点不是表现这样的人群的不幸，不是表达我们对他们的简单的同情。就拿《我有一个跑马场》来说，主人公安迪是一个智障的孩子，但他有一群爱他的同学和伙伴。有一次，同学们在做一个游戏，就是讲自己拥有的宝贝。

安迪也很想要一个自己的宝贝，他最喜欢城里的那个跑马场。他手里有3澳元的零花钱，他看到跑马场外的垃圾堆那里有个拾荒老人在拾荒，安迪就把那3澳元塞给了老人，说："我向你买下了这个跑马场。"老人莫名其妙，安迪就跑掉了。然后，安迪整天跟他的小伙伴们说他有一个跑马场。他也经常去跑马场，跑马场的员工们也都知道安迪的情况，知道他是这样一个可爱的不幸的孩子，所以只要安迪来跑马场，大家都表示欢迎。安迪总说他是老板，所以大家都叫他老板。可是伙伴们知道安迪不可能是跑马场的老板，他们很怕安迪受到伤害，所以他们告诉他说："安迪，你不是跑马场老板，你不是的。"安迪说他是的，他要带其他人去他的跑马场。果然那些跑马场的工人一看到安迪就说："老板，你来啦！"旁边的孩子面面相觑："难道他真是老板啊？"安迪太进入角色了，他经常来到跑马场，帮跑马场做一些工作，看台的座椅油漆剥落了，他就去刷油漆。结果有一天，在一场很隆重的赛马的那一天，参加开场仪式的穿着制服的乐队正好坐在安迪用白漆刷过的座椅上。当他们站起来绕场一周的时候，每个人的屁股上都有几道白色的杠，与他们原先裤子上的红色的杠相映成趣。最后整个跑马场都很乱，组委会的人觉得应该管理一下。于是组委会正式开了一个会，做了一个决定，决定用10澳元从安迪手中买回跑马场。

这个情节设计真是太好了。在这个故事逻辑当中，我们可以看到，无论孩子还是大人，他们都从各自的立场来对安迪进行呵护。这个作品的中心不是表现安迪的可怜，而是表现人性的美好，人间的温暖。我觉得，这才是这类题材作品所应该要达到的情感高度。

2009年，二十一世纪出版社出版了台湾作家王淑芬的儿童小说《我是白痴》。这部作品中有这样一个故事：

全部都写"1"

其实我并不怕挨骂，但是，如果人家骂我，而我不知道他在骂什么，就会怕。

像现在，杨老师气呼呼的样子，我就很害怕。全班的同学可能也在怕，因为每个人都低着头，安安静静的。

老师的声音非常高，跟平常不一样。她一面翻动讲桌上的考卷，一面大声喊着："七十二、五十八、三十三、四十……哼！月考考这种分数！"

她翻到最后一张了，她的声音也变得像在唱戏："零分！鸭蛋！彭铁男，你为什么在我的班级？"

我也不知道为什么，是学校的人分的。

她又大声说："这一次复习考，我们七年爱班总平均排在最后一名。当然，彭铁男贡献最大。"

她把那张考卷扔下讲桌，好像要哭了："被其他老师笑，我真倒霉……"

我虽然害怕，还是走上前去把考卷捡回来。那是数学考卷，上面除了写着我的名字，其他统统空白。

本来，我也想在上面写一些字，可是，不知道该写什么。想了很久，铃声一响，考卷就被收走了。

下课时间，杨老师好像不生气了。她喝下一大杯开水，挥手叫我去。

她指着考卷，告诉我："彭铁男，明天是月考，老师教你一些绝招，保证不会零分。"

方法非常简单，先找到括弧，在所有括弧里统统都写"1"，就行了。

她笑了笑："老师是不择手段。每一张考卷，总有选择题，而选择题总有几题答案是'1'。照这种方式，总可以猜个几分；运气好的话，说不定更高哩！"

我当然会写"1"，我答应老师，会好好地写。

隔天考试，我心情好极了，不会再像从前那么无聊。在每一个括弧中，我都写一个直直的"1"，有几个歪掉了我还擦掉重写。

发考卷时，杨老师不再那么生气了。她居然笑眯眯地对全班说："我真是天才老师。你们猜，彭铁男数学考几分？"

然后，她大声宣布："十二分！选择题、配合题各猜对三题。彭铁男，你真聪明！"

我也不好意思地笑了笑。

最不好意思的是生物课。生物老师骂同学："选择第3题，全班都中陷阱，只有一个彭铁男答对。你们都是白痴吗？"

丁同不服气抗议："彭铁男用猜的。"

生物老师更气了："你有本事也去猜啊。对就是对，错就是错，分数最实在。"

我很高兴有上学，有老师教我读书，教我考试。但是，我不可以太骄傲。

我知道"骄傲"是什么，就是自己说自己"什么都懂"。我不能骄傲，因为我知道，其实我什么都不懂。

　　"跛脚"说："彭铁男，有人连这一点都不懂呢！"

　　你看，像"跛脚"这句话我就不懂。

　　这是一个很完整的故事，也是一个很深刻的故事。好的故事不是几句话就可以说清楚的，但它一定能引起我们很多的思考和感慨。《我是白痴》这部作品，选择了一个智障儿童的视角，来描述一个被称为"白痴"的孩子眼中的世界。这个世界与所有普通人的世界一样，有阳光也有阴霾，有自己对于一切事物的认真执着的理解。作家完全隐身在小说主人公的背后，透过他的眼睛来看学校、家和身边的一切，来看一些属于普通人性的并不那么阳光的内容，让我们更加理解了一个特殊的孩子所拥有的特殊的快乐和烦恼。他的明朗而纯净的心灵，会让我们每一个人都生出深深的感动与自省。

　　怎么书写童年，我们从普通的孩子到单纯的孩子再到特殊的孩子来分析，当一个作家对你笔下的人物把握不了的时候，那你的写作就可能会出问题。长篇小说《腰门》，是极富才情的优秀作家彭学军女士的一部力作，2008年出版后几乎得到了儿童文学界的所有奖项。2009年初《文艺报》编辑刘秀娟女士向我约一篇评《腰门》的稿子，我就写了一篇《谈〈腰门〉的遗憾》的文章。这部作品虽然获了众多的奖项，但我仍认为它是一部值得讨论的作品。这部作品的问题在哪里？从细节看，我举个例子，彭学军女士的童年是在湘西度过的，小时候的她曾去过湘西作家沈从文的故居，这是她生活中的一次真实的经历。《腰门》中也写到了主人公沙吉小姑娘闯进了一个作家的故居。可是当这一情节进入一部长篇的时候，它并没有成为长篇里的有机结构，也没有跟作品中的情节、主题、人物命运相呼应，所以我说这成了作品情节的一个"硬块"。彭学军曾写过一篇散文，写与沈从文故居之间的故事。我觉得这是一篇很好的散文的素材，它可能对你的文学生命以及文学成长是有影响的。可是当你把它放在一个长篇中的时候，它就应该成为这部作品结构的有机组成部分。有句话是这样说的，"如果一个作品的开头，墙上挂着一把猎枪，那么，在结束前就一定要让这把猎枪放出响声来"。从这个意义上说，《腰门》的这一情节设置是不成功的。

《腰门》写沙吉的成长经历是从六岁开始的，作品开头的时候沙吉六岁，作者用大量的篇幅去写她的名字是怎么来的。我们看看作品中的描写：

> 我喜欢对着太阳做这个游戏，眯着眼睛看着沙子砸断了太阳的金线，阳光和沙砾搅在一起，闪闪烁烁的，像一幅华丽的织锦；任其漏下，只为欣赏那瞬间的美丽。

毫无疑问，这段文字的修辞感觉大大溢出了一个六岁孩子的真实感官的边界，它很难让我们联想到这是一个年仅六岁的小女孩对日常生活的感受，这更像一种青春少女的那种精细敏感的心思。所以我说彭学军女士非常适合写少女题材跟心理。在这里，尽管她描写沙吉是有点自闭的，但这种感觉完全不是六岁孩子的感觉。类似的描述在小说的前半部分较多。这就是这部作品更大的问题所在，我认为作者把一个成长的孩子在成长过程中的东西给扁平化了，没有写出六岁孩子的真实的成长经验和心理感受，而是用一种扁平化的少女心理来表现一个六岁孩子的心理。彭学军的作品是留下了这些遗憾的。但是当彭学军写到她熟悉的少女题材时，她的作品就有很好的表现，如《十一岁的雨季》。我第一次读完以后马上给学军打了个电话，跟她说这是一篇好小说。这篇小说第一描述的对象是少女，第二写的是体校的生活故事，这都是她童年的记忆。作者十分熟悉体校的生活和体校女孩子的心理，写得非常细腻。她写一个小名叫坨坨的11岁女孩练长跑，这个年龄的孩子天生爱美。她很羡慕体校内一个叫邵佳慧有着修长身材的女孩，她无比羡慕无比向往无比地想成为一个体操运动员。可是有一天她偶然间知道了，对于体操这个项目来说，11岁已经太老了，她很沮丧。后来有一次她跟邵佳慧偶然相遇，邵佳慧惊喜地对她说："你那个跑步的姿态线条太美了。"坨坨突然发现那个不被自己重视的项目竟然在偶像眼里是最美的，她对生活的美好感觉又回来了。我很喜欢这个小说，因为作者对少女的那种心理的描写无比恰当无比细腻精准、美好动人。所以，怎样去写童年可以有很多的讲究。

作品的故事真的很重要，比如涅斯特林格的弗朗兹系列中的《弗朗兹怎么证明自己》。这个只有四五岁的小男孩，长得细皮嫩肉，怎么看怎么像一个小女孩，好多人叫他小姑娘，弗朗兹非常烦恼。这天爸爸拿出了一张黑白老照片，弗朗兹一看上面是一个小姑娘，爸爸说这是他小时候。弗朗兹看着伟岸粗犷的爸爸，是个真正的男子汉。我很喜欢这种细节处理方式，爸爸用这样一种方式去安慰他，原来，只要长大了就能成为像爸爸那样的男子汉。没人跟弗朗兹玩，就连好朋友佳碧几天前也跟他吵架了。后来来了一个少年，他也不认识这里的人，百无聊赖地吹着口哨在院子里晃荡。弗朗兹很想跟他去玩，可妈妈说他们是很挑剔的家族。挑剔是什么意思，他不明白。他就把自己最喜欢的刚买的一辆儿童小车给推了出去,少年不愿意理睬他。这时候佳碧下来了,弗朗兹让佳碧跟少年说,说他自己是男孩,可是佳碧并没有忘记之前两人之间的不愉快,于是她故意说:"你为什么总说自己是男孩,弗朗西斯卡!"说完就咯咯笑着跑上楼去了。弗朗兹为了证明自己是个男子汉,他非常悲壮地做出了一个惊人之举,把自己的裤子往下一扒,说:"你看,我是男孩!"少年目瞪口呆,而一直在窗里关注着这里的那个女主人大惊失色,拉着弗朗兹到他妈妈那里告状,说带坏了她家的小孩。这个故事的结尾是这样的,哦,原来挑剔的意思是不让真相露出来。这个故事包含很多的智慧,丰满的细节合情合理,情节安排充满了童趣,充满了纯真的乐趣。故事里的呼应也很巧妙很自然,里面的艺术也是非常值得我们去琢磨的。

第二个要谈的问题是,关于童年的复杂和世故书写。

我们知道,纯真固然是童年的一个基本品质,可是童年也必然会遇到复杂性的问题。怎样描写童年的复杂跟世故,我们还是要结合一些作品来谈。童年复杂,就是在孩子身上超出成年人所理解的敏感行动的特点和能力。在中外文学史上,都有这样一种从单纯的童年到童年的复杂性的书写和关注、实践和呼吁。比如在20世纪80年代的时候,人们就不满足于只是表现一种单纯的童年,"文革"的伤痛,甚至更久远历史中的复杂的童年记忆,都让作家们认为,单单停留在单纯的纯真的童年描绘上是不够的。

我很喜欢苏联作家阿列克辛的作品,它代表俄罗斯文学传统的深厚积淀。我在做"最佳儿童文学读本"的时候,就特地看了很多苏联时代的故事。他们会把小故事写得很好,把教育故事写得很好。

我们在写教育故事的时候容易板起脸来质疑儿童,仿佛儿童都是迷途的羔羊。但是苏联的幼儿文学写得很好,比如苏霍姆林斯基的教育故事。他有一本作品集叫《做人的故事》,差不多 500 页,前几年我在编选读本时特地把它借回来重读了一遍,挑了我最喜欢的作品。比如《所有的墓都是人类共有的》,它会带领孩子们去关注那些逝去的生命。我们的幼儿文学很难具有这样的气度和高度。小男孩跟爸爸去给爷爷扫墓,爷爷墓旁边有一个没有后代的老奶奶的墓,从来没有人给她扫过墓。爸爸说:"咱们来给这座墓除除草吧。"于是下次来扫墓的时候他们多带了一枝玫瑰。家里最小的男孩问:"为什么我们要在别人的墓旁种花呢?"爸爸说:"没有别人的墓,所有的墓都是人类共有的。"

  另外一个故事《"祝贺"这个词是什么意思》写一个小女孩家里生了一个小弟弟,全班同学都非常高兴,老师用拥抱来祝贺了这个小女孩。班里一个最小的同学不懂"祝贺"这个词的意思,就问老师,"祝贺"是什么意思?老师说:"玛丽亚的爷爷有了一个孙子,玛丽亚的姥爷有了一个外孙子,玛丽亚的奶奶有了一个孙子,玛丽亚的姥姥有了一个外孙子,玛丽亚的姑姑有了一个侄子,玛丽亚的舅舅有了一个外甥,玛丽亚的表哥有了一个表弟,我们有了一个新朋友。这就是为什么我们要向所有人祝贺的原因。"你看,这样一个很简短的回答,把一个生命的诞生与我们每一个人联系了起来,这就是一个简短的生活故事提供给我们的关于人间的友爱、温暖与联系,同时又不脱离幼儿的那种姿态和单纯的要求。光看题目,《猜猜我有多爱你》《大海的尽头在哪里》都是这种姿态和气质。我们回想一下过去的一些幼儿文学,都是诸如《聪明的小猪》《不讲卫生的小猴子》之类。当然这些年有了很大的发展,有些儿童文学作家开始有了世界的眼光和气质。阿列克辛的短篇小说集曾在湖南少年儿童出版社出版,我觉得这应该成为我们儿童文学写作的典范。

其中有一篇是《最幸福的一天》,写的是放假了,老师布置写一篇作文,题目是"幸福的一天",可是这天爸爸和妈妈闹僵了。整个故事无比巧妙,里面写到了孩子对成年世界的洞察以及应对,比如老师总喜欢加上"最"字,我最喜欢的朋友、我最心爱的书、我最幸福的一天。在这个故事里,孩子是有他的调皮、机灵和世故的。但这些不是用来作弄人,而是用来启迪成年人的。这是这个作品比较成功的地方。而美国作品《小屁孩日记》写的都是主人公明里暗里对老师对同学的捉弄、取笑、奚落,还有各种忽视和轻慢。比如说,圣诞节礼物的互赠都是失望。大人表现得笨拙,孩子表现得对自己利益的精明算计。只有童年生活中滑稽的搞笑,缺少生活中应有的温情。这样的处理是很让人怀疑的。我觉得这不是世界儿童文学应有的价值取向,而是儿童文学在人文操守、童年观和艺术立场方面发生偏误的表现。

今年7月在京西宾馆举行的全国儿童文学创作出版座谈会上,我曾分析另一个有名作家的作品,里面有一个情节:记者要到校园里做一个调查,"聪明、美丽、有钱,你选哪一个"。几乎全班同学都选了"聪明",一个长得不够好看的女孩选了"漂亮",主人公选了"有钱"。作者对主人公的选择是持正面态度的,我认为这是值得讨论的。儿童文学在写这个时代对童年的伤害的时候,作家要有一个更高的立场,这个立场不是一种简单的认同。同样是写一个采访,在世界经典故事《小淘气尼古拉》中,有一个电台来班里做访谈,孩子们用他们的天真调皮把整个访谈给搅乱了，他们还很高兴自己可以上电台。这个故事对孩子的描写始终停留在天真的层面上，天真仍然是正面的力量，他们是不想搞破坏的，是孩子的天性和本色让他们把事情搅黄了。所以我认为在复杂的描写当中，童年描写的底色仍然应该是正面的。

安徽少年儿童出版社出版了一套国际安徒生奖大奖书系，我们花了很大的力气选书，两年多时间，我跟编辑朋友通信有六万多字。一封七八百字的信我们要查大量的外文资料，经过反复的比较，才做出一个建议或结论。其中以色列儿童文学作家、1996年国际安徒生奖获得者尤里·奥莱夫的《隔离区来的人》，是一部特别优秀的作品。故事中，"我"14岁，与母亲和继父一起生活在战时华沙，开始跟随继父从事一个特殊的行当：通过地下道给被封锁的犹太人运送、转移物资等，用这种方式赚钱。这一天，"我"跟两个同伴"抢劫"了一名犹太人，分到一沓钱。由于"我"忘了把钱从裤兜里拿出来，第二天，母亲照常刷裤子时发现了它，问钱是哪儿来的。一个生活在战乱年代且经历过街区生活的少年的"复杂"和"世故"，在这时有了充分的表现。"我"一向善于在别人面前伪装自己，于是，"我"一边弯下腰假装系鞋带，一边"尽可能淡定地说这些钱是我从马路上捡到的，昨天忘了告诉她。我不知道这钱是谁的。可能是走私的人丢的吧，因为有那么厚一沓……"当母亲进一步质问夹在钱里的纸条是怎么回事时，事先并不知情的"我"马上又有了新的对策："我边系鞋带边抬头对母亲说：'哦，这可能不是一个走私者，可能是一个在逃犯，或者是一个秘密组织的人。'"而当母亲凭直觉意识到了真相，进一步探问："可能是个犹太人吧？""我眼都没眨地说：'嗯，也有可能。'"直到"我"被迫道出实情，仍然没有感到多么惧怕："我以为她会大声斥责我。尽管这点我挺不习惯的，但是我做好了准备。实际上，虽然我觉得她不会将这件事告诉继父让他来打我，但我还是做好了一切准备。"小说中的"我"无疑是一个久经生活"沙场"的淡定而早熟的孩子，要想以普通的生活道德改造或说服"我"并非易事。这一刻，也是见出作家文学智慧的时刻。小说接下来写了孩子眼中一个普通母亲的发自肺腑的悲痛哭泣："我的母亲坐在地板上，开始哭泣。……她边哭边大声抽泣，这种哭声像是发生了特别糟糕的事情或者遭受了重大损失，还很像是自己的孩子死了。我想把她扶到椅子上或者其他座位上，不让她坐在地板上哭泣。将她扶起来并不难，但是她却用尽全力将我一把推开，这让我更加恐惧。"或许，只有与"我"有着最深血缘关联的母亲的这种如同"失去孩子"般的真切悲痛，才能把"我"从"道德犯罪"的边缘拉回来，只要"我"还是一个正常的人。因此，当母亲"把书包递给我，把我往门口推"时，"我"也开始哭了起来。这哭泣不是一个稚嫩的普通孩子的哭泣，而是一个"世故"的成熟孩子的哭泣，两者的情感分量绝不一样。正是在这哭泣中，"我"承认了自己的错误，一个早熟的孩子在家长面前真心承认犯下的错误，这必然伴随着巨大的心理和情感的忏悔。因此，看到"我"的哭泣，母亲走上来抱住了"我"，这个动作传达出母亲对儿子本能的爱，也正是这情感的存在使"我"看到母亲如此哭泣时会有同样强烈的反应。这样"我"和母亲之间不但达成了情感上的和解，更重要的是，这一刻，"我"在真心的忏悔中洗脱了战时生活中普通人随时可能犯下的恶行。由此，我们看到了童年的"复杂"和"世故"如何与一种厚重而深刻的人性思考和表现结合在了一起。

第三，我想谈一谈童年的文化价值与力量的深度书写。

在最佳儿童文学读本《为我唱首歌吧》里面有一篇苏联作家奥谢耶娃的小故事《错在哪里》，这篇作品用简单的构思写出了对大众的平庸之恶的揭示。

错在哪里

"喵！"一只小猫可怜地叫着，它的身子紧贴着围墙，浑身的毛都竖起来了，因为有一条狗在对着它恶狠狠地咆哮。在离小猫不远的地方，有两个男孩站在那里，笑着看会发生什么事情。

有个大婶从窗口看到这个情景，马上跑出来，把狗赶开，生气地对两个男孩喊道：

"你们太不像话了！你们一点也不觉得难为情吗？"

"有什么难为情的？我们什么事也没有做！"两个男孩都觉得奇怪。

"错就错在你们什么也没做！"大婶生气地回答。

如此短小浅显的一则故事，它的篇幅、表述、遣词用句等，无不充分考虑了低幼读者的理解接受能力，但这一点儿不影响它达到一种优秀文学短篇作品的高度。从《错在哪里》的故事中，我们至少可以读出三层递进的内涵。

第一，在一般儿童故事的层面上，它以一个普通的日常生活场景向孩子们传递了"同情"这一朴素的人性情感。

第二，这一情感关注的不只是我们在一般儿童故事中常常见到的不作恶或助人为乐的善心善意，而是同时揭示了人性之"善"的另一深刻要义：它是对哪怕最微小之善的倾慕与践行，也是对哪怕最微小之恶的敏感与抵制。因此，面对哪怕在许多人眼里甚至称不上恶行的欺侮行为的旁观和不作为，同样违背了人性善良的本义。

第三，指出和强调这一人性的本义，不只是倡导一种私人生活之善，也涉及整个人类社会及其文明的进步与反省。故事末尾"错就错在什么也没做"的指责，让我们想到太多。在历史中，不缺乏"什么也没做"造成的大错，比如"二战"期间无数欧洲平民在那场针对犹太人的种族搜捕、屠杀中选择了沉默。我们今天生活的社会，也无时不在上演"什么也没做"的看似无恶之恶。从这个意义上看，《错在哪里》中的小故事也为我们提供了文明和人性自省的启迪。一则小小的儿童故事，背后是如此高远深刻而又切近现实的人文关怀，这就见出了儿童文学的高度。

平庸之恶不是我们自己参与恶，而是对恶行的不作为。这个概念是对大众的普遍心理的揭示，这在很多作品当中都有涉及。比如有一本图画书《不是我的错》就告诉我们，如果我们不去承担我们的责任，那么最后的结果就与我们每一个人都有关。在"新语文读本"中有很多优秀的作品，比如有一篇很好的小说《遗物》。故事写"卫国战争"结束之后，为了收集一些战争的遗物，于是让三个孩子去寻找遗物，过程非常细腻和成熟，但总的来说解构了传统的缺乏个体生命价值的英雄主义模式。好的作品可以启发写作的构思，我们可以通过各种阅读来构思自己的写作。

最后，我想下面这则小故事，可以为我们思考什么是好的童年书写提供一种有趣的思路。这则作品并不一定是最好的儿童故事，但它却可作为一种譬喻，提醒我们注意什么才是好的童年书写。

那也是礼物的一部分

佚名 著

故事发生在夏威夷一个偏远的小岛上。男孩杰克正在听老师解释，为什么人们在圣诞节时要互赠礼物。

老师说："礼物表示了我们对耶稣降临的欢迎和我们彼此间的爱。"

圣诞节到了，杰克为老师带来了礼物——一个闪闪发亮的贝壳。在所有被海水冲上岸的贝壳中，大概要数它最美丽了。

老师说："你在哪里发现这么光洁、斑斓的贝壳的？"

杰克告诉老师，他听老人们说，20多英里外有个叫作库拉的隐秘的海滩，那儿有时会出现这种贝壳。

老师说："哦，它太美了！我会一辈子珍惜的。但你不应该为此走那么远的路。"

杰克仍然记得赠送礼物的那一课。他眨着大眼睛认真地说："走路其实也是礼物的一部分。"

杰克是在老师的讲解中明白了礼物的意义，这是他最早的人生课堂之一。对童年来说，这样的人生课堂是不可或缺的。不过，童年在接收这些塑造内容的同时，也以他自己的方式进一步诠释、丰富着这些内容，后者给这个世界带来了童年独特的诗意与创造力。孩子送给老师自己捡的贝壳，这本是一个普通的温情故事，但当杰克说出"走路其实也是礼物的一部分"时，在出人预料的转折中，那个解释"礼物"表达"彼此间的爱"的课堂，被童年的这一言行真正地点亮了。作为礼物的贝壳有它可见的价值，也是"礼物"的常规内容；作为礼物的"走路"则因其无法物化而易被人们忽视，但后者所传递出的那份深厚、真诚而单纯的情义，恰恰诠释了礼物最核心的价值。在现代生活的语境中，杰克的理解提供我们重新思考"礼物"一词的意义中常被人们丢掉的那个部分，那也是这个词最初的诗意和深意。好的童年书写，应该同时关注童年的顺应文化塑造和参与塑造文化的双重事实。

在凸显童年心灵诗意的同时，这则故事并没有顾此失彼，简化对童年生活其他方面的理解。收到杰克的礼物后，老师有一段简短的回答，这短短26字，也画出了一个与主人公一样生动的教师形象。这个老师既懂得珍惜学生的情谊，也没有忘记一个老师对学生的责任。"但你不应该为此走那么远的路"是一个真正关心学生的老师，就像一个关心自己孩子的家长一样，对于孩子远行拾取贝壳的举动做出的最自然不过的情感回应，这回应因其是如此自然而更显温暖。在童年的生活中，这正是最值得书写和珍爱的一种温情。

（本文根据作者2015年7月17日为湖南省儿童文学作家班讲课录音整理，原载高洪波主编《什么是好的童年书写》，湖南少年儿童出版社2017年8月出版）

高度是如何建构起来的
——关于儿童文学的一点思考

一、什么是儿童文学的高度

儿童文学的高度，简单地说，是指儿童文学在其关于童年的书写中所达到的思想、情感和精神的高度，这高度使儿童文学在艺术标准和艺术品质上能够与一般文学相比肩。所以我们会说，好的儿童文学是适合 0-99 岁读者的文学，好的儿童文学一定也是好的文学作品，等等。

我举一个例子，来说明儿童文学的这种高度。以奥谢耶娃《错在哪里》为例，如此短小浅显的一则故事，它的篇幅、表述、遣词用句等，无不充分考虑了低幼读者的理解接受能力，但这一点儿不影响它达到一种优秀文学短篇作品的高度。从《错在哪里》的故事中，我们至少可以读出三层递进的内涵。第一，在一般儿童故事的层面上，它以一个普通的日常生活场景向孩子们传递了"同情"这一朴素的人性情感。第二，这一情感关注的不只是我们在一般儿童故事中常常见到的不作恶或助人为乐的善心善意，而是同时揭示了人性之"善"的另一深刻要义：它是对哪怕最微小之善的倾慕与践行，也是对哪怕最微小之恶的敏感与抵制。因此，面对哪怕在许多人眼里甚至称不上恶行的欺侮行为的旁观和不作为，同样违背了人性善良的本义。第三，指出和强调这一人性的本义，不只是倡导一种私人生活之善，也涉及整个人类社会及其文明的进步与反省。故事末尾"错就错在什么也没做"的指责，让我们想到太多。在历史中，不缺乏"什么也没做"造成的大错，比如"二战"期间无数欧洲平民在那场针对犹太人的种族搜捕、屠杀中选择了沉默。在我们今天生活的社会，也无时不在上演"什么也没做"的看似无恶之恶。从这个意义上看，《错在哪里》中的小故事也为我们提供了文明和人性自省的启迪。一则小小的儿童故事，背后是如此高远深刻而又切近现实的人文关怀，这就见出了儿童文学的高度。

二、怎样理解儿童文学的高度

儿童文学的高度并不等于一种有高度的思想或精神观念与儿童文学作品的简单相加。通常情况下，谈到文学作品的高度，我们很容易联想到与它有关的一些所指宏大、内涵深刻的词语，比如：正义、信仰、关怀、人性、伦理、道义……在有关作品的评论中，这类词语的运用彰显了一部文学作品的思想和精神高度，也以这样的方式证明了文学写作的价值高度。

但我们也常碰上这样的情形：一部作品，从写作意图到题材内容，都可用体现思想和精神"高度"的某些语词进行标记，而且很可能因此"高度"而获得某些美誉及奖项，但这个思想和精神的"高度"仅停留在抽象的文学知识层面上，而很难落实到生动的作品阅读体验中。准确地说，它是总结性、抽象性的，而不是过程性、体验性的。前者只出现在我们对一部作品的知性总结中，后者则贯穿阅读的整个感性体验过程。

究其原因，上述"高度"在作品中仅仅体现为认知的高度，而尚未抵达艺术的高度。也可以说，它在寻求文学写作的艺术"高度"的过程中，并未能最终实现艺术的高度。

因此，儿童文学的高度，是以儿童文学特有的艺术方式得到生动传达和诠释的高度。

这种高度的存在，能够使作品的情节或文字在瞬间击中我们的情感，将我们带向更深刻更高远的感悟与思考。

三、如何探寻儿童文学的艺术高度

我想以儿童文学中最难进行艺术发挥的知识类读物为例，来说明在具体的创作中，儿童文学的艺术高度是如何得到落实和体现的。

《各种各样的家》（北京联合出版公司2015年6月出版）在面向孩子的浅显平实的知识介绍中，自然而然地蕴含了深刻的生活理解和人文关怀。

> 很多孩子跟他们的爸爸妈妈一起住，也有很多孩子只跟他们的爸爸或者妈妈一起住。还有些孩子跟他们的爷爷奶奶住一块儿。有些孩子有两个妈妈或者两个爸爸。还有些孩子被领养或者寄住在别人家。

上面这段家庭知识的介绍，覆盖了双亲家庭的孩子、单亲家庭的孩子、留守儿童（从我们的文化看）、同性婚姻家庭的孩子，以及寄宿和领养的孩子。客观的语调，使各种生活方式拥有了一样的平等性。

关于"房子"的介绍是这样的：

> 人们住在各式各样的房子里……有些小家庭住在大大的别墅里。有些大家庭住在小小的公寓里。

这段介绍涉及了贫富差距的问题。但从画面上，我们看到的是住在高大宽敞的别墅里的人们孤独地望向窗外，挤住在小公寓里的人们则更多地享受着自己的欢乐。这一氛围的倒转平衡了文字里因贫富阶层差距造成的情绪落差。读到这里，你或许以为作者的意图是借对"大别墅"阶层的批判突出对"小公寓"阶层的鼓励。但本段最后一句"还有一些人无家可归"，则在看似冷静的语气中，表达了一种超越阶层对立和角逐的更大的社会关怀。不论你的生活是富裕抑或贫穷，当你想到世界上"还有一些人无家可归"的时候，你就不会把注意力放在对富者的羡慕、嫉妒或者对贫者的同情、轻视上。相反，你会意识到"家"这个词的最核心和最珍贵的意义，它并不随物质条件的变化而转移；同时，你也会深切地感到，把拥有"家"的可能带给那些"无家可归"的人们（而不是看重"家"与"家"的比较），才是"家"这个词存在的最重要的文化意义。

再比如关于"衣服"的一段介绍：

> 有些家庭为了特别场合盛装打扮。有些家庭总是喜欢穿牛仔裤。还有些家庭穿着随意，只要高兴就好。

以及关于"业余爱好"的介绍：

> 在一些家庭里，所有人都有同样的爱好。还有一些家庭，每个人都有不同的兴趣……

这两段话的核心精神是尊重——尊重差异，尊重他人的独立尊严。

本书最后写道：

> 所以，家庭有大的、小的、快乐的和悲伤的，也有富有的、贫困的、吵闹的和安静的，还有凶巴巴的、好脾气的、忧心忡忡的和无忧无虑的。

是不是觉得这段话很好？它让我们看到，这个世界有各种各样的家庭，它们共同相处，彼此平等。这就把我们对"家庭"的理解带向了尽可能开阔的地平线。

但是，这还不是最好的。

最好的是接下来的这一句：

> 当然，大部分家庭在不同时间都会经历以上的某些情况。今天，你的家庭是哪种情况呢？

忽然之间，前文中不同的家庭变成了同一个家庭，它们各不相同的状况，也变成了每个家庭、每个人都会经历的人生阶段。仔细想想，不正是如此？这样，全书一直在倡导的"平等"和"尊重"的精神，就不再是"我"与"你"、与"他"的平等，或者"我"对"你"、对"他"的尊重，而就是"我"与"我"的平等，是"我"对自己的尊重。同时，它也告诉你，没有一个家庭，也没有一种生活是永远快乐的、悲伤的、富有的、贫困的、忧心忡忡的或无忧无虑的。你可能会从快乐走向悲伤，但也一定会从悲伤重新回到快乐。你有时或许心事重重，但也会有无忧无虑的时刻。只要想到另一种状态的可能，你就会懂得更成熟地看待、对待自己正身处其中的当下状态。反过来看，也只有经历过这一切，才是真正的生活。

从知识的介绍出发，抵达这样的精神，这无疑是了不起的洞见和高度。

（本文系作者2016年2月17日在昆明举办的中国版协少年儿童读物工作委员会文学读物研究会2016双年会上的发言稿）

共名时代的完结与儿童文学的写作智慧

众所周知，战场上有先锋，思想领域、文学创作中也是有先锋的，这就是我们通常所说的先锋作家。

先锋作家通常具有这样一些群体特征：他们都有着非常强烈的职业写作意识，同时，他们也不愿意承认既定文学事实的绝对合法性和绝对统治权力，不愿意接受已有的艺术秩序和文学命运的安排。所以，他们常常会扮演特定时代文学法规、秩序的爆破手、突围者、实验者的角色，他们常常为文学带来一些新的元素、新的面貌、新的秩序。从一定意义上说，文学生活或文学世界正是因为有了这样一些先锋者的加入和存在，人类的文学经验才会不断地获得更新、添加，文学发展的历程才会变得波澜壮阔、异彩纷呈。

今天我们坐在这里开这个会，主题非常有意思——回顾30多年来中国儿童文学曾经经历过的那些潮流性的景观。于是我首先想到的是，那些先锋们对于这样一种文学潮流的进程的贡献。

20世纪70年代末80年代初，在社会生活和新时期文学创作的带动下，我们都见证了当时一批年轻的、具有强烈创新意识和实验偏好的作家群体的出现。这群作家，在20世纪80年代的《儿童文学选刊》及庐山会议、《新潮儿童文学丛书》中得到了非常具有时代符号、标签特征的集结和呈现。在我刚才做的比较随意的这样一个概括当中，我们看到有两个标签是跟二十一世纪出版社，当时还叫江西少年儿童出版社有关。

20世纪80年代儿童文学创作中那种攻城拔寨、所向披靡的创作态势，可以说上演了20世纪中国儿童文学发展史上最令人惊心动魄的一幕——实验和创新的历史活剧。对此我们的儿童文学史有过一些叙述，很多的专业论文和评论也有过一些描述，而30年的儿童文学发展历程，转眼就过去了。

2007年5月9日至8月8日，2016年9月5日至11月10日，有着文学界"黄埔军校"之称的鲁迅文学院先后举办了两期中青年儿童文学作家高级研讨班。来自全国各地的超过100位中青年儿童文学作家参加了这两次研讨班。我们从研讨班的花名册中可以发现，相聚在这两个班上的儿童文学作家，除了个别是80年代末90年代初进入儿童文学创作领域的中年作家之外，绝大多数是90年代中期或进入新世纪以后陆续涌现的青年作家。从这个意义上可以说，这两个班在某种程度上，可以看作是世纪之交儿童文学新生代作家的一次汇聚和检阅。

我们把这样一个作家群体跟20世纪80年代前后出现的那一代新生代儿童文学作家做一个比较的话，那么，世纪之交的青年作家们，可能具有一些和上一代青年作家不一样的特质。

首先是他们所处的文化环境、时代环境，他们所面对的生活和文学的话题，已经跟30年前迥然不同了。我们发现，市场规律对社会生活的主宰，文学生活多元化时代的来临，还有新的教育环境、媒介环境、审美环境等等，都对当代儿童读者的阅读生态做了新的瓜分和重组，都使得以纯文学为基本追求或者是基本考量的文学思维方式，在今天可能已经难以畅行无阻。所以，对这一代儿童文学作家群体来说，无论他们个人的文学理想有多么执着，在整体上，比起他们的前辈来，他们所面对的社会生活、文学发展环境，以及面临的挑战，可能都要更加复杂。

其次，这也带来了另外一个特点，即新生一代儿童文学作家已经逐渐淡化和模糊了他们可能拥有的共同的一些文学心理志向和群体面貌。换句话说，这一代作家在文学心灵上，他们并没有聚集在同一面文学的精神旗帜之下。而这种相通的历史体验和文学理想，可能曾经是30年前那一代新生代作家携手进入儿童文学创作时通用的文学名片和身份证件。所以在今天，一个文学的共名时代已经结束。这种结束，既是社会生活的影响使然，可能也是世纪之交和新世纪以来，新生代儿童文学作家文学生命进化的一种必然。

第三，这一代青年作家的个体文学命运与30年前的那一批新生代作家有了很大的不同。今天一个作家的成功与否，在相当程度上是由个人的机遇、悟性、努力和造化所决定的。或者是赢得美名远扬、盆满钵满，或者是备受冷落、默默终老。你很难再以集体的名义来享受共同的荣光。我们记得在30年前，很多作家的成功可能是因为他们自觉地汇入了某一种成功的文学理念和文学团队当中。所以，每一个时代的作家群体，常常会表现出不同的代际特征，他们共同参与、写就了一个时代的文学。代际存在可能是我们社会生活的一种重要形式。我想，这一代作家共同面对的，就是一种新的儿童文学潮流。

我知道，这一代作家，他们之间有很深的友情，有许多文学同侪，我看到了他们的携手相持，我为他们感动。但是我认为，这一代作家，他们个体的写作和思考，也许还会有很多共同的年龄特性，也许有很多这个时代提供给他们的一些特质，但是，他们显然已经不再愿意在同一面文学旗帜下来做出他们的文学动作了。

这个时代，值得我们讨论的问题非常多，我个人近几年来也在思考一些问题，比如说多媒体时代下，我们的儿童文学如何发展？大语文教育时代，儿童文学应该怎么跟它更好地结合？这里我想谈一个话题：中外儿童文学到底是一个什么样的关系？我们该做什么样的对比？

中国儿童文学最优秀的部分，就是世界优秀儿童文学的水平。我觉得这些话题是可以讨论的，但是讨论有一个前提，就是我们不要有偏见。比如，当我们举一个国外优秀作品的例子的时候，就认为你的眼里没有中国儿童文学。我记得大概在2005年，《中华读书报》曾经发过刘绪源先生一篇文章，绪源在文章开头提到，不久前，在上海的一个论坛上，方卫平首次提出，中国儿童文学正处于低谷。在文章的结尾，刘绪源说：我相信方卫平和阿甲他们是真的深爱中国儿童文学的。

我觉得他说到我心里去了。回想一下，这些年我为中国儿童文学说的话，远远超过我为外国儿童文学说的话；我为中国儿童文学说的好话，远远超过为外国儿童文学说的好话。但是另外一方面我还是要说，中国儿童文学在整体上，真的还有许多要提升的地方，很多需要加油的地方，尤其对于我们绝大多数的写作者来说，我常常跟他们谈论儿童文学真正的写作智慧在哪里。写作智慧对中国儿童文学是有用的，是需要的。关于中国儿童文学的写作智慧问题，包括童年观的问题、叙事策略问题、美学面貌问题等等，可以有很多的话题。

有一家出版社，推出了一套国际大奖丛书，我看到有80多本，我不敢说我都读过，但是我读过其中相当的一部分。我的同事，有的已经读完了80多本。我说我们一起讨论一下，看看这些翻译过来的儿童文学作品，这些以国际大奖的名义进入我们汉语阅读圈的作品，到底怎么样。当然我们讨论这些作品时，会有一种强烈的犹豫，因为翻译的原因，很多作品原文的艺术面貌或者是艺术品质，可能已经发生了部分流失。这个是我们必须考虑到的。在这个基础上，我们认为许多大奖作品，也是一般性的作品。因此，我们无须毫无保留地为大奖作品买单。

但是我们也看到了一些顶级的、最优秀的儿童文学作品，这的确是可以给我们一些启示的。在今年9月初我去北京的鸿府大厦，在第二届全国儿童文学作家编辑研修班上讲了一堂课。我主要讲的就是我们今天怎么来书写童年。我举了两方面例子做参照，一个是中国当代成人文学中的童年书写。我举了作家余华的作品为例子。中外作家，比如说外国的陀思妥耶夫斯基、狄更斯等等，中国当代很多作家，从莫言到铁凝、张炜、余华等等，笔下都有许多精彩的童年描写，这是很奇妙、很有趣的一个现象。

余华笔下的《活着》和《许三观卖血记》是我们大家非常熟悉的作品，其中的童年书写，把童年的故事、命运放到中国当代一个大的时代背景下，其童年故事所达到的深度，以及对童年的天真美善、尴尬无奈和孤独伤痛的描绘，少有当代的儿童文学作家可以写得比他好。在那个班上，我从《活着》里面截取了三段有庆和羊的故事做了分析。这样的童年书写，这样一种举重若轻的写作方式，可能是我们大多数的儿童文学写作远远达不到的。

儿童文学的写作，这些年用力是比较猛的。记得我初识陈诗哥，是在2013年10月份云南晨光出版社举办的一个会议上。会后诗哥跟我谈了他自己写作的一些想法。他想怎么样把诗意、哲理等融入他的童话写作中去。对此我是非常欣赏的。我第一次听他发言的时候，觉得这个孩子真的读了太多的书，而且非常有思考力。作为一个写作者，用这样的方式去经营自己的文学，去提升自己的写作，我首先是被他感动的，所以我一直很欣赏这个小伙子。但是当时我也说：诗哥，可能我们的年龄不一样，所以我们经历过的文学时代不一样。你今天所有的思考，你今天所有想做的，其实在80年代，已经有作家做过了。所以我欣赏你个体去做这样的尝试，但是作为我来说，我今天对儿童文学写作智慧的认识，不是你表面上的要把诗意和哲理与童话做嫁接。我希望我们今天的儿童文学，不管是小说也好，童话也好，是真正的充满儿童智慧的写作。想当年我也是新潮的吹鼓手之一，但是今天我们看到的那些顶级的儿童文学作品，却常常都具有一种由浅入深、由小见大、由简至精的童年美学和写作智慧。

比如说二十一世纪出版社引进的，1984年国际安徒生奖获得者涅斯特林格的"弗朗兹的故事"系列。她写的是五六岁的孩子，作者用力吗？她添加了很多很多复杂的东西吗？没有。可是她把童年的世界、童年的愿望以及童年生命的完整性，表现得太好了。那个细皮嫩肉、金发碧眼的小男孩，怎么看都是一个小女孩。他去买苹果，卖苹果的大妈这么招呼他："你好啊，小姑娘！"他去买报纸，报摊的大叔对他说："可爱的小女士，这是找你的零钱。"……他走到哪里都被认为是小姑娘。他想跟那些小男孩们去踢球，那些男孩们说："对不起，我们才不跟一个丫头片子玩儿呢！"一个五六岁的男孩的自尊心受到了伤害。可是他爸爸，那天拿出一张黑白照片，弗朗兹一看，是一个小姑娘。爸爸说，这是我小时候。爸爸是用这种方式去安慰他。也许，一个不会用儿童智慧的写作者会用很多的笔墨，会说弗朗兹你不要担心，你看爸爸小时候也是这样的。可是他就是说这是我小时候。我觉得这种对于童年的写作切入，这种关乎童年的写作智慧，正是我们今天要好好思考的。

我在鸿府大厦的第二届研修班上还分析过一个作品，1978年获国际安徒生奖的葆拉·福克斯的长篇儿童小说《一只眼睛的猫》。这部作品写了一个孩子和一只猫的故事。11岁的男孩奈德渴望长成一个大男孩，他的舅舅在他过生日的时候送给了他一把气枪。可是男孩的爸爸是一个虔诚的牧师，他觉得怎么可以给孩子枪呢？于是他就把枪藏到了阁楼里边。男孩心里就惦记着这个阁楼。有一天他悄悄地把枪拿出来，躲在离家远远的地方，朝着一个莫名其妙的地方开了一枪。这时他觉得眼前好像有一个东西一闪。事后他把枪送回了阁楼，后来他听说，森林里面出现了一只只有一只眼睛的猫。奈德就一直在想，这一枪是不是打中了小猫的眼睛？小说就在这一个不确定的假设当中，把奈德对自己行为的那种猜测、懊恼、反省以及对周边人们反应的关切等的心理描写，写得细腻真切，引人入胜。在这个过程中，小说写了奈德对这只猫的命运的牵挂，对它的关心照料，跟大人的周旋，可以说小说把一个孩子复杂的世界写出来了。小说的结尾是，春天到了，人们看到森林里出现了一只眼睛的猫，身后跟着两只小猫。一个孩子所有的心理负担、不安、自责和他的眷念、牵挂，都在这样的描写当中放下了。

我个人非常喜欢这样的作品，它里面的细节就是非常小说化的。好的小说常常在一个简单的细节当中，就给了读者很多的提示。在简简单单的笔墨当中，人物的性格、人物的关系出来了，人物的命运也潜藏在中间了。这是儿童文学写作十分重要的一种技巧，更是十分重要的一种写作智慧。

当然，今天的儿童文学已经多样化了，我们不可能回到只有一种文学面貌的时代了。但是我们一定要想到，我们怎么在中国儿童文学已有成就的基础上，进一步提升中国儿童文学的写作智慧。

我想，在共名时代已经完结的今天，思考什么是真正的儿童文学的写作智慧，对于我们，尤其是对年轻一代的写作者来讲，对他们今后的成长，对中国儿童文学的未来，可能会更有意义，更有价值。

（本文系作者 2016 年 10 月 28 日在"儿童文学的潮流——井冈山儿童文学创作出版研讨会上"的发言，根据录音整理）

《西游记》与《讲不完的故事》

《西游记》（于明万历二十年，即公元1592年由金陵书商世法堂唐氏刊刻出版）与《讲不完的故事》（1979年初版）问世于完全不同的时代，两者相距近四个世纪，其中不仅有时间和生活的差距，更有文学观和童年观的根本不同。一个根本的差别在于：《西游记》出现的时代，我们今天持有的现代童年观尚未建立（李贽的《童心说》一文据后人推断，约在1585年写成，但此"童心"还只是借来撬动文学与文化僵局的扳手，远非对儿童自身的关注），《西游记》从一开始就不是儿童文学作品；而《讲不完的故事》创作的年代，现代童年观和现代儿童文学均已有了时间较为久长的积累，它从一开始就是一部不折不扣、名正言顺的儿童文学作品。

随之而来的一个问题是：既然这是两部从创作年代、文化背景到艺术观念、思想指向均不在同一维度的作品，今天我们把这样两部作品放在一起比较，其可比性何在？其意义又何在？如果我们今天仅从儿童文学的艺术视角出发，把《西游记》和《讲不完的故事》放在同一个"儿童文学"的层面上加以艺术的判断和评说，显然《西游记》是不合宜的。

我想提出另外一种角度，它也是比较，但不是简单的作品艺术的横向比较，而是把历史的事实充分考虑进去，把这两部作品分别放到它们自己的历史语境中，去考察它们对于童年的意义何在，对于儿童文学发展的意义何在，以及它们留给今天艺术上的遗产是什么。也就是说，不是直接比较两个文本的艺术区别与高下，而是比较它们在各自时代的艺术特点与价值。透过这样的比较，我们不但可以比较客观地看清一部作品的艺术突破与高度，也可以越过作品，看到与整个儿童文学的发展有关的更多启示。我认为，这也是我们看待名著的一种比较科学的态度。

　　从儿童文学的角度看《西游记》，它最了不起的价值在于，在一个儿童和童年的精神特征、需求等远未被人们关注到的年代，它在一个神魔和宗教题材的故事里，写出了一种生动、可爱的童趣。《西游记》中的孙悟空、猪八戒这两个主要形象，以及发生在孙悟空、猪八戒与沙僧之间的一些故事，今天看来好像完全是孩提视角、孩童趣味。在《西游记》之前，神魔题材虽然并不鲜见（如魏晋志怪小说和唐代传奇），但这类故事对于孩子的吸引力主要在于神魔的异想，其中很少包含对童趣的关注，这当然是由童年观本身的状态决定的——前面已经说了，那时尚无现代的童年观念。但《西游记》所处的时代，在童年观的语境上与这些故事其实并无大的差别。如此一来，它的童趣就显得格外可贵和值得琢磨。我们常常引用的故事片段，比如孙悟空大闹天宫和龙宫索宝，突出的是一种与童年美学有着密切关系的**鲁莽而勇敢**（或者说是因鲁莽而无所畏惧，是一种童年的无所顾忌、一往无前的勇敢本性，让我们想起格林童话中《一下拍死七个》的那种因尚未见识世界而天不怕、地不怕的单纯精神。这是童年状态下特有的一种生命精神，对于很多人来说，随着年龄和理性的同步增长，人在日渐的谨慎中便失却了这种精神。这个成长的过程有得有失，但生活中日渐失去的那种单纯的勇气，总会引发我们无限感伤与感慨，这也是关于童年勇敢和冒险精神的生动书写特别容易引起我们共鸣的原因）、**稚气而飞扬**（或者说是因稚气而意气飞扬）的精神。

　　于是，接下来的问题是，为什么在现代童年观远未确立的时代，会出现如此突出一种童年意趣（当然是相对那个时代的无数作品而言，不是相对于今天的儿童文学作品而言）的作品，而且这部作品还不是写给孩子看的？一种意味深长的解释是，这种童趣不只是属于儿童的欣赏对象，也属于成人，因为它写出的不只是我们寻常看见的儿童心智和生活的趣味，也是所有成年人心里的那个"孩童"的趣味。尽管在那个年代，现代童年观尚未建立起来，但这一"童心"却代表了一种穿越历史的审美本能。《西游记》的故事在那时候以这种童年精神的告结而终结，这也是人的成长的一种隐喻。

与《西游记》的情况正好相反，米切尔·恩德在创作《讲不完的故事》时面临的挑战在于，在一个现代童年观思想和儿童文学的艺术都已得到较为充分的发展和积累的时代，当一般的童趣早已在儿童文学创作中得到认可且不足以支撑起一部作品的艺术高度时，如何讲出一个与众不同同时又具有感人力量的童年故事。

《讲不完的故事》做了如下一些突破：

1. 幻想与现实之间关系处理的突破

1958年，英国作家菲利帕·皮尔斯出版了《汤姆的午夜花园》一书，将儿童幻想文学处理现实与幻想的方式推向了一个新的阶段。它不仅仅是在现实与幻想之间开辟通道，而是在分隔两者的同时，又使它们互为渗透，从而造成一种真幻莫辨的艺术效果。这种手法在早期的幻想小说或童话（如《艾丽丝漫游奇境记》）里是没有的，在那里，现实和幻想被巧妙而分明地隔离开了。这里的"真幻莫辨"，不是指幻想写得像真实一样，使人沉浸其中，而是指现实中留下了幻想影响的痕迹（如床下的一双溜冰鞋）。男孩汤姆的午夜花园不只是幻想和梦想，他在这幻想里，真正走进并影响了巴塞洛缪老太太的生命。

恩德在《讲不完的故事》中对这一结构的可能又做了新的发明和推进。有意思的是，在《讲不完的故事》里，为了拯救幻想国，"童女皇"需要一个新的名字，这可以看作恩德设下的一个有趣而重要的隐喻：对于童话幻想的发展来说，它需要一种新的面貌。像故事里的巴斯蒂安一样，恩德也做出了赋予童话幻想以"新"的名字和面貌的了不起的贡献。与"兔子洞""后院的一扇门"等相比，恩德发明了接通幻想与现实的一个更特别的通道。这个通道乍看之下好像是一本书，其实还不是。让主角在翻开一本书时进入其中，这个创意一点儿也不特别。我们要注意，恩德笔下的小男孩巴斯蒂安是在阅读一本他自己清楚地知道是虚构故事的书的过程中，逐渐进入一种一时分辨不清现实与幻想的状态，再慢慢走进幻想世界的。也就是说，在这个过程中，巴斯蒂安经历了从假想到相信的过程，这个过程，其实也就是故事里使幻想世界得救的那个"相信"的信念的诞生过程。所以，在《讲不完的故事》里，连接幻想与现实的通道不只是一本书，也是一种相信童话的信念，而这个信念恰恰也是整个故事的思想核心。这样，恩德笔下的幻想不再是一个简单的奇游世界，而是一个与主人公个人和群体的现实世界呼吸相连、彼此制约的所在。于是，故事里的现实与幻想间的关系就有了新的升华。我们看到，名叫巴斯蒂安的孩子走进和拯救幻想国的神奇冒险，正是这个原本自卑的男孩获得自信和成长的过程。初次出现在我们面前的巴斯蒂安，是一个从外形到内心都写着懦弱的男孩，"胖胖的身材，罗圈腿，脸色苍白"。而当他从幻想国归来时，他已经拥有了面对生活中一切困难的勇气和力量："对于一个像巴斯蒂安这样经历了这么多历险故事的人来说，再也不会有什么事情会轻易地使他感到害怕了。"由于加强了现实与幻想之间相互影响的这种关系，这个成长的过程就显得格外真实、自然而巧妙。

2. 故事结构的突破

米切尔·恩德的童话《讲不完的故事》，其情节的设计堪称奇绝。围绕着这个"讲不完的故事"，作家设置了多重情节的"迷障"。

首先，作品的题目即是故事主角巴斯蒂安借以进入幻想国的那本神秘书籍的名字。我们正在读的这本《讲不完的故事》，与故事里的巴斯蒂安所读的是不是同一本书？或者反过来，巴斯蒂安捧起的，是我们所读的这本《讲不完的故事》吗？这一设计造成了故事的一种真幻莫辨的迷离感。

其次，在阅读自己从旧书店"偷"来的这本《讲不完的故事》时，巴斯蒂安感到自己以一种难以理解的怪异方式被卷入了书中的故事里，有那么些时候，他甚至透过书页，清晰地看到了其中角色的面目。我们发现，当我们通过《讲不完的故事》走进巴斯蒂安的故事时，巴斯蒂安也通过《讲不完的故事》走进了幻想国的世界。这使我们忍不住纳闷："讲不完的故事"到底含有多少"讲不完"的层次？

再次，当巴斯蒂安阅读《讲不完的故事》时，他惊讶地发现故事里为拯救幻想国奔走的童女皇，也打开了另一本《讲不完的故事》，而这本书所记述的，正是他自己刚刚和正在经历的一切。他透过故事看见了自己，故事里的自己也在阅读着同一本《讲不完的故事》，而在这个故事里，又有一个巴斯蒂安在读着同一个故事……于是，我们和巴斯蒂安还有童女皇不得不一遍遍重复着这"讲不完的故事",永无完结,直到巴斯蒂安最终出声应允幻想国的召唤,走进故事,这无尽的循环才被打破,新的故事才得以继续下去。这一故事套故事的奇妙手法给情节披上了特定的玄奥色彩,而其中唯有人的行动才能促生新的故事诞生的逻辑,也包含了关于人类故事本质的一种深刻哲思。

3. 思想内涵的突破

故事里,幻想国的险情起于"虚无"的吞噬。这种"虚无"让我们想到恩德在其前一部作品《毛毛》里写到的吞噬时间的"灰先生",它们都指向同一种现代生活的隐喻,也是现代文学和艺术中常常表现和揭示的一种思想,亦即现代生活中意义的失落而导致的虚无存在感。在《讲不完的故事》里,这一"虚无"的根本原因在于人们不再"相信",这也是对于现代文化问题的一种重大揭示。可以说,在恩德之前,童话和幻想故事还没有处理如此现代而深刻的思想和哲学话题(另一位德国作家詹姆斯·克吕斯的《出卖笑的孩子》(1962),也是童话表现哲学思想的典范,但那是一种经典、传统的哲学思想,取自出卖灵魂的民间童话,而非针对现代生活的普遍精神问题)。这使整部《讲不完的故事》在淋漓神奇的幻想书写之外,又拥有了思想的深度和重量。

今天看来,《讲不完的故事》也有缺憾。比起前半部分令人心旌摇曳的创造性叙事,后半部分发生在幻想国中的想象和叙说,其感染力和创造性就偏弱。这不是恩德写得不好了,而是这样的传统在过去的童话中已经有了。所以,我们可以看到,《讲不完的故事》作为一部名著,它的独特而了不起的艺术贡献体现在哪里。这对于我们今天思考儿童文学创作的艺术突破，也很有意义。对于有创作的大抱负和大追求的作家们来说，这些问题很值得了解和深思：你现在做的哪些是前人已经做过了的？他们已经做到了什么程度？在这个基础上，你还可以做出什么样的独创和推进？要解决这些问题，不只是坐着想想就行的，而是需要多阅读，多了解，多对比，多思考。

（本文系作者2016年10月11日应邀在鲁迅文学院"《西游记》与《讲不完的故事》"研讨课时的发言稿）

"差异"与"互补"的艺术
——关于图画书图文关系的一点思考

图画书这个儿童文学门类在中国已经存在了很多年。进入新世纪以来，图画书创作、出版、阅读的活跃，也已经持续了十多年。现在，关于图画书，业界已经形成了一些常识性的共识，比如它是图文共同参与的一种图文叙事。但是，这些对于我们来说真的已经成为一种常识了吗？真的成为一种公共知识了吗？我觉得还有讨论的必要。

今天我想谈谈文字与图像在图画书叙事中的"差异"与"互补"关系这个问题。下面从五个方面来谈这个话题。

一、"差异"与"互补"：理解图画书艺术的起点

既然要来谈图文之间的"差异"与"互补"，我首先要说，"差异""互补"作为图画书艺术理解、艺术阐释的概念，它们是我们进入图画书艺术思考时的一个起点。

我想先从曹文轩教授的一些观点谈起。

曹老师作为中国当代重要的儿童文学作家和思想者，他的观点、他的声音，在30多年来的中国儿童文学艺术发展中，一直是一个重要的存在。所以他的观点引人注意、引人重视就非常自然，

他关于图画书创作的艺术实践和他关于图画书创作的相关理论阐释也很容易引起大家包括我的关注。去年1月23号那天我打开电脑，搜当天的《文艺报》，看到了一篇整版的文章，是曹老师的《我的儿童文学观念史》。这是他获得国际安徒生奖半年多以后系统地阐释30年来他关于儿童文学重要观念的一篇大文章，从80年代儿童文学是塑造未来民族性格的观点谈起，一直谈到他对幻想小说、对儿童文学美学的看法，当中有一小段谈到了图画书，就是我完整地引在这里的一段话。

> 鉴于解读图画书的话语权高度集中在少数几个人手中，图画书被高度神圣化、神秘化而使原创图画书望而却步无法开始的现状，我在许多场合发表了我对图画书的看法。提出了"无边的图画书"的观念，发表了"不要低估文字在绘本中的作用"，"不必过于夸大绘画在绘本中的地位"，"不必过高估计国外绘本的成就"等一系列看法，并几乎失控一般创作了数十本图画书。这些图画书的出版，产生了重要影响。

在这样一篇八九千字的长文当中，这是其中涉及图画书的一段话。在2016年中国少年儿童出版社推出的《图画书的秘密》这本论文集中，收入了曹老师《无边的图画书》一文，其中有一个小节叫"何为图画书"。我念其中一小段："可以肯定地说，它不是小巴掌童话的插图本，它就是那样一种形式，文字简略，但构成却绝对精巧、精致、精美……我认为图画书不只是儿童文学作家才能完成的，一群有力量的人，有功底的人，只要他明白了何谓绘本，就有可能有成功的书写。好的图画书，一定是那种让人为创作力而惊讶的写作。"

这些观点是一个重要作家对图画书的基本思考。我认为其中还是有一些值得思考和讨论的地方，比如第一，我们注意到他在《无边的图画书》一文中，主要是从作家创作这一角度来谈论图画书的，他思考图画书时主要在谈文学性。因此第二，在曹老师谈论图画书创作时，图像叙事并没有得到应有的重视，画家的作用也是被遮蔽、相对不在场的。严格说来，"我""几乎失控一般创作了数十本图画书"的说法在图画书创作领域是不合适的，比较合适的说法应该是："我几乎失控一般创作了数十个图画书故事脚本"。所以我认为，这样一种对图画书及其创作的理解和阐述可能是值得讨论的。

所以，图文关系在今天这个图画书日益蓬勃的时代，仍然值得我们重视和思考，尤其是图文关系的一些内部思考是值得我们继续探索的。

今天来谈图画书图文之间的叙事差异和互补，这个"差异""互补"各自指的是什么呢，我给它们下了一个不一定很准确的定义：

这里所说的"差异"，是指作为图画书创作两种基本"语言"方式的文字和图画，在表现方式上存在根本的差异。这种差异性，以及建立在这一差异性基础上的图文之间的表意、互补关系，构成了图画书艺术特性、身份、面貌和价值的起点。

不充分地认识这种差异性，而仅从同一的角度理解图画书的图文关系，视其为图画与文字之间简单的相互解释关系，就不曾真正在现代图画书的艺术世界里登堂入室。

我们知道，文字和图画本来在表现对象、表现特点等方面就是有巨大差异的，这在美学史上是有许多讨论的。

最著名的一个例子是，1766年，德国著名美学家莱辛出版了一部谈"诗"与"画"的界限的美学著作《拉奥孔：论诗与画的界限》。这是我将近40年前在大学学习美学时读过的一本书。"拉奥孔"这座雕塑的内容取材于希腊神话中特洛伊之战的故事。希腊军队攻打特洛伊城十年未果,于是设计了木马计。因特洛伊城祭司拉奥孔告诫特洛伊人别把希腊人设下的木马拖入特洛伊城,结果遭到报复,希腊保护神雅典娜派出两条巨蟒,缠死了祭司和他的两个儿子。莱辛比较分析了"拉奥孔"这个故事在古典诗歌和古典雕刻艺术中的不同表现,论述了诗和造型艺术之间的区别和界限,讨论了不同艺术形式在表现对象、媒介、特征等方面的共性和特性。他认为,艺术作品的普遍规律,即它们都是现实的一种再现和反映,都是"模仿自然"的结果。但是,绘画、雕刻以色彩、线条为媒介,诉诸人的视觉,适合表现的题材是并列于空间中的全部或部分"物体及其属性",其特有的审美效果,在于描绘完成了的人物性格及其特征;而诗歌采用语言、声音为媒介,诉诸人的听觉,适合表现持续于时间中的全部或部分"事物的运动",其基本的审美效果,是展示性格的变化与矛盾以及动作的过程。莱辛还进一步讨论了作为空间艺术的绘画、雕刻和作为时间艺术的诗,是可以突破各自的界限而相互补充的。

　　人们由此明白,文字(诗)和图画、雕塑在表现对象和方式上是存在根本差异的;而今天我们也明白,图像与文字之间的这种差异性,以及建立在这种差异性基础上的图文之间的互补及表意合作,构成了图画书艺术特性、身份、面貌和价值的起点。所以,不充分地认识这种差异与互补关系,而仅仅从同一性的角度理解图画书的图文关系,视图像与文字为简单的相互解释关系,就不曾真正在现代图画书的艺术世界里登堂入室。

在童书出版史上，最早出现的插图是为了追随文字，在现代图画书当中，我们仍然能看到这种痕迹。我们举一些例子，比如说《我的爸爸叫焦尼》中的这句话："于是，爸爸奔了过来，一把就把我给抱了起来。"这是这本经典图画书中父子相会的一个片段。我们看到这段文字就会想到各式各样的画面。当然，它的基本情节是"爸爸抱我"，可是图像怎么来表现？爸爸是蹲着抱我，还是站着抱起来？抱在怀中，还是抱着举过头顶？画家的创作，图文之间的表现差异就开始显现了。刚才我们看到文字的时候我们有想象，但是看到图的时候，我们发现原来它是这样定格的：

《我的爸爸叫焦尼》

这本书是两位作者合作创作的，图画的表现是有选择性的。但是在这种选择上，我们说图文基本上是一致的。这是一个离异单亲家庭的父子相互思念、相聚的故事，我们再看这本图画书当中开头的第一个片段的文字。记得 2005 年我在南京第一次听这个故事时汗毛就竖了起来，因为我们会有一种反应，看到好的文字，看到好的故事、打动你的故事，就像屠格涅夫说的，心里会产生一种愉快的紧缩。

这是开头一段文字：

　　火车就要来了，爸爸坐的火车……

秋天开始的时候，我和妈妈搬到了这座小城。从那以后，我一直都没有见到过爸爸。不过，今天我可以和爸爸在一起过一天。

"你听到了吗，狄姆？焦尼到来之前，你待在这里不要动！"

妈妈说完，把我留在站台上就走了。

我的名字叫狄姆，爸爸叫焦尼。

这是一段运用文字、以时间为轴的线性叙述，它的信息量很丰富。从文学角度来讲，它交代了人物的关系，交代了故事的起因，交代了故事发生时最初的场景。这里的文字叙事是很巧妙的，即怎样来写单亲家庭的故事和生活，怎么去说清楚这种关系？从文学性本身来说，它已经精简到难以再简缩的地步。我们长期接触的一些文学作品，好的东西，好的句式，我们一看就能感受到。这个故事中的人物关系既简单又不简单，文字叙述既含蓄又明了。可是对于插画家来说，这些信息就不简单了，就太多了，他怎么去描绘？图文的差异在这里就显现出来。我们能看到，在这本书的第一页上，插图作者选择的是这样一幅场景：小小的狄姆孤单地站在月台上，等着爸爸的到来，妈妈已经离开了，画面之外，火车在远方正在向他靠近。我们从这里看到，图文结合构成了一个完整的叙事片段。在这里，差异、互补等等图文关系，已经显现出来了。

刚才我们讲到文字和图像表现的差异性，莱辛在《拉奥孔》这本书中有过很好的阐释。这张《拉奥孔》雕塑的照片，是我今年3月29日在意大利佛罗伦萨的乌菲兹美术馆拍的。

据说这座雕塑作品1506年被发现的时候，那个大儿子举起的应该是右手臂，小儿子被蛇缠绕的是右手臂，还有拉奥孔本人的右手掌也已缺失，后来人们根据想象补了上去。作品表现拉奥孔及其儿子在受难时那一瞬间的感受，肌肉的痉挛，挣扎的扭曲感，那种力量、宁静和内心冲突的张力，你没有对比看不出来，你一对比立刻就会发现差异太大了。刚才我们说过，莱辛在这本书当中，阐述了诗和画的界限，莱辛大概是这么说的：诗呢，只能表现在时间上相互接续的事物；画和雕塑，适合表现在空间上并置的事物；线性的情节和凝固的瞬间形成了对比，线性的情节叙事和瞬间的空间并置的这种典型的不同，构成了诗与画的不同的审美与表现特征。总之，诗和画的媒介不同，它们表现的对象、手法不同，最后，呈现的审美内容和效果也不同。

《拉奥孔》

在美学史上，这样一些观点已经成为常识。可以说，对于图画书的叙事艺术来说，图文之间的差异与互补关系，也支持和印证了莱辛的观点和分析。

二、"差异"与"互补"：儿童图画书的现代标志

实际上，对现代图画书创作来说，图文之间差异与互补关系的出现，是儿童图画书成熟、独立的现代标志。插图艺术的

现代化进程,实际上就是图像不满足于仅仅追随文字,而要寻求自身独特的"差异"与"互补"的表现空间的历史。

关于现代图画书是怎么独立的,中外图画书研究者会有不同的说法。有的人说是从凯迪克的创作开始,有人说是从 1902 年英国出版的《彼得兔》开始,也有人说从 1920 年代、1930 年代美国的图画书兴起时代开始。不管我们对于历史的认定是怎么样的,但有一点是共同的,就是图画书中图文的携手,图文差异与合作关系的出现是一个起点。

以英国作家暨插画家碧翠克丝·波特的《彼得兔》为例。这本书写兔妈妈和孩子们的故事。这本书的开头是十分经典的,它的文字是,妈妈对孩子们说:"你们不要自己跑到格里高先生的院子里面去。"

《彼得兔》

画面上我们看到,妈妈面对着孩子也是面对着我们读者。四个孩子中,有三个孩子环绕在兔妈妈身边,很乖巧、认真地听兔妈妈的嘱咐,我们看到的是这三只兔子的背影、侧影。可是,面对我们的另外一只兔子,却一直在自己动脑筋了,他没有听兔妈妈的话,反而是被妈妈的嘱咐激起了好奇心。可是,文字没有交代这些东西。在画面当中,我们读到了更多的信息,读到了更多的故事,看到了彼得兔和他的心理活动。

这个时候，图画作为图画书重要的叙事参与者、重要的艺术构成者，开始出现了。这样一种图文配合的差异，它们相互呼应构成故事，在现代图画书当中，逐渐就成了一种叙事常态。

我们来看这样一段文字：

"老师，为了按时起床，爸爸给我买了好多闹钟。没想到它们一起响了，于是我不停地关闹钟、关闹钟、关闹钟、关闹钟、关闹钟、关闹钟，关闹钟……"

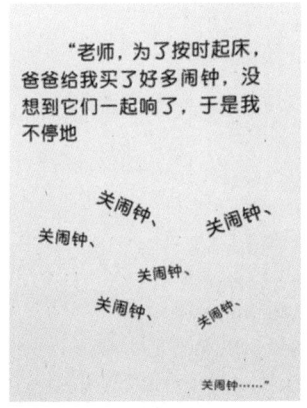

《迟到的理由》

这是姚佳独立创作、曾获信谊幼儿图画书大奖的《迟到的理由》中的一段文字。我们知道，这个故事是讲小猪上学迟到，它找了各种理由为自己解释，这是其中的一个理由。

看到这段话的时候，如果画面不出现，我们会想象，小猪家里有很多闹钟，为了让它按时起床提醒它。我的想象是床头有很多闹钟，或者是桌子上有很多闹钟，或者是床头地板上都有些闹钟。可是，画家是这样处理的：

《迟到的理由》

这张图呼应的就是我们刚刚提到的这段文字。在这里，姚佳作为作者，她对画面的想法，既和文字形成一种呼应、互补关系，同时又有画面本身的震撼感，甚至还有夸张、幽默、冒险的元素在里面。我们还可以读到小猪的心理活动和想法，如"我要爬上梯子关闹钟，所以我迟到是很正当的"，等等。在这里，图像既呈现了文字的叙述，又补充、丰富了文字的内容和意味。

我们再看另一本图画书。先看文字的叙述：

现在，所有动物都有自行车骑了！他们在谷仓旁的空地上骑来骑去。"真好玩！"他们异口同声地说，"鸭子，你的主意真棒！"

这里的文字和图像出自图画书《鸭子骑车记》，作者大卫·香农也是凯迪克金奖的获得者。

《鸭子骑车记》

鸭子骑着一辆车子，动物们看到了以后有各种各样的反应，羡慕的，不屑的，嘲讽的……后来，他们也各自得到了一辆车，觉得特别好玩，都谢谢鸭子。可是画面当中，提供了比文字多得多的内容。我们首先看到了前面先后出现的动物，看到了动物的集合；其次我们看到，动物骑的不是同一种小黄车，而是各种各样的车，这些车既是有知识背景的、生活背景的，同时呢，它们又跟动物的性格、特点有关。你看这只鸡比较小，他骑的是三轮的小红车；这只绵羊比较温顺、比较胆小，他骑的车上还有追加的副轮；牛和马呢，比较硕大，他们骑的车比较大；这个是山羊，好吃，他把干草做的车斗咬了一大口；两个小猪骑的是双轮双座的车。所以，不同动物的性格和"物性"特点在这里都有所体现。

我们再看一个例子。这本由海燕出版社出版、曾获得第一届丰子恺儿童图画书奖佳作奖的《西西》。

文字很简单："好多人在玩游戏，只有西西一个人坐着。"当我们看文字的时候我们内心不会有所震动，但是看到画面的时候我们就会觉得，这里提供了很多层次的内容。

《西西》

第一，它用一张大跨页的游戏场景的全景式呈现，来呼应"好多人在玩游戏"这样的文字叙述。我们的目光首先会去找西西，西西在哪个位置啊？（听众答：左上方）对，在左上方。这里设有悬念。

第二，我们看到了各种各样的游戏，还有陪伴的大人。

第三，我们看到的是什么？是中国孩子的游戏，因为这里有吹糖人，中间有的孩子双手拿着糖葫芦串，下面一个孩子拿着京剧人物的脸谱，或者说京剧人物的一个造型。

所以，这个画面把文化的元素、民俗的元素、童年生活的元素呈现出来，而文字是很简洁的。文字简洁是因为要突出西西一个人坐着。这些孩子的存在和他们的游戏，是为最后揭晓西西为什么一个人坐那边这个谜底服务的，这也是图文差异的一个典型的例子。

我们再来看《原来我有这么多》这部作品。这个作品我感兴趣的是有关雷先生和艾琳的文字部分，我们看这部分文字和图之间的对照关系。

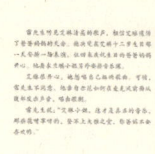

《原来我有这么多》

我很惊讶的是，从文字上讲艾琳很开心，可是从图画上看，我们看艾琳开不开心啊？她不开心。还有文字上并没有讲，艾琳是站在什么地方唱歌的？画家欧尼可夫把她画成了一个站在雷先生手掌当中的女孩，而且画面中有不少飘落的钱币。这在文字部分是读不到的。

这是否反映了画家的童年观点和立场？我不知道画面设计是文字

作者和画家共同商量的结果呢，还是画家欧尼可夫个人在处理画面时候的思考。不管怎样，我认为，画家借着这个画面，表达了他对于歌唱、对于孩子成长的某种看法，例如金钱对于艺术的统治、成人对于儿童的统治。因此，这些图像叙事的处理是创造性的，是丰富、补充、呼应了文字的叙事，对作品的主题也是一种很好的深化和揭示。

正好今天欧尼可夫先生本人在场，我想请他简单说一说这个钞票的设计是他个人加进去的吗，它的意图是什么，能不能说一说？（掌声）

我想，一个优秀的插画家，在对作品进行阐释的时候，常常会显示出卓越的创造性。在这个画面中，小姑娘艾琳被画在手上的这个设计，当时是怎么考虑的？钱币的设计是什么意思？

（欧尼可夫答：放在手上的设计是为了展示孩子的弱小，想通过钱币在画面中的飞动来表示雷先生训练小姑娘演唱的目的。非常遗憾现在有点想不起来当时文字的内容了。我到现在为止画的书太多了。）

对，艺术家不断地在赶往下一站，他不断被新的创作燃烧，然后忘记之前的事情。谢谢你！（掌声）

可见，欧尼可夫先生设计画面时的想法，与我们刚才的分析是一致的。

《不莱梅乐队》

这是欧尼可夫先生的另外一部作品。我们都知道《布莱梅乐队》是《格林童话》中著名的一篇,那四个结伴而行的伙伴流浪在外,晚上为了安全、为了躲避危险,他们决定在树林里过夜。文字部分是讲,驴子呢就躺在了大树底下,老猫爬上了树枝,公鸡飞到了树顶去,还有个黑猫。这幅画也是十分有意思的。欧尼可夫先生没有简单地试图再现文字内容,这幅图有别于文字,又丰富了文字的内容,我们看这幅图,公鸡在树顶微微摇摆的感觉,会让读者在心理上产生一种体验——一种悬而未定的惊险感,伴随着不安和纠结感。而文字中的有些内容,画家则把它省略了。

我们再看2000年国际安徒生奖插画奖得主安东尼·布朗的《我爸爸》中的一个画面。

《我爸爸》

如果是要表现爸爸什么也不怕,他可以有各种方法。他选择爸爸面对大灰狼时斥责它,而且大灰狼的眼神有点乖哟。我们注意到门外大树下面有谁呀?对,有两个著名的经典童话《小红帽》和《三只小猪》中的形象。在这些故事当中,我们都看到过大灰狼的身影。其实这种互文手法的运用,首先当然可能是为了好玩,其次是不是也是提醒读者,大家不要被它的表象所欺骗。而爸爸面对这样一只大灰狼时,义正词严、一身正气，爸爸真的很厉害，什么都不怕。

安东尼·布朗的另外一部作品《捉小熊》里面的图文关系也很典型。"一天，小熊去散步。"文字非常简单。什么是好的图画书文字叙事呢？有的创作者、研究者认为，好的图画书文字叙事是优美的、充满文学性的。当然这也是图画书的一种类型。但是今天，我认为最好的图画书文字不是所谓富有文学气息的，而是能够跟图像配合，具有高级的图文叙事能力的那种文字。难的是那种文字，而不是像有的作家说的，我就写一段优美的文字给你读，我就写一本主要用来读的图画书。我认为那是不懂真正的图画书艺术性、文学性的观点。那种文字再优美，在图画书的艺术语境里，也不可能是真正一流的图画书作品。

"一天，小熊去散步。"我们注意看安东尼·布朗设计的那个背景，背景的植物中仿佛孔雀叶子的植物像什么？眼睛，这就是安东尼·布朗的设计。我们看到下面的叶子有的像什么？嘴巴。我们发现在这个故事里面，小熊散步不是它一个人的事，它是被窥视、被观看的。

《捉小熊》

在这一页我们看到，在草木中藏着什么？两个猎人。这两个猎人与小熊构成了作品的故事主体。但是我们仍然看到在这幅图画当中，作者有很多的设计。比如说在两个猎人的后方，植物都是拟人化的，它们一个个都打着领带，我们在这里看到了眼睛和嘴唇，看到了更丰富的我们能够想象的一些细节。

图画书就是要在有限的叙事空间里面最大化表现画面的趣味、画面的想象力，让读者有发现感、惊喜感。所以优秀的插画家总是不放弃任何一个这样的机会。当然，插画家这种不放过的努力，最终达成的效果必须是符合图画书的叙事特质和美学要求的。

这是安东尼·布朗另外一部作品《大猩猩》里面的一页。

《大猩猩》

他们走到楼下，安娜穿上大衣，大猩猩穿的是爸爸的大衣，戴的是爸爸的帽子。

他说："大小正合适。"

我们知道，安娜的爸爸每天因为忙不能照顾她。安娜喜欢大猩猩，她的生活中充满大猩猩的元素。有一天，大猩猩来到了安娜的生活当中。他要带安娜去动物园。于是，大猩猩就穿上爸爸的服装。这幅图像的信息远远超过了简洁的文字提供的信息。如果文字这样写："爸爸的衣服挂在墙边，墙上挂着一幅画。"如果这样叙述，那就不是好文字。画面能够解决的、能够说明的，就让画面说明。我们来看这幅画，应该是夜半时分，大猩猩和安娜准备出门，去看动物园的猩猩。这样一个反常的举动表现了安娜想看到大猩猩的渴望。我们首先看到了右上方墙角的电灯开关，那个开关本来是一个普通的开关，可是作者有意将它处理成什么啊？对，一张笑脸。这就表达了此时此刻安娜的心情。我们再看看安娜身后的墙上，挂着爸爸的全副行头。这个行头从帽子到靴子，它们的色彩是冷色调的，它们的形象是干瘪的，我们意识到，爸爸这个时候是缺席的。因此这套衣服本身也具有表意功能，缺席的父亲对于孩子来说意味着什么，就是这样一个没有生命感的、阴冷的、干瘪的存在。后面这幅画的原作是西方美术史上一幅著名作品，19世纪美国画家惠斯勒1871年完成的作品《惠斯勒的母亲》。这里把"母亲"的脸画成一个大猩猩的脸，而大猩猩穿上的爸爸的服装是鲜亮的、暖色的，是温暖的、饱满的、有温度的，其实这也是安娜渴望的爸爸形象。

这里边最有趣的细节，也是我多年来很纳闷的一个细节：大家注意到在门上左右两边各有一个门把手是不是？我十几年前看到这本书的时候曾在课堂上跟同学们讨论，为什么画家要画两个门把手？有同学回答说，一个是现实之门，一个是幻想之门。有同学说，安东尼·布朗年纪也不小了，画着画着就忘掉了。也有同学说，艺术家嘛，他很可能故意画了两个门把手。

2013年11月，在南京第三届丰子恺儿童图画书奖颁奖典礼上，安东尼·布朗做完专家报告后，我在提问环节问了这个问题，就是为什么画两个门把手？我也把同学们的分析说了。结果安东尼·布朗回答说："为什么不让这些答案都存在呢？"作为创作者，这真是一个聪明的回答。

三、文图之间的表意让渡

既然对于图画书的图文叙事来说,图文之间有这样一种艺术联系,那么图文之间彼此的表意让渡就显得非常重要。让渡,在这里就是"让给"的意思。

英国学者马丁·萨利斯伯瑞有一部著作,它的书名直译应该是《为童书插图》。接力出版社出版的中译本译为《剑桥艺术学院童书插画完全教程》,当时约我写的序,所以这本书我找起来比较方便。

《剑桥艺术学院童书插画完全教程》

这本书当中有这样一段话:

> 在图画书中,文字和图画的关系独特而又复杂。它们各自的地位需要进行全盘考虑和衡量,彼此补充而不是重复相同的叙述。

这句话,还有这本书当中的很多观点,对图画书图文关系的阐释是十分精准的。

这段话是说,图文之间不是简单的一一对应关系,其关系、地位需要全盘考虑,彼此是相互补充的,而不是重复相同的叙述。

下面我们来举一个例子。比如说这样一句话:

爸爸送汤姆去幼儿园。

这个简单的句子出自一本荷兰的图画书《再见!》,明天出版社出版。如果我们首先看到这句话,图像信息还没有出现,我们想象的"爸爸"形象可能还是不确定的,可是图像出现的时候呢?哦,原来是动物伙伴、动物朋友去幼儿园。在这幅图中有很多有趣的信息。

《再见!》

第一,哦,我们知道了,它讲的是动物们的故事。我们看到前面的都是大人带着孩子,大象带着大象宝宝,鸭子带着鸭子宝宝。

第二,我们马上发现一个问题,这些故事中的形象是经过变形处理的对不对,它们和日常生活中这些动物形体之间的比例关系一致吗?对,是不一致的。因为要表现动物之间的伙伴关系,所以这里的图像对动物之间形体大小的比例关系做了变形处理。

第三,原来,爸爸和汤姆是在后面追赶,急急忙忙,这里面就有了故事。在这个画面当中,人物的行动方向从我们的视线来看是从右往左的。其他的大人和孩子走在前面,他们是有交流的,他们的目光是有交流的,在这里通过走在路上的青蛙宝宝的回视、大象宝宝的回视,还有鳄鱼宝宝的回视,和后面的追赶形成一种呼应。

所有这些信息,是图画给我们的。如果创作者用很多文字来叙述这个画面,那一定是失败的。所以,刚才我们引用的马丁·萨利斯伯瑞关于文字与图像在图画书当中应该怎么出现,应该怎么处理的观点,是很有针对性的。

我们再看这句话。

这个孩子出生的那一天,是她的父母一生中最快乐的一天。

"她好完美。"妈妈说。

"绝对完美。"爸爸说。

真的。

她是绝对的完美。

这段文字出自凯文·汉克斯的《我的名字克丽桑丝美美菊花》。如果我们只看到这段文字,我们会去想象,这个孩子到底是怎样完美呢?看到画面的时候,我们又会被作者的处理打动。

《我的名字克丽桑斯美美菊花》

原来,这个孩子是一只小老鼠。而插画家选择的完美画面,是小老鼠在婴儿小床里面酣然入梦这样一个场景。好美的是这只小老鼠,好美的是这样一个时刻。对爸爸妈妈来说,看着甜美入睡的孩子,看着那个时刻孩子酣睡的模样,也许这就是爸爸妈妈心目中最美孩子的形象。在这里,图文之间既有呼应,又有补充。

下面这部作品大家都熟悉,就是无数图画书爱好者非常喜欢的《母鸡萝丝去散步》。这幅画面和文字呢,我们稍微讨论一下。

《母鸡萝丝去散步》

第一,从画面上来讲,这是第一幅跨页的画,它出现了两个角色。从画面上我们能看到是谁在散步,如果说"萝丝在散步",我们一定会认为是母鸡在散步,可是在画面上还有一只文字当中没有提到的狐狸。这是图画书图文共同叙事的一个经典例子。

第二,这个画面是不是还有一条食物链的暗示?也就是说,母鸡可能是狐狸的食物。

第三,《母鸡萝丝去散步》的文字部分就是"母鸡萝丝出门去散步,她走过院子,绕过池塘,越过干草堆,经过磨坊,穿过篱笆,钻过蜜蜂房,按时回到家吃晚饭"。如果只有文字的话,我们会说这讲的是什么故事啊?可是当配上插图以后,文字就变得有意义了。那只淡定、优雅、浑然不觉的母鸡,散步回到家刚好赶上她的晚餐;那只不怀好心、鬼鬼祟祟、一心想把母鸡变成自己晚餐的狐狸,则不断地被惩罚，而母鸡对此一无所知。这种对比、这种幽默、这种故事性的安排，使这部作品成为一本教科书般的图文叙事的经典作品。

所以，这里我们就以萨利斯伯瑞的另外一段话来做一个小结。他这段话对我们文字作者，对我们图画书创作者和编辑，都是很好的提醒。他说：

> 如果关于一本图画书的构想最初来源于文字形式，那么在这本书的最终形式中，随着图画承担了越来越多的信息，最后可能只保留一丁点儿原文。你应该以精简为本，让文字具有提示性，或让文字更机智。

关于文字和图像在图画书中的地位及其让渡关系，我认为萨利斯伯瑞的这段话是个重大的提醒，特别是对那些还不知道文字怎么跟图让渡、怎么跟图配合的作家来讲，是一个重要提醒：你在写作的时候，可以有很多提示，但是你不要认为自己能够包揽这个故事。对画家来说，你拿到一个脚本的时候，你不能跟着它一直往前走，你完全有美学上的义务、权利和责任，去为文字故事做出新的创造性的图像呈现。

对图画书而言，文图之间"差异"的存在，意味着图像的介入必将给文本带来新的内容。文图之间的"差异"越大，它们的互补性也越强，最终，它们所创造的新内容也就越丰富。

那么，有没有文字比较完整的好故事呢？当然有，比如刚才我讲到的《我的爸爸叫焦尼》，比如《爷爷变成了幽灵》，还有《我的爸爸叫焦尼》的作者创作的另一本图画书《爸爸带我看宇宙》，还有北京联合出版公司出版的《红色棒棒糖》。《红色棒棒糖》的画面可能不一定特别出彩，可是故事却十分精彩。所以，对于图画书来说，真正好的文字、故事也是可以拯救整本书的。

当然，对于图画书创作的经典形态来说，我们要了解图文之间彼此让渡这样一个原则和规律。文图之间的叙事"差异"与"互补"，是图画书艺术独特性、丰富性的重要来源和重要保障。

四、"差异"与图画书的叙事创意

图画书中图文叙事的"差异"艺术，它最终与图画书的艺术创意有关。文字与图像的"差异"叙事，带来了现代图画书艺术的巨大空间、巨大可能。它也意味着，图画书创作的探索和创造是饶有趣味的，也是无穷无尽的。

因此，从一定意义上可以说，现代图画书的艺术发展史，正是文字与图像之间不断发现、发明、创造各种"差异"艺术关系和可能的历史。

这种差异艺术的典型表现方式之一，是图文之间的表意刚好相反。例如昆汀·布莱克的作品《凤头鹦鹉》。昆汀·布莱克在他的《文字与图画》这本书中说："《凤头鹦鹉》正是有意利用图文的差异艺术而创作的一本充满谐趣的作品。"《凤头鹦鹉》十分集中、典型地运用了图文叙事的"差异"策略，文字讲的是一个故事，图画呈现的则是另一个故事。

故事中的这位先生养了一大群凤头鹦鹉，结果呢，这群鹦鹉都跑了，他去寻找鹦鹉。实际上，图画书需要很多重量吗？需要很多哲学吗？也不一定，有的时候，趣味是图画书最高的艺术通行证，是它们成功的秘籍。

"他爬上阁楼",我们看到这位先生上了阁楼,拿着一个灯照了一圈找他的凤头鹦鹉。他的结论是"它们不在这里"。可是画面上是什么?凤头鹦鹉们都在这里。所以,"在"和"不在"就是文图给我们呈现的完全不同的故事。文字呈现的是故事中人物的视点,他看到的,没有;而图呢,是我们读者的视点,全知的视点。我们看到这位先生爬上来,他看不到鹦鹉。作者用"在"和"不在"的错位并置、差异并置,用错觉和真相的并置,用这种巧妙的文图结构和织体,把图画书的趣味、创意、魅力和特性都展现了出来。

也许正因为同样的魅力、同样的特性,打动了2013年凯迪克奖的评委们,还有2014年凯特·格林纳威奖的评委们,有一本书——《这不是我的帽子》获得了那一年美国和英国的这两项比国际安徒生奖历史还要久远的大奖。

《这不是我的帽子》

这是2015年"第四届丰子恺儿童图画书奖颁奖典礼暨第五届华文图画书论坛"举办时,我主持完新闻发布会以后,跟作者乔恩·克拉森的合影。他是一位80后的创作者,很年轻。

我们来看这本书,"这不是我的帽子。是我刚刚偷来的。"我看在左边的画面上，一条小鱼戴着一顶帽子在水中游弋，从左往右游。这段文字是他的心理活动，也交代了故事的来由。这段文字的内容是图画内容的说明和延伸。一条小鱼戴着帽子游过来，如果不读文字，我们知道这是谁的帽子吗？知道这是他偷来的吗？所以这是需要文字来表达的内容。

"我从一条大鱼那儿偷来的。我偷帽子的时候，他在睡觉。"这里已经有一些可以让我们想象的地方，比如这条大鱼怎么会这么大，几乎占满了整个跨页？为什么这条大鱼会有这么一顶小帽子，这个帽子像是小鱼的帽子？这都是作者设计的一些悬念和趣味。这里我们还发现，这条大鱼确实是睡着的，他的眼睛是闭着的。

接下来，叙事的图文差异出现了："他可能睡很久都不会醒。"这是小鱼的心理活动，是他心里的揣摩。这时候小鱼不在画面里，让我们想象。我们看到的是，大鱼怎么样？他睁开了眼睛。这里面图文之间的差异感、幽默感出来了。

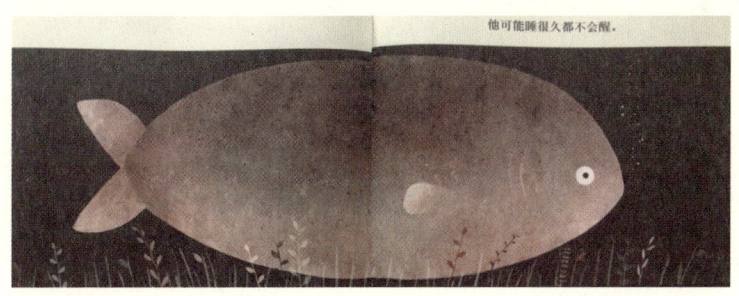

《这不是我的帽子》

"就算他醒了，可能也不会发现帽子不见了。"可是我们看到大鱼的眼睛怎么样，从眼睛睁开醒的时候开始，他已经察觉前方的状况了。所以孩子们看到这里的时候就会想象，大鱼到底有没有发现？事实上，孩子们都知道，大鱼已经发现前方的状况了。

"就算他发现帽子不见了，可能也不知道是我拿走的。"我们从这里读到了小鱼洋洋得意、正要赶紧溜走的心理。我们再看大鱼的眼睛，这个时候的眼睛处理有点夸张，让人印象深刻，他的眼珠子聚焦前方，显然已经紧紧盯住了前方的小鱼。而小鱼还在想，"就算他发现帽子不见了，可能也不知道是我拿走的"。小鱼一直在为自己寻找安全感。"就算他猜到是我，他也不知道我去哪里了。"可是，大鱼这时候逐渐游出画面，这给我们的暗示是，大鱼速度加快、紧追不舍。

"不过，我可以告诉你我要去哪里。我要去一个水草长得又大又高又密的地方。在那里什么也看不清。没有人会找到我。"这幅图呢，再次提醒我们小鱼的状况，他戴着帽子急急地往自己认为安全的地方游去。乔恩·克拉森的想象力和幽默感在这里又体现出来了。

"已经有人看到我啦。"你看文字部分没有讲一只螃蟹看到我了。"不过，他说他不会告诉任何人我去哪里了。""我"还是安全的。"所以，我一点儿也不担心。"但当大鱼游过来的时候，那只螃蟹马上告诉了他。所有这些我们在文字当中没有看到，文字一直都是小鱼的心理活动。孩子们看到这幅画都笑了。这里文字之简洁、幽默，提示力之强，配合着画面，的确有着一种出人意料的幽默感、惊喜感。

"看！我到了！这里的水草长得又大又高又密！我就知道我会成功。"可是这时候我们看到，小鱼、大鱼在故事中第一次出现在同一幅画面上。小鱼就要钻进水草当中，而大鱼出现在他的身后。叙事的悬念和紧张，会合在了这里。

这本书的后面几幅画都是没有文字的。下一幅整幅画的水草，再下一幅大鱼出来。结束的时候，我们知道小鱼不知所终，大鱼带着他的帽子走了。故事的结尾是含蓄而又开放的。

我们看到，在这本图画书中，文字是线性的、概括的，图像是瞬间的、具象的；表现内容呢，文字是主观的、心理的，因为主观的、心理的内容没有办法用图像表现出来，而图像是客观的、具象的。图文之间的巨大差异、配合、让渡，最终构成了这样一本完整的图画书。

图画书需要才气吗？需要才气。有时候我们就差这么一步，我们很用力很用力，但是如果这个智慧，包括处理图文叙事的智慧没有被我们把握住、没有被我们点亮，那么，尽管我们自信满满，忙得满头大汗，但是最后，我们还是可能与真正的图画书艺术擦肩而过。

五、"差异"与"互补"的意义

前面我们分析的例子，大都是在图文叙事的"差异"和"互补"中呈现图画书的游戏趣味、想象力和幽默感的例子。我认为，这种"差异"和"互补"，还可以指向更深厚的童年哲学、童年美学的揭示和表达。

约翰·伯宁罕的《莎莉，离水远一点》是我很喜欢的一本书，大家肯定也很熟悉。我在课堂上曾经问同学们，这本图画书有几条叙事线索？一般同学会说"两条"。我说它有三条：一个是作品左边画面中的爸爸和妈妈，那是苍白的成人形象及其故事线索；一个是文字构成的线索，即故事中妈妈的"絮絮叨叨"，妈妈的话呈现的就是生活当中、现实当中的莎莉；还有第三条线索，是作品右边画面讲述的故事，也就是莎莉在想象中为自己创造的一个属于童年的故事。

　　这可以是百讲不厌的一本书，一个童年的想象在这里得到完美地呈现。成人用成人的方式限制、要求、责备、对待孩子，并且制造了一个百无聊赖的下午。爸爸说水太凉了不能下水，莎莉没有办法玩水，但是她用自己的想象力完成了一个精彩的冒险故事。最后，爸爸妈妈说："天啊！都几点了。我们不赶快走的话，回到家就太晚了。"一家三口离去了。莎莉没有获得属于自己的一个快乐的水边的下午，可是她用自己的想象力拯救、创造了这样一个半天。童年的力量在这里得到最自然而深刻的呈现。

　　最后，我们再来看看《山姆和大卫去挖洞》这本书，这是麦克·巴内特编文、乔恩·克拉森绘图的作品。这本书把童年生活、想象力、寓言和哲学结合得无比完美。

　　山姆和大卫去挖洞，他们要去找一个了不起的东西。他们挖呀挖呀，读者已经看到什么？山姆和大卫没有挖到宝贝。"我们要继续往下挖"，于是他们继续往下挖。"了不起的东西"在哪里？读者是全知的。"我们应该朝另一个方向挖。"他们似乎一次又一次错过了"了不起的东西"。大卫说："我有一个新的想法，我们分头来挖。"

《山姆和大卫去挖洞》

我们看到，埋藏在地底下的宝石一颗比一颗大，可是山姆和大卫都错过了。于是，他们朝着另外一个方向挖，可是什么"了不起的东西"也没挖到。"也许我们应该重新朝下挖。"

我们知道这个故事，山姆和大卫后来什么也没挖到，他们从自己挖的洞里面，一个无底洞掉下去。最后，落到了一片草地上。两个人感叹："哇！真是了不起。"这个结尾把话题变得更开放、更高远。究竟什么是了不起的东西？山姆和大卫也许错过了这些宝石，可是童年在这样的过程当中，他们体验到了真正的童年的天真和趣味。对于读者来说，我们以为画面上的山姆和大卫一直被欺骗，其实也许是我们被欺骗。山姆和大卫他们要的也许不是那些宝石，而是了不起的生活、了不起的童年、了不起的创造。所以这样的作品，它带给我们的思考力，它借助图文之间的差异和互补所呈现的寓言性、哲理性，就更有意味，更加震撼。

最后，我想说，重视发掘、把握图画书文图之间丰富、精彩、深刻的"差异"与"互补"的艺术特性，是推动原创图画书创作发展的重要艺术之道。

谢谢大家！

（本文系作者 2018 年 6 月 26 日在郑州"2018 金羽毛绘本高峰论坛——国际视野下图画书的中国格调"上的主题报告，根据录音整理）

丰子恺儿童图画书奖：我有幸跟它相伴十年

格拉齐亚·戈蒂女士（意大利库珀提瓦文化创始人）在介绍意大利博洛尼亚童书展最佳童书奖时，说"历史悠久的奖项都会碰到一个问题——怎样对抗陈词滥调"。这个观点很有意思，对我们思考奖项的意义和出路很有参考价值。当然，对于中国的图画书奖项来说，对于相对历史短暂的、正在建设中的当代中国图画书评奖事业来说，我们面临的首要问题可能是：如何建立真正专业的、清晰的、贴近这片土地，同时又符合真正的童年及其美学精神的奖项？

2006年9月，国际儿童读物联盟（IBBY）的世界大会在中国澳门特别行政区举办。主办方邀请我在会议的一个专题论坛上做一个关于中国儿童文学的报告。我睁大眼睛扫视当时的中国儿童文学界，我说我来谈一个话题——"图画书在中国大陆的崛起"。崛起，多么气势磅礴的一个词。可是，那个时候，在整个中国内地，还没有一个真正的儿童图画书的专业奖项。在1990年代，在日本福音馆专家松居直先生帮助下，我们曾经设立过一个"小松树图画书奖"。可惜的是，它只评了第一、第二届就停掉了，无声无息地消失在图画书发展的时间长河里。

2008年，香港陈一心家族基金会承担起了在中国，也是华文地区设立第一个图画书奖项的工作。基金会的陈范俪瀞女士是一位已经当了祖母的长者，她在陪伴她的孙儿阅读的时候，发现他们阅读的都是外文版的图画书。她说为什么没有好的中文图画书呢？因为她很想给她的孙儿们传递一些中华母语文化的东西，提供打开中华文化背景的一些阅读。于是，陈范俪瀞女士在她的儿子陈禹嘉先生、儿媳李淑慧女士的支持下，在2008年夏天的香港教育学院（现名香港教育大学），举办了"丰子恺儿童图画书奖"成立的发布会。而且，这一奖项的成立，得到了丰子恺先生的女儿丰一吟女士的支持，用丰子恺先生的名字来命名。

十年前，我参加了书奖成立的发布会。后来，作为书奖的内地顾问，看着奖项一路走来，看到了基金会和后援者，看到了组委会的团队以及世界各地热爱华文图画书的人们为这个奖项所倾注的巨大心力、财力、智慧、包容、理解和努力，我深受感动。

那么，丰子恺儿童图画书奖的定位和特色是什么呢？

第一点，它是一个面向全球华语地区的华文原创图画书奖项。

跨地域性，是它在目前中国所有图画书奖项中的一大特色。这么多年来，中国内地、中国香港和中国台湾的出版社、创作者是主要的参与者，至去年第五届，我们还收到了来自马来西亚、新加坡等国的参赛作品。所以，它的影响是跨地域的，是真正具有国际性的一个奖项。

第二点，我认为是这个奖项对专业性和公正性的坚持。

对像我这样一个在中国内地的评奖文化当中成长起来的专业从业者，在十年当中，始终有着非常深刻和强烈的触动。我认为丰子恺儿童图画书奖的专业性，在目前中文地区的所有图画书奖项当中是比较突出的。这个奖项的每一届评委都是来自出版界、学术界、创作界（包括作家和插画家）、图书馆界、阅读推广等领域的专业人士，还有儿童教育、儿童文化的实践者。它的评委来自中国台湾地区、中国香港地区和中国内地。这么多年来，也有来自日本、美国、法国等国的专业人士参与评审。所以，它的多重眼光保证了它审视原创图画书时的专业水准。

为了让评审委员秉持公平、公正的态度评奖，丰子恺儿童图画书奖要求所有评委在一个封闭的空间里面，用最纯粹的态度，抛弃地域以及偏见进行评奖。记得第一届评奖的时候，台湾的评委对大陆的作品颇多肯定，而大陆评委对台湾的作品感到非常新鲜。在评审过程中，使我感动的是，评委都抛弃了私念，以公平、公正的态度以书论书，一切分歧和讨论都是在专业的意义上发生、展开的。记得那次评奖过后，我写了一篇文章《一次特殊的评奖体验》，发表在《文汇报》的"笔会"上。

评委的专业眼光和工作精神保证了评奖结果的公正性、权威性。以首届丰子恺儿童图画书奖为例，最终评选出来的首奖作品是余丽琼撰文、朱成梁绘图的《团圆》。坦率地说，当面对大量参评作品时，我们并不知道大奖最终会花落谁家。经过多番阅读、讨论，《团圆》渐渐浮出水面。美国童书学者、评论家伦纳德·S.马库斯先生提到，《纽约时报》的年度最佳童书，从数千本图画书中只挑选十本。《团圆》2009年获得丰子恺儿童图画书奖首奖，2011年英文版《团圆》进入了《纽约时报》十大年度最佳童书的榜单。这是第一次有华文图画书进入榜单，而且，那一年的《纽约时报》宣传手册里面，从封面到封底和内页，都是《团圆》这本书的图画，可见，他们对这部作品的喜欢和重视。后来，《团圆》由英国沃克公司引进，有了英文版，然后又相继出版了法文版、日文版、韩文版等。

对于这个奖项，公众也关注也讨论，比如像《团圆》《盘中餐》这样的首奖作品，有人认为，丰子恺儿童图画书奖的评选眼光是不是太刻板、太严肃了？事实上，如果你更多关注它的历届获奖作品，你会发现，像《最可怕的一天》《星期三下午，捉蝌蚪》《西西》等等，都是充满了想象力、游戏性的，甚至也不乏运用并具有后现代手法和精神的图画书作品。

丰子恺儿童图画书奖的第三个定位，我认为是它的慈善性和公益性。

这个奖项背后没有任何商业目的或考虑，书奖一心想把最美好的华文原创图画书作品推荐给我们华文世界的孩子，也希望这些优秀的华文作品能够走进全世界孩子们的目光中。2010年10月，在我们主办的第十届亚洲儿童文学的大会上，有位韩国学者在红楼儿童文学图书馆看到了《西西》这部作品，他说能不能送他一本？当然，送！后来，韩国就引进了。所以，是评委准确的评审眼光才得以让这个奖项评选出来的作品能够在国际的层面传播。

丰子恺儿童图画书奖，我个人有幸跟它相伴十年，这是我的幸运。

感谢这个奖项，感谢这个时代。

（本文系作者应组委会邀请，2018年11月10日在上海国际童书展专业论坛之"近窥国际童书奖项成功的奥秘"上的发言，根据录音整理）

儿童故事的难度

一、回首"黄金十年"

2004年12月,在上海的一个儿童文学论坛上,我对中国儿童文学现状做出了一个比较冷峻的评价。对此,刘绪源先生在2005年《中华读书报》上撰文提道:方卫平在论坛上第一次提出,中国儿童文学处于低谷时期。

曾几何时,我的这种"低谷论",就被滚滚而来的童书出版"黄金十年"(2005-2015)碾得灰飞烟灭。

2006—2016年少儿图书增幅领跑图书市场

年份	少儿图书增幅	整体图书市场增幅	相对优势
2006年	12.96%	10.33%	2.63%
2007年	24.42%	11.18%	13.24%
2008年	7.88%	4.44%	3.44%
2009年	10.21%	4.21%	6.00%
2010年	11.08%	1.83%	9.25%
2011年	11.57%	5.95%	5.62%
2012年	4.71%	-1.05%	5.76%
2013年	6.65%	-1.39%	8.04%
2014年	10.24%	3.26%	6.98%
2015年	2.96%	0.30%	2.66%
2016年	28.84%	12.30%	16.54%

注:本表数据来自"开卷公司"。

十年间,童书出版创造了惊人的畅销奇观,各种"现象级"的畅销书、畅销作家纷纷登场。例如，曾有一套超级畅销书起印200万册，几个印刷厂同时全力开机。

但是，这真的是这个时代儿童文学和儿童读者的福音吗？

畅销的神话，风光的奖项，层出不穷的儿童文学排行榜，被绑架的研讨和书评，在我看来这些实在是一把双刃剑，它在制造神话的同时，可能也在毁灭这个神话。

我们不禁要问，在一个嘈杂、纷乱、浑浊的年代，童年和童年书写的艺术理性、文学神性哪里去了？

我认为，童年的神性，具有三个重要特性：彼岸性、神秘性、超越性。

童年与童年的文学，本来是最与神性相通的。

张炜先生认为：儿童文学对于整个文学具有基础性的意义，它也是整个文学的一个入口，更是一个开关。

这是对于童心与诗心的肯定，对于儿童文学的重要论断。

但是，在这个时代，处处可见的是被污染的"天真"。

与"繁荣"相伴的是过度的、夸张的、沸腾的文学生活，很可能同时也是一个儿童文学失魂落魄的时代。

二、儿童故事：认识难度的意义

认识儿童文学难度的艺术辩证法：

1. 一个不能认识到儿童故事的难度的作者，永远不可能写出最高级的儿童故事。

2. 一个不能认识到儿童故事的难度的读者，难以具备真正的儿童文学鉴赏能力。

三、什么是儿童故事的难度

思考儿童故事的难度，就是回到文学，回到书写童年的艺术。这表现在写作的许多方面，例如：

1."简洁"的难度

语言的简洁：

"她是一个瘦削而精明的女人。"（某部获奖作品）

"尽管使坏吧！"汤姆勇敢地叫道。

"我父亲帮我解了方程式。"汤姆谦逊地说。（某部翻译作品）

我们看到，这些文字喜欢运用形容词。

"他用脚踢了一下。"（某部引进的图画书）

难道还能用"手"踢？

翻译语言问题更多：

"每个人都在吃东西的画面让他意识到他真是太饿了"；

"拐进温莎花园的转角之前，他还回头向那群人发射了好几次抗议的眼神。不过随着熟悉的32号绿色大门越来越近，他的脸上渐渐浮起了思索的表情。"（一部引进的系列作品）

当然，简洁不是简单，而是单纯、富有情味与表现力的语言。

斯蒂芬·金在《写作这回事》当中有一句令人印象深刻的话:"写作真正糟糕的做法之一就是粉饰词汇。"斯蒂芬·金是当代美国一位超级畅销书的通俗文学作家,他的代表作之一是《肖申克的救赎》。他的作品也是大家公认的通俗文学领域具有影响力、代表性的作品。对于斯蒂芬·金的作品,主流的文学评论界也有两种不同的看法。一种认为他仅是通俗文学的作家,通俗文学的身份,通俗文学的写法,不入精英文学之流,上不了大台面;另一种看法认为,他的写法尽管是通俗文学的,但仍然是文学的高级路子,代表了当代文学中一种重要的写法,通俗文学也是文学的重要流脉,而且也能够出精品,出高级的作品。

通俗文学、大众文学跟儿童文学之间,其实存在某些共性。比如因为读者对象的原因而带来的语言上的一些思虑,就有共通之处。所以当斯蒂芬·金说,"写作真正糟糕的做法之一就是粉饰词汇",这句话不仅仅是就通俗文学来说的,对于一般的文学来说,特别是对今天的儿童文学写作来说,思考什么是粉饰词汇,思考什么才是真正的语言的简洁,怎么样才能真正地发挥儿童文学特有的简洁的力量,也具有很重要的启示性。

斯蒂芬·金特别说到了写作当中那种副词的滥用现象,他说,这些副词就像你家门前草坪上的蒲公英似的,你不清理,一朵十朵几十朵,很快就把你的草坪弄得一团糟了。这是一个比喻的说法。他特别说到对话:

> 界定对话最好的方式就是"某某说",比如"他说""她说""比尔说""莫妮卡说"……也许你的故事已经讲得不错,相信用"他说",读者就会知道他讲话的语气动作——是慢

是快，是愉快还是伤心。

我相信通往地狱的路是副词铺就的，我要站在房顶上大声疾呼我的观点。

他说，对话当中，乱加副词，其实是很可怕的。所以他认为，界定对话最好的方式就是某某说，比如，他说，她说，比尔说，莫妮卡说。斯蒂芬·金这个说法听起来有点儿极端，但是如果我们看斯蒂芬·金说的这个语境，其实对于文学的叙事来说，是很重要的提醒。

如果文学对话当中人的情绪、人的情感、人的性格表现与塑造需要用副词来进行说明，这是不是意味着作品前后叙述、交代本身是不充分的，是有问题的。再换一个角度说，如果你的前后文交代已经很清楚了，你的语气已经把这个人的性格，此刻的情绪、情感非常充分、生动地表达出来了，那么在对话当中，再加上同义的副词来进行强调，也是没有必要的。所以说斯蒂芬·金的这个看似有点儿极端的说法，其实最终不是关于用词本身的，而是关于叙事的完整性、统合性、充分性的。换句话说，在这里，语词本身是否足够简洁，可以提示和检验作品叙事本身是否足够充分、完整，前后是否统一、清楚，是否传递了想要传递的相关信息。

大量副词、形容词的滥用，有时候被标以"好词好句"，这不仅造成了儿童文学中粉饰词汇泛滥的文艺腔，也在某种程度上造成了当今中小学生体制内写作重语词、轻真情实感的作文歪路。

我们也可以看一看正面的例子。我从刘海栖新作《有鸽子的夏天》（山东教育出版社2019年1月出版）里面随机取出来这一段对话：

我问赵理践这两只鸽子是从哪里来的。

"取水巷知道吗？"赵理践说，"有家养鸽子的……"

　　"知道知道！"我说，"是不是胡卫华？"难道是胡卫华的鸽子？

　　"没错！"赵理践说，"就是胡卫华，是他的鸽子，我老给他家送蜂窝煤。"

　　我差点没叫出声来。

　　这部小说一个显而易见的特点，就是它语言的简洁。这种简洁几乎可以说是对斯蒂芬·金所说的对话要求的某种印证。这组对话中，"赵理践说"，"我说"，"赵理践说"，中间都没有随便加副词。如果要加的话，当然很容易。在我们许多作家的笔下，可能随手就给它加上去了，这甚至已经成为许多作者的一种写作习惯了。

　　比如"取水巷知道吗"，赵理践有点儿"神秘地"说，或者赵理践"微笑着"说。这两个词语表达的意味当然是不一样的，但是不管用哪一个，都不如不用那么简洁。接下来，"'知道知道！'我说"，可能很容易就加成"我连忙说"，但是"连忙"的意思，在"知道知道"里面其实已经表达出来了，在前面"我"想要鸽子的迫切心情的铺垫当中已经表达得很充分了。所以用"我说"足矣。接下来，"'没错！'赵理践说"，作者没有加上"赵理践得意地说""赵理践高兴地说"之类。此处不加副词，而要传递的意思已经清清楚楚，明明白白，正因为不加，甚至还给我们留下了可以琢磨回味的空间。

　　从这一段看起来，没有任何对于"我说"的状态的修辞说明，而作品中"我"的兴奋心情，都已经非常清楚地表现出来了。这种"清楚"不是通过作者的说明文字，而是在前后文的叙述当中已经交代得很清楚了，所以简洁的语言丝毫不意味着表意是不充分的；反过来，因为他的表意已经足够充分了，所以作者选用了最简洁的语言来呈现它。整个叙述文字让读者读来就会产生一种特别大的愉悦，你觉得字词都没有浪费，每个字词都承担着它应有的表意分量。

所以进一步说，简洁看起来是一个语言层面的表层的问题、形式的问题，但它不但关乎形式和技术，而且还关乎表意和人物塑造，关乎情感和灵魂的表达。

还是拿《有鸽子的夏天》来做例子，大家看这一段，选自其中"杏核大王"一章结尾处的一段。

"我们家善明真不赖！弄回来这么多杏核，"鸭子他妈正在刷腌咸菜用的粗瓷坛子，她指指那堆杏核山，"去年腌好了给他爸捎去，他爸说他们队上的人都爱吃，叫今年多腌点，我还发愁到哪里去弄这么多杏仁呢！他爸那伙人有口福啦！"

鸭子的爸爸是开卡车的司机，过去给铁路货场运货，现在支援大三线建设去了陕西，很难得见他回来。

啪！啪！啪！……

这段小小的叙述当中，有鸭子妈妈的一段话，还有简短的一些叙述文字。这段文字放在这里，单看的话，似乎很白，就是对于一个生活场景的简白叙说。但是它的简白，其实底下蕴含着非常丰富的感情。因为这一章的前面部分，一直在讲这个"鸭子"徐善明跟另外一个伙伴赌杏核，最后他赢了很多。另外一个男孩呢，心里不服气，说，你再借我点儿杏核，我再跟你赌，但是鸭子就不肯赌了，不但不肯赌，他也不愿意把杏核借给这个对手继续赌。边上的人觉得有点儿扫兴，都说他"真奸"，就是小气。甚至他的对手开始去拽他装杏核的书包，说，你那个杏核不都是从我这儿赢去的吗，包括这些围观者的杏核，也有很多被他赢去了。书包被拉断了，他在那儿大哭，最后还是赵理践来解围的。其实鸭子徐善明在前面的叙述中留给读者的印象，是略有那么一点点的不讨人喜爱的，小气，抠门，又没有那种敢甩出去的男子汉气，不大可爱。但是看到最后的时候，突然之间，就是这一段看似简白的叙说，我们知道了，为什么他会小气，会抠门，会拿不出进一步去赌有可能输掉的那种勇气——不是为了他自己，是因为这些杏核里面的杏仁要做成杏仁咸菜，去捎给他的"支援大三线建设"的爸爸和同事们一起吃。

这样，作品和人物的意蕴和内涵就丰富起来了。作者在这里也没有多加一段话来进行说明，比如：现在我们终于知道了鸭子为什么要去赌那么多的杏核，为什么不愿意再进一步地赌下去，为什么会显得小气，原来他要把这些杏核送给他的爸爸。作者在这里都没有直说，没有去加这样的说明，因为这样的意思，在小说叙述的前后文中，都已经含蓄而又清晰地表达出来了。鸭子妈妈的一段日常的语言，还有对鸭子爸爸的一个介绍，还有最后的三声，"啪！啪！啪！"，内涵都在背后，情感都在背后，人物的形象从这里立起来了，小说要表达的感情也从这里丰满起来了。

所以，我们要进一步强调，对儿童文学写作来说，语言的简洁绝不仅仅是一个简单的语言技术的问题，这种简洁关乎你的叙事的整体性，关乎你的情感和灵魂的表达。

2. 准确的力量

所谓准确，是指语词的形式和它的表意之间的一个准确的对应关系。我们熟悉的一些准确的表述，比如说"家庭"这个词的定义。什么是家庭？以婚姻和血统关系为基础的社会单位，包括父母、子女和其他共同生活的亲属在内。这当然是一种准确的表述，因为这个释义来自《现代汉语词典》。

但是这个"准确"，还不是我们说的"文学的准确"，显然它跟文学之间有距离，但是它是文学表意的一个基础。或者说，它提醒我们，在语词的形式和它表达的内容之间，应该有一个基本准确的对应关系，这种准确，不是文学的充分条件，却是我们进入文学的一个基础的必要条件。所以我们就来看一看，从这个准确的要求开始，我们怎么样再进一步地深入下去。看一看，对于儿童文学的书写和表达来说准确的意义有多么重要。刚才提到的"家庭"这个条目，同样也有以此作为基本表述内容的一类儿童文学写作，比如说这本图画书——《各种各样的家——超级家庭大书》。

这是一本知识性的图画书，介绍各种各样的家庭。从某种意义上说，它是我们刚才说的"家庭"这个概念的一个解释。我们来看一看，首先，它是怎么样解释"家庭"，来保证作为一个词语应有的准确性的；同时，它也把这种准确性可以有的精细程度、丰富和复杂的程度，在字典定义的基础上，更进一步向前推进——这就是文学能够带给我们的一种特殊的解释力了。

人们一般认为，一个家庭是由爸爸妈妈和孩子构成的。但是，这本书中告诉我们，有这样的家庭，还有的家庭只有一个爸爸，有的家庭只有一个妈妈，有的家庭有两个爸爸，有的家庭有两个妈妈，等等。这就把单亲家庭、同性恋家庭等涵盖了进来。我们看到，在大的概念之下，书中呈现了家庭形态本身的多样性，这种多样性其实是应该成为我们理解家庭含义的一个重要方面的。它也使我们对家庭的理解变得更加准确，更加全面，重要的是，也变得更加富有人文的精神与情怀。

当然，关于家庭，关于家庭里面有什么，这本书里还有许多展开。例如，家庭总是跟房子有关系，书中提到，人们住在各式各样的房子里，有的小家庭住在大大的别墅里，有的大家庭住在小小的公寓里，还有一些人没地方住。看，在这里，家庭这个概念所拥有的经济的、社会的丰富性也在进一步地扩展和增加。还有关于工作的，"有些家庭每个人都有工作，还有些家庭只有一个人去上班，有些爸爸妈妈在家里工作，还有些爸爸妈妈根本找不到工作"。这里揭示了家庭与工作关系的多重性，隐含了"失业""负担"等含义。用这样的方式，这本图画书实际上是在某种程度上试图穷尽我们对于这个社会上存在的各种可能的家庭形态和家庭存在状态的了解。

这里的准确体现在哪里呢？

我认为，体现在作品所展开的关于家庭的所有叙述，跟它所想要呈现的家庭这个概念之间的对应关系的丰富性、弥合度。作者考虑到了跟家庭有关的、影响或者决定家庭存在状态的各种各样的因素。对于普通人来说，许多"想不到"其实是会限制我们对于家庭的理解和想象的。而这部作品用这样的方式，用一种更为准确和精细的家庭解释，丰富了我们对家庭这个概念和对象的认识与理解。

科普类、认知类的图画书可能特别容易让我们联想到准确的问题，但其实，一切儿童文学的书写，特别是叙事类文学的书写，跟这种准确的要求都有非常密切的联系。这些年来，儿童文学的出版很热，我们看到，一方面是对经济利益的一种不可避免的追逐；另一方面我们也看到，越来越多有志向的出版机构和作者，开始不再那么被经济因素所捆绑，他们可能有了更多的自由空间来寻求那些没有被探索过，或者没有被充分探索，或者还有待于开掘的一些写作话题、题材等。比如说这些年来战争题材的写作，还有历史题材的写作，传统文化题材的写作等，都可以纳入其中来观察。

写战争，写历史，写传统文化，不管是过去还是现在的童年，我们能够在多大程度上准确描述那时候童年生活的真实情态——还不光是童年生活，是那时候整体生活的真实情态；这种准确性，会在很大程度上影响作品本身叙事的自然和真实程度，最后，会影响作品整体叙事的艺术性。

我举一个例子。《石榴红》是最近出版的一部谍战题材的儿童小说，故事完整，可读性较强。但是作为此类题材的尝试之作，作者在故事编织上用力过猛，导致漏洞较多，故事的可信度和说服力就难免降低了。例如，首先，小说的重大情节设计过密，巧合过多：小欢被日本飞机炸断左臂，上海街头巧遇海爷和田小七，江枫巧遇江山老乡大毛二毛兄弟，兄弟俩正好知道安娜的情况，身陷76号的安娜正好从包油条的报纸上看到了小欢的寻母启事，刘菜刀的女儿也正好叫小欢，在毕忠良家又遇见了曾被狗儿"乌云"救下的日本孩子大岛一田；大岛一田在医院正好认识了江枫的男友汪五月……巧合是文学作品的常用手法，但是过度使用，一定会弄巧成拙。其次，人物形象前后矛盾。小欢在毕家（以为是76

号）等地找妈妈的天真与她面对危险局面从容应对的老练十分矛盾；小欢居然把笔记本（日记）带进毕家，差点出事又被大岛一田莫名解围。尤其是作为普通人的江枫、小欢未经任何谍报工作训练，就承担起如此复杂危险的工作，而且是冒充堂弟刘菜刀及其女儿打入特工总部76号特别行动处处长毕忠良的家里，亲戚关系的缝隙、漏洞如何弥补？

谍战题材的作品讲究设置悬念、制造情节的惊悚与波澜起伏，作为一种类型文学写作，这些完全可以理解。但是，如何把握它在叙事方面的"度"，如何在表现谍战故事的惊险、人物的大智大勇的同时，保持对历史和特殊岁月的尊重和敬畏之心，保持某种艰险、残酷历史再现的准确性，以免把谍战题材写作变成一种"谍战神剧"写作，可能是我们应该思考的问题。

3. 善与美的力量

"准确"，不是文学写作的终点，它远远不是终点。但是，"准确"应该是这类写作一个基本的起点，至少是在起点处应该予以慎重考虑的一个因素。

"准确"的背后，也绝不仅仅是语词形式与意义相对接的问题。"准确"的背后，一定会有重要的观念、情感、灵魂带出来。就像《各种各样的家》，它不仅涉及家的知识，同时关乎与家有关的人文与社会的价值和情怀。

这就涉及了"美"与"善"的问题。那么，应该如何深入理解儿童文学朝向"善"与"美"的表现力？

首先，我们来说说英雄之善与日常之善的不同。

我们要认识到这两点的区别，也要意识到它们之间的关联。现在我们对于它们之间的区别可能认识得还不够充分。所谓英雄之善，简单地说就是我们对于一部作品当中——我们放在儿童文学语境里来谈——对于一部儿童文学作品当中英雄角色代表善的力量、善的立场的一个基本认识。这个认识，我想我们大家其实都有。但是，英雄所代表的善，我们可能更多看到的是英雄在面对恶势力时，可以善恶分明，毫不留情，并且所向披靡。因为英雄代表的是善的正义和力量，这是一种符号性的"善"。比如说奥特曼跟怪兽之间的对决，永远都是以奥特曼胜利、怪兽的死亡告结。这是把善与恶、英雄与恶魔之间的对决上升到一个符号性的表现层面的时候，我们会接受的一种文学语法。但是放到日常生活语境当中，"善"到底是怎么样的，我们怎么来理解"善"？对于这一点，儿童文学写作还需要更多的思考。我想用《长袜子皮皮》的例子来分析一下。

我们来看《长袜子皮皮》里"皮皮上学了"一节，林格伦是如何在孩子的天真逻辑与学校的教育逻辑之间的冲突中，来进行把握和调适的。

我们看看皮皮刚进学校时跟老师之间的对话。

> 汤米和安妮卡告诉过他们的老师，说有一个叫长袜子皮皮的小姑娘要来入学念书。老师也听镇上的人讲起过她。这位老师心肠极好，人又快活，决定尽力让皮皮在学校里过得像在自己家一样。
>
> 皮皮不等人邀请，就一屁股坐在一个空位子上。她这样随随便便，老师也没计较，只是客气地说："小皮皮，欢迎你来上学。希望你在这儿过得快活，并且学到许多知识。"

"说实在的,我只希望得到圣诞节的假期,"皮皮说,"我来就为了这个。样样都得公平!"

"你先把你的全名告诉我好吗?"老师说。"我把它给登记下来。"

"我叫长袜子·皮皮洛塔·维克蒂阿莉雅·吕尔加尔迪娜·克吕斯明塔·埃夫拉因斯女儿,是前海洋霸王、现黑人国王长袜子·埃夫拉因船长的女儿。皮皮其实只是我的小名,因为我爸爸觉得皮皮洛塔这名字说起来太长了。"

"原来如此,"老师说,"那我们也叫你皮皮吧。不过现在要先稍微测验一下你的知识,"老师又说,"你挺大了,也许已经懂得不少。先从算术开始吧。好,皮皮,你能告诉我七加五是多少吗?"

皮皮看来十分惊讶和不高兴。她说:"嗯——不知道,别想叫我来替你算!"

所有孩子害怕地看着皮皮。老师向她解释,说在学校里不可以这样回答问题。而且不可以"你""你""你"地称呼老师,应该说"老师您"。

"很对不起,"皮皮道歉说,"这件事我不知道。我再不这样做了。"

"好,我希望这样,"老师说,"现在我来告诉你,七加五是十二。"

"你瞧,"皮皮说,"你本来知道,那你干吗还问呢?噢,我多笨,我又把你叫作'你'了。请原谅。"她说着用力掐掐自己的耳朵。

老师决定装作无所谓的样子说:"好,皮皮,你说八加四是多少?"

"我想大概是六十七吧?"皮皮说。

"完全不对,"老师说,"八加四是十二。"

"哎呀哎呀,我的好太太,太过分了,"皮皮说,"你刚才还说七加五是十二。就算在学校,也该有点儿规矩啊。这种无聊玩意儿你这么喜欢,你干吗不一个人坐在墙角里算,别打扰我们,让我们可以玩玩捉迷藏呢?噢,天呐!我又说'你'了,"她很害怕似的说,"我这是最后一次,你能原谅我吗?从现在起我要好好记住。"

老师说可以。老师想不能再问皮皮算术问题了,于是问别的孩子。

(任溶溶 译)

虽然《长袜子皮皮》是一部童话体的作品,里面的皮皮是一个小孩儿,她可以单独生活,而且力大无穷,这里都有童话的色彩。但是,在这个日常的学校对话场景里面,皮皮和老师之间,如果从传统角色关系的角度来看,我们可以清楚地看到,在这里,皮皮代表的是童年的自由力量,不可约束,是永远没有缰绳可以圈住的童年的狂野、野性的自由;而老师代表的显然是一种想要用成人社会体制化的教育规则来约束她的力量。两者的基本角色关系,我们可以很清楚地辨认出来。但是,你看作者在这里的处理,虽然老师的形象只在这里出现过,她也只是一个相对次要的形象,但是作者的着墨仍然令人回味。

皮皮和老师之间的对话很幽默，这里面表达的精神内涵，我们也能体味到。就对话本身来说，我们感到，她们是两个很生动的人。皮皮显然不受规则的约束，但是她是用什么样的方式来表达这种不受规则约束的感觉的？皮皮不是断言这个规则是不好的，所以不能来约束"我"，所以"我"要破坏你——不是用这样的姿态；相反，她是一个很天真很善良的孩子，虽然她非常能干，但不代表她就为所欲为。她很努力地想要遵从学校的规则，但因为她的天性实在是太不能为这些规则所约束了，所以在她努力想要跟上这个规则，但最后总是把它给打破的这么一个矛盾当中，我们看到了这个天性本身的无可约束的那种自由状态。就在皮皮努力想要靠近学校规则，但是在不经意间又把它给打破了的这么一个行为中，我们会感到，这个孩子不但是力大无穷的，不但是有奇特本领的，不但是代表童年自由天性的，而且，她仍然是天真的、可爱的、善良的，是用她最朴素的善意来对待这个世界的。当她面对校园规则的时候，她不是愤怒地去抗拒，她的第一反应是"我"想要跟这个世界友好相处。正是在这样的想要跟世界友好相处，但是最后发现有各种各样不可避免的矛盾存在的状态当中，童年天性中永远在脱缰的那部分内容向我们显露出来了。与此同时，她用善意对待这个世界，所以特别能够让我们接受她身上的那种童年野性的合理性及其独一无二的价值。

再看老师。在很多作品里，老师很容易被塑造成一个"刻板印象"的角色，用以代表那种最呆板的教育主义戒律和符号。但是你看林格伦笔下的老师，寥寥几笔，很真实很生动。这位老师的问题虽然一再被打断，被皮皮的这些古灵精怪的回答弄得很尴尬，但是，她保持了一个老师应该有的对待孩子的基本方式，她在提醒皮皮要遵守学校的规则,告诉她这些规则是什么。你从这里也看到一个老师的耐心和理念。虽然是普通的耐心,但是这种耐心里面所包含的对童年的善意,也是值得我们去看见的。特别是在儿童文学作品里面,我们在观看一种生活的时候,特别要避免的就是两极化,觉得一方代表善,另一方就必然代表恶。很多时候生活不是这样,生活就是很复杂的。你从一个最具体的个体身上看到的善恶之间的那种复杂交织,并且很难用单纯的善恶来界定的那种状态,你怎么来表现它?在这位老师身上,我们可以看到,当她发现皮皮完全不在她的掌控范围之内的时候,没有恼羞成怒,她选择不再问皮皮任何问题。这个老师的反应,是有一点儿尴尬的,但是这个尴尬的状态,并没有让她做出损害和侮辱童年的行为。作为老师,她代表规则,她也努力地行使规则,引导孩子尊重规则。但最后,这种代表和行使没有把她带入教育暴力的状态中去,她还是一个值得信任和尊重、具有良善之心的普通人。

所以,在这一段叙述所呈现的学校生活交往中,我们看到,作者林格伦表现了一个孩子天性当中的自由、狂野、不受约束,表现了童年的天真跟社会既有的教育文化体制相对峙的时候,它们之间不可避免的矛盾。但这一切的呈现,都是在日常之善的情境当中。不管是表现皮皮还是表现老师,不管是表现童年的天性还是表现成人世界的规则意识,我们从中都看到了日常生活当中也许很细小、很质朴,但是很珍贵的美好和良善。

对今天的儿童创作和阅读来说,发掘、表现和认识、体味这种日常生活中微妙但又很重要的善的内容,比仅仅去认同一个一个英雄所代表的善的立场、符号,也许更加重要。

其次，关于观念之善与文学之善。

所谓观念之善，就是作为观念的善。很多时候，这个观念是我们许多儿童故事写作的出发点。儿童文学是真善美的文学，其实一切文学都应该是这样的，但关键是，怎么来呈现它。儿童文学绝对不是用一个故事来简单解释一个善的观念。与作为观念的善相比，文学所能够表达的善的内容，能够揭示的善的美学，无疑是用文学特有的表现力来让读者感受和理解的。作为一种观念的善，它很多时候是抽象的、概念化的，但是，文学会让我们看到更具体、更生动的那种善。这个善穿过观念，还会进入我们生命体验的深处当中。

比如，我常常用来举例的洛贝尔"青蛙和蟾蜍系列"故事当中的《惊喜》。从一般儿童故事的写作惯性来看，这个故事前面的结构都是我们熟悉的。青蛙和蟾蜍是好朋友，所以，在一个刮风天，当树叶都落满了自己庭院的时候，他们就想要给对方去扫庭院。他们就不约而同去扫了对方的庭院。按照故事想象的惯性，这个作品可能就是表达互相帮助的主题了，知道有一个朋友关心你，心里觉得很温暖。但这个故事的结尾，打破了这一类表现两个生命之间善意关怀的习惯模式。青蛙和蟾蜍都去给对方的庭院扫落叶，但是最后，他们的这个善的行为并没有在现实生活当中造成实质性的改变，带来现实的结果。这一点很有意思。作为观念之善，我们其实期待这个善是有直接结果的，是直接改变现实的。所以很多故事都遵从这个逻辑，自觉不自觉地按照这个逻辑发展，最后这个善肯定要实现一定的结果——或者是情感上的结果，或者是行为上的结果，或者是思想上的结果。有的故事还要给你一个思想的解释，"哇，有朋友真好"，或者"我为你，你也为我，我为人人，人人为我"，等等。我们看《惊喜》这个故事，最后什么都没有发生改变。但是真的什么都没有发生改变吗？当然对青蛙和蟾蜍来说，的确没有什么发生改变，因为他们之间的友情一如既往，不因为这个故事的发生，他们的友情有变化。故事最后，他们都怀着对方因为看到干干净净的院子而会高兴的心情和想象回到自己家里面。但是，一阵秋风过后，青蛙和蟾蜍的院子里面，再次落满了树叶儿，现实当中什么都没有改变。我想说，正因为这个什么都没有改变，青蛙和蟾蜍各自心里所怀有的对彼此的爱和关切的感情，才显得尤为赤诚和可爱。而这个小故事所表达的关于友情、关于生活、关于生命的主题，才会更加深邃，更加动人。

从观念之善到文学之善，其中一个重要的认识转变可能就是，善这个对象、这个行为，最重要的价值不在于它的结果，它最重要的内涵是在当下生命里面我们所感受到的过程和体验。所以，透过优秀的儿童文学作品来看善这个观念，我们会进一步认识到，对于善这个对象来说，这样一种价值来说，最重要的是什么？在写作这一类故事的时候，我们不知不觉怀有一种意图，就是一切善的行为，最后总是指向一种带有一定功利性的结果，好像获得奖赏的结果。其实，善的正义性，善的珍贵性，行善的合理性，不是由它最终带来的改变生活的可见的功利性结果来证明的，毋宁说，善本身就是自己最好的证明。

再次，关于扶弱之善和普遍之善。

我们熟悉的传统儿童故事的一种基本文学语法是：除暴，扶弱。对于那些代表暴力、代表暴政的压迫者，也就是负面角色，他们是善的对立面、对立的力量，所以，理所当然地应该予以驱逐、予以清除。从《大林和小林》、《神笔马良》到《闪闪的红星》，都是如此。但是到了今天，我们进一步来思考这样一种观念，应该承认，除暴扶弱的善，是非常重要、非常基础的一种善；同时，在此基础之上，我们今天来写这样一类主题，来表现这样一类价值的时候，我们还可以再往前走到哪里？

这里我想结合分析意大利作家罗大里的名著《假话国历险记》的结尾处理，来探讨一下这个问题。

《假话国历险记》是一部主旨非常鲜明的寓言体童话，就是对于暴力和暴虐的压迫的反抗。小茉莉来到假话国，发现这里都不让说真话，只能够说假话，国王也一心要掩饰他自己的虚假身份。这个故事想表达的显然就是我们经常说的对真理的追寻了。最后，小茉莉在假话国经历了一番冒险，用自己无与伦比的高亢歌声，摧垮了假话国的虚伪。国王贾科蒙内最后也灰溜溜地出逃了。从表面上看，写到这里，扶弱之善的意图已经完成了。我们写这一类故事的时候，可能很容易就结束在这里。但是我们看一看这个作品安排给国王的结局。他拎着他的一提包假发，遇到一个人，盛赞他的秃脑袋。在此之前，他一直隐藏着他的秃脑袋，也不许人们提秃脑袋这回事儿。现在呢，对方不但赞美了他的秃脑袋，而且告诉他，这个城里面就有一个秃头俱乐部，到昨天为止，它还是秘密的，现在它终于公开了。那个人非常快活地告诉他，你来参选吧，就你这么妙的秃脑袋，肯定能够当选秃头俱乐部的会长。贾科蒙内听到这话的时候，心里面五味杂陈。他的反应是这么说，我做这一行全错了，从头开始，又不知道是不是已经来不及了。这个处理非常有幽默感。但在这个幽默感的背后，我们会看见，当真理在最后一刻被实现的刹那，当正义在最后一刻被扶正的一瞬间，得到解放的不仅仅是一部分人，也不仅仅是一大部分人，而是所有人，包括贾科蒙内国王，那个暴力和暴虐的施行者。当普遍的真理到来的时候，当这个真理揭晓的时刻到来的时候，当善的力量获得胜利的时刻，我们发现，他也是善和正义的受惠者。所以，真正的善和正义，常常解放的是所有的生命，这就使善具有一种更通达、更普遍的伦理力量和价值。

在儿童故事里面，怎么样思考这样的问题，怎么样写出真正具有普遍性的善，而不是以牺牲某些在传统观念当中代表恶的力量为代价的那种有限的善，这可能是一个很有意义的话题。

（本文系作者2019年6月12日在鲁东大学"贝壳儿童文学周"上所做的学术报告，根据讲课提纲和录音整理；摘要稿原载《十月少年文学》2019年第10期）

原创图画书对童年教育的价值

一、童年的教育无比重要

首先我分享两个故事。第一个故事：1987年，在巴黎有一个诺贝尔奖获奖者的大聚会，75位诺贝尔奖获得者齐聚一堂。聚会上一个记者问道："请问在你们的科学生涯当中学到的最有价值的东西，是在哪所学校或在哪个实验室获得的？""在幼儿园。"一位白发苍苍的科学家说。"你在幼儿园学到了什么？"记者接着问这位老者。"我在幼儿园学到了把自己的东西分一半给小伙伴，不是自己的东西不要拿，东西要放整齐，吃饭前要洗手，做错事要表示歉意，要仔细观察大自然。从根本上我学到的东西就是这些。"

这位科学家想要表达的是：童年作为人生的起步，它的起点在哪里，方向在哪里，它对未来的影响是巨大的。而这种看似微小的行为——无论是一些生活中的伦理和习惯，还是孩子们观察大自然的意识和能力——对未来的影响是难以预料的。

第二个故事：教育性。20世纪70年代末80年代初进入儿童文学界的人，对教育性是比较排斥的。我们的前辈，比如说陈伯吹先生、鲁兵先生等等，他们都秉承着教育的理念。陈伯吹先生、鲁兵先生的基本观念都是以儿童文学来教育儿童为主，他们也强调儿童文学的艺术性，但是在特定的时代，教育性有时候会被绝对化。出于对某种绝对化教育观的反抗，以及对被教育性扭曲的面目可憎的儿童文学的警惕，我们这一代入行之初都是警惕绝对的教育性的，甚至都是摒弃教育性的。从这个意义上说，我们当时都很不成熟。但是，慢慢地我们发现，教育性是儿童文学的文化天性之一。所以，1998年我在写作《法国儿童文学导论》一书时表达了这样的观点："其实伤害儿童文学的不是教育性，而是无视儿童文学艺术性的那种暴力主义的教训性、训诫性。"所以，今天我们谈论这个话题，说实在的我有些隐隐的激动，在这样一个时尚的年代，在这样一个很庄重的场合里面，认真谈一谈原创图画书的教育性问题，我认为这是这个时代所必需的，对我来说也是重新思考学习的机会。我们不应该因为青年时代的偏执，由于历史造就的影响，对传统文学教育性观念的某种本能的反感，而去忽视甚至摒弃这个话题。我认为，今天探讨这个话题非常有意义。

二、图像是童年通向世界的第一语言

图画书对于儿童的成长在某种意义上具有不可替代性。我知道相当多的成人，包括我，其实在传统的阅读语境和文化环境中都是"文字至上论者"，甚至是"文字中心主义者"。比如说，一位妈妈在书店给孩子挑书的时候，一看都是画，就说："没几个字，不买！"在传统的阅读当中，我们不缺乏对于文字的信赖，对于文字含金量的信赖。而关于图像对儿童成长和儿童审美发展、儿童认知发展、儿童教育的价值的认识，我们过去是缺乏的。对图画书的重视，是近年来出现的"神话"，是这个时代孩子们的福分。

不得不承认我们过去对图像的认知是缺乏的。我家里就发生过这样的故事。我家里有一个4岁半的小朋友，妈妈和我是同行，所以家里童书比较多，妈妈也知道怎么陪伴孩子阅读。为了准备这场讲座，我跟她讨论了孩子早期阅读图画书的话题。第五届丰子恺图画书奖大奖获奖作品《盘中餐》是一本知识类图画书，我家孩子从2岁多到现在4岁多一直在读，已经读近两百遍，里面所有的文字他都记住了。在读的时候有个特别有意思的现象是我们之前没有在意过的。妈妈说："我在朗读的时候，我的手会在画页上移动把文字指出来，孩子就会把我的手拨开要看图。孩子看的时候，他会把文字遮住，可能跟不认识字有关系，会注意画面所有角落的信息。"这个细节体现了成人与孩子的差异，这是一种在不经意中处理图文关系的方式和态度的差异。

在某种意义上，幼小的孩子在成长过程中，图像对他认识世界、感知世界，对他的审美发展、培养审美的敏锐等等，是文字所不能替代的。如果说成人多数是"文字中心论者"，孩子在成长之初，一定是一个"图像至上论者"。从这个意义上来说，图画书对于孩子的影响是其他作品不能替代的。我说的是"不能替代"，而不是"唯它是取"。在审美领域里面我们一定不要相信单一价值论者，孩子的成长需要多种营养品，所以我们讲图画书中图像的重要性时，不要排他。

三、原创要符合图画书的基本特质

从创作的角度看，我们重视原创，鼓励原创，推动原创，都是非常正确的，有道理的。如果在创作方面，强调模仿，强调对西方的或者域外图画书采取简单的"拿来主义"，简单的媚外心态，我觉得都不合适。在创作上我们一定要鼓励原创。

但是从研究、阅读的角度来说，今天强调原创，我们应该仔细把握分寸。

大概是 2016 年的时候，上海《文学报》的记者对我进行了采访，中心话题之一是"谈一谈对图画书的中国元素、中国风格的看法"。我告诉她，相比原创图画书的中国风格、中国元素而言，我个人更看重的是图画书的图文关系、图像叙事等图画书的基础元素、基本语法。其实，忽视图画书的基本特质，中国元素的表达和呈现也未必能做到很好，原创图画书也未必能走得更远，对孩子的文化熏陶、影响也未必更好。如果把图画书自身的艺术特性和图画书自身品质始终放在焦点位置上，那么我们原创图画书对中国元素的表达，对中国风格的呈现，对我们自己生活的表现，肯定会更加成功，更加到位，更加有审美的力量。

无论是原创图画书，还是引进版图画书，只要是优秀的图画书作品，我们都应该用一种宽广的、开放的心态去面对。只有在这个意义上我们来讨论原创作品、阅读推广以及对儿童阅读的价值，我们才不至于陷入狭隘的轨道。

享受一切美好的图画书，是童年成长、童年生命天然的需要。

对于儿童来说，对于这片蓝天下、这个世界上每一个孩子来说，享受童书、图画书阅读的快乐，接受文明教育的滋养，这是他的权利，这是他成长、生命发展过程中的应有之义。我们给孩子提供成人社会的帮助和养育，不是因为未来他要给予怎样的回报，就是因为他是一个活生生的生命，这个生命拥有这个世界上属于这个生命的所有的权利。

谢谢大家。

（本文系作者2019年7月6日在深圳宝安图书馆举办的"原创图画书对童年教育的价值"论坛上的发言，根据录音整理）

今天儿童文学的艺术起点在哪里

刚才吴俊老师，讲到当代文学的特征区分度的问题，我作为儿童文学研究者站在这里，我的专业本能的焦虑是什么？也许就是我们的特征在哪里。我是1977年考进大学读本科的，毕业以后在中学里当过一段时间的语文老师，之后走进儿童文学的研究领域。进入这个领域之初，我就被告知：儿童文学是独特的，儿童心理是独特的，儿童文学是有教育的方向性的。20世纪80年代中后期，我开始从事儿童文学教学工作的时候就想，还有没有对儿童文学的新的解释可能？儿童文学、童年美学解释体系的起点在哪里？起初，我从稚拙、天真、荒诞、幻想、游戏性等角度切入，来解释儿童文学的艺术与美学，但是我总觉得，似乎还有一些属于童年精神与童年美学深处的东西没有触碰到。

有一天我脑海里突然跳出一个词，是在童年文化领域体验久了以后跳出的一个词，我觉得童年和儿童文学是有"神性"的。所谓神性，顾名思义是神的一种特性。神性有什么样的特点？首先，相对于成人的俗世社会，从儿童哲学的意义来讲，童年及其美学是具有彼岸性的，这个彼岸性可能跟成人社会、俗世社会的现实及体验有一些距离。所以其次，它也可能具有一种现实规则、成人逻辑所无法解释的神秘性。第三，作为对成人逻辑和现实世界的一种背离，或者是一种解放，我认为童年及其美学，也可能具有某种超越性。

这种神性用儿童文学的例子来证明好像有一些道理。我举一首童诗为例。这首诗的作者詹冰先生在十多年前去世了，如果他还健在的话应该将近100岁了。这首诗叫作《游戏》，写一个小姐姐上了小学一年级，她非常喜欢课堂，非常喜欢学校，回到家里跟她5岁的弟弟一起做上课的游戏。家里还有一个不会走路的妹妹。诗是这样写的：

"小弟弟，

我们来游戏，

姐姐当老师，你当学生。"

"姐姐，那么，小妹妹呢？"

"小妹妹，

她什么也不会做，

我看——

让她当校长算了。"

这是孩子式的天真的游戏、反应、互动。这种反应、互动中对现实社会、成人世界的某种有趣的理解、出人意料的解释，我想只可能属于童稚时光、童年岁月。

我们再来说说另外一首诗。1970年国际安徒生奖获得者是意大利著名童话家、作家姜尼·罗大里，他有一首诗，题目叫作《需要什么》。你看他是怎么解释世界的：

做一张桌子，

需要木头；

想要木头，

需要大树；

想要大树，

需要种子；

想要种子，

需要果实；

想要果实，

需要花朵；

做一张桌子，

需要一朵花。

这首诗使用了连锁的诗行形式和类似"顶真"的修辞手法。"桌子""木头""大树""种子"，一个个普通的意象渐次推进，最后忽然缀起一个充满诗意的联结，令人不由得眼前一亮。生活的现实的逻辑突然升华为一种诗意的逻辑，这是否也是儿童文学、童年美学之神性的一种体现？

回到中国当代儿童文学的历史来看，当代儿童文学发展过程中面临过的最重要的问题是什么？是匮乏的问题。1955年9月16号《人民日报》发表了社论《大量创作、出版、发行少年儿童读物》，呼吁全社会来重视儿童文学的创作。中国作家协会也发文要求会员每年为孩子写一篇作品。所以有一个故事讲，贺敬之先生有一天在案头冥思苦想，夫人柯岩问他被什么事情难住了。他说要写童诗，写不出来。夫人说，这不容易啊，我来试试。据说她很快就写了一首《"小兵"的故事》，成为当代儿童诗的经典作品。

另外一个问题，20世纪50年代的儿童文学姿态是什么？我以为是

"俯视"，对儿童是俯视的。那时的儿童文学，有着切入世界、观察世界、思考世界、解释世界的另外一种美学体系，在总体上与我刚才所说的儿童文学的神性是完全不同、完全不沾边的。进入新时期，除了拨乱反正这些必有的历史内容以外，儿童文学最重要的姿态是什么？是对艺术的探索，是文学性的回归。当然匮乏的问题仍然存在，1978年，人们把儿童文学现状概括为几个"二"：全国仅有两家少儿出版社，二十位左右有影响的儿童文学作家，二百位左右的童书编辑，每年出书约二百种。但是儿童文学年轻的一代作家成长起来了，年轻的作家想的是什么？想的是我们要改变儿童文学艺术上的贫瘠、贫乏、单调的面貌。

1980年代也正好是我进入这个领域的时候。那时市场化经济的时代还没有到来，这为一代儿童文学作家小众化的探索、自说自话的实践提供了历史的机遇和现实的空间。那个时代很宽容，许多老一辈作家、批评家也很包容。而我们知道，进入1990年代，特别是进入新世纪、市场经济时代以来，儿童文学的创作、出版，创造了在传统纸媒出版下划时代的"出版神话"。我举几个例子。秦文君的《男生贾里》，1992年上海的少年儿童出版社首印时印刷了多少册？2000册。到今天这本作品累计发行数百万册。曹文轩的《草房子》累计发行1000多万册。新世纪童书出版的神话是非常令人震撼的。有一部系列畅销书，后来每一部新作的首印数是200万册。出版社的朋友告诉我，要同时安排几家印刷厂印，要占领市场，尽可能让盗版书少一点机会。所以，说这个年代童书出版是一个神话，也许是不过分的。

2005年到2015年左右，这十年被人们定义为中国儿童文学和童书出版的"黄金十年"。这个时候出现了什么现象？全国

570余家出版社，据说有550多家都加入了童书出版的行列，都要分一杯童书出版的羹，所以童书成了纸媒的狂欢、出版发行的数字娱乐。其带来的直接后果之一是，今天童书出版的门槛非常低。七八年前我在北京的一个会议上说，今天的童书出版的门槛太低了。今天我要说，童书出版有没有门槛？可能已经没有什么门槛了。在这样的背景下，我觉得"黄金十年"给我们留下了许多需要冷静思考的话题。

比如说，有些儿童文学作家开始变得非常有脾气了，对创作、对儿童文学，对童书给孩子阅读这件事情缺乏应有的敬畏之心。个别作者听不进修改意见，在写作、出版这件事情上变得草率和傲慢。

所以我认为，儿童文学出版表面的盛兴，不能掩盖这个时代儿童文学、童书创作的很多问题。儿童文学的写作，在"盛兴"的同时，也可能已经成为一种失魂落魄的写作。比如说，在这个"浑浊"的年代，一些儿童文学作家在精神上，包括人文观、童年观、艺术观方面，可能是不够清洁的。所以写给孩子的东西，貌似的好作品，如果我们仔细读的话，就会发现有问题。一些在小读者当中十分流行的作品，一些获得了各种奖项的作品，都可能存在这样的问题。

例如，我们今天怎么写童年？今天的儿童文学重视孩子，重视孩子的自由，重视孩子主体性的建构，这是儿童文学进步的表现。但是一些作家写孩子的时候，把人性当中可能属于糟粕的东西都拿来当作这个时代孩子的主体性和童年本位因素来表现，简单地把孩子的"恶"当作一个正面的因素来描绘。儿童文学不是不能写童年的恶，但是作为对孩子有影响力的书写，怎么写童年的恶？作家应该有立场。我在《当代儿童文学中的童年精神》一文中讲，在当下童年本位的艺术旗帜之下，我们也看到了大量借童年本位的名义行"伪"童年本位之实的作品。这类作品的传播乃至畅销，不但在某种程度上误导了当前儿童文学的市场风气，也损害着当代儿童文学的审美精神，阻碍着当代儿童文学的艺术发展。更进一步，它还在不知不觉中对当代儿童读者施加着不易察觉的消极精神影响。这一"伪"童年本位性的主要表现，就是把儿童文学的童年主体意识等同于童年唯我意识，将儿童文学的儿童中心等同于儿童自我中心。

所以我认为，对于儿童文学这一以儿童为接受对象的特殊文类来说，仅仅认识到儿童拥有自己独特、独立的认识能力和实践能力，具有自身的主体性，还远远不够；它还有责任通过对这一认识和实践能力的最佳状态的思考、想象和书写，向它的儿童读者展示他们作为主体的自我发展与实现可能。这意味着，当代儿童文学所关注和致力于表现的儿童主体，一方面是对于现实生活中的儿童主体姿态的一种反映和表达；另一方面，也是对于未来生活中的儿童主体理想的一种想象和表现。因此，在儿童的游戏中，儿童文学还要写出这游戏内在的审美精神；在儿童的行动中，儿童文学还要写出这行动潜在的生命态度；在儿童的权利中，儿童文学还要写出这权利真正的文化价值。而要做到这些，儿童文学对于儿童主体的思考和表现就必须超越狭隘的儿童自我中心和童年唯我意识。透过它，儿童所看见的不是任何孤立、自私、狭隘的主体，而是那站在开阔的生活、历史和文化大背景上的、不断走向丰富和深刻的主体。

所以在今天这个沸腾的时代，童书创作又是如此激越和活跃，探讨儿童文学，我们应该认真思考这样一个大问题：怎么样给孩子一种真正干净的、智慧的、高尚的文字，给他们提供真正美好的阅读？

而匆忙的脚步，表面的兴盛，让人觉得童书出版即将迎来第二个黄金十年。对于这个时代的儿童文学的写作，需要检视的问题还很多。比如，什么是真正的儿童文学美学？这个美学涵盖了人文的维度、童年的维度和艺术的维度。我们只有梳理好这些文学观念，真正确立好今天儿童文学的艺术起点，儿童文学的下一个十年才会有更好的发展，我们才可能真正守护好童年与儿童文学的艺术神性。

谢谢大家！

（本文系作者 2019 年 6 月 29 日在湖南师范大学文学院、文艺报社、中国现代文学馆主办的"湖南师范大学中国当代写作研究中心成立暨走向辉煌——新中国文学七十年研讨会"上的发言，根据录音整理）

榜 评

让童年"看见"什么
——《中国新闻出版报》2014年6月畅销书榜评

从童书诞生伊始,有一个问题始终伴随着我们对它的思考,那就是:童书应该向孩子们描绘一个什么样的世界?或者说,通过童书,我们想要让童年"看见"些什么?这个问题的答案随着童书历史的发展而发展,也随着人们对于童书艺术理解的变迁而变迁。今天,人们越来越意识到童年的启蒙阅读对于个体成长的意义,也越来越意识到童书在这一启蒙进程中所扮演的重要角色——我们都希望孩子通过童书的阅读,能够看见一个真实的世界,继而走向更好的生活。

原创图画书《我看见一只鸟》在某种程度上诠释着这一"看见"的意义。"我"在公园里发现一只鸟、画下这只鸟并和妈妈一起寻找它的过程,是童年的目光越过狭窄的自我世界、"看"向更广阔的自然和生命世界的过程。在这里,"看见"不仅仅是一个动作,更代表了一种思想、一份情怀。我相信,这是首届国际安徒生奖得主依列娜·法吉恩在她的童话集《小书房之玻璃孔雀》中想要传达的意思之一。这些带着质朴气息的民间童话浸透着女作家的创作才情，在虚构的幻想中传递着一种清新、美好的生活和情感。那个名叫格丽西达的小姑娘，孤身一人担起了命运安排下的生活重负，而永不忘记阳光下灿烂的微笑；那个历经战火劫难的瓷娃娃圣仙女安，辗转于不同时代、不同家庭的孩子之间，并把这些人的命运奇妙地联结在了一起；还有那个得到玻璃孔雀圣诞树的穷苦女孩安娜，在自己的不幸中仍然关切着别人的忧愁。这些故事里的善良、勇敢、坚韧和欢乐，正是作家期望孩子们去"看见"和领会的生活真谛。

图画书《红色棒棒糖》把这份关切带到了现代家庭生活中。故事里的姐妹因一份生日派对的邀请而发生了尖锐的冲突，妹妹的任性搅局在姐姐鲁比娜心头激起的恨意是如此强烈而真实，就连我们也深受感染；然而正因为这样，鲁比娜最后一刻无条件的宽容与理解才格外令我们感动。有的时候，因为是在家里，因为面对的是自己最亲近的人，我们的感觉很容易变得自私和粗糙起来。鲁比娜的故事让我们看到了心中的善意如何带领我们超越狭隘的自我，照亮亲情的温暖。

作为中国孩子，他们所应当"看见"的，还包括我们自己的历史、文化和生活。小说《王坪往事》延续了作家张品成的红色题材写作，在现代儿童小说的革命叙事模式之外探索着那段历史书写的新可能。《我想和你在一起》《小水的除夕》则分别在当代中国都市和乡村背景下展开故事的讲述，让中国的孩子看到了自己以及同龄人正在经历着的相同和不同的童年。此套书系因有些问题，后被要求下架，故此不提！

我们得承认，孩子面对的生活同样是复杂的，童年"看见"的世界也并不总是美的。这样，童书又承担着另一个重要的文化责任——帮助儿童"看见"并尽可能地避开那些可能侵害到他们的生活之恶。这一责任感正在成为当代童书出版的一个自觉意识。系列丛书"自我保护意识培养"意在为幼儿指出生活中的某些危险地带，指引他们安全地成长。不过，即便是处理这类题材的时候，童书也从不放弃对生活之美的肯定。正如在图画书《快跑，兔子快跑》里，兔子尽管被狡猾的狐狸跟踪，可狐狸再危险，兔子还是跑得比它快。这或许也是我们想要告诉孩子的一个生活道理：这个世界有着各种各样的不安乃至"危险"，然而，生活再危险，我们还是有办法去战胜它，驾驭它。童书有义务教给孩子们这样一种信念和力量。

在《卡拉马佐夫兄弟》中，陀思妥耶夫斯基借阿廖沙之口这样对孩子们说道："没有任何东西比某种美好的回忆（特别是童年的回忆，你们生身之地留下的回忆）更崇高、更强烈、更健康，更有利于你们未来的生活的了。现在对于如何教育你们向你们说了许多话，可是从小保留到现在的某种最美好、最神圣的回忆，也许才是对你们的最好教育。"我们不妨说，优秀的童书能够给予孩子们的，正是这样一份"美好的回忆"，这样一种"最好的教育"。

（原载 2014 年 7 月 17 日《中国新闻出版报》）

没有一艘船能像一本书
——《中国新闻出版报》2014年8月畅销书榜评

如果把阅读比作一种旅行，那么书本无疑是最奇妙的交通工具。坐在翻开的书本前，我们仿佛站在整个世界的中心，只要轻轻一跃，就能开始一段不同寻常的想象旅程。这样的阅读旅行尤其为孩子们所欢迎。当童年的生活受到现实的限制之时，这样无所拘束的自由旅行，为孩子们插上了放飞梦想、寄托情感的精神翅膀。

这是一种跨越空间的旅行。透过纸页的传递，我们在阅读和想象中走进了南方木棉岛的老屋和它的日常传奇世界（《木棉·离歌》），走进了神秘、丰富且膨胀着原始生命力的云南边陲雨林（《天上的船》），还走向了遥远广袤的外太空和外宇宙（《香蕉火箭科学图画书》）。这些书本里所描绘的空间世界，有的是孩子们长大后可以亲身去探索的地方，有的则是唯有通过幻想才能抵达的地方。而不论哪一类空间，都以它们独有的方式滋润和丰富着孩子们童年的认识与体验。

这还是一种穿越时间的旅行。这也是唯有像阅读这样的精神旅行，才能提供的人生妙趣。像《我和铁车》这样的儿童小说，借助少男少女的成长视角，带领孩子们走进当下童年的时间，让他们看到发生在自己身边的生活。而获得2000年国际安徒生奖的巴西儿童文学作家安娜·玛丽亚·马查多在其儿童小说《碧婆婆贝婆婆》中，则试图通过童话式的小说构思，使三代人的童年在同一时刻彼此相遇，从而将当下、过去与未来的童年时间直接相连。这连接促成了不同时代童年间的对话和沟通，也促成了他们之间的相互理解和关切。这样的阅读无疑开阔了孩子们的时间感觉，也拓展着他们的生活感觉，引领孩子们去深入思考这样一些问题：我从哪里来？我身在何处？我正走向哪里？这些问题关系的是"我"在时间里的位置，是生命的历史感和绵延感。透过童年自己的故事，这一深刻的时间感觉在亲切的日常生活中得到了传达。

这里也有早已度过童年期的大人赠予孩子们的时间经验。林良在《小太阳》中记述的陪伴女儿们成长的种种琐忆，或许让我们想起了丰子恺笔下"阿宝两只脚，凳子四只脚"的情味。在《点亮小橘灯——金波80岁寄小读者》中，为人长辈和父母者写给孩子的这些文字和信件，是成人与孩子的爱的对话，也是一种生命时间与另一种生命时间之间的真诚交流。

另一些图书的阅读，则带孩子们走出相对窄小的个人时空，走向人类文明和文化的广阔时空。《儿童艺术博物馆：和孩子一起欣赏世界名画》，在书本中开启世界人文艺术殿堂，把人类的大艺术带到童年的小世界里，把文明的大传统带到童年的小生活中，向今天的孩子们传递着有关人类艺术、文化和历史的博大讯息。而在《时间狩猎》中，我们则借世界科幻小说大家之笔穿越到远古和未来，在想象中经历可能的生活。而这样的阅读提供给孩子的远不只是幻想的趣味而已，它还带领他们走进时间的深处，去反思历史、人性和人类的命运。这样的阅读让我们看到，孩子的成长不仅意味着从"小"个子到"大"个子的变化，也应该包含从"小"见识向"大"见识、从"小"趣味向"大"趣味、从"小"情感向"大"情感的变化。

所有的阅读归根结底是精神的远行。19世纪美国女诗人艾米莉·狄金森曾这样写道:"没有一艘船能像一本书/也没有一匹骏马能像一页跳跃着的诗行那样/把人带往远方。"就让这些满载着生命滋味和思想灵感的书本,带我们的孩子去见识更远的地方,体味更美的生活。

(原载2014年9月19日《中国新闻出版报》)

一场身体和心灵的探险
——《中国新闻出版报》2014年10月畅销书榜评

20世纪30年代,意大利教育家玛利亚·蒙台梭利在其著名的《童年的秘密》一书中向成年人发出这样的呼吁:"关于儿童依然存在大量未知的东西,他们的心灵中也有大量我们不甚了解之处。"因此,"我们必须怀着一种激情和牺牲精神去开发这片未知的领域"。多年来,儿童书籍的发展无疑在某种程度上记录了成人向童年这片秘密领地探进的不懈努力。而通过探寻和呈现童年的秘密,它也帮助孩子们不断探索和认识着自己的身体和心灵。

从这个意义上说,童年本身即具有某种探险的性质。正如艾伦·贝克尔在其获得2014年凯迪克奖银奖的图画书作品《不可思议的旅程》中所展示的那样,在由童年自己开启的那扇神秘大门背后,等待着孩子们的是一次充满未知的"不可思议的旅程"。

旅程的起点是我们的日常生活。任大星的儿童小说《大马路历险记》,记述了一个孩子从狭小的家庭空间中逃遁出来,却迷失在更大的社会空间中的"历险"。那历险后的回归,也是童年旅程必要的重新定位。同样是涉及"出走"的主题,奥地利儿童文学作家、1984年国际安徒生奖获得者涅斯特林格的儿童小说《伊尔莎出走了》,讲述的是青春期女孩伊尔莎的叛逆出逃。小说最后,伊尔莎虽然回来了,但导致她"出走"的生活危机却并未得到真正的解决。小说结尾透露出的某种抹不去的"担忧"感，正是青春期的灵魂投下的不安分的影子，它也促使我们反观小说中成人世界的失误，进而反思我们自己的现实。彭学军的儿童小说《浮桥边的汤木》，书写的则是童年的另一种"迷失"。十岁的汤木误把隔墙听到的一段戏剧台词附会到自己身上，误以为有人要杀他，由此开始了独自等待危险降临的日子。少年轻盈的生命与沉重的死亡之间的对峙，碰撞出独特的生命思考和感悟。它让我们想起海明威的短篇小说《等了一整天》中那个同样在误解中与死亡相对的孩子。在彭学军的作品中，孩子丰富的心理和情感得到了更为细致的表现和书写。

由日常生活启动的童年探险，随着孩子的成长，自然而然地延伸向更开阔的身外世界。英国作家伊娃·伊博森的《蝴蝶·天堂·探险记》，虚构了三个孩子在蛮荒而神秘的亚马逊丛林中的奇妙旅程。这段旅程锻炼了他们的勇气，也见证了他们的成长。刘兴诗的《象童》将少年历险的足迹带到了野象群出没的印度丛林，演绎了一出孩子与象相惜相惜的深情故事。葛冰的童话《校园大精小怪：八百精灵》，则是在离奇的幻想中书写着童年本能的冒险冲动。这些延续着古老的少年历险文学传统的故事让我们看到，童年需要"走出去"。也正是在这样"走出去"的冒险中，少年的身体变得越来越茁壮，少年的心灵也变得日益强大起来。

优秀的童书同时引导着童年"探险"的触角超越狭小"个我"的限制，伸向更开阔的现实和历史的空间。《早安！我的植物邻居》是一位母亲以亲切而清新的随笔式文字向孩子介绍身边的各种植物。观察和结识这些每天与我们相见的植物，丰富着童年生活的日常美感。陈卫平的《写给儿童的中国历史》，则是将宏大的历史人事编入生动的文字和图片，引导孩子在阅读历史、了解历史的同时思考历史。这样看似遥远的阅读和思考,将为童年生长中的身体和心灵提供最重要的滋养。

那些挚爱孩子的成人们,默默地关注和陪伴着童年的这场"历险"。我们有理由相信,正是来自成年人的这种真诚的理解和陪伴,使童年的这场"探险"不再像过去那样孤单,即使在独自前行的路上,心中也充满了温暖的力量。

(原载 2014 年 11 月 21 日《中国新闻出版报》)

带你去看外面的世界
——《中国新闻出版报》2015年1月畅销书榜评

孩提时代的我们从小小的窗口向外张望，对陌生的"外面"充满各种怀想和憧憬。外面的世界会是什么模样？当孩子们的脚还走不到那么远的地方，孩子们的视线还到不了那么远的边界的时候，童书的阅读为他们打开了一扇通往外面世界的大门。

这个世界也许从最近的校园开始。内向的玲玲即将面对在她看来"最可怕的一天"，这一天，她将当着全班同学的面上台报告自己的理想。她在紧张和慌乱中度过了自己看来"最糟的一天"。外面的世界真有那么"可怕"吗？图画书《最可怕的一天》让孩子们看到，许多童年时代被放大了的尴尬和慌乱，或许在不经意间铺垫着未来的某个"最美好"的日子。《讲童话的魔法学校》则讲述了魔法学校的孩子们如何战胜神秘恐怖的魔怪的故事，它以幻想的方式所提供的这种战胜恐惧的体验，正是童年走向世界所需要的一种经验。

随着年龄的增长，孩子们目力所及的世界在逐渐扩大。对于我们身边其他弱小生命的关切（《卡门的舞步》），对于过去和未来的时间的关切（《剪刀、石头、布》），经由故事进入了孩子们的心灵视野。小说《海里有鳄鱼》，讲述十岁的阿富汗男孩艾纳亚在陌生的世界独自流浪的故事。他以一个孩子的身体承受着对许多成年人来说都过于艰难的生活重担，但这一切艰苦的跋涉和努力，最终为他赢得了一个安定的家园。艾纳亚的故事让我们看到，走在外面的世界里，对勇气和梦想的坚持有多么重要。

外面的世界不仅仅属于人类。在《物种起源（少儿彩绘版）》中，作者尝试将达尔文的科学名著《物种起源》转换为少年读者能够接受的科普读物，以通俗、生动而亲切的话语为孩子们解释达尔文笔下的各种生物学知识，让孩子们了解与我们同生共存的这些生命体的秘密。《世界各地的动物》则带孩子们去认识陆地上、海洋里、天空中的各类动物。这一介绍的过程，也是对我们生活于其上的地球的一次特殊的巡游。总有一天，孩子们会知道，这些有关其他生命的来龙去脉的叙说，其实也是我们自己存在的一部分。

童书还有另一种方式来为孩子们引荐动物的世界。动物小说集《最后一只狍子》，借想象之笔来编织动物世界的丛林传奇以及动物与人之间的恩怨情仇。在作者笔下，动物的世界除了充满令孩子们感到新奇的趣味外，也被赋予了丰富的情感内容。《会魔法的小银蛇》则以一篇篇小而美的故事，绘就了一个童话里的动物世界。

外面的世界哺育着孩子的成长，也从孩子的形象里观察和反思自己的文化。图画书《山姆和大卫去挖洞》中，总是与宝藏失之交臂的那两个挖洞的孩子，最后仍然高高兴兴地回到屋里，"喝巧克力牛奶"，"吃动物饼干"。他们从挖洞的游戏中得到的单纯欢乐，远比金钱和宝藏更有价值。在惠特曼的诗里，一个孩子通过汲取外面的世界给予他的营养，天天向前走去；"山姆和大卫去挖洞"的故事让我们看到，这个行走着的孩子也在以他自己的方式，把美和诗意贡献给外面的世界。

（原载 2015 年 2 月 27 日《中国新闻出版报》）

少年的精神
——《中国新闻出版报》2015年3月畅销书榜评

某一天，当我们站在人生长路的某个驿站，驻足回望来时的路径，那蓬勃而清朗的少年时代，大概会是令我们怀念感慨的一段时光。这时光里包含了梁启超曾热情赞美过的盛气、豪壮、冒险和创造的少年精神，它也是人生之初最可贵的精神财富之一。

优秀的童书是对这一少年精神的书写和记录，也是对它的滋养和培育。在秦文君笔下男生贾里和女生贾梅的新故事里（《我与贾里贾梅系列》），我们看到了这一少年精神如何在当代童年的日常生活中得到尽情挥洒和表现，又如何在不可避免的各种生活压力下努力自我丰富和成长。这现实压力下的成长在另一些儿童小说中得到了更多的书写。《水獭男孩》的主角丁丁在少年的孤独中结交了唯有自己才看得见的"水獭男孩"，这份跨越现实与幻想世界的温暖友情抚慰了少年孤单的灵魂，也照亮了生命未来的时光。《我的名字叫豆豆》为我们呈现了单亲家庭孩子面临的生活烦恼，小说中，这些烦恼同时也是对少年的考验和历练。在《让我回到小时候》中，郁雨君以她一贯的时尚而温情的笔法书写着都市童年的欢喜和忧愁。在这里，童年也是成人的精神家园，是他们从充满烦恼的现实生活中寻回单纯的希望与幸福的场所。

少年精神是成年后的我们怀想的对象，但它的成长也离不开成人文化的指引。在《一棵知道很多故事的树》中，孩子与大人相遇在巴黎植物园的宁静中。这相遇促成了一场成人与儿童之间的亲切对话,也带来了人与自然之间的温情交流。在《树的屋子》里,作家韦伶以如诗的情感和笔调,向她的少年读者们诉说着与自然、与"绿色"有关的种种诗意遐想:山,水,风,云,树,鸟……我们看到,映现在这些自然意象之中的,其实是我们自己的心灵意象,它道出的是我们想要归往自然这一生命原乡的原型冲动。但这归去不是封闭的,而是开放的,不是停滞的,而是生长的。它带来的是少年精神疆域的扩大和精神基底的拓深。这样,当孩子们从《我的第一套百科全书》中探知有关世界的各种秘密与消息时,他们所习得的就是一种拥抱世界的姿态,而不仅是一种与世界相抗争的态度。

少年能够从成人身上获得的精神启悟,还包括成熟的人事与人情。从《少年读史记》中阅读来自《史记》的那些古老历史与故事,对少年的精神成长是不可或缺的知识营养。比之幻想世界的趣味,这样的知识阅读尽管更有难度,却绝不应该在少年的视野中缺席。而原创图画书《棉婆婆睡不着》则讲述了一个非常温馨的生活故事:睡不着的棉婆婆惦着家里的各样事情,一再起身忙东忙西,一直忙到棉爷爷回家,才"很快就睡着了"。作家以这样一个发生在老两口之间的生活情景片段,带孩子去体味一种唯有岁月的积淀才能酝酿出的日常温暖与深情。

安东尼·布朗在他的图画书《捉小熊》中描画了一头独自在丛林间散步的小熊,他虽然遭遇了各种险情,有时也不无紧张,却总能从容举起手中的画笔,一一化解这些险情。让我们把它看作少年精神的一种譬喻吧——初入生活丛林的少年们,也像故事里的小熊一样,时时面临着各种不期而至的艰难状况;然而,尽管充满困难和障碍，少年却总能凭着他的乐观、勇敢、见识和智慧，解开生活的困局，步入更广阔的天地。这正是少年精神的真谛。而少年时代的阅读，或许正是通往它的最佳途径。

（原载2015年4月17日《中国新闻出版报》）

阅读的好胃口与好口味

——《中国新闻出版报》2015年5月畅销书榜评

童年时代的阅读与进食有着某种殊途同归的道理。许多现代父母都知道，在孩子的食量和消化能力允许的情况下，培养一种丰富、多样、不挑剔的良好胃口，对于成长阶段的儿童增进营养来说具有基础性的意义。阅读的情形也是如此。在儿童时代，一种过于狭隘的阅读胃口与一种过于挑剔的进食胃口一样，很可能是缺乏益处的。因此，我们倡导孩子阅读多种多样的书，不论是虚构的还是写实的，是知识的还是娱乐的，等等，以获取尽可能全面的精神营养。

这一原则可以用来提醒我们，该如何为孩子规划合适、全面的阅读食谱。在这样的规划中，首先进入我们视野的一定是孩子最喜欢和最易于亲近的那类书籍。比如安东尼·布朗的《一起玩形状游戏》，它是以幼儿熟悉的图画故事的方式带领孩子体验想象的游戏，它让我们看到最简单、初级的线条和色彩如何在想象力的构造下，幻化出各种出其不意的惊喜。

随着年龄的增长，这种与想象力有关的阅读游戏逐渐从图像过渡到文字的世界。孩子们将开始爱上像《了不起的狐狸爸爸》这样充满幽默、智慧和妙趣的童话故事，以及像《里娅传奇》这样充满奇思、温情和力量的幻想故事。与此同时，那些与当代童年日常生活密切相关的现实故事，也越来越多地出现在他们的阅读书单上。儿童小说《赫敏的仙踪林》所书写和表现的是少女的成长风景和成长心情，《全世界请原谅我》则是关于少年成长中的迷途失陷与自我拯救的故事。后者将当代少年的生活际遇与网络时代普遍的青少年成长问题相结合，在切肤的叙写中带领少年读者思考和追寻生活的真实意义与真切方向。

然而，童年的阅读餐盘上不应只有小"我"的关切和趣味，也应有大"我"的视界与情怀。《我们，我们的历史》以图画配合文字，勾勒和描绘人类历史发展的大进程，以生动、阔大的讲述为孩子呈现人类文明进步的大故事。从某种程度上说，《海上游骑兵：哥伦布与大航海时代》是以人物传记的方式择取和介绍了其中一段具有标志性意义的历史时期，那是人们怀着雄心向那未知的遥远地带探寻和冒险的时期，有关它的历史叙述或许能够帮助孩子们理解今天的全球化世界图景从何而来。《我们去观星》则将孩子的目光从宽阔的海洋导向辽远的星空，这里的"观星"既是一种远大而谦逊的学习姿态，也隐含了一种开阔而浪漫的生命姿态。

每个孩子同时也是一个民族文化和历史记忆的继承者，而书籍正是记录和传承这些记忆的重要媒介。在《钱文忠给孩子的国学励志书系列》中，作者试图以自己的方式将我们民族文化中的经典转述和转交给孩子们，他关注儿童的经典接受，更关注这一接受的有效性，其亲切、生动、风趣、贴近现实的解释和评说，正是为了提升孩子们理解文化经典的效力。在长篇儿童小说《火印》中，作家以一个孩子和一匹战马为中心的虚构故事，再现了与那场导致我们民族浩劫的侵略战争有关的历史记忆以及它所带来的个体与民族创痛。这是一段不应也不能被忘却的历史，而对于它的记忆，不是为了温习痛苦和仇恨，而是为了避免重蹈。

当然，阅读的好胃口同时是与好的口味结合在一起的。这意味着，我们为孩子们提供的阅读文本不仅应当是丰富的，也应当是优质的。正如垃圾食品无助于儿童身体的成长一样，垃圾阅读往往也有损于孩子精神的成长。一种好口味的阅读应该能够提供俄罗斯导演塔托夫斯基所说的那种"标准"，它将给予孩子一种心灵的判断力，从而促使他在成长的路上去选择那些最优质的书籍，继而在长大成人之后养成一种纯正的文化口味。

毫无疑问，这也正是我们今天努力为孩子挑拣和推荐优秀童书的意义所在。

（原载 2015 年 6 月 19 日《中国新闻出版报》）

世界很大，你不要怕
——《中国新闻出版广电报》2015年6月畅销书榜评

  一个孩子，是这个世界的初来乍到者，世界的一切对他来说都是陌生的。从降生开始，他就在这片从未到过的窨深丛林中小心地观看和探寻。但他的天性里有一种乐观的精神，这使他尽管心怀怯意，却总是能够用最明亮的脸庞和笑容与世界面对面。正如儿童诗集《太阳小时候是个男孩》中那个把自己认同为"小太阳"的小男孩那样，他不但四处看见生活的欢快诗意，即便在生活的沉暗角落里，也总能发现那道欢乐的金色光芒。

  这样的乐观是儿童的一种本能，它使孩子在尚未意识到勇气这件事情的时候，就已经拿出勇气，迈步走向了面前阔大的世界。有许多优秀的童书在扶着孩子走出去的努力中，小心地呵护和培育着这份难能可贵的生活自信。图画书《池上池下》，以清雅细致而富于生趣的画面配合文字的讲述，将孩子带向昆虫的微观世界。但它引领孩子走向的不只是一个知识的世界，更是生命的世界。在这里，一只小小的蜻蜓的生长，牵系着整个自然和生命的世界，它们所呈现的是生命内部的丰富层次以及生命与生命之间的丰富关联。《威尔斯讲世界史》是科幻大师威尔斯向大众读者奉上的著名世界史读本的青少年版，它所展示的知识序列中不只有历史，更有智慧，而后者正是使一切知识真正能够转化为人的勇气、自信和判断力的基础。

当然，孩子面对的世界，也存在各种各样的危险。面对这些危险，童书教给孩子们不要怕的方式，不是蒙哄或遮瞒，而是揭示和警醒。《学会保护自己：幼儿安全故事书》让人们看到，孩子的日常生活是有难度的，但其"安全"警示的宗旨不是为了从迈出去的门槛前吓退孩子，而是让孩子们和父母们在看清这些危险的同时，学会应对它们的适当办法。童话《笨狼和小红帽》通过对《小红帽》等经典童话的幽默改写，以另一种方式传递着相似的生活观念：外面的世界可能是有危险的，但这危险也是能够被乐观地战胜和克服的。况且，不论外出的路程多么充满凶险，在孩子的背后，始终有个温暖的家在守护着他。就像在童话《换妈妈》中，外出的小老鼠在经历了一系列的沮丧之后，等待着他的依然是妈妈慈爱宽容的怀抱。

然而，有些生活的难题终究需要孩子自己去经历，去领悟。小说《寻找鱼王》中的少年，为了"青堂瓦舍"的生活志向，奋而出发去向鱼王求师，最终却明白了"鱼王"的核心不是"人"，而是"鱼"。更确切地说，是"鱼"的意象背后那由造物主赐予人的一切生存之源：山，水，泥土，空气……这是需要人们去敬畏、去守护的生命根脉，而不是去掠夺、去占有的私人财产。唯有这样的智慧，而非永不满足的欲望，才能真正使人成为大无畏的个体。有的时候，日常生活的难度可能超出了孩子的理解，比如《渔童》中那个摧毁人的常识的"文革"年代。即便如此，童年天性中的机智和善良也能够为孩子带来生活的胆量，正如小说中名叫大路的孩子，凭自己的力量与人的扭曲的欲望相抗争，坚持在迷狂年代里对真善美的追求。再比如《帕瓦娜的旅程》中对于许多当代孩子来说颇为陌生的那些生活景象：战乱中的无助，困境中的绝望……帕瓦娜面对生活的勇气和智慧，对身处富足生活的孩子而言，同样有着激励人心的力量。

或许，所有献给孩子的生活之书，都意在将童年导向一种充满勇气的积极生活，因此也往往都指向这样的启悟：不论此刻的生活景象多么令人沮丧或惧怕，我们当始终怀着对"明天"的期望和信任，怀着"明天会有好运气"的信仰，去迎接、创造那终将属于我们的美好生活。就像《明天会有好运气》中年仅十二岁的女孩萨默，生活的猝然变故令她"对外面的整个世界都充满恐惧"。但当她不得不勇敢地承担起这一切时，她发现，这勇气不但带给她不一样的心情，也带来了"明天"的"好运"。

世界很大，可是，孩子，你不要怕。没有人知道在时间的前方，等待着自己的是什么样的命运，但只要拥有这份勇气，你就能够从容地穿越黑暗，走过去，并且最终收获自己的"好运"。

（原载 2015 年 7 月 17 日《中国新闻出版广电报》）

阅读抵抗遗忘
——《中国新闻出版广电报》2015年8月畅销书榜评

书籍是人类集体记忆的一种载体，它们用文字记录曾经发生和存在过的一切，以使这一切不被湮没在时间的流沙中。这种记忆对人类至为重要，因为它也是缥缈宇宙间我们曾经来过的切实证明。在人类文明史上，书籍始终是人们用来抵抗遗忘，尤其是抵抗对于那些重要事物的遗忘的路径。如果我们认识雷·布拉德伯里的小说《华氏451》中那一群在禁书年代默默地化身体为书籍的人们，我们对于书写和阅读的重大意义和功能，一定会有深切的体认。

童书也是面向孩子的一种记忆传递，它负责把人类生活中那些重要的、有价值的记忆交给更年轻的一代，其目的既是延续集体的文化，也是丰富个体的生命。图画书《世界上最大的蛋糕》在想象中重构了一段与历史名人达·芬奇有关的奇妙逸事，让孩子们在生动的故事里重新结识这位文艺复兴时期的意大利全才。儿童小说《森林里的小火车》通过当代少年与古老的蒸汽火车的一场浪漫邂逅，带他们走入脚下这片土地的过往以及父辈们曾经的生活梦想。抗日战争题材的儿童小说《流亡的天使》承载的是另一类重要的记忆，它写满血泪的痛楚，但书写的目的却不是温习它，而是在不能忘怀的纪念中永远地告别它。

除了历史的记忆，还有文化的记忆。长期以来，向孩子传递优秀经典文化遗产一直是儿童书籍引以为己任的要务之一。

像《小宝贝经典悦读书系·唐诗三百首（精选）》这样的童书，是借童书的小平台交接文化的大经典。而像《世界地图：跟爸爸一起去旅行》这样的书，则是以宏观的方式带孩子在画页间走过有关不同地带、不同族群的文化风景。当然，这些作品传递的核心内容并非简单的知识记忆，而是它背后活跃着的人的见识力、想象力、创造力以及对待生活的滚烫热情。这使得这些讲述"过去"和"外面"的书籍，也能够与孩子"当下""内在"的生命体验产生直接的沟通与交融。

还有一些童书致力于恢复日益被现代人遗忘的珍贵经验记忆。在为机械工具和电子媒介所占领的高速生活时代，它让我们回想起那些与古老的自然、传统等密切相关，并曾在人们的日常生活中占据要位的生存体验。幻想小说《巫师的传人》中那个名为"鸟麻"的"原始、古老、神秘"的山中小城以及城外幻境般的巫师部落，童话《湾格花原》中那座广袤、幽深、古老的南糯山以及山间与男孩"湾格花原"同名的神奇树洞，仿佛叫人想起造化之初，人与天地、与自然浑然一体、彼此对话的时光。在《母兔》这样不露声色而又充满深情的动物故事中，我们则看到了与人类共存于地球上的其他生命的权利与尊严。那样的流云、清水、淳风、朗月，正从现代人的生活中急遽消逝，同样消逝的还有人对自然的亲爱和敬畏之情。而在人之初的生命阶段恢复、培育这份重要的经验和记忆，会不会是拯救它的唯一办法？

不过，机械工具和电子媒介带来的或许并不全是坏消息。一些童书也在借视像和电子网络的平台，将童年领回书本的世界。像《燃烧的蔬菜趣味迷宫·为家园而战》这样由成功的网络游戏、影视动画衍生而来的儿童图书，是出现在视觉和网络时代的一种特别的童书类型。除了吸引儿童读者的功能之外，我们更关心的是它能否进一步以书本和阅读来弥补读屏时代的成长缺陷，培育积极的童年阅读记忆和经验。

事实上，儿童身上寄托了人类的许多充满价值的经验。随着个体的成长，这些经验往往会在烦人的实务中被忘记，被抛却。优秀的童书在对这类经验的复现中，提醒人们不要轻易遗忘这源自"小时候"的珍贵记忆，比如图画书《不要和青蛙跳绳》中那一次次由童年的想象力创造的游戏狂欢。这样的记忆不但愉悦孩子，也启迪着成人——在生活的各种沉重和烦琐中，别忘了我们曾经是一个孩子，那样新鲜、单纯、蓬勃，充满欢乐和创造的力量。或许，童书的存在，是为了抵抗人们对童年的遗忘。

（原载 2015 年 9 月 18 日《中国新闻出版广电报》）

给童年的"神奇魔法床"
——《中国新闻出版广电报》2015年9月畅销书榜评

"神奇魔法床"是英国图画书作家约翰·伯宁罕同名图画书故事里的核心意象。男孩乔治从一家旧家具商店买到一张魔法床,晚上躺在床上,只要"说出属于自己的那个有魔力的词",就能够漫游到任何远方。乔治的奇妙游历从此开始了。一夜又一夜,魔法床载着他前往有仙子的原野、有老虎的丛林、有海盗的山洞……他和海豚一起游泳,和女巫比赛飞行。生活变得丰富而广阔,并且充满奇趣。

不妨说,童书也是这样一张神奇的魔法床。在那些仿佛有魔力的文字的调遣下,童年眼前的世界变大、变深、变奇妙了。它带我们飞越生活的烦恼和沉重,去寻找一个名叫"蓝花井"的神奇地方。那里吹着诗和故事的温柔之风,所有的孩子都能自由地乘风而翔(《蓝花井的咕咚》)。它也带我们驶离悲伤的虚空,去捡拾那些被遗忘的明亮而温暖的生命记忆(《忘记亲一下》)。

还有通往更遥远时空的"有魔力的词"。《繁星·春水》中充满诗意和灵思的语言,隔着近一个世纪的时光,仍然闪耀着水晶般的光芒。《十二个汉字品历史》,另辟蹊径地借汉字这一古老的象形符号,去探索那湮没在时间尘埃里的历史与文化记忆。这样的读解令抽象的历史和文化知识拥有了生动的趣味。《天眼传奇》则是以时尚的漫画形态重新编织古老的华夏神话。这些童书带孩子们穿越时间的隧道,观赏文化的风景，也激活了他们血脉中的民族文化基因。

　　童书的"魔法"为孩子们打开幻想的天地，也带他们去观看、体验其他同龄人的生活现实。六年级女孩徐弯弯的校园生活看上去跟无数寻常的六年级孩子的生活没什么两样：上课，下课，答题，作文，还有偶尔点缀的记者采访和作家见面会……不过，跟随着弯弯的视角，我们总能发现这普通生活里新奇、温暖的光彩（《弯弯的辛夷花》）。这样的故事教孩子换个角度，用新鲜的眼光打量生活，用欣赏的姿态体验生活。就像上海城里长大的孩子小轩来到南京郊区，度过了一个与田野风光、农舍牛羊相伴的"不一样的暑假"，也收获了一份不一样的友情（《不一样的暑假》）。

　　童年应该是快乐的、丰富的，但并非所有孩子都能享受这样的童年。《大富翁》里那三个在流浪生活中结伴相守的孩子，凭借他们的努力、乐观和坚强，追寻着心中的梦想。艰难的生活让他们有了比同龄人复杂得多的心思，但他们内心不曾泯灭的童年单纯，也无声地净化着身边复杂的世界。三个少年为生存而闯荡城市的故事，别有一番神奇的滋味。还有那曾经欢乐无忧，却被战争染上血色与泪水的童年（《如菊如月》），它看上去是那样远，却也离我们那么近。这些故事告诉孩子们，一切幸福并非理所当然。因此，日常生活中哪怕最寻常的平和与欢乐，也值得我们珍而重之。

（原载 2015 年 10 月 23 日《中国新闻出版广电报》）

那些闪耀在心里的星星
——《中国新闻出版广电报》2015年10月畅销书榜评

　　人生如行夜路。很多时候，我们不知道在前方的沉沉黑幕里，等待着自己的会是什么样的命运。然而，在行路者的心里，总会揣着那么一些温暖和光亮的东西，它们就像是漆黑夜空里闪耀的星星，照亮着前面未知的生命旅程。

　　这星群里往往少不了童年时代的记忆。在那段因为童稚的眼睛和心灵而变得格外清澈与明快的时光里，许多人累积下了一生中最宝贵的生命感觉和印象。这段记忆也因此成为人们一再回顾、温习的对象。随着岁月的积淀，每一次的回首，似乎都会带来更丰厚的回报。阅读童话作家周锐以散文笔法写就的《在能被记忆看到的地方》一书，我们深深感受到了那来自童年和少年时代的温暖而丰富的生活体验给予作家的生命营养。而当作者用不无幽默的笔墨抚过这段时光时，我们分明读出了幽默中蕴藏的那份深情。

　　童年的意象经常与故乡联系在一起。九儿的图画书《回不去的故乡》，以童话的想象书写这一旷古的乡愁。或许，故乡之"故"，本身就指向一种永远"回不去"的时态。因此，那作为书名和故事核心的"回不去的故乡"，恐怕也是我们每个人不得不面对的一种宿命。幸好，关于故乡和童年的一切，终究会保存在我们记忆的匣子里。

　　是啊，没有人忘得了那曾在年少时滋养过我们的各种美好记忆。

比如，米老鼠和唐老鸭。从20世纪至今，这对来自迪士尼的活宝主角给几代人的童年带来了无尽的欢乐。《惊奇世界》的故事延续着米老鼠和唐老鸭的喜剧。今天细品这些故事的质地，感觉或许有所变化，但我们中的许多人仍然要向这对可爱的主角奉上衷心的谢意。

还有一些记忆穿越时间的考验，历久而弥新。叶嘉莹先生选编的《给孩子的古诗词》，是从古典诗词中挑拣出的精华篇什。这些诗词带着叶先生本人的生命体温，其文辞、意境、情感、思蕴，千百年来也滋养了一代代中华儿女。

记忆温暖胸口，而脚下的路，则还需要我们自己一步步走下去。刘玉栋的小说《泥孩子》、沈涛的小说《楚楚的离歌》、赵菱的童话《父亲变成星星的日子》，都以不同的方式写到了生活的变故或艰辛带给孩子的考验与成长。一个孩子，还没有从游戏的快意中回过神来，忽然发现自己陷入了生活的泥淖。怎么办？唯有挺起胸，抬起腿，勇敢地走下去。有一天，你会发现，自己的心里已经多了一片明亮的星空。故事里的孩子们接受了这样的成长考验，也找到了属于他们的"星星"。

你别小看一颗星星的光芒。有了第一颗星星，就会有明亮的太阳，可爱的树，五彩的花，温暖的家……最后，我们会像艾瑞·卡尔的图画书《画一个星星给我》中所讲述的那样，拥有一个丰富美丽的世界。

（原载2015年11月20日《中国新闻出版广电报》）

让读书成为孩子的日常生活
——《中国新闻出版广电报》2015年11月畅销书榜评

睿智的苏联教育家苏霍姆林斯基这样强调童年时代阅读的重要性："一个人在少年时期和青年早期读过哪些书，书籍对他意味着什么，这一点决定着他的精神丰富性，决定着他对生活目的的认识和体验。"他因而主张读书应该成为儿童生活的重要内容。

今天，受益于现代童书不断地细化发展，不同年龄段的孩子都拥有了专为他们量身定制的各类书籍。这使得最幼小的儿童也有机会享受一种郑重其事的读书生活，它的基本方式是亲子间的陪伴共读，基本内容则是幼儿的日常生活。《小宝贝益智启蒙100问》关心的是幼儿日常生活中珍贵的好奇心，以及这好奇背后的知识启蒙。图画书《会说话的手》是用幼儿本色的语言和画面向孩子展示"手"的丰富肢体表达，这样的表达也是人类丰富情感的源起之一。儿童故事《没有鼻子的小人儿》中关于幼儿日常生活的现实和幻想交替式的书写，能够带孩子发现和体验日常生活的简单乐趣。毫无疑问，在这样的阅读中，来自父母的牵引和陪伴是让读书走进孩子日常生活的最自然的途径。

不同的书籍让孩子领略日常生活不同的丰富色彩、层次与内涵。《夏洛的网》是以童话的方式讲述生命的温暖，这份温暖并不局限于人类生活世界，而是伸展向更广阔的生命空间。它的广度，诠释着人类情感和精神的广度。《棕色侠》是以幻想的方式表现少年的英雄梦想与正义情怀，它是由"佐罗""超人"等传奇英雄角色构成的正义叙事传统的一部分。这传统既属于孩子，也属于成人。儿童小说《孔雀屎咖啡》写出了现代童年与现代生活的某种冲突，在扭曲的物欲生活和价值观念下，儿童既是最大的受害者，也是那个最有可能的救赎者。

这些作品引导孩子观察、思考日常生活的不同面向极其复杂内涵，这思考的向度不止于我们脚下的土地，也延伸向广袤的宇宙；不止于我们存在的当下时刻，也延伸向遥远的过去与未来。知识读物《地下水下》带孩子朝着我们生活的大地中心进发，去认识那里已开垦的神奇和未开垦的神秘。历史读物《孔子的故事》以生动通俗的文字和插图，为孩子娓娓讲述中国古代思想巨擘孔子的生平与思想。《刘慈欣少年科幻小说系列》中呈现的对未来生活的科幻想象、探寻和深度思索，则为少年反观当下和自我的日常生活提供了一个独一无二的视角。这些看似与我们相距甚远的事物，其实正是建构和影响我们每个人当下日常生活的必要元素。

在"读屏"日渐取代"读书"的电子媒介时代，让我们重温苏霍姆林斯基的告诫："读书，读书，再读书"，"要把读书当作第一精神需要，当作饥饿者的食物"。这不仅是向孩子们提出的一种日常生活方式，也是对包括儿童教育者在内的一切成人提出的日常生活要求。

（原载 2015 年 12 月 18 日《中国新闻出版广电报》）

一个人，在路上
——《中国新闻出版广电报》2016年1月畅销书榜评

有谁关注过童年孤独的诗性意义？法国哲学家加斯东·巴什拉在他的名著《梦想的诗学》一书中，曾谈到童年时代的孤独体验和回忆如何开启想象力的宝藏。"当孩子在孤独中梦想时，他认识到无限的生存。他的梦想并非只是逃避的梦想。他的梦想是飞跃的梦想。"在这种独自一人的精神状态下，内视的潜能得到激发，无穷的梦想得以延伸。当然，巴什拉所说的孤独并不是心理学意义上的那种消极情绪，而是一种宁静的观察、体验和冥思状态。

阅读儿童小说《一个人的花园》和《水獭男孩》，让我想到了巴什拉笔下的这种在"一个人"的体验中生长起来的充沛诗意。在这两部多少带有自传体色彩的儿童小说中，女孩细荷和男孩丁丁在属于他们的世界里静静地观看、体味、想象和思考。当童年的目光抚过平凡的生活，奇妙的光彩随之而生，那在许多人眼里早就习以为常的生活，也由此散发出各种新鲜的意趣。这是作家记忆里的童年，也是童年记忆里的作家。我们从这里读懂了巴什拉为什么说"在孤独中，一旦成为梦想的主宰，孩子即享有梦想的幸福，在以后成为诗人的幸福"。或许没有人知道，也很少有人理会孩子心里的这个世界，但它给予童年的默默滋养，会成为生命中最恬美的记忆之一。

一个人走着，有自己的困难，也有自己的奇遇。譬如童话《小猪唏哩呼噜》中那位糊涂而可爱的主角,总是跌倒,总是吃亏,却总是快快乐乐地享受生活给予的一切。《旗驼》中的骆驼查干经历了更为现实和严苛的考验,孑身一人的它最后成了草原的英雄和守护者。当然,很多时候,仅仅凭借心中的乐观和勇气,尚不足以克服独行路上的困难。你可能还需要一些过硬的知识和能力"装备",比如《险境救命食物》中传授的野外求生知识。不是每个人都会选择这样的"险境"行走方式,但那些踏着巉岩险峰、云霜雨露走过去的人们,一定会从中收获巨大的成就和快乐。同时,那份面对艰险的勇敢和遭遇危险的镇定,也将使我们学会更成熟地看待、应对人生路上的各种困局。

独自走在路上,我们有时也并不孤单。相聚的日子里有亲人朋友的陪伴(《香喷喷的节日》);留守的日子里有山野自然的陪伴(《溪头的读书声》);最孤独无伴的时候,我们还可以选择与书籍和文字做伴。在生活的面貌变得日渐枯乏的时候,来自书本的想象力和思想力能够为我们开启一片辽阔清新的大天地。当抽象的几何图形被还原到生动的世界图景中,刹那间,周围的一切沉默之物仿佛都在传来亲切的体温(《走进奇妙的几何世界》)。当童年寻常的生活习惯在关于成年的童话想象中得到喜剧性的放大,我们在游戏的欢笑中明白了孩提生活的另一种庄重内容与责任(《没头脑和不高兴》)。在书本里,我们借语言的力量穿透生活的表象,获得内心的领悟,就像在《黑白村庄》里,"黑"与"白"的生活夸张和对立,传递的是关于世界、关于人的某种深刻寓意。这样的见识穿透和思想了悟,往往发生在一个人的独立阅读和思考中。当你于静默中感受到心灵之翼的舒展和思想之光的拥抱,那将是一种多么深切的愉悦和欢喜。

或许，正因为独自行路的缘故，那些给我们带来温暖和欣喜的事物以及与之相伴的那段时光，都令我们倍感珍惜。这份惜时爱物的情感，会让我们更加懂得生命过程的意义和价值。

（原载2016年2月26日《中国新闻出版广电报》）

向远方的眺望和行走
——《中国新闻出版广电报》2016年3月畅销书榜评

童年时代值得培育的两个好习惯,一是读书,二是行路。两者都是我们借以眺望和抵达更远方的好途径。某种意义上,读书即行路,是行走在思想和智慧的旅程中;而行路也是读书,是阅读生活、世界这本大书。一个人在日常生活各种奔忙的牵绊之外,还能静下来读书,还能自由地远行,确是人生的两桩美事。

翻开秦文君的散文集《全世界都是你的远方》,你会同时感到这两桩美事在此刻的迷人交会。当作家以书写的方式讲述她眼中的远方时,旅行本身不再是匆忙的掠影。它的美与丰富在文字和思想里沉淀下来,随着阅读的展开,被缓慢地、有力地传递给它的读者。童话作家周锐的纪实文学新作《吹鲸哨的孩子》,其创作初衷同样源于一次远行。在这里,他遇见了一种特殊的童年,他想用他的书写,尝试去打开那个被锁在空屋子里的自闭症孩子的世界。他当然也想以这样的书写唤起更多人对这个特殊人群的关注,帮助他们从一声简单的呼唤、一个眼神的对视,走向外面更远的世界。

我们相信,书籍拥有这样的力量——那是将你带往远方以及可以眺望远方的高处的力量。读刘海栖的童话《绿头发先生行医记》,你会在神奇的想象和可爱的幽默中感受到生活切实的欢乐和温暖。读动物故事集《丹顶鹤悲歌》(沈石溪等),你会在动物世界的爱恨悲喜中照见生活这个词在更广阔层面上的丰富滋味。读冯与蓝的童话《一只猫的工夫》，在它新奇的故事和话语中，你会体味到一种新的童话感觉和面貌，也会体味到作者试图将自己的童话笔触探往更远处的努力。

　　这一切丰富着我们对生命的理解，也锤炼着我们对生活的信念。你看王秀梅的长篇童话《魔术师的荣耀》中那枚有魔力的小钢镚，在历经生活后回到主人身边。尽管生命的感觉即将退去，它心中却毫无惧怕，因为它"经历了人世间一切的美好"。这份无所惧怕的自信和勇气，正是读书生活赠予我们的宝贵礼物。就像读幼儿童话集《我相信我能行》（冰波等著），除了故事的乐趣之外，我们也将从中收获对生活的信心，对自我的信心，以及一个人开步迈向远方的信心。

　　书籍也以它自己的方式展开"远行"。迪士尼电影《疯狂动物城》在以一种席卷性的方式风靡全球之后，又从电影走向书籍，走向孩子的阅读生活。比尔·布莱森的《万物简史》在受到成人读者的青睐之后，也从成人读物走向少儿图书，走进孩子们的精神视野。于虹呈的图画书《盘中餐》，探索和展示了一种纯美精致而又有着磅礴气象的原创图画书的艺术面貌。当这些插画作品入选并出现在博洛尼亚书展插画展上时，它也将中国图画书的艺术风光带到了世界的目光里。书籍的远行带来了与此相伴的那些美好事物，那是对梦想的坚持，对知识的热爱，以及对艺术和文化的美好信仰。不论世界如何变化，以书为伴，将使我们在眼前生活的关切中，自觉地保持一种更远的目力、一个更高的视点。

（原载《中国新闻出版广电报》2016年4月29日）

时光的魔力
——《中国新闻出版广电报》2016年5月畅销书榜评

恩雅以一曲《唯有时光》的缠绵而感伤的咏叹，道出了许多人对于"时间"这分分秒秒流过我们身体的如此熟悉却仍如此神秘之物的感慨。我们身处的每一段时间似乎都充满了秘语，但你永远别想在此刻读懂这些秘密。这一刻，我们的境况诚如歌中所唱，实不知前路伸往何方，时光流向何处。而有关时光的那些秘密，唯有等待时光来告知。

就像童年——当你在那些微不足道的童年见闻和孩提游戏里胡乱闯荡的时候，你不会想到也不会知道，这段时光对你来说可能意味着什么，它最终又将把你带向何处？但我相信，当作家肖复兴在他的长篇儿童小说《红脸儿》里用属于童年的视角和笔法来回顾、书写那段年少时光时，他一定也比任何时候更深切地体悟着这段时光在自我生命里的独特位置和意义。童年记忆的书写正在成为当前儿童小说写作的一种潮流。刘玉栋的儿童小说写作在对于作家所亲历的童年时光的反复触摸和回味中，让我们看到了他的越来越个性化的创作面貌。新作《我的名字叫丫头》的朴素叙事所内含的那份热烈的深情，读来令人动容。

一时代有一时代之童年。时光迁移，童年的面目也发生变化。从这变化里我们一样读出了时间的味道。时隔三十年，董宏猷在他的《一百个孩子的中国梦》里再次实践了当年那个宏大、知名的童年写作规划。而三十年之后，我们看到的不只是今天正在中华大地上展开着的童年的全新模样，透过三十年的时光帘幕，我们还看到了今天的童年与我们共有的过去和历史的关联。因此，当我们读到《酷科小子科学日记》中那种用来书写少年的科学生活，促进少年科学知识学习的生动、幽默、充满"酷"感的新方式，以及《实验跑出来了》中结合现代最新AR技术手段开展的充满游戏乐趣的科普教育时，我们也要记得，一切新奇的技术并非为了带我们甩开过去，而是帮助我们在学习新知识和新技术的同时，也学习把握变动中永恒的科学精神。

六月的盛夏，高考刚刚结束。青年作家王君心的长篇小说《夏迁的成长课》，是对这段时光的真实而真诚的回忆，也是对这一充满热情也充满烦躁的生命阶段的纪念。它的作者是一位从高考的"炼狱"中走出来不久的大学生。对于无数曾经和正在亲历其中滋味的青春少年来说，这部小说的内容和写法都显得格外亲切。从一次考试到一种成长，作家写出了备考时光背后更丰厚的人生滋味。

读过《夏迁的成长课》中无处不在的"快"，再来读《慢小姐和蛀牙王子》(陆梅)中悠悠然然的"慢"，你对时间的味道会有更多的体察。"慢小姐是老圣恩新得的雅号。老圣恩做什么事情都慢。她吃饭慢，穿衣慢，刷牙慢，洗澡慢……最要命的是做功课，那个慢啊！"作家在一个"慢"字里描出了人物的生动个性，也写出了童年生活的另一种迷迷茫茫、糊里糊涂的生活况味。现代社会的时间观是多么催人早熟啊，但那个迈着"慢悠悠"的步子走着的童年，却让我们看到了被这个快节奏的时代日渐遗忘的时间的诗意。

我们文化中许多珍贵的东西，离不开"慢"的积累。读司马迁的《史记》，读古人流传至今的言谈(《成语故事》)，你会发现那种经历了漫长的时光洗礼而仍在闪闪发光的思想和文字。或者说，唯有经历了时光的缓慢考验和选择，它的光亮才显得如此自信、笃定。《给孩子的动物寓言》是画家黄永玉积一生创作经验，特别为孩子们编绘的作品，那种文图之间自然流出的人生幽默和智慧，只可能出自一位历经沧桑而童心未泯的可爱老人笔下。那也是唯有时光才能带给我们的看待和理解生活的魔力。

（原载 2016 年 6 月 24 日《中国新闻出版广电报》）

我们能为孩子做的
——《中国新闻出版广电报》2016年7月畅销书榜评

父母用文字记录孩子成长言行的作品一直多有问世，但这类亲子生活题材的写作大概没有像现在这样，正成为童书创作和出版中一种引人注目的风向。近年来，此类图书新作不断，其作者往往既是父母，也是作家。他们用文学的方式记录自己孩子的言行举止，也书写自己在孩子成长过程中的观察、思考与品悟。透过这些文字，我们既读到了一个个孩子长大起来的生动细致的案例，也读到了关于童年、关于儿童养育的许多珍贵的经验和体悟。

萧萍的《沐阳上学记》就是这样的一部佳作。这部作品包含两大内容，一是作家在孩子生活素材基础上展开的儿童诗和童年生活故事的创作，二是作家与孩子共处的生活和情感手札。前者之珍贵，在于它真实地记录和呈现了童年世界的诗意和创造力，见证了"儿童是天生的诗人"。后者之特别，则在于它的真诚朴实的书写以及这书写中包含的陪伴孩子成长的经验之谈。这经验在一位对童年有着直觉感悟力的儿童文学作家的提炼下，格外透出理性和洞见的光芒。对于今天许多正在育儿的迷茫中急切地找寻方向的为人父母者而言，这样的书写也扮演着平实而智慧的启蒙者的角色。

我们期待成为理想中的父母，也期待我们的孩子上学后，总能与理想的老师相遇——虽然明知这些期待总归是"理想"。"淘气包马小跳"

系列之一《奔跑的放牛班》，是作家杨红樱对于心目中理想的老师和师生情谊的又一次想象书写。"理想"和"想象"当然并不意味着没有人去充满热情地实践它。《我的第一本地理启蒙书》（郑利强著，段虹绘）所呈现的用以向孩子开展地理启蒙教育的方式，就是一次实践理想的尝试。这是目前国内少见的没有一点儿干硬的辞典气，充满了实在生活气息和鲜活语言感觉的地理知识启蒙童书。像《超有趣幼儿十万个为什么》之类的作品，也在尝试改变传统知识读物的刻板面孔，使知识的阅读和传授变得更有趣有味。如果说书籍也是老师，那么这样的改变当然为孩子们所乐见。而阅读来自"马西西的异想王国"的童话故事《稻草人是怎样飞上天的》（刘海栖著，周翔绘），那里面以狂欢式的想象和幽默写就的关于"理想"追寻和实现的另类方式，也是一种充满欢乐和意义的学习。

我们身处一个童年生活内容和方式因新媒介的介入而变得空前多样的时代，其中也包括童年的阅读生活。动漫、影视、网游、手游，每一样都在侵入进而改变传统的童年阅读生活。在这样一个时代，用书籍的方式呈现为孩子的写作，既可以是一件只与文字、文学有关的单纯事情，也可能是一项需要更多文学之外的思虑的工作。一些作家和出版机构在以新媒介内容刷新传统童书面貌方面做了富于借鉴价值的探索。像今天的许多系列畅销童书一样，"老鼠记者"系列之一《鼠胆神威》（杰罗尼摩·斯蒂顿）引入了动漫式的角色塑造、情节设计、排版方式等，大受读者欢迎。《植物大战僵尸2.武器秘密之你问我答科学漫画-农业与生态卷》（笑江南）、《迪士尼疯狂阅读·魔发奇缘》（美国迪士尼公司）等畅销作品，则是借助知名电子游戏与儿童动画作品的"东风"

来推动儿童的纸本阅读，其效果还待更长远的观察，但效力无疑是巨大的。

若干年前，作家梅子涵出版了《女儿的故事》，讲述一位父亲怎样陪伴女儿慢慢长大起来；若干年后的今天，我们读到了他的女儿梅思繁的《爸爸的故事》，讲述一位女儿怎样记得父亲陪着自己成长至今的岁月。时光流逝中，镌刻下的是永恒的生命记忆与诗情。每个孩子其实就像德国作家、国际安徒生奖得主詹姆斯·克鲁斯笔下《从前有个人》中的主角，在外面的世界自由地奔跑过，经历过，最后还将落定在自己的家园；或许也要到此刻，这个长大了的孩子才会最深地懂得童年的家园曾给予自己的那份幸福。这也意味着，今天我们为童年做的一切，终有一天会在它身上结出甜美的果实。

（原载 2016 年 8 月 26 日《中国新闻出版广电报》）

从昨天到明天

——《中国新闻出版广电报》2016年8月畅销书榜评

20世纪40年代起，诞生于张乐平笔下的"三毛"——那个形象鲜明、充满童趣的漫画形象，成为那时和此后许多代人童年时代难忘的图像记忆。"三毛"也是中国现当代童书史上一个具有经典性的童年形象，从昨天到今天，他的流浪故事在中国孩子的阅读清单上始终占据着一席之位。尽管那时的岁月早已远离我们，那样的生活也成为过去，但这些故事却跨越时间的河流，向我们展示着它们恒久的魅力。

我们要向这些"昨天"的故事致敬。它们的书写属于过去，它们的美学却仍滋养着今天。阅读叶永烈创作于20世纪60年代的科幻童话《小灵通漫游未来》，我们会发现，就像凡尔纳的科幻小说那样，书中许多"未来"的科技想象已经成为今天的生活现实。但小灵通的漫游故事所带来的朝气蓬勃的科学想象精神与充满期望的乐观生活气息，仍然能够给今天的小读者带来心灵的愉悦。

所有"昨天"的好故事，都有一种穿透力。《伤心的影子》是作家张之路早期短篇作品的一个选集。在儿童生活与整个社会文化一道疾速变迁的今天，阅读这些故事或许伴随着某种时光倒回的恍惚感，但那种烙有鲜明张氏风格的日常生活传奇以及作家对现代童年生活的观察力与洞见力，却在我们心里激起同样的震荡。金曾豪的《苍狼》讲述的动物故事，在自然与社会、生存与死亡、人性与兽性的对撞中书写动物世界的传奇，其紧张的悬念引人入胜，其内在的蕴含又引人长思。这样的故事往往是不老的。

从昨天到今天，讲故事的方式既延续着古老的传统，也有着新的丰富与变化。《神奇校车》让我们看到了科普故事的另类讲法，在这里，严谨扎实的科普知识与自由狂想的游戏故事相结合，科学的趣味由此被极大地激发起来，游戏的幻想则因此获得了坚实的内涵。同样是用图像来讲故事，从《百变马丁》的动画到《百变马丁》的漫画，从凯蒂猫的动画到凯蒂猫的手工故事书，人们既在改编中重温传统的故事讲述方式，也在不断尝试拓展讲故事的边界。我们看到，文字与图像、纸质与电子等不同媒介的碰撞、融合，给当代童书的创作带来了更多新的空间与可能。它挑战着人们创新的能力，也激发着人们创新的活力。从某种意义上说，这样的探索跟讲故事本身一样需要丰富的想象力和创造力。而在这一媒介新变的潮流中，关于童书艺术质量与内涵的新思考，也亟待引起人们更多的关注。

在童年的"不老泉"下，更年轻的故事泉水在不断涌出。童话《面包男孩》里，李姗姗编织了一个从面包里跳出来的神奇小男孩的故事。这个孩子或许让我们联想起了奥地利作家涅斯特林格笔下那个从罐头里出来的非凡小孩。一个"非人"的孩子闯进人间世界，将会遭遇怎样的境况，又能创造怎样的奇迹？一样别出心裁的文题，在中外作家手里却有全然不同的演绎。孙雪晴的《绿烟草》与郝周的《弯月河》，都是写的少年生活题材的成长故事，两位作家也都非常年轻。他们的作品氤氲着令人歆慕的、新鲜而成熟的青春气息，我们从中读到了正在勃勃生长并粲然绽放的写作才华与热情。这些年轻的故事从"昨天"的作品中吸收着语言和灵感的养分，让我们期待它们也能够带着自己创造的光芒，从今天一直走进明天去。

（原载 2016 年 9 月 30 日《中国新闻出版广电报》）

生命的美妙馈赠
——《中国新闻出版广电报》2016年10月畅销书榜评

对童书创作来说，怎么向孩子提起和表现死亡的话题，一直是一个有意思也有难度的艺术命题。在这方面，《夏洛的网》是流传已久且影响深远的经典之作。E.B.怀特用他的精练而温暖的文字写就的这个发生在猪圈里的童话故事，深深烙在了无数读者的情感和记忆里。平淡日常的农场生活中，不起眼的小猪威尔伯的命运牵动着人们的关切。而拯救小猪的母蜘蛛夏洛与威尔伯之间的生死诀别与生命的重逢，则让我们在无言的感动中体味到生命之间了不起的温情。

在儿童小说《天蓝色的彼岸》（希尔）里，死亡的话题不再是以童话想象的婉转方式得到表达，而是直接进入了童年的日常生活。那是一场看上去再寻常不过的青春争执，盛怒中的少年哈里对着姐姐大嚷："我要是在哪天死了，你准保会后悔的！"同样盛怒的姐姐毫不留情地回敬他："你放心吧，我不会，我高兴还来不及呢！"随后发生的车祸悲剧里，这场语言的战争成为姐姐永远不能摆脱的悲伤。在另一个灵魂阿瑟的陪伴和带引下，哈里回到人间，以灵魂与他热爱的学校、老师、同学、朋友，还有他最怯于相见也最放手不下的亲人道别。他用尽一个灵魂的力气，对姐姐说出了他的抱歉和原谅。那一刻，他才终于可以坦然走向天蓝色彼岸的另一个世界。这部作品或许让我们想起了题为《摆渡人》的另一部小说，同样是由一个引导者带领着，最终却是自己完成了生命与死亡之间的精神"摆渡"。

曹文轩的《草房子》也写到了死亡。笼罩在古灵精怪、任性顽劣的男孩桑桑头上的死亡阴影，让他对身边的世界、生活和人们有了别样的理解，也令他的心智和行为发生了新的变化。我们不妨说，他从此刻起，第一次体验到了生活真正的重量。像一粒轻盈的种子掉落到泥土里，缓缓展开沉重的根系，它不再像过去那样随心所欲地飞翔，却也拥有了更为丰厚的生命内涵和质地。

所以，在文学里，死亡的终极隐喻总是生命。对生命的欣赏、体味、感悟和礼赞，也是童书离不开的主题。《白天鹅红珊瑚》像沈石溪的许多动物小说一样，是以动物世界为寓体的生命的动人传记。散文集《大地的铃铛》，记录的是身边小小的植物、动物、景物，还有那些小小的事情，像是一曲曲生命的小颂歌。毛芦芦的文笔和心性都特别适合这类书写。她的这些散文，笔触是优美的、清丽的，情感是纤细的、柔软的，她笔下的一朵花、一棵树、一头刺猬、一只萤火虫，都闪动着生命的优雅光芒。儿童小说《穿过冬天来看你》（冯与蓝），也是写的小小的事情，那是童年时代的小欢乐和小忧伤，小秘密和小梦想。但我们都知道，正是这些小小的感觉陪伴着童年，滋润着童年，和它一起一点点地长大起来。让我们小心地爱护和培育这些感觉，某一天，它会在我们的生命里长成茂密的大树，结出甜美的果实。

所以，当一个孩子开始有了各种各样的感觉，开始沿着这些感觉的指引向你提出各种问题，道出各种疑惑，你要有耐心去倾听，去解说，去和他（她）对话。"你为什么爱爸爸妈妈？""世界的一辈子有多长？""长大是怎么回事？""真有圣诞老人吗？"学者周国平和他的四岁女儿之间的交流与对谈，让我们看到了幼儿情感和思想的丰富世界，也让我们看到了成人被赋予的看护、守卫并引领这个世界的美好职责。我想，能够这样陪着一个孩子慢慢长大起来，也是生命的一份美妙馈赠。

（原载 2016 年 11 月 18 日《中国新闻出版广电报》）

童年的花儿一朵朵开
—— 《中国新闻出版广电报》2017年1月畅销书榜评

孩提时代，我们总对生活怀着各种各样的盼望和期待。期待一节钟爱的课堂，期待课后的游戏时光；期待一个美好的假日，期待假期后的欢乐重聚；还有，总是等不及快些长大，就想着去做许许多多小时候做不了的好事情……一个孩子就这样急急忙忙地往前跑，一转头，却发现不知什么时候，向往的那些花儿已经一朵一朵地开好了。

我特别喜欢陈晖为她的幼儿生活故事《小小的花儿一朵朵开》所取的这个题名。题中的"小小"既是故事主角的名字，也传达出童年最基本的一种世界感觉。孩子的那些小而又小的愿望，看在大人眼里是多么不起眼的事情，但在孩子心里，每个愿望都是一朵庄重的花儿。"小小的花儿一朵朵开"，可不是道出了童年成长的一种美妙哲理？"小红豆系列"故事里的小红豆，小小的身体和心灵承受着生活给予的一次次撞击和考验，梦想的花儿就在这个过程中悄悄生长出花蕾。《超级无聊的一天》中，两个男孩把原本可能超级没劲而无聊的一天变成了神采飞扬、不可思议的一天。当生气的妈妈朝着抱怨生活"无聊"的孩子们吼出"去找点事做"的指令时，她可想不到，他们竟会找到如此了不起的消遣。它让我们看到了童年强大的欢乐本能和创造力量。

当然，能够自由地消遣"无聊"的时光，有时候也是童年的一笔珍贵的财富。一些被迫承受生活的巨大压力的孩子，大概没有多少时间去感受和挥霍"无聊"的情绪。就像儿童小说《补习班的毕业狗》里那些被沉重的学业压得喘不过气的"小学毕业狗"，也像《拐弯的十字街》里那些被加速加重的"火箭班"拖得跟不上步伐的初中生们。这些作品带给人们关于现实童年的反思，但它们也在告诉孩子：生活也许充满艰难和痛楚，却也同时充满欢乐和甜蜜。某种程度上，艰难与痛楚正是人生的一个重要课堂，穿越它，你会发现自己走进了另一片明亮的天地。正如《五只小狼》里失去母亲的小狼们，必然要经历艰难生活的考验，才能迎来最终的成长。

　　有的时候，梦想的花期会在很久之后降临。有些童年时代播下的种子，一直要等到你长大后，才会让你看到它开花的模样。入选2015年《纽约时报》年度最佳儿童图画书的无字书《独生小孩》，便是从作家的童年记忆、感觉和想象中长出来的故事。我们看到的是，属于独生小孩的那种挥之不去的淡淡孤独，以及这孤独中童稚的遥想，在成年后的笔下却孕生了奇妙的艺术之梦。图画书《打灯笼》里，如海的夜色中，孩子们踩着积雪、举着灯笼互比互碰的欢乐情景，也是一代人的童年记忆开出的故事之花。小姑娘招娣"看着火舌一点、一点地，把灯笼烧成一个黑乎乎的洞"，那种"说不出的失落"，其实也表达了一种乡愁和对于消逝了的童年文化的纪念。从这两本图画书里，我们既读到了一个孩子真切细腻的生活感受，也读到了一个时代童年文化的集体记忆。

　　生活的钟表走得这样快，仿佛转瞬之间，孩子已经长大，童年已成过往。大概唯有成年之后，我们才会深深领悟到，这段短暂的光阴将留下多少反刍的记忆。

所以,大人小孩都别着急,就让童年的花儿一朵一朵,慢慢地开放。

(原载 2017 年 2 月 24 日《中国新闻出版广电报》)

带你去看世界
——《中国新闻出版广电报》2017年4月畅销书榜评

中国台湾作家桂文亚的散文集《美丽眼睛看世界》有一个富于禅意而又生动活泼的题名，这个名字里有一双发现美的眼睛，也因此有了一个充满美的世界。桂文亚以她的诗意清新而又饱含生活气息的散文笔法，带读者在美的徜徉里走近生活的某种真相：我们生活的这个世界，真是充满了各种令人赞叹的美的景致，但这美首先是经由观看者的眼睛向我们呈现出来的。更准确地说，它不仅来自一种视觉的观看，也来自一种心灵的观看。

不妨说，写作者的使命之一，正在于借文学之道，为读者指出这样一条通往美的视域和心境的路途。"美"这个词在这里的内涵是丰富的、多层的。它远不只是那些能够激发起我们强烈观赏愉悦的空间风景，也包括那些在时间的流逝里变得日益迷人的生活和文化风景。刘玉栋的儿童小说《白雾》，在一种因童年时代独特的感觉、目光而渲染上了某种神奇意味的日常书写里，表达着那份与故土、童年有关的双重乡愁。隔着时间的距离，这乡愁变得如雾般迷离朦胧，也如雾中风景般透着难言的魔魅。在图画书《我是花木兰》里，木兰从军的古老传说与一个孩子的现代想象编织在一起。不论是透过历史看现实，还是透过现实看历史，我们从中都能体察到新的滋味。《给孩子的故事》是作家王安忆为孩子们挑选的一部当代中国文学的精微之作，所收并非一般意义上的儿童文学作品，却正因此而有其无可替代的美的价值。

　　生活是复杂的，往往难以一眼而见底。对生活之美的观看和体味，亦是如此。程玮的《海龟老师》，以一年级孩子的校园和日常生活为写作题材，尝试在偏于低幼的故事书写中揉入生活的某种复杂感觉与滋味。小说塑造了一个并不完美的老师和一群同样不够完美的孩子，其价值却不在于对现实的"不完美"的发现与承认，而在于写出了"不完美"中的"完满"，那才是生活之所以如此美好的最重要的缘由。曹文轩的儿童小说新作《穿堂风》，仍然带着作家鲜明的文风与个性，其情节和叙述在很长时间里透着某种冷硬的现实气息。穿堂风吹得到和吹不到的地方，我们看见了一群同龄人与一个孩子的对峙，它也是全世界与这个孩子的对峙。对童年而言，这种对峙以及它所带来的那种"在田野上游荡的魂灵"般的孤独，甚至带着某种残忍的意味。最终，名叫橡树的男孩凭着自己的想法和力气，改写了他所面对的现实。这种生命于强压之下奋起而张扬的"力"的姿态，也是"美"拥有的另一个名字。

　　有时候，你能看见什么，实在取决于你心里能装下的是什么样的风景。在那个既看不见也摸不着，却真真切切展开在我们心中的广袤无比的精神世界里，美是等待着我们自己去创造的一切可能。J.K. 罗琳为她的《神奇动物在哪里》编写的电影剧本，乍看像是"哈利·波特"系列的魔法附注。那种充满奇想的魔法狂欢，那种处处惊喜的设置，令读者和观者再度坠入"哈利·波特"系列的曼妙迷潭。但在这一切题材和技法的目眩神迷之上，罗琳同时把它变成了一个关于自我认识和成长的故事。于是，我们看到，透过一切美的镜像投射回来的，始终还是关于我们自己、关于人的那个永恒的故事。

（原载2017年5月12日《中国新闻出版广电报》）

循着"书籍地图"起航
——《中国新闻出版广电报》2017年6月畅销书榜评

少年时代,我一度迷恋上地图的阅读。记得邻居一个小伙伴家墙上,挂着一帧大大的世界地图,那些缩微在纸张上的遥远的国度、陌生的名字、奇特的地形,勾起我的极大好奇。那时与伙伴百玩而不厌的游戏,是由一人从地图上选报一处地名,另一人则全力搜索,直至找到这个地名。那种在方寸之间,漂洋渡海、指点山水的快意,回想起来,至今仍能激起我心头的澎湃。

尽管说不上地图的出现究竟始于何时,但我一直以为,这是人类历史上一件了不起的发明。它代表了人类试图以秩序、理性征服远大于自身的广阔空间和复杂现象的雄心。在海德格尔所说的那种"抛入世界"的偶然存在感的包围下,地图以及以地图为重要标志的人类事功文化,提供了能够为这场未知旅行带来安定感的指针和船锚。带着这样的自信和乐观,我们向展开在面前的陌生世界发出了"你好,世界!"的友善招呼(《你好,世界!》)。

地图是一件工具和器物,它同时也是一种视野、一种胸怀。面向全世界的生活与拘于小天地的生计,必定大有不同。地图阅读,应该成为今天孩子阅读课的重要内容。

从某种意义上看,书籍是人类发明的另一种更伟大、更复杂的"地图"。

书籍呈现的空间，不但包括可见的地理空间，譬如《让我陪你重返狼群》揭开的久被现代人遗忘的野性世界；也包括无形的精神空间，有若《青云谷童话》里那片从想象里升起的"青云谷"，虽是地理上无考的存在，却代表了对人类而言同样重要的另一半世界。它所记录的内容，不仅包含地理和生活的丰富知识，也包含情感和生命的丰富体验。于是，我们不但跟随作家的叙说和描述，背上行囊走进广袤雄奇的撒哈拉大沙漠，驾艇驶入梦幻般的卡碧岛蓝洞，从空中俯瞰秘鲁纳兹卡的地上画，更在"神秘""美妙""伟大""壮观"的感同身受中体味它们不可思议的美与力（《星星也偷笑》）。它为我们整理和呈现身边世界的秩序，也为我们讲述时间和人的历史的由来。《我是花木兰》中的今昔对话，让我们看见人和人的生活在时间变迁里发生变化，也让我们看见它们不变的本质怎样在其中获得新的彰显和积淀。

　　对童年来说，好书亦如精准的地图，在一个孩子迈步走向世界前，为他带来前路的可靠消息。《星星也偷笑》是一位作家浓缩的生活履历、经验和智慧，慢慢地读它，你会读出一种日常生活的大优雅、大境界。《花儿与歌声》里，纯真的童年一样要面对冷峻的现实，但走在现实的阴影下，请永远不要在心里丢掉它的浪漫光芒——生活的荣耀，永远是为心里有光芒的人们准备的。

　　认识自己是永无止境的课程，其中包括完整地认识自己的身体。实际上，我们对童年身体的关注，还需要许多时间来补课。像《儿童性教育绘本系列》这样的读物，除了提供对孩子来说必要的生理和生活知识，或许也在提醒我们：有时候，开诚布公对童年而言多么重要；面对生活这道题目，首先是理解它，而后才是胜任和驾驭它；没有前者，就没有后者。《快乐的老提》则让孩子们看到，生活充满了各式各样的麻烦，就像老提的摇摇欲坠的裤子，需要不时去提拉它一下，免得出了漏洞和笑话。但让我们绕到这些麻烦的背面去看一看吧，在那里，生活为我们奉上的是各式各样的欢乐表情。像老提那样，运用童年乐观和善意的力量去接纳、应对生活的麻烦，我们也将在这样的乐观和积极里，收获生活赠予的幸福的"花儿"和美妙的"歌声"。

（原载 2017 年 7 月 21 日《中国新闻出版广电报》）

读书与吃果
——《中国新闻出版广电报》2017年9月畅销书榜评

《西游记》第二十四回，写孙行者如何被八戒撺掇着去偷那镇元子的人参果，园中土地神对此果的一番解说，颇有意趣。道是这宝贝三千年一开花，三千年一结果，再三千年成熟，万年只结得三十个果子。因它"遇金而落，遇木而枯，遇水而化，遇火而焦，遇土而入"，吃它也不容易：必得用金器敲下，再拿丝帕衬垫的盘儿接住，又以磁器盛清水化开，方能得那几万年的滋养。

这一段对白，玄奇迷幻之余，总叫我联想起与读书有关的那些事情。好书亦如人参果子，只有经过时间的积累和沉淀，最终才能结出为数不多的熟美而珍异的果子。清代声韵格律方面的启蒙读物《声律启蒙》和《笠翁对韵》，在朗朗上口的诵读中教给儿童汉语韵文的形式格律与美感。尤其《笠翁对韵》在韵律齐整中更兼词境的雅意，无疑正是这样一枚醇香的好果子。

在世界童书史上，英国的罗尔德·达尔和德国的奥得弗雷德·普鲁士勒的作品，同样在时间的考验中向我们散发出迷人的魅力。达尔的幻想类作品从强大的西方童话和幻想小说的艺术传统中走出，却能篇篇实现出人意料的精彩与独到，明天出版社的"罗尔德·达尔作品典藏"，也是我个人书架上的典藏之一。普鲁士勒的《大盗贼》，写翻天覆地的胡闹，写正邪两面的冲突，最终却带我们奇妙地抵达了单纯的童趣与幽默的温情——一种儿童文学的纯净趣味。

一本好童书的滋味里，有奇谲的想象，有妥帖的语言，也离不开动人的情感。同样是表达对至亲的刻骨思念，《蝙蝠香》是在沉默而神秘的夜的氛围中书写一个孩子对远方母亲的眷恋，《因为爸爸》则是在清亮而朗丽的日的辉光里表现一个孩子对逝去父亲的追怀。在曹文轩和韩青辰的笔下，童年承受困境的方式、出路等，始终是一个突出的主题。在这个过程中，一个孩子的弱小的强大和细微的坚韧，以及包围着他的世界在漠然和冷静中不时投来的那一抹关切和暖意的目光，总会在看似不经意间遽然击中我们的心灵。

如果说困境之于童年，是一种普遍的生存现实，那么童书在面向这一困境的书写里，实际上也在向儿童读者传递如何看待、理解、应对这种困境的重要信息。读这些书，也能增益少年对生活的领悟和理解。《香樟街》里，吴洲星细细地描述着青春期的喜悦与兴奋、烦恼和感伤。对少年来说，生活是如此充满被放大了的某种悲壮感。但当青春的潮汐缓缓退去，回头检视这段岁月，我们会从更宽广的时间和空间的坐标里，获得一份欣悦与释然。《豆子地里的童话：胜利大逃亡》则是在童年困境的书写中别开一种风格。在刘海栖一贯的狂欢笔法下，孩子天性中的幽默气质和游戏精神，顽强地抵抗着童年留守生活的寂寥和无奈。满纸喜剧的背后，那一丝似有若无的悲怆，似乎也成了童年借以吞风饮雨、健旺成长的能量。

《西游记》里，人参果子虽好，也要懂得摘法。面前各种式样的好童书，读法上也有适当的讲究。有的必得开口诵读，有的则需静心沉入。有些滋味复杂的作品，读完了，不妨与孩子交流、赏析一二。所谓"遇木而枯,遇火而焦",好书在手,莫作木火而枯焦之。当教给孩子澄净的目光、纯正的趣味,在恰如其分的入透和融化中,细细吸收它的丰饶养分与绵长滋味。

(原载2017年10月27日《中国新闻出版广电报》)

想起来是甜的
——《中国新闻出版广电报》2017年11月畅销书榜评

中国台湾儿童文学前辈林良先生在《爱海的孩子》里回忆童年旧事。每个星期日,全家跟随父亲外出,在徒步旅行中训练"受得了"的本领。这真是一趟吃苦的旅行。但母亲说:"吃苦是一场梦,将来想起来是甜的。"

童年之于许多人的生活意义,大概也寓于这种"想起来是甜的"的滋味中。这里的"想起来",既让我们想到童年对每个人来说必将成为过去时态,也让我们看到这个必将逝去的过往与未来时间的遥远联结。童年总有一天会结束,但它带来的一切将深深烙入我们的记忆和灵魂。假使一种童年在未来时间的考验下,"想起来"仍然是"甜"的,那么拥有这个童年的大人,在回想童年的那一刻,必定是幸福的。

之所以想起童年来,觉得是"甜"的,很多时候是因为童年生活的当下是"甜"的。读《孩子们的诗》,感受一个个鲜活的孩子如何在日常生活中自由、自在地挥洒想象,抒发性灵。这种悠游无拘的生命滋味,本身就充满了醉人的甜意。

但除了孩子凭借天性创造的无穷欢乐,我们还想把童年带往更丰富的"甜"的滋味。有些事物和事情,看上去离我们此刻的日常生活颇为遥远,却能把一种凡常生活容易缺乏的广阔和深厚,带入我们平凡的日子。《巴巴爸爸环游世界系列》在简约而奇妙的想象里，带孩子们结识各种野生动物，并在温暖的幽默中领略生命之间的大联系、大关怀。《非洲草原大冒险》以充满代入感的历险式叙说，带读者身临其境般进入广袤的非洲草原，揭开它的神秘面纱。了解草原的同时，我们也将捡拾起远古祖先在与世界的赤手相对中留给我们的生存技能与智慧。这些带我们贴近大地和自己身体的技能与智慧，在技术时代的日新月异中被太快地遗忘了，这会令我们失去生命中多么意义重大的一种滋味！

个人生活的时间之外，还有更为宏大辽阔的历史时间的滋味。《你好啊！故宫》系列用亲切有趣的问答对谈向孩子们讲述古代宫廷人事。这些年来，大量融入青春剧元素的宫廷剧在儿童和青少年的媒介消费中占据了重要席次，在这一现实下，此类以史实为依托的历史知识介绍，对于帮助少年读者廓清眼界，澄净目光，实在有莫大的价值。《汉字有意思》将汉字符号的悠久历史融入现代语言的当下叙说，也将现代生活的青春气息赋予古老汉字的文化身体。在当下的生活感觉中激活历史的文化基因，以历史的厚重质感丰富当下的时间内涵，或可作为面向儿童的优秀传统文化教育实践中有趣且有益的尝试。

也有许多童年时代的经历，"想起来是甜的"，当时品来，却可能并不那么甘美。童话《愤怒小龙》里，一种苦涩在黑暗的淬炼中寻找通往明亮出口的方向。《白马可心的非常夏日》向我们讲述生活的灾难如何孕育生命的馈赠。儿童小说《独自长大》里，一个孩子踏上寻找父亲的旅程。尽管过程充满曲折，结局也并不完满，但当他历经这一切而寻找到灵魂的安妥，这样的旅程本身也成了帮我们把生命酿"醇"、把时光酿"甜"的礼物。

愿世间每个孩子长成大人后,忆起自己的童年,都能拥有"想起来是甜的"的感慨和收藏。

(原载 2017 年 12 月 29 日《中国新闻出版广电报》)

一个孩子能做的
——《中国新闻出版广电报》2018年3月—4月畅销书榜评

对于一则儿童故事来说，一个重要的现代标志就在于，它始终致力于打开而非限制我们关于一个孩子能做什么的理解和想象。儿童小说《萤王》（曹文轩）和童话《浆果王》（王一梅），讲述了守护与追寻的永恒文学命题。《萤王》中，一个孩子用超乎寻常的力量坚持心里近乎神圣的守护，尽管不为人理解，但他的坚持和守护本身让我们看到了面对世界和生活的一个可能的姿态，一种可贵的精神。《浆果王》里，冷血人渴望着浆果王的救赎，少年桑土扛起了寻找和发现的梦想。但当近在眼前的梦想与更多渴求的目光对碰，少年的选择和行动代表了比欲念和梦想更博大的另一种精神。

在童话《南村传奇》里，汤素兰用现代方式重述古老的民间童话题材，而其现代性的基本表征，即体现在童话里的儿童形象和童年观念上。从天庭异界到人间风物，从神仙精怪到动物精灵，我们熟悉的中国传统童话的许多意象、母题在南村这片幻想的界域里与读者再度会面。但读完它，我们会发现，在这些面目亲切的故事里，始终盘旋着某种与我们熟知的民间童话不太一样的气息。关于舍身石的传说中，三个孩子从天庭归来，获得不老之身，最后却选择关闭天梯，以拯救南村的孩子。关于丁婆婆的故事里，一个孩子无意间犯下错误，永远被容许有一个忏悔的机会。通过这样的讲述，汤素兰让孩子的选择与作为从这些童话里更鲜明地站立起来，也让古老的故事因此获得了新鲜的面容。

无数儿童故事都在向我们证明，永远不要低估童年思考和行动的能力。《柠檬图书馆》里，失去妈妈的卡吕普索凭借一己之力谨慎、缓慢而坚定地搭建着自己的世界。当父亲的灰色秘密终于向她敞开，她的世界几乎是在骤然坍塌的瞬间，便获得了自我重建的能量。这个角色和她身上的光亮让我们看到了童年存在的醒目身影。一个孩子本是该被呵护的对象，但当这种呵护不得不因为各种原因缺席的时候，他（她）也不至于手足无措地跌倒在地。童年有它自己的风度，也有它自己的力度。《落花深处》（王苗）中的三个女孩，在童年还远不能主宰自己命运的文化时代里，努力地书写着自己存在的痕迹。《谁把时间弄停了》（子鱼）里，一对普通家庭的小姐妹在最日常不过的生活经验中尝试思考和讨论着以下问题：时间是什么？"我"的存在意味着什么？怎样证明小时候的"我"曾经存在过？过去与现在、未来之间是什么关系？人生是一场梦吗？这个"梦"是虚空的，还是有它自己的意义？很多时候，孩子对于周边的世界和生活的理解力、掌控力，远远超出大人们的想象。

这也是为什么我们可以试着和孩子们一起来交流、探讨相对论（《讲给孩子的相对论》）、本草学（《本草纲目：少儿彩绘版》）等听起来似乎太过深奥的知识和话题的原因。几个世纪以来，人们心目中童年的精神边界不断接受着新的拓宽和重绘，以至于我们今天已经开始接受这种拓宽和重绘本身的没有边界。你永远不清楚在童年的身体里还藏着多么令人惊讶的秘密，也永远不该轻视一个孩子的可能性。我们要做的和能做的，是创造一切条件帮助童年去解开这种可能性，实现这种可能性。

因为童年的可能性，就是我们每个人的可能性。

（原载2018年5月11日《中国新闻出版广电报》）

让"金雨滴"落下

——《中国新闻出版广电报》2018年5月畅销书榜评

细想起来多么奇妙。儿童文学，在它对童年生活的无数天真趣味的关注和描绘里，常常会对那些看来渐被时光所淡忘的对象，充满了深情的迷恋。比如，老物件、老故事，还有那些在生命的长路上历经沧桑的老人们。

老人与孩子的相遇，几乎成为儿童文学的一个重要母题。儿童小说《花布底片老相机》（王勇英），在广西隆林少数民族生活和文化的背景上，叙说一位老人与一个孩子的聚首。人们眼里"疯老头儿"般的摄影师老相机和前来寻找爷爷的男孩底片，在充满误会和不情愿的相聚中，走向彼此生活的理解和温情。图画书《鄂温克的驼鹿》（黑鹤文，九儿图），用淳朴厚重的文字与图画，共同讲述一位老猎人与一头小驼鹿的意外聚首。世俗人眼中猎人与猎物的关系，一朝转变为老人与孩子的关系，别样的故事和情感均因此而生。小犴在老人的照顾下日渐长大，老人在与小犴的相伴中日益老去。分别到来的时刻，弥漫在故事里的是难言的感伤，还有复杂的情思。一个行将离去的生命会对另一个刚刚到来的生命怀着如此深挚的关切，透过它，我们清楚地看到，生命的本能远不限于自保的功利冲动。在我们投向一个幼小者的目光和眷念里，有一种超越个人功利和当下得失的关切与深情，使我们成为人之为人的一种存在。

从这个意义上说，童年从来不是一个由孩提向成年的简单过渡阶段。在童年的意象之上，堆积着古老的人的历史。这就像《星星小时候》（陈诗哥）开场的感觉："很久以前，有个小小的男孩，他饿了，他在煮粥，咕噜咕噜煲了上万年。"一个"小男孩"，从历史的起点走来，这千万年光阴，何尝不是为了填饱他身心的各种"饥饿"而煮的一锅粥？这个关于"小时候"的想象，诗意浩大，回味绵长。它让我们看向童年古老的过去，同时也望向它无边的未来。《我的克莱曼汀号》里，年轻的男孩与年轻的"克莱曼汀"号货轮一道栉风沐雨，历经成长。时间在相伴的成长中缓慢推移。最后，货轮沉没，船长老去，但他们共同成长的这段岁月，构成了永恒的、生生不息的生命世界的必要片段。一个时代过去了，年轻的生命仍在成长，青春的故事仍在延续。这是令人在广袤无依的宇宙中，心生不畏惧的勇气和信心的源头之一。

我想，这也是为什么一位优秀的诗人会选择用一生的时间来为儿童写诗。《金波60年儿童诗选》里的作品，成为许多代人童年阅读记忆里不灭的灯盏。六十年笔墨的跟随和陪伴里，我们看到的是同一份温暖阔大的关切与深情。

儿童故事因此而永远放不下充斥在过往岁月的乡愁。张之路的《金雨滴》由一辆终于被时代遗落的凤凰牌自行车引出少年时代的一段往事，我们从中看到了那不能忘却的生命的过去与现在、未来的深刻联系。常怡的《故宫里的大怪兽》，在儿童幻想故事的框架里继续对久远的中国神话与传说进行借用和发掘。这些故事激起的阅读热情提醒我们，那些看似早被遗忘了的古老的想象、解释和隐喻代表的文化基因，分明还在我们的身体里不安分地活跃着。这些故事记下了落在我们身上的"金雨滴",用这样的方式,它们自己也成为这珍贵雨滴的一部分。

让"金雨滴"落下,该是我们教给童年的一种信仰,也是我们向童年做出的一个承诺。

(原载2018年6月15日《中国新闻出版广电报》)

听时光的故事
——《中国新闻出版广电报》2018年7月畅销书榜评

一切关于童年的叙说和讲述，本质上，都是关于时光的叙述。

这或许是因为，童年原本就是一个从时间里走出来的概念。它是我们每个人都曾经历过，又必然要去反复回忆、抚摩的过去。对于现实中的孩子们来说，他们当下的生活，又不可避免地包含和通往前面无限宽广的未来。这么一来，面朝童年的书写至少包含了以下三种关切：过去如何存在；现在如何展开；过去和现在的方向里，我们还可能拥有什么样的未来。

旧时童年的生活，一直都是儿童文学写作最关注的题材之一。《水花园》（李秋沅）和《黑仔星》（郝周），说的是"我"的过去，也是"我们"的过去。那是艰难离乱的战争时代，一个孩子的生活与我们想象中童年应有的模样，出入如此之大。时局的逼迫，使他们不得不以幼小的身躯，承托与成人一般的生活要求与负担。但与此同时，我们也看到，一个孩子永远都是孩子。再艰难的局势下，再悲痛的血泪中，小大人的身影背后，一个孩子仍然有他自己天真和欢乐的权利，仍然有他作为一个孩子的权利。只是，他们还让读者看到，天真和欢乐并不只有一种样貌。深谙世事艰难、人情冷暖之后的天真，和倍尝生存苦难、生活痛楚之后的欢乐，极大地丰富着我们对于童年这个名词及其文化意义的理解。

从过去到现在，一个孩子对于时间的经验，内容可能完全不同，感觉却可能惊人地相近。儿童小说《单枪王》（薛卫民）、《彼此的时光》（谢倩霓）、《大水》（赵菱）和《挂龙灯的男孩》（冯与蓝），都是在当代生活的背景下书写童年的成长经历。从华彩的都市到活泼的乡村，从喧哗的游戏到恬淡的诗意，透过生活棱镜的不同面向，我们看到了一个孩子的丰富侧影。在丰饶的乡野间尽情挥发剩余精力的皮豆儿们，在洪水肆虐的河岸边勉力求生的兰儿们，在青春的阵痛中努力探寻身世之谜的女孩王若曦，在不能左右的生活之流里执着地想要把握住那一点真切光芒的男孩陆弘真，这些孩子，他们经历的欢乐与伤痛、迷茫与成长，千百年来，或许并无二致。还有《黑木头》（赵丽宏）里童童一家与一只小狗的曲折结交，《小鬼精灵系列·调皮狗》（郑开慧）里邱秋一家与动物园的虎崽之间的奇妙缘分。生命之间的彼此守望，既是童年写作的恒久母题，也是我们生活的永恒旋律。

　　对童年而言，一切过去和现在的观看与思考，永远联结着一根未来的丝弦。很自然地，我们也在努力用一种未来的眼光，来理解、呈现过去和当下发生的一切。《好多好多的交通工具》是一本宏大、精致、细密的面向幼儿的认知图画书。对于全世界的许多孩子来说，这本书所呈现的工具知识，既包含了对现实的总结，也提供了关于未来的思考。《听化石的故事》（王原等编著）用生动的图文，为孩子们讲述藏在古老化石里的生命历史痕迹。这些往往沉默在博物馆深处的古老的历史讯息，其实也是关联我们未来的深刻印记。《福建寻宝记》（孙家裕编著）采用鲜活的动漫故事形式，使得那些看似与我们日常生活并无关联的人文地理知识，在孩子眼中变得生动、可爱、亲切起来，也让与这些知识相联系的遥远时光，变得与我们相近、相连、相亲起来。

听时光的故事，对童年来说，也是建造自己的故事。

（原载 2018 年 8 月 24 日《中国新闻出版广电报》）

洞见生活的灿烂光华
——《中国新闻出版广电报》2018 年 10 月畅销书榜评

我一直相信，童年时代，就其本性而言，有一种特殊的精神力。这种精神力使一个孩子的生活似乎能够以某种方式穿越现实的种种约束、困厄，始终洞见生活的灿烂光华。甚至可以说，在童年时，这样的"看见"更像是"创造"。随着年龄的增长，这种特殊的精神力大多会自然消退。如果我们有幸在成年生命的旅程中仍然保留着它——那将是人生中莫大的福分。

儿童文学要发现、书写、塑造这种精神力，而不是有意或无意地限制它、约束它。这是我为什么看重郑春华在儿童小说《米斗的大计划》中对于一种困顿童年的精神状态的呈现和表达。爸爸去世了，这对一个一年级的孩子来说，是多么大的生活打击。面对这样的打击，叙述者的态度却不是悲苦的、怜悯的。悲苦和怜悯都是从上往下看孩子的姿态。相反，小说中，我们看到这个孩子自己怎样运用他的精神力，重新为自己确立与爸爸的联系。"我呀 我呀 / 我是一颗小露珠 / 我趴在小小的树叶上 / 遥望那又红又大的日出"。卷首的这首儿童诗的单纯和欢乐，与小说中孩子自我救赎的巨大努力互为映衬，带我们从单纯和欢乐中读出情感的重量，又从悲伤和沉重里读出飞翔的力量。在《面包男孩 2：你爱苦瓜我爱糖》里，小面包的冒险和成长，虽是发生在童话的语境中，也分享着同一份飞扬的生命精神。

或许是受到这种精神力的影响，在这些年的历史题材儿童小说中，我们越来越多地看到了厚重的历史帷幕拉开之后，由于童年目光的注视带给历史生活的那种独特质地和光华。哪怕生活充满了艰辛和磨难，但是多么幸运，我们还有孩子。儿童小说《野蜂飞舞》里，黄橙子们的生命尽管笼罩在战争的阴影下，照样不管不顾地疯长。他们的咋咋呼呼，他们的嬉游戏闹，让历史变得热闹起来，鲜活起来，飞扬起来。这热闹、鲜活和飞扬的姿态，是对生命最有力的赞美，也是对战争最有力的反斥和控诉。同样涉及战争及重大历史事件的《正阳门下》，我们看到了政治、战争的宏大帷幕之下，童年一如既往地蹦蹦跳跳、晃晃荡荡的身影。一方面，历史的车轮滚滚碾过一切，个人身处其中，感到那样渺小；但另一方面，在一个孩子快快活活地驯鸽子、遛鸟、骑骆驼的身影里，我们分明又看到了那个从未被历史碾碎的"人"的形象。这样的阅读让我们再度意识到，一切历史首先是人的生活史，也首先应该是每一个孩子甚至是每一个人活泼泼的存在史。读儿童小说《耗子大爷起晚了》，这种童年对于日常生活的独特的感受力、体验力、记忆力，在充满了真切生活滋味的语言中，缓缓悠悠却又漫卷风云般地向我们涌来。

在这样的阅读中，我们清楚地感受到，生活本身是一件多么灿烂的事情。这种灿烂是生命的本能和权利，也是生命的向往和追寻。通过孩子的视角、孩子的身体，这种生命的充盈感得到了无比有力的传达。正因如此，让孩子的眼睛看得到这样的灿烂，让他们的心灵感受得到这样的灿烂，也是我们应当给予童年的一种权利。所以，我也热爱像《手绘云图》这样的童书传递出的某种面向童年的悠远之思。通过带孩子领略我们头顶的天空之美,我们脚下的大地之美,我们带着童年去张望一个世界的灿烂。它的广袤的展开和讲述,虽与生活的柴米油盐不发生直接关联,却是我们走向生活之光华灿烂的必经之路。

(原载 2018 年 11 月 23 日《中国新闻出版广电报》)

像生活一样亲切

——《中国新闻出版广电报》2019年1—2月畅销书榜评

一切真实的生活都有一种魔力。它使我们能够无所阻隔地越过时空的巨大跨度,去领略每一时代人们日常生活的独特滋味。哪怕我们对于那时候的许多生活内容,其实并不完全知晓或熟悉。

比如长篇儿童小说《有鸽子的夏天》(刘海栖),描述的是半个多世纪前孩子们的日常生活。在这个以速度和变化著称的信息时代,超过半个世纪的历史,简直意味着天壤之别的生活变迁。但我们却看到,历史的一切变迁和差异,都不曾阻碍读者如此自然地蹚进那段生活的水流,感同身受地体味那时孩子们的烦恼和欢乐、游戏与成长。读到酣畅处,你会产生一种错觉,仿佛生活从来如此,仿佛时间从不曾真正流逝。

这也是《等大雁飞过》(彭学军)里的那些童年回忆散文带给我们的感觉。今天的孩子们为了空中飞过的一群大雁而兴奋莫名的场景,与几十年前的孩子们为了空中飞过的一架飞机而激动雀跃的场景,看上去如此不同,却又如此相似。光阴流转,岁月更迭,一代代孩子对生活的好奇和热情、向往和渴念,从不曾改变。

所以,读儿童小说《我的湾是大海》,读一个少年对一艘三桅大帆船的渴望,那些并不生活在海边的孩子,还有那些从不曾见过大海的孩子,同样会感到亲切。许多读者或许从未经历过钓海蜂子、嗞蚝根儿、挖蛤蜊、抓跳跳鱼的海边生活。那又有什么关系呢？一片大海，哪怕只存在于文字提供的想象里，仍然构成了一个完整、鲜活、生动的世界。生活在海边的人们，与生活在山区、草原、沙漠、热带雨林的人们一样，都拥有一个这样的世界，都在努力构建这样一个世界。

　　大概也是意识到了日常生活的这份感染力，这些年来，包括科普读物在内的儿童知识类读物的创作和出版，越来越摆脱过去相对缺乏温度的介绍说教姿势，而带有了一种浓郁的生活氛围和亲切的生活气息。读《哇！故宫的二十四节气》，连书名都透着日常生活和语言的跃动感。中国传统的二十四节气，借着故宫里一处处具体空间的依托，有了可感可触的独特滋味。而故宫里那些往常听来大多只是景点的地名，则借着春夏秋冬二十四节气的流转，有了鲜美可爱的独特气韵。这两者又共同结合在充满人情味的生活举动和内容中。《我们周围的昆虫》（柳德宝），从"蚕宝宝为什么爱吃桑叶、会吐丝，米蛀虫为什么可以不喝水，苍蝇为什么难打，跳蚤为什么难捉"这些亲切到我们习以为常的生活现实出发，带读者逐渐走向厚重的知识史，后者也因此成为我们亲切的生活史的一部分。《自然史（少儿彩绘版）》（苗德岁文，庞坤绘）所代表的努力，同样是为了把那些原本从生活中而来，后渐从生活里抽离出来的自然科学知识，不仅带进孩子的书桌，而且重新带进他们生活的地界。

　　这一切让我想起《中国神话故事集》（朱大可）的开篇："我们知道孩子是从妈妈肚子里出生的，那蓝天和大地是怎样出生的呢？"宏大庄严、开天辟地的创世之问，同时落在切近寻常、生动妥帖的生活类比中。虽是古老的神话，却令人油然而生亲切的家园感。

让知识和故事像生活一样亲切，让阅读像回家一样妥帖，或许也是童书的一种境界、一种追求。

（原载 2019 年 3 月 1 日《中国新闻出版广电报》）

所有以梦为马的年代

——《中国新闻出版广电报》2019年4月畅销书榜评

"青春是天际的焰火,是光的稻穗。"在儿童小说新作《焰火》的题记里,李东华借主角艾米之口,道出了对青春的某种领悟。沉入艾米的青春记忆里,不知为何,我想起的是海子诗歌里被高高举起的另一道火焰:"和所有以梦为马的诗人一样,我借此火得度一生的茫茫黑夜。"对艾米来说,这一段搅动灵魂的青春岁月,何尝不是漫漫人生长夜里那道永远的光焰?

《焰火》是向内式的书写。小说入笔处,哈娜在艾米的记忆里出场,带着某种纳博科夫式的华丽、迷人,以及谶言般如影随形的不安。哈娜既是梦想,又是镜像。这个完美得几乎不真实的女孩,用梦一般的方式经过艾米的生命,留下永难弥补的创痛与遗憾,也留下灵魂里重新锻铸的印记。以梦为马的少年时代,我们的精神或许都曾经过某个危险的地带。青春可能坠落,但也可能从这里扬蹄而起,从此开始新的征程。小说有意让成年艾米的声音断续闯入叙事,与青春的视角构成碰撞、互释,我们由此更清楚地看见了这段逝去时光的内涵。"有些什么,也许像昨夜星辰,已离我远去;也许像窗外吹过的风,永远不会离去。"这如诗般的美与感伤,正像是写给青春的题记。

同样与梦有关,儿童小说《云三彩》(秦文君)里的少年之梦,更多了些外向的气息。像无数当代中国的山村孩子一样,三彩从乡村来到城市,她既被新的环境和生活所塑造,也以自己的力量反塑着环境和生活。在留守儿童题材的当代儿童小说中,《云三彩》透出的那份童年天性的乐观、自信、生机勃勃,格外令人惊喜和难忘。从"李三彩"到"云三彩",不论身处何地,一个孩子的生活和梦想,是可以一样地舒展和绽放的;一个孩子看待生活和梦想的方式,也可以是一样光亮和灿烂的。

图画书《外婆家的马》(谢华文,黄丽图),跟孩提时代无处不在的白日梦有关。一个小孩,敲开外婆家的门,身后还跟着一大群马。于是,除了让孩子走进来,这想象出来的马群,也得有个妥当的安置。它们跟这个孩子一样,要吃饭、喝水、休息、游戏,有时还要过生日,这可够故事里的外婆忙活的。想象和现实在图文间巧妙交织,我们读到童年的天马行空,同时也读到成人的温柔包容;读到孩子的古灵精怪,同时也读到外婆的幽默智慧。日常生活中,面对童年的白日梦游,成人该如何做出恰当的应答?《外婆家的马》呈现的生活场景,引人回味和思索。但我想说的是,这本图画书显然不只关乎儿童和成人之间的一场精神角逐,因为当外婆忙忙碌碌地承受完各种各样的"考验",屋子里终于安静下来,我们忽然与她一道发现:"没有了马的屋子怎么变得这么空荡荡啊?"这一刻,我们知道了,这个马儿们何去何从的白日梦,最终不是关于怎么看待和解决童年问题的,而是关于爱,关于陪伴,关于生命之间的温暖守护。正是因为有了这些做梦的孩子,我们的生活才变得如此热闹、生动、滋味十足。

所有以梦为马的年代,都值得我们真诚以待。

(原载 2019 年 5 月 10 日《中国新闻出版广电报》)

做你自己的英雄
——《中国新闻出版广电报》2019年6月畅销书榜评

很多故事都是关于英雄的。只是从古至今，我们对英雄的界定和理解不尽相同。

传说中那些如诸神般撼天动地、济世救人的英雄，今天仍能给我们带来难言的激越和澎湃。比如，国际安徒生奖获得者、澳大利亚作家帕特里夏·赖特森在其童话《威伦历险记》中塑造的主角威伦。这位精灵之王、御冰勇士，一次次带领不同族类的人们克服险情，渡过危机。尽管诸神时代早已成为太遥远的过往，这样的英雄却将永远活在文学的世界里。

与此同时，那些行走在凡俗世界的人们，于日常生活的衣食温饱中，努力跳出"一己"之樊篱，破开"为我"的欲念，挂念和追寻着心中的一点远光，这同样令人心生敬意。如小河丁丁在《葱王》里写的卖葱老汉，在贫寒卑微的生活里执着践行着"葱有三德"的处世信仰。或如《像雪莲一样绽放》里的外公和援藏老师们，心里怀着一份遥远的关切和暖意。这样的"英雄"，不是用来作为精神上的仰视和供奉，而是带你反观自己的光芒——在超越"本我"的意义上，每个人都有可能成为他自己的英雄。

少年时代，最是向往英雄的时代。刘海栖的儿童小说《小兵雄赳赳》，打开的就是一类与"英雄"有关的少年叙事。那是一个时代少年们的"英雄梦"。可贵的是，作家所写虽是那个年代的少年"英雄"情结，他看向这段生活的思想和精神的立点，却在当代童年和文学理解的高处。用儿童文学的体式写军旅生活，极是难做文章。儿童文学要致力于维护孩子们的"童年"，而军旅生活则必然要催促少年们尽快"成人"；前者须重视、尊重每个孩子的独特性，后者则必然要求少年服从纪律和融入集体，两者之间似乎存在天然的精神阻隔。《小兵雄赳赳》从作家本人的真切经验出发，不但让我们看到了儿童文学艺术冲破这一阻隔的可能，而且以其极为生动、鲜活的童年口语体叙述，写出了少年军旅生活的别样风采和滋味。它既是军旅的，但毫无疑问，也是童年的。少年的稚气、青涩、无止歇的闹腾和创造的能量，一经与军旅生活的边角相碰撞、交融，我们忽然从一个新的视角，重新认识了"少年"和"军旅"的文学可能。小说最后一章"五里路不算路"，粗粝简朴而意味深长。"五里路不算路"，这一句军旅生活和精神的朴素表达，又何尝不是对一种少年生活和精神的生动隐喻？《小兵雄赳赳》代表了原创儿童文学在这一特殊题材的艺术表现之路上迈进的一大步。

读张晓玲的儿童小说《隐形巨人》，我们或许不容易联想到"英雄"这样的字眼。然而，一个孩子，在没有人看见和注意的巨大罪感之下，沉默地移步、前行，这样的形象和意象，又多少透出些不同寻常的气息。她需要多么大的精神力，一个人承住这巨大而内在的压迫，一个人学着理解它、克服它，最后，带着经受磨砺后新的身体和灵魂，继续默默向前。

仔细想来，我们每个人或多或少，都曾与这样的隐形巨人打过交道。也许终其一生，从没有别的人知道、问起这个巨人的存在，但这一场面朝自我的角逐、对话和救赎，永远地重塑了我们自己的生活。这就像我们每个人身上，或多或少都住着一个隐形的英雄。他是薛涛在《砂粒与星尘》里写到的那两个看似不切实际地逐梦而去的少年，以及那个同样为了自己的信仰而坚守着的父亲。不管日常生活如何卑微凡俗，努力去结识你心里的英雄，看见他，接纳他。你的生活不一定会因此发生多么巨大的改变，但你的人生一定会就此走向不一样的风景。

（原载 2019 年 7 月 12 日《中国新闻出版广电报》）

心中的博物馆
——《中国新闻出版广电报》2019年8月畅销书榜评

一个人，终其一生，能够占有的时间和空间，都是有限的。我们越是意识到这一点，越是为人类致力于拓展这种时间和空间可能的想象力而感到惊奇。每当走进一座博物馆，这种惊奇往往会强烈地笼罩着你。在这里，巨大的空间和漫长的时间凝聚成为一个物理上有限的域界，每一寸时空因此而变得浓缩无比。你走过短短几步，却犹如走过了地球上的几个世纪。

书籍是另一种意义上的博物馆。经由它，我们与那些暂时或永远不可能亲身抵达的时间和空间，建立起了奇妙的联系。《世界博物馆奇妙之旅》尝试用儿童故事的方式，讲述厚重的文物历史志。在这样的讲述里，我们所感受到的与历史时空之间的联系，是不是也会变得不太一样？

一本书，可以是承载人类历史的"博物馆"，也可以是每个人自己的"博物馆"。在这座"博物馆"里，你不但学着观看世界，也学着观看自己。你会知道，这世上不但有很多个"他"、"她"和"它"，也有很多个"我"。也许，只有通过书籍这样的"博物馆"，我们才能充分认识、领略生活和生命的无限可能。"博物"之意，正在于此。比如图画书《鲍勃是个艺术家》，处理的是许多儿童故事中一再出现的自我认同的话题。图画书里，细脚伶仃、被人嘲笑的鲍勃，用他艺术家的天分和才华，维护了自己的尊严。生活中常常会有各式各样的挫折和嘲讽，不要怕，勇敢地走向前去，你会迎来属于自己的斑斓色彩。

但是反过来，并非只有斑斓的色彩才是生活的真谛。汤米·温格尔用他偏爱的黑色调，为读者讲了一只"爱色彩的蝙蝠"的故事。生活在黑暗里的黑色蝙蝠鲁鲁，对白天的明亮光线和色彩产生强烈的向往。他用五彩的颜色涂抹身体，飞进了明亮的阳光里，换来的却是不明真相的子弹。受伤的鲁鲁被塔塔博士救下，康复之后，他开始想念一只蝙蝠的生活。我以为，只有把《爱色彩的蝙蝠》和《鲍勃是个艺术家》这样的作品放在一起读，才能充分读出其中的意义。它当然不是否定不切实际的梦想，而是告诉你，不论梦想还是生活，都有着开阔的可能。怎样更清楚地认识自己的梦想，更适切地安排自己的生活，也是重要的人生课堂。

有些记忆，明明写在别人的书上，却像是你自己的体验一样。像桂文亚在《班长下台》的后记里写到的，一段少年时代的生活影像，会在时空相隔的许多小读者心里激起振荡和回音。但我们从中读到的，其实远不只是记忆。一个孩子，在无人理解的某种孤独里，勉力抵抗着现实生活的巨大压迫，仍然没有丢掉对书籍、对人生的热爱和信仰。在这样的个人生活史里，有一种单纯、坚韧和宽厚的力量，深深地打动着我们。读《那时月光》里记录的少年时光，虽是多年前的孩提生活，却仍给我们感同身受的愉悦和共鸣。

许多年后，回头检视你自己人生的"博物馆"，会不会有一些时间，是值得永远珍藏和驻足的？读《募捐时间》，重新体认时间的另一种温度和意义，感受"募捐时间"的生活语法被打开的刹那，我们感受到的那份存在的宽敞和明亮、坚实和温暖。宇宙浩渺,时间和空间无穷无尽。但在这样的时刻,浩渺中有了归属,无尽里有了意义。

(原载2019年9月20日《中国新闻出版广电报》)

在童年里寻找遗失的灵魂
——《中国新闻出版广电报》2019年11月畅销书榜评

童年的时钟走得特别慢。那时候，从晨起到黄昏，好像有数不清的事情可做，虽然都是些小事情。童年时，就连一朵花都开得格外慢，谢得格外慢。以至于长大后回想起小时候的许多事，我们常会有一种慢镜头式的幻觉。

我们知道，这当然只是一种心理上的时间感受。但当我读到陆梅的童年回忆散文《再见，婆婆纳》，这种熟悉而迷幻的感觉，再度升腾起来。一个孩子的时间感，显然跟大人是有些不一样的。那些在成年后的时刻表上最应该略过不提的细枝末节，在孩子的世界里恰恰被放大成了最重要的生活。爷爷的床底下，明明无甚容纳的窄小空间，无甚稀奇的日常物什，在"我"的充满好奇的窥看和探寻里，竟然带上了某种丰盛的神秘。木槿树上停的一只天牛，就那样虎虎地趴着。一个孩子把它抓了，又放了——多么缺乏主题思想的片刻，却又是多么地充满了引人迷醉的滋味。一朵晚饭花，从晚上只开到清早。那一点薄薄的花蜜和花汁，落到孩子的眼里嘴里，成了一个殷红甜蜜的小世界。还有山野乡间的奔来跑去和嘻嘻哈哈，角落里头的追来打去和窃窃私语。时钟的嘀嗒忽然变得那样缓慢……

我常常想，童年的时间，首先一定不是用来生产其他价值的时间，而是用来被记住的时间。有了记忆，就有回忆。有了回忆，你的灵魂好像才生动地活在你的身体里，或者说，至少有了它曾经居住在那里的证明。

读2018年诺贝尔文学奖得主奥尔加·托卡尔丘克撰文、乔安娜·孔塞霍插画的图画书《遗失的灵魂》，在想象中看见那些"行色匆匆的、汗流浃背的、疲惫不堪的人流，以及他们姗姗来迟、不翼而飞的灵魂"，同时也在这个遗失了灵魂的人群中，暗暗寻找自己的身影。故事里，主人公的手表和行李箱，原是匆促行程中必要的计时和储物的器具，但都只是器具。最终，遗失灵魂的主人公在等待中拥抱了赶上前来的灵魂。手表和行李箱被埋进泥土，像身体等待灵魂一样，等待自己真正的归属。于是，从手表和行李箱里，开出了缤纷的花朵，结出了硕大的南瓜。每个成年人都能从中读出寓言的况味。你的生活究竟是在手表和行李箱的匆促奔忙里，还是温柔地开着花朵，结着南瓜？

我在想，用一本图画书来传递这样一种深入现代人灵魂的寓意，意味着什么？它当然意味着，图画书本身是一种有着巨大承载力的创作形式，它是给孩子看的，也是给成人读的。但我想，它或许还意味着，在与童年有关的文学写作和阅读里，藏着某个与回家有关的秘密。像《毛毛，回家喽！》里，看着小女孩在父亲的陪伴下，缓缓走过一个个陌生的地点，慢慢把它们变成回家的亲切路途，我们的心里也感到了温暖的安宁。像《万物的钥匙》里，以童年的天真和想象，倾听、打量和解读万物的秘密与神奇，令我们以一种新的方式重返自然。像《幼狮》里，读到少年们跟小狮一样，在生活的拐弯处努力寻找家的方向，我们也会在叹息中振奋起精神。也像《月亮小时候是个女孩》里，孩子纯真的想象，把我们带到了生命和生活充满好奇和新鲜的初始。那时候,世界在我们眼里还没有成为工场或竞技场,而是生动的空间、可爱的家园。

每个人在孩提时代,都拥有一个可爱的灵魂。许多年后,重拾童年的记忆和感觉,我们会忍不住想念那个被生活的匆忙遗失在后的灵魂,然后等待它,寻找它,最终拥抱它。

(原载2019年12月20日《中国新闻出版广电报》)

有些事情，永远不会改变
——《中国新闻出版广电报》2020年3—4月畅销书榜评

人类历史和个体日常生活中的一些变故，常常会突如其来。如同静默运转的星球上，地底岩层的突然爆开或断裂，伴随着令人惊骇的破坏力，也许还有某些板块结构的重新调整。就像今年年初开始席卷全球的这场疫情。全世界正在承受和见证它带来的巨大影响，但谁也不知道，它最终将把我们的生活和历史带向何处。

有些事情，也许永远地改变了。

身处这样的巨变里，有一种空前强烈的身体和文化的本能，驱使我们想要在所有的不安和慌张中，切切实实地握住一些什么。应疫情现实而出版的"童心战'疫'·大眼睛暖心绘本"系列，虽然是急就之下的文学写作，却是我们能理解的那种匆忙和迫切。居家隔离，亲友作别，未知的惶恐，空荡的孤独，那些带刺的焦虑和尖锐的痛楚，在语言的抚摩下似乎渐渐变得有些服帖和柔软起来。在狭小的房间里发明的"旅行"和游戏，温暖了枯燥孤单的隔离生活。特殊的"孤岛"上，一只独居的猫，一条流浪的狗，让我们看到了生活艰难中迸发出的生命力量，以及来自彼此间的温情关怀。

许多年前，读刘慈欣的《三体》，恢宏壮阔的想象中，那种对于作为宇宙核心的丛林法则的极致想象与冷酷揭示，给我留下极其深刻的印象。想到穿透一切热闹的表象之后，我们生活的这个空间，最终也许是冷的，真是令人心灰意懒。但不论如何，那些与人有关的故事里，仍然不可抗拒地流动着生命的温热气息。读《流浪地球》，看见对丛林法则和人性丑恶的一切绝望领悟背后，人类怎样携带自己唯一的星球，孤寂、悲壮地在宇宙中行进，寻找也许永不存在的家园。这些故事里的真相，冷得这样坚硬，又烫得那样灼手。用漫画的形式，让孩子们试着走近这样复杂的讲述、感受和思考，是帮助童年打开视野和感觉的一种重要方式，而且是我们传统的儿童文学写作中特别缺乏的一种方式。思考这样的故事与童年之间的关系，将给今天的儿童文学带来些什么？这也是我期望看到的另一种打开。

变故之下，家园的意义格外突显。它是一个切实的空间，也是一种充实的感觉：居住的家园，语言的家园，存在的家园……儿童小说《合欢》里，男孩韩信与女孩合欢的成长故事，既单纯明亮，又伤感迷蒙。成长是不断发现和建立自我的过程，也是不断寻找能令自我安定的新家园的过程。《樱桃小庄》里，麦田麦穗兄妹告别熟悉的家乡，出发去寻找走失的奶奶。长长的旅途中，家园不仅是他们留在身后的那座樱桃小庄，更是他们与奶奶、父母在一起彼此扶持、共同守护的那方看不见的天地。生活的艰辛压迫得它那样破陋，那样残损，却也磨炼得它那样坚实，那样光亮。有一天，樱桃树会老得倒在地上，樱桃小庄也许会从地图上慢慢地消失。但那个看不见的家园和它的坚实、光亮，会在我们心里一直盘桓下去。

有些事情，永远不会改变。

（原载 2020 年 5 月 15 日《中国新闻出版广电报》）

答 问

关于校园文学创作的观察与评说
——2003年9月2日答《中华读书报》记者舒晋瑜问

问：怎样理解"校园文学"这个概念？

答：一般说来，"校园文学"这个概念有广义与狭义之分。我认为，狭义的"校园文学"特指由在校师生创作的主要反映校园生活、表达校园情思的各类文学作品；广义的"校园文学"则宽泛得多，凡是反映校园生活或主要流行于校园的各类文学作品，都可称为校园文学，其作者也不限于在校师生这样特定的群体。

"校园文学"与"儿童文学"是两个含义既有区别又有交叉的概念。其中中小学的校园文学与儿童文学的关联度较大。许多时候，出现、传播于中小学的校园文学作品，基本上都可以归入儿童文学范畴。

问：当代校园文学大致经历了怎样的发展过程？

答：这个问题很大。简单地说，20世纪50年代，王蒙以一部《青春万岁》为当代文学带来了一缕充满理想和朝气的青春气息。从20世纪80年代到90代初,广义的校园文学创作日趋活跃。在儿童文学创作领域,从张之路、韩辉光、陈丹燕等的短篇校园荒诞小说、喜剧小说和情感小说,到秦文君的《男生贾里》和《女生贾梅》、梅子涵的《女儿的故事》、金曾豪的《青春口哨》等中长篇小说,校园生活逐渐成为儿童文学创作的题材热点。这些作品所展示的丰富的风格、手法和厚实的意蕴,使校园文学在儿童文学创作中达到了一种独特的艺术高度。

问:目前校园文学的现状如何?

答:20世纪90年代中期以来,随着"自画青春"等一系列作品的出现,青少年的文学写作逐渐成为文坛一道独特的风景。在各种社会力量的关注与合谋之下,青少年写作者甚至被描绘和塑造成了这个时代"真正的文化英雄"。从某种意义上说,这种描述是不无道理的。从校园文学的创作现象上看,最畅销的神话是由十六岁的中学生郁秀创造的,其长篇《花季·雨季》正版加盗版的发行量至少有三百余万册;一度最受中学生崇拜的写作偶像是十七岁的韩寒。这些现象除了让人大跌眼镜之外,我以为更重要的意义在于它提供了这个时代关于青少年成长的诸多新的信息和值得思考的问题。

除了青少年的写作之外,儿童文学作家的创作努力仍然有可圈可点之处。如杨红樱的《女生日记》《五三班的"坏小子"》等系列作品,就是近年校园文学创作的一个重要的艺术亮点。

问:校园文学如何更好地突破和发展?

答:校园文学创作还面临着一些有待思考和突破的艺术难题。我觉得其中最重要的问题有两点:一是许多创作者与当代青少年和当代校园生活存在不同程度的隔膜,这使得其作品得不到少儿读者的接受和认同。二是在艺术思考上,无法突破生活表层的限制而进入更内在、更深刻的思想层面上,这使得有关作品普遍缺乏新意和深度,甚至被青少年读者认为过于"弱智"。可以说,"生活"和"思想"的双重苍白,是制约当今校园文学创作的主要艺术瓶颈。只有努力突破这些瓶颈,校园文学创作才有可能实现新的艺术提升。

(本文主要内容见2003年9月10日《中华读书报》上舒晋瑜的《实绩可嘉 庆功尚早——相由心生创作透视》一文)

图画书：需要在叙事创意和内涵上开拓

——2008年5月15日答《出版商务周报》记者武慧芳问

问：近年来原创图画书的创作和出版都十分活跃。您如何看待这一现象？

答：六七年前，北京一家报纸上载文说，图画书将是中国出版业的最后一块蛋糕。这几年，图画书的创作、出版、研讨和阅读推广都十分活跃，但是，我的判断是：从整体上看，现在整个行业对图画书的了解还是不够的，很多现象也证明了这一点。我们图画书的典型形态是故事加图画，这是错误的认知，这样的创作是有问题的。日本学者松居直在《我的图画书论》中，谈到20世纪70年代初日本的图画书创作情况时认为，日本画家的风格、水平都很出色，但图画书的故事"构成力却差"。这种情况和我们目前的创作现状很相似。我认为，图画书创作中如何利用图画的特性来展开富有创意的叙事，或者说，如何发掘图画书讲故事的各种可能性，这是非常核心的一个问题。比如有些国外的无字书，如易斯凡·班页的《ZOOM》，就是依靠视觉的变化及其规律，用一幅幅画面来展示一种奇妙的图像景观。李欧·李奥尼的《小蓝和小黄》利用了色彩的特质，用两个不同的色块及其变化来讲述一个关于友情、亲情和人生的故事。戈达·缪勒的《脚印要到哪里去》一书也很典型，运用留在雪地上的脚印来讲述故事。图画书的叙事特性很重要，最根本的就是要有奇思妙想，充满想象力，这是那些优秀图画书给我们的启示。

有了叙事上的创意，还有一个很重要的问题就是细节。像在我们常常举例的安东尼·布朗的《大猩猩》中，大猩猩带着小安娜出去的时候，门把手、按钮等都有很精细的刻画。这些细节的东西国内的图画书一般还不会注意到。我很喜欢约翰·伯宁罕的作品，比如《迟到大王》《莎莉，离水远一点》，还有杰侯姆·胡里埃的《有色人种》等。国外有不少这样简洁有力同时又充满想象力的作品，国内的作品和它们的差距还是很大的。

问：为什么会有这样的差距？

答：这也是有多种原因的。比如图画书本身的内在规律就在于它的奇思妙想，国内的文字创作者、插画者、研究人员对这种图画文字相结合的作品都还了解得不够。国外的图画书创作常常是故事、绘图由同一个人完成，而我们国内常常是一个人写故事，出版社再找人画，这样很难创作出有整体感和创意的图画书来。当然，一部作品的文字和图画也可以分别由两个人来创作，但是我觉得他们之间要有充分的创作沟通，有相通的艺术灵感和火花，而不是作家和画家两相分离，各自只管自己的一摊子事儿。

问：看来这种差距还不是局部的？

答：事实上，这种差距在一定程度上可以说是整体性的，包括在儿童哲学、美学观念上的差距。以《亨利徒步旅行记》为例，主人公小熊亨利和他的伙伴相约去30英里外的菲茨堡。亨利一大早就徒步启程，一路上赏鲜花、摘野果、采草莓、掏鸟窝，充分领略生活的美妙和乐趣；而另一只小熊却努力挣钱、搬木箱、锄杂草……

终于赚到了一张车票钱,他乘坐火车抵达了目的地。尽管他比亨利早一刻钟到达,亨利却兴奋地说:"我采到了草莓。"两只小熊完全不同的旅行方式呈现了两种不同的生活方式和人生态度。这就是我们的作品在哲学、美学上的差距。优秀的图画书都具有相当的思想深度和情感力度,饱含着人生的智慧和生活的哲学。同时,儿童文学是以儿童观为思想底座的,所以我们在创作中要真正理解孩子,真正为孩子代言。2006年9月,在澳门举行IBBY第30届世界大会期间,我曾向当时的国际安徒生奖评委会主席、美国西北大学的杰弗瑞教授提过一个问题:国际安徒生评奖委员会判断和选择作品的最重要的标准是什么?他说,他们最看重的是作品有没有普遍而永恒的价值。

问:现在大众的图画书热开始兴起来了,对此您有什么建议?

答:图画书要发展,还需要做很多的推广工作。公众的接受习惯养成确实是一个长期的过程。但是我们认为对的和有价值的东西,就要努力去推广。一个民族总需要有些人去保护"火种",做些"傻事"。读书应该是全社会都要提倡的事情,不只是提倡儿童阅读。我认为时代和社会发展是有内在规律的,当物质文明达到一定程度后,书香社会的重要性就显现出来了。我个人从2000年开始比较注重把我们的学术工作与基础教育结合起来,例如参与主编了《新语文读本·小学卷》,也常常给老师们讲儿童文学,讲图画书的鉴赏和推广。我们首先要影响老师,我在台湾给研究生讲课时,问起一些在职攻读学位的小学老师,他们家中都会有1000多本图画书。当然,现在儿童阅读中,图画书也只是一种选择。

问:最后请您谈谈目前的图画书研究情况。

答：近十年来，图画书在各种合力作用下得以加速度发展，但关于图画书的研究，我们现在还处于初级阶段。因为目前的研究者大都是文学专业背景出身，对文本的关注更多，从美术角度的关注还不够，整体的专业素养也还不够。我自己的认识也是在不断地深化，不要说和三五年前的认识比，就是一年前的，可能现在也已经更进一步了。我会考虑写图画书基础理论方面的书，首先要做的是一些翻译、引进性的工作，我正在组织翻译一套译丛，以引进有益于学术研究的资源。希望我们好好努力三五年，能有一个较大的改观，能够和国际上的图画书研究者对话。

（原载2008年6月《出版商务周报》）

关于图画书的答问
——2008年5月答《新京报》编者问

问：如果请您给低幼年龄的孩子推荐图画书，您会推荐哪几种？

答：很多小朋友和大朋友都很喜欢中江嘉男和上野纪子笔下那个可爱的鼠小弟。我个人最欣赏其中的《鼠小弟，鼠小弟》这一本。整个故事几乎全由回环往复的同一组对话构成，画面和文字的交互推进节奏鲜明，富于童趣，十分适合低幼儿童听赏或阅读；而藏在巧妙的构思之下的思想的张力，也能够把大读者们深深吸引进来。英国托尼·罗斯的《小公主幼儿成长图画书》是一套将生活化的题材、率真的童趣、个性化的绘画语言都发挥得淋漓尽致的图画书经典作品，它包括《我要小马桶》《我长大以后》《我要我的牙齿》《我不要睡觉》四个故事，取材无非是上厕所、长大、换牙、睡觉这样的幼儿生活中的平常事件。作者的高妙之处在于，他把一个个看起来十分琐碎甚至是难登大雅之堂的成长细节，编织成一个个画面充满趣味、想象和叙事智慧的图画故事。

问：您怎样看待少儿读者的图画书阅读在性别方面的差异？

答：阅读上的性别差异在少年阶段会表现得特别明显，但这种差异在很大程度上是社会性别建构的结果。我主张男孩女孩阅读一些对传统性别模式有所突破的作品，既可以增添新鲜的阅读体验，同时也有助于他们在更为多元和宽容的环境下进行性别认同。美国作家芭贝·柯尔撰文和绘图的《顽皮公主不出嫁》，夏洛特·佐罗托编文、威廉·佩纳·迪布瓦绘图的《威廉的洋娃娃》就分别正面描写了把大恐龙当宠物、敢于独立选择自己的幸福的顽皮酷公主和好想要"一个可以抱、可以照顾的洋娃娃"的男孩威廉。在性别角色方面，我们的许多孩子或许也像故事中的两位主人公一样，等待着我们的理解和尊重。

问：您能举例说说图画书创作如何朝向民族化方向努力这个话题吗？

答：好。由熊亮撰文，熊亮、段虹绘图的《屠龙族》是对华夏"龙"文化的一次重新诠释和演绎，故事的某些情节有着民族史诗和生存哲学的况味。作品将本民族的图腾传说与整个人类的文明史相融合，通过独具个性的故事、语言、线条和色彩的诠释，展开了一场关于"龙"的传说的新的想象和演绎。周翔编绘的《荷花镇的早市》，描绘的是作者记忆中的江南文化和民俗生活。画面以大片变幻的天青来表现乡村湖泊笼罩在晨雾中的迷蒙和宁静，又恰当地使用各种颜色描绘早市熙攘的人群和古旧的建筑、传统的风俗，其间透着浓郁的怀旧气息。虽然从图画书的图像叙事特性方面来看，这两部作品都还存在一些可以讨论的地方，但是，从图画书创作朝向民族化的努力这个角度来看，它们所进行的尝试和努力，还是令人印象深刻的。

问：知识类的图画书可不可以做得既有知识又有趣味？

答：肯定可以。我在课堂上给中文本科三年级的同学们看维尔纳·霍尔茨瓦特撰文、沃尔夫·埃布鲁赫绘图的知识图画书《是谁嗯嗯在我的头上》，大家都笑得很开心。埃布鲁赫是2006年国际安徒生奖插画家奖获得者，他的插画风格独特，具有非比寻常的视觉表现力。在《是谁嗯嗯在我的头上》中，鼹鼠生气地叉着腰质问各种动物的可爱场景以及他见识到各种动物不同的"嗯嗯"时的动作表情，使这个有点另类的知识故事一下子被点亮了。

问：图画书也常常会表现死亡、永别这样的主题。请您推荐几本这方面的佳作。

答：丹麦艾克松撰文、瑞典艾瑞克松绘图的《爷爷变成了幽灵》，把一个关于死亡和永别的故事，描述得温暖、细腻、深情。在对往事的琐屑而又温情的回忆中，小读者与故事中的主人公艾斯本一道，体验了祖孙相处时的快乐和幸福，以及永别时的伤感和从容。此外，《爷爷有没有穿西装》《獾的礼物》等图画书，也是很好的诠释死亡主题的作品。

问：阅读图画书看起来简单，其实并不简单，是吗？

答：是的。优秀的图画书和文字书一样，充满了各种各样隐喻和解读的空间。由于图画书往往是由图画与文字两个部分组成，上述空间便有可能同时存在于文字、图画之内和之间。熟悉图画书的读者或许知道，阅读图画书的乐趣并不仅仅在于故事情节本身的引人入胜，同时也在于发现文字、画面中各种潜藏的细节，以及存在于文字和画面之间的"错位""补充"等关系。像《大猩猩》这样的作品，几乎每一次重读都会带给我们新的发现的惊喜。

（原载2008年6月《新京报》）

关于儿童文学与小学语文教学、阅读

——2009年2月11日答马来西亚《快乐教学报》编者问

问：您认为儿童文学须具有什么特质？

答：近代以来，儿童文学逐渐成为一个独立的文学门类。关于儿童文学的特质，或者说，它相对于普通文学的特殊性质，不同时代，不同文化语境，不同的研究者，都可能会做出自己的概括和把握。我认为，儿童文学的特质主要可以从文学内容和呈现方式两个层面去概括。从文学内容层面看，儿童文学通常描述、表现的都是富有童心和童年情趣的生活内容，例如瑞典作家林格伦的童话《长袜子皮皮》、奥地利作家涅斯特林格的儿童小说《人人都叫我捣蛋鬼》、中国作家任溶溶的儿童诗歌作品、曹文轩的长篇小说《草房子》等等。即使不是直接表现童年生活内容的作品，也往往会考虑儿童读者的接受趣味和审美心理特征，例如中国作家沈石溪的动物小说。从呈现方式上看，儿童文学往往表现出新奇、变幻、神秘、诙谐、滑稽、游戏、诗意等特质。《吹牛大王历险记》的奇幻与夸张，安徒生童话的幽默与诗意等等，都是典型的例子。

儿童文学之所以具有上述特质，是由其预设的读者对象——少年儿童——的年龄特征、审美需要等因素所决定的。当然，随着当代社会生活和文化环境的变化，当代儿童的心理和审美需要、当代儿童文学的创作观念等也发生了许多变化，这些都对当代儿童文学的文学特质和创作面貌产生了影响。事实上，今天的儿童文学在保持其传统特质的同时，也在发生着各种各样的文学变革。因此，儿童文学的特质，在某些方面也是随着时代的变化而不断变化的。

问：那么，儿童文学的语言特色是什么？

答：儿童文学的语言，除了具备一般文学语言所应具有的形象、生动、凝练、富有个性等特色之外，通常还更加突出和强调其与儿童语言特征之间的某种呼应性，即天真、幽默、浅显等文学语言特质。例如加拿大儿童诗人丹尼斯·李的小诗《进城怎么走法》："进城怎么走法／左脚提起／右脚放下／右脚提起／左脚放下／进城就是这么走法"。作者用一种孩子式的语气，让读者在微笑中接受了一种孩子般天真、稚拙的思维方式。或许，我们还会想到，人生也是一次"进城"。我们是为了无数条进城的路而烦恼，还是乐观地提起脚来，去单纯地面对它？我想，诗中所做出的单纯而快乐的回答，让我们每个人都会有所触动吧。所以，儿童文学的语言虽然往往显得单纯、浅显，但是它所传递的意味，却仍然是丰富而又独具情味的。

另外，单纯、浅显、富有儿童语言特征，不等于儿童文学的语言就是对儿童言语的自然模仿和搬用。对于儿童文学的语言创造来说，如何把儿童言语的天然性与文学语言的规范性结合起来，是对作家语言创造能力的一种考验。

问：小学的语文教师应该具备怎样的儿童文学素养？

答：近年来，中国各地的小学语文老师越来越重视儿童文学知识的学习和素养的提高。我本人就曾多次应邀到杭州、上海、绍兴、温州、扬州、镇江、深圳、济南、西安、平凉（甘肃）等地，为数千名老师做过儿童文学与小学语文教学方面的专题报告，有时候一场报告的听众多达上千人。老师们对儿童文学知识的渴求，对儿童文学素养积累的自觉，都给我留下了深刻的印象，也使我深受鼓舞和感动。

我觉得，小学语文老师的儿童文学素养主要应该包括下面几个方面。

一是儿童文学作品阅读的积累。也就是说，要熟悉、了解尽可能多的本国与外国优秀的儿童文学作家和作品，储备较为丰富的儿童文学文本方面的知识和体验。

二是儿童文学鉴赏能力的培养。教师的文学眼光和鉴赏品味，将在很大程度上影响甚至引领孩子们的阅读和审美趣味的养成。因此，老师的审美眼光富有品位，鉴赏能力可以信赖，就显得十分重要了。

三是儿童文学欣赏和教学方法的掌握、运用能力。儿童文学教学与其他内容的语文教学既有联系，也有一些区别。一般说来，儿童文学教学更注重对学生文学感受力的开发与培养，更注重作品审美要素的发掘和熏陶；否则，儿童文学教学就会失去它的语文特色和魅力。

四是将儿童文学与小学生写作练习相结合的能力。语文表达能力的初步养成是小学语文教学的重要目标之一。如何把儿童文学的文学特色和优势，与小学生语文表达能力的培养有机地结合起来，这也是小学语文老师应该具备的儿童文学素养之一。

问：对语文教学而言，儿童文学的重要性何在？

答：对语文教学来说，儿童文学的重要性主要表现在两个方面。其一表现在课堂教学上。目前，儿童文学在语文教材和语文课堂教学中所占的位置越来越重要，在课程改革背景下新编的各种语文教材中，儿童文学篇目的比重都有了较大的提高。同时，儿童文学作品的内容和形式，包括语言风格的多样性，也使儿童文学篇目成为小学生语文学习中十分受喜爱的内容。其二表现在课外阅读方面。课外阅读对于小学生的语文学习具有重要意义，儿童文学又是小学生课外阅读的重要内容。所以，在一定意义上可以说，是否重视儿童文学，是影响小学生语文学习过程及其效果的关键性因素之一。

问：如何把儿童文学融入语文教学中？

答：儿童文学融入语文教学也有课内与课外两种途径，其中课内儿童文学教学是主要的、基本的方式和途径，课外儿童文学阅读及其指导则属于一种辅助和延伸的途径。就具体的教学方法而言，要使儿童文学更好地融入小学语文教学，我们的语文老师要做到以下三点：一是要在观念上更加重视儿童文学的学习和教学；二是要注重探讨、实践课堂中儿童文学教学的方法和手段，要善于运用符合儿童文学审美特点和小学生心理特征的各种教学方法和手段，例如除了语文学习中常用的朗读方法外，还可以采用分角色朗读、改编和表演课本剧、作品续写等方法；三是要善于由课堂教学向课外延伸，如推动亲子共读、鼓励小学生进行初步的儿童文学创作等。

问：东方儿童文学和西方儿童文学的主要差别在哪里？

答：这个问题很大，从不同的角度分析，我们会看到东方的和西方的儿童文学在不同方面所表现出来的差别。例如：东西方儿童文学发展的文化传统和背景不同，发展过程存在明显的时间差和诸多具体历史内容方面的差异，文学理念、文学风格等方面也存在很多差别。

但是，我个人觉得，东方的和西方的儿童文学的差别，或者说中国的和西方的儿童文学的差别，主要表现在儿童观的某些细微差异及由此带来的儿童文学创作观念和表现形态的不同。例如，中国儿童文学作家常常自觉或不自觉地把儿童看作受教育的对象，把儿童文学看成一种教育的方式和手段。因此，作品常常含有更多的训诫意味，在呈现方式上比较缺乏想象力和趣味性。这种状况近二十年来虽然有了很大改善，但还是没有得到根本的改变。相比较而言，西方儿童文学作家更注重儿童文学自身的想象力、趣味性、幽默感和审美创造性，所以，从审美方面来看，西方儿童文学在整体上与儿童的天性更加契合。

东方儿童文学的文化背景十分独特。我相信，随着我们儿童文学作家的创作观念和创作能力不断提升，东西方儿童文学一定会更好地在世界儿童文学园地中比肩而立。

问：近年来，魔幻类儿童小说大行其道，您对这种现象有什么看法？

答：不同时代常常会有一些不同的文化趣味和审美习俗，魔幻文学的流行就是这个时代的阅读时尚之一。写实与幻想、现实与魔幻，本来就都是儿童文学题材和表现手法中的有机组成部分。近年来在世界各地包括中国大陆，魔幻文学的流行与《哈利·波特》《魔戒》《地海传奇》等作品的强势传播有很大关系。造成这种传播的内外原因主要有三个：一是这类作品本身在魔幻文学艺术创造方面具有较大的代表性和艺术魅力；二是读者，尤其是青少年读者对这类作品有着较大的阅读心理需求；三是以《哈利·波特》为代表的魔幻文学的风行，在很大程度上也是当代发达的文化工业和产业链制造的诸多传播神话之一，也就是说，影视、玩具等相关媒介和产业的参与、合作，共同制造了我们所见到的《哈利·波特》旋风和奇观。

问：现今的儿童通常比较爱阅读以图画为主的图书，师长该怎么做，才能引导他们转去阅读以文字为主的儿童文学作品？

答：首先，我觉得图画书是适合儿童阅读的图书品类之一，孩子爱读图画书，并不是一件坏事。其次，现在图画书的品种越来越多，老师和父母也面临着一个如何帮助孩子们有效选择图画书的问题。所以，了解优秀图画书的获奖资讯，阅读有关图画书的评介著作和导读文章，提高师长鉴别、选择图画书的能力，就显得十分必要。另外，如果只是沉溺于图画书阅读，而忽视甚至排斥文字类儿童文学作品的阅读，也将会导致不良的后果。事实上，儿童的阅读趣味也是会发展变化的。随着年龄的增长，他们自然会产生阅读文字类作品的需要和兴趣。对老师和父母来说，关键是要给予有意识的引导，让孩子们更多、更好地感受文字艺术的奇妙及其所带给我们的阅读享受和快乐。

问：请您推荐适合小学生阅读的中外儿童文学作品。

答：适合小学生阅读的儿童文学作品主要包括童话、儿童小说、儿童诗、儿童散文、儿童科普以及寓言等门类的作品。从具体作品上看，主要有两类：一类是中外优秀和经典的儿童文学作家的作品单行本，例如安徒生童话集、格林童话集，瑞典林格伦的儿童小说《淘气包埃米尔》，英国达尔的童话《女巫》，法国勒内·戈西尼的儿童小说《小淘气尼古拉》，中国作家孙幼军、周锐、冰波等的童话作品，张之路、曹文轩、秦文君、班马、沈石溪、杨红樱等的小说作品，桂文亚、吴然等的散文作品，任溶溶、金波等的儿童诗，等等。另一类是中外优秀儿童文学作品的合集或精选本，例如由广西教育出版社出版的《新语文读本》(小学卷，共12册)中就有许多优秀的儿童文学作品。2008年6月，明天出版社出版的由我选评的《最佳儿童文学读本》,共3册,收录的也都是中外优秀的儿童文学作品。这3册读本分别为《树叶的香味》《永远的布谷鸟》《为我唱首歌吧》,出版后半年内多次加印,总发行量已超过20万册。对我个人来说,能够让自己多年的儿童文学阅读积累和心得有机会成为一种公共阅读服务资源,也是一件令我高兴的事情。

借这个难得的机会,我也要祝福马来西亚华语教育界的老师们和同学们,祝你们在优秀儿童文学作品的教学和阅读过程中,享受更多审美的快乐,取得更多阅读的收获。

(原载马来西亚《快乐教学报》2009年第3期)

关于儿童文学的翻译问题
——2009年2月20日答爱丁堡大学研究生汪晶问

汪　晶：方教授，我现在在英国爱丁堡大学攻读翻译研究专业研究生。我的毕业论文方向是探讨如何把英国的一个童话故事翻译成中文这一个过程，所以在动手翻译这本英国的儿童读物之前，我想向您请教几个有关儿童文学方面的问题。我的译文针对的目标读者是中国的2~5年级的小学生。我的第一个问题是，在中国，关于儿童的定义中对年龄是怎么规定的？比如在英国，16岁以下的孩子在广义上都可以称为儿童。

方卫平：在中国，有关的儿童研究者一般都认为，儿童这一概念有广义和狭义之分。广义的儿童是指18周岁以下的所有未成年人。其依据之一是联合国大会1989年11月20日第44/25号决议通过并开放给各国签字、批准和加入通过的《儿童权利公约》，其第一部分第1条规定，"为本公约之目的，儿童系指18岁以下的任何人，除非对其适用之法律规定成年年龄低于18岁"。其依据之二是我国1991年9月4日第七届全国人民代表大会常务委员会第21次会议通过、2006年12月29日第十届全国人民代表大会常务委员会第25次会议修订的《未成年人保护法》，其第一章总则第二条规定，"本法所称未成年人是指未满十八周岁的公民"。

狭义的儿童，一般是指小学年龄阶段的孩子，通常为6周岁至12周岁；6周岁以下为婴幼儿，12周岁以上为少年或青少年。

汪　晶：在中国，有没有专门就儿童文学的语言风格、儿童文学的内容、儿童文学的创作模式的标准等方面做出专门规定的官方或半官方的法律法规或文件资料，或者类似儿童文学作家创作指南之类的书或文件、法规？

方卫平：据我所知，没有特别针对儿童文学的官方或半官方的此类法律法规或正式文件资料。通常儿童文学的语言风格、儿童文学的内容、儿童文学的创作模式等问题，都是作为儿童文学创作实践中的理论问题来加以探讨的。

汪　晶：在中国，对儿童文学翻译（主要是指把国外的儿童文学翻译成中文）有什么官方或半官方的法律和法规，或者行业规定什么的？在中国的国情下，儿童文学翻译者在翻译过程中有哪些问题要比较注意，有没有指导或约束他们翻译的一些类似规则之类的东西？

方卫平：我没有听说关于儿童文学翻译有什么官方或半官方的法律和法规。但一般情况下，行业里会有一些公认的规定或默认的"潜规则"。例如，由于大小语种翻译人才资源的不同，一般而言，大语种的著作不采用转译的稿子，如法文原著，一般不会从英文译著再转译为中文；而由于有时候缺乏小语种的翻译人才，小语种著作就会从其他语种去转译，出版社也会接受出版。据我所知，关于翻译方面的一些规则、问题，通常也是从翻译学角度作为学术问题来探讨的。如翻译中的"信、达、雅"之关系的论争，就曾持续了很长时间。

我认为，儿童文学翻译者在翻译过程中需要注意的问题有：

一、译本的选择是否准确、有价值；二、能否取得版权使用的许可；三、能否准确地传达原文的信息、风格；四、中文表达是否规范并具有文学性；五、译文是否适合读者尤其是小读者的阅读习惯和欣赏口味。

汪　晶：在中国，在儿童文学的创作过程和儿童文学的翻译过程中，还有哪些组织、团体、机构或个人或者其他因素起到影响作用？

方卫平：一般认为，创作和翻译主要是属于个体的一种精神创造活动。在中国，各级作家协会、编辑和出版社、教师和学校、儿童读者及其父母、各种大众传播媒介等，都可能对儿童文学的创作和翻译产生影响。这些影响在方式、途径、程度等方面是不同的。例如，作家协会主要是通过组织、研讨、资助等方式影响作家和译者；编辑和出版社主要在作品的选择和出版加工上影响著译者。近年来，媒介、学校、教师、父母、孩子等的影响也十分明显。如《哈利·波特》在中国的影响，除了作品本身的因素之外，与其他媒介的推波助澜也是分不开的。

汪　晶：在中国，儿童文学在整个文学系统中，它的地位是怎么样的？它对社会的意识形态，或者说社会的意识形态对它的影响又是怎么样的？

方卫平：这个问题很大。简单地说，每当六一国际儿童节来临，或某种因素导致儿童和儿童问题成为社会关注的焦点的时候，儿童文学的重要性就会被人为地提高；反之，在许多人的心目中，儿童文学还是属于"小儿科"。这里的原因，除了一些人的儿童观还存在很大误区、文明素养还有些欠缺之外，当然也可能与儿童文学本身还没有抵达一种理想的境界有关。

在中国，儿童文学与社会主流意识形态密切相关。当然，随着中国社会的文明发展和不断多样化，儿童文学与社会意识形态之间的关系也在逐渐变得复杂和多样化起来。

汪　晶：在中国，一部儿童文学作品或翻译过来的儿童文学作品的出版，需要哪些程序？

方卫平：这些程序包括：一、作家、译者投稿给出版社（有时候是出版社向作家、译者约稿）；二、编辑初审；三、编辑室主任复审；四、出版社有关领导终审；五、进入设计、排版、校对等环节；六、印刷、出厂。如果是译著，事先还要取得版权使用授权。

汪　晶：在中国，翻译过来的儿童文学是如何影响中国本土的儿童文学发展的？中国本土的儿童文学又是如何影响儿童文学翻译的？例如选择什么样的主题来翻译，选择什么样的内容来翻译，等等。

方卫平：自晚清以来，中国儿童文学的发展一直深受外国儿童文学的影响。其中晚清至五四时期、20世纪50年代、新时期至今，是儿童文学译介最为活跃的三个时期。其影响表现在以下几个方面：一、外国儿童文学作品为不同时代的读者提供了相应的儿童文学消费品；二、外国儿童文学作品为中国原创儿童文学提供了范本、借鉴和灵感；三、外国儿童文学作品的引进和传播，与中国儿童文学的创作和传播一起，共同书写了一个多世纪以来的中国儿童文学发展历史。

很显然，选择什么样的主题来翻译，选择什么样的内容来翻译等问题，都是与特定时代的历史文化需求、人们的阅读趣味和审美心理等密切相关的。在这方面，一些学者做过一些研究。建议可以参考中国儿童文学研究者已经出版和发表的一些理论著作和文章。

汪　晶：爱丁堡大学的研究生是有权为学校选择或购买相

关研究领域的书籍的，再加上翻译专业在爱大是一个年轻的专业，所以我想为爱丁堡大学图书馆推荐一些比较权威的中国儿童文学主要是中国的儿童文学翻译方面的书，所以能否麻烦您为我做一下推荐。我已经和相关负责人讨论过这件事，他已经同意从中国买书。他希望我能尽快提供较为完整的书单和简单的介绍，包括书名、作者、书号和出版社。您只需给我一个中文书单就行，翻译工作由我来做。

　　方卫平：这是一件有意义的事情，谢谢你有心做这件事情。请稍微给我一点时间，我看看怎么来办比较妥当。

"世界儿歌日"前夕谈儿歌
——2009年3月20日答新华社记者王海鹰问

问："世界儿歌日"又要到来了。请您简要谈谈儿歌对于幼儿成长的意义。

答：1999年，联合国教科文组织正式确定每年的3月21日为"世界儿歌日"。不过十年来，"世界儿歌日"在国内影响甚微，儿歌的创作和传播情况也让许多父母和教育工作者感到担忧。在又一个"世界儿歌日"到来之际，关注这个问题显得尤为迫切和有意义。

儿歌是让儿童最早感受母语文化的重要语言和文学形式。它可以给孩子语音方面早期的美感熏陶，让儿童感知母语的音乐美、声音的形式美。尤其是三四岁的孩子正处于对韵律的敏感和爱好期，他们对语音的节奏、韵律等，会产生一种天然的迷恋和陶醉感，这个时期让他们接触一些优秀的儿歌，对他们的成长非常重要。同时，儿歌作为一种古老的文学样式，承载着丰富的历史文化内涵和信息。特别是传统儿歌，更是蕴藏着十分独特的民俗文化知识和民族生活内容，传递着民族文化的独特智慧和价值观。这一切，对于儿童的成长，对于儿童的早期精神建构来说，意义都是十分深刻和久远的。

问：请您简要谈谈当代儿歌创作中存在的问题。

答：当代儿歌创作的发展是显而易见的，但是，相比传统儿歌，无论是审美趣味还是艺术质量，它都没有完成对传统儿歌的传承和超越。内容偏向了教育的功用，文化内涵越来越苍白，当代儿歌缺少了传统儿歌那种天然的、蓬勃的生命力，缺少了游戏性、娱乐性、谐趣性。另外，当代儿歌在形式上对传统儿歌的借鉴、创新也还很不够。传统儿歌有非常多的形式，如连锁调、问答歌、颠倒歌、绕口令等，而这些形式没有很好地得到传承和创新，当代儿歌的形式相对单一。

问：传统儿歌和当代儿歌对于当代儿童来说，是否都是必要的？

答：是的。我们既要给孩子们那些承载着传统文化、民间智慧和民族审美趣味的传统童谣，也要给他们新创作满溢着童真、童趣的优秀作品，让他们幼小的心灵受到美的浸润和陶冶。

（本文主要内容见 2009 年 3 月 21 日新华网《儿歌：繁荣之下难掩苍白》）

儿童文学选本出版的透视与思考
——2009年7月25日答《中华读书报》记者陈香问

近几年来，各类儿童文学选本频频出现，儿童文学选本出版已经成为少儿出版界的热点之一。对于这个新兴的出版形态，方卫平从学者的角度，对儿童文学选本出版的当下面貌与问题进行了客观的评价，并对儿童文学选本的评价标准、选评原则和编选体例提出了自己的思考。

中华读书报：最近几年来，儿童文学选本出现得越来越多，成为少儿出版界的一个出版热点。在您看来，其中可能的原因是什么？

方卫平：各类儿童文学选本越来越多，显然各有各的具体出版动机和原因。例如，除了文化积累、经典积累性质的各类儿童文学选本之外，各种年选本以及配合课外阅读等方面需求的选本也越来越多。这也许与我们这个时代出版业的活跃、儿童文学与语文教学结合得日益密切、多媒体时代人们对文字阅读的特别倡导等因素都有一定的关系。应该说，各类文学选本一直有着较为广泛而稳定的社会阅读需求和读者群，儿童文学选本也是如此。好的儿童文学选本，不仅可以集中呈现特定视域或选家所格外心仪的儿童文学佳作和艺术面貌，为文学发展的历史累积某种专业眼光、提供特定的历史清单，而且也可以为读者的阅读选择提供更多的便利和可能。所以，选本出版的频繁和密集，在很大程度上是与读者的需求密切相关的。

中华读书报：那么，其中比较有代表性的儿童文学选本有哪些？您认为，优秀的儿童文学选本应该符合怎样的标准？

方卫平：从目前的各类优秀儿童文学选本来看，它们都有着各自的编选特色和优点。例如，今年适逢中华人民共和国成立60周年，许多出版社都推出了60年中国儿童文学的精选本，希望以此对60年的儿童文学历史及其佳作有一个集中的回顾与展示。此外，近年来如漓江出版社的年度儿童文学选本，对了解、把握特定年度的儿童文学创作动向和艺术面貌颇有助益；中少社《儿童文学》编辑部编选的《盛世繁花》《岁月留香》《一路风景》等选本，收录的是这家著名刊物几十年来的优秀之作，推出之后获得了出人意料的反响和成功。这说明，好的选本既有利于专业积累，也有利于公众的阅读选择等。

我认为，好的儿童文学选本主要应该符合这样一些要求。一是独特而清晰的编选理念。这些理念可以涉及和包括人文、美学、读者等方面的观念和立场。二是要有广阔的视野和独特的选文呈现。从某种意义上说，儿童文学的选本工作就是在儿童文学的艺术海洋中寻觅、打捞、拣选那些散落或被遮掩了的文学珠宝。因此，破除既成的文学史定论，力求发现佳作、发掘未来的经典，是一个选本成功的重要标志之一。三是要有妥帖而富有创意和想象力的选本编织、呈现方式。从目前一些选本的编选实际看，我认为，眼光和态度对于编选者的工作来说，可能是更为重要的要求和质量保障条件。

中华读书报：如何整体评价当下的儿童文学选本的出版？

方卫平：从整体上看，当下的不少儿童文学选本由于其编选宗旨、眼光、标准等方面的不同，也就具有了不同的选本价值。不过，就我个人目力所及，坦率地说，我也常常对一些选本或多或少感到不甚满意。其一，一些选本的基本观念偏于老化，文学的鉴赏眼光存在明显的问题。其二，这些选本的选文来源较为狭窄，对儿童文学整体的覆盖面和呈现度明显不足。其三，在编选体例上较为单一，缺乏阅读视觉和心理上的新颖感和冲击力。

中华读书报：那么，您选编《最佳少年文学读本》的初衷是什么？

方卫平：前些年，我应出版社之约，曾分别与学术界、儿童文学界的友人合作主编了《新语文读本》（小学卷，共12册，广西教育出版社出版）、《新课标语文学本》（小学卷，共8册，华东师范大学出版社出版）等。通过这些倾情、倾力投入的工作，我的儿童文学理念、眼光、视野等都得到了新的梳理，并积累了许多新的素材和想法。于是，我萌生了这样一个"野心"：希望选评一套最佳儿童文学读本，以向儿童读者及其父母、教师、儿童文学作者、编辑、研究者和广大儿童文学爱好者，提供一套令人耳目一新，具有欣赏价值、借鉴价值、研究价值和收藏价值的最佳儿童文学读本。去年我应明天出版社之约选编出版了由《树叶的香味》《永远的布谷鸟》《为我唱首歌吧》3册组成的《最佳儿童文学读本》。读本出版后，读者反响还不错，其中《树叶的香味》很快就上了"开卷少儿图书畅销榜"。于是我与出版社继续合作，选评了这套《最佳少年文学读本》，也是这一初衷和编选理想的又一次实践。

中华读书报：选本大致有两种遴选模式，即选作品和选作家。后者相对好操作，因为只需选入作家代表作即可；而前者，需要选编者进行大量的阅读和反复的比较。因此，不同选本的主编的眼光和专业水准会直接影响到选本的质量。在选评这一套少年文学读本时，您所抱定的选评原则和宗旨是什么？另外，诚如您所言，与独立作品不同的是，选本的编织和呈现方式，其实和内容的选择一样重要。那么，在《最佳少年文学读本》的选评体例和编辑呈现上，您的想法和实践是怎样的？

方卫平：《最佳少年文学读本》与此前《最佳儿童文学读本》的选评工作一样，我主要考虑了下面几个方面的因素：

第一，摆脱传统的普遍的鉴赏眼光、文学史定论和编选迷信，精选中外优秀少儿文学作品，使整个选本灵动、大气、有趣、经典，同时又富有个性。特别是要让青少年读者读得有趣，让成人也读得入迷。

第二，出于阅读辅助和推广方面的考虑，读本在整体呈现方式上具有一定的艺术鉴赏方面的学习性、引导性。配合作品，我为这套读本撰写了约五万字的关于文学审美和语文学习方面的导读欣赏文字；在点评的具体内容设计和文字表达上，则以文学欣赏的美学提示和熏陶为主要方向。

第三，正如您所问到的，选本的呈现方式一直是我非常关注的一个问题。《最佳少年文学读本》是以主题单元组合的方式为基本构架和呈现面貌，组合的基本依据或为作品的表现内容、艺术特性，或为作品的体裁样式、读者的年龄特征等。换句话说，读本的体例和构架，比较多地反映了选评者本人对作品的整体理解和把握，可以给读者提供较多思想和美学上的参考乃至引领。

中华读书报：您在前言中也提到，《最佳少年文学读本》是此前《最佳儿童文学读本》的延续，只是接受者的年龄稍有不同。那么，您是如何界定"少年文学"的，它与"儿童文学"的差异是什么？

方卫平：在儿童文学的专业表述中，广义的儿童文学通常又包括了幼儿文学、儿童文学（狭义）、少年文学等门类。大体说来，幼儿文学是属于学龄前读者的，儿童文学是属于小学阶段读者的，少年文学则是属于初中年龄段读者的。不过，这样的区分是相对而言的，其边界既是基本清晰的，也存在一定的模糊性。如果说《最佳儿童文学读本》主要是以小学生为读者对象的，那么《最佳少年文学读本》则以初中生为主要预设读者，同时兼顾小学高年级的读者。事实上，把小读者和大读者都"拉拢"到优秀的少儿文学作品身边来，才是我的真正意图和目标所在。

大体说来，由于预设读者对象的不同，与以小学生为读者对象的"儿童文学"作品相比，"少年文学"作品更多地关注和表现了当代少年青春期成长过程的心理图景及其美学特质，它的文学世界的宽广度都有所拓展。

中华读书报：具体到篇目的选择，您选择文章的尺度是什么？此次读本中，比较有代表性的篇目有哪些？

方卫平：为了与本书预设的读者对象之间建立一种可能的、更为默契而又开放的阅读联系，我在这次的选评工作中做了两点新的尝试。

第一，除了以公认的少儿文学经典作品为入选对象外，我还选入了少量并不属于传统意义上的少儿文学领域，但与童年相关或我个人认为比较适合少年读者阅读的作品或片段。比如，黎巴嫩诗人纪伯伦、美国诗人艾米莉·狄金森等的诗歌作品，我国作家余华、莫言、史铁生等的小说、散文作品，美国前总统里根、我国新东方集团总裁俞敏洪的演讲，还有法国的左拉、苏联的康·帕乌斯托夫斯基以及我国的铁凝、舒婷、迟子建、刘庆邦等作家的各类少儿题材的作品。我希望借此来拓展少年朋友和大读者的阅读视野，丰富我们滋养心灵的文学来源。

第二，"牵手阅读"部分的评析文字，在分析的深度、广度上，都比小学卷的略有提升。这些文字，是想为读者的阅读和品味提供一些思考的路径。我在写作这些文字时，总是希望能够把相关的背景知识和自己阅读这些作品时的审美印象和感动，用简约、传神并富有激情的文字表达出来。同时，我也力求从文学鉴赏和语文学习的角度切入导读的设计，希望这些文字能够对读者的赏析和语文学习有所启发。

关于文学鉴赏与语文学习的关系，我还想再多讲几句。1982年1月，大学本科毕业后，我曾经从事过两年半的中学语文教学工作。我认为，语文学习仅靠语文课本和语文课堂是远远不够的。自由自在、广泛而又富有个性的课外阅读，对于中小学生阅读兴趣的培养，阅读能力和语感、语文素养的提升，也许有着更具决定性意义的作用。当然，在这个过程中，老师和父母的影响，同伴群体之间的良性互动等，也是十分重要的。《最佳少年文学读本》的选评，就是希望能为当代中小学生的课外阅读、为老师和父母的阅读推荐，提供一个优秀、可靠的选本。因此，在选文、体例和导读方面，我都力求与语文学习的现场靠近。

中华读书报：最后一个问题，可能也是很多家长关心的问题。在孩子成长过程中，文学能给他带来什么呢？

方卫平：我这几年到各地与中小学和幼儿园的老师们以及父母们交流时，曾反复谈到过两个关于"童年阅读"的观点，其一是，童年时期的阅读是其他任何时期的阅读所无法弥补和替代的；其二是，文字的阅读，在这里也就是文学的阅读，是非文字媒介的阅读和接受所无法替代的。事实上，优秀的文学作品曾经是一代又一代孩子成长过程中的最佳精神食粮和伙伴。对孩子们的成长来说，文学阅读的意义是多重的。它既包括了语言文字的学习，也包括了对于自然、社会、人生的形象化的了解和触碰；既包括了情感和审美上的体验和陶养，有助于养成如尼尔·波兹曼所说的那种非碎片化的、理性的思维品质，同时也是人类和民族文化传递的一个实现途径。我以为，在孩子的成长过程中，许多成人也许更在意的是孩子能够上哪所学校，考试分数如何。而在我看来，对孩子们自己来说，成长过程中心灵和情感方面的丰富性和内在的幸福感，也许是他们更加需要的。

（原载 2009 年 7 月 29 日《中华读书报》）

儿童文学：可以遥望的精神远方

——2009年10月7日答《中国教育报》记者郜云雁问

近几年来，儿童文学选本出版已经成为少儿出版界的热点之一。好的选本对推广优秀儿童文学作品的意义很大，同时也是读者享受儿童文学作品的一种很好的途径。记者近日约请《最佳少年文学读本》丛书选评者方卫平教授，就儿童文学选本的困惑与突破、课外阅读与语文教学等问题进行了一次对话。

选本要突破历史和题材的界限

记　者：由明天出版社出版、您选编和评点的《最佳儿童文学读本》和刚刚推出的《最佳少年文学读本》系列丛书中，《树叶的香味》和《成长的滋味》先后进入了"开卷少儿图书畅销榜"前10名。这是否说明，儿童文学选本比较容易满足小读者的阅读需求？

方卫平：各类文学选本一直有着较为广泛而稳定的社会阅读需求和读者群，儿童文学选本也是如此。好的儿童文学选本，不仅可以集中呈现特定视域或选家所格外心仪的儿童文学佳作和艺术面貌，为文学发展的历史累积某种专业眼光、提供特定的历史清单，而且也可以为读者的阅读选择提供更多的便利和可能。好的选本既有利于专业积累，也有利于公众的阅读选择。

我从事儿童文学教学和研究20多年。这些年来，我一直在思考，如何把自己的专业积累和心得转化为可以为公众阅读服务的一种公共资源。《最佳儿童文学读本》和刚刚出版的《最佳少年文学读本》，就是在这样的愿望驱使下所做的一次努力和实践。

记　者：在《最佳少年文学读本》中，您将经典作品和当下的作品、中国作家和外国作家的作品放在一起形成一个整体，有些作品甚至是佚名的，您希望达到什么样的阅读效果？

方卫平：在该系列读本中，我以古今中外的口传少年文学（童谣、民间童话、故事等）和作家创作的少年文学作品为选编对象，既选入了那些经受住历史长河淘洗的经典作品，如传统的绕口令、连锁调、问答歌、伊索寓言等，也选入了中外当代一部分优秀的少年文学作品，如任溶溶、金波、张之路、曹文轩、恩德、涅斯玲格、勒内·戈西尼、于尔克·舒比格等作家的作品。

另外，我还做了一点新的尝试——除了将公认的优秀少儿文学作品列为入选对象外，我还选入了少量并不属于传统意义上的少儿文学领域，但与童年相关或我个人认为比较适合少年读者阅读的作品或片段，比如中国作家铁凝、余华、莫言、史铁生、舒婷、迟子建、刘庆邦等人的各类少儿题材小说、散文、诗歌等作品，还有法国的左拉、苏联的康·帕乌斯托夫斯基等作家的作品。我希望借此为读者呈现青少年课外阅读可能拥有的辽阔远方，丰富滋养我们心灵的文学来源。

记　者：这套读本所选的作品触及了童年、人生、人性、社会、命运等最基本的人类命题，因而具有相当的思想深度和情感力度。

方卫平：我认为，优秀的儿童文学作品构成了人类审美历史和文化的一个独特而巨大的文本。这个文本以其独特的文化积淀、人生内涵、艺术魅力，成为人类共同拥有的精神财富。我相信，从这些作品中，小读者和大读者既可以享受它们的天真和趣味，也可以领略其中的人生智慧和生活哲学。我相信，对于青少年读者来说，人类所积累下来的优秀儿童文学作品，既是他们课外学习的一个乐园，更是他们可以追寻的一片文学天地，一处可以遥望的精神远方。

儿童文学的审美力量不可替代

记　者：在儿童的课外阅读中，儿童文学应该是一项重要的内容。您曾经提到过，很多人对儿童文学抱有一种误解和偏见，对儿童文学的艺术性和美学价值缺乏体验与信任。您能否详细谈谈？

方卫平：毫无疑问，优秀的儿童文学应该是最有益于儿童成长的精神养分。可惜的是，一些成年人往往以为儿童文学不过是"小猫叫，小狗跳"一类哄哄孩子的玩意儿，这种误解和偏见直接导致了他们对儿童文学的漠视和排斥。我在多年来的专业学习和研究过程中，深感儿童文学是一个拥有很高文化品位和独特审美力量的文学门类。最优秀的儿童文学作品，它的独特的审美力量是不可替代的。

记　者：儿童文学与童年是一种什么样的关系？

方卫平：儿童文学是与童年哲学和童年文化相联系的审美世界。从某种意义上说，童年是与人类的精神故乡联系在一起的。因此，优秀的儿童文学作品往往蕴藏着人类精神和文化的最重要的价值观、最基本的审美奥秘与规则。在近代西方，尤其是自卢梭以来，童年已经不仅仅是一个属于儿童生长、教育领域的概念，同时也成为整个西方哲学、文化精神构建的重要方面。

在中国，近代以来对国家的想象和公民意识的培育，也是与对儿童世界的关注和思考联系在一起的。例如，梁启超的《少年中国说》以"言人之老少"而喻"国之老少"，展现的是一种鲜活而神采飞扬、充满活力的儿童生命景观。从这个意义上说，以童年为审美逻辑起点和基本文化视角的儿童文学作品，其美学品质和文化内涵是独特而纯粹的。同时，优秀的儿童文学作品也为我们提供了丰富而多样的审美可能性，中外大量优秀的儿童文学作品可以证明这一点。我认为，属于儿童文学不同发展时期的最高端的艺术品，例如那些自然天成的传统歌谣和童话、优秀的当代幻想小说等，都具有一种永恒的审美力量。所以，纯粹、多样、永恒，可以看作描述儿童文学美学魅力的最重要的几个关键词。

课外阅读不应成为另一道"枷锁"

记　者：您曾经提出，语文学习仅靠语文课是远远不够的。如何理解这句话？您如何看待当下儿童的课外阅读及学校语文教育现状？

方卫平：语文是一门十分奇妙的课程。它以语言为载体，连接着人的心灵和精神，连接着自然万物和人类文化的方方面面。因此，语文学科本身就应该是开放的、发散的。但是，语文课程作为学校教学体制的有机组成部分，它又必须具有相对明确的教学目标和范围限制。语文课程承担着知识教育的任务，同时又蕴含着一定的文学审美和人文教育功能。语文课堂的基本姿态，除了讲授，还应该更加重视引导，从教材学习向课外书籍阅读拓展，从课堂教学向课外阅读延伸，从相对狭隘的知识获取进入更加广阔的语感培养、审美体验和文化吸收的自由空间。可以说，教材、课堂是起点，课外阅读才是语文学习得以真正完成和提升的途径。

记　者：这对语文教学提出了哪些挑战？

方卫平：应该说，目前一些学校和教师对语文学习的认识、对课外阅读的重视程度有了很大提高。但从总体上看，语文学科和语文学习方面存在的问题还很多。例如，在观念上排斥课外阅读；一些教师对儿童文学知之甚少，无法对学生的课外阅读进行自觉和有效的引导；学生课业负担繁重，也无法进行自主自由的课外阅读。我认为，要改变这种状况，除了要寻找、解决整个教育观念和教育体制方面的问题之外，还可以从一些具体的方法入手。例如为学生、教师和父母提供好的课外读物，特别是优秀的儿童文学作品；为教师和父母提供一些关于阅读方法方面的咨询和培训。

记　者：近年来，中小学生的课外阅读越来越引起各界的关注。但是，情况似乎非常奇怪：一方面是学校、教师和整个社会越来越重视青少年的阅读状况；另一方面，青少年的阅读现状却日益堪忧。

方卫平：情况的确如你所言。一方面，近年来，越来越多的校长和教师在用自己的实际行动来推动中小学生的课外阅读。我自己就经常应邀到各地学校，与教师们一起探讨关于青少年课外阅读的有关问题，深感他们对此普遍拥有较高的热情。另一方面，人们所了解到的青少年阅读现状却十分令人担心。课外书仍被一些父母、教师认为是"闲书"，他们觉得这些书对孩子的成绩提高帮助不大。加上应试教育本身的巨大压力，网络和电视等电子媒介对青少年具有的吸引力，以及整个社会阅读风气的下降等，这些都是不利于青少年阅读发展的外部因素。作为教育工作者，我们应该清醒地认识到，推动青少年阅读是一项长期而艰巨的工程，绝不可能一蹴而就。

　　记　者：您觉得在应试教育的大背景下，这种对课外阅读的"重视"是否会演变成孩子们的另一道"枷锁"？

　　方卫平：这种"重视"如果只是简单地做加法，也就是说，在课业负担已经十分繁重的状况下，不断给孩子们添加新的阅读任务，那当然很可能变成另一道"枷锁"。我认为，做加法的同时，一定也要做减法。"减轻孩子的作业和学习压力"喊了许多年，成效并不大，孩子身上的"枷锁"反而越来越多。在最应该游戏、最应该培养兴趣和想象力、最应该享受童年的快乐包括阅读的快乐的时候，孩子们却被考试、分数、作业等压得喘不过气来。同时，一些人十年寒窗进了大学，却失去了阅读的兴趣，丧失了自主学习的基本能力。教育中的这一错位现象，对中国教育的伤害是巨大的。因此，谈到课外阅读，我们千万不要在"为了孩子成长"的名义之下，给孩子们带来一道新的"枷锁"。

（原载 2009 年 10 月 15 日《中国教育报》）

一种承继 一种跨越
——关于浙江师范大学儿童文化研究院的建设与思考

记　者：儿童文学的教学和研究，在我校有着深厚的历史积淀和丰硕的成果。长期以来，我校被国内外同行公认为"儿童文学人才培养的重要基地""中国儿童文学研究的学术重镇"，它曾创下许多国内第一。2006年，学校成立了儿童文化研究院。从儿童文学研究所到儿童文化研究院，我想是一种承继，更是一种跨越。作为儿童文化研究院的主要负责人，您如何来认识这一转变的意义？

方卫平："一种承继，一种跨越"，你说得很好。2005年初夏，学校发文成立了我校的专职研究机构——儿童文化研究院。2006年10月，在庆祝学校建校50周年的时候，儿童文化研究院举行了揭牌仪式，并正式迁入学校西区绿树掩映的红楼。儿童文化研究院的成立，是学校在新的历史条件下，基于我国高等教育快速发展和我校向教学研究型大学发展、转型的新背景、新要求，结合我校特色学科建设的历史积累和现实情况所做出的一个重要决策。

从儿童文学单一学科研究推进到儿童文化研究院整合多学科开展儿童文化领域的研究，其意义是显而易见的。首先，我校传统的儿童文学研究特色和优势，是以中文学科为背景和支撑点的；从儿童文学研究的发展趋势上说，我认为，当代儿童文学研究应该更关注儿童文学在当代社会文化环境下的新的生存形态和特征，重视以多元的文化视角来观察和思考儿童文学的发展现状。例如,儿童文学在网络时代、图像时代、文化工业时代中所形成和拥有的新的面貌、特质,儿童文学在当代教育环境中的新的功能和命运,等等。因此,2001年,我们在筹备创办一份"以书代刊"形式的相关学术性丛刊时,就将丛刊定名为《中国儿童文化》。我希望,我们的儿童文学研究能够朝着一个更加开放和更具当代性视野的方向不断推进。

其次,儿童文化研究院的成立,也是希望在我校传统儿童文学学科特色及其积淀的基础上,进一步整合学校相关学术力量和资源,通过多学科的交融、拓展、提升,将我校儿童研究学科进一步做大、做强。事实上,我校人文学院、教师教育学院、杭州幼儿师范学院,还有美术学院、法政与公共管理学院等学院里的许多教师都在从事与儿童研究相关的科研工作。因此,整合与提升,无疑是我校儿童研究学科建设与发展的必由之路。

最后,学科建设在当代高等教育发展中的地位和作用越来越重要。学科不仅是相关领域学者们聚集的学术居所,也是特定方向、领域的研究工作得以规划、实施、拓展的专业平台。当代高等教育的学科建设,越来越重视"人无我有、人有我优、人优我强、人强我特"的建设和发展策略。只有把学科建设做大做强,做出特色,做成品牌,才能在激烈的学科角逐和学术博弈过程中操得胜券。就浙师大而言,校方多年来以独特的战略眼光,对儿童文学和儿童文化学科的发展给予了大力支持。这不仅是中国儿童文学和儿童文化学科发展之幸事,也是浙师大学科建设与发展之幸事。

记　者:儿童文化研究院的发展一直得到全校上下的关注。

学校提出要"打造中国高校儿童文化研究'第一院'"的学术品牌。对此，您能谈谈儿童文化研究院在建设过程中，是如何思考达成这一目标的？

方卫平：儿童文化研究院的总体建设目标是，立足于当代儿童文化研究的学术前沿，以我国儿童文化学科的建设和国家儿童文化政策的制定为主要服务方向，以当代儿童的现实生存和发展为基本研究对象和学术关怀，努力整合校内外学术资源，打造一支结构合理、高水平的学术团队，以一流的研究成果，加宽拓深儿童文化研究领域的学术研究，提升国际学术对话与交流的能力，争取成为中国儿童文化研究的学术研究、资料、咨询、交流中心之一，并力争成为具有一定国际声誉的儿童文化研究机构。

这是一个很高的建设目标。为了实现这一目标，我们在研究院建设初期，对研究院的发展规划、研究方向和机构设置等重大问题，进行了长时间的认真调研和论证。总体要求是：高起点，大视野，多学科，重特色。在具体工作中，一是对研究院的发展前景和学术定位进行了深入的分析和勾勒；二是对国内外的相关研究机构及其特色进行了调查和研究；三是多次在校内外邀集有关专家和领导召开论证会，其中包括由学校出面邀请教育部社科司、社科处的领导来研究院给予具体指导。在此过程中，我们对研究院的发展规划、机构设置等进行了反复研讨和修订。目前，儿童文化研究院共设有儿童文化理论和政策、儿童发展与教育、儿童文学三个研究所和儿童文艺创作研究室等四个二级机构。另外，还设有学术丛刊《中国儿童文化》编辑部、国际儿童文学馆、台湾儿童读物资料中心、中国儿童文化研究网。

设立这些研究单位和附属部门，的确是有所考虑的。开展儿童文化理论和政策研究，是因为作为一个专业学术机构，我们希望能为还很薄弱的中国儿童文化研究在基础理论建设方面做出一些重要的、具有原创性和奠基性的工作，同时也希望为国家的儿童文化政策制定提供现实的咨询、服务。设立儿童发展与教育研究所，则希望能够整合学校的相关学术力量和资源，在一些重要的研究领域取得一些突破。设立儿童文学研究所，当然是希望保持和加强我校儿童文学研究的传统优势和特色，使之在新的时代条件和学术平台上获得新的发展。

记　　者：为了实现既定的目标，学术队伍的建设一定非常重要。目前在这方面的进展情况如何？

方卫平：是的。为了实现研究院的建设目标和学术理想，近年来我们在学校和有关部门的支持下，在队伍建设方面下了较大的功夫，首先是引进了一批优秀的博士。这方面的工作概括说来，第一，我们在引进博士人员时，十分重视对其学术研究能力和学术志向的考察。第二，我们也十分重视博士人员学缘背景、专业背景的多元化。引进的博士分别来自复旦大学、中山大学、上海师大、华东师大、上海大学、四川大学等高校，专业背景则涉及文艺美学、人类学、民俗学、传播学、教育学、儿童文学等。我们希望这样的知识和学科结构，能够为研究院开展多学科视野下的儿童文化研究工作，提供一个开阔的专业背景。第三，我们特别重视博士人员来院工作后的学术延伸和转型工作，为专职研究人员根据研究院发展规划和要求进行个人的学术转型提供相应的帮助和平台。如在院内建立了专职研究人员定期的学术报告制度，每次由一位学者报告自己近期的研究工作和相关思考。这一制度既是一种引导和督促，更是一种分享和交流，在实践中取得了明显的效果。

其次，如何吸引、整合院内外的学术力量和资源，也是我们努力的一个方向。借助校内外兼职研究人员聘任制度、《中国儿童文化》学术委员会的设置、《中国儿童文化研究年度报告》年度述评的撰写工作等制度和平台建设工作，我们聘请了国内外许多知名的专家和学者参与并融入研究院的有关学术体制和研究工作之中。例如，《中国儿童文化》从第四辑开始聘请了中国社会科学院、中国青少年研究中心、北京师范大学、台东大学，以及意大利马切拉塔大学、加拿大多伦多大学、日本圣和大学、英国华威大学等国内外研究机构和高校的知名学者担任丛刊的学术委员会委员；《中国儿童文化研究年度报告》从2007年开始，也逐年聘请了浙江大学、中国人民大学、中国政法大学、浙江少年儿童出版社的有关专家学者撰写相关领域的年度述评文章。这些专家学者专业素养和智慧的融入，不仅加强了研究院与国内外同行的专业联系，扩大了研究院的学术辐射力，同时也推动了研究院各项学术工作的开展和提高。

再次，在学校的支持下，从2008年开始，我们还根据研究院的学术规划及儿童文化研究学科建设的现实需要，开展了儿童文化研究重大课题招标立项工作。首批招标项目在《光明日报》发布后，反响热烈。通过校内外专家的匿名初审和评审委员会的审定，共有"国家儿童政策体系现状及走向研究""冲突与认同：文化社会学视野下的儿童文化安全研究""建构与拓展：儿童文化产业研究""改善亲子关系对防治儿童网瘾策略研究"等八项课题获准立项。项目承担者既有本院的专职研究人员，也有本校其他学院的教师，还有浙江大学、华中师大、杭州师大等高校的研究人员。相信这些研究的最终完成及其成果，无论对研究院还是对中国儿童文化研究的学科建设来说，都将会是重要的学术收获和贡献。

近年来，我院研究人员在儿童文化研究领域已经取得了一些新的成果，除获得多项国家社会科学基金项目、全国教育科学规划重点课题、浙江省哲学社会科学规划课题的资助外，还获得了"高等教育国家级教学成果二等奖""中国出版政府奖"等奖项，并出版、发表了一批具有一定学术影响的研究成果。

记　　者：我们从一些媒体上也了解到，近几年来，儿童文化研究院的学术平台建设工作做得十分扎实，可以说是有声有色。您能谈谈这方面的情况吗？

方卫平：这几年来，在原有学术积累的基础上，我们把研究院的学术平台建设放在了重要的位置上。我希望我们研究院能够在整体上创设并拥有国内高校最好的、具有创新活力的儿童文化研究学术平台。

目前已经搭建成型并运作良好的主要专业平台，一是 2004 年创办的学术丛刊《中国儿童文化》。该丛刊主要发表国内外研究者有关儿童哲学、童年史、儿童教育学、儿童心理学、儿童文学、儿童艺术学、儿童媒介及儿童文化各个领域的研究论文，并开设了博士学位论文摘登、学界对话、批评与争鸣、海外视域、学术机构介绍等栏目，是目前国内儿童文化研究领域重要的具有跨学科、前沿性、基础研究与应用研究并重等特点的大型学术丛刊。

二是"浙江师范大学儿童文化研究院红楼书系"。该书系主要出版由研究院主持、规划的相关研究专著、译著等，是研究院推出的重头学术产品。目前已陆续出版第一辑"中外儿童文学史研究丛书"、第二辑"当代外国儿童文学理论译丛"。第三辑"儿童文化研究博士论文丛书"也即将出版。

三是《中国儿童文化研究年度报告》。该年度报告从2007年开始逐年编撰出版，目前正在编撰的是《2009中国儿童文化研究年度报告》。正如我在《2007中国儿童文化研究年度报告》"前言"中所说的那样，这是一部旨在为中国儿童文化研究领域逐年留下思想印痕和学术成果，具有文化积累性质的大型资料集、可供检索的专业工具书，同时也可视为一部力求表明选编者的理论观察、批评立场和思考、建设性意见的年度学术报告和蓝皮书。我们期望以专业的精神和持续的努力，为中国儿童文化研究留下一份具有历史价值的文献索引和学术档案。这项工作引起了儿童文化研究领域许多专家和相关媒体的广泛关注和重视。《2007中国儿童文化研究年度报告》出版后，一些学者和读者朋友告诉我说，这是一件富有远见和学术价值的工作，浙江师范大学儿童文化研究院为中国儿童文化研究事业做了一件好事，功莫大焉。《中国文化报》《中华读书报》《文汇读书周报》《出版参考》等报刊，中国福利会网站、维普资讯网、新浪网等许多媒体也纷纷发表了有关报道和评论文章。其中《中华读书报》以"儿童文化研究学科有了文献索引和学术档案"为题，刊载了记者的专题报道。

四是2007年创办了"中国儿童文化研究网"，希望为研究院和中国儿童文化研究领域提供一个快捷、内容丰富的资讯和交流渠道。这项工作还有待进一步加强。

五是与《浙江师范大学学报》合作，在该刊设立了"儿童文学与文化研究"专栏，发表院内外研究者的研究成果。目前，该栏目已成为国内高校学报中关于儿童文学与儿童文化研究的一个重要园地。

六是学术和文学研讨制度的建立。例如，我们利用本院的专业优势和积累，建立了每学期一次的儿童文学新作深度研讨会制度，目前已陆续对长篇小说《腰门》、系列科幻小说《小猪大侠莫跑跑》等进行了坦诚、深入的批评和对话。研讨会不仅有本院师生参与，也有该作品的作者、编辑以及媒体记者到场。这些研讨会不是目前流行的那种以表扬乃至吹捧为主要姿态的研讨会的简单复制，而是试图以浙江师大相对超脱的位置为依托，努力为建立一种表达学院学术立场、体现学院独立批评精神的"学院批评体制"做出尝试和探索。这些研讨会的效果和收获是十分明显的。例如《腰门》研讨会结束后，《中华读书报》发表了记者陈香撰写的题为《面目狰狞评〈腰门〉——浙江师大希望由此重建文学作品的学院研讨机制》的长篇报道，《中国儿童文学》（理论批评版）2009年春季号在头条位置发表了一万余字的会议纪要。

以上学术园地的搭建，包括从传统纸质媒介到网络媒介、会议研讨；从综合性的学术丛刊、学报专栏对发表学科论文成果，到"红楼书系"推出系统性成果和专著；从院内、校内学者的最新成果的展示，到校外、国外学者研究成果的发表、译介和年度梳理、呈现。可以说，我们已经基本完成了一个相互补充、相互支撑的立体学术平台的构建。

记　者：从成立国内首个国际儿童文学馆、大陆第一个台湾儿童读物中心，到举办国际论坛，开展国际交流，研究院一直在坚持一种开放的两岸视野和国际视野，这对于儿童文化研究有什么样的特殊意义？

方卫平：坦率地说，从接受学校的安排，参与儿童文化研究院的建设的那一天开始，我就一直在思考，这个研究院建设的起点和参照系是什么。我们过去的儿童文学学科建设，虽然也有一定的国际视野和交流渠道，但由于时代条件的限制，这些视野和渠道并没有为整个学科建设带来真正的滋养和动力。而进入新世纪以来，我们的学科建设所拥有的社会环境条件和学校资源支持，所具有的海峡两岸和国际学术交流的机会，都远远超过以往。同时，"打造中国高校儿童文化研究'第一院'"的建设愿景，如果不以国际视野为参照，不关注、跟踪、研究（乃至引进）国外一流的学术机构、学者动态及其研究成果，关起门来走老路，那么，"第一院"的建设理想，就必然成为一纸空谈。

因此，这些年来，我们一方面在原有工作的基础上继续努力，例如，在人文学院的支持下，创办了国内高校第一个儿童文学系；2008年，在研究生学院的支持下，研究院在国内高校中第一个在"世界文学和比较文学"专业独立招收儿童文学方向研究生；2009年，在"发展与教育心理学"专业开始招收儿童游戏与玩具、儿童传媒方向的研究生，等等。另一方面，在两岸交流和国际交流方面，我们也努力做了一些具有开创性意义的工作。如你所说，成立了国内首个国际儿童文学馆、大陆第一个台湾儿童读物中心，我校主办了"媒介与儿童文化国际高峰论坛""儿童发展与教育国际高峰论坛""中加儿童文学论坛""中日儿童文学研讨会"等国际性会议，两岸儿童文学、儿童心理学方面的交流就更是频繁了。同时，我院的学者也越来越多地参加了在国内外举行的国际性学术会议，如在意大利举办的"国际学生练习本研究论坛"、在日本大阪举办的"日中儿童文学研讨会"；并有学者获德国外交部资助，赴国际最大的青少年文学资料馆——慕尼黑国际青少年图书馆进行为期数月的项目研究和交流。研究院也陆续与加拿大多伦多大学儿童研究所、意大利《教育史与儿童文学》杂志、慕尼黑国际青少年图书馆、大阪国际儿童文学馆、英国华威大学儿童研究所等知名机构建立了较为密切的学术联系。2008年,《教育史与儿童文学》杂志还以十页的篇幅,刊载了介绍中国浙江师范大学儿童文化研究院及其建设情况的长篇文章,并配发了多幅照片。

值得一提的是,列入"红楼书系"第二辑的"当代外国儿童文学理论译丛",是1949年以后,中国儿童文学理论界首次以丛书的形式翻译引进的国外儿童文学研究的最新成果。收入这套译丛的四部儿童文学理论著作,是我们从20世纪90年代以来出版的欧美儿童文学理论著作中精心挑选出来的。它们是加拿大学者佩里·诺德曼、梅维丝·雷默的《儿童文学的乐趣》、英国学者彼得·亨特选编的《理解儿童文学》、美国学者杰克·齐普斯的《作为神话的童话/作为童话的神话》、美国学者蒂姆·莫里斯的《你只年轻两回——儿童文学与电影》。这些著作在2008年底出版后,引起了儿童文学和相关学科研究者、爱好者的高度关注,目前首印已销售一空。这些译介成果,不仅为当代中国儿童文学研究提供了重要的学术资源,同时也为研究院塑造了开放、务实、专业的学术形象。

记　者:您曾经说过儿童文化研究院要以"关注儿童、服务儿童"为情怀,在这方面,研究院开展过哪些有意义的工作?

方卫平:研究院虽然是一个学术机构,但一个以儿童为研究目标的机构,一批以儿童为思考对象的学者,自然应该具有一种对世间儿童的关爱甚至悲悯的情怀。2008年6月,研究院刘宣文等老师组织编写了《现在,我该怎么办?》这本儿童心理自助图书,并和宁波出版社联合为四川地震灾区捐送了12500册，支援灾区心理辅导工作。研究院在2007年"六一"儿童节前，组织全院人员为金华市民工子弟小学捐赠了数百册优秀儿童文学读物。同时我们也很支持研究生、本科生参与相关的儿童培养和义务服务活动，如去金华市民工子弟小学给孩子们讲故事、阅读儿童文学作品。我们还利用暑假，与媒体合作，在红楼和市区为孩子们放映优秀的儿童电影。这些工作，对于研究院强化一种"关注儿童、服务儿童"的学术意识，无疑起到了积极的促进作用。

记　者：明年10月，第十届亚洲儿童文学大会将在我们学校举行，这将是一次备受瞩目的盛会。目前筹备工作进展如何，届时将围绕哪些议题展开？

方卫平：第十届亚洲儿童文学大会的筹备工作正在顺利进行。包括中、日、韩等多种文字的会议通知、征文通知、会议报名表等均已通过各种形式发出。本届大会将围绕"世界儿童文学视野下的亚洲儿童文学"这一中心议题，分别就"世界儿童文学视野下的亚洲（各国、各地区）儿童文学现状反思""亚洲儿童文学的对外翻译、传播与影响研究""金融危机与亚洲儿童文学的现在和未来""全球文化交流与交融背景下的亚洲儿童文学走向""文化产业背景下的亚洲儿童文学走向"等七个子议题展开研讨。

会议的筹备工作得到了学校和国内外许多方面的大力支持。例如，现在已有北京、上海等地的多家出版社竞相要求资助出版会议的论文集，学校有关部门更是对会议筹备工作给予了巨大的关注和支持。相信在这些强力关注和支持下，会议一定能够顺利举办。

记　者：对于儿童文化研究院未来的发展，您有怎样的设想？

方卫平：虽然我们一直在努力，但与学校上下的期待、与学科建设和学术发展的要求相比，我们的工作还有一些不太令人满意的地方。今后，在已有平台建设和学术积累的基础上，我希望我们的研究工作和机构建设，能够在一些重要的标志性建设方面取得重大突破。例如，配合学校发展的整体布局和要求，力争成为人文社会科学省部共建基地；力争与校内相关学科配合，为博士点的培育和申报做出我们的贡献。当然，我也盼望着我们儿童文化研究院的工作和所有努力，最终能够真正地有助于中国儿童文化研究学科的整体发展与提升，有助于为国家儿童文化政策的制定提供参考和支持，有助于当代儿童生存和发展环境的改善与进步。

最后，我还想说的是，研究院的工作得到了校内外许多方面的持续关注和支持。学校领导以及有关部门和学院等，都给了我们的工作以诸多的指导和巨大的支持。我们的工作也得到了许多前辈、同行和各界朋友的关心和帮助。例如国际儿童文学馆的建设，就曾先后收到过鲁兵先生家属、蒋风先生、圣野先生、任溶溶先生，还有作家、学者桂文亚、孙建江、彭懿、林文宝、郁雨君等的赠书。中国图书进出口公司、北京外国语大学的外语教学与研究出版社少儿分社等单位，也为我们捐赠了大量外文儿童图书。在这里，我也代表研究院全体同事，向各界的关注和支持表达我们衷心的感谢。

（本文系作者与《浙江师范大学报》记者朱慧的对话，原载2009年11月15日《浙江师范大学报》）

关于儿童文学创作与阅读
——2009年11月8日答《广东教育》记者问

记　者：请您评价一下儿童文学创作出版的现状，您个人对此满意吗？为什么？

方卫平：我们很容易为原创儿童文学创作和出版若干年来在整体上的发展，找到论据和事实方面的支持。例如，我们已经出现了不止一位作品发行总量超过上千万册的畅销童书作家，像郑渊洁、杨红樱等；也出现了一些无论是少年儿童读者还是专业人士都在不同程度上认可的作家和作品，比如曹文轩的《草房子》，张之路的《第三军团》，秦文君的《男生贾里》《女生贾梅》系列，沈石溪的动物小说，等等。但是我以为，所有这些进步和收获，都不能成为我们止步的理由。从某种意义上说，儿童文学创作的可能性是无法穷尽和难以想象的。如果从整个社会特别是少儿读者的期待来看，如果以国外最优秀的儿童文学作品及其所取得的巨大成功来作为参照的话，儿童文学创作和出版现状，仍然还有许多文章可做，仍然还有巨大的想象和创造空间，等待着我们去探索、去努力。

记　者：老一辈没饭吃想吃饭，没书读想读书，现在的青少年，有饭吃不想吃，有书看不想看。很多城里小孩更喜欢上网打游戏、看电视、养小宠物，很多农村小孩情愿做家务也不愿意看书。在这样的社会情境中，儿童文学教育与青少年阅读推广，还有实际意义和人文价值吗？

会不会就是一种商业活动而已?

方卫平：你说的现象的确存在，也令人揪心。在物质生活和精神生活包括阅读生活都十分匮乏的年代，任何一点物质和精神上的供给，都会给人们带来满足和愉悦感；相反，在物质和精神供给相对丰足的年代，人们包括青少年的胃口反而被宠坏了。但我们不能因此就说，还是匮乏年代好一些，因为那个年代人们更珍惜仅有的菲薄的食物和书本……

现在的问题是，社会发展在物质和精神两个方面所取得的进步，使得人们有了更多的选择机会。而人们的选择，尤其是青少年的志趣和选择倾向，往往并非受制于成熟的理性和意志，而是常常被肤浅的感官和心理欲求所驱使。所以，我认为，在这样的环境和时代背景中，儿童文学教育与青少年阅读推广就显得尤为重要了。我希望这样的教育和阅读推广，能够在一种相对纯粹和正当的观念引领下，得以实施和推进。换句话说，在这个时代，从事青少年教育工作，包括儿童文学阅读推广工作，是需要一些精神和理想的支撑的。

一些人对当今阅读推广活动中时隐时现的商业阴影颇有微词。这个问题有点复杂。我个人认为，儿童文学创作和出版，既是一种审美创造活动，同时，在当今文化及其产业链的延展过程中，它必然也具有十分重要的商业附加因素。事实上，一部真正优秀的儿童文学作品及其衍生产品，常常会同时取得审美和商业上的双重成功。

记　　者：请您评价一下我们这次"暑假读一本好书"活动，有哪些可取之处与不足？

方卫平：广东省已经举办了两届中小学"暑假读一本好书"活动。在当今中小学生深受应试教育之累，课外阅读生活受到严重挤压的现状下，广东省在教育厅的大力倡导和组织下，在广东教育杂志社和各地教育行政部门及中小学多方合力推动下，连续推出这一活动，立意高远，同时又具有很强的针对性和现实意义。最近，我在接受《中国教育报》记者访谈时曾经说过，在最应该游戏、最应该培养兴趣和想象力、最应该享受童年的快乐包括阅读的快乐的时候，孩子们却被考试、分数、作业等压得喘不过气来（2009年10月15日《中国教育报》）。现在，广东省的"暑假读一本好书"活动，以体制的主流力量，将暑假读书、读好书活动纳入中小学生的业余生活，将中小学生的课余读书作为暑假生活的一项重要内容，并且将它作为一项常规工作不断坚持下去，努力打造成为广东省的一个教育品牌。我认为，这样的观念和制度设计是令人振奋的。在第二届"暑假读一本好书"颁奖活动中，李学明副厅长提出了三点很好的意见，希望这项活动的发动面更广、读书内容更丰富、活动形式更多样。我觉得这些意见很中肯，我也十分赞同。

（本文系作者参加第二届广东省"暑假读一本好书"颁奖活动后的答问）

关于当前的青少年阅读

——2010年5月25日答《光明日报》记者庄建问

问：请您描述一下当今青少年的阅读概况。

答：我是从事儿童文学教学、研究和推广工作的。在我看来，我们已经进入了一个前所未有的儿童文学的大众化阅读时代。这个时代的独特之处在于，一方面，由于视像媒介尤其是手机、网络等新媒介的冲击和影响，图书阅读在大众文化生活中所占据的比重一度呈现了令人忧心的递减状况；另一方面，近年来，在人们的本能抵抗和自觉努力之下，书香社会的建设也日益成为我们时代文化发展的重要方向和目标之一。一个大众化的儿童文学消费时代，一个承载着更多文化理想的儿童文学审美时代，正在有力地参与我们时代整个儿童精神和文化生活的建构过程。

问：您认为当前青少年阅读存在哪些问题？请在谈观点的时候谈及细节。

答：存在的问题也许不是几句话就可以概括清楚的。从青少年尤其是中小学生自身的角度看，影响他们阅读生活和阅读倾向的主要因素和力量，一是当代的媒介环境，二是当代的教育环境。媒介环境的影响这里暂时不说。从教育环境看，我认为，虽然语文课堂内外的阅读生活日益引起人们的重视，但是从整体上看，当代教育尤其是语文教育方面存在的问题还很多。例如，在观念上排斥课外阅读；

一些教师对儿童读物知之甚少，无法对学生的课外阅读进行自觉和有效的引导；学生课业负担繁重，也无法进行自主自由的课外阅读。记得几年前，《中国教育报》上曾经刊登过一篇记者的专稿，说的是一个叫智颖黎的13岁的小姑娘，为了能够自由地阅读课外读物，从小学二年级开始与开明的母亲合谋，常常以写病假条的方式请假在家。结果在小学阶段，她就读完了包括世界名著、中外名人传记等图书近400本。而她的语文和数学成绩一直都很优秀。这个例子，对我们现行的学校教育体制，尤其是语文教育内容、方法等，实在是很大的质疑。

问：您如何看待读图与读文这两种阅读？它们各自的利弊是什么？

答：读文与读图作为人类阅读史上的两种阅读形态，都是由来已久的。我认为，读文能力与读图能力都是人们阅读能力的有机组成部分，它们共同参与、承担着个体学习和人类文化传递、创造的活动和使命。但是，读文与读图又是有所区别的。一般说来，读文是对一种以语言（文字）为载体的线性的思维、叙事过程的进入、想象和体验。比较而言，在长久的阅读史上，人们的读文能力似乎得到了更为普遍的培育和训练，它促进了人类思维更倾向于秩序化、条理化、深度化的发展和建构。我们这个时代之所以被贴上了"读图时代"的标签，是因为相对而言，读图的机会和读图能力的培育，前所未有地成为这个时代人们阅读生活中的重要内容。因此，我不认可某些说法，如认为读文是可以培养想象力的、深度体验的、可靠的阅读，而读图是机械的、浅表的、不可靠的阅读。我的看法是，我们需要呵护青少年的读文能力，同时也要关注、培育他们的读图能力。

问：您怎样界定"浅阅读"与"深阅读"？应当怎样对待这两者？

答：关于什么是"浅阅读""深阅读"，人们的看法和定义不尽相同。我更倾向于把它们看成不同的阅读方式、阅读技能和体验形态，也许类似于我们以往所说的"泛读"与"精读"。值得警惕的是，当下许多青少年进行的文字与图像阅读，陷入了一味的感官化、一次性消费式的"浅阅读"，阅读生态发生了严重的失衡。

还有一种误解，认为读文即是"深阅读"，读图则是"浅阅读"。事实上，我认为，它们之间并不是一种一一对应的平行关系，而是互有交错的。我们既要允许信息浏览式的或消费化的读文与读图行为，也要培养青少年读者面对文字和图像时的精读能力。

问：为推进青少年健康阅读，您对政府、教育部门、出版部门、社会、家长有什么建议？

答：谈到当代的教育和青少年阅读现状，我常常会产生一种无奈之感。在最应该游戏、最应该培养兴趣和想象力、最应该享受童年的快乐包括阅读的快乐的时候，孩子们却被考试、分数、作业等压得喘不过气来。同时，一些人十年寒窗进了大学，却失去了阅读的兴趣，丧失了自主学习的基本能力。教育中的这一错位现象，对中国教育的伤害是巨大的。要从根本上改变当代青少年的阅读生活现状，从短期看，我们需要在全社会为青少年建设更加优良的阅读环境，包括健康阅读理念的倡导、自由阅读时空的创设、优质阅读资源的提供、成人阅读指导能力的培养，等等。从长远看，我们就要从整个民族的儿童教育观念和社会公众的教育理想、价值观及教育制度、人才选拔制度设计等方面，去加以努力改善。只有我们对儿童的成长规律有了更科学的了解，对教育的本质和目标有了更通透的认识和把握，我们的孩子才有可能拥有真正属于童年的岁月，我们的青少年才可能最终进入一种常态化的健康阅读生活。

（答问主要内容见2010年5月31日《光明日报》）

重新评价中国儿童文学
——答《中华读书报》记者陈香问

中华读书报：今年 6 月，您在外语教学与研究出版社推出《儿童文学名家读本》六册。另外，您即将在浙江少年儿童出版社推出《中国儿童文学分级读本》共十二册。其中，在《中国儿童文学分级读本》中，您明确提出要"重新发现中国儿童文学"。是什么样的原因让您在这一段时间，要对本土儿童文学进行重新梳理和评价？

方卫平：其实，许多事情的发生，原因是很难用简单的言语来厘清的，主观上的理性思考、机缘巧合，各种必然、偶然的因由，都可能造成似乎是一种必然的结果。记得前些年，我在课堂、会议、媒体等各种场合谈论儿童文学现状时，常常拿国外优秀的儿童文学作品来比较。个别同行也有与我类似的做法。这招致了一些怀疑和批评，认为你就是以为外国的月亮比中国的圆。事实上，对中国儿童文学的关切，包括日常的阅读和思考，我是投入了更多的精力和心力，一点也不敢马虎的。许多时候，我们还总是特别重视原创儿童文学。我在参与主编《新语文读本》小学卷时，就曾对一起承担其中儿童文学作品选编任务的同伴们说，作为一套课外语文读物，我们要格外重视对中国儿童文学作品的遴选工作。翻译儿童文学的文化认知和言语体味价值自然无可否认，但是原创儿童文学作品在展示母语的特色、丰富性和独特魅力等方面，在儿童的母语体验、习得和语感培养过程中的特殊作用及其重要性，却是翻译儿童文学作品所不能替代的。

　　整整一年的搜寻、阅读、比较、筛选之后，结果并不令人完全满意——我们的初衷并没有得到很好的落实和呈现。在那套颇受各方关注和重视的语文读本中，本土儿童文学作品所占的篇幅并未达到我心目中预期的合适的比例。因此，尽管读本出版后受到了广泛的好评，但对我来说，内心也同时留下了一份难以释怀的遗憾。

　　这些年来，我一直想通过自己的工作，来弥补多年前内心留下的这份遗憾。在我看来，大约一个世纪以来的中国现当代儿童文学的艺术发展，为我们提供了一份值得珍视的历史遗产、一个有待不断发掘和重新解读的文学矿藏。因此，从最直接的主观原因上来说，这两套选本的选评，就是为了实现这一心愿。

　　中华读书报：多年以来，中国的儿童文学界已经对本土儿童文学形成了一些既定的评价，对诸多作家作品也给出了文学史上的定论。但您认为，"中国儿童文学还可以被描画、呈现为另外一些可能的艺术风貌"。那么，您如何看待中国儿童文学界多年以来对本土儿童文学形成的审视标准和评价？这些标准和评价是基于什么样的原因形成的？"可能的艺术风貌"，您指的是什么？

　　方卫平：就我个人而言，早在20世纪80年代初，我开始通过相关书籍来了解中国儿童文学发展历史的时候，就被告知了鲁迅对中国儿童文学的贡献、中国现代最重要的儿童文学作家作品是叶圣陶及其童话《稻草人》、冰心及其书信体散文《寄小读者》、张天翼及其童话《大林和小林》，中国当代（80年代之前）最重要的儿童文学作家是陈伯吹、贺宜、高士其、严文井、金近、郭风、包蕾、黄庆云、叶君健、任溶溶、袁鹰、柯岩、鲁兵、圣野、洪汛涛、葛翠琳、刘真、杲向真、胡奇、任大星、任大霖、孙幼军、郑文光、叶永烈、萧平、邱勋，等等。这样一份截至80年代初期的儿童文学作家的历史名录的形成和呈现，历史地看，显然有它的合理性。这是那个时代的氛围、眼光和研究者们共同选择的结果，而这种结果也构成了我以及和我一样的后来者最初的儿童文学历史认知和知识起点。

历史语境中的儿童文学作家、作品及其所显示的文学史价值和重要性，或者说，业已形成的儿童文学史图景，是由许多复杂的学术和非学术因素所决定的。例如，在既有的儿童文学史知识体系以及相关的知识普及系统（如长期以来的中等、高等院校的儿童文学课程、教材）中，特定作家、作品等文学史要件被提及的频率、所占据的篇幅、被做出的文学史判定等等；作家本人在文学体制或社会生活中的地位及其占有资源的便利性、丰富性；作品被普及、公众被告知和认同、接受的程度；还有很重要的是，特定的意识形态背景和权力话语对作家作品的喜好、拣选或遮蔽，等等。因此，所有的文学史图景及其描述，都是具体的、当下的，而所有既定的文学史叙事，又总是会构成后来者接触、认识儿童文学历史知识的一种"前理解"或"前结构"。随着时间的推移和审美趣味、判断标准的某些丰富和改变，已有文学史图景的重新勾勒和解读，就是很自然的一件事情了。事实上，在整个当代文学界，重写文学史作为一种观念，早在20多年前就已经被提出并一直在实践中。

我所谓的"可能的艺术风貌"是指，在20世纪中国儿童文学的历史发展及传统的文学史叙事背后，中国儿童文学是否还有另外一些文学遗产和历史线索被我们忽视了，或者说中国儿童文学发展的艺术面貌和历史叙事，是否还具有另外一些呈现和叙述的可能。

选下"名家"，选上"新家"

中华读书报：在《中国儿童文学分级读本》中，我们发现，很多被看作"本土经典"的知名儿童文学作家及其作品没有被选入，入选和不入选的原因是？

方卫平：坦率地说，在漫长、大量的搜寻和品读过程中，尽管我已有了比较充分的现当代儿童文学史方面的阅读积累和知识准备，但是，那些传统的、深入我们作家艺术骨髓的儿童文学创作理念和文化习性对中国儿童文学发展的历史影响甚至伤害，仍然让我深感震惊。例如，许多作品，包括名家笔下的儿童文学作品中不时出现的暴力、杀戮、血腥等情节和元素，成为这些作品一种本能的叙事构成，而作家和一些选家对此可能浑然不觉。又如，不少作品怀着教育儿童的动机和"自信"，总是把儿童设定为一个被质疑、被否定的对象。作品中所潜藏、体现的童年观，也总是表现出一种否定性的、非建设性的价值判断和情感取向——"与童年为敌"，成了历史上许多原创儿童文学作品所呈现给我们的一种基本的文化姿态。

中华读书报：除了许多名家之外，对于某些以往并不被专业人士及公众看重的作家，这两套选本给予了打破常规的重视和安排。大致有哪些作家，您认为他们应该被发现和重视的原因是什么？

方卫平：以前看一些选本，常常会觉得选文有大同小异之感。其实，一套选本的价值，除了是为公众提供一份独特的阅读材料之外，它也在承担着一份为文学史筛选佳篇、酝酿经典的功能。而不同选家、不同眼光、不同选本的汇集，可以从一个方面为我们的学术研究和文学史叙事提供一份参考。

这两套选本中，除了鲁兵、包蕾、任溶溶、金波、张秋生、曹文轩、张之路、葛冰、高洪波、桂文亚、林焕彰、秦文君、梅子涵、班马、周锐、冰波、彭懿、沈石溪、吴然等读者十分熟悉的儿童文学作家之外，我还分别为顾乡、普飞、武玉桂、王淑芬、林芳萍、赵燕翼、湘女、吕丽娜等作家设置了作品单元。这其中有些是颇有成绩的中老年作家，如赵燕翼、普飞、武玉桂等；有些是正在为人们越来越熟悉的中青年作家，如王淑芬、林芳萍、吕丽娜等。

我在做这样的单元安排时，并没有太多考虑以往文学史的定论或现今儿童文学界的普遍认知，比如某位是著名作家，就一定要安排在显要处，某位尚不知名或不很知名，就只能搁置在角落里，甚至也不太考虑某位作家创作数量的多寡。例如，诗人顾工的女儿、80年代活跃一时的顾乡，作品数量并不多，但她的童话《往事》《黄狗斑马和大象》有别于一般童话故事的独特的文学面貌与思想内涵，使我们很难不关注它们。顾乡的童话不仅仅是童话，它们还是一些对人性、社会有着深刻的讽喻和批判的寓言。又如，彝族作家普飞的小散文常常有一种特别的自然和乡野情趣。他的儿童散文写彝族山寨的生活，写得清新、朴素而富有人情味，就像把一幅幅天然的生活景象，推到了我们面前。同时，这些作品又不乏儿童文学特有的天真和意趣。因此，我之所以做这样的选择和安排，只能说是由我个人的审美理性和趣味决定的。

中华读书报：两套选本大致的体例、篇目、设计和特色是什么？

方卫平：两套选本的一个共同特点，是借鉴分级阅读的概念，对所选作品做了一定的分级安排。其中《儿童文学名家读本》全六册内容依照读者对象年龄层次由低到高进行编排。一、二两册所收作品以适合小学低年级读者阅读的儿歌、儿童诗、小童话等为主。三、四两册增加了小说、散文两种体裁，但篇幅大多不长。同时，我也希望这两册的童诗与童话作品在内容和语言上能更加适合小学中年级读者的阅读特点。以小学高年级读者为主要对象的五、六两册则更注重拓展作品在文学性、思想性、语言表现方面的宽广度和纵深度，在保持作品体裁多样性的同时，也力图展示各类体裁丰富的美学表现可能。

《中国儿童文学分级读本》的"分级"性质体现得更为明确，其中小学卷、初中卷的编排，与人教版小学、初中语文教材之间在内容上有一定的呼应关系。

体例方面，《中国儿童文学分级读本》主要采用主题单元的编排方式，每篇作品之后附有"分享阅读"的点评导读文字，以求为教师、家长和学生对作品的解读提供一定的助益。而《儿童文学名家读本》则采用了每位入选的作家作品单独组成单元，同时附有"作家评论"与"作家自述"作为延伸阅读，以期为读者朋友们提供阅读上的帮助和参考。同时也希望以这样的组合方式，使读本在体例上显得活泼、好看。其中"延伸阅读"部分收入了许多描写作家性情和创作的妙文等，这些文字的作者，有的是作家的妻子、孩子，有的是作家的朋友、同事，因此笔下往往细节精彩，妙趣横生。选收这些文章，不仅可以增添读者的阅读兴味，同时可以帮助读者增加对作家个性和创作过程的了解和认识。

也许，对于小读者来说，一个作家的形象，就这样更加鲜活地从书页和字里行间站立了起来。

中华读书报：您以今天的观念——其中涉及哲学、教育学、心理学、文学，其中尤重人文价值，来重新编织儿童文学的判断坐标。但是，完全按照现今对文学的价值判断去选择儿童文学作品，是否也是不完全妥当的呢？

方卫平：要说明一下，在这两套选本的选评工作中，我首先考虑的是选本对于今天读者们阅读的吸引力和阅读价值，其次才是选文的审美判断及其背后的文学史思考。也就是说，未进入这套选本的作家作品，并非就是不重要的，尤其是从中国儿童文学史的角度来看。此外，由于授权等方面的原因，也有一些我认为较为重要的作家作品，未能进入这两套选本。选本工作，既受选家个人学术思虑和预设读者的制约，又必然体现着选家个人的视野、眼光、素养和趣味，同时还包含一些偶然性。所以，一种选本虽然也应该接受学术理性的拷问，但它毕竟是不同于纯粹的学术研究的。

回过来，我们再想一想，难道现今有一种统一的"对文学的价值判断"吗？事实上，今天我们所做出的任何一种选择或判断，都只能是属于当下的。同时我认为，今天的选择和判断与历史上的选择和判断也不一定就是截然对立、互不兼容的。许多时候，今天的判断只是某种历史判断的调整、补充和发展，当然，也不排除有些时候发生的是"颠覆"和"革命"。

多种标准与永恒价值

中华读书报：应该说，现在，关于本土儿童文学的评价，我们形成了多种标准。比如意识形态的标准，如政府奖；比如文学史意义的标准；比如市场标准，诸如形形色色的图书排行榜。您如何看待这些评价标准？

方卫平：人们判断原创儿童文学时的背景、立场、趣味、参照系等本来就是多种多样的，因此，出现评判标准的多重化现象，也是必然的，可以理解的。很显然，不同的标准之所以值得信赖，是因为它能从一定角度、范围对现象做出合理的评判。问题是，任何一个标准的提出，总是有着特定的前提和效力设定的。如果不加区分，各执一端，就会陷入各说各话的混战之中。例如，市场销售业绩就并不构成判断一部作品艺术质量的充分条件，反之，作品的美学价值判断也不能完全遮蔽、替代对于作品其他方面价值（如思想的、历史的、商业的价值等）的评判。

中华读书报：您提到，要梳理、选择和呈现原创儿童文学中所裹藏着的具有纯粹永恒潜质的作品。那么，您认为，原创儿童文学中"纯粹永恒"的价值是什么？

方卫平：虽然历史在不断发展之中，但是我始终相信，对于童年、对于属于童年的儿童文学来说，它必然裹藏着一些具有普遍意义和永恒生命力的价值和美学。例如，对于童年和个体生命的尊重，关切人间和万物的情怀，展现属于童年的美学和艺术智慧，等等。我希望，在我们自觉、共同的瞩望和努力之下，中国儿童文学能够日益走向纯粹和大气。

（原载 2010 年 8 月 11 日《中华读书报》）

重新呈现中国儿童文学美学版图

——2011年4月2日答《文学报》记者陆梅问

记　者：最近陆续看到您选编和赏评的两套中国儿童文学选本，一套是外研社去年出版的《名家儿童文学读本》六册，另一套是浙少社今年初出版的《中国儿童文学分级读本》共十二册。为什么在各种儿童文学选本已经充斥书肆的情形下，您还会去编这样两套原创作品选本呢？

方卫平：首先当然是因为一份对中国儿童文学的热爱，其次是出于对当下儿童读者阅读需求的个人认知。我在分级读本的前言《重新发现中国儿童文学》中说，从中文世界的儿童文学阅读实际看，虽然翻译儿童文学和原创儿童文学均以现代汉语的言语形态呈现，但是很显然，两类文本所蕴含的文化内涵、言语风格等都存在不同程度的差异。翻译儿童文学作品的文化认知和言语体味价值自然无可否认，但是原创儿童文学作品在展示母语的特色、丰富性和独特魅力等方面，在儿童的母语体验、习得和语感培养过程中的特殊作用及其重要性等，都是翻译儿童文学作品所不能替代的。

记　者：除了母语体验、习得和语感培养等方面的思虑外，应该还有"文学"自身方面的考量吧？

方卫平：是的。也许我内心还潜藏着一个"野心"：希望通过这些选本的选评工作，重新触摸、梳理中国儿童文学的历史脉络，重新思考、整理我们关于中国儿童文学的历史和美学认知。一句话，我希望通过这样一次面向公众的读本选评工作，重新勾勒、呈现我个人心目中原创儿童文学的美学版图。

记　　者：通过选本工作来整理和重新评价中国儿童文学的发展历史，这是一个有趣的想法。您能具体谈谈吗？比如，关于20世纪中前期的中国儿童文学，许多人认为艺术面貌比较单一，教化色彩浓郁。

方卫平：我想说，20世纪中前期的中国儿童文学的艺术风貌也并不是单一的，例如冰心的深情和雅致，张天翼的诙谐与讽刺，严文井的哲理与诗情，《神笔马良》《野葡萄》等作品的民族化韵味，等等。但是，毋庸讳言，20世纪中前期，中国儿童文学的总体艺术面貌更多地受到了社会性、教育性等方面因素的渗透和影响。我在与《中华读书报》记者的对话中曾经坦承，在漫长、大量的搜寻和品读过程中，尽管我已有了比较充分的现当代儿童文学史方面的阅读积累和知识准备，但是，那些传统的、深入我们作家艺术骨髓的儿童文学创作理念和文化习性对中国儿童文学发展的历史影响甚至伤害，仍然让我深感震惊。例如，许多作品，包括名家笔下的儿童文学作品中不时出现的暴力、杀戮、血腥等情节和元素，成为这些作品一种本能的叙事构成，而作家本人和一些选家对此可能浑然不觉。又如，不少作品怀着教育儿童的动机和"自信"，总是把儿童设定为一个被质疑、被否定的对象。作品中所潜藏、体现的童年观，也总是表现出一种否定性的、非建设性的价值判断和情感取向———"与童年为敌"，成了历史上许多原创儿童文学作品所呈现给我们的一种基本的文化姿态。

记　　者：请举一个例子。

方卫平：我可以举一个比较典型的例子。在老一辈儿童文学作家中，鲁兵先生的文化素养、文学智慧等都是让我欣赏和敬重的。但是，在这一次比较集中地阅读他作品的过程中，我也深感他较早期的一些作品留下了不少令我感到遗憾的叙述和描写。例如，"看我不把你撕得稀烂"（《老虎的弟弟》），"他叫黄鼠狼，几口就能咬断你的脖子"，"你这小子，我一巴掌就把你打成鲜肉馅饼"（《虎娃》），等等。我个人认为，无论故事中的主题倾向如何，当儿童文学作品尤其是幼儿文学作品中对这样比较血腥、暴力的描写的运用不加警惕的时候，我们儿童文学创作的文化和审美取向，就多少值得怀疑了。同时，过于强烈的训诫意味，也影响了鲁兵上述作品的美学价值。让我感到高兴的是，在鲁兵创作的后期，可能是由于时代的变迁，其作品中的主题设置和价值取向，也逐渐发生了某些重要的变化。我在选本鲁兵单元后所附的评析文字中认为，如儿童诗《小老虎逛马路》、童话《顶顶小人》《一只小鸟和三个孩子》《大树大树高高》等，显示了作家对于儿童文学主题表现可能性的重新审视和思考。在一个老是被"关在笼子里"的小老虎因为偶然的原因"溜了出来逛马路"的故事中，作者由以往作品中常常扮演的童年的"训诫者"，变成了童年的"思考者""护卫者"；在围绕着小鸟、围绕着大树而展开的不同的故事中，作者把环境、自然及其与人类，以及与童年的关系和思考，巧妙地融入了故事的发展和叙述之中。我想说，在这些作品中，作家的创作已经在不知不觉中实现了一种重要的提升乃至飞跃。所以，在这两套选本中，我都给了鲁兵的作品以重要地位。

记　者：那么，重新呈现中国儿童文学的美学版图，首先就意味着要以自己的眼光和标准去重新寻找、选择散落在中国儿童文学历史长河和当下现场的文本。

方卫平：是的。中国儿童文学的历史遗存和当代积累，提供了一个丰富的文学世界，但"丰富"的另外一层意思，可能就意味着混沌、驳杂。如前所述，一些儿童文学作品中所隐含的儿童观及其立场十分可疑，许多作品在美学上也乏善可陈。因此，我在选择作品和设置单元时，并不过多考虑既有文学史定评或某位作家创作的数量多寡或影响大小。在这两套选本中，除了冰心、任溶溶、鲁兵、包蕾、林良、圣野、孙幼军、金波、张秋生、张之路、林焕彰、桂文亚、曹文轩、秦文君、梅子涵、班马、乔传藻、葛冰、高洪波、沈石溪、周锐、冰波、金曾豪、彭懿、吴然、孙建江、汤素兰、王一梅等读者熟悉的儿童文学作家之外，我还分别为顾乡、普飞、武玉桂、谢采筏、王淑芬、林芳萍、赵燕翼、诸志祥、湘女、吕丽娜、林世仁等作家设置了作品单元。例如，诗人顾工的女儿、80年代活跃一时的顾乡，作品数量并不多，但她的童话《往事》《黄狗斑马和大象》有别于一般童话故事的独特的文学面貌与思想内涵，使我们很难不关注它们。顾乡的童话不仅仅是童话，它们还是一些对人性、社会有着深刻的讽喻和批判的寓言。在做这样的单元安排时，我并没有遵循现今儿童文学界的普遍认知或人们习惯的编选习俗，比如，某位是著名作家，就一定要安排在显要处，某位尚不知名或不很知名，就只能搁置在角落里，而是更多地根据自己的趣味、眼光和判断来决定取舍。

以前看一些选本，常常会觉得选文有大同小异之感。其实，一套选本的价值，除了是为公众提供一份独特的阅读材料之外，它也承担着一种为文学史筛选佳篇、酝酿经典的功能。而不同选家、不同眼光、不同选本的汇集，可以从一个方面为我们的学术研究和文学史叙事提供一份参考。

记　　者：除了作家作品的遴选，"重新呈现"还有其他方面的含义吗？

方卫平：当然还有，"重新解读"就是一个重要方面，尤其是当我们面对一些人们耳熟能详的名家名篇时。比如，关于冰心的书信体散文名著《寄小读者》，在儿童文学界，人们较多谈论的是它的童年理念和爱的哲学。我在"分级读本"小学卷第五册中选了其中四篇书信，并在"分享阅读"中特别指出了这部产生于"现代白话文诞生未久的时期"的作品所具有的语言特色。在内容方面，我则结合作品，认为"读着这样的文字，我们的心也会随着安静下来，去体味、思考在我们身外的种种不幸，去学着同情、怜爱世上一切受苦的心灵。世上伟大的思想与情感并不在别处，而正在这些'零碎的怜念'中"。我希望以这样的分析来陪伴读者走进作家情怀的细微之处。又如张天翼的《不动脑筋的故事》、任溶溶的《"没头脑"和"不高兴"》，过去人们较看重这两部作品的教育意义。我在"分享阅读"当中提出："我们今天读这两个与我们已有半个世纪以上的时间距离的故事，很多时候都已经不再把注意力放在'一个人脑筋动得越少，不成话的事就越多'、'从小养成好习惯总是对的'这样明确的教育意涵上，而是更多地从故事本身所呈现出的夸张的幽默里去索取更多阅读快感。同样，故事里的赵大化、没头脑和不高兴也不再是些身上存在着缺点需要改正的孩子，而是充满了喜剧味儿的生动的文学形象。时代移易了，故事的接受方式发生了改变，但它却凭借它不曾降格的文学性，依然充满故事的魅力。这也正是一部分优秀的文学作品之所以能够长久地活在人们的阅读中的原因。"也就是说，即使搁置在今天的审美坐标上来审视，即使按照今天的艺术趣味来把玩，我们还是会发现，这些名篇的文学价值依然是毋庸置疑的。

　　记　　者：事实上，以前的人们并未误读这些作品，我们只能说，是今天的阅读立场、接受视角发生了变化。

　　方卫平：我很同意你的这个说法。

　　记　　者：一个选本要吸引读者，体例和编排方式也十分重要。看得出来，这两套选本在这方面您下了不少功夫。

　　方卫平：谢谢你的细心。在体例方面，《中国儿童文学分级读本》主要采用主题单元的编排方式，每篇作品之后附有"分享阅读"的点评导读文字，以求为教师、家长和学生对作品的解读提供一定的助益。而《儿童文学名家读本》则采用了每位入选的作家作品单独组成单元，同时附有"作家评论"与"作家自述"作为延伸阅读，以期为读者朋友们提供阅读上的帮助和参考；同时也希望以这样的组合方式，使读本在体例上显得活泼、好看。其中"延伸阅读"部分收入了许多描写作家性情和创作的妙文等，这些文字的作者，有的是作家的妻子、孩子，有的是作家的朋友、同事，因此笔下往往细节精彩，妙趣横生。比如，你可以从中知道20世纪90年代中国儿童文学界最喜欢唱歌的四位作家是谁，各自的演唱个性和趣闻如何；可以知道作家曹文轩为什么"气贯长虹一般"把一个"花瓶举过头顶，然后摔了出去"；可以知道作家班马在创作长篇小说《六年级大逃亡》的日子里发生了哪些好笑的故事；可以知道作家冰波为什么对作家周锐有一大堆的"意见"；可以知道作家沈石溪为什么在家里被称为"沈老四"。所有这些，你都会在延伸阅读部分读到生动的描述。选收这些文章，不仅可以增添读者的阅读兴味，同时可以帮助读者增加对作家个性和创作过程的了解和认识,也许,对于小读者来说,一个作家的形象,就这样更加鲜活地从书页和字里行间站立了起来。

最后我要说明的是,由于授权等方面的原因,也有一些我认为较为重要的作家作品,未能进入这两套选本。对我来说,这当然留下了一点遗憾。

(原载 2011 年 4 月 7 日《文学报》)

儿童文学，成人也要读读
——2011年4月28日答《温州都市报》记者李跃问

本期嘉宾：方卫平，浙江师范大学教授，浙江师范大学儿童文化研究院院长、儿童文学研究所所长；著有《中国儿童文学理论发展史》《儿童文学的审美走向》《无边的魅力》《法国儿童文学导论》等。

上周，应温州市少儿图书馆的邀请，浙江师范大学儿童文化研究院院长方卫平来温，为浙江省公共图书馆未成年人服务培训班的学员开了一堂精彩的题为《儿童文学的阅读魅力》的讲座。本栏目就成人如何引导孩子进行儿童文学阅读，独家专访了方卫平教授。

问：很多人认为儿童文学就是"小猫叫，小狗跳"，您是儿童文学界的权威，对此您如何看待呢？

方卫平(以下简称方)：儿童文学绝对不是"小猫叫，小狗跳"这么简单，它是有情怀、有诗意、有创造的文学作品，是十分美好的。最顶尖的儿童文学作品，不仅适合孩子阅读，大人也能被深深吸引。

问：我们报社开设学生作文版面《新苗》已有十多年了，从最近几年的学生投稿情况来看，很多中学生，甚至五六年级的小学生作文里也充满了灰色的感叹和刻薄的讽刺。在这样的社会背景下，儿童文学应承担起怎样的责任呢？

方：文化和社会生活对孩子们的写作主题、话题取向会产生一定的影响。虽然我们期待孩子们的文章是健康向上、阳光、充满信心的，但我们也要允许孩子们的写作真实表达对社会和现实的观感和态度，一味的阳光并不是最佳的面貌。

作为媒体，适当地有选择地发表反映孩子们的真实心声、精神现实和写作面貌的作品也是有必要的。

问：最近几年来，温州的家长越来越重视亲子阅读。您在讲座中提到，孩子应该全面地接受各种风格的儿童文学，这有利于内心体验的完整。但很多家长在选择书目时，会倾向于阳光、正面的书籍，对于那些带有讽刺的或表现负面情绪的作品往往敬而远之。

方：儿童文学作品，包括图画书的作者在写作时对读者的设定分为三种：一种是纯粹给儿童看的，第二种是儿童与成人共同阅读的，第三种是写给成人看的。成人在为孩子挑选书籍时，可以选择不同题材和风格的作品。

问：限于孩子的年龄和认知水平，有些优秀的儿童文学作品所表达的内容是他们在当下无法理解的。在这种情况下，成人该不该向孩子推荐此类书籍呢？

方：好的文学作品，孩子们并不一定都能懂。在孩子还不能完全理解作品时，就把文化理想和审美的种子撒播到他的心灵里，随着孩子的成长，这颗优秀的种子也会生根发芽。这其实是大人的责任。

现在重视阅读的成人的确越来越多，但其中相当一部分成人带有功利性的目标。当小孩子在婴幼儿期，成人是纯粹地"读"作品给孩子听，把这个当成一项任务；孩子长大上学了，成人又迫切期望孩子能通过阅读提高写作水平和考试分数。其实，亲子阅读的最好状态是：良好的互动，与孩子一起享受阅读儿童文学的快乐。

问：幼儿是人一生中成长和吸收知识速度最快的阶段之一，大人该如何为他们选择阅读材料呢？

方：选择阅读材料与阅读本身同样重要，不论在材料内容还是形式的选择上，都要充分考虑幼儿的特点与需求。首先当然是安全的因素。对于幼儿来说，书籍不仅仅是书，同时也是他们的玩具。要留意比如书籍边角的锐利度、制作材料（包括塑胶材料、布料、填充物、油漆、颜料等）的安全性、书籍上的小附件是否对孩子具有潜在的健康威胁等。

其次是阅读材料的内容。我们可以把幼儿的阅读发展人为地分成两个阶段，即2~4岁和5~6岁。2~4岁的宝宝对语音和秩序有着天然的敏感，为他们挑选的阅读材料，应注重语音效果和内容的节奏感。可以选择简单而富于节奏感的阅读材料，比如简短的儿歌、民谣，有着回环结构的简短而有趣的故事等。5~6岁的幼儿开始能够接受具有一定情节性的故事，对他们来说，线索单纯明朗、篇幅短小、情节完整并具有一定张弛度的故事是比较适合的阅读材料，比如有故事情节的图画书以及传统的童话故事等。在阅读材料的色彩和图像内容方面，应当尽量选择风格雅致、色彩搭配得当，且具有一定艺术性的插图。过于精确真实的图像会造成孩子想象力发展的抑制。很多时候，一个简笔画出的飞机形状，远比一架精细到连机舱内部都能看个一清二楚的飞机更能够激发孩子想象与创造的潜力。

第三是材料的制作形式。如果大人希望2岁或者3岁的孩子亲近书籍，就要允许他用属于自己的方式与书本建立起认识和情感上的关联，比如抓撕、敲打、啃咬、舔舐。因此，书籍制作材料的耐用性也要特别考虑，它包括纸张或制作材料的耐磨损度、书籍装订的牢固度、书页的耐湿度等。

（原载 2011 年 5 月 2 日《温州都市报》）

少儿图书市场·出版方·经销商

——2012年2月24日答《出版参考》编者问

问：在您眼中，现在中国少儿图书市场是什么状态？

答：我想用三句话来概括，其一，我个人认为，中国少儿图书市场正处于历史上最活跃、最兴盛的一个时期，出现了不少社会效益、经济效益都很好的少儿图书产品；其二，这是一个"市场为王"的时代，专业少儿社与非少儿专业的出版社都纷纷加入少儿图书出版的利益厮杀和市场博弈之中，说明市场背后那只看不见的手正在成为支配少儿图书出版的重要力量；其三，"市场为王"既体现了一种合理的商业法则，同时，其过度横行也造成了当今少儿图书出版的某种倾斜和乱象。

问：您对现在的出版方有哪些满意的地方？您认为一个优秀的出版者应具备哪些特质？

答：我心目中的优秀出版者，通常会具有这样一些特质：一是具有真正的专业精神；二是具有严谨、细致、高品质的专业能力；三是与作者之间能够展开真诚的合作与互动。

问：您对出版方和经销商有哪些意见和建议？

答：我个人没有直接与经销商打过交道，只跟出版社和编辑有较多的联系和沟通。这些年我遇到过一些非常优秀的出版者，也有个别编辑的工作令我啼笑皆非。比如我个人的著作，封面和扉页上的书名就不一致；比如我主编的某部著作，从前言到后记都有错误，有些是由于编辑专业素质不够改错了；再比如我主编的一套读物，编者署名出现了多处错误。我希望出版方，具体说来往往体现在责任编辑身上，能够提升专业素养，增强职业精神。其次，我也盼望有作为的出版家，不仅要眼中有市场、有效益，而且还要有理想、有担当。

童年情怀·儿童阅读·底层推广
——2012年2月25日答《图文信息》编者王晓敏问

问：在《中国教育报》2011年度十大推动阅读人物评选的获奖理由中，授奖词中说"一直以来把学院派的儿童文学理论探究与当代儿童的语文学习现场和日常阅读生活结合起来，作为他理论研究和实践的主要方向"。作为当代儿童文学理论界代表性的学者之一，您的这一学术主张有着什么样的学术追求？

答：儿童文学是有着明确的读者意识和指向的文学门类，从事儿童文学研究、教学工作，我当然希望它不仅仅是出于兴趣和爱好，同时也是真正意义上的学术工作。另外，我认为，儿童文学工作者的读者意识、童年情怀也是十分重要的。概括地说，我认为自己的工作不仅应有学术追求，而且要有真正的童年关怀。

问：您对图画书等新兴阅读门类也有一些研究，并积极做了介绍和推广。在您看来，图画书这种新兴阅读门类在儿童阅读中应该占有怎样的分量？

答：儿童图画书的创作、出版、研究、教学、推广等，是进入21世纪以来我国儿童文学、儿童出版、儿童教育领域一个引人注目的现象。虽然儿童图画书的创作、出版由来已久，但是"图画书热"作为一种文化现象，显然是近些年来出现的。儿童图画书图文并茂，有着独特的艺术魅力和审美感染力，与儿童的审美趣味有着天然的契合关系。所以，近年来的"图画书热",实际上是与图画书本身的特质以及创作、出版、教育等领域的需求,特别是与来自读者方面的需求分不开的,它也是对过去我们儿童阅读生态方面的某种缺失、不足的补充和完善。另外,"图画书热"并不意味着纯文字读物的阅读可以被忽视,它们之间是一种互补关系,而不是一种简单的替代关系。

问:现在少儿图书出版异常繁荣,可供少儿阅读的资源也日趋丰富,许多家长不计成本地为孩子选购各种阅读读本,您怎样看待这样的阅读生态?

答:从总体上说,这当然是一件好事。但是,现在的少儿出版物良莠不齐,许多成人,其中包括父母和老师的儿童阅读观念并不完全正确。例如,对于儿童阅读的心理缺乏了解,对于儿童阅读持有的功利主义价值观,以及由此带来的在儿童读物选择上的狭隘认识和种种做法,都只会给真正的童年阅读带来困扰,甚至是伤害。因此,在少儿读物出版热、阅读热的背后,我们更需要重视一种健康、科学的儿童阅读观念、阅读生态的普及和建设。

问:近年来,您为儿童和成人读者选编、推荐、介绍了许多优秀儿童文学作品,编选了《最佳儿童文学读本》《最佳少年文学读本》《中国儿童文学分级读本》等广受欢迎的儿童读物。您是以什么样的价值标准来选编这些读本的,选编思路与其他选本的不同点是什么?

答:长期以来,一些读者朋友对儿童文学抱有一种也许并无恶意的误解和偏见,对儿童文学的艺术和美学缺乏相应的体验与信任。这实在是由于各种原因,他们还没有机缘亲近、认识、享受儿童文学。在《最佳儿童文学读本》等选本的选编过程中,我主要考虑了

这样几个方面的因素:

第一,摆脱传统的、普遍的鉴赏眼光、文学史定论和编选迷信,以纯粹而又近乎挑剔的艺术眼光,精选中外优秀儿童文学作品,使整个选本灵动、大气、有趣、经典,同时又富有个性。特别是要让孩子读得有趣,让成人也读得入迷。

第二,出于阅读辅助和推广方面的考虑,读本在整体呈现方式上具有一定的艺术鉴赏方面的学习性、引导性。配合作品,我编写了数万字的关于文学审美和语文学习方面的导读欣赏文字;在点评的具体内容设计和文字表达上,则以文学欣赏的美学提示和熏陶为主要方向。

第三,以主题单元组合的方式为基本构架和呈现面貌,组合的基本依据或为作品的表现内容、艺术特性,或为作品的体裁样式、读者的年龄特征等,使整套读本的面貌既能表现儿童文学的审美特质,又能呈现儿童文学艺术的丰富性和多样性。

我在《最佳儿童文学读本》的前言中曾说:"把最好的儿童文学作品献给读者,为小读者的课外阅读和大读者的闲暇生活提供来自儿童文学领域的文学精品,是我选评这套书时的全部动机和激情所在。我盼望着,这些优秀的儿童文学作品,能够滋润、塑造我们童年的心灵和情感世界,陪伴、感动我们成年后的心情和岁月。"这就是我做这些选本的主要动机。

问:您一直关注流动儿童、留守儿童这些特殊读者群体的阅读生活,曾经组织和支持研究生、大学生赴贫困地区开展阅读普及活动,带头并组织同事向民工子弟学校和孩子们捐赠图书。能否谈谈您面向这个群体做推广阅读的体会?

答：接触了这些孩子、学校后，我们发现，他们对阅读的渴望、热爱，远远超出了我们的想象，而他们所面临的困难，也会让我们感到心里生疼。例如，我曾经和同事们一起向金华市的一所民工子弟学校捐赠了一批儿童文学作品。我们看到，小小的学校图书室几乎没有一本像样的儿童文学作品，就是这样的一间图书室，孩子们也很少获得阅读的时间和机会。在这方面，我们师生虽然做过一些工作，但是还非常不够。

（原载 2012 年第 1 期《图文信息》）

耕耘在儿童文化研究的学术园地
——2013年2月2日答《文汇读书周报》记者顾军问

周　报：方老师好！从2007年开始，由您主编的"中国儿童文化研究年度报告"系列由浙江少年儿童出版社出版，目前已经出版5本，2012年"年度报告"正在编辑中。请问这套年度报告的影响力如何？

方卫平：六年来，"中国儿童文化研究年度报告"陆续出版，引起了儿童文化研究领域许多专家和媒体的广泛关注和重视。一些学者和读者朋友告诉我说，这是一件富有远见和学术价值的工作，"年度报告"的出版为中国儿童文化研究事业做了一件好事，功莫大焉。《中国文化报》《中华读书报》《文汇读书周报》及新浪网等许多媒体也纷纷发表了有关报道和评论文章。

周　报：请您谈谈编撰这部大型年度报告的缘起。

方卫平：儿童与儿童文化研究作为一个相对独立的思想和研究领域，在人类文化和学术史上有着久远的历史。当然，作为一门学科，它的自觉的学术建构历史，要短许多。近年来，来自不同专业、不同学科背景的研究者们从不同角度对儿童和儿童文化生存和发展的历史与现实进行了深入、广泛的研究和探索，积累了也许是近代以来中国儿童文化研究领域最为丰富的学术成果。

2005年初夏，浙江师范大学发文成立了学校的专职研究机构——儿童文化研究院。作为以推进中国儿童文化研究事业为己任的学术机构，上述理论拓展和推进，自然引发了我们更多的关注与思考。我们希望通过这样一份"中国儿童文化研究年度报告"的编撰，来逐年收集、整理、呈现当代儿童文化研究的重要成果，并与校内外儿童文化研究专家携手合作，以前沿观察和学术评析的方式，向当代儿童文化研究界乃至整个学术界报告我们的思考和分析；我们希望以此来积累中国儿童文化研究的重要成果，共同推进、提升儿童文化研究学科的整体建设及学术水平。

周　报：这么说来，编撰者希望这部"年度报告"不仅具有文献价值，同时也具有理论价值。

方卫平：是的。我在《2007中国儿童文化研究年度报告》的"前言"里写过这样一段话：这是一部旨在为中国儿童文化研究领域逐年留下思想印痕和学术成果，具有文化积累性质的大型资料集、可供检索的专业工具书，同时也可视为一部力求表明选编者理论观察、批评立场和思考、建设性意见的年度学术报告和蓝皮书。我们期望以专业的精神和持续的努力，为中国儿童文化研究留下一份具有历史价值的文献索引和学术档案。

周　报：儿童文化研究涉及许多领域，具有较大的学科跨度。您在主持编撰时的基本思路是什么？

方卫平：我们的基本思路，一是关注年度儿童文化研究中的重大理论问题研究；二是关注与当代儿童生活密切相关的新政策、新思潮、新问题的研究；三是重视多学科研究成果的整合和整体呈现；四是力求表达选编者和有关专家、研究者的立场和思考。

周　报："年度报告"每年一本，如何保证特色，立足当年热点？

方卫平："年度报告"的板块分为文件报告，学术前沿，热点聚焦，年度中国儿童文化研究论文索引，年度中国儿童文化研究博士、硕士论文索引等。其中"学术前沿""热点聚焦"是年度报告的两个重点板块，聚焦当年热点。"学术前沿"板块从诸如儿童文化理论研究、儿童政策研究、儿童社会学研究、儿童教育学研究、儿童心理学研究、儿童传播学研究、儿童文学研究、儿童艺术学研究等方面梳理年度内儿童文化研究的重要理论成果。"热点聚焦"板块则根据每个年度儿童生活的现实，聚焦留守与流动儿童、儿童灾后心理危机干预、媒介与儿童发展、青少年网络成瘾、儿童食品与用品安全、儿童动漫产业、青少年流行文化、男孩危机与性别教育、未成年人网络欺凌、儿童校园安全、"虎妈"现象、虐童现象、校车安全问题研究、少子老龄化社会现象、学龄前儿童慢成长等年度热点话题，观照当下儿童生存现状。

周　报：从这些内容看，这部报告的确很贴近当代儿童的生活现实和儿童研究的学术前沿。每部"年度报告"的述评部分，都由相关领域的专家分别撰写，这也是报告中令人印象深刻的地方。

方卫平：述评是"年度报告"最具原创性的部分。从2007年开始，我们就一直认真动员、组织校内外的专家、学者参与这项工作，希望通过各个领域高质量的述评文章，呈现儿童文化研究各个领域的学术面貌，分析年度儿童文化研究各个领域的进展和存在的问题，并提出相应的研究趋势预测，给出相应的研究建议。值得一提的是，我们还逐年聘请了浙江大学、中国人民大学、中国政法大学、华东师范大学、南京师范大学等高校的有关专家学者撰写相关领域的年度述评文章。专家学者专业素养和智慧的融入，不仅加强了研究院与国内同行的专业联系，同时也保证了"年度报告"的整体编撰质量和学术水平。

周　报： "中国儿童文化研究年度报告"的编撰工作已经持续了六年，有哪些改进与调整？

方卫平： 六年来，我们也对"年度报告"的板块设置进行了一些微调，这样做有以下目的：一是想尽可能地使当年的"年度报告"能较全面地反映和覆盖当代中国儿童文化研究的主要学术领域；二是依据中国儿童文化研究现状及学科发展的总体趋势，努力勾勒当代中国儿童文化研究的理论疆域和学术地图；三是使年度报告的学术构架与浙江师范大学儿童文化研究院的学科建设规划、学术研究重心等有所呼应，以更好地依托研究院的专业积累和学术理念，支持和保障本年度报告的编撰工作顺利、专业、持续地进行下去。

尽管在每一年度的编撰中，我们都努力以一种恭敬的态度和专业的精神来从事这项工作，但我深知，由于儿童文化研究涉及广泛的学科领域，加上个体学科背景等因素的限制，每一部"年度报告"在资料的收集、选择、归类等方面肯定还存在一些可以改进和完善的地方，部分年度述评文章也可能存在专业素养、眼光、判断力等方面的缺憾。

为进一步提高"年度报告"的专业水平、文献意义和参考价值，在今后的编撰中，我们将做出进一步的调整和努力。要更多地寻求国内儿童文化研究领域有关专家、学者的支持，更好地融合国内儿童文化研究领域的相关资源和学术力量；要加强对中国当代儿童生存和发展现实的调查和研究，积累第一手的数据和资料；还要进一步加强对儿童文化学科发展动向和研究趋势方面的分析、预测和建议，更好地在儿童文化研究的学术园地开拓和耕耘。

（原载2013年2月8日《文汇读书周报》）

关于儿童学学科建设
——2013年5月28日答《中国社会科学报》记者毛莉问

问：儿童学在学科中的位置如何？它归属于哪一学科？其合法性是否已得到普遍承认？跨学科、多范式的儿童学研究格局是否已形成？

答：在我看来，作为一门学科的儿童学本身有广狭义之分。广义的儿童学囊括一切以儿童及其生存要素为对象的研究。这个概念里的"学"，与英语的"study"（即研究）形成直接的对应关系。所以，儿童学在当代英语世界最常见的对位词，便是child study。狭义的儿童学则是指在独立学科建设的语境下，儿童学学科的基础理论建设。

目前看来，国内外对儿童学的学科探讨主要集中在儿童研究的相关领域内，而且处于起步阶段，包括该学科的内在构成、外在边界等在内的许多问题，尚没有形成明确的共识。至于在专业领域之外，人们对儿童学作为一门独立学科的认识就更薄弱了。因此，我个人认为，在传统儿童学研究的基础上，今天的儿童学学科应该进入一个新的建设阶段，即致力于确立儿童学作为一门学科的基础理论体系，为这一学科的真正独立和自觉发展奠定必要的基石。正是考虑到当代儿童学学科建设本身对于传统儿童研究的独特意义，我倾向于从狭义的儿童学范畴来探讨目前的儿童学学科建设问题。

你所说的"跨学科、多范式的儿童学研究"，在广义的儿童学研究中有不同程度的体现。实际上，广义的儿童学概念本身即是一个跨学科研究综合的产物，它主要来自对不同学科领域儿童研究相关成果的综合设想。但在儿童学学科内部，关于跨学科性的探讨主要还停留在基础理论的层面，还远没有真正成为一种普遍和自觉的研究范式。我认为，关于这一研究范式的阐说，是儿童学学科建设的一项重要内容。

问：请您简要介绍一下国内外儿童学在学理上探讨的基本问题与核心概念。

答：在我看来，目前国内外儿童学研究都格外关注以下三个基本范畴：（1）儿童观的问题（包括传统的儿童身心研究）；（2）童年（文化）史的问题；（3）当代环境下的儿童生存与发展问题。但我同时感觉到，当前国外和国内的儿童学研究正表现出一种越来越明显的区别，即国外儿童学研究的独立学科意识并没有国内儿童学研究这样强烈，很多时候，国外（主要是欧美和日本）儿童学实际上即是传统儿童研究的一种综合。相比之下，国内近年的儿童学探讨明显表现出对这一学科的独立身份内涵的认识焦虑。在这一研究区别的事实之下，国内儿童学又格外注重对儿童学作为一门独立学科的基本构架的讨论，这其中的基本问题包括：（1）儿童学的学科身份界定；（2）儿童学的理论体系构成；（3）儿童学与儿童生存现实之间的关系。

问：儿童学的主要研究议题有哪些？近年来各研究议题有哪些突出成果？

答：这个问题与上面第二个问题可能有重叠。就国内的情况而言，近年儿童学研究的一个重要议题，就是儿童学的学科建设问题，其成果突出表现在儿童学学科理论探讨的显在推进上。在儿童学学科的框架共识内，我们的研究者在努力回溯和建构这一学科的历史，努力探讨其可能的学科架构和理论体系。如此强烈的独立学科意识和自觉的学科理论建设，在国外的儿童学研究中恰恰很难见到。某种程度上，我们是在为肇始于西方的儿童学学科做一个空前系统的理论梳理和进一步的理论建构工作。我认为，对于当代儿童学学科的建设及其研究推进而言，这项工作具有根本性的意义。

（本次答问的主要内容见 2013 年 5 月 31 日《中国社会科学报》报道《学者呼吁"使儿童学成为一门独立学科很有必要"》）

我看儿童分级阅读
——2013 年 9 月 10 日答新华社记者璩静问

问：请您谈谈对儿童分级阅读的看法。

答：关于儿童应该读什么，不应该读什么，并不是在今天才成为问题的，其争论由来已久。在童书业发展较早的欧美发达国家，针对童书开展的"分级"（reading level）与"审查"（censorship）探讨也开展得较早，但它所引发的争论似乎并未因此减少。

儿童分级阅读的推行可以部分保障儿童阅读的合适性，但需要考虑两个重要的前提：

一是童书分级标准的科学性。比如：由谁来制定标准？标准如何产生，包含哪些内容？在欧美，一本童书的具体分级取决于出版社、图书馆、学校等机构的不同处理，其标示方法也并不完全统一，有使用年龄、年级、层级（level）等不同标注的情况。但需要强调的是，它们往往拥有比较科学的儿童阅读理论和实践调查成果的支撑，这是分级概念本身得到认可的前提。国内童书分级标准的确立，也需要逐步获得这样的专业支撑。

二是实施童书分级的有效性。这又涉及分级制度本身的权威性，即它在出版界、图书馆、教师、家长等群体中获得的认定。欧美社会成熟的少儿图书馆业（包括由图书馆主办的专业书评杂志）为童书分级标准在父母和公众视野中的认可度提升，做出了较大贡献，并且形成了一些具有覆盖性的童书评价体系。这样，父母在决定孩子该读什么的时候，才会信赖并采用这样的分级。

在以上两点得以保障的前提下，在国内推行童书分级阅读，会有助于改善儿童出版和阅读的纷乱现状。从理想的角度看，一种科学、有效的童书公共分级制度的建立（这需要较长时间的努力），可以在很大程度上提升各个年龄段儿童阅读环境的适宜性。但分级不是立法，阅读也不存在强制。要保障孩子阅读的质量，根本还是要靠提升父母、教师等相关人群的童书素养，并通过对儿童开展有效的阅读指导，使那些好的童书能够尽可能多地进入他们的阅读视野。

严格说来，儿童分级阅读的概念主要不是针对阅读内容的好与坏来说的，而是针对它适合哪个年龄段的孩子。至于对童书中不健康内容的辨别与剔除，实际上应该属于图书审查的范畴。如果说"分级"涉及的是什么年纪的孩子该读什么书，那么，"审查"关注的则是哪些书是孩子不能读的。但由于图书审查这样的事务本身就具有极大的弹性，更何况是针对童书？所以，在欧美，对童书的审查不是强制性的，它往往是由一些来自图书馆、学校和父母的力量组成的儿童阅读审查的自发性组织来完成的，其目的是通过阻断所谓的"坏书"流入儿童阅读的通道，保障和促进儿童阅读环境的健康。和书籍审查一样，童书审查在欧美也有许多争议（比如《哈利·波特》系列当年也曾进入被审查隔离的童书行列），但其观念在父母中普及性较高。而来自父母的抵制无疑会反过来影响相关童书的出版、销售和传播。

顺便说一句，在今天，童书分级和审查的问题不是孤立的。今天的中国孩子除了要面对不合适的童书之外，更面对着大量不合适的媒介产品（比如电影、电视）。要净化当代儿童成长的精神环境，对于各类新媒介产品的及时分级和有效审查，可能是一个更为迫切的话题。

（本次答问的部分内容见新华社北京2013年9月12日电：《聚焦当前少儿出版物市场：莫让少儿读物变"毒物"》）

把最好的书奉献给孩子

——2013年10月5日答《中国教育报》记者却咏梅问

记　者：近几年来，您把相当一部分精力集中在儿童文学选本的选评工作中。从2007年至今，您在明天出版社相继推出了《最佳儿童文学读本》《最佳少年文学读本》《最佳幼儿文学读本》《最佳中国儿童文学读本》四套"最佳"系列，被多地教委列入《小学生课外阅读推荐书目》，请问您为什么对"最佳"情有独钟？

方卫平：编写一套献给孩子的以儿童文学作品为主体的"最佳"读本，这个想法在我的脑海里酝酿了许多年。它的逐渐成形，应该是在2001年我与学术界的友人合作主编《新语文读本》（小学卷）的工作过程中。那次工作对我个人的儿童文学观念产生了诸多影响。也是从那时起，我开始萌生了一个想法，即希望将自己几十年来从事儿童文学专业研究和教学的过程中所阅读到的那些最优秀的儿童文学作品集结在一起，提供给孩子们阅读。我的本意很简单，就是想把那些真正带给我阅读乐趣和感动的"最佳"儿童文学作品挑选出来，与孩子们分享其中的欢愉、趣味、温情、哲理和智慧，也借此为他们提供一种"最佳"的阅读。2008年，《最佳儿童文学读本》三册由明天出版社出版后，受到了许多大小读者的欢迎，这坚定了我最初的信念，同时更想将这一"最佳"儿童文学和"最佳"阅读的理念延续下去。这样就有了后来的《最佳少年文学读本》《最佳幼儿文学读本》，以及今年新出版的《最佳中国儿童文学读本》。四套合计12册"最佳"系列的选文之间没有重复，这是希望能够在有限的读本篇幅内，为孩子们呈现尽可能多的优秀儿童文学作品；也是为了让孩子们在拿到每一套"最佳"读本时，不至于有资源重复的遗憾。我相信，这也是一种对读者负责任的做法。

记　者：在当今，人们的阅读有着多元选择又面临网络、游戏等各种休闲娱乐的诱惑，我们谈论任何形式的纯净阅读似乎都显得有些不合时宜，甚至有些奢侈。在您看来，真正优秀的儿童文学作品不是远离尘嚣的精英艺术，而是能够为所有人欣赏和共享的素朴的经典。今天的青少年会喜欢这种纯文学吗？这种选本与中长篇的整本图书哪个更受欢迎？

方卫平：我想先说明的是，今天的儿童文学，就其文类的本质而言，更多地属于与传统"纯文学"概念相对的"大众文学"范畴。因为它不是一种小众化的文类，而是始终在寻求最大范围地被儿童阅读。因此，优秀的儿童文学作品完全不是我们传统观念中小众化的"纯文学"，而是适合所有儿童阅读的文学作品。但儿童文学的这种大众性、通俗性，却并不意味着它可以在艺术上行一般大众文学和通俗文学的媚俗之实；相反，我认为真正优秀的儿童文学作品，虽然往往采用通俗化的写作手法，但体现的却是一切优秀文学(不论是纯文学还是通俗文学)所共有的那些"经典"元素，比如独特的文学智慧、深厚的人文关怀，等等。这也是所谓"能够为所有人欣赏和共享的素朴的经典"的真正意思。

《最佳儿童文学读本》和《最佳少年文学读本》出版后，我多次从大小读者朋友口中听到对这一最佳系列读本的褒扬。来自许多老师、父母和孩子的热情回应使我进一步确信,真正优秀的儿童文学也会受到孩子们的欢迎。实际上,这些孩子比我们想象中更热切地渴望着读到这样的佳作。由于选本性质和篇幅的原因,上述最佳读本系列收入的主要是一些短篇作品以及中长篇作品的节选。与中长篇的整本图书相比,这类读本在阅读节奏等方面有自己的特点,但两者只要优秀,都会受到孩子们的喜爱,也各有其不可替代的阅读价值。

记　者:您曾在浙江少年儿童出版社推出过《中国儿童文学分级读本》共12册,提出要"重新发现中国儿童文学",摆脱旧的艺术判断标准,重新描画中国儿童文学的另一种面貌。那么,这套最新出版的《最佳中国儿童文学读本》与《中国儿童文学分级读本》有什么不同?对儿童文学作品的评价标准是否有更新?

方卫平:应该说,这两套读本的编选基本理念是一致的,都是想把我认为最优秀的那些中国儿童文学作品(包括短篇与长篇作品节选)集中起来,供孩子们阅读。再要仔细分辨的话,《中国儿童文学分级读本》由于想要探索和落实"分级"的概念,各册作品的入选考虑到了与不同年级和年龄段孩子阅读能力的配合,选本体量也相应较为庞大。《最佳中国儿童文学读本》在选文的体量上则更为浓缩;相应地,艺术判断的标准也有所收紧,其主要的文学宗旨不在于"重新发现中国儿童文学",而在于描绘中国儿童文学的某种最优秀的艺术面貌,进而以这"优秀"的本土儿童文学资源,来滋养今天的童年。

记　者:以前我们看一些选本,常常会觉得大同小异。而这几套"最佳读本"系列,选取的篇目除了传统的名家名篇之外,还有一些并不十分出名但又非常精彩的文章、新作,以及一些成人文学的作品,整本读下来给人"耳目一新"的感觉。具体到篇目的选择,您选择文章的尺度是什么?此读本中,比较有代表性的篇目有哪些?

方卫平:谢谢您阅读中的用心。我想,"最佳读本"系列在选文方面的上述特色,主要是因为我在编写工作中,不是以任何既成的儿童文学史叙述或既有读本的选文为依托,而是完全从我个人几十年来儿童文学的亲身阅读经验出发,以我多年累积起来的对儿童文学的艺术理解为基础,选择我自己阅读视野中那些最具艺术性和可读性的作品——我相信,对于优秀的儿童文学作品而言,艺术性和可读性是统一的。

落实到每一篇具体的选文,"最佳读本"系列选文的一个基本原则,是作品至少在儿童文学美学的某个方面,真正打动了我,让我觉得它以儿童文学独特的艺术方式,写出了一种令人抚掌的情味。它可以是童稚的趣味,或是幽默的机巧,或是人生的智慧,又或者是人情的温暖。这不是来自概念性的比对衡量,而是来自最切身的阅读体验。我的标准是,收入"最佳读本"系列的每一篇作品,都应该令我发自内心被感动乃至发出赞叹。同时,这样的感动并不局限于儿童文学的阅读,成人文学中那些适于孩子阅读的短篇作品,也应该可以收入其中。例如,此次收入《最佳中国儿童文学读本》的一些篇目,小说如刘玉栋的《给马兰姑姑押车》,散文如刘亮程的《老鼠的收成》、李娟的《山羊会有的一生》和《全世界的人都知道我丢了》、王周生的《桥在水上》,都是我从一般儿童文学领域之外的书籍报刊中遇见的好作品。

记　者:在"最佳读本"系列中涉及了童年、人生、人性、社会、命运等最基本的价值命题,具有相当的思想深度和情感力度。而在《中国儿童文学分级读本》的前言中,您还特别提到当前一些儿童文学作品中存在暴力、杀戮等情节，还有不少作品只把儿童设定为一个被否定的、需要教育的对象。为此，您呼吁"儿童文学不要与童年为敌"。请您谈谈童年的阅读对人的一生会有什么样的影响？少儿图书种类有很多，比如文学、科普、艺术、军事等等，什么样的书最适合少年儿童阅读？

方卫平：您提到的儿童文学"与童年为敌"的问题，是我多年来在观察、阅读、思考现当代中国儿童文学历史的过程中，常常深切地感受到的一点。在今天，儿童文学作品成为儿童（尤其是低幼儿童）最常选择的一种阅读资源。而众所周知，这一时期是人的观念、心性等塑形的起点。正如惠特曼所说的那样，一个孩子遇见什么，这东西就变成他生命的一部分。所以说，童年时代的阅读对他来说太重要了，因为这样的阅读涉及的是生命和人性的奠基工作。无数真实的生活经验证明，童年时代能够与优秀的阅读文本相伴，将为孩子当前和未来的生活岁月，提供丰富而长久的精神营养。

当然，童年期的阅读绝不局限于儿童文学。我倡导只要是属于文化的好东西，文学的、艺术的、科学的、历史的著作，等等，孩子们可以什么都读，也应该什么都读，把口味调养得丰富些、宽广些。我这些年常向家长、老师和孩子们推荐比尔·布莱森的《万物简史》（少儿版）。这本科普读物对于宇宙、地球和人类历史的介绍，结合了物理学、地质学、化学、生物学、人类学等学科的丰富知识，渊博的同时又极为深入浅出。更重要的是，它对于各种自然和科学知识的解说，处处体现出一种开阔、大气的人文气象，是把人类的生命和生活放到大宇宙的广袤时空中，来引导孩子深入地观察它、思索它、体验它。这种人文的精神，实际上与文学是相通的。对于拥有这样的精神底子的一切少儿图书，我都鼓励孩子们尽量去阅读。

记　　者：我们知道，您在大学毕业后，曾经从事过两年半的中学语文教学工作。2001年以后参与或独立主编了《新语文读本》小学卷、《新课标语文学本》、《二十一世纪语文读本》等。如今，您把相当一部分精力集中在儿童文学读本的选评工作中。这一切都让我们深深地感受到您对语文教育的满腔热情和责任感。请您谈谈儿童阅读与语文教育的关系？突破当前语文教育困境的瓶颈在哪里？

方卫平：可以说，广义上的阅读是语文教育寻求实现其各种目标的一个基本路径。语文课程的两项基本内容——语言和文学，其能力的培养和塑造，都要通过阅读这一途径。我相信，童年期的阅读促进对于中小学语文教育效果的提升，也具有基础性的作用。当然，在理想的语文教育实践中，语言和文学的习得是一体的。在语言中体验文学，在文学中学习语言，二者难以做事实的分割。对于语文学习来说，课堂所扮演的其实是一个指导性的平台角色，它可以为不同发展阶段的儿童提供有针对性的语文学习。不论语言还是文学能力的真正提升，还要靠课堂之外的大量阅读来支撑。两者相互配合，才能达到语文教育真正想要实现的目的。而当前语文教育所面临的一大困境正在于，除了课堂的学习训练之外，孩子们似乎越来越没有时间进行自由的语文阅读和语文体验。这一问题的成因是多方面的，就显在的外因而言，教育竞争的压力是其一；儿童生活环境，尤其是媒介环境的变迁是其二。今天，孩子用于应试和电子媒介的时间，在不断加剧分割和占用着传统语文教育中属于文本阅读的时间。如何将阅读的时间和权利真正还给孩子，或许是当前语文教育面临的一大瓶颈。

我常常想，对当代儿童文学来说，是不是也存在这样一种责任，即通过将优秀的儿童文学作品引入孩子的阅读视野，唤起儿童对阅读的兴趣，从而在一定程度上弥补语文教育工作的无奈。

记　者：有人说，当前儿童阅读存在严重的"生态危机"，一方面是少儿图书出版飞速发展，另一方面是粗制滥造的书铺天盖地。当全民都在谈论读书的重要性时，教育界一定要思考另一个更重要的问题："今天，孩子们都在读什么书？应该读什么书？"您从事儿童文学教学和研究三十年，对一线中小学师生的情况比较了解，请您具体谈谈。

方卫平：实际上，关于孩子们应该读什么样的书的问题，并不是今天才引起人们的普遍关注，而是童书阅读界长期以来在探讨的问题。但在今天，这个问题的紧迫性得到了空前的凸显。我们也可以说它反映了少儿图书出版和阅读领域的一种良好的趋向，即在"量"的需求得到一定满足之后，我们开始更多地关注"质"的问题。

在针对当前童书"生态危机"的反思中，我们应该看到，从家长、教师到孩子本人，对优秀的童书都怀有真诚的期待。但由于缺乏一个可靠的童书公共评价体系的参考，他们对于如何辨别和选择这类童书，还存在诸多疑惑和无奈。我听许多致力于推进童年阅读的小学老师说起，他们多么渴望有一个可靠的渠道，可以为他们在课堂和课外指导中选取优秀的童书，提供有力的参考性帮助。教师希望孩子读好书，孩子们自己也想读好书，只是在缺乏足够阅读训练的前提下，他们还不能很好地辨别哪些是真正的好书。换句话说，好的童书绝对是有市场的，关键是如何使好书到达教育者和孩子们的手中，并且成为他们阅读视野中的主要部分。

我以为，在未来的童书评判和阅读指导实践中，儿童文学的专业研究者们能够发挥不可替代的重要作用，这也是儿童文学的专业研究直接为当代儿童发展提供服务的契机。我个人也有这样的想法，即通过我目前主持工作的浙江师范大学儿童文化研究院与儿童文学学科的专业力量，撇开一切市场功利因素，完全从童书的质量评判出发，为广大家长、教师和少年儿童编订可供参考的年度优秀书目。

记　者：最近，中宣部等五部门联合发出通知，要求加强少儿出版管理，严厉整治"内容低俗、质量低劣、包装豪华、价格虚高"等问题。社会各界特别是广大家长教师反应强烈。您认为造成这种少儿出版乱象的原因是什么？您对改变这一乱象有什么好的建议？

方卫平：的确，近一二十年可算是少儿图书发展的黄金时代。而与此同时，随着童书市场化进程的拓展，童书创作与出版的伦理问题也被提上了少儿图书监管的日程。造成目前某些少儿出版乱象的原因，与少儿图书带来的商业利益有着直接的关联；而针对少儿图书的传统监管机制的缺位，则间接导致了上述出版乱象的蔓延。在整治童书出版乱象的过程中，来自国家律法的监管和惩治无疑是最有力，也是最具约束力的。近几个月来，我一直在关注国家有关部门针对少儿出版乱象提出的整治措施，也看到了许多针对不良少儿书刊业的令人振奋的国家强力举措。这些举措对于保障少年儿童的文化权益和阅读权益，无疑具有重大的效力和意义。

但仅有政府行为还不够。来自律法的监管和惩治能够将一部分显然只顾追逐商业利益而无视损害儿童身心权益的劣质童书驱逐出出版市场，但它还不能对大量获准进入市场的童书进行艺术质量上的仔细甄别。后者的工作，还需要一个更为系统、专业的童书公共监管平台。

记　　者：少儿出版市场的健康繁荣离不开少儿阅读的大力推广。引导读者读好书，教会读者甄别好书，就可以从终端阻断"坏书"的流通。但由于孩子的判断能力有限，需要家长和老师要有好的"眼光"，那么如何建立或培植人文素养呢？

方卫平：童书评判"眼光"的养成，与一般书籍的鉴赏一样，是一个需要时间培养的过程。对家长、教师和孩子来说，多读童书，尤其是多读好的童书，对于个体判断能力的提升能够起到根本性的促进作用。但在前期阅读经验有限的情况下，大人和孩子也十分需要借助来自专业领域的指导帮助，以使他们能够更准确地判断什么样的书是真正的好童书，好在哪里。这样的专业指导和反思性阅读对于承担着"把守"童书阅读关隘重任的家长和教师来说，尤其富于提点帮助的价值。但归根结底，童书艺术素养和人文素养的培育，是一件属于每个读者本人、也只有他自己才能最终完成的任务。

目前许多关心童书阅读的大人们面临的一大问题和孩子一样，都是阅读的时间不够用。因此，在现行的儿童蒙养和教育体制下，如何给予教育者和孩子更多自由阅读的时间，或许是一个全民性的教育课题。

记　　者：国外在这方面是怎么做的？请您介绍一下。我们从中有什么可借鉴的方法？

方卫平：西方发达国家，像美、英、德、法等国，都十分重视发展少儿图书和儿童阅读的事业。在这些国家，比如美国、英国，童书行业的起步较早，也发展起了一套相对比较完备的少儿阅读保障体系。它主要体现为由来自学校、家庭和公共图书馆的力量共同构成的童书阅读评价和参考体系。除了学校普遍重视儿童阅读的推广推荐，教师也具有较好的童书评判素养外，英美等国的公共图书馆业也有着优良的发展传统，其面向社区的服务能力比较强大，并拥有一些有影响力的童书评论杂志。像美国的《号角书》杂志（创刊于 1924 年），就是一本致力于童书出版资讯普及、评介与推荐的知名杂志。以上两个渠道所提供的有关优质童书的资讯和资源，也为家长们的选择提供了较可靠的参考。此外，在这一氛围下，英美等国的许多家长也养成了自觉的童书审查意识，在面对一些他们认为不适宜于孩子阅读的童书时，他们会为了维护孩子的阅读权益，对这些含有不适内容的童书提出抗议。他们的批评不一定合理，但这会反过来促进学校和公共图书馆对其童书推荐标准的反思。

近年来，国内公共图书馆也获得了较大发展，这其中包括来自官方的支持。我与各地一些少儿图书馆的馆员接触，能感受到他们对这一行业的热情、敬业，以及他们渴望使图书馆更有效地服务于社会的心情。但相比于欧美发达国家同行，他们可以借取的传统和专业资源，无疑还十分有限。近年来，随着儿童阅读推广的拓展，许多学校和家长也慢慢培养着童书优选和推荐的意识。但总体看来，面对愈益庞大和芜杂的童书市场，这些图书鉴别和遴选的力量仍显得分散而薄弱。目前我们要做的或许是把这些分散的力量逐渐整合起来，在公共领域建立起一个公正、有效的童书质量监管、评判和推荐体系。

值得注意的是，在欧美，儿童文学的专业研究力量介入童书公共服务事业，成为这些国家童书优选事业的一大优势，也成了欧美儿童文学研究的一大特点。而在国内，儿童文学研究的社会服务维度还有待开掘。

因此，像我在前面说过的那样，这将会是儿童文学研究面向社会大有作为的时候。对于儿童文学界而言，它本身也会是一件功德无量的事情。

（本次答问的主要内容原载 2013 年 10 月 14 日《中国教育报》）

孩子该读什么书
——2013年10月10日答《光明日报》记者杜羽问

问：在今天童书出版如此活跃的情况下，您认为今天的孩子应该读什么书呢？

答：在儿童阅读问题上，我有一个"最佳阅读"的理念，即要让孩子获得最优秀的童书，以此来促进他们最优质的阅读。当然，对于优秀少儿读物的敏感与准确的判断力，是一个需要较长时间的阅读和欣赏训练才能发展起来的能力。因此，不论对孩子还是家长而言，多读书，读好书，是培养其阅读选择判断能力的一个基本途径。

在今天的现实语境下，尽管从家长、教师到孩子本人，对优秀的童书都怀有真诚的期待，但由于缺乏充分的训练和专业的指导，他们对于如何辨别和选择这类童书，还存在诸多疑惑和无奈。因此，如果我们的社会能够尝试逐渐建立一个公正、可靠的童书公共评价体系，对于当前孩子的读书选择就会有很大的实际参考帮助。

如果要说更为具体可行的当下操作建议，除了参考儿童文学界和语文教育界的一些可靠推荐和指导之外，我建议孩子和家长们尽量选择在少儿出版领域有良好信誉的出版社，并保持对一些经典及品牌出版物的持续关注。通过这样的方式，来尽可能地为孩子选择优秀的出版物。同时更要注意在阅读实践中丰富自我的阅读经验，培养独立的文学判断能力，避免盲目跟从流行风习，而是选择那些真正优质的儿童读物。

（本次答问的主要内容原载 2013 年 10 月 14 日《光明日报》）

关于第三届丰子恺儿童图画书奖
——2013年11月4日答《中华读书报》实习记者白彬问

问：相较于前两届或者与国际、华语范围内的其他类似奖项相比较，您对本次图画书奖入围作品的艺术水准整体评价是怎样的？

答：本届丰子恺儿童图画书奖入围作品，再次展示了华文图画书这些年来持续和多向度的艺术探求。我认为，自2009年首届丰子恺儿童图画书奖评奖以来，历届评选完全是以作品的艺术水准作为唯一的标尺，不做地域方面的照顾；也因为如此，有时就不可避免地会出现获奖作品在地域上的不平衡性。比如2009年首届评奖的三部大奖获奖作品，均出自大陆作家、画家之手；而今年的五本获奖图画书，则均出自台湾作家和画家之手。评奖过程之所以不避讳获奖作品的地域分布偏差，正是为了保持和突显艺术上的公平性。奖项设立者和评委会的一致目标，是发现和鼓励最优秀的华文图画书创作，因此，每届获奖作品也可以看作是对于特定时段内华文图画书艺术高度的一种呈现。从这三届评奖的情况来看，获奖作品的总体艺术层次比较整齐，但每一届又形成了各自独特的艺术面貌。与前两届丰子恺奖获奖作品相比，此次的五部获奖作品除延续了图画书的叙事和插图艺术探索之外，更进一步体现了图画书艺术生态的多样性，其表现对象既覆盖了传统的童话和童年生活题材，又拓展到了生态、残障等更宽广的审美表现领域。

问：您本人对本次获一等奖作品《我看见一只鸟》有怎样的评价？

答：此次获得大奖的《我看见一只鸟》（刘伯乐 文/图），是一本典型的知识类图画故事书，它的科普知识介绍又与一种开阔的生态意识自然地结合在一起。在欧美发达国家的图画书传统中，知识类图画书是一个重要的门类，也出现了大量代表性的知名作品；相比之下，华文世界的同类图画书创作在艺术上还不够成熟。在这样的背景下，像《我看见一只鸟》这样优秀的知识类图画书的出现，是很令人振奋的。作品以一个孩子的发现和她与母亲之间的问答来呈现和介绍台湾大坑风景区的若干鸟类，从知识类图画书的角度来看，其叙事设计颇见巧意，插图则巧妙融合了西方水彩画与中国画的画风，画面中的花鸟兼有图鉴画与艺术画的双重效果。这样的儿童图画书所做的，不只是简单的自然和生物知识介绍，更是在把现代童年带回它日益远离的那个自然生命世界。这一点，也是我个人特别欣赏和看重的。如果作品插图中对于各个鸟类的形体特征描绘的确够精准的话，可以说，这是我看到的华文图画书中一本颇具经典感的知识类图画书。

问：您对目前整个华文原创图画书的现状做何评价？您认为目前华文图画书与世界一流水平相比是否还存在较大差距？若存在，是什么原因所致？若不存在，那么您认为是什么因素支撑起华文图画书的创作，从而使得其能够在世界范围内占有一席之地？

答：近年来，我们的创作者、出版者和读者对于原创图画书的热情正被全方位地点燃，原创图画书的艺术拓展和推进也显而易见。尤其值得一提的是，我们的一些原创图画书也开始在欧美发达国家引起艺术上的关注与认可。比如第一届丰子恺奖大奖作品《团圆》，就获得了《纽约时报》的年度最佳童书推荐。当然，原创图画书要跻身世界一流图画书艺术的行列，还有很大的努力空间，这其中包括从童年观、文化观到故事艺术、插画艺术等各方面的提升。依我个人的考察，目前看来，童年观和故事艺术这两个因素的差距最为明显，它们也在很大程度上决定着原创图画书的艺术突破。但我一直认为，思考华文图画书与世界优秀图画书之间的差距，最终不是为了任何文化上的比较或竞争，而是为了在我们自己的语言和文化层面上，实现图画书最优秀的艺术可能。要做出杰出的图画书精品，我们要向世界上最优秀的那些图画书看齐，这个道理对任何一个国家的原创图画书事业来说，都是一样的。

（主要访谈内容见 2013 年 11 月 6 日《中华读书报》）

"处境不利儿童"及其研究现状

——2013年11月11日答《中国社会科学报》记者张清俐问

问:"处境不利儿童"作为学界通行的界定,通常包括哪一类研究对象?当前对这一类特殊处境儿童的研究的重要意义体现在哪些方面?

答:在现代儿童福利促进事业的语境中,"处境不利儿童"(disadvantaged children)是一个所指比较宽泛的概念,它可以指由于各种原因身处弱势的一切儿童,其"弱势"体现在生理、经济、教育、文化等各个方面所遭受的不平等性上。因此,严格说来,"处境不利儿童"不是一个群体,而是多个弱势群体的合称。通常情况下,家庭背景与经济能力是导致儿童"处境不利"的基本因素,它直接导致了儿童在教育上的"处境不利",后者又直接影响到儿童全部成长过程,并很可能导致他成年后的"处境不利"现实。因此,在学界关于"处境不利儿童"的探讨中,教育平等的问题是最常受到关注的话题之一。它也是目前国内外"处境不利儿童"研究中成果最丰富、研究最深入的一个领域。

如果说儿童是社会的弱势群体,那么"处境不利儿童"则是弱势中的弱势。对于"处境不利儿童"的关注,体现的是现代社会的公义理念和平权意识,而在最根本的层面上,它实践的是一种人文社会的理想。随着现代儿童研究事业的不断推进,针对"处境不利儿童"的研究也越来越引起学界的关注。在知名的学位论文数据库 Proquest 中输入"disadvantaged+children"的检索条目，有四百多条检索结果，其中包括大量博士学位论文。

问：据您了解，国内该领域研究工作主要研究内容有哪些？就您本人来说，开展了哪些研究工作？

答：目前针对"处境不利儿童"的研究主要包括以下两个方面：一是"处境不利儿童"的身心研究，包括特定的"处境不利儿童"个体或群体的身体、情绪、动机、行为、能力、自我认同等方面的研究。二是"处境不利儿童"的环境研究，包括家庭环境、教育环境、社会环境等。与一般的儿童研究相比，针对处境不利儿童的身心和环境研究有着明确的问题意识，即揭示导致特定群体儿童处境不利的各方面原因，进而提出改善其处境不利现状的对策与方法。

在我主持的《中国儿童文化研究年度报告》系列工作中，针对"处境不利儿童"的研究是一个持续的关注点。这里的关注既包括弱势儿童的法律保护、教育公平等普遍话题的探讨，也包括针对本土化的流动与留守儿童、农村儿童等问题的研究和讨论。从目前中国的社会现状来看，流动与留守儿童作为一个庞大的"处境不利儿童"群体，其现实处境、身心成长、教育发展等问题，应该成为中国"处境不利儿童"研究的一项重要内容。我在前面已经说了，"处境不利儿童"是一个复数的概念，它包括各类不同的弱势群体，这些群体之间又常有交集，比如农村儿童与留守儿童，城市儿童与流动儿童，残障、智障儿童与低收入家庭儿童等，这种多重不利处境的情况在当前的中国社会尤为典型。显然，当代儿童生存处境的复杂性也增加了"处境不利儿童"研究的复杂性。

（主要访谈内容见 2013 年 11 月 15 日《中国社会科学报》）

呼唤独立、纯粹的批评精神

——2014年4月8日答《文艺报》记者李墨波问

近日,《红楼儿童文学对话》由明天出版社出版。这本书是浙江师范大学儿童文化研究院主办的10场"红楼儿童文学新作系列研讨会"的现场实录,收录了彭学军、张之路、殷健灵、沈石溪、毛芦芦、汤汤、萧萍、李姗姗、陈柳环、林芳萍10位儿童文学作家的作品研讨会纪要,以及他们在会后的感受和思考。

通过努力,研讨会逐渐形成了一种独特的批评风气和氛围,与会者注重文本,直言不讳,指出缺点,提出问题。正如主编方卫平所说,这些研讨会旨在恢复"批评"一词在儿童文学艺术评判和鉴赏中的基本批判功能,而这一功能的核心,乃是一种独立、坦率而有见识的批评精神。

回归批评的基本职能

记　者:您在这本书的序文《向"批评"致敬》中,提到了组织红楼研讨会的缘起,并谈到试图通过红楼研讨会,尝试建立起一种学院批评体制。红楼研讨会在启动之初就带着自己的抱负和理想——追求一种独立纯粹的批评风气和氛围,这其中也蕴含着一种对现状的不满,所以才希望改变。那么,您认为当下的儿童文学批评存在哪些问题？

方卫平：在红楼启动一系列倡导真正的批评精神的儿童文学研讨会的念头，源于我多年来对儿童文学批评所抱有的某种信念和期望，说实话，也源于我对儿童文学评论现状的某种观感。记得2000年5月，中国作协在北京的国家行政学院组织召开了一次全国儿童文学创作会议，我在那次大会上的发言题目是《批评的挣扎》，其中谈到了儿童文学批评存在的问题，一是批评资源的相对匮乏，二是现实的批评环境缺乏动力和活力，三是批评智慧和批评勇气的缺乏。我特别提到，今天，面对许许多多新的、具体的文学现实时，批评者的智慧和勇气格外缺失。这种缺失既与现实文学环境的引导有关，更与批评者的自身品格、动机等的懦弱、功利、苍白有关。

记　者：所谓学院批评体制，具体包含怎样的内容？具有怎样的特征？它能给当下的批判现实带来些什么？

方卫平：在举办红楼研讨会之前，有感于我们这个时代的学术研讨氛围的走样，我曾经跟几个朋友交流，想利用浙师大这个偏僻、相对远离话语中心、相对超脱的环境与平台，尝试建立一种学院的学术研讨体制。所谓学院研讨体制，从表面看，是由大学的学术机构组织或主导的研讨活动；从内在的批评立场与批评态度来说，则是一种保持了与学院身份相符的、相对超脱的学术身份和心态，发挥学院所应该具有的独立、严谨、坦诚、纯粹批评精神的学术探讨制度。

我在这里所说的学院批评体制，并不是一个严格的批评群体或批评模式的概念，它主要是指以大学专业教育和研究背景为依托的文学批评活动。相对于一般的媒体批评、会议批评，学院批评往往具有较强的理论性、专业性支撑，又得益于学院本身相对单纯的研究环境，其批评较少受其他社会因素的干扰和制约，而体现出批评的纯粹性。我在提出建立学院批评体制的想法时，其实是想在学院批评的平台上探索这样一种儿童文学批评的可能性：第一，我们要倡导一种专业的批评，这种批评需要建立在扎实的文学理论功底和文学分析能力的基础之上；第二，我们要倡导一种纯粹的批评，这种批评应该抛开其他非文学功利因素的干扰，而只从文本的细致解读出发，专注于发现文学自身的真实问题。我认为，这样一种学院批评的平台和传统的建立，既有利于改善当前的儿童文学批评生态，也能充分发挥大学内的儿童文学专业教育对于儿童文学创作和传播现实的实践介入功能。

对于我来说，"红楼儿童文学新作系列研讨会"的策划与推动，正是希望依托浙江师范大学儿童文化研究院这样一个相对单纯的学院学术平台和浙师大儿童文学学科的学术积淀与传统，来尝试并倡导一种独立、纯粹、真诚、直率的批评风气，营造一种恭敬、开放、自由、包容的批评氛围。我把这一批评实践，视为一种学院批评体制的建设与尝试。

我认为，要使儿童文学批评活动真正抵达批评应有的价值和境界，就必须恢复"批评"一词在儿童文学艺术评判和鉴赏中的基本批判功能。而这一功能的核心，乃是一种独立、坦率而有见识的批评精神。在儿童文学创作和出版空前兴盛的今天，对这样一种批评精神的坚持和召唤，更应成为批评对于文学的一种道义与承诺。

同时，我也想澄清一下，把批评的功能等同于有意挑刺、说坏话，这同样是不准确的。在文学和哲学的语境中，"批评"

一词的本意不是挑毛病,而是对语言作品展开有理有据、系统有序的鉴赏和分析。这样的批评行为是独立的,它建立在批评者的文学修养和批评能力之上,既说出作品的好,也说出作品的不好。假使一部作品只有"不好",它绝不虚夸个中之"好"或掩饰其中的"不好"。这里面要有学养,要有眼光,要有激情,要有理性。事实上,只有在这样的批评标准下,批评本身的有效性、准确性才能得到保障。

记　者:目前的儿童文学创作和出版市场都空前繁荣,面对如此火热的儿童文学现场,儿童文学批评又应当如何定位自我,以及起到什么样的作用?在市场经济的冲击下,儿童文学批评如何保持自己的纯粹性和独立性?

方卫平:儿童文学的创作和出版市场越是火热,我们就越是需要冷静、理性的批评声音,来帮助我们辨清哪些是真正有价值的内容,哪些则是"虚火"。说得形象一点,批评的功能是给文学把脉。在各种各样的文学发展境况下,批评始终致力于把文学的机体调到一种正常的体温和最佳代谢状态中。今天,身处儿童文学的繁华之境,我们很容易"不识庐山真面目,只缘身在此山中"。理想的儿童文学批评则可以起到指南针式的作用,不论周遭环境如何变化,它总可以帮我们辨识准确的方位,指出我们将要行进的方向。当然,我在这里说的是理想的儿童文学批评。每一个具体的儿童文学批评行为不一定能到达这一批评的理想,但从批评的本质来说,它必须循着这个方向去努力。

但这恰恰是今天的儿童文学批评格外缺乏的一种精神。在前面提到的《批评的挣扎》的发言里,我曾谈到当时儿童文学批评的某种尴尬而悲哀的现状:儿童文学批评挣扎在这个时代的边缘,挣扎在儿童文学变迁的时代潮流之中;批评在一个很短的时期里正在沦落为这个时代儿童文学话语场中的一种"话语点缀",而不是像一些人所想象的那样,它拥有这个时代儿童文学的"话语霸权"。十多年过去了,情形也许并没有太大的改变。在市场和"媒体批评"主导的局面下,许多批评活动更进一步成了文学市场宣传的途径与器具。这对批评不利,实际上对文学自身更不利。

"红楼儿童文学新作系列研讨会"想要突破批评的这一尴尬局面,想要使儿童文学的批评摆脱市场、经济因素的捆缚,回归批评应有的单纯职能。这里的"单纯"一词并不意味着儿童文学批评应当无视当代儿童文学发展面临的各种新境况、新问题(比如无所不在的市场化元素),固执地担当传统文学标准的卫道夫角色。相反,当代儿童文学批评必须给予市场等因素以充分的批评关注、思考和回应。但与此同时,儿童文学批评的终点绝不是市场的或经济的逻辑,而是这一文类自身的文学的逻辑、艺术的逻辑,以及人文精神的逻辑。换句话说,儿童文学的批评既要紧跟时代的发展步伐,又要越出时代的局限,去发掘和追踪那个更深厚、更恒久的童年和文学的精神。

对这一批评精神的坚持,既依赖于批评者本人的勇气和智慧,也依赖于一种良好的批评风气和氛围的营造。两者都是"红楼儿童文学新作系列研讨会"尝试推动的事业。

记　者:通过这些尝试和探索,您认为儿童文学批评面对作品可以批评什么,应该如何批评?

方卫平:应该说,批评本身是自由的。只要有标准、有道理,儿童文学文本的任何一个方面都可以拿来作为批评的对象。

这一点在红楼系列研讨会上得到了充分的实践。迄今为止，我们针对作品的批评囊括了文本内外构成的各个方面，比如艺术的方面，从题材、情节到语言、叙述，无所不能谈；再比如文化的方面，从历史细节的真实性到性别话语的问题等等，只要言之有理，都无所顾忌。

这一自由的批评碰撞，既是针对具体文本的鉴赏评判，同时也触及了儿童文学的一些普遍而重要的艺术问题，比如儿童文学长篇结构的问题、本土魔幻儿童文学的原创力问题、儿童诗与儿歌的艺术分界问题。它同时也带来了一些有趣的儿童文学创作思考。比如，在殷健灵的小说《1937·少年夏之秋》的研讨会上，与会者们谈到了历史真实性的问题，一些年岁较长的研究者提出了对那个年代某些生活细节的更真实的亲身体验。实际上，作家本人在准备小说写作时，已经做了大量史料的搜集、阅读和消化、吸收的工作，但通过与历史的亲历者们对话，过去生活的感觉变得更鲜活、更真切、更有质感了。

记　者：批评的自由应该也有它的边界，这个边界决定着批评本身到底能否实现它相对于批评对象的价值。

方卫平：上述批评的自由还有两个重要的前提：第一，一切批评必须建立在文本细读的基础上。这也是我们最初决定每场研讨选择一部新作作为批评对象的原因之一。针对一部作品展开研讨，既能保证充分的阅读时间，也能保证批评的言之有物。我们坚持没有文本的细读，就没有发言权，不允许随手翻来，信口胡说。这也形成了一个有趣的现象，就是在研讨会之前，一些读完作品的师生在红楼偶遇，就开始忍不住交流彼此的阅读经验、感受和看法。第二，一切批评建立在平等的对话关系之上。这不仅表现在批评者与作者之间的平等交流关系上，也表现在批评者与批评者之间的平等对话关系上。

的确，批评本身也有价值有无及高下的区分。通过红楼儿童文学对话，我们不但倡导批评的率真精神，而且倡导有价值的批评。这一价值主要体现在三个层面上：第一，相对于作为批评对象的单个儿童文学作品而言，它能够较为准确地诊断并指出这一文本的艺术长处与艺术问题。第二，相对于作为一个文类的儿童文学而言，它能够将文本性的分析考察进一步上升到与儿童文学密切相关的各类艺术话题上。第三，相对于儿童文学背后的那个文化传统而言，它能够带领我们超越艺术表现的技法维度，抵达童年精神哲学的文化高度。在红楼对话中，我们接受和容纳每一种负责的批评意见的表达，但与此同时，我们也倡导更高的批评价值的实现。这实际上对批评者本人的理论水平、鉴赏能力和批评素养提出了挑战。

建立批评和创作的良性互动

记　者：在红楼系列研讨中有一个有意思的现象，就是作者本人在场，面带微笑坦然接受大家"面目狰狞"的批评，其实有追求的作家更乐意听到真实的意见。您认为作家和批评家之间是怎样的一种关系？

方卫平：创作和批评是现代文学体制的两个基本维度，它们的工作既相对独立，又密切关联。创作与批评之间的关系，不像我们一般所想的那样，先有文学创作，后有文学批评，创作支撑批评，批评则指导创作。事实是，在一切现实的文学创作活动中，都天然地包含了一定的文学批评观念和思想，正如在一个优秀作家的身上，一定会同时表现出优秀批评家的某些素养和气质。我们看那些伟大和重要的作家，从托尔斯泰、巴尔扎克到博尔赫斯、米兰·昆德拉，到中国的鲁迅、老舍、莫言、王安忆、张炜、余华等等，都有属于他们自己的深刻的文学批评思想，他们既贴近作品又深入作品的文学诠释和解读，也往往体现了文学批评的最高境界。有鉴于此，诺贝尔文学奖得主、诗人艾略特甚至认为，最称职的批评家，就是身兼批评家身份的优秀作家。

因此，作家和批评家的关系不是分离的，更不是对立的，不是前者生产文本，后者批评文本，彼此互不干涉。相反，批评的在场本身就是对创作的一种介入，它或许不能改变一个既成的文本，但它所提出的合理的文学见解和深入的艺术思考，一定会反过来给创作提供重要的营养。我们可以说，批评离不开创作，创作同样离不开批评。所以，我在《红楼儿童文学对话》一书的序言中这样写道："不论创作还是批评的'高明'，都不能仅仅仰仗天赋的才能，很多时候，作家不但需要在创作中提升自己的批评素养和洞见，也需要从批评中吸收文学和艺术鉴赏的养分。"

记　者：但创作与批评毕竟还是两种独立的文学活动。

方卫平：这正是我想进一步强调的。作家与批评家的工作既不可分离，又是相对独立的。在这里，"独立"的意思，是指不论作家还是批评家，都是在独立从事创作和批评的事业。批评家的批评工作不受来自其他任何因素的制约或挟持，包括作家的身份、地位等等。作家应当尊重批评工作的这种独立性。反过来，批评家也要尊重作家的工作。这种尊重不表现在任何恭维逢迎的姿态上，而是表现在批评工作本身的称职度上。批评家对作品的批评越是认真、谨严、独立、深入，就越是以这样的方式，表达着对作家创作的最高尊重。也就是说，批评的独立性并不意味着批评者可以胡乱挥舞批评的指挥棒，它是建立在批评工作的可靠性基础之上的。

记　　者：您从红楼对话中，是否看到了作家和批评家之间的这种良性互动？

方卫平：是的。你完全可以想象，阅读一篇针对自己作品的批评文章，和坐在现场聆听来自一群批评者的直接批评，感受完全不同。作家张之路在为《红楼儿童文学对话》一书所写的专文中不无幽默地写道："说实在的，现在的许多作家，包括儿童文学作家，听赞扬的好话习惯了，心里变得有些娇嫩。不要说听批评的话，就是表扬的话不够热烈，心里也是不舒服的。"张之路先生评价红楼研讨会"带着一股锐气，一种青春的凌厉之风"。我相信，红楼系列研讨会也让我们更深地体会到了参与红楼对话的儿童文学作家的胸怀。这胸怀是一种为人的素养，也是一种专业的素养。很多时候，为了尊重批评，他们要包容自己并不认同的一些观念和意见；有的时候，他们也会忍不住从沉默的聆听中走出来，与批评者直接交锋。但所有这样的交锋都是在平等的学理探讨和对话氛围中展开的。每次研讨会，我们也会为作家留出一些时间，让他们表达自己的看法、意见，回答批评者提出的一些问题。

记　　者：红楼系列研讨"远离中心，偏居一隅"，保持了批评的独立和纯粹。不过，这样深居高校的批评，是否也容易自我封闭，从而逐渐丧失批评的活力？或者因为不够丰富和开阔，而变成一件小众的事情？

方卫平：这一点值得我们警惕。"远离中心"是一个具有双面性的姿态。一方面，像你说的，通过保持相对于主流批评的边缘身份，有利于我们坚持批评的独立性和纯粹性。另一方面，如果批评活动在其边缘性的身份中变得过于理论化、精英化，远离创作的实际，必然也会损害批评本身的价值实现，甚至使之仅仅成为某种作秀的姿态，那就没有意义了。

所以，整个红楼系列研讨会在保持批评独立性的同时，一直十分注重与当下儿童文学创作和出版现实的对接。比如，进入研讨会的作家，都是当前十分活跃和优秀的儿童文学作家；而我们之所以选择他们的新作作为研讨的文本对象，也是为了更好地实现与当前儿童文学的创作现实和儿童阅读现实的对接。同时，在作品文本的选择上，我们也有一定的考虑，一般更倾向于选择具有当下议题性的作品。已经落幕的14场研讨，覆盖了儿童小说、童话、诗歌、儿歌等各个主要文体领域，也涉及魔幻、历史、战争等各类流行或新兴的儿童文学表现题材。你提到的批评的丰富、开阔和活力，正是我们在尝试探索和建立学院批评体制的过程中追寻的内涵。我相信，对儿童文学来说，真正有效的学院批评一定能够使自己的能量向外发散开去，影响儿童文学的创作现实。

记　　者：这样的一种批评精神和批评风气的追求，具体怎样落实到操作细节上，能否具体谈一下？

方卫平：这可以分为两个层面：一是专业层面。从研讨作家和作品的选择，到会前的作品研读、准备，再到与会者之间的碰撞、交锋等等，我们都严格按照专业、扎实、平等、恭敬的态度去实施。例如，被研讨的作品在当下要具有代表性、话题性，以保证研讨会的前沿性和专业性。

二是伦理层面。如在发言的安排方面坚持不论资排辈，不依长幼为序，而鼓励对研讨作品有准备、有感受、有思考的批评者自由表达意见。研讨会一律不发礼品，一律没有审读费，一律不搞与会者会后的吃吃喝喝。

记　　者：最近的一场红楼研讨会，将首次尝试"批评前置"的研讨方式，这样一种新的作品研讨模式有何意义？

方卫平：下个周末，我们将与上海的少年儿童出版社合作，举行第15场"红楼儿童文学新作系列研讨会"。与此前的14场研讨会相比，这场研讨会有一个新的尝试，它的研讨对象，是上海作家谢倩霓新近完成、尚未出版的一部少年小说作品。这将是红楼研讨会首次以未出版的作品作为研讨对象。我们将在这次研讨中尝试批评前置的研讨方式，即批评者针对未付印的儿童文学作品文稿展开研讨，而他们在研讨会上提出的意见和建议，也可能直接影响作家对作品的修改。

之所以会有将批评前置的想法，与此前研讨会上一些作家发表的感慨有关。有作家在开完研讨会后表示，要是能够在作品出版前听到一些有益的建议，就能更好地完善作品，减少遗憾。现在，我们尝试着把这一想法变成现实，也尝试着把批评与创作的真正共融变成现实。这或将是红楼儿童文学系列研讨会的又一个新的起点。

（原载2014年4月11日《文艺报》）

关于新少年作文大赛中忧伤苦闷写作现象的思考
——2014年4月9日答《钱江晚报》记者朱平问

记　者：在第二届新少年作文大赛中，我们发现孩子们表达的情绪，忧伤苦闷明显多于轻盈明快，而且他们对这种情绪的拿捏还很到位，并非简单机械地发牢骚。作为儿童文学专家，以及两届新少年作文大赛的专家评委，对于这样的少年文字，您是怎么看的？

方卫平：谈论当代青少年的写作现象时，我们有时把忧伤苦闷风格的少年写作称为"秋意写作"现象。这一现象的出现，首先与少年在成长期遭遇的生活迷惘感有关。我们知道，青春期是少年身心发展的飞跃期，也是少年自我身份感建构的关键期。这一时期，少年生活的复杂性开始提升，少年对日常生活的敏感度也大为增加。面对这样的现实，少年的心性因敏感而变得趋于伤感，也倾向于在文字中表达这一伤感的情愫。这里面有点辛弃疾说的"少年不识愁滋味，为赋新词强说愁"的味道，但又不仅仅是"强说愁"那么简单，因为对少年来说，他在此时此刻体验到的"愁"的生活情绪，的确是真实而可感、深切而丰满的。

我们需要充分理解这一少年写作的现象。实际上，少年能够用细腻的笔触来描写他们成长中的这种情感体验，这本身也是少年的感受力和表达能力开始发展成熟的标志。与此同时，成人也应当给予这一少年写作趋向以适时的引导，以使少年不至于过多地沉溺于伤感的成长情愫中，而是在发展自我生活感受力的同时，也建立起对生活更为阳光、积极的认知。这种"阳光"不是要让少年重新回到简单的童稚时代,而是为了带少年进入一种更有力量的生活。

(主要访谈内容见 2014 年 4 月 11 日《钱江晚报》)

视像化对儿童文学是祸是福?

——2014年4月21日答《人民日报·海外版》记者刘凯佳问

记　者：在当今网络影视发展的情势下，您对儿童文学的趋势有怎样的看法呢？

方卫平：一个很有趣的现象是，在网络影视显然不断挤压着人们阅读空间的总体环境下，儿童对儿童文学的阅读热情非但没有下降，反而在不断上升。这可以从近年儿童文学类读物持续攀升的市场销售佳绩中得到一定的证明。这一现象的原因是多重的，其中有一点，那就是儿童对儿童文学的阅读似乎怀有天然的兴趣，儿童文学也成为他们在初入世界的时候借以体验世界、认识生活的基本媒介。而这类阅读在今天又能够得到家长和教师的普遍支持。因此，就外部环境而言，我认为当代儿童文学实际上面临着难得的发展机遇。

记　者：您认为该怎样提升儿童文学的吸引力，让儿童读者更加有兴趣投入文学作品的阅读中去？

方卫平：一句话，写出优秀的儿童文学作品。事实证明，那些在文学上真正具备经典感的儿童文学作品，总是能够吸引儿童读者的兴趣。我倒要强调，儿童文学不要仅仅以追求吸引儿童的兴趣为目标，而应当更进一步，把儿童读者的兴趣和儿童文学更高的艺术追求结合在一起。在儿童文学的阅读中，孩子能够进入一个美的世界、一种丰富的有品质的阅读生活中。

记　者：关于数字文化对儿童文学的冲击，您有什么看法？

方卫平：在数字文化背景下，儿童文学一方面努力抵抗着来自数字媒介的冲击，另一方面也在尝试寻找与数字媒介相结合，以更好地实现自我发展和传播。这两者都是儿童文学在今天面临的重要发展课题。思考数字时代儿童文学的命运，我们也要同时考虑这两个正负方向的可能。儿童文学不是要完全对抗数字文化，也不能无原则地投入数字文化的怀抱，而应在两者之间努力探寻最佳发展路径。

记　者：如今网络发展迅速，大量的动画、视频、游戏让儿童市场丰富多彩，儿童文学的刊物似乎没有受到这种热捧，对此您认为该如何应对这一现象？

方卫平：其实市场上也有不少受到热捧的儿童文学期刊和读物，比如，儿童文学的超级畅销书就是近十余年间才开始出现的现象，它们在儿童群体内有着不逊于动画、游戏等的强大影响力。关键是，儿童文学不但需要畅销，更需要真正优秀的作品，而畅销并不必然等同于优秀。因此，对儿童文学来说，文学层面的思考和追求是更重要的。其实，一切儿童文化产品，不论是儿童文学、动画还是影视、游戏，都应有它有的艺术标准和文化伦理，在能出好作品的前提下，它们都能为儿童的发展贡献一份艺术和文化门类特有的力量。

（本次访谈主要内容见2014年5月27日《人民日报海外版》）

世界童书出版的多元风景
——2014年4月21日答《文汇读书周报》记者顾军问

周 报： 方老师，三月下旬您参加了意大利博洛尼亚童书展。该童书展是目前世界规模最大的专业童书展览，自1963年设立以来，每年举办一届。您觉得对于参展者和观展者来说，这个童书展的主要功能和意义体现在哪里？

方卫平： 博洛尼亚童书展首先是一个世界童书版贸交流的大平台，它为来自世界各地的出版机构提供了童书版权售买的集中性的交易平台。除了展出代表出版物并提供新书版权书目供参展者浏览挑选外，许多出版机构往往在书展期间安排了版贸方面的各类约谈。走在展馆中，我的一个强烈的感觉是，一些享有盛誉的童书出版机构展台，比如哈珀·柯林斯、兰登、企鹅等品牌出版社，版贸约谈和洽谈的气氛往往也是最热烈的。对这些出版社来说，它的童书出版的品牌、声名与它的童书品质之间，已经形成很好的良性循环。除此之外，书展更有大量规模适中甚至较小的出版社，也各有其精品的童书以及儿童文艺产品。童书作家也可以个人身份与出版社约谈创作的合作。有些作家（群）为了宣传自己的创意，甚至会在相关出版社的小区独辟小台，向参观者介绍作品。总的来说，我们从博洛尼亚书展见到的是世界童书出版的多元风景。

此外，我认为博洛尼亚童书展同时还是童书艺术交流和观摩的世界平台，以及童书重大奖项揭晓的世界平台。正是这一多重的身份，使博洛尼亚童书展超越了纯粹的版贸交易平台，而成为重大的全球童书文化盛事。

周　报：这个"多重身份"的定位很有意思，您能展开来具体谈谈吗？

方卫平：好，我们先来看书展上的童书艺术交流和观摩。参观各个出版机构的展台，翻看这里展出的各类童书，对作家、出版社等而言，本身就是一种了解世界童书发展状况和趋势的绝佳途径。还有一些从事童书工作的协会和机构，比如著名的国际儿童读物联盟及其分会，慕尼黑国际青少年图书馆，一些国家或地区的作家、艺术家协会等，也在书展设立展台，这样既能促进自己与同行间的交流，也可为参展者提供专业交流的机会。

同时，主办方还借书展的平台，开展各式各样的艺术交流活动。比如，书展大厅设有博洛尼亚插画家展，展出各国出版机构及插画家本人等送交的经过评审挑选的插图原作，从这一展览可以看到世界童书插画艺术的最新发展趋势。再比如，本届书展设有四个咖啡角：作家咖啡角、画家咖啡角、翻译家咖啡角和电子咖啡角。我们知道，"咖啡角"是欧洲传统中一个重要的思想和文化符号。书展举行的四天里，每个咖啡角都安排了一系列的专业交流和主题探讨活动，参展者可根据活动的主题，自由参加感兴趣的活动。此外，一些出版社展台也有这类活动的专门安排。

周　报：那么，在书展上公布的重要童书奖项又有哪些？

方卫平：目前全世界最重要的两个国际儿童文学奖项，一是国际安徒生奖，二是林格伦纪念奖，都是在博洛尼亚童书展首次或同步揭晓结果。今年的国际安徒生奖发布会上，评委会主席玛丽亚·耶稣·基尔宣布了新一届的两位获奖者，分别是日本作家上桥菜穗子和巴西画家罗杰·米罗。林格伦奖的发布有些特别，是将发布会与远程直播的形式相结合，在书展现场同步直播瑞典斯德哥尔摩国家图书馆宣布本年度林格伦纪念奖的实时现场。今年的获奖者是瑞典作家巴布洛·林格伦。两个奖项的发布都吸引了许多参展者的关注，也是书展的重要宣传点。此外，博洛尼亚书展还设有自己的一些奖项，在每届书展上评审、公布。

周　报：我注意到国内的相关报道，中国的少儿出版在今年的书展上表现也很突出？

方卫平：应该说，中国身影在博洛尼亚童书展的出现已有多年，但今年给人的印象的确更为突出。首先是中国少儿社展区的规模和设计，均十分亮眼。展区与哈珀·柯林斯、兰登、企鹅等大社的展台集中安排在26号展厅，参展社大多为本社的品牌畅销童书制作了精美的英文图书。这里面既有图画书，也有一批原创长篇儿童小说和童话的英译节选，以供参观者翻阅了解。

其次，书展期间，中国展区不但有国外出版社和出版人前来洽谈版权事宜，也举办了一些层次较高的国际交流活动。比如，3月26日中午，中国少儿出版社组织了名为"好故事 一起讲"的童书阅读、创作交流活动，除中国的作家和出版人外，也邀请了包括书展第一天最新公布的国际安徒生奖插画奖得主罗杰·米罗在内的一批国外嘉宾参与活动。3月26日下午，由我担任主编的安徽少年儿童出版社"国际安徒生奖大奖书系"首发仪式在作家咖啡角举行，邀请了国际儿童读物联盟主席卡鲁丁先生、本届国际安徒生奖评委会主席玛丽亚·耶稣·基尔女士、中国少年儿童出版社社长李学谦先生等国内外嘉宾与会。该发布会也吸引了在书展现场的国外同行的关注。巴西儿童文学作家、2000年国际安徒生奖作家奖得主安娜·玛丽亚·马查多女士，慕尼黑国际青少年图书馆馆长克里斯蒂娜·拉比等得知发布会的消息，也前来参加。

不过，总体说来，在这样的国际盛事上，中国的发声还有很大的提升和努力空间。

周　报：去年11月，在上海也举办了首届上海国际童书展。您觉得博洛尼亚童书展对于我们本土的国际童书展而言，有些什么样的经验和启迪值得借鉴？

方卫平：我有幸参加了去年的上海国际童书展。从博洛尼亚童书展归来，关于书展未来的规划我自己也有些想法。一是如何把它做成一个融童书的版贸交易、文学与艺术交流活动等为一体的综合性书展。这一点上海国际童书展从一开始就考虑到了，但还要进一步考虑如何把交流的话题设计得更前沿，把交流活动安排得更专业，并且逐步赋予书展一些具有辨识力的文化事件和符号。比如，逐步把一些具有影响力的中国、亚洲乃至世界童书界的重要活动（包括奖项）纳入书展的平台里，使人们一想到这些活动，就会把它们与书展联系在一起，也想到借书展的平台来展示更多的童书出版成果。二是如何把它做成一个真正具有国际性的书展。在现阶段，这个任务面临着来自语言、地域、文化等层面的多重隔阂，但我们还是要尽力去做。随着童书展国际化程度的提高，其国际影响也会逐步提升，这一结果又反过来促进书展的国际化，形成一种良性的循环。三是如何在国际化的童书交易和交流背景上，凸显中国童书的地位。实际上，在今天，许多国外同行都迫切地想要了解中国童书的现状。比如，今年年初，我就接到慕尼黑国际青少年图书馆的约请，写了一篇介绍三十年来中国儿童文学发展状况的长文。这篇文章将在该馆主办的《图书城堡》杂志发表。这样的介绍是国外同行了解中国童书的渠道之一。当然，归根结底，中国童书和童书展的国际影响力高低，还是要看我们能否做出令国内外同行都喜欢和欣赏的童书产品，能否建立起世界性的童书品牌。

（原载 2014 年 4 月 25 日《文汇读书周报》）

在"红楼",直面批评

——2014年8月25日答《文学报》记者金莹问

"你的写作太用力了,创作太投入,不够内敛,抒情式语言太多!""你的小说人物密度太大,要珍惜笔下每一个人物的出场和离去!""你的小说缺少丰富的细节!细节若在那里了,什么便都在那里了!"在一场新作研讨会上,批评者如果这般坦率直言,作者会不会勃然大怒?抑或,担心作者承受不住,批评者敢不敢如此直接地当面批评?在研讨会变相成为"表扬会"的今天,还有没有如此这般批评者敢直言、作者能笑纳的良性互动?

在刚刚结束的上海书展上,为作家秦文君新作见面会客串主持的浙师大教授、儿童文化研究院院长方卫平,带来了由明天出版社推出的《红楼儿童文学对话》。这本书收入了自2008年10月以来浙师大儿童文化研究院内举办的十场研讨会的内容,每一场都有这样的直言不讳。

方卫平教授将这一系列研讨会称为"学院式的学术研讨"。在儿童文学创作繁荣的当下,批评却不能同步成长,于是方教授便在被他称为"偏僻、相对远离话语中心、相对超脱"的"红楼"中,悄然开启着一场场关于儿童文学批评的尝试和变革。十六场学术研讨会,没有礼品、没有审读费,没有宴席,只有直面创作的学院批评,以及写作者与批评者之间的坦诚相待。"我想以'学院研讨体制'的理想来强调当前儿童文学批评亟须加强的两大方面:第一是批评的能力,第二是批评的勇气。"方卫平说。"对理想的批评而言，能力与勇气两者须结合在一起，缺一不可。"

记　者： 在《红楼儿童文学对话》的序言《向"批评"致敬》一文中，您提到组织红楼研讨会的原因，并提及一个名词"学院研讨体制"。在"学院派"被认为是陈腐、封闭、脱离大众等含义的代名词的今天，为何您会着重提出"学院"二字？

方卫平： 你所说的今人对于"学院""学院派"等名词形成的"陈腐、封闭、脱离大众"的印象，包含了对于积累至某一时期的这一体制弊端的尖锐抨击。在"学院派"的命名因其自傲而变得独大且封闭的时候，这样的批评包含了想要反拨其弊端的意图。

但我们应该看到，由"学院"培养的学术精神在其源起和发展的进程中，更创造了对于现代学术研究和批评事业发展而言具有奠基性的积极意义和价值。它包括建立在文本分析实据基础上的独立判断，从丰厚的传统滋养中生长起来的端正批评，以及对于具有真理性的思想和艺术之道的信仰和坚持。

我以为，在当前的儿童文学批评中追寻"学院派"的这一单纯、独立、自由、充实、正直的积极批评精神，对于当代儿童文学批评的发展，对于这一批评价值的真正实现，同样具有十分重要的基础性意义。

记　者： 倡导一种新的批评方式，必然是对旧的方式有所不满。学院研讨体制，是针对哪一种"不令人满意"的批评现象提出的？在您看来，当下的儿童文学创作和儿童文学研究存在的最大问题是什么？

方卫平： 今天的儿童文学批评身处一个空前丰富、复杂的社会和文化环境，在这一环境中，传统的批评视野、范畴、方式等都得到了新的拓展；但与此同时，大家都能看到而且感觉到，它也越来越为一些其他的"杂质"因素所裹挟，比如市场的因素、经济的因素、情面交易的因素，等等。我们固然不能也不应要求批评与上述因素完全绝缘，但当它们在很多时候吞噬和替代了批评自身应有的标准和应尽的职责，甚至使批评仅仅沦为市场、人情等的谄媚迎合时，作为批评者，我们自然对此感到不满，而且是越来越不满。一些"急就"式的儿童文学批评，对作品言不及义或隔靴搔痒，这也令人感到失望。

我想以"学院研讨体制"的理想来强调当前儿童文学批评亟须加强的两大方面：第一是批评的能力，第二是批评的勇气。前者是希望批评者回到最具体的批评文本和最踏实的批评方法中来，能够就批评对象做出中肯的艺术判断，提出有价值的批评，它考验的是批评者的专业素养。后者则要求批评者在坚持公允的批评原则的同时，不惮于说出自己对作品的"不满"，这建立在批评能力基础上的负责任的"不满"，对于促发当前儿童文学创作的艺术反思，促进其艺术上的进步，将显示其无可替代的意义，而它也对批评者的勇气提出了考验。对理想的批评而言，能力与勇气两者须结合在一起，缺一不可。这也是我所说的"学院研讨体制"的理想状态。

记　　者：或许是因为相对远离话语中心，所以"红楼"中的评论者能畅所欲言，"红楼"的研讨也能得以保持独立。但远离话语中心却也带来另一个问题：这种值得提倡的批评方式以及它的内容，可能就不能及时并广泛地被大众所知悉。但是，如果想要借此倡导一种优良的批评风气，"躲进小楼成一统"显然是不够的。您如何看待和处理这两者之间的分歧？

方卫平：谢谢你的提醒。实际上，这也是我们一直在提醒自己的：我们的研讨一定要开放，要具有充分的思想容纳力；而且，要使研讨会上获得的关于儿童文学的艺术真见，得以缓慢然而切实地介入儿童文学的艺术现实。

"学院研讨"的意思不是把自己关进学院，而是借学院这样一个单纯的学术平台，来实践一种富于生机的儿童文学批评，这种批评不是对现实关上门，而恰恰需要走进现实。同样，"远离话语中心"也不意味着某个刻意摆出的边缘姿态，而代表了一种批评的自由意识，即在既有的话语规约中保持自己独立的批评见识和品性。我相信，这样的"学院研讨"与现实非但不是冲突的，反而是彼此需要、相互促进的。

另外，我也想说明，红楼研讨会并不意在取代其他研讨和批评的方式，而是想要以自己的尝试，来改善、丰富当前的批评生态。所以，红楼研讨会也不意在给出某种儿童文学批评的理想模式，而是想要在它所认定的这一点上，于当今的儿童文学批评有所作为和贡献，从而促使儿童文学批评的整体事业朝着更令人期待的方向发展。

理想的"批评"最终必然是一种"对话"，是一种借文学为媒介的思想、情感和灵魂的对话。

记　者：《红楼儿童文学对话》收入了十场讨论。讨论的对象，既有已经赢得市场的成名作家，也有崭露头角的文学新人。研讨作品的题材、内容也各不相同。红楼研讨会采取什么样的标准筛选和最终决定研讨对象？

方卫平：选择"红楼对话"的研讨对象，我们会就作家、作品、文体、地域等多方面因素的代表性做出综合的考虑和比较，但首先是以作品本身为标准。只要作品富于探讨的话题和价值，就可以进入红楼研讨，绝无论资排辈的考虑。另有一点基本要求———所有作品都必须是新作。新作的标准，既是为了使批评紧贴当下儿童文学的创作现场，也是为了撇却成见的约束，使批评者可以畅所欲言。

在做好上述专业准备的基础上，研讨会的具体组织工作，包括校内外批评者的约请，与作品出版社的交流联络及样书寄发，以及会议期间的会务工作等，细处难以尽述。研讨会的相关会务一切从简，不发审读费，也没有与会者的大聚餐，这也是为了坚持"学院批评"自身的单纯性，把注意力和重点放在研讨和批评的内容、质量上。

记　者：红楼研讨迄今为止已经举办十六场，其中第十五场是以"批评前置"的方式进行，在作家作品出版之前，就召集相关人员对作家作品提出建议。这与我们惯常看到的研讨会完全不同。为何会想到以"批评前置"的方式进行研讨？

方卫平："批评前置"的想法，最初源于一些作家在研讨会后表示，如果能够在作品出版前听到相关的批评意见，并在作品的修改中加以借鉴，多少可以避免一些写作的遗憾。在条件许可的情况下，"前置"的批评显然比常态的批评更能显出批评的直接价值。正如美国作家杜鲁门·卡波蒂在一次访谈中曾坦陈的那样："如果是在出版之前，如果批评是出自那些你认为其判断力可靠的朋友，对，当然批评是有用的。"

上海儿童文学作家谢倩霓"薄荷香"系列成长小说的研讨会比较特别，与会者面对的文本不是书，而是作品的打印稿。研讨过程中，大家除了充分肯定作品的特色和优点外，也就书稿提出了坦率的意见和建议，小到小说结构性的某些缺失，大到小说中一些语言细节上的时代错位。这些意见不一定都是有用的，但其中一些的确切中问题，它们也得到了作者的接受，作者表示会在接下去的修改中对相关的意见和建议做仔细考虑。

记　　者：没有一种批评方式是完美无缺的。您觉得红楼研讨在提倡一种真诚批评的同时，有哪些可以改进之处？

方卫平：事实上，每一场研讨过后，我们都会思考，哪些方面做得比较成功，哪些则有待纠正或改进，为后面的研讨会提供更佳的经验。目前为止，我个人觉得该系列研讨会需要加强的地方，是在倡导作品批评的锐意的同时，还需加强批评自身的厚度。以一部作品作为研讨的对象，其优点是聚焦明确，批评具体；但研讨会的唯一文本对象也容易限制大家的关注点，导致批评中只见树木、不见森林的遗憾。实际上，理想的批评应该远不只是能够就作品提出细部的分析意见，还应秉着对特定创作现象、思潮等的敏感，由点及面，提出关于特定儿童文学艺术现象及问题的敏锐观察和深入思考。这样的批评不但对创作有所裨益，对于儿童文学理论批评事业的发展，也具有建设性意义。

记　　者：在最初对"红楼"的报道中，有类似"'面目狰狞'的批评"的评价。但最后，您将这本书命名为"对话"而非"批评"，是否暗含着一种目的或者方向？

方卫平："面目狰狞"的修辞，其实是为了突出我们久已缺乏的一种儿童文学批评的精神。但我一直强调，批评是说真话，不是说坏话，它是对作品做实事求是的分析臧否，不是任何形式的吹毛求疵、自以为是。批评的本质决定了它的目的不是自说自话，不是追求"语不惊人死不休",而是寻求通过"批评",实现与创作以及相应现实之间的良性沟通。这样的批评才是有意义和有价值的,因而也是真正具有生长性的。因此,在我看来,理想的"批评"最终必然是一种"对话",是批评与创作、批评者与创作者之间的"对话",更是一种借文学为媒介的思想、情感和灵魂的对话。

(原载 2014 年 9 月 4 日《文学报》)

关于语文教材的答问
——2014年9月11日答《文艺报》记者李墨波问

问：语文教材应该具有怎样的结构，是否应以文学作品为主？在文学作品之外是否还应兼顾其他非文学类别的文章，比如应用文、议论文以及科普类文章等？

方卫平：以情感和语言的艺术性见长的文学作品，和强调应用性、信息性的文字作品，指向的是语文教学的两个不同维度，它们都是个体语文素养的重要构成部分。更进一步看，这两个维度其实是相通乃至统一的。比如，优秀的应用文、议论文同样需要讲究语言的艺术，只是这种艺术的考量与文学作品的不尽相同；反过来，文学作品也是语言的其中一种应用方式，它也在语言的通道中寻求着特定的意义和信息传递的实现，只是这种意义和信息的性质与非文学作品的并不全然相同。语文教学应当兼顾二者，不可偏废。

不过，比这种量的均衡更为重要的，或许是考虑如何从这两类作品中都选择那些优秀且适宜于孩子接受的作品，以更好地促成语文教学目标的完整实现。

问：在文学作品中，古文古诗、白话文学经典、当代成人文学作家作品等、儿童文学作品，这些不同类型的作品应具有怎样的比例？

方卫平：这个要依具体情况而论。在低年级，儿童文学的比例自然要重一些，小学一年级的语文教材，儿童文学甚至不妨占到八九成。

而随着学生年龄的增长，前三种作品类型的比例需要适当和逐渐地增加，这就好比孩子越大，给予安排的食物和食谱也应当更加丰富多样。至高年级，上述几类作品的比例可以达到基本相近的程度。当然，所有入选的古文古诗、白话文学经典和当代成人文学作家作品，其内容和情感还应在特定年龄段儿童的生活见识和理解能力之内。

问：语文课本是应该多收录一些文学经典，还是多收录一些与当下儿童生活结合紧密的作品？语文课本怎样兼顾孩子们的兴趣和爱好，以及他们当下正在关注的问题？

方卫平：我想这个问题是否可以换个方式来提：语文课本收录文学经典时，如何更多地关注那些与儿童生活或情感结合紧密的作品；反过来，收录当下童年生活题材的作品时，又如何更多地关注这些作品的经典品质？这样，不论文学经典还是当下作品，对孩子们来说就既是他们所喜读乐看的，又能够给予他们丰富的语文营养。

问：小学生应不应该读类似鲁迅的文章这样艰深的作品？语文教材的编选应该怎样结合儿童不同年龄段的身心发展状况？

方卫平：不能简单地一概而论。鲁迅也有不艰深的、适合孩子阅读的作品或作品片段，比如《朝花夕拾》中少量单纯的童年回忆散文，再比如小说《社戏》中与乡间小伙伴看夜戏的经历等，清澈而富于童趣，情感也美，完全可以拿给小学生阅读。至于那些语艰意深的鲁迅作品，不论多么著名，仍然不适合引入小学语文教材。这其实也是抛给教材编选者的难题，它要求编选者在选用教材文章时，不但要了解孩子的阅读能力、愿望和需求，也对相应的作家、作品有足够深入的了解和读解。

问：语文课本中是否应该多增加儿童文学作品？课本收录的作品是否应该是儿童本位的？

方卫平：小学语文教材对儿童文学的重视一直在提升，这从近年课本主动吸收一些儿童文学新作品入内的情形可以见出。但从目前的情况看，儿童文学作品所占份额仍然不算多。同时，我们关心的不应只是这类作品的数量比例问题，更应是如何将优质的儿童文学作品选入教材的问题，可以说，后者才在根本上决定着儿童文学对小学语文教学的真正意义。

我以为小学语文课本收录的作品，首先应该是儿童本位的，但儿童本位不应等同于唯儿童主义。换句话说，这些作品应该是孩子们喜欢读的，但并非只要孩子喜欢就可以了，而需要编选者从更成熟的视角来判断、考虑作品在语言、文学、文化等层面的价值高下，进而选择那些既适合孩子阅读、为孩子所喜爱阅读，同时又具有丰富、深厚的情感和人文精神蕴涵的作品。

（本次访谈主要内容见2014年9月15日《文艺报》）

重写《儿童文学教程》

——2015年3月29日答《中华读书报》记者陈香问

中华读书报：进入新世纪以来，对儿童文学理论体系构建、学科体系构建的吁求越来越多，儿童文学教材的编撰与出版也进入了快车道。您认为其中的原因是什么？如何评价当前儿童文学教材编撰的整体面貌？

方卫平：新世纪以来，各类儿童文学教材的编撰和出版是应时、应需而生的现象。近十余年来，受到开放的市场环境的助推，儿童文学发展的蓬勃态势同时体现在创作、出版、阅读、推广、传播等各个层面。与此相应，人们对这一特殊文学类型的认识需求也在不断增长。除了高校相关专业的学习者和研究者外，儿童教育、童书出版等领域的相关群体，比如小学教师、童书编辑，乃至对儿童文学有兴趣的父母等，也有着了解儿童文学知识的需求和渴望。这也在某种程度上促进了高校对儿童文学学科的重视。就我了解的情况而言，儿童文学的学科建设工作正在引起更多高校的重视，也开始逐渐进入这些高校的教学体系规划中。在这一背景下，人们对于作为儿童文学基础知识入门的儿童文学教材的需求，自然也被激发了起来。

随着近年儿童文学教材种类的增加，其体例的多样性和理论的前沿性也在不断增强。但教材编撰的"快车化"现象，也不可避免地导致了教材本身质量的良莠不齐。其中有的教材，甚至完全属于门外之作。这些教材在我看来其实是达不到出版水准的，初学者在入门时如果不幸以此为师，受害匪浅。这其中最严重的几个问题，一是知识体系过于陈旧、老化，不能跟上当代儿童文学发展的新现实；二是专业知识的阐释太不专业，缺乏对儿童文学理论的准确、深入的把握；三是在分析、挑选具体的儿童文学作品时，缺乏成熟、可靠的艺术判断力。

中华读书报：此前，您也曾与同行友人合作，主编出版了两部儿童文学教材，其中一部还被列为"普通高等教育'十一五'国家级规划教材"，发行30余万册。那么，此次您在复旦大学出版社推出个人撰著的《儿童文学教程》，与此前您所编著的教材有何不同？与当前流行的儿童文学教材相较，又有何不同？

方卫平：与主编的教材相比，这部复旦版的新教材由我个人撰写，其体例、内容、语言等，也更多体现了我本人的学术趣味、课堂经验、知识积累和写作习惯。在这样一本教材的撰写过程中，我个人对于儿童文学的理解，对于儿童文学相关理论的诠释，以及对于儿童文学作品的艺术判断和批评，当然也体现得更为完整和全面。这也是为什么许多年来我一直想要撰写这样一部个人教材的原因。

在这部教程的写作过程中，我的主要考虑有两点：第一是在体例编排上，突出儿童文学艺术范畴的重要地位。这部教材的主体内容由三部分构成，除一般教材常见的基础理论和文体论外，增加了艺术论的部分，分章展开关于韵律、游戏、幽默、荒诞、叙事等儿童文学基础艺术范畴的阐说。我认为，这些艺术范畴对于我们了解儿童文学的性质，领略儿童文学的趣味，认识儿童文学的价值，有着基础性的意义。多年来，在我的儿童文学课堂上，这些艺术范畴构成了重要的讲课内容。在我的实际教学活动中，相关艺术范畴还包括梦幻、神秘、神性等等。实际上，我曾一度十分不满于传统教材主要由文体论构成，而艺术理论支撑极为羸弱的状况，考虑过是否要在这部教材中将文体部分缩为一章，同时进一步增加艺术论的内容。不过，考虑到对初学者而言，他们也需要借助文体分类学习的初级平台，逐渐过渡到打通不同文体的艺术范畴知识的学习，我最后仍选择保留文体论的正常篇幅。

第二是在儿童文学理论的阐说中，突出儿童文学作品分析和文本解读的基础地位。我一直以为，一部儿童文学教材除了要为读者提供基础理论知识的启蒙外，还应向读者传递一种可靠的儿童文学艺术判断标准。而通过优秀儿童文学作品的挑选和推荐，传达关于优秀儿童文学艺术特性的知识，也是我多年以来的想法。我这些年用心编写和点评"最佳儿童文学读本"系列，正是这一想法的一种落实。

写作过程中，我的一个基本原则是，在具体理论概念或范畴的阐说中，尽量避免空泛的理论讲解，也避免顺手拈来式的作品举例；而是结合我认为最优秀的那些中外长短篇儿童文学作品，通过具体、贴近的文本艺术分析，来支撑起相应的儿童文学理论解说。因此，读者可以从这部教材中看到大量儿童文学作品的分析举隅，它们也往往是我在课堂上、讲座中与听众一起分享的佳作。

以上安排对教程本身而言有两方面功能：一是加强教材的可读性。我相信，对许多学习者，尤其是初学者而言，丰富的作品范例和生动的艺术解读必能更好地促进他们对儿童文学知识的领悟，也能使理论的阅读更加充满趣味。二是加强教材的可用性。通过引荐和分析大量优秀的儿童文学作品，教材不但提供了儿童文学艺术鉴赏的示例，也能够为读者和使用者提供一个可靠的儿童文学佳作目录，而这两者恰恰是当前许多儿童文学的教学者和初习者十分需要的。

中华读书报：您曾提及，传统儿童文学的知识体系，已经无法完整、准确地呈现当代儿童文学的艺术面貌和思想魅力了。而出版一部能够反映自己学术积累和理论思考的个人的儿童文学教材，一直是您专业生涯的一个愿望。那么，在您看来，当代儿童文学的艺术形态与思想内涵究竟发生了怎样的变化？传统儿童文学的知识体系为何已无力阐释？可否请您举一两个具体的例子？

方卫平：实际上，现代儿童文学的发展史，也是儿童文学艺术形态与思想内涵不断得到新的丰富、扩充和诠释的过程。在这个过程中，儿童文学理论也需要从新的儿童文学艺术现实出发，不断修正原有的文学知识体系，以赶上进而呼应儿童文学的艺术发展进程。

比如，我在教材中讲到叙事艺术时，专辟一节讲解当代儿童文学的"另类叙事"。该节谈及的恐怖叙事、身体话语的禁忌叙事、后现代叙事等，均属于当代儿童文学创作中日益得到关注或重视的艺术现实，但它们显然溢出了传统儿童文学知识体系的范畴，在相应的理论批评中也尚未得到充分讨论。我之所以特别设立该节，除了介绍、解释这些儿童文学的最新叙事艺术话题外，也是希望以此引起读者对于当代儿童文学创作新现实的关注。以恐怖叙事为例，我们知道，在传统的儿童文学认识框架内，恐怖元素一直被小心地隔离在儿童文学的艺术疆域之外，或者至少处于边缘地带。然而近年来，"哈利·波特"系列、"鸡皮疙瘩"系列、"暮光之城"系列等包含恐怖元素的相关叙事作品在儿童与青少年读者中受到的青睐与欢迎，使我们不能仅以传统的排斥态度来对待这一叙事现象。为什么这类包含恐怖元素（甚至以恐怖感为叙事核心）的叙事作品会受到儿童读者的喜爱？恐怖叙事究竟是否适宜进入儿童文学的叙事艺术队列？如果适宜，它该具有什么样的面貌？我们该如何看待它在儿童文学艺术谱系中的位置，如何判断相应作品的艺术高下？在儿童文学的艺术探讨中，这是一些很有必要也很有意思的提问和思考。

中华读书报：您一直在努力建构新的具有时代和个人学术思想特点的儿童文学知识体系。可否请您简要概括，这是一套由怎样的理论体系搭建而成的新知识体系？

方卫平：我的这部教程尝试结合自己多年的儿童文学研究和教学实践经验，来建立一个融基础理论、艺术知识和应用指导为一体的儿童文学教材知识体系。这一体系继承和吸收了传统儿童文学教材的某些基本体式，同时更多地融入了我个人的研究思考和教学心得。

第一是基础理论部分，这部分既关注基础性的儿童文学本体理论，也强调对当代儿童文学理论前沿的介绍。我所说的"理论前沿"主要包含两个方面，一是与当代儿童文学和儿童文化理论前沿的接轨，二是与当下儿童文学和儿童文化发展现实的接轨。教程在讲解儿童文学的基本历史线索、基础概念范畴等的同时，还专门论述了关于儿童的本质论与建构论、后现代语境中的儿童与儿童文学、儿童文学与儿童文化产业、儿童文学与伦理学等内容。在我看来，对于这些富于当下性和前沿性的理论及艺术话题的讨论和思考，能够使一部儿童文学教程真正跟上当代儿童文学发展的现实步伐。

第二是艺术知识部分，这部分除了前面提到的艺术范畴专论外，在传统的文体论知识部分，也融入了更新的理论诠释。例如，传统的儿童文学教材知识体系在论及儿童小说时，往往从概念、分类及其人物、情节等方面的艺术特点展开解说。我在这本教程中又增加了关于儿童小说中普遍的成长主题的解读，以及关于近年受到儿童读者格外青睐的幻想小说和动物小说的专节介绍。其中，在成长主题一节，又专门辨析了成长主题的儿童小说与成长小说的区别。这些话题的探讨中包含了今天许多儿童文学教学者和学习者想要了解或有所困惑的问题，而在一般的教程中又难以得到释疑性的解答，甚至在许多研究文章中也多有混淆。此外，在艺术范畴专论部分，我也结合当下儿童文学的艺术现实和我个人近年的研究思考，解释了与当代儿童文学的艺术判断密切相关的若干艺术问题。比如"幽默艺术"一章，通过辨析幽默与滑稽的区别来讲解儿童文学幽默艺术的高下层次。在以幽默之名行伪幽默之实的搞笑式童书风行市场的现实下，我希望这样的辨析也能够帮助读者辨识儿童文学幽默美学的真伪。再如"游戏艺术"一章，在人们通常所认识的游戏娱乐之外，又特别指出了游戏精神的严肃性。我的意图是使教程在通俗的儿童文学基础知识讲解中，同样传递出深刻的儿童文学艺术思想。

第三是应用指导部分，这部分除一般的儿童文学教学理论阐说外，也通过针对优秀儿童文学教学课堂实例的细致分析，力求能够为儿童文学在儿童教学活动中的实际应用提供贴近的参照对象和切实的参考价值。

中华读书报：可否谈谈是怎样的触动、缘由和积累，让您逐步形成了此套知识体系？

方卫平：上述体系的形成是我在几十年儿童文学研究和教学工作中逐渐积累的成果。1987年初夏，我研究生毕业留校工作；次年春天，我开始给本科生讲授儿童文学概论课程。第一次授课的听众，是浙江师范大学中文系85级两个班的同学。受那个时代学术文化思潮的影响，当时整个文学研究领域已经发生了许多变化：从学术观念到研究方法，从文学观点到理论话语……在为讲课做准备的日子里，我意识到自己必须走出传统话语系统的束缚，努力建构新的具有时代和个人学术思想特点的儿童文学知识体系。

于是，由中外儿童文学及其理论发展的历史与现实切入，从"童年"作为儿童文学研究的逻辑起点到儿童读者的文学接受心理及其建构，从儿童文学的艺术母题到儿童文学的韵律美学，从儿童文学的梦幻叙事到儿童文学的游戏精神，从儿童文学的荒诞美学到儿童文学的神性与宗教文化气质……许多年来，儿童文学课堂，成了我与同学们共同探讨儿童文学艺文之美，思考青春与人生的场所。渐渐地，我的这份讲稿也得到了充实和丰富。

事实上，我发表的理论文字中，有些就是从讲稿中整理出来的，例如《童年：儿童文学理论的逻辑起点》《儿童文学在当代艺术文化中的位置》《儿童文学研究的理论意义》等，最初都是讲稿的一部分。一些年来，也有一些本科生、研究生同学建议我把讲稿整理出版。我自己也早有此念头。记得1994年10月，一个阳光灿烂的秋日，我去位于上海瑞金路上的陈伯吹先生府上拜访。除了奉上自己一年前出版的《中国儿童文学理论批评史》一书外，我还斗胆恭请伯吹先生为我拟写的教材题写书名。回到浙师大不久，我就收到了先生的来信和两幅珍贵的手书：当代儿童文学原理。这是我当时准备采用的教材书名。陈伯老在信中说，"书名题写了两幅，一为横式，一为竖式，以方便你选用"。如今，先生早已驾鹤西去，我的这本教材历经琢磨方才得以完成，回想起来，也十分感慨。

我还想再讲一点写作背后的故事。记得1984年我刚读研究生时，就买来了商务印书馆上一年刚刚出版的由著名翻译家林方先生翻译、查普林与克拉威尔合著的《心理学的体系和理论》。这部上下两册的心理学著作是美国心理学专业大学生和研究生的标准参考书之一，它完全颠覆、改造了本科时代的心理学教科书留给我的心理学知识图谱和体系。若干年前，为了这部儿童文学教程的写作做准备，我还买来了萨缪尔森的《经济学》(第17版)等一些国外教科书研读。这类阅读对于我自己开阔眼界，下笔时做到心里有底，显然是十分有益的。

中华读书报：您是一位优秀的儿童文学理论家，为儿童文学学科构建与丰满做了大量卓有成效的工作。同时，您也从未抽离儿童文学的批评现场，对文本的细读，是您对理论工作强调的一个重点。这让您的理论建设扎实肯綮，富于建设性，从不凌空蹈虚。那么，作为中国儿童文学多年来的观察者和评荐者，您如何评价当下中国儿童文学的创作面貌？您认为什么是值得肯定的，而问题又是什么？

方卫平：我认为，中国当代儿童文学正处于一个空前有利的发展环境中，这"有利"性同时表现在兴盛的市场条件、自由的写作空间、开放的艺术环境等多个方面。受到童书市场发行数据的激励，近年来，儿童文学无疑已经成为当前出版领域的黄金资源之一，它在社会公众中的影响也日益扩大。这一切推动着当代儿童文学的加速发展。这些年来，我们看到儿童文学的创作队伍在持续扩大，不断有新的优秀而年轻的作家加入其中。同时，尽管儿童文学的创作生态由于受到市场杠杆的左右而容易被几种畅销类型所"同化"，但综合来看，其艺术生态仍然不断有新的丰富和发展，对于童年生活的书写也越来越多样。尤其值得一提的是，一些儿童文学作家在以若干畅销作品赢得市场的认可后，反而开始不满足于这一畅销类型的写作以及相应的畅销作家的身份，而是自觉地思考和尝试着艺术上的自我突破与挑战，努力在自己的作品中追寻一种更恒久的儿童文学艺术品质。这是一种十分可贵的创作姿态，而这种从容的姿态，多少也得益于繁荣的童书市场所提供的经济保障。

如果要说问题，我认为当前的中国儿童文学写作者面临的最大瓶颈，可能是如何培育更高的审美智慧和文化素养。我在《童年写作的厚度与重量——当代儿童文学的文化问题》一文中，就其中的文化素养问题有过具体的论述。文化素养实际上也是艺术素养的一部分，不过后者还涉及更具体的艺术表现策略和艺术判断力的问题。有关这一艺术素养的最有说服力的展示和最有效的启蒙，是优秀儿童文学作品的阅读与鉴赏。我在这部教程中之所以引入大量儿童文学佳作的艺术分析，也是希望将读者带向一种较高的儿童文学艺术视野和艺术判断力的起点。未来如果有时间，我还想就当前儿童文学创作中各类具体的艺术问题做一系统的研究。我相信，这样的研究一定会很有意思，也会很有意义。

中华读书报：最后，在您看来，儿童文学理论建设与儿童文学创作之间的关系是什么？儿童文学批评与创作之间的关系呢？

方卫平：应该说，一种理想的文学理论既来自文学创作的现实，又可给予创作活动以有效的指引，并可在其针对特定作品的批评解读中使作品的阅读趣味得到充分的发掘，也使其审美特点得到清楚的揭示。不过，实际的情形往往复杂得多。不但理论与创作之间彼此影响的方式颇为多样，理论本身也有真伪、高下的区分。在儿童文学的话题上，我的理解是，唯有那些既真正贴近和关切儿童文学的艺术现实，又建立在开阔的人类思想和艺术视野基点上的理论，才可能成为有效的儿童文学理论。借这一理论之烛的照亮，将有助于我们更好地领略儿童文学阅读的滋味，认识儿童文学创作的价值，以及辨清儿童文学艺术的方向。

（本文系作者与记者陈香的对话，原载2015年4月8日《中华读书报》）

关于名著精读本、改编本的一点思考
——2015年6月22日答《文艺报》记者行超问

行　超：目前市场上的"名著精读本"非常多，对于青少年阅读和童书市场而言，是否起到了积极作用？

方卫平：关于儿童阅读中名著缩写、改写的所谓精读本的"适用性"问题，一直存在各种争论。显然，任何经过改编的"精读本"都不能替代经典原著的阅读。但是，考虑到对儿童读者来说大量经典文本获取和通读的不易，以及儿童（尤其是幼儿）自身阅读兴趣和注意力方面的限制，通过改编文本来提前引起他们对经典作品的了解和关注，进而激发起他们阅读一部分原作的兴趣，也不失为促进儿童阅读、特别是中长篇作品阅读的一种策略。从总体上看，我认为好的名著"精读本""改编本"对于青少年阅读和童书市场而言，是具有一定的积极作用的。

行　超：精读本与原著相比有哪些不同，它对原著的"改编"有哪些方式？

方卫平：精读本与原著的不同大体说来主要有两个方面：一是内容上经过了缩写或改写；二是呈现方式上的变化，如篇幅、插图乃至文字风格等的不同。精读本对原著的"改编"方式也很多，例如缩写、节选、改写（包括体裁变化）等。

行　超：精读本的"改编"是否会对原著造成伤害？具体有什么表现？

方卫平：精读本的"改编"是否会对原著造成伤害，这要看改编者的素养、态度等等。如果改编者对经典或名著的研读、体味不足，改编的态度又很随意，那么改编的过程就可能精髓、风貌尽失。这不仅会伤害经典，也会伤害童年的阅读。所以，经典、名著的"改编"者、出版者应该怀有对经典和童年双重的敬畏之心才行。

行　超：是不是所有的文学经典都适合改编后给青少年阅读？哪些类型是真正需要或适合改编的？哪些不是？

方卫平：回答这个问题时，我认为首先要给文学经典下一个准确的定义。事实上，并不是所有的文学经典都适合改编后给孩子们阅读。哪些文学经典适合改编后给少年儿童阅读，我认为一是要考虑文化传承的需要，二是要考虑少年儿童精神成长的需要。

行　超：目前市场上的"精读本"有没有改编得比较成功的？可否举例说明？

方卫平：说到改编得比较成功的例子，我更想说一个历史上的例子。文学史上将经典改编为儿童读物的最著名、最成功的例子，也许是19世纪初英国兰姆姐弟编写的《莎士比亚戏剧故事集》。这部作品从莎士比亚流传下来的37部戏剧中，精选了比较适合儿童读者接受的20部作品，做了故事化、儿童化的改写，同时又努力再现莎翁戏剧的思想和语言风貌，成为文学史上为儿童改编经典作品的一个经典事例。究其成功的原因，我认为一是兰姆姐弟面对经典和童年阅读时所怀有的一份恭敬之心；二是他们具有深厚的文学素养，弟弟查尔斯·兰姆本人即是著名的散文家，又对莎士比亚戏剧深有研究，姐姐玛丽·兰姆也有着当时妇女中罕见的、极高的文学素养；三是他们深谙儿童趣味和阅读心理。

一部经典改写本最终也成了一部文学史上的名著，这是非常值得今天这样一个热衷消费名著的出版时代的人们思考的。

行　超：对于精读本所存在的问题，有什么改进的方法？

方卫平：这些年童书出版成为出版市场的"香饽饽"，各种面向儿童读者的经典作品的精读本、改写本层出不穷，这其中难免泥沙俱下。"消费"经典与其说是一种向经典致意的出版行为，毋宁说更是一种面向市场的商业出版行为。在这方面，我个人认为，要做好经典、名著精读本出版这篇文章，业界人们（包括编写者、出版者、阅读推广者等）的专业情怀、操守仍然是最重要的。如果只是想着赶紧到出版市场上去分一杯羹，那么，所谓"精读本"很可能只会是一些埋汰经典、伤害名著的东西，最终不仅伤害名著，伤害读者，也将伤害出版自身。

（本次答问的主要内容见 2015 年 10 月 23 日《文艺报》行超《经典名著改编版，请别离经典太远》一文）

怎样才能为小孩子写出大文学

——2015年7月12日答《文艺报》记者刘颋、李墨波问

文艺报：儿童文学作品怎样才能确立自身的思想深度、厚度和精神高度？

方卫平：儿童文学作品所能达到的精神深度、厚度和高度，主要取决于写作者的精神深度、厚度和高度。而要靠近和实现这一目标，儿童文学的创作者对儿童文学的艺术本质应有深刻的认识。儿童文学是写童年、写孩子的，但其完整的意义和价值不仅在于娱乐童年、娱乐孩子，还在于通过童年视角和经验的烛照，来揭示关于童年、关于人、关于世界的某些深厚内涵。这意味着，儿童文学不仅要写童年的生活、情感和体验，还要写出这些生活、情感和体验等的独特深度、厚度和高度。因为前者只是完成了儿童文学写作的基础任务，后者才有可能促成优秀的、有持久生命力的儿童文学写作。这样的作品带给孩子的不仅是一时的阅读欢乐，它还将把孩子带向一种高远开阔的生活视野和境地。同时，它的乐趣因为有了背后精神的支撑，也将成为一种恒久的、经典的乐趣。

文艺报：如何看待当前儿童文学理论批评现状？有何建议？

方卫平：在我看来，当代儿童文学理论批评面临着两大课题。一是宏观方面，儿童文学批评有必要发现、揭示、提出切中当前儿童文学发展现实与未来的基本命题，这些命题将有助于我们理解和把握当代多元社会文化语境下儿童文学的艺术方向。比如，数字化时代的儿童文学

艺术未来，全球翻译市场中的中国儿童文学境况与未来，等等。二是微观方面，面对大量儿童文学作品，批评者应避免蹈空的理论式评点，而要力求贴近当代儿童文学的真实艺术问题，从最具体的艺术分析入手，于精准的艺术解剖中揭示作品之高下优劣的道理，从而为儿童文学的创作进步和阅读提升提供重要的借鉴。近年我所在的浙师大儿童文化研究院开展的"红楼儿童文学研讨会"系列，正是上述初衷的产物。当然，不论宏观的还是微观的批评，其目标的达成有一必要的前提，那就是批评者本人需有足够充分、深刻的艺术洞察力。这也是当前儿童文学理论批评有待于历练和提升的地方。

文艺报：怎样才能为小孩子写出大文学？

方卫平：我一直强调，对于优秀、经典的儿童文学写作追求而言，创作者除了需要加强自身的儿童文学艺术修养，还应加强大文学和大文化的修养。有分量的儿童文学写作不是出于任何闲适的情致绣在我们文化边缘的一串怡人的花边，而是夯入我们文化深处的一项意义重大的事业，它要求作家有一种十分宽阔的文化视野以及与之相随的开阔的人文情怀和深透的社会思考。也只有这样，儿童文学的写作者在面对任何一种素材和现象时，才能穿越对于现象的单薄描绘，抵达那不同寻常的意义终点。

近年来，我们亲见了儿童文学创作对于当代童年生活的愈益细致和贴近的观察，但我们也看到，很多情况下，由于缺乏深厚的文化思考的支撑，儿童文学恰恰迷失在了这样一种平面观察的习惯里。近年在童书市场风靡一时的许多校园幽默儿童小说，其主要症结即在于此。这类作品大多十分擅长表现某些当下化的儿童生活情绪，捕捉他们真实的日常生活细节,以及呈现这一群体鲜活的语言面貌。但是在许多这样的作品中,我们往往看不到关于上述儿童生活的某种有力的判断。写儿童的日常生活,写童年的幽默趣味,这些都没有问题,但就像一切优秀的文学表现一样,对于优秀的儿童文学写作来说,生活和趣味的花是开在思想的根茎上的。从根本上说,生活本身不存在轻重的伦理,对儿童而言,普通的校园生活和艰涩的苦难经历,各有各的幸福和痛楚,也各有各的重量。因此,被责备的不应当是题材,而是我们进入和处理题材的能力、方式,而后者恰恰与我们的思想视野和思考积淀紧密相关。

(本次答问的部分内容见 2015 年 9 月 23 日《文艺报》李墨波《吹响繁荣儿童文学的集结号——为小孩子写大文学》一文)

关于当下的儿童文学理论建设
——2016年3月9日答《文艺报》记者王杨问

王　杨：为什么加强儿童文学理论建设是必要的？

方卫平：文学理论在当代文学生活中十分重要，不仅是因为它往往包含了对各类文学现实、现象、经验等的把握、提炼和洞察，还因为在其发展演进的过程中，它也已经成为人类思想文化发展演进的一个重要据点。儿童文学理论也是如此。在今天的社会和文化语境下，儿童文学理论一方面能够帮助我们更准确、深入地认识和把握变迁时代儿童文学的艺术观念、特性、价值等，从而推动当代儿童文学朝着积极的艺术方向发展；另一方面，经由儿童文学理论批评的路径，它也能够提出关于儿童、童年乃至与这两者密切相关的整个当代社会和文明的洞见。这洞见既是一份重要的思想成果，反过来也能够为儿童文学的当代发展提供有益的启示。

王　杨：您认为当前儿童文学理论中存在哪些问题？

方卫平：这些年来儿童文学理论建设的大环境其实不错，儿童文学界对理论的关注和认可也在加深，越来越多的儿童文学作家和相关从业者意识到了理论和理论素养的重要性。

但是，从本土儿童文学理论的更高发展来看，它面临的主要瓶颈主要有以下两个。

一是理论的创造力还不够强大。这倒不是说儿童文学研究缺乏新的理论成果，而是指缺乏体现重大创造性的理论成果，比如一些既富前瞻性又切中当下儿童文学发展现实的、足以引发整个儿童文学界关注讨论的重大理论命题。实际上，在今天这个充满变革的时代，儿童文学的发展特别需要理论的前沿目光和有力洞见。换句话说，这其实是一个呼唤重大理论命题的时代，但我们的理论似乎暂时还没能跟上这一现实的吁求。

二是缺乏一个较为系统的本土理论体系。一种文学理论成熟的标志之一，是能够形成一套相对完善的概念、命题和话语体系。其实，反观20世纪80年代，一批充满激情的中青年学者针对一系列儿童文学基础和前沿理论话题的探索，已经呈现出某种体系化的趋向。但在今天，这一理论体系的可能反倒淹没在了大量一般话题的分散研究中。在我看来，推进本土儿童文学理论的建设，这一体系化的考虑可能要放在一个比较突出的位置。

王　杨：如何有效地推进儿童文学理论建设？

方卫平：推进儿童文学理论建设，既离不开理论工作者个体的能力和努力，也需要整个儿童文学研究环境的支持。从策略上说，目前的一个必要的举措，是加强理论园地的建设，尤其是专业学术期刊的建设。在理论园地的问题上，现在的总体情形是：一方面，一批有影响的学术刊物开始关注儿童文学理论批评，也越来越重视发表有质量的儿童文学研究成果；另一方面，儿童文学的专业学术期刊的建设则较为薄弱。前几年，少年儿童出版社出版的《中国儿童文学》理论评论版停刊后，我们实际上已经没有了专门的儿童文学学术期刊。当然，许多年来，一些报刊，如《文艺报》《文学报》《中华读书报》《中国儿童文化》《浙江师范大学学报》《昆明学院学报》等开设的儿童文学专栏颇为有声有色。但对于儿童文学理论的深度发展而言，独立、专门、具有凝聚力和影响力的学术发表平台的建设，应该是不可或缺的。如果有机构能够启动和推进这项工作，那将会是功德无量的事情。

王　杨：儿童文学创作怎样才能与自觉的理论建设结合起来？

方卫平：相比于理论，创作与批评的关系要更密切直接。但我一直认为，一位优秀的儿童文学作家应该也必然具备相当的儿童文学理论素养。实际上，最优秀的作家往往都有自己的一套文学阐释理论，这理论的形态可能是感性的、散漫的，但其内容一定是深刻的、富于洞见性的。这是因为在具备文学创作能力和才华基础的前提下，一位作家对其创作的对象理解得越是深入，对其写作艺术把握得越是透彻，其创作所能够抵达的艺术高度也就越引人注目。儿童文学创作也是同理。反过来，儿童文学理论也应努力贴近创作的实况，并善于读出、梳理进而确立作品中有价值的学术话题和理论生长点。

（本次答问部分内容见 2016 年 3 月 14 日《文艺报》的《加强儿童文学理论建设：涵养儿童文学创作之根》一文）

童书与童书阅读
——2016年4月7日答《文艺报》记者行超问

行　超：当前我国童书阅读的现状是怎样的？存在什么问题？近几年是否有所改善？

方卫平：从总体上看，近年来我国儿童阅读在家庭、学校、社会等私人和公共空间，都获得了极大的重视和空前的推进。例如：大众和各界对于儿童阅读的重视，各种方式和途径的阅读推广活动的风生水起，以父母、教师为主要群体的成人对儿童阅读的热情投入，有识之士提出了将全民阅读作为国家战略并设立国家阅读节的建议，等等。这是当前我国儿童阅读的基本现状。但是与此同时，各种问题也伴随而来。例如：儿童阅读材料的良莠不齐，成人引导和伴读能力的普遍缺失，阅读推广活动及其体制建设不够完善，等等。这些年来，为了改善上述问题，进一步优化儿童的阅读环境，提升儿童阅读的品质，许多家长、教师和相关机构都在不断努力，但要真正建立一个有机、完善的儿童阅读保障体系，仍然需要时间和实践的积累。

行　超：国内外童书的差距在哪里？孩子们应该如何选择？

方卫平：国外童书是一个非常宽泛的所指，它覆盖了如此之多的国家、语种、文化等，事实上并不构成与国内童书概念的对等可比关系。所以，当我们说中国童书与国外童书存在差距的时候，我们指的是以世界上最优秀的那些童书为参照，中国儿童文学在童年观念、故事能力、人文情怀乃至作品的装帧设计等方面，仍有很大的提升空间。这样的比较不是竞争，而是一种自我激励和追求。因此，我们完全可以坦然地看待和面对这样的差距。记得2014年3月，我在意大利博洛尼亚书展上偶然翻到scholastic出版社的儿童知识和游戏读物，真是惊讶于它们在艺术上的精致用心。我非常期待有一天，我们的知识类儿童读物也能达到这样的艺术水准。

在我看来，为孩子选择童书的标准只有一个，那就是童书本身的优秀性，这与它的地域属性没有关系。但有一点，在选择国外童书时，不要迷信宣传标签，要学会判断作品的文学质量，同时还要选准优秀的译本。今天的童书市场上，粗陋的翻译太多了。

行　超：目前市场上的童书层出不穷，怎样才能在有限的时间内提高阅读的效率和质量？

方卫平：这个就是需要今天的成人来为孩子承担的文化职责了。作为儿童阅读生活的指引者，一方面，我们应当充分尊重儿童的阅读自由，理解他们的阅读兴趣；另一方面，我们也应该知道如何从令人眼花缭乱的童书市场上为孩子挑选出最优质的童书。这对那些在童年阅读生活的第一现场陪伴和指引孩子的父母、老师们来说，尤其任重道远。

行　超：不同年龄阶段的小读者在选择童书方面有什么不同的侧重点？

方卫平：依照儿童读者的年龄层次，儿童文学素有幼儿文学、儿童文学（狭义）、青少年文学的区分。总的说来，幼儿文学多以表现清浅、单纯的幼儿生活趣味为佳。狭义儿童文学主要面向小学中低年级儿童，其题材、写法等都已经多样化了，但在作品的情感和观念基底上，仍应以阳光、乐观、积极为主调。相对来说，青少年文学的写作框范最少，大多数青少年也已具备自主选择读物的能力，那些关注和书写青春期生活、情感和成长体验的作品，最易引起他们的阅读兴趣和共鸣。

行　超：请您为读者推荐三本童书，并说出理由。

方卫平：我从文体、题材、风格、地域等方面综合考虑，推荐这三本书：一是中国作家曹文轩的《草房子》，这是中国儿童小说中书写乡土童年的典范。二是德国作家米切尔·恩德的《讲不完的故事》，不论在情节结构、叙事方式还是观念内涵上，这部作品都是现代童话的一座艺术高峰。三是荷兰作家、插画家夏洛特·德迈顿斯的图画书《黄气球》，这是一部充分体现图画书的独特叙事能力和多重叙事内涵的优秀图画书，从幼儿到少年，都能从中收获属于自己的阅读发现和乐趣。

（本次答问部分内容见2016年4月15日《文艺报》行超《与书籍的相遇是一种缘分》一文）

培养相对纯正的儿童文学艺术趣味

——2016年5月8日答《文学报》记者金莹问

复旦版《儿童文学教程》（复旦大学出版社2015年3月第1版第1次印刷，简称复旦版）作者方卫平教授在接受本报记者采访时，提到自己近年专心于三项工作：《儿童文学教程》的写作，儿童文学读本的选评，以及红楼系列研讨会的举办。他说，这三项工作包含同一个目标，也是他这些年来一直在努力追寻的理想，即让"什么是好的儿童文学"的观念在原创儿童文学的艺术话域中得到树立和传播。

我国儿童文学教育研究理论发展至今已有近百年的历史。在不同的历史发展进程中，儿童文学领域的概念、方法包括创作现状都会有沿袭和创新。而进入21世纪的中国儿童文学已经发生革命性变化，单一纸质媒体传播途径转变为多媒体传播，儿童文学的创作和阅读现场也发生了剧烈的变化。与此同时，除了高校相关专业的学习者和研究者外，儿童教育、童书出版等领域的相关群体，比如小学教师、童书编辑，乃至对儿童文学有兴趣的知识阶层父母等，也有着了解儿童文学知识的需求和渴望。儿童文学的基础教育理论如何体现时代的变化，为儿童文学的创作与阅读提供理论的支撑与引导，又该如何适应新兴人群的需求？这都对儿童文学教育理论研究者提出了新要求。近日，复旦大学出版社与合肥幼儿师范高等专科学校联合在合肥举行"首届全国儿童文学教学研讨会"，邀请浙江师范大学教授方卫平在会议上做题为《重新发现儿童文学———兼谈复旦版〈儿童文学教程〉的写作》的主题报告。在过去的一年里，这部由方卫平教授独立撰著的儿童文学教程获得了专家和普通读者的好评，"有用"是他们对这本教程的评价。

"我们今天可能生活在一个各方面变化都空前迅速的时代，这其中也包括儿童文学与童年文化。儿童文学理论当然需要对这些变化做出及时的回应，在理想的境况下，它还应该以理论特有的前瞻和洞见，对这个时代儿童文学的发展现状、机遇、问题和未来，提出有价值的判断和建议。"在接受记者采访时，方卫平表示。

"希望教程不但帮助读者明白什么是儿童文学，也懂得分辨什么是优秀的儿童文学。"

记　者：在儿童文学领域，普通读者关注更多的是儿童文学的创作与传播，很少关注儿童文学的理论体系建构和学科体系建构，这与理论的专业性不无关系。但好的理论和体系可以有效指导文学创作和文学传播，亦可帮读者与作者更好地厘清儿童文学传播中的问题。在整个儿童文学的创作、传播、教育等等环节中，您觉得《儿童文学教程》可以起到什么作用？在您的设想中，好的儿童文学教材应该具有什么样的品质？

方卫平：《儿童文学教程》作为教材，属于儿童文学理论学习的启蒙类读物。它一方面需要儿童文学专业理论知识的扎实支撑，也是对这一知识体系的一种介绍和呈现；另一方面，它又要充分考虑其读者对象——作为"教程"主要受众的儿童文学理论入门者——的学习需要，在内容与编排上突出基础性和启蒙性的特点，以达到理论知识及其应用启蒙的目的。这意味着，儿童文学教程的写作应恰当把握专业性与大众性、理论性与应用性的平衡。一本理想的儿童文学教程，应该能够以全面、准确、前沿同时又深入浅出的方式，帮助读者把握儿童文学的基础理论知识，培养儿童文学的基本鉴赏能力。

　　在儿童文学的创作、出版、阅读和教学越来越受到重视的今天，不只是儿童文学的研究者，许多对儿童文学感兴趣的教师、编辑、作家乃至父母都有着儿童文学理论学习的迫切需求。这一需求不是仅以理论的学习为终点，而是更希望理论能够切实、有效地指导儿童文学的阅读、欣赏、教学等实践活动。因此，我在《儿童文学教程》的写作过程中抱有一个很朴素的想法，希望这本教程既能帮助读者认识、把握儿童文学的文类特征与艺术特性，也能帮助他们将此认识应用于儿童文学阅读欣赏与审美判断的实践。希望这本教程不但帮助读者明白什么是儿童文学，也懂得分辨什么是优秀的儿童文学——在与儿童文学有关的各类实践活动中，后者的意义尤其重大。教程出版后，我得到了一些编辑朋友和小学语文教师的反馈，大家觉得这本教程很"有用"。我的初衷多少有所实现，这让我也感到很高兴。

　　记　　者：在当下的图书市场，尤其是进入新世纪后的这十多年，儿童文学的阅读和传播得到了前所未有的关注。市场和创作的繁荣同时带来理论研究的繁荣。就像您在前言中所说，儿童文学教程的出版也步入了"快车道"，但快速发展的同时也使得创作和理论建设中都出现了许多来不及梳理的问题。在多年的观察、实践和研究中，您觉得当下的儿童文学教材编写整体情况如何？这部由您个人撰写的《儿童文学教程》与之前您主编的《儿童文学教程》相比，又有哪些新特点？

方卫平：随着近年儿童文学教材种类的增加，其体例的多样性和理论的前沿性也在不断增强。一些编撰者除继承儿童文学的传统理论内容之外，更将当代儿童文学的新知识融入教材，充分体现了儿童文学教材编撰的与时俱进性质。

近年来，国外引进的优秀儿童文学教材也为国内教材编撰提供了一定的借鉴参考。比如我主编的"浙江师范大学儿童文化研究院红楼书系"第二辑"风信子儿童文学理论译丛"中收入的加拿大学者佩里·诺德曼与梅维丝·雷默合著的《儿童文学的乐趣》一书，即是北美高校知名的一部儿童文学教材。这本教材理论前沿，体式活泼，语言生动而通俗，受到了国内不少读者的青睐。

我这本教程因是个人独立撰写，也得以更多地体现我个人的一些趣味和想法。教程主体内容包括三个部分，一是基础理论，二是艺术论，三是文体论。以艺术论部分为例，这是我多年来在自己的儿童文学课堂上设计讲授的内容，关于韵律、游戏、幽默、荒诞等艺术范畴的分析和解说，也较多地体现了我个人的儿童文学艺术趣味和审美思考。

实际上，我曾一度不满于传统教材主要由文体论构成而艺术理论支撑极为羸弱的状况，考虑过是否要在这部教材中将文体部分缩为一章，同时进一步增加艺术论的内容。不过，考虑到对初学者而言，他们也需要借助文体分类学习的初级平台，逐渐过渡到打通不同文体的艺术范畴知识的学习，我最后仍选择保留文体论的正常篇幅。

"在儿童文学的理论和创作之间，最好的关系模式是一种双向的'引领'。"

记　者：儿童文学市场在最近十年里已经发生了翻天覆地的变化。面对各种随着时代和创作而兴起的新事物，儿童文学理论研究和建设可以采取什么样的研究手段和积极措施，来保持与儿童文学创作的同步？或者，它是不是应该不仅仅限于总结，而是可以对儿童文学的创作有引领作用？

　　方卫平：你说得对。我们今天可能生活在一个各方面变化都空前迅速的时代，这其中也包括儿童文学与童年文化。儿童文学理论当然需要对这些变化做出及时的回应，在理想的境况下，它还应该以理论特有的前瞻和洞见，对这个时代儿童文学的发展现状、机遇、问题和未来，提出有价值的判断和建议。

　　在今天日益庞大的童书市场需求的推动下，儿童文学创作良莠不齐的现象特别突出，也因此特别需要理论工作的有效介入，来恰当、深入地审视、探讨当前儿童文学发展的现状、问题与未来的方向。在儿童文学的理论和创作之间，我想最好的关系模式是一种双向的"引领"：来自创作的"引领"，促使理论工作始终保持对具体的创作现实及其艺术动向等的关注和敏感，避免蹈空的理论化；来自理论的"引领"，则有助于人们准确判断创作的状况，及时发现创作的问题，从而辨清和把握创作的方向。两者的良性互动，会使创作和理论同时受益。

　　记　者：阅读这本教程时，比较强烈的一点感受是，您比较强调儿童文学的"当代"概念。包括书中有提及的"儿童文学的当代概念""后现代语境中的儿童与儿童文学""儿童文学与儿童文化产业""儿童文学的另类叙事"等话题，都与当代有关。这些新内容的加入，体现了怎样的考虑？

方卫平：在儿童文学理论知识的阐释中，既注重理论的基础性、系统性，也注重理论的当代性、前沿性，是我在教程写作中的基本考虑之一。新世纪以来，由于儿童生存现实、童年文化环境、儿童文学创作与出版语境等的急速变迁，我们对于儿童文学的文类概念及其文化身份、美学面貌等的理解也在不断拓展。你提到的这些章节，都是与当前童年的文化现实和儿童文学的艺术现实密切相关的"当代"话题。在教程中关注和呈现这些当下和前沿的趋向，可以帮助读者从一个更加开阔、丰富也更加贴近现实的角度，来看待和解读今天的儿童文学创作现象与问题。

记　者：在教程中，您提到商业文化语境、消费文化语境以及新媒介语境下的儿童文学，提到"儿童文学产业化"这个话题，并以西方较为成熟的《哈利·波特》为例来进行阐释。在中国，儿童文学产业化应该会成为趋势。但是，当文学与产业、商业联系在一起的时候，我们难免会有所顾虑。您如何看待这个问题？商业化和消费文化给儿童文学带来的必然会是伤害吗？

方卫平：如果说二十多年前，儿童文学界对于"商业文化""消费文化""文化产业"等词更多地持有一种保守的抗拒情绪，那么今天，随着这些当代文化语境与儿童文学日益紧密的结合，我们已经能够更坦然地接受它们带给儿童文学的诸种变化，也更理性地看待它们带给儿童文学的双面影响。

实事求是地讲，近一二十年间，被一些业界人士称为"黄金时代"的儿童文学繁荣期，在很大程度上正是得益于当代童书迅猛的商业化进程。在这一进程中，儿童文学的文化地位得到了更普遍的认可，儿童文学的艺术创作也得到了更多元的发展。在承认这一现实的前提下，我们来反观和反思商业时代儿童文学发展面临的挑战和问题，可能会有一些更成熟的见解。商业时代既导致了唯市场、唯赢利的童书创作和出版乱象，同时，也有一大批儿童文学作家、出版人等越来越不满足于庞大的销售数字本身，而是借此平台实践着更为自由、大胆、深入的艺术追求。我们不能要求商业时代的儿童文学告别商业运作的逻辑，这既是不现实的，也是不合理的。但对那些有抱负的人们来说，对于一种有抱负的文化而言，如何在借力商业平台的同时走出商业化的迷思，走向更远大的文化创造实践，商业语境下这既意味着难得的机遇，也充满了新的挑战。

记　　者：如果没有文学实践的支持，理论阐释难免会陷入空洞的尴尬。在编辑教材的同时，您在前几年选编出版了《最佳儿童文学读本》系列。包括您近些年策划、组织的"红楼儿童文学新作系列研讨会"，无疑是理论与创作、教学与实践相互促进的一种方式。

方卫平：你提到了近年我专心在做的三件事情，一是这本《儿童文学教程》的写作；二是儿童文学读本的选评，包括你提到的《最佳儿童文学读本》系列，三是红楼系列研讨会的举办。这三项工作其实包含同一个目标，也是我这些年来一直在努力追寻的一个理想，即让"什么是好的儿童文学"的观念在原创儿童文学的艺术话域中得到树立和传播。《儿童文学教程》是以基础性的知识讲授的方式，"最佳"读本系列是以最具体的文本阅读的方式，红楼系列研讨则是以专业化的理论探讨的方式。我的这个观念在这三项工作中都有体现。

比如撰写《儿童文学教程》时，我的一个基本想法是，这本教材除了提供中性的理论知识介绍，还应该能帮助读者从艺术判断而不只是知识学习的角度，来领会儿童文学的艺术魅力，展开儿童文学的艺术辨析。出于这一目的的考虑，我给自己设定了一个要求，即在教程中用作举例赏析的文本，必须是我阅读视野中位居经典和优秀之列的中外儿童文学作品。

事实上，通过教程的写作，我也把自己多年来积累的一份儿童文学佳作清单呈献给了我的读者朋友们。我相信，对于许多儿童文学的入门者来说，在佳作的阅读和鉴赏中培养一种相对纯正的儿童文学艺术趣味，是一个特别重要和"有用"的基础。在我看来，这种纯正的艺术观既是包括作家、研究者、编辑、出版人、教师、父母等不同人群与儿童文学打交道时用作识真辨伪的利器，也是在一个市场化时代保持对于原创儿童文学艺术现状及其方向的准确判断的重要依托。

（原载2016年5月19日《文学报》）

关于冒险题材儿童动画片的对话

——2016年5月24日答人民日报社《环球人物》记者李静涛问

李静涛：在迪士尼的经典动画片中，以冒险家为主角，以历险为主题的很多，例如《罗宾汉》《彼得·潘》《木偶奇遇记》《彭彭丁满历险记》等。在以儿童为主要受众的动画片中，这类题材受欢迎的原因何在？

方卫平：从审美的角度来看，历险主题的故事呼应了人类身体和精神中一种重要的原型冲动，那是深埋在我们每个人心里的对于"外面"、对于"远方"、对于一切"不同寻常"之物的好奇和渴望。实际上，不只是在动画片和儿童文学作品中，在成人文学中，历险都是一个引人入胜的叙事原型。对孩子来说，历险故事的阅读将他们带到一种与寻常生活大不一样的惊险旅程中。这旅程既充满了冒险的刺激，又遵循着儿童故事的基本叙事界限，使其读者有一种相对安全感。这可能是这类故事在童年的阅读生活中长盛不衰的主要原因。

李静涛：历险类动画片中，向往着正义或自由的冒险家角色对于儿童蕴含着怎样的寓意？

方卫平：在儿童的欣赏中，冒险家主角往往就是他们的认同对象。孩子们从主角身上体验历险行动的快感，这快感又可分为两个层次。在浅层次上，它的环环相扣的紧张运动，指向着德国美学家谷鲁斯所说的内模仿的快感，这种游戏的快感对孩子来说尤其具有吸引力；在更深层次上，像一切文学作品一样，它的主角行动所内含的正义和自由的诉求，同时带来了一种精神上的独特快感。

李静涛：以《罗宾汉》为例，主角罗宾汉取材于英国民间传说中的侠盗罗宾汉。这样一个劫富济贫、反抗暴虐贵族的侠客角色，受到儿童欢迎的原因何在？

方卫平：儿童对于这类动画片中"劫富济贫"之类的观念不会有太多意识，但与这些观念相伴而生的英雄行动和英雄情绪，却会带给他们强烈的感染力。由于儿童往往在社会生活中处于弱势位置，对于这些为弱者代言的英雄更是格外敏感和向往。但也正因为这一点，动画片在处理对抗类的话题时，其实也要格外谨慎，避免落入以暴制暴的简单套路中。

李静涛：动画片《罗宾汉》本身故事情节相对简单，将传说中的人物分别以狐狸、熊、狮子等动物的形式呈现。这种以动物为载体的创作手法，有哪些好处？

方卫平：在这类动画片的叙事中，这是一个有趣的策略，它源自古老的童话艺术传统。以动物替代人物角色，一方面通过拟人手法的运用，将故事进一步趣味化；另一方面，在动物角色的面具下，故事中原本发生在人与人之间的暴力和对抗有所冲淡，对孩子来说，这样的精神缓冲特别重要。

李静涛：《小飞侠彼得·潘》是另一类冒险故事。片中永远长不大的彼得·潘夜晚带着受家人严格管教的孩子们，飞到了梦幻岛，经历了一系列冒险。孩子们在其中体会到了自由，并且培养了独立生活的能力。影片为何着重突出了家长的管教和孩子向往自由的心情？

方卫平：在英国作家巴里的原作《彼得·潘》中，作家要传递的情感其实有些复杂。一方面，彼得·潘代表的那种无忧无虑、无牵无挂的童年自由精神得到了高度颂扬；但另一方面，温蒂所代表的家的温暖、爱的甜蜜以及成长的奇妙和感伤，也表达了童年生活的另一种向度。迪士尼的动画片避开了这个复杂而矛盾的童年情结，转而把它处理成了一个逻辑上更为简单、顺畅的冒险成长故事，其中成人的管教烘托出孩子对自由的向往，也在一定程度上促成了孩子们的冒险出逃。这样，影片情节在逻辑上显得更为统一。

李静涛：《小飞侠彼得·潘》的最后，孩子们经历了冒险后，想家了，并主动提出要回家。影片最后，展现了孩子们长大，过上了曾经父母的生活。这样的结局有何寓意？

方卫平：正因为终有一天会长大，童年才显得如此珍贵。所以，迪士尼版彼得·潘的故事所传达的意思不是让人们告别长大，而是让我们更懂得以宽容、理解和欣赏的心态，来接纳、感受和纪念童年时代无羁无绊的自由和无拘无束的欢乐。

李静涛：影片中，彼得·潘永远长不大，而且永远在寻找下一个家庭，带着孩子们去享受自由的冒险。这样一个角色的寓意又是如何呢？

方卫平：彼得·潘代表了人类心中永恒的童年情结，以及童年永远的自由、飞翔和欢乐精神。

李静涛：《木偶奇遇记》中的匹诺曹经历的冒险和前两者不同。他的冒险伴随着自身的缺点以及由此带来的恶果，某种程度上是被动冒险。您如何看待这样一部影片？

方卫平：童话《木偶奇遇记》是19世纪的作品，它以冒险的方式来表现匹诺曹的"改邪归正",也带着那个时代童年观和教育观的烙印。今天看来,这部作品超越其时代性的地方在于,匹诺曹的冒险尽管是其"改邪归正"的途径,但这一历险过程本身却得到了足够传奇性的表现。这使它在观念上尽管带着某些需要反思的历史内容,但在儿童文学的艺术表现方面仍然是优秀的。

(原载2016年5月《环球人物》)

原创童书：如何"书香弥漫"又"童趣盎然"？

——2016年7月19日答《光明日报》记者李苑问

李　苑：近日，原创童书《故宫里的大怪兽》受到读者欢迎。这本书以故宫里的真实怪兽雕像为切入口，讲述了一个小学生的冒险故事。书中融合了传统神话故事的内容，受到小读者和家长的欢迎。您还知道哪些知名童书，也是很好地融合了传统文化并被读者喜爱（国内外皆可）？您认为传统文化如何实现现代话语转换，为少年儿童喜闻乐见？

方卫平：在中外儿童文学创作的广义语境中，传统文化的影响其实无所不在，也有不少显然借传统文化的角度、层面等来讲述故事、传递意义的作品。最众所周知的如《魔戒》系列、"哈利·波特"系列等，都是从欧洲古老的神话、传说等幻想土壤中生长出来的。美国儿童文学作家、1972年国际安徒生奖得主司各特·奥台尔的历史题材小说，如《蓝色海豚岛》《国王的五分之一》等，另一位美国作家、1992年国际安徒生奖得主弗吉尼亚·汉密尔顿的非裔黑人生活题材儿童小说，也糅合了传统的神话、传说、历史与现实。较近的如一批欧美作家合作创作的儿童小说"39条线索"系列，试图将整个欧美文化大体系中的重要文化传统、事件等融入一个奇险的当代少年冒险故事。

在这类童书作品中，作家能否在传统文化所提供的题材、思想等资源基础之上，对它们加以很好的故事化、儿童化和当代化的处理，往往是作品能否具备对儿童读者的吸引力、而非仅仅承担说教功能的关键。

李　苑：随着信息时代的发展，原创童书在体现童真童趣上有何变化？是否有新的特征？

方卫平：我曾在《商业文化精神与当代童年形象塑造》一文中谈及当代商业文化带来的儿童文学中童年形象与童年精神的变迁，包括儿童主体性的提升、童年游戏精神的强化等。这些其实也是当代原创童书与过去相比的一个突出特点。在表现儿童文学的童真童趣时，今天的原创作品会更强调孩子自己在这些趣事中扮演的主体角色，也更强调对儿童自我权益、精神独立性等方面的关注。

李　苑：原创童书如何在书香弥漫的同时，还能吸引孩子的目光？

方卫平："书香弥漫"与"吸引孩子的目光"，两者其实并不矛盾。在优秀的童书中，"书香"的体现并非我们一般理解中的文学"精英主义"，而总是与引人入胜的故事、清浅生动的语言、回味悠长的意义结合在一起。因此，今天的原创童书要做的，不是到"书香"之外去寻找对童年的"吸引力"，而是去努力实践上述童年文学和童年精神的应有风貌。那样的文学，一定也是对孩子来说真正富于"吸引力"的优秀的儿童文学。

（本次访谈部分内容见2016年8月3日《光明日报》李苑《一些原创童书为何受欢迎》一文）

原创图画书发展的艺术瓶颈在哪里
——2016年8月11日答《文学报》记者金莹问

金　莹：中国的原创图画书尚在起步阶段，与相对成熟的国外优秀作品相比，自然有不少的差距。与呼唤图画书的中国元素相比，您觉得我们与国外优秀绘本的最根本差距是在哪个方面？可否举个具体的例子？学界更应该呼唤作者在哪些方面加强原创图画书的创作？

方卫平：对于原创图画书的发展来说，谈论"中国元素"的同时，我们还应更多地关注一种更具普遍性的"图画书元素"，我认为，后者对于原创图画书目前的发展来说，显得更为紧迫，也更具基础性。这里的"图画书元素"，也可以说是一本图画书最具文体标志性和区分性的艺术要素与特质。应该承认，现代图画书的艺术本身是多种多样的，但作为一种在当代童书版图上受到特殊重视的文本，图画书在其不长的发展时期里形成了它最典型、最独特的艺术，即文字与图画之间的创造性合作造成的独特表意可能与表达效果。这种合作使它超越过去的配图童书，成为一种在艺术上具有独特魅力的童书形态。

原创图画书要走向世界图画书艺术舞台的中心，就需要先仔细学习、琢磨进而发展图画书的这种独特的艺术能力。在做足"图画书元素"功夫的基础上，我们再来同时谈论"中国元素"如何以一种充分"图画书式"的艺术方式在图画书作品中得到表现。在我看来，就像任何成熟的运动员在形成、展现自我独特的风采、风格之前都必然要经历最基础的体能和动作练习一样，原创图画书（任何图画书都一样）一定要走过这个奠基性的艺术成长阶段，才能以成熟的艺术身躯去创造、追求并实现一种更自由的图画书美学。

也可以这样说，如果我们要谈论原创图画书的"中国元素"，它就不是一个简单的题材问题，而首先是一个艺术问题；书写中国题材、表现中国童年对原创图画书来说只具有创作素材层面的意义，而能否以及如何以高级的图画书艺术来书写和表现，才是原创图画书的中国书写最需要关注的问题。未来，原创图画书能否在世界图画书领域得到更高艺术地位的认可，能否为这一艺术门类做出不可替代的艺术贡献，关键也在这里。

金　莹：提到中国的原创童书，我们必然会想到中国童年。中国作者讲中国故事，是自然而然的选择。那么，中国原创图画书如何体现图画书与中国故事、中国元素的对接和贯通，让中国表达具有面向世界讲述的高度和格局？（原创图画书中颇受好评的《团圆》《牙齿，牙齿，扔屋顶》等作品表现的都是中国故事，它们获得认同，是否具有一些共同特征？或者，它们也仍存在一些可以改进的地方？当下的图画书创作中是否存在简单地用中国符号刻意表达中国元素的情况？）原创图画书对本土童年的体现，是否做得令人满意？中国原创可以在哪些方面进行改进？

方卫平：中国当代童年有它自己的独特性、丰富性与复杂性。原创图画书对此予以关注，是很好的现象。目前最迫切的议题，是如何使原创图画书在讲述中国童年故事时，能够将它放到图画书独特的艺术语境中，使之在图画书的整体艺术上（而不只是题材、文字编织或文字与插图的简单搭配上）抵达更高层级。

我在一些谈论原创图画书的场合，常会介绍到余丽琼著文、朱成梁绘图的《团圆》。这是获得第一届丰子恺儿童图画书奖大奖的作品。在这本图画书中，除了有着浓郁中国生活滋味和生动童年生活感觉的"中国故事"，我还看到了对于当时的原创图画书来说格外珍贵的画面叙事和图文合作。《团圆》的不少画面，其构图、色彩、细节等，很值得做叙事上的细致解读。这就使它像许多优秀的现代图画书一样，在画面叙事方面具有了与优秀的文字叙事一样丰富生动却又独一无二的表达力。其实，即使是在看似简单的"文配图"模式中，图画书的艺术都很考验创作者的智慧。面对一串文字的叙述，对应的画面可以有很多，因为文字的语言方式就是连续性的，是一连串画面的联动，但最终却只有一个或有限的几个画面会落在图纸上。这么一来，你选择画什么，怎么画，都有图画书艺术上的讲究。

比如《团圆》里，毛毛陪爸爸去剪头发的那个段落，"我坐在椅子上等爸爸"。想象这段文字对应的画面，大概是一个理发师拿着剪子正给爸爸剪头发，小女孩等在一旁。但这个画面除了解释文字内容，其独特的叙事力又在哪里呢？我们看到，作品中，画家选择了一个很具表现力的场景，即理发师将理发布给毛毛爸爸围上的瞬间，此刻理发布在理发师的手中飞展开来，尚未完全落到毛毛爸爸身上。蕴于这个画面中的那种充满动感的生活气息，那种将落未落的小小悬念，将孩子感觉中的世界表现得格外生动，也巧妙地铺垫着理发前后坐在一旁等待的毛毛的心情，这些都构成了对于文字叙事的隐在而重要的补充。这只是一个小小的例子，但它说明图画书的画面不只是画得好、画得美、画得特别就可以了，它还承担着对整个作品来说不可或缺的叙事功能。相比之下，目前我们看到的许多原创图画书，在画面叙事的发掘上还远不够成熟。

金　莹：图画书有着不同于文学文本的创作规律，它不是简单的图文结合，应该是文本与图像之间产生奇妙的化学反应。中国文学的传统是强调文学性，所以我们也可以看到专家对图画书文学性的呼吁。图画书的文学性，与大众理解的文学性是否存在不同？在重视文学性之外，我们是否相对忽略了图像与文字之间的张力关系？如何理解图画书的图像叙事（能否举个具体的例子）？在这一方面，我们可以建立什么样的认识？图画书中的图与文应该处在怎样的关系之中？两者以何为重？

方卫平：图画书既然是文字与图画共同叙事表意的特殊文本，我们理解它的文学性，也应该是一种同时包含文字与画面艺术的文学性，是文图合作中的文学性。这也是图画书特殊的文学性。受到传统文学观的影响，我们容易把图画书的文学性理解为文字部分的文学性，而把插图部分作为非文学因素，这其实是不全面的，某种程度上，它也是图画书艺术观不够成熟的表现。

在我的图画书讲座上，我曾经举过荷兰图画书《奇怪的一天》作为文图合作叙事（尤其是图像叙事）的一个典型例子。这本图画书的文字部分讲了一个简单的故事：大风天里，男孩杰克在等一封信，这封信将告知他绘画比赛的结果。他没有等到信，沮丧地在外面走了一圈，回到家里，发现获奖的通知在信箱里等着他，同时还有一大群带着礼物来看他的人们。这是怎么回事呢？谜底藏在画面的叙事中。我们看到，就在文字部分讲述杰克没能等到信件的内容时，画面上，有一封信从一个邮差手中飞了出去。邮差由此开始了在大风天里追逐一封信的"艰难"过程。由于邮差的奔忙,在这一带导致了各种"事故",这些事故又恰好被沮丧路过的杰克下意识地挽救了,这才有了最后的场景。我们看到的是,图画书的文字与画面各讲出了故事的不同部分,同时又巧妙地彼此衔接,并最终统合在一个充满意外的温暖结局里。这是典型的文图合作的艺术。书中插图还有许多值得一提的细节,它们为整个叙事进程增添了巧妙的伏笔与可爱的趣味。

但同时,我也要特别强调,对图画书的艺术来说,文字与画面是一样重要的,优秀图画书的艺术魅力存在于它们彼此的有机配合中。只是因为我们今天相对欠缺的是插图方面的启蒙,所以经常看到对于这一部分的格外强调。谈到图画书的文字创作,我以为有两个与文字有关的问题值得思考:首先,作为文学作品,它本身在文学上的质量怎么样?其次,作为图画书的文字,它给画面叙事留出充分的创造空间了吗,它与画面之间的合作是否能够碰撞出远比只有文字或只有画面丰富得多的表达内容与效果?把这两个问题合在一起,我们就能更好地理解图画书独特的文字艺术。

金　莹:您曾提到我们应该重视图画书中的童年意识。也有专家认为,当下的图画书创作中存在儿童视角缺失、创作题材单一的问题。这种儿童视角的缺失体现在哪些方面?中国创作者在图画书创作中在这方面的不足,是基于什么原因产生的?(对儿童文学理论的不了解,创作心态上以成人视角俯视儿童?)学者又可以提供哪些方面的建议,让创作者在这些方面进行弥补和改进?

方卫平:有一点要先明确,儿童文学作品(包括图画书)中的童年意识，是一种基于童年观念、理解而诞生的关于这类文学应该如何表现童年，以及应该把什么样的内涵交给童年的意识。在具体的作品中，并不是写了儿童就代表有童年意识，也不是不写儿童就没有童年意识。我在这里所说的童年意识的缺失，是指作家对童年的理解出了问题，也就是我们常说的作家"笔下没有童年"。有的作家也许会委屈地说，"我"写了童年啊，也表达了"我"对童年的理解啊。但对于优秀的儿童文学作品来说，有童年和对童年的理解，与这种童年及其理解符不符合现代童年生命的精神，符不符合现代童年文化的要求，完全是两码事。我们今天需要加强关注的正是后者。一些作品尽管写了孩子乃至孩子现实的生活，但我们读它，却感到缺乏童年应有的生动趣味，缺乏童年自己的生命力量，缺乏对孩子的发自内心的尊重与理解，等等。这就是缺乏童年意识的典型表现。图画书的道理也是一样。它的问题根源和最终的解决办法，还是在作者自己身上。多读优秀的儿童文学作品，也尽量精读一些儿童蒙养、教育的经典著作，从中了解什么是真正的童年情味，什么是对童年生命的真正尊重，什么是今天的儿童文学应该给孩子的，等等。

（原载2017年6月1日《文学报》金莹、何晶的《原创图画书发展的艺术瓶颈在哪里？》一文）

我看"少儿书业的黄金十年"

——2016年11月8日答《文艺报》记者行超问

行　超："黄金十年"的概念是什么时候出现的？可否具体阐释一下它的具体含义？

方卫平：2013年8月21日的《中华读书报》，刊发了该报编辑、出版人陈香女士策划的2013年全国少儿图书交易会特刊"百问少儿出版黄金时代"。在策划缘起中，陈香提出了"少儿书业的黄金十年"的说法。这应该是"黄金十年"一说的首次出场。此后，这一"黄金十年"的说法在众多少儿出版人、媒体人、作家、学者的观察中得到较为频繁的援引。在我看来，"黄金十年"的说法主要喻指进入新世纪以来少儿出版和创作获得空前蓬勃发展的现实，尤其是在整个文学创作、出版事业事实上正从社会生活的中心日渐走向边缘的现实下，少儿出版与创作逆势而上的井喷式发展，包括少儿文学作家与出版队伍的不断壮大，给身处其中的人们留下了极为深刻的印象。我在2012年一篇文章里也曾写道："20世纪90年代，儿童文学还在以自己的方式分担着整个文学界关于文学未来命运的焦虑，然而很快地，进入新世纪之后，在文学界对于文学'边缘化'命运的集体焦虑中，当代儿童文学却迎来了它迄今为止最为兴盛的一个写作和出版时期。一方面，在儿童受众群体内，儿童文学的阅读量迅速增加，儿童文学的传播圈也在迅速扩大；另一方面，在图书市场上，各类销售数据统计一再确证了儿童文学在其中占据的显赫位置。儿童文学的这一勃兴势头体现在其创作、出版、接受、传播等各个环节，同时，这一文类的艺术手法、风格等事实上也获得了许多重要的拓展。因此，我认为，不论就外在的阅读接受还是内在的艺术探求而言，可以说，当下的中国儿童文学都处在一个空前利好的发展时期。"

　　行　超：您认为，从中国儿童文学的现状来看，"黄金十年"究竟是出版的黄金十年还是创作的黄金十年？

　　方卫平：对文学来说，创作与出版的繁荣是一体的。当然，如果仔细分辨的话，那么"黄金十年"首先和最为鲜明的表现是在少儿出版层面。这些年来，受到少儿出版"黄金"效应的催动，大量非少儿出版大社纷纷创立少儿分社，投身少儿出版。这一出版大盘的扩容直接促生了对儿童文学创作资源的极大需求，进而有力地鼓励和推进儿童文学创作者与作品数量的快速增长。

　　行　超：对于个体创作来说，出版的井喷除了推动数量的增长，对于质量来说是否有负面影响？

　　方卫平：我们应该看到，少儿出版业的井喷式发展对儿童文学创作发展的影响是双重的。它既使当代儿童文学的创作活动及其成果在出版、市场等领域受到空前热情的关注、尊重与鼓励，并且推动着当代儿童文学艺术的丰富化与多元化进程。另一方面，商业时代市场化、快节奏的出版逻辑，的确也给作家的创作带来了一些负面影响。它突出表现在两个方面：一是出于市场利益的考虑，大量创作日益以迎合市场及儿童读者的娱乐需求为目标，由此导致了儿童文学艺术生态的失衡。二是在商业出版的节奏要求下，儿童文学创作的周期被一再缩短，作家没有更多时间来精打细磨一部作品，作品的艺术质量也就难以得到足够的保障。这不仅是中国儿童文学的问题，也是目前全球化商业出版背景下整个世界儿童文学共同面临的问题。

行　超：许多人都在谈论，目前儿童文学创作存在心浮气躁、容易被市场误导的问题，您认为该如何解决这个问题？

方卫平：这个问题有大环境的原因，也有作家个人的原因。环境的改变非一时之力，目前的情况下，儿童文学创作质量的提升，可能要更多地依赖作家个人的自觉和努力。我相信，每一个在内心深处真正认可自己为儿童文学作家的作者，一定希望自己的写作除了赢得市场的关注，也能赢得艺术的认可。其实客观地看，商业时代可能也为这种努力提供了另一类条件。我身边不少怀有真诚的艺术追求的儿童文学作家，在以若干作品赢得市场认可，进而获取相应的市场收益后，反而开始沉静下来，去思考和探求自我儿童文学艺术突破的路径。在这个过程中，市场的保障恰恰为这种自由的探索提供了必要的物质基础。当然，对作家来说，这种探求不只是单纯尝试新的写作题材或写作风格，它还需要更多地与广泛、深入的作品和理论阅读及思考结合在一起。

行　超：如果儿童文学真有下一个"黄金十年"，您对它有什么期待？

方卫平：新世纪以来的中国儿童文学已经完成了一些十分重要的艺术创新与突破。我期待在下一个发展阶段，这种艺术的努力能够走向更高的艺术层级，包括创作和出版具有世界性的儿童文学经典作品。

（本次访谈部分内容见 2016 年 11 月 11 日《文艺报》行超的《"黄金十年"究竟有多少含金量？》一文）

关于童书创作、出版现状的观察与思考

——2016年12月3日答《光明日报》记者杜羽问

杜　羽：您多年来一直致力于儿童文学研究，并且参与了很多童书评选、阅读推广活动。在您看来，近几年中国的原创童书出版有何变化？

方卫平：这些年来，受新媒体迅速发展与扩张的影响，传统纸质媒介的影响力和印制量受到了一定的挤压并导致了某种程度的萎缩。童书出版却在这样的大环境下，逆势上扬，甚至创造了童书出版的"黄金十年"。在这一大背景下，原创童书的出版也获得了可喜的丰收，主要体现在以下三个方面：一是原创作品的出版规模大大增加，大量原创童书，尤其是原创系列作品正在持续进入市场和读者的视野。二是原创作家及作品受到空前的关注和鼓励。这些年来，人们对原创作家和作品保持着热情的关注，期刊或童书市场每出现一些优秀的原创作品，不论短篇还是中长篇，都会引发出版领域第一时间的关注。不少优秀的年青作家也在这一过程中迅速进入公众和出版视野，这又反过来鼓励和推动了他们的创作。三是原创艺术实现了更为多元的发展。近年来，原创作品在题材、写法等方面均有新的探索和拓展的成绩。

杜　羽：国内为数不多的几位知名儿童文学作家，成为很多出版社竞相追逐的对象，家长选购童书也倾向于选择名家的作品。您如何看待这种现象？这会给原创童书的发展带来什么影响？

方卫平：出版社从作品质量和市场效益的双重角度选择出版名家

作品，家长和儿童读者则从作品质量和阅读效益的双重角度选择购买名家作品，其实都是正常的资源优选心理，无可厚非。但由于"名家"资源毕竟有限，面对当今市场的无底黑洞，这种一味追逐名家的倾向也可能带来一些负面影响。一是一些名家作品在不同的出版社以不同题名重复出版，其实造成了出版资源的某种浪费，而读者在追逐名家作品的同时也得承担重复购买的损失。二是位列"名家"的作家在市场的极力催促下，不得不加速创作大量作品，这种"速度第一"的创作生产机制必然会导致一些作品实际上尚未达到"名家"作品应有的质量，却也借"名家"之名得以出版乃至畅销。要想改变这种情况，一方面，市场应予"名家"以更宽裕的创作周期，以期收获更优质的作品成果；另一方面，除"名家"外，出版社有意识地去发现、培育新的优秀作者，也是拓展和优化出版资源的一个重要途径。

杜　羽：国内的图画书创作和出版起步比较晚，引进国外比较成熟、已经获得读者认可的图画书，无疑是一个便捷的途径，对出版社来说也更容易获利。在这种情况下，是否需要大力倡导原创图画书？原创图画书有可能在短时间内追赶上引进版图画书吗？

方卫平：在我看来，引进国外优秀图画书与倡导出版原创图画书之间并无矛盾，反而是相互促进的。推动原创图画书的艺术发展，必须通过让作者、读者更多地阅读和了解国外优秀图画书的途径。我们读国外的优秀图画书读得越多，对原创图画书的艺术期望也就越接近世界水平。只有这样的期望和理想，才有可能把中国的图画书艺术真正推向世界的舞台。而与此同时，我们读国外的图画书读得越多，也会越来越希望这个领域能够出现更多我们自己的作品，这些作品是以我们自己语言、情感的独特表达方式和样貌来书写、表现和探寻我们自己生活、环境、情感和观念中的各种现象和问题。或许，这样贴己的文学书写，只有本土作品才能做到。

我一直认为，原创图画书与引进版图画书，在体量上其实并非两个对等的观念，前者只是我们一国或一语种之图画书，后者则是集中了来自全世界的最优秀的图画书作品。所以，这两个概念之间，其实不存在那种竞争性的对立关系。这样，换一种思考的路向，是不是更有利于我们从竞争的焦虑中走出，而专注于图画书艺术本身的革新发展：从"原创图画书是否有可能在短时间内追赶上引进版图画书"的"竞争"意识，换位到"原创图画书如何使自己融入世界优秀图画书的艺术队列"的"参与"意识。

杜　羽：现在，政府和不少民间机构都在组织评选、奖励优秀原创童书，您觉得效果如何？请您以具体的奖项为例，谈谈通过评选推动原创童书发展的情况。

方卫平：通过设立奖项推动童书发展，其效果是显而易见的。众所周知的美国的纽伯瑞奖和凯迪克奖，设立于20世纪前期，对于促进美国原创儿童文学的发展具有重大意义，它们自身也成了世界范围内广有影响的童书奖项。相比之下，我们在这方面的努力可能刚刚起步，但也取得了显见的成绩。例如，以发现、奖掖原创图画书佳作为宗旨的丰子恺儿童图画书奖和信谊儿童图画书奖，对于近年原创图画书的发展起到了非常好，也非常重要的引领和推动作用。自2011年开始举办的"周庄杯"全国儿童文学短篇小说大赛，对于推动儿童文学短篇艺术发展、发掘原创儿童文学新人及作品等，均起到了很好的领率作用。在我看来，各类奖项和评选要在推动原创童书发展的事业中充分发挥其作用，专业和公正，两者缺一不可。

（本次访谈部分内容见 2016 年 12 月 13 日《光明日报》的文章《从国外引进的童书成主角　如何让儿童读物更有中国味》）

大学生活与学术起步
——2016 年 7 月 26 日答宁波大学校友会孙煜坤同学问

孙煜坤：方老师，请问您是哪年入校的？当时学的是什么专业？当时的专业选择以及四年的学习对您现在从事儿童文学教学与研究有什么具体的影响呢？

方卫平：1977 年，正当我高中毕业，心里盘算着如何打点行装，到哪个山村水乡插队落户的时候，高考恢复了。在几乎毫无准备、毫无压力、毫无期待的情况下，我考入了浙江师范学院宁波分校（即后来的宁波师范学院，现已并入宁波大学）中文系。选择中文系主要是因为兴趣，其次也许还因为，当时可供选择的专业很少。

影响当然很大。当时的选择，决定了这一辈子的工作，也在很大程度上决定了自己的生活内容和生活方式，即从最初从事中学语文教学工作，到后来在高校从事儿童文学教学与研究。

孙煜坤：请谈谈学校、老师对您求学生涯等方面的影响。

方卫平：那是一个改革开放开始启动，思想解放运动一波一波不断推进的激情年代，也是一个文学思想不断革新，文学新作不断给读者带来惊喜的属于文学的时代。在度过了最初的漫无目标、疯狂阅读、视力急剧下降的学习生活后，我逐渐对阅读的现状感到不满，并开始重新寻找自己的学习方向和专业目标。这个时候，文艺学学科成了我的首选。大学一年级，徐季子先生、李燃青先生等主讲的文艺理论课，曾让我陶醉不已。徐先生授课思路开阔、大气磅礴，极富感染力；李先生授课学理严谨、思路绵密，引人入胜。老师、课堂的魅力使我对这门学科充满了兴趣和好感：一方面，它具有相当的思辨性、理论性，符合我喜爱理论思辨的性情；另一方面，它纵贯古今，辐射中外，人类文学艺术发展史上的人物、事件、作品等，都在它的论述和统摄之中，这符合我偏爱艺文、寻求美感的人生趣味。于是，在本科二年级的时候，我把文艺学确定为自己的专业学习方向。在很大程度上，这要感谢老师的影响、鼓励和引领。

当时学校的条件虽然还不够完善，但今天回想起来，许多老师却十分令我想念、怀念。徐季子先生、白砥民先生、陈象成先生、李燃青先生、贺圣谟先生、陈诗经先生、庄严先生、张先昂先生、马香筠先生、吴全韬先生等等，他们的为人、学养、气质、关爱，都对我的学业和成长产生了重要的影响。例如陈象成老师，他给我们开写作课，每次他都会耗费大量心血批阅作文。于是，传阅他给每一篇作文写的评语，就成为同学们的一大乐事。我当时年纪较小，不太善于与人交往，1979年9月的一天，陈老师主动托同学带话，找我去他的宿舍聊聊。正是那次聊天，促使我开始思考和选择大学期间学习的方向。我毕业后曾在镇海骆驼中学任教，陈老师写信关心鼓励我，还曾一个人骑着自行车，从三官堂的学校来骆驼中学看我。现在，陈老师已经不在了，我还珍藏着他送给我的散文随笔集《拐枣集》。每次捧起先生这部素朴的著作，怀念之情就会在心头久久驻留。

孙煜坤：请谈谈您在校四年学习和生活中印象深刻、难以忘怀的事情。

方卫平：那个时代的大学生心性单纯，一心向学，我当然也不例外。印象最深的是我选择了文艺学学科作为自己的主攻方向后，就把自己整天泡在了图书馆和自习室里，泡在了从柏拉图、亚里士多德、贺拉斯到莱辛、康德、黑格尔、别林斯基、车尔尼雪夫斯基、卢卡契，从陆机、刘勰、袁枚、王国维到朱光潜、李泽厚、钱锺书、王朝闻等的著作和文章之中，泡在了各种学术性期刊和报纸的阅读之中，并在这种阅读当中渐渐培养起了自己的判断标准和理论趣味。例如，朱光潜先生的《西方美学史》是我了解西方美学思想发展历史的入门读物，我很喜欢朱先生深入浅出、质朴清澈的理论文风，也喜欢读他那些哺育了一代又一代学子的美学译著，如《柏拉图文艺论集》、黑格尔的四卷本《美学》等等。我也特别喜欢李泽厚先生的思想和著作。他的《批判哲学的批判》《美的历程》《美学论集》等著作都是我爱不释手、品读再三的美学著作。李先生著作独特的思辨色彩、充满激情和华美感的理论文体，使他和朱先生一起，成为我大学时代心目中的学术偶像。

在阅读中我也发现，有的美学家的理论著作和思考脱离了对艺术与美的真切体悟和欣赏，而往往只是从概念和教条出发，于是观点机械僵硬，文风滞涩乏味。为了警惕和避免成为这样的研究者，整个大学时代，我在力图博览中外文学著作的同时，也广涉音乐、美术、书法、建筑、影视、戏曲等艺术领域的各种知识，注重艺术欣赏和体验的积累。许多年来，我之所以对大学时代的生活充满了怀念和感激，就是因为在这样的学习过程中，我感到，知识的汲取、视野的拓展、情操的陶冶、人性的美化获得了一种完美的融合。

孙煜坤：对于您在校期间的校园环境、餐饮和住宿条件，请问您有何感想？

方卫平：刚入学时，学校的硬件设施的确还很落后。学校办公室、教室、图书馆、宿舍等，都是比较简陋的平房。起初，学校图书馆的藏书还没有我现在家里的书多。回想起来，那时的物质条件虽然贫乏简陋，但我赶上了一个充满激情的时代；那个时候的老师们虽然也刚刚走出一个错乱的年代，但他们还没有被名利收买，没有被"体制"的力量异化，他们的心里装着学生；我还遇到了一批质朴好学的同学。甬江之畔的那座简陋的校园，在我毕业的时候，已经建起了新的教学大楼和学生宿舍。离开那里的时候，我心里充满了幸福和感恩之情——对我的大学校园，对我的青春岁月。

孙煜坤：您在大学期间培养了哪些兴趣和爱好？最大的收获是什么？

方卫平：我大学期间好像一心读书了，兴趣就是读书，并且尝试学术练笔。记得从三年级到四年级，我一边思考，一边摸索，一边尝试性地开始了学术性文字的练习和写作。记得我的第一篇"论文"题目是《创作方法的质的规定性不能取消》。写完修改誊抄后，我不知深浅，拿去请徐季子先生指导。徐先生不仅仔细阅读了，而且在文末写下了评语给予鼓励。虽然我知道学术的路途前方未可知晓，但从此以后，我却迷恋上了这样的与文字的亲近和搏斗，又陆续写下了《柏拉图文艺观点刍议》《自然的人化与自然的客观性》《浅谈艺术个性》《形象思维是用形象来思维吗》《意识流手法与现实主义文学》等约二十篇学术性练习文字。那时候不知天高地厚，我还写过一篇《试论美的本质》，试图一举解决数千年来中外哲人苦苦思索而不得其解的美学思想难题，真所谓"无知者无畏"矣。

　　大学四年级时，我的一篇习作经徐季子先生推荐发表在了学校的学报上。由于自觉文章浅陋，这篇文字的发表并未给我带来多大的喜悦。但是，我的学术理想却从此被点燃了。这可能就是大学期间最大的收获了。

　　孙煜坤：母校留给您最深远的影响是什么？

　　方卫平：母校留给我最深远的影响，是培养了我对专业的热爱，对学术的信仰。

　　孙煜坤：您认为大学期间，最应该为将来的事业与人生积累什么？

　　方卫平：为学的态度和能力，为人的格局和素养。

　　孙煜坤：对宁波大学在全国高校中竞争力的提升有何展望？

　　方卫平：近年来，宁波大学在管理体制改革、师资队伍建设、高层次科研成果培育、人才培养、办学特色等方面都取得了突出的成果和可喜的进展。祝福宁波大学在高校"双一流"建设新动力的推动下，不断提升特色和竞争力，不断迈上新台阶！

　　孙煜坤：您还有哪些心里话要对母校说？

　　方卫平：感谢老师培育，不忘母校之恩。

坚持文学"批评"的初心和本义

——2017年7月16日答《文艺报》记者王杨问

王　杨：我注意到，近期，您在德国的《图书城堡》杂志上发表了《中国儿童文学三十年：1980年代以来的历史概貌》的英文特稿，您认为中国当代儿童文学近四十年来的发展成果如何？

方卫平：近四十年来，得益于社会生活、文化环境、艺术探索、对外交流等多方面条件的支持与推动，中国当代儿童文学取得了一系列重要的发展成果，也迎来了当代儿童文学史上最蓬勃的发展阶段。这期间，儿童文学不但以自己的方式全面参与了20世纪80年代的文学探索与艺术革新，而且在这一过程中获得了童年观、艺术观的重要拓展。特别是进入新世纪以来，传统的书籍阅读在人们文化生活中所占比例总体下滑，儿童文学反而逆势而上，大为盛兴，其掀起的阅读和出版大潮，成为当代出版界乃至当代文化领域一个引人注目的现象。

在这个过程中，我认为当代儿童文学取得了几个突破性的进展。

一是童书商业的兴盛及其日渐走向成熟。毋庸讳言，在当代儿童文学的发展进程中，商业化位列重要的驱动力之一。这个力量推动着当代童书出版规模的迅速拓展，也使儿童读者自身的趣味得到前所未有的广泛关注。尽管商业童书模式本身存在一些亟须反思的问题，但不可否认，在商业提供的经济利益保障下，艺术的探索得到了更宽容的许可，作品的文学质量与其市场命运之间的内在关联也得到了更理性的认识。

二是儿童文学艺术探索的持续多元和深入。这一点，儿童文学界的体会最为深刻。这些年来，儿童文学在写作题材、艺术手法上均进行了多元拓展，其中既包括关于如何书写历史、战争等重大题材的新思考和新探索，也包括关于新的文体可能（如幻想文学、动物小说）、表现手法（如后现代）等的探讨。我们从当前活跃的年轻作家中，看到的是非常丰富的艺术生态和写作面貌。

三是全民性的儿童文学阅读圈的建立。我有一个判断，经过新时期以来的全方位发展，当代儿童文学正在迎来一个重要的全民启蒙普及期。儿童文学阅读圈将以儿童为核心，囊括更广大规模的教师、阅读推广人、保育工作者和一大批中产阶层家庭的父母。这个儿童文学阅读圈的建立，对于当代儿童文学的发展可能产生深远的影响。

四是儿童文学对外交流的拓展与突破。近年来，中国儿童文学对外交流的有效性、双向性不断加强。2016年曹文轩获得国际安徒生奖，是对外交流突破瓶颈、进入新阶段的重要讯号。在这个过程中，域外同行对中国儿童文学的了解在逐渐增加，这种专业了解的愿望也更加迫切。你提到的这篇文章，便是我应德国慕尼黑国际青少年图书馆的约请所写。

王　杨：儿童文学理论批评的发展和革新，对我国当代儿童文学的发展起到了什么样的作用？

方卫平：在当代儿童文学的发展史上，儿童文学理论批评扮演过非常重要的角色。如20世纪80年代，整个文学界都被新的艺术开放和革新的氛围所笼罩，儿童文学也不例外。其时，儿童文学理论批评对于新的童年观念的敏锐感应、对于新的艺术动向的及时洞察、对于新的艺术问题的热烈探讨等，不但对儿童文学的当代发展起到了助推的作用，甚至在某种程度上导引了那个年代的儿童文学艺术拓展和革新。

王　杨：您近年来一直致力于原创图画书的研究，出版了《享受图画书》等专著，同时也参与或主持过丰子恺儿童图画书奖等的评审工作。小小一本图画书，可能包含着丰富多彩的世界。在您看来，优秀的或者说能成为经典的图画书，需要具备哪些要素？

方卫平：图画书的形态是很多样的，今天，它还在发展出越来越多的样式和艺术面貌。今天我们经常阅读和谈论的一批世界优秀图画书作品，其面貌也十分多元，难以一语概括。但我一直强调，对于图画书的发展来说，充分认识什么是图画书的典型艺术形态，充分探索这一典型艺术形态的叙事可能，在这一典型形态下创造、奉献一批代表性的优秀作品，是原创图画书在艺术上走向成熟的必经之路。

所谓图画书的典型艺术形态，就是体现图画书不能为其他艺术形态所替代的独特表现方式和表现力的艺术方面，用最简约的话来说，即是文图配合叙事。图画书中当然不乏主要以文字承担叙事任务的作品，也有纯以图画叙事的无字书，但最典型的还是文字与图画分担叙事。在文与图的配合叙说中，图画书的叙事打破了传统线性叙事和解读的基本模式，文字与插图之间一方面呼应着彼此的表意，另一方面又为彼此留出表意的空间，从而造成图文间互为补充、巧妙配合的效果。这样的图文配合，不是如同两璧相叠，而是有若一璧的两半，彼此相合，从而构成一面完美的玉璧。理解了这一艺术的特点，我们才能深入理解图画书的文字艺术和插图艺术，比之一般的创作和绘画究竟有何不同。而把握了这一点，原创图画书将在文字和插图的无限搭配可能中，发现丰富而独特的创意书写空间。

在图画书的文字语言和画面语言中，我们相对不熟悉的是后者。所以，就图文合作的艺术而言，不论文字还是插图创作，都应有充分的图画叙事意识。对文字作者来说，知道图画如何叙事，就会更明白文字中充满张力的留白对图画书意味着什么。对插图作者来说，知道图画如何叙事，也就会更明白如何将文字的张力演绎尽致，以及如何以独特的画面语言进一步拓展这种张力。

当然，对于儿童图画书而言，文图合作的创意仅是其一，这种配合是否体现了创作者对童年的贴近理解或深透思考，则是要素之二。在原创图画书走向经典的路上，两种考虑缺一不可。

王　杨：您如何看待某些儿童文学作品的"低幼化"，以及"儿童文学不应是抹杀复杂性的幼稚"这种观点？

方卫平：我想你说的"低幼化"是指一些儿童文学作品将世界、生活和儿童都写得过于单面、稚气，不够真实。它所对应的童年观念，实际上是将儿童看作不谙世事、容易哄骗（包括文学上的哄骗）的小孩子。这种"低幼化"是儿童文学入门写作最易犯的一种毛病，如果仔细琢磨的话，它实际上也是生活中许多成人面对儿童、与儿童对话的时候最易犯的一种毛病。但我其实不很赞同"低幼化"这个说法，因为这个称谓在潜意识里，是以低幼儿童为次一等的读者，似乎这样的作品给低幼的孩子读，就没有问题了。我想说的是，即便在低幼儿童文学作品中，这种不知如何尊重一个孩子的认识和鉴赏能力、不知如何真实而单纯地处理童年现实的写作，同样是一种劣质的写作。

儿童文学不应回避童年生活中的复杂性。当代优秀的儿童文学，从不避讳这样的复杂性。但认识到童年生活本身的复杂性，并不等于把生活的复杂原样搬到儿童文学的写作中，更不等于要把儿童文学写得复杂。

这里，更进一步的问题是，什么是童年生活的复杂性，如何认识、表现这种复杂性？生活的复杂落在孩子眼里，不只是在一件听上去崇高的事情背后多了个功利的目的，也不只是一个看上去单纯的孩子内心多了些世故的内容。有关复杂性的书写比这样的设计要复杂和有难度得多。它首先是充分认识到生活本身的生动性，或者说，生动的生活本身即充满了复杂性。而一切借着儿童文学的名义"简化"生活、"假化"生活的写作，恰恰都缺乏这样的生动性。童年是置身于成人世界中的童年，它不但受到这个世界的温柔关照，也常常觑见或面对这个世界之"恶"；而它自身，同时也是一个缩微的小世界，也有一个世界的丰富性和复杂性，好与坏、善与恶，难以简单划出界限。

其次，儿童文学还需对这样的生动性加以文学的提取和提炼，不如此，它就很可能脱出儿童文学的边界，成为以童年为题材的一般文学作品。提炼的基本标准，我认为就是童年的目光和童年的精神。透过童年的目光，一个孩子看见的生活，其生动性应该达到什么样的程度，这种生动性就应得到充分的尊重。透过童年的精神，一个孩子看见的生活不论多么复杂，童年生活本身不论多么复杂，仍有一种单纯的本能运行于其内，并成为这种生活的核心精神——这份童年特有的单纯的精神和力量，是儿童文学向它所属的大文学世界呈上的一份独特、珍贵的文学财富。

王　杨：儿童文学理论批评对于创作的重要意义毋庸置疑，

理论与创作是文学的两翼。您觉得目前我们在儿童文学理论批评方面是否还存在短板？如何更好地使理论和创作互相促进？

方卫平：这些年来儿童文学理论建设的大环境其实不错，儿童文学界对理论的关注和认可也在加深，越来越多的儿童文学作家和相关从业者意识到了理论和理论素养的重要性。

但是，从原创儿童文学理论的更高发展来看，它面临的主要瓶颈可能有这么两个：一是理论的创造力还不够强大。这倒不是说儿童文学研究缺乏新的理论成果，而是指缺乏体现重大创造性的理论成果，比如一些既富前瞻性又切中当下儿童文学发展现实的、足以引发整个儿童文学界关注讨论的重大理论命题。实际上，在今天这个充满变革的时代，儿童文学的发展特别需要理论的前沿目光和有力洞见。换句话说，这其实是一个呼唤重大理论命题的时代，但我们的理论似乎暂时还没能跟上这一现实的吁求。

二是缺乏较为系统的原创理论体系。一种文学理论成熟的标志之一，是能够形成一套相对完善的概念、命题和话语体系。其实，20世纪80年代，一批充满激情的中青年学者针对一系列儿童文学基础和前沿理论话题的探索，已经呈现出某种体系化的趋向，但在今天，这一理论体系可能反倒淹没在了大量一般话题的分散研究中。在我看来，推进本土儿童文学理论的建设，这一体系化的考虑可能要放在一个比较突出的位置。

相比于理论，创作与批评的关系要更密切直接。我一直认为，一位优秀的儿童文学作家应该也必然具备相当的儿童文学理论素养。实际上，优秀的作家往往都有自己的一套文学阐释理论，这理论的形态可能是感性的、散漫的，但其内容一定是深刻的，富有人生和艺术的洞察力。在具备文学创作能力和才华基础的前提下，一位作家对其创作的对象理解得越深入，对其写作艺术把握得越透彻，其创作所能够抵达的艺术高度也就越引人注目，儿童文学创作也是同理。

反过来，儿童文学理论也应努力贴近创作的实况，并善于读出、厘清进而确立作品中有价值的学术话题和理论生长点。

王　杨：从2008年起，您所在的浙江师范大学儿童文化研究院开始举办"红楼儿童文学新作系列研讨会"。您曾谈到，其初衷是为了倡导真正的儿童文学批评，恢复"批评"在儿童文学评判和鉴赏中的基本功能。十年过去了，您认为它是否实现了初衷？这十年中，红楼研讨有没有发生什么新的变化，或者您有没有发现什么新的问题？

方卫平：是的，红楼系列研讨会今年5月刚举办了第24场。记录前20场研讨会实录的《红楼儿童文学对话》一、二两辑已于2014年、2017年分别由明天出版社、广西师范大学出版社出版。

近十年的红楼研讨，我们坚持的是文学"批评"的初心和本义，即通过坦诚、细致、深入的文本批评，借以探讨具体的文学问题，促进当下的创作实践。让我格外感动的，一是多年来，每位被研讨的作家亲历会议、听取批评的亲切、睿智和大气，二是我们师生对儿童文学批评实践的天真、坚韧的守护，三是许多同行朋友对红楼批评实践的关注、认可和支持。研讨会上时有批评的交锋，也有批评者与作者的对话，一些文学问题在这样的交锋中得到了更为开放、深入的探讨。

红楼的"批评"没有"吓退"被批评者，这些年来，不断有作家、出版社向我表达携新作到红楼来研讨的愿望。我想，红楼研讨的持续开展，除了一种批评精神的坚持，也证明了一个重要的事实，即对于当前的儿童文学界、对于任何一位有文学追求的儿童文学作家而言，坦率、认真、切中文本且有见地的批评，是受到真诚期待和欢迎的。

目前，红楼儿童文学研讨会的研讨作品覆盖了儿童文学的各个主要文体，如小说（包括幻想小说、动物小说）、童话、童诗、散文等。我一直在考虑，要不要将批评本身也纳入研讨的范围。

王　杨：关于"学院派批评"有很多不同的说法，在儿童文学理论批评中，您认为学院派批评的优势有哪些？在学院派批评发展过程中，又有哪些方面需要加以注意？

方卫平：我所说的"学院派批评"，主要是想强调一种独立、纯粹、有思想、有积淀的批评传统，恰如学院本身应有的样子，立身一隅，洞观世界，抱持理想，关切现实。当然，今天的学院比之过去，与周遭社会之间的关系已有较大变化；"学院派批评"在过去和今天，人们对它的理解也有新变。但学院传统中的独立精神和理想主义，我认是学院文化中不能遗失的命脉与核心。

一切学院派批评都须警惕理论至上和理论主义的问题。而儿童文学的学院派批评除了要紧贴创作的现实，还须保持对当下儿童文化现实，包括儿童阅读现实的密切关注。我认为，儿童文学在某种意义上是读者中心的文学，儿童的愿望、兴趣、需求、精神等直接影响着儿童文学的创作和出版；而儿童本身又是一个充满文化活力和变革力的群体，尤其是在今天急剧变化的媒介和社会生活语境中。因此，学院派批评除了应关注儿童的文学，也应密切关注儿童的文化，以及这一文化在儿童文学中的投射、表现和塑造、建构。另有一些与儿童文学紧密相关的童年生活现实，比如对于当代儿童文学的接受、发展为重要的亲子阅读现象，依传统学院派批评的标准，已经属于越出理论围墙的实践话题。但对于儿童文学来说，学院批评如能依托其专业积淀和理论优势，加强对这类话题的专业介入，则其理论的活力和效力都将在这样的研究中得到进一步检验、印证和发展。

（原载 2017 年 7 月 19 日《文艺报》）

对话方卫平：如何评价新世纪中国儿童文学？

——2018年9月10日答《中华读书报》记者陈香问

少儿出版"黄金十年"旺盛的市场需求，催生了儿童文学纷繁复杂的创作和出版现象。新世纪以来，对儿童文学评价标准的重塑、批评尺度的重建，对类型、通俗、幻想、图画书、启蒙益智读物等新儿童文学写作形态如何评价，其中哪些文本可纳入经典写作范畴的讨论，各方话语始终烽烟四起、鏖战频频。

应该说，目前的中国儿童文学与一个新的中国儿童文学场域迎头相遇——这里不仅意指作家的创作环节，也意指出版人的出版、发行人的发行和消费者的消费所构成的复杂文化场域；批评者和理论者需要披荆斩棘，在混沌多面的创作出版现实中，为儿童文学生态重塑价值体系；同时，中国的儿童文学理论建设和文学批评，需要贴近和关切文学现实，需要与童书多元的出版面貌相结合，更需要建立在开阔的社会文化的视野基点上。所以，对新世纪中国儿童文学的理论建设和批评建设注定是一个复杂的挑战。然而，这既是挑战，也是理论者的机遇。

那么，究竟应该如何评价新世纪中国儿童文学？我们欣喜地看到，学者方卫平、赵霞新近出版的《儿童文学的中国想象——新世纪儿童文学艺术发展论》一书，以一种宏阔的姿态，书写了新世纪中国儿童文学这一场波澜壮阔的演进历程，更对新世纪中国儿童文学发展的文学文化语境、艺术美学突破、批评尺度与批评理论建设等众所关注热议的话题，给予了深度的创新性的表达。

显然，进入新世纪的中国儿童文学，正在展现出完全不同以往的气息和面貌，而这种气息和面貌，将深刻影响中国儿童文学的未来走向。

中华读书报：进入新世纪以来的儿童文学，呈现出了一种多元共生、蓬勃却庞杂的发展现状及走向，试图为这一阶段的儿童文学做出全面的评价包括理论上的深度总结，成为对儿童文学评论家和理论工作者的一大挑战。那么，在您看来，如何全面客观地评价新世纪以来原创儿童文学的总体艺术面貌？

方卫平：新世纪以来中国儿童文学的发展，首先是20世纪80年代初至90年代那场意义深远的儿童文学艺术探索和创新潮流的延续。但这一延续的广度、深度和新变的程度，或许不断越出了人们的预期和想象。从总体上看，新世纪儿童文学代表了当代儿童文学史演进至今最为开放、多元、深入的艺术探索和发展阶段。例如，除了传统文学类书籍的增长与进步，近年来我在为《中国新闻出版广电报》撰写畅销书榜评时也发现，知识类读物正呈现量与质的双重井喷——是的，我用的是"井喷"这个词；除了贴近儿童大众的写作受到普遍重视，先锋性的艺术探索也仍然保持着一定的势头。从数量到质量，从文体到类型，从题材面的拓展到读者面的覆盖，均有一些新的、富有意义的开拓和发展。

当然，一切发展都可能是两面的。对新世纪以来的儿童文学而言，一方面是儿童文学写作与出版事业的不断拓展，以及随之而来的当代儿童文学美学引人注目的建构进程；另一方面则是在日渐庞大的出版规模之下，商业因素对童书产业的全面渗透，以及由此导致的童年写作和出版的商业化、模式化，甚至是粗鄙化的现象。这一切提醒我们，在新世纪儿童文学蓬勃发展的态势下，关于儿童文学文类与艺术发展的传统命题，正在新的文化语境下分化出一些新的艺术问题。

中华读书报：这样的一种艺术面貌，是在怎样的新文化语境下产生的？与以往的儿童文学价值坐标相比，它展现出了怎样的不同以往的气息，带来了怎样的全新艺术话题和理论话题？

方卫平：我认为新世纪儿童文学的发展与它所处的新文化语境密不可分。变迁中的当代童年文化、商业消费文化和新媒介文化，有力地推动、影响了新世纪儿童文学的艺术发展。

儿童观与童年文化的变革，直接影响、塑造了新世纪儿童文学的童年观念和面貌。近二十年来，在一切儿童文化领域，儿童的主体性及其文化都得到了进一步肯定和张扬。与此相应，原创儿童文学对于儿童自己的生活、世界、精神等也给予了更丰富的关注和更深入的思考。在新变与传统的双重作用下，儿童文学界逐渐形成了一种既坚持传统的儿童保护原则，又愿意充分尊重童年自由的童年观念，并试图在这两者之间建立恰到好处的平衡。在我看来，这一观念和趋向的形成，典型地体现了新世纪中国儿童文学发展的新趋向。

相较于童年文化，商业消费文化和新文化看似更多地属于外部因素，却由外而内深刻地参与了新世纪儿童文学艺术面貌的塑造。新世纪儿童文学发展成重要的一个现象，是随着国内儿童图书消费量的急剧攀升，儿童文学类童书在整个中国图书出版版图的地位不断提升而出现的。尽管早在20世纪90年代，人们就开始意识到了市场经济下儿童文学出版所暗藏的巨大消费潜力，但进入新世纪以来的十余年间，针对这一消费潜力的出版发掘与利润争夺，几乎成了席卷中国出版界的一个醒目现象。不但一批老牌的少儿出版社加大了各类儿童文学出版项目的策划、宣传与施行，另有一批原本并不专门涉足少儿图书的出版机构，也纷纷设立专门的少儿出版分支，加入了这一文化担责和利润分羹的队列。经济上的巨大驱动不但极大地推动了原创儿童文学的创作和出版，也内在地重塑着当代儿童文学的美学风貌。

童年文化和商业消费文化，与当代儿童身处的新媒介文化语境相互激荡，其影响不断渗入儿童文学的艺术肌体内部，进而给新世纪儿童文学的艺术发展带来许多新的问题和思考。我认为这些问题和思考主要包括：如何认识新媒介时代儿童观念与童年文化的新内涵、新面貌？儿童文学应当如何把握这一童年观的新方向，更进一步，如何导引这一童年观的新趋向？如何理解商业经济、消费经济与儿童文学艺术逻辑发展之间的复杂关联？如何使儿童文学在商业和消费逻辑不可避免的裹挟下，仍然能够实现其更高的艺术作为？在中外儿童文学的深入交流和碰撞中，如何理解、追寻原创儿童文学的世界性与本土性？

中华读书报：在此一全新的文化语境下，如何看待新世纪儿童文学的艺术突破和存在的创作问题？

方卫平：新世纪儿童文学取得的艺术突破是多方面的，其中最引人注目的一点，或许是一种更具儿童本位性的童年生活趣味得到普遍的认可、张扬和建构。就像我们刚才说的，这种趣味的上升直接受益于商业文化、新媒介以及与此相关的儿童观念发展的推动。但从文化、观念到儿童文学的文本艺术，还要经历一个充满曲折的文学探索和创作的过程。这一过程今天还在继续。新世纪以来的原创儿童文学，既越来越看重儿童生活自身的独特趣味和美感，以及与这趣味和美感相连的童年自我的生命尊严，同时也越来越意识到，童年生活的这种趣味远不像我们想象的那样简单、浅显。童言稚行只是儿童生活最表层的趣味，更进一步，在儿童不同于成人的观察、思考、想象、行动之下，是什么使得童年成为我们人生中无可替代的重要阶段，使得我们不能够再用轻慢的方式看待、对待儿童，使得我们愿意以肃然起敬的态度对待"童年"这个词语？

这些问题，既反映了新世纪儿童文学取得的重要美学突破，也揭示了它亟待深思的重要创作问题。我甚至认为，新世纪儿童文学写作的一切题材、类型，都面临着这一更深刻的"趣味"之问。对于商业和畅销类型的童书而言，在为儿童文学带来前所未有的娱乐趣味的同时，如何发现、建构这一趣味的重量与厚度？对于先锋和边缘性质的写作而言，如何在试探、寻索儿童文学的题材与文本边界的努力中，保持与真切、鲜活、生动的童年审美感觉和趣味之间的血肉联系，而不致陷入与真正的童年趣味相背离的"文艺腔"中。总而言之，如何在儿童生活的普遍书写中，认识、寻求一种独特、纯正、高级的童年文学趣味。"独特"指其无可取代，"纯正"指其童年艺术和精神的气象，"高级"则是指它与一般文学艺术同等的审美高度。我认为，这种趣味的提升，将把新世纪儿童文学的艺术实践推向一个新的阶段。

中华读书报：市场热捧的儿童文学作品，与评论界认可的艺术形态儿童文学作品，存在一定程度的错位和断裂。如何看待这种断裂？评价儿童文学的根本标准应该为何？

方卫平：这种"错位和断裂"，既是一种不可避免的存在，也有它积极的价值和意义。市场选择和专业判断，二者看待儿童文学的标准既有重合,也有分歧,两者的共同存在,提醒我们始终关注儿童文学艺术的多样性,关注儿童文学标准的复杂性。我想,从积极的方面看,真正专业的评价,其独特价值在于对文学品质和艺术精神的清醒认知、把握和揭示;市场选择的独特价值则在于对大众趣味的肯定和凸显。在中外儿童文学史上,不乏专业评论以其判断力、公信力参与纠正和调整市场风向的例子,也不乏市场以其强大的选择能力反过来冲破保守评论、进而推动儿童文学艺术新变的例子。但这一有效互动的前提是,在评论与市场之间保持着良好的沟通和交流的关系:一方面,市场愿意信任评论,或者说,评论让市场感到足以信任;另一方面,评论界也愿意认真对待市场发生的一切,认真思考其背后的意义或风险。

在这个问题上,儿童文学有别于一般文学的地方在于,对前者来说,只有市场追捧而无专业认可的作品,很可能难称佳作,但是,也不存在只有评论肯定,而完全没有市场回应的所谓佳作。儿童文学的价值,始终要落实在最具体的儿童阅读的实践中。我认为,儿童文学真正的文学性,往往也是一种在儿童读者中具有普及的接受力和吸引力的文学性。这种文学性,常常容易被市场的假象遮蔽,此时,评论的任务就在于拨开迷雾,正本清源。在最理想的状况下,市场和评论之间不是构成两套标准,更不是一场一方试图取代另一方的战争,而应是一场始终不中断的关于真正的儿童文学艺术性的追问与探寻。

这种碰撞的价值支点,就是你说的"评价儿童文学的根本标准"。这个标准既非评论的权威,也非市场的业绩,而是可以清楚地看见和谈论的儿童文学的文本艺术。它的儿童观念的现代与进步,它的童年趣味的真切与丰厚,以及它将这种观念和趣味付诸文学演绎而创造的富于独特魅力的语言艺术，大概构成了可用来评判一部儿童文学作品的基本标准。

中华读书报：梳理新世纪以来原创儿童文学的创作轨迹，可以看到，儿童小说、图画书、童话成了焦点创作文体。结合相关的代表作品和更为广泛的文化场域，您认为，是什么成就了这三类文体的创作突破？

方卫平：一直以来，儿童小说和童话都是儿童文学的两大主要文体。借新世纪儿童文学的文化和艺术平台，它们获得了各自艺术上的长足发展，也在情理之中。至于图画书，确可视作新世纪儿童文学的新收获。我指的不是一般的插图读物，而是具有典型的现代形态的图画书。若从关注的广度看，图画书大可称为新世纪最引人注目的儿童文学文类。从家长、教师、阅读推广人到作家、编辑、出版社，再到学术评论界，对图画书的热情都与日俱增。就在这些年间，全国各地，以推广、销售图画书为主要目的的各类绘本馆大量设立。另一个显而易见的现象是，近年来，越来越多知名的一线儿童文学作家被卷入图画书的文字创作。我用了"卷入"这个词，不但是为了突出这一潮流之强势，还因为有些长期专注于传统文体写作的作家是在缺乏对图画书艺术了解的前提下，受到这一阅读、出版风潮的裹挟，匆忙进入这个新的创作领域的。我想，近年内，国内所有一线儿童文学作家可能都会有图画书作品出版或即将出版。新世纪的儿童图画书热，它的创作高潮正在来临，而要使这一创作潮流催生最丰硕的艺术，包括文字和插画作者在内的图画书艺术启蒙，仍然不容忽视。

中华读书报：与之同时，新世纪以来，处于较为边缘状态的儿童文学其他文体，我们是应更为理性地看待其边缘位置，还是可以期待它们的创作突进?

方卫平：边缘或中心，或许也是一组相对的概念。比如儿童诗，在专业领域激起的普遍关注和话题探讨可能相对较少，但在大众阅读领域，尤其是在小学语文教学实践中，很长一段时间以来都是热点。再如儿童散文，与一般散文一样，它的性质、特点决定了它不可能成为儿童文学的核心文体，但这种传统的边缘位置实际上并不影响它自身正常的艺术发展。

我的看法是，在文化的事情上，很多时候，"边缘"之为边缘，不见得是件坏事。对于一些传统边缘文体的发展而言，最重要的不是呼唤他人的关注重视，而是提升自我的艺术品质。或许，没有了各种外来因素的诱惑与催逼，它倒可以在一个相对安宁、自足的创作空间里，缓慢而有效地推进自身的艺术探索。去年下半年以来，我应出版社之邀编了两部儿童诗读本，对于这些年来当代儿童诗取得的艺术进步，深有感触。我想，我们对于所谓的"边缘"文体的期待，与我们对于其他位居主流文体的期待应该一样，首先不是量的多少，而是质的高低。

中华读书报：近年来，您做了大量的对国外一流儿童文学的引进和评介工作，如对国际安徒生奖获奖作家的作品梳理和译介。那么，放眼世界范围，中国原创儿童文学是否有其鲜明的艺术特色？如何客观评价中国原创儿童文学在世界儿童文学范围内的创作水准？

方卫平：原创儿童文学的名称即意味着一张鸿篇巨制、错综复杂的创作图谱，其中风格类型之多，样式面貌之杂，难以一言概要之。但有一点，不论原创儿童文学的艺术如何演绎，这些写作，始终是生长在中国童年的大地上。这一现实不可避免地统摄着原创儿童文学的写作。不过，要真正理解、写出、写好中国的童年，仅仅站在一个视点是不够的。这就是为什么我们需要去阅读、认识、欣赏、探究世界上一切优秀的儿童文学作品。理解世界，就是更好地认识和理解自己。

若就总体而言，新世纪原创儿童文学不论在量还是质上，都比过去更具备与世界儿童文学对话的气象。近年国外儿童文学获奖作品被大量引进，撇开对奖项的盲从或迷信，客观地看，我们的一些优秀作品，并不输给一些国外获奖之作。但是，在艺术发展和实现的更高层面，我们的目光决不会放在那些终于被比下去的作品之上，而会望向世界范围内最经典、最高级的那些儿童文学作品。在这样的视点上，我们才会更多地看见原创儿童文学向前演进的差距和方向何在。这个差距，不代表国内作品与国外作品的差距，更不是中国与世界的差距，而是一种为靠近更诱人的艺术世界而做的永无止歇的努力。中国儿童文学早已是世界儿童文学的一部分，但它还要用自己的方式，像世界上一切优秀的儿童文学作品所做的那样，为儿童文学这个名字添加新的艺术荣耀。所以，在世界儿童文学的背景上谈论原创儿童文学，不是出于任何竞争的虚荣，而是原创儿童文学寻求更高自我实现的必经之路。

中华读书报：要实现新世纪原创儿童文学进一步的艺术突破和提升，您提出了三个亟须突破的重要命题，童年精神、文化内涵和现实书写。怎样的观察与思考，使您得出了以上的判断？

方卫平：新世纪以来的原创儿童文学实现了艺术上的不少提升，但有些问题是隐伏在下，长久未能得到解决的。儿童文学的艺术越是发展，这些问题带给其艺术进步的阻碍就越突出。我认为这里有两个非常关键的问题：一是儿童观的问题，二是文化观的问题。

在儿童文学的写作中，我们用什么样的姿态对待童年，用什么样的方式理解童年，最终，通过文本，我们交给孩子的又是什么？我认为，这些问题在原创儿童文学的写作中值得一问再问。很多时候，在文学和文化的强大影响下，作家对于自己作品中存在的儿童观的问题，可能是缺乏自觉和敏感的。我曾以曹文轩、黄蓓佳、彭学军三位优秀作家的三部获奖儿童文学作品为例，细致分析了其中的儿童观问题，涉及的话题包括：我们对于童年的想象究竟在多大程度上足够贴近童年？面对幼小和弱势的童年，什么样的尊重才谈得上是真正的尊重？如何在童年生活的表现中真实而充分地体现童年自己的力量？之所以选择这三部作品，绝不是因为它们不够优秀，而恰恰是因为它们是当代原创儿童文学艺术成就最典型的作品之一。童年观的问题在原创儿童文学中其实非常普遍，但又不易觉察。提起人们对这个问题的关注和敏感，对于原创儿童文学接下去的艺术进步，我相信是具有根本性的促进意义的。

文化观的问题，其实也是我一直强调的，不论创作还是研究，做儿童文学，不要眼里只看见儿童和儿童文学。那样的话，我们理解中的儿童和儿童文学，一定会有不可避免的狭隘之处。不要以为，把文学的焦点对准儿童，写一个关于儿童的故事，这就是进入儿童文学的门道了。真正有"野心"的儿童文学作家，眼里心里一定不会只有儿童，在儿童身上，他会看见丰富得多的内容，关于人性，关于我们的生活和世界，关于一切文化的价值，关于存在的意义……所以，写童年，首先是写出独属于它的动人情味。其次，在这种情味里，还有没有耐人琢磨、寻思的丰富和厚重？当然，两者其实不是你先我后的关系，而是同时发生、进行的。一旦作家意识到童年背后那张巨大的文化帘幕，他笔下的童年情味，也一定不可避免地会变得丰富起来，厚重起来。

我相信，童年观和文化观的推进，也将把关于新世纪儿童文学对于中国童年现实的思考和书写带向新的境界。

中华读书报：从事儿童文学批评和理论建设数十年，作为中国儿童文学第四代学者中的代表人物之一，您见证并推动了中国儿童文学的发展，我相信，您心中应该也包含着对儿童文学饱满而复杂的感情。儿童文学的创作和理论建树，应该说，新时期以来取得了长足的进展，展现了一种饱满的气象。然而，它始终未能进入中国的主流学术视野，目前为止，还没有一份可以纳入学术评价体系的儿童文学理论刊物，即是一例。这是一种"学术的偏见"吗？您如何看待此一现象？

方卫平：作为一名儿童文学研究者，当然非常期待看到一份有重量、有影响的当代儿童文学理论刊物的诞生，期待它获得主流学术评价体系的认可。不过也要看到，尽管儿童文学作为边缘学科的身份不言自明，这些年来，国内学界对于儿童文学的创作与研究还是给予了相当的关注，相关的理论和研究文章也常见诸各类重要的报刊和学术刊物。或许，对于新世纪儿童文学学科的发展，除了自身学术体制的建设，同样重要的是如何以自身的理论探索赢得更大范围内公众与批评界的高度认可，如何凭借理论研究从当下儿童文学的现实中发现洞穿其现状的重要学术问题，提出关乎其未来的前沿学术话题。不论对于个体还是一个文学的种类，真正的焦虑从不来自外部的"偏见"，而是自身之内，不断朝着新的进步和突破前行的渴望。

（原载2018年10月10日《中华读书报》）

关于小学生的阅读和写作

——2018年10月31日答《钱江晚报》记者王湛问

王　　湛：在金华市站前小学，您为什么选择用讲图画书的方式，来讲写作方式？您希望小朋友能从中学习到什么？

方卫平：今天除了文字作品，我之所以也选择了图画书作为一部分例子，来与同学们探讨写作问题，原因有二：一是因为写作与文学、艺术都有相通之处，例如图画书《变焦》《脚印要到哪里去》《需要什么》所蕴含的想象力、趣味性和诗意等，都与小学生的写作相关并具有启发意义。第二，当然这也与我希望达到的探讨和交流效果有关。看到今天现场大约五百位同学欢天喜地、热情爆棚的样子，我想，我们的目标达到了。当然，我也想说，对于我分析的文字作品，例如《全部都写"1"》《错在哪里》等，孩子们的理解和反应也让我感到惊喜，作品中的幽默、辛酸和深意，显然也给了他们很大的触动。孩子们对我提出的问题纷纷举手，并给出了精彩的回答，就是很好的证明。

王　　湛：昨天在现场，您点评了两篇作文。那么，通过这两篇作文，您能看出现在的小学生作文中，有哪些比较好的方面，又存在哪些普遍问题？

方卫平：现场点评的《读〈论语〉有感》《夜空中最亮的星》两篇作文，作者分别是四年级、五年级的同学。从中可以看出作者热爱阅读、勤于思考，从总体上看作者具有在这个年龄十分可贵的文字表达能力，字里行间也自然地流露着这个年龄的天真与稚嫩。

他们在写作技巧方面的不足是难免的。只要引导得法，让孩子们保持写作的兴趣，假以时日，他们一定会越写越好。

王　湛：从第一届评委开始，您担任了6届评委，您对学生的作文，或是他们从中透露出来的情感、观点等有何感受？

方卫平：从多年来的参赛作文看，给我印象最深，也最让我感到欣慰的一点是，许多孩子的写作大大突破了传统应试作文模式的束缚，写自己的生活和情感，写自己的阅读和思考。去年我应邀为"浙江少年文学新星丛书"第四辑写了一篇总序。在那篇文字中我说，对于少年朋友的写作，我"更看重的是一个孩子如何在向身边的阔大世界和广袤生活打开感官的过程中，学着用文字捕获自己的生活印迹，搭建自己的精神屋宇。屋宇虽不甚大，印迹也尚浅稚，却让我们看到了一种单纯生活、认真忙碌的年少个体身上的丰沛心力与蓬勃意气。这是他们的文字常令我怦然心动的最重要的原因"。

王　湛：您印象中有没有写得让您惊艳的小学生作文，具体是怎么写的？

方卫平：当然有啊，还不少呢。记得有一次一家出版社约我为一位一年级小同学的题为《妈妈回来了》的作文写评语。后来，这篇只有106个字，行文也颇为平实的小学生作文居然获得了一项全国性作文比赛的一等奖。这篇作文基本上不符合人们对于此类"获奖作文"的正常想象和期待。它的可贵之处在于，它是一个一年级的孩子对于"妈妈"，对于"母爱"的一次真挚而又质朴的情感表达。文字虽然简短，但真切地表达了"妈妈回来了"这一生活片段带给小作者的温暖和喜悦，以及曾经有过的伤感和思念。所以我认为，对于小学生写作来说，写好真情实感十分重要。这件事情当时《浙江日报》《钱江晚报》《新民晚报》等都有过关注和讨论。

  王 湛：都说写好作文只能通过阅读，那您有推荐给孩子们看的图书吗？为什么推荐这几本书？

  方卫平：这些年我在向小读者和公众推荐、介绍儿童文学佳作方面也做了一些工作，例如我个人选评出版了《方卫平精选儿童文学读本》《方卫平精选少年文学读本》《中国儿童文学分级读本》等，也主编了"国际安徒生奖大奖书系""中国儿童文学名家读本"等丛书。今天我也向《钱江晚报》的读者朋友推荐几本儿童文学佳作：儿童小说《草房子》《我是白痴》《我亲爱的甜橙树》《弗朗兹的故事系列》，童话《柳林风声》《女巫》《讲不完的故事》，儿童诗集《我成了个隐身人》。在我看来，这些作品在一些方面代表了儿童文学的智慧和高度。

  王 湛：说说您和儿童文学的缘分，什么时候、什么原因使您走上了儿童文学研究这条道路？过程中有什么有趣的事儿可以跟大家分享？

  方卫平：我的童年时代在"文革"时期度过，《闪闪的红星》《向阳院的故事》《渔岛怒潮》《新来的小石柱》等那个时期的儿童文学作品我几乎都购买、阅读过。高中毕业那一年赶上了高考恢复，我上了中文系，迷上了文艺学、美学和中外文学艺术，本科毕业后转向了儿童文学研究。记得当年常常有人问我，你一个小伙子，怎么会去研究儿童文学？我回答说，这有什么奇怪的，我同时也喜欢刘勰、康德、柴可夫斯基、鲁迅啊。

（原载 2018 年 11 月 3 日《钱江晚报》）

衡量一本童书好坏的标准是什么

——2018年10月31日答《中国出版传媒商报》记者孙钰问

问：国内外童书奖项繁多，到底以什么标准来衡量一本童书的好坏？

答：在中外文学的发展历史上，在我们的日常文学生活中，文学奖项存在的意义和价值是显而易见的。以儿童文学奖项来说，从众所周知的国际安徒生奖到美国的纽伯瑞奖、凯迪克奖和瑞典的林格伦奖，从全国优秀儿童文学奖、陈伯吹国际儿童文学奖到青铜葵花奖等等，这些奖项以不同的定位、不同的覆盖范围、不同的专业目标，为儿童文学的整体发展设置标杆、褒奖佳作、提供助力，为广大读者的文学阅读生活引领方向、提供参照。国内外奖项繁多，到底以什么标准来衡量一本童书的好坏？这个问题就是在这样的背景下提出来的。

的确，儿童读者与成人读者，市场选择和专业判断，不同文化背景和不同审美趣味，都会导致看待儿童文学的标准既有重合，也有分歧。儿童文学的诸多奖项之间，情况也常常如此。这种现象，提醒我们要尊重儿童文学艺术的多样性，关注儿童文学标准的复杂性。同时，我也认为，儿童文学评奖标准最重要的立足点，既非评论的权威，也非市场的业绩，而是可以清楚地看见和谈论的儿童文学的文本艺术。它的儿童观念的现代与进步，它的童年趣味的真切与丰厚，以及它将这种观念和趣味付诸文学演绎而创造的富于独特魅力的语言艺术，构成了可用来评判一部儿童文学作品的基本标准。

我还想说，儿童文学有别于一般文学的地方在于，儿童文学作品如果只有读者追捧而无评奖的专业认可，往往难称佳作，但是，也不存在只有评奖肯定而完全没有读者回应的所谓儿童文学佳作。儿童文学的价值，始终要落实在最具体的儿童阅读的实践中。儿童文学真正的文学性，往往也是一种在儿童读者中具有普遍的接受力和吸引力的文学性。

（原载 2018 年 11 月 6 日《中国出版传媒商报》）

以儿童文学的力量塑造更好的童年
——2018年11月7日答《文艺报》记者行超问

记　者： 最近，中国少年儿童出版社出版了您的新著《中国儿童文学四十年》。这本书的制作非常精美，而且采用中英双语对照的方式呈现文字内容。这样做是否有意于让外国读者和研究者了解中国儿童文学发展的历史和当下？

方卫平： 这本书的写作缘起是这样的，2014年11月上海国际童书展（CCBF）期间，中少社总编辑张晓楠女士与编辑朋友专门找到我，约我撰写一部介绍中国当代儿童文学发展历程和面貌的小书，由该社组织专业人士译成英文，约请国外专家做英文审校，并以中英双语对照的形式出版。这本书篇幅无须太大，但希望能有助于国内外关心中国儿童文学的读者朋友和专业人士了解其在当代发展的艺术特点和历史轮廓。

今年3月份意大利博洛尼亚童书展期间，这本书首次露面，受到一些国外同行的关注和欢迎。我回国后还先后收到了英国、美国等国的学者、翻译家和高校师生的邮件，希望得到这本书，同时也表达了想了解中国儿童文学的愿望。记得大约五六年前，德国慕尼黑国际青少年图书馆曾约我撰写一篇介绍中国儿童文学现状的文章，我写了一篇《中国儿童文学三十年》。此文后来由该馆专家译成英文，发表在该馆主办的学术性丛刊《图书城堡》上。据我了解，这类讲述、介绍中国儿童文学的文字，对于推进中外儿童文学交流，应该是十分必要的。

记　者：为什么选择这四十年作为观察中国儿童文学的范围和角度？

方卫平：考虑到这本书的预设读者和英文翻译工作量、中英文双语出版等因素，出版社希望《中国儿童文学四十年》一书的规模控制在5万字左右。在这样的篇幅里，如何截取中国儿童文学的历史长度，我的选择有：自古至今、"五四"以来、1949年以来、改革开放以来、21世纪以来。之所以最后选择了改革开放四十年这一叙述时段，有以下几个原因：一是因为这一时段，中国儿童文学发展波澜壮阔，所涉及的童年与意识形态、儿童文学的艺术美学、童书与市场传播等方面的历史内容、理论话题足够丰富、有趣，富有深意。二是因为，我本人1977年考入大学念中文系，刚好见证了这四十年中国文学特别是中国儿童文学的当代发展。讲述这样一段历史，我不仅相对熟悉，而且字里行间，可能还会带入一些亲历者的见闻和情感。其三，也是因为我想在给定的篇幅里，尽可能既简洁又舒展地讲好一个关于中国儿童文学的故事。用小说创作打比方，这本书也许大体相当于一个中篇小说。

记　者：在书中，您把将近四十年中国儿童文学发展分为四个阶段："新时期"的开启、探索艺术的正道、市场化时代和21世纪。这些划分的具体依据和时间点是什么？

方卫平：讲述一段历史，分成若干时段，这不仅常常是历史叙述者的癖好和惯用的叙事"图式"，更是由历史运动本身的巨大外观和内在逻辑性所决定的。我把近四十年中国儿童文学发展分为四个阶段，原因也是如此。大体说来，1977年至1979年，是所谓"新时期"的开启，即"拨乱反正"背景下的清算和出发阶段；1979年至

20世纪80年代末，是艺术探索和文学实验最为活跃的时期；20世纪90年代，市场化开始到来，纯文学的艺术豪情和文学实验的生存空间逐渐受到打击、挤压；进入21世纪，新媒体蓬勃发展，中国儿童文学在传统出版业出现颓势的情况下"逆势上扬"，甚至创造了童书出版的"黄金十年"——这里通常是指2005年至2015年。乐观主义的预言家们早已预言，中国童书出版的下一个"黄金十年"已经接踵而来。

记　　者：与一般的文学史和理论书籍不同，《中国儿童文学四十年》这本书深入浅出，用生动呈现具体历史事件、深入分析作家作品等方式，大大提高了可读性。这种写作风格与您此前的学术著作是不是有所不同？

方卫平：是的。风格不敢说，但为读者考虑，这本小书在写作上我的确动了一些脑筋，包括体例、史料、语言的使用和趣味性的体现等等。很多年前我出过一本《中国儿童文学理论批评史》，传统的文学史写作方式我很熟悉。但是，对这样一本书的读者来说，如果只有大的历史轮廓和框架，或者，"只见树木，不见森林"，恐怕都不是合适的写作方式。事实上，许多年来，历史著作，包括文学史著作的写法早已纷繁多样，比如我上大学时就读到的勃兰兑斯的《十九世纪文学主流》，比如二十年前让我读得如痴如醉的黄仁宇的《万历十五年》，比如近年我读到的卜正民主编的六卷本《哈佛中国史》等等。好的历史著作，不仅会带给我们深入历史的震撼感，常常还会有阅读历史的赏心悦目感。所以，尽管这部小书的篇幅有限，我在写作中，也仍然试图把历史打量的基本视野与文学生活的某些细部肌理，历史思量的某种深度与历史呈现的某些趣味性，总体文学过程与个别作家作品的历史境遇、标本特质，以及代际、潮流与个体、历史瞬间等等，都力图有所覆盖和兼顾。当然，由于个人学力有限，有些想法可能仅仅是一种想法。

记　　者：在书中，您将21世纪的中国儿童文学发展聚焦于"如何塑造更好的童年"，是否可以说，在您看来这是当下中国儿童文学创作中最重要的问题？

方卫平："如何塑造更好的童年"本身是一个大话题，我认为这应该是当前中国儿童文学创作的核心旨归。一切有价值的儿童文学书写，最终都是为了以儿童文学特有的力量，影响童年、影响现实，通过塑造更好的童年，将孩子，也将我们带向更好的未来。在这个核心旨归之下，我们才能来展开有关中国儿童文学发展的一系列子问题和子命题的思考。比如，儿童文学如何深入理解和贴近书写当代童年的复杂现实？站在"如何塑造更好的童年"的视点上，我们的目光就不会仅仅停留在对童年生活的现状摹写之上，而是要穿透这些童年现实的表象，看见关于这一现实之可能的"更好"想象。我在《中国式童年的艺术表现及其超越》一文中，曾对"现实"与"真实"两个范畴做过辨析。面对中国大地上展开着的日益复杂的当代童年生活，我们既要看到它的各种鲜活、生动的"现实"，也要看到这些"现实"背后童年应有的"真实"和应然的真相；既要关注童年生活的各种现实状况，也要思考、辨明这一"现实"的价值方向。揭示"现实"状况背后的"真实"价值与方向，正是文学相对于生活的独特价值的体现。

再比如，儿童文学如何继承、表现中华优秀传统文化的问题。从"更好的童年"的立场出发，我们对于优秀传统文化这个话题的理解，便不会仅仅局限于文化继承和传播的目的，而是必然要从现代童年及其文化未来的视角，对作为儿童文学创作资源的优秀传统文化及其文学呈现，做更深入的梳理和思考。

记　者：我注意到，您在书中没有专门集中呈现中国儿童文学的理论评论的进程和成就。在您看来，这方面是否依旧是中国儿童文学的短板？

方卫平：之所以没有专章谈论理论批评的话题，主要还是篇幅的原因。正像我刚才说的那样，这本书在规划之初，是想以新时期以来中国儿童文学的发展为脉络，做成一本提纲挈领、简明扼要又具有较强可读性的读物，便于国内外读者从宏观角度了解、把握这段历史的基本状貌，又能接触到一些有意思的历史细节。如果用大部头来做，里面的许多话题都可延伸出体量庞大的分析论说。所以，重要的理论批评进程、现象等，我没有专章叙述，而是尽量把它们融入儿童文学历史的叙说。比如，20世纪80年代关于儿童文学艺术问题的那些批评探索和论争，就包含在关于整个艺术探索思潮的历史叙说中。还有新世纪以来关于商业化时代儿童文学创作中遇到的问题，也放在童书市场化的语境中带出和评述。

事实上，近四十年来，中国儿童文学理论批评的进步是十分明显的。我认为，理论和批评始终是推动、陪伴中国儿童文学艺术逐渐走向当代化的一种力量。整个20世纪80年代，儿童文学的艺术新变，往往是在理论批评的锐敏下被觉察、谈论，进而与文学创作的实践互为振荡，直至促成新时期儿童文学艺术探索与革新的浩荡潮流。在新世纪关于商业童书的探讨中，我们既看到了理论批评对于文学现实应有的回应，也看到了它带给这一现实的批判精神与反思精神。透过不同声音的论辩，我们对于市场化时代儿童文学的艺术问题、艺术命运与艺术走向，无疑有了更为深切的思考。

我特别想说的是，近四十年来，理论批评在中国儿童文学发展与艺术建构的进程中扮演的不可或缺的角色，也在不断提醒我们，今天的理论批评应当对文学的现实承担起什么样的职责，应当对它的未来怀有什么样的抱负。理论批评应该对当下文学的现实时刻保持清醒的认识、深切的洞察以及有远见的前瞻。理论和批评要致力于发现当下文学现实中富于价值的内容，也要致力于揭示这一现实的缺失之物。这是理论批评保持其活力的基本途径，也是理论批评证明其价值的基本方式。

记　者：您认为，近四十年中国儿童文学发展最令人印象深刻的是什么？它目前面临的最重要的问题是什么？

方卫平：近四十年中国儿童文学的发展，让我们日益看到了儿童文学可能具有的重要而深远的影响力。这一影响体现在社会生活的各个层面：教育、文化、经济、政治……在这个过程中，原创儿童文学向人们展示了它的不断超越我们预期的艺术吸收力、表达力和创造力。原创图画书的兴起与迅速发展，与儿童诗、童话、儿童小说等的艺术拓展相映生辉。题材层面，儿童文学的创作经历了从传统乡土向现代城市的拓展之后，在着力表现当代主流童年生活的同时，从未中断其投向边缘童年的目光与关切。儿童形象层面，类型与个性逐渐丰富。童年精神层面，探询和思考持续深入。表现手法和艺术样貌层面，通俗性的写作得到空前张扬，先锋性的探索也拥有自己的实验空间。对外交流方面，通过认识世界打开视野的同时，原创作家、作品"走出去"和"输出去"的努力，也不断收获新成果。总体说来，纵向比较，近四十年无疑是中国儿童文学发展至今最有成就的一个阶段。

对于中国儿童文学未来的发展而言，我认为有两个问题值得引起重视：一是童年观的问题，二是文学观的问题。童年观的问题，也就是如何看待和理解童年的问题，在当代儿童文学创作中还是一个有待进一步启蒙的话题。一些基础、重要的童年观问题，在当代作家的笔下尚未得到充分的重视和关注，由此带来的对于儿童文学审美趣味、面貌的影响，内在而深刻。我与一些作家私下交流，谈起儿童文学作品中不经意间透露的童年观问题，他们也大为触动。在当代儿童文学创作的语境中，许多问题看上去虽是小的细节问题，折射出的却是长期以来我们的童年观念当中亟须厘清、摆正的内容。或者说，正是因为儿童文学艺术发展到了今天空前开放、丰富的阶段，我们更有必要关注这些童年观念、思想、精神方面的"细枝末节"。我也相信，对一切优秀的文学来说，童年观以及与此相关的细节的高度，是最终确立其艺术高度的重要标杆。

文学观方面，我一直强调的是，儿童文学既遵循与最普遍的文学作品一样的艺术规律，又有属于它自己的独一无二的文学特质。儿童文学的艺术样态首先是多种多样的，也应当鼓励、许可各种各样的文学实验和探索。但在此基础上，对于体现儿童文学无可替代的艺术价值的"文学性"特点，我们的认识还有待进一步提升。我认为，儿童文学是要在看似无从回避的题材、语言、内容等的限度之内，写出童年语言的文学高度、童年情感的文学厚度以及童年精神的文学深度。以语言为例，我认为，当前的儿童文学创作就有两种趋向需要谨慎对待：一是文艺腔，二是翻译腔。前者是把儿童文学的语言在形式上复杂化，却缺乏与之匹配的真切、真诚、有重量的情感内涵。后者是在域外儿童文学的影响下不知不觉形成的一种语用倾向，其语言的用词、句式、结构等，远离汉语表达的自然、生动状态。两者实际上都使原创儿童文学的语言偏离了一流儿童文学的语言状态。

记　者： 您对未来中国儿童文学的发展有什么样的期待？

方卫平： 这些年中国儿童文学的蓬勃发展，极大地激励、拓展着我们对于原创儿童文学艺术可能与未来的想象。在当代社会生活新变不断的现实下，这样开放、多元的艺术探索再延续十年、二十年，中国儿童文学的总体面貌会发生什么样的变化？这是一个挑战想象力的问题。但我相信，中国儿童文学更高远的艺术未来，不仅是在充满自信和豪情的不断迈进中，更是在带着问题和反思不断向前的执着探索中。

（原载 2018 年 11 月 14 日《文艺报》）

关于改革开放四十年来的儿童文学发展
——2018 年 11 月 13 日答《中国新闻出版广电报》记者汤广花问

问：改革开放四十年来，中国作家创作了一批有影响的童书。让您印象深刻的有哪些？这些作品有何特点？是否还记得某些作品当年受欢迎的盛况？

答：我 1977 年考入大学读中文系，可以说见证了四十年中国文学，尤其是中国儿童文学的发展历程。在我看来，从 20 世纪 70 年代后期到 80 年代末期，中国儿童文学发展的历史关键词是文学"实验"与"创新"。那个时期活跃的是短篇小说和童话，儿童文学刊物的发行量比较大；有追求的作家们关心的往往不是作品的发行量，而是自己能够为那个时代的儿童文学艺术发展贡献一些什么。

当时还不太有现在意义上的"畅销书"，一部作品能够广为人知，常常是借助了改编为影视作品后的二次传递。例如，诸志祥的《黑猫警长》、郑渊洁的《舒克和贝塔》、郑春华的《大头儿子和小头爸爸》、张之路的《霹雳贝贝》等童话、小说作品，都因为改编成动画片、儿童科幻电影而得到了更大范围的传播。叶永烈的《小灵通漫游未来》，也因为改编成两个版本的连环画而扩大了影响。事实上，例如秦文君的《男生贾里》和《女生贾梅》、沈石溪的《狼王梦》、曹文轩的《草房子》等首版于 20 世纪 90 年代初至 90 年代后期的作品，它们真正成为超级畅销书，都是进入 21 世纪以后的事情。

新世纪以来，我们目睹了中国儿童文学和整个童书出版在新的媒介、文化和市场传播环境下，突飞猛进的发展态势。越来越多的作品加入儿童文学的"畅销书俱乐部"。这些作品能够受到小读者和市场的欢迎，或是因为它们在儿童文学的思想艺术方面达到了相当高度；或是因为它们在作品风格趣味上适应了儿童读者的"大众口味"；或是因为两者得到了很好的结合，如《草房子》、《男生贾里》、沈石溪的动物小说、杨红樱的校园小说，等等。

问：改革开放四十年来，对童书发展而言，有哪些关键的时间节点？

答：我认为关键的时间节点有以下几个：1978年，这一年的10月，国家出版局、教育部、文化部等八部委在江西庐山召开了有200多人参加的"全国少年儿童读物出版工作座谈会"，这次会议是新时期儿童文学出现历史转折的契机和标志；1981年，上海的少年儿童出版社创办了《儿童文学选刊》，这份刊物对于20世纪80年代中国儿童文学的艺术探索和发展，起到了重要的推动作用；1992年，中共十四大确立了社会主义市场经济的地位，儿童文学进入了一个新的发展阶段；2016年，曹文轩获得国际安徒生奖，标志着中国儿童文学以一种新的方式进入了世界的视野。

问：从内容上看，四十年来，小读者们偏爱的童书有没有变化？作家们的关注点有没有什么创新？

答：四十年前，儿童读者面临的是儿童文学的"书荒"局面，有什么看什么，很难谈得上有什么偏爱和选择的自由。四十年来，随着儿童文学创作和译介的不断发展，儿童读者的眼界、趣味、阅读能力等都有了拓展和丰富。而且，今天的小读者不仅阅读童书，还会受到多种媒介尤其是电子媒介的影响。他们的阅读兴趣和思维方式，已经更多地受到了新的传播媒介和传播方式的影响。

对于作家们来说，三四十年前，艺术探索与创新就是他们的创作本能和天性。但是在今天，许多作家会较多地考虑读者的兴趣和爱好，希望在作品的题材、风格、呈现方式上，更贴近这个时代的小读者。

问：您认为，优秀童书的评价标准是什么？四十年来，这些童书在小读者的阅读生活中发挥了哪些作用？

答：我在最近回答另外一家媒体的同一个问题时曾说，具体来说，儿童文学的艺术是多样的，儿童文学的评判标准也是复杂的。同时我也认为，儿童文学标准最重要的立足点，既非评论的权威，也非市场的业绩，而是可以清楚地看见和谈论的儿童文学的文本艺术。它的儿童观念的现代与进步，它的童年趣味的真切与丰厚，以及它将这种观念和趣味付诸文学演绎而创造的富于独特魅力的语言艺术，构成了可用来评判一部儿童文学作品的基本标准。

真正优秀的儿童文学作品，不仅能够满足小读者的阅读需求，给予他们成长与审美的陪伴；而且，也为我们塑造更好的童年和未来，提供了无可替代的文学资源和可能。

问：随着时代的发展，未来童书创作有哪些类型或题材有可能成为全新的亮点？

答：除了图画书创作、出版、推广将持续升温外，我认为，知识类童书，包括科普、历史、传记类等童书的创作和出版将成为新的热点。儿童读者对优秀的知识类童书具有巨大的需求。从发达国家的童书出版看，这类出版物在整体童书出版中的占比相当大，优秀作品也很多。

而目前总体上这还是我国童书出版的短板之一。我相信,未来这一创作和出版类型,会有很大的发展空间。

(本次答问主要内容见 2018 年 11 月 16 日《中国新闻出版广电报》汤广花的《40 年光阴流转 陪伴一代代人成长》一文)

关于近年来原创图画书的发展
——2019年5月29日答《中国新闻出版广电报》记者汤广花问

问：谈论原创图画书的发展，您最看重的因素是什么？

答：许多年来，谈论原创图画书的发展，我最关注的是它是否具有一种典型的"图画书元素"。几年前，我在与《文学报》的记者朋友讨论相关话题时就认为，典型的"图画书元素"对于原创图画书的发展来说，更具基础性。这里的"图画书元素"，是指一本图画书最具文体标志性和区分性的艺术要素与特质。应该承认，现代图画书的艺术本身是多种多样的，但作为一种在当代童书版图上受到特殊重视的类型，图画书在其不长的发展时期里形成了它最典型、最独特的艺术，即文字与图画之间的创造性合作造成的独特表意可能与表达效果。这种合作使它超越过去的配图童书，成为一种在艺术上具有独特魅力的童书。

问：近年来，原创图画书在这方面有什么变化吗？

答：近年来，原创图画书在这方面的自觉和进步是比较明显的。一是文字作者在故事写作时，已经越来越多地意识到了图画书故事的图像叙事潜能，例如白冰撰文的《一颗子弹的飞行》（中国少年儿童出版社）、张之路撰文的《太阳和阴凉儿》（青岛出版社）、张玉清撰文的《小老鼠的家》（明天出版社）等等。二是插画作者的图像叙事能力逐渐加强，老一辈如朱成梁、周翔等，比较年轻的如黄丽、李卓颖、黑眯等。三是图画书编辑的图画书意识也逐渐到位。从总体上看，我以为，原创图画书在做足"图画书元素"功夫这方面，正走在一条正确的路上。

问：您能举一些近年来的具体作品的例子吗？

答：近一年来给我留下深刻影响的原创图画书作品不少，例如谢华、黄丽合作的《外婆家的马》（海燕出版社），想象和现实在图文间巧妙交织。我们读到童年的天马行空，同时也读到成人的温柔包容；读到孩子的古灵精怪，同时也读到外婆的幽默智慧。日常生活中，面对童年的白日梦游，成人该如何做出恰当的应答？《外婆家的马》呈现的生活场景，引人回味和思索。郭振媛、朱成梁合作的《别让太阳掉下来》（中国和平出版社），戴芸、李卓颖合作的《溜达鸡》（明天出版社），黑鹤、九儿合作的《鄂温克的驼鹿》（接力出版社）等，也都是难得的好作品。

（本次答问的主要内容见 2019 年 5 月 31 日《中国新闻出版广电报》）

关于儿童文学创作、出版与阅读现状

——2019年6月20日答《齐鲁晚报》记者师文静问

记　者：在过去的"黄金十年"中，得益于需求的提升和市场化运作，童书出版繁荣带动了创作繁荣，给儿童文学带来了更加丰富多样的作品。您怎么看待这种繁荣？

方卫平：进入新世纪以来，中国童书已走过十几年繁盛期。首先，在整个传统出版业相对萎缩的情况下，童书出版逆势上扬，增长率明显，超过整体图书出版增长情况。可以说，童书创造了这个时代的出版奇迹。其次，童书不仅出版空前繁荣，这些年，儿童文学创作也在整体推进。2016年曹文轩获得国际安徒生奖，一定程度上标志着中国儿童文学达到的高度。

此外，儿童文学阅读推广、儿童文学深入大众生活等方面也都有明显的拓展。校园和家庭非常重视儿童文学阅读，诸多童书研讨会不断召开，图画书推广机构在许多城市纷纷设立，整个社会的阅读热情不断得到提升。

记　者：在繁荣的表象下，业内应该对儿童文学有何冷思考？

方卫平：作为儿童文学研究者，我这些年也对它时有批评，时有忧心。例如，如此多的奖项，如此多的排行榜，如此风风火火的研讨会，在推动、制造这个时代童书出版的神话之时，可能也在毁灭这个神话。在热闹的表象下，我们更需要冷思考。中国儿童文学还是存在太多需要继续改进、努力提升的地方。

我们的儿童文学作品数量庞大，但优质作品相对较少。在日渐庞大的出版规模之下，童书出版的门槛很低。商业化因素对童书产业的全面渗透，导致了童年写作和出版的商业化、模式化，甚至是粗鄙化的现象。这一切提醒我们，在新世纪儿童文学蓬勃发展的态势下，关于儿童文学文类生存与艺术发展的传统命题，正在新的文化语境下分化出一些新的艺术问题。

从总体上来看，当下原创儿童文学作品，在人文观、童年观、艺术观，或者说在儿童文学的人文素养、童年素养和艺术素养方面，还需要做新的努力和提升。仔细分析起来，许多得到媒体好评，甚至获奖的作品，仍存在不同程度的观念上的、艺术上的软肋，或者缺陷。

记　者：原创童书如何在追求艺术性的同时，还能吸引孩子的目光？

方卫平："追求艺术性"与"吸引孩子的目光"，两者其实并不矛盾。在优秀的童书中，"书香"的体现并非我们一般理解中的文学"精英主义"，而总是与引人入胜的故事、清浅生动的语言、回味悠长的意义结合在一起。因此，今天的原创童书要做的，不是到"艺术性"之外去寻找对童年的"吸引力"，而是去努力实践儿童文学和童年精神的应有风貌。那样的文学，一定也是对孩子来说真正富于"吸引力"的优秀的儿童文学。

记　者：与世界经典儿童文学作品相比，我们"黄金十年"乃至40年来的儿童文学作品的差距在哪儿？原创儿童文学应该从哪些方面追赶？

方卫平：若就总体而言，新世纪原创儿童文学不论在量还是质上，都比过去更具备与世界儿童文学对话的气象。近年国外儿童文学获奖作品大量引进，撇开对奖项的盲从或迷信，客观地看，我们的一些优秀作品，并不输给一些国外获奖之作。但是，在艺术发展和实现的更高层面，我们的目光绝不能放在那些终被比下去的作品之上，而应望向世界范围内最经典、最高级的那些儿童文学作品。在这样的视点上，我们才会更好地看见原创儿童文学向前演进的方向。

这个差距，不代表国内作品与国外作品的差距，更不是中国与世界的差距，而是一种为靠近更诱人的艺术世界而做的永无止歇的努力。中国儿童文学早已是世界儿童文学的一部分，但它还要用自己的方式，像世界上一切优秀的儿童文学作品所做的那样，为儿童文学这个名字添加新的艺术荣耀。所以，在世界儿童文学的背景上谈论原创儿童文学，不是出于任何竞争的虚荣，而是原创儿童文学寻求更高自我实现的必经之路。

记　者：您如何看待山东的儿童文学创作？

方卫平：当代山东儿童文学有着深厚的历史传统和底蕴。早在20世纪50年代，萧平先生就以儿童小说《海滨的孩子》一举成名，成为那个年代中国儿童文学最具代表性的作家之一。20世纪60年代邱勋先生的《微山湖上》、20世纪70年代李心田先生的《闪闪的红星》等，都是当时广有影响，甚至是家喻户晓的儿童文学作品。

而当下山东儿童文学作家则以张炜先生、刘海栖先生等为代表。张炜先生是当代文学大家，近年来在儿童文学创作上成果不断，而且斩获几乎所有重要童书奖项。他是当下成人文学作家写作儿童文学最成功的代表性作家之一，《寻找鱼王》《少年与海》《海边童话》《半岛哈里哈气》等都很有影响。刘海栖先生作为山东儿童文学界的领军人物，在作家培养、童书出版等方面做了大量工作。他自己近年来的儿童小说新作《有鸽子的夏天》《小兵雄赳赳》等也都是突破性的佳作，在读者和儿童文学界广受好评。山东省的有关方面十分重视对中青年儿童文学作家的扶持和培养，中青年儿童文学作家群体如刘玉栋、张晓楠、郝月梅、王秀梅、鲁冰、米吉卡、郭凯冰、莫问天心、雨兰、李岫青、张吉宙、鞠慧、杨绍军、刘耀辉、霞子、杨华、刘北、英娃、于潇湉、高方方、王天宁、季海东等，构成了全国儿童文学创作的一个重要方阵。他们在儿童小说、童话、儿童诗、儿童科学文艺等创作上都取得了引人注目的成果。此外，山东省在儿童文学研究、童书出版方面也具有代表性。从创作势头看，山东无疑正在成为中国儿童文学创作的一个大省。

记　　者：您怎样看待亲子阅读？在陪伴孩子成长的过程中，为何亲子阅读不可或缺？

方卫平：儿童文学是一个美好的艺术门类，它既是给孩子看的，也是给大人看的。与儿童文学为伴，是生命给予童年和我们的珍贵礼物。

儿童文学对成人的意义有两方面：一方面，孩子的成长需要成人陪伴，陪伴孩子走过儿童文学世界，与其说是大人的责任，不如说是上天给予每个人的生命礼物。孩子需要大人陪伴，需要亲子阅读。但孩子终究会长大，当他能独立阅读的时候，陪伴孩子的缘分也就终止了。所以，家长们不要在孩子需要陪伴的时候，忽视了陪伴阅读的责任、陪伴的美好。这是给孩子的美好的阅读时光，也是给我们自己的一段美好的时光。另一方面，优秀的儿童文学作品，按照宗璞先生的说法，它也是送给成年人的礼物。

（齐鲁晚报·齐鲁壹点 2019 年 7 月 4 日发布）

让美好的童诗播惠童年，映照未来
——关于《童诗三百首》与《文艺报》记者行超的对话

记　者：近年来，您在儿童文学的语文教育应用领域做了不少工作。这次为什么选择做儿童诗选本？

方卫平：谢谢您的关注。2000年底，应语文教育家、学者王尚文先生邀请，我用了整整一年时间，参加了《新语文读本》（小学卷）的编写、统稿等工作。曾有专业人士认为，《新语文读本》是"五四"以来与"开明国语读本"并列的两种最好的语文读本之一。坦率地说，参与这套读本的编著工作，对我的人文观、语文观，包括儿童文学观等都有很大的影响。从那时起，我对于儿童文学的阅读和教学应用，一直也有所关注和留心。这些年来，我个人选评的几种儿童文学读本，包括明天出版社的《最佳儿童文学读本》（新版更名为《给孩子的阅读课》）系列等，受到一些读者和出版界的看重和欢迎。在这些读本中，其实就选入了不少我个人喜爱的中外儿童诗作品。我在课堂上、讲座中谈论儿童文学，也经常举到儿童诗、儿童诗课堂教学的例子。

所以，当我接受福建少年儿童出版社的邀约，用了近一年的时间倾情投入来选评这套中国童诗精选读本《童诗三百首》时，其实，关于这个读本的念头在我心里早已准备了多年。我希望从我个人的童诗阅读经验和艺术标准出发，为孩子们选评一套质量优秀、可读性强的童诗读本。我愿意把我珍爱的这种阅读童诗的快乐，与读者朋友们一道分享，因为我是如此享受它们带给我的快意。我也相信，领略这份快意，懂得这份快意，本身也是生命的某种珍贵的馈赠。

让我感到欣慰的是，《童诗三百首》出版后，在"百班千人"等阅读活动中得到了孩子们和许多父母、老师的喜爱，也获得了一些同行的关注。一些朋友对这些诗作呈现出的儿童诗艺术面貌和水平表示赞许。四川诗人邱易东说："方卫平教授选评的《童诗三百首》改变了我对中国儿童诗的成见。选编者的学术精神和工匠态度，把大量富有儿童诗品格，题材新颖，有诗意，有孩童的生活画面与情趣的作品遴选出来，汇成这一片星空，将会改变儿童诗创作的生态环境，推动儿童诗创作回归诗意，获得升华。"台湾诗人林焕彰在出版社的微信公号上留言认为，这套童诗选本是"大制作，震撼性的"。台湾诗人山鹰也留言说，"《童诗三百首》终于出版了，希望它会像《唐诗三百首》一样，永远流传下去，世世代代滋润我们童年的天空，让童年如蝴蝶般翩翩飞舞"。

记　者：那么，我们应该怎样认识童诗的艺术性及其价值？

方卫平：在我看来，儿童诗这一样式，在儿童文学的体裁门类中占有特殊的位置。儿童诗是诗，但它的面貌与我们一般理解中的诗歌，表面看来又有很大区别。比如，一般诗歌的表意往往是复杂、模糊甚至游移的，儿童诗则大多是单纯、明晰、清澈见底的；一般诗歌的语言往往在寻求表达方式的"陌生化"方面用力甚猛，儿童诗则大多是用简单、日常的儿童式语言等等。但儿童诗又明明白白是诗。这个"诗"的性质和应有的水平，并不因为前面加上了"儿童"这个缀语，就有所降格或妥协。那么，儿童诗的"诗"语、"诗"境和"诗"意，究竟是一种什么样的诗歌艺术存在？它是用什么方式，将简单、日常、清明、童稚的生活、情感、思想和语言素材，建成一座独特的诗歌艺术的殿堂？这其中，可以琢磨的方面很多。简言之，当诗歌艺术被重新放到人的生命之初、语言之初的境况下，它的存在及其呈现方式，对我们来说意味着什么，又带来了什么？

　　就此而言，儿童诗除了是写给儿童欣赏、阅读的诗歌，还可能以其独特的艺术样貌和表现方式成为现代诗歌艺术的一个重要分支。这是一个日常生活日益远离诗歌的时代。儿童诗的存在，对于我们重新理解诗歌的日常艺术，理解诗歌之于每一个人的意义，有着重要的、特殊的价值。这也是我在选评这套《童诗三百首》的时候，试图表达和怀有的一点想法与野心。

　　记　者：在语文教育中，童诗的阅读与写作具有什么特殊意义？

　　方卫平：阅读和写作儿童诗是一个孩子最早与诗打交道的一种途径和方式。与一般诗歌，包括中国古典诗歌相比，儿童诗的特点和优长就在于它是直接以儿童的生活体验、感受等为内容，以儿童熟悉、亲近的日常语言为媒介，所以对孩子来说，儿童诗易读、易懂、易诵。《童诗三百首》出版后，开展过"百班千人"等阅读教学的实践活动，老师和父母们反映，不少孩子在活动前后的独立阅读或共读中，就已经不知不觉背诵了不少自己中意的作品。这种背诵，严格说来不是"背"，而是自然记忆。这就是阅读儿童诗的乐趣之一。

　　对于一个童诗的读者来说，一首诗歌能够激起切身的阅读快感，应该成为自己走进童诗的第一理由。这也是我希望这套《童诗三百首》能够带给读者的第一份快乐。这些小小的诗歌中洋溢着如晨光般纯净新鲜的语言感觉和生活滋味，仿佛把我们带到了造物之初，那个时时处处不乏惊奇感的世界。一朵花、一棵草、一只虫子、一束阳光,怎样形成一个丰足的世界,怎样值得我们认真以待。一朵云、一滴雨、一片叶子、一声鸟鸣,怎样从身外落到我们心里,怎样静默、长久而温暖地住在那里。与一首好的童诗相遇,有如远行中遇见一泓清泉,我们倦怠的身心在孩子般的新奇和愉悦里舒展开来;我们也仿佛借着童年的翅膀,轻轻地飞翔起来。

至于儿童诗的写作,我个人认为,它既应该成为小学语文写作教学的重要内容,也可以作为促进儿童写作兴趣、培养儿童写作能力的重要途径。儿童诗篇幅大多较为短小,适于在课堂教学有限的时间内学习,也适于阅读和写作教学的同步展开。在小学阶段,儿童诗的写作是孩子最能够靠近实践的一种诗歌写作尝试。它可以培养童年时代对诗歌、对文学的兴趣,也可以为孩提时代的文学想象和创造提供一个绝佳的语言舞台。这些年,我听过多堂小学语文的童诗教学课。记得其中一次在金华开展的童诗教学观摩活动中,孩子们在老师的带领下朗读、欣赏了一首儿童诗后,学着诗中的"拈连"修辞手法,仿写诗行。孩子的领悟力和创造力让我们大为惊喜,一些课堂即兴的诗句创作,比原作也毫无逊色。

正因如此,我也想说,儿童诗的阅读和写作教学对语文教师提出了很高的要求。老师要教孩子阅读和写作儿童诗,首先要充分理解、领会儿童诗独特的艺术面貌、内涵、价值、美学等。做到了这一点,教师就能为孩子挑选出好的童诗,来开展阅读教学,也能在童诗的欣赏和写作教学中,更精到地分析作品,更好地指导孩子的阅读和写作。在今天的小学童诗教学课堂里,由于长期以来的教育主义观念影响，把儿童诗仅仅视作狭隘的教育诗的做法，可能还十分普遍。我觉得，在语文教育中推广儿童诗的阅读和写作教学，不但是带孩子们走进文学阅读和创作的世界，也为教师的纯正文学观念和欣赏能力的培育提供了有益的契机。

记　者：近年来，不少出版社都推出了面向儿童的诗歌选本，比如北岛的《给孩子的诗》、叶嘉莹的《给孩子的古诗词》等等。与这些选本相比，《童诗三百首》有什么特别之处？

方卫平：北岛先生、叶嘉莹女士编选的选本，都是希望把阔大、美好的诗与词的世界向孩子们打开。与之相比，《童诗三百首》所选的主要是一般意义上的儿童诗，也就是写作之初就包含了明确的儿童读者意识的诗。应该看到，孩子可以读的诗是各种各样的，绝不仅限于现代意义上的儿童诗。一些优秀的诗歌作品，尽管不是专为孩子写的，但其语言、意象、内涵等都宜于儿童阅读接受，就可以成为优秀的儿童诗歌读物，中外诗歌史上都不乏这样的作品。不过，我编《童诗三百首》，主要还是想做一部自己心目中理想的儿童诗选本。"三百首"的体量，每册一百首，用来容纳我的阅读视野中最受钟爱的那部分汉语儿童诗作品。这是我多年阅读中积累下来的一些篇目。大部分作品是在长期阅读中网罗到的佳作，也有的作品是偶然的机会忽地遇上，像有缘分似的，特别难忘。

我把这三百首童诗编为二十七个阅读单元，每个单元前后分别加了导语和赏读文字。这部分内容也费了很大的心思。既是为诗歌而写的单元导语，我希望这些文字也能带上些诗的气质，而不是添上平庸的盖头，反而有损作品的诗意。赏读部分，希望能把这些诗歌最打动我的地方，比较准确、充分地传递出来，同时也兼及关于儿童诗的艺术、精神的一些思考。

儿童诗看上去清浅，其实很不容易写。亲身写作儿童诗的作家，格外能体味其中的甘苦。古人云，"熟读唐诗三百首，不会作诗也会吟"。我在《童诗三百首》的赏读文字部分，也格外加强了关于儿童诗艺术的细致分析。我期望，读完这三百首童诗的点评赏析，能够帮助有心的读者走进儿童诗的艺术之门，帮助读者在怎么理解、欣赏、判断一首儿童诗上，收获新的感悟。

记　者：在浩如烟海的童诗中，选出300首并不容易。您的编选标准是什么？

方卫平：我一直认为，儿童诗有它自己独特的美学。仅仅用一般诗歌写作的观念、方法去"套"儿童诗的写作，可能是有问题的。所以，我对于许多年来儿童诗创作在语言等形式感觉方面单纯模仿成人诗的写法，一直持比较审慎的态度。儿童诗的语言、意象、意境等的编织，当然可以是多样化的，但总体上，它应该充分体现面向儿童读者的考虑，即其语言、意象、意境、表意等，体现的都是与童年生命和生活相符合、相适切的独特审美情态，而不是用一些看似华丽的"伪"诗歌词汇来堆砌雕琢。

所以，我选儿童诗，是把童年生活感觉的生动性、趣味性，永远放在第一位的。比如，一首儿童诗，首先能够看出属于孩子的真实的日常生活内容和感觉。由于童年生活的时间和空间客观上都还有限，一个孩子的日常生活构成，乍看往往并不多么复杂。从"妈妈爱我""爷爷疼我"的家庭交往，到"高朋友，矮朋友""男孩子和女孩子"

的社会交往，再到"迷路的星星""花儿一岁了"的环境交往，一个小孩子看见和经历的，往往也是一个小小的世界。这个"小"是它的客观体量，却也是它独特的趣味所在。小孩子对睡觉这个普通的生活行为产生好奇，由此表达"我真想／一直睁大眼睛／看自己怎样睡觉"的愿望，是可爱的；把大树站在地上一动不动理解为"他们站在那里比影子玩"，是有趣的；看到"床下面是那么大"，感到"不藏点什么真可惜"，是好玩的。我们会发现，只要走进一个孩子的世界，就到处都是童年的精神和趣味。

但与此同时，好的儿童诗一定不是简单地录写孩子眼中的世界，而是透过童年的视角，发现、呈现这个世界的独特诗意。比如薛卫民的童诗《云朵和小孩》，由"云朵在天上玩耍／小孩在地上玩耍"的想象，联想到"小孩玩累了，回家／云朵玩累了，去哪？"是天真和童稚的想象，但里头蕴含的那一点孩童的关切，那种个体生命向着阔大世界的自然移情，正是存在的诗意。

因为"小"的缘故，很多儿童诗常常体现出一种轻扬的趣味，这是儿童诗的一种基本美学趣味。但我还想强调，"小"并不仅仅意味着"轻"。在儿童诗的小世界里，在童年生活的小感觉里，轻扬的趣味下还蕴藏着深厚的精神。而且，这是用儿童诗的独特方式表达出来的"深厚"。

记　　者：我看到，书中还特地选取了"孩子们的诗歌"，与经典童诗相并立。如此安排出于怎样的考虑？这些作品与成年人写的童诗有什么不同？

方卫平：谢谢你的敏锐，我在《童诗三百首》的序文中也谈到过这个问题。对生活中哪怕最微不足道的对象都充满惊奇的感叹、观看的兴致以及温暖的同情，这本来就是我们生命里珍贵的天赋，这种天赋在孩子们身上无疑表现得最为自然和深刻。我相信"每个孩子都是天生的诗人"，儿童诗把每个孩子固有的这种天赋和天性重新推到我们眼前，重新召唤我们的共鸣与认知。这也是为什么在这套诗集中，我还有意收入了几组孩子们自己写的诗。这么做，不但是想让读者领略儿童之诗的妙趣，也是想让更多的孩子参与到童诗的美妙写作中来。我想象，阅读这些诗歌的孩子也许会想，诗歌原来是这样，我的生活中也有许多诗嘛。这就对了。我相信，诗的世界对孩子们来说，原本就是亲切的、日常的。他们是生活在这里的原住民。这些由真实的童年口中吟出的自然之诗让我们看到，一个孩子的心中可能的确住着一个诗的精灵。发现这个精灵、守护这个精灵，让它尽可能长久地陪伴孩子们的长大，一定是一件了不起的事情。

孩子们的诗与成人作者的童诗，首先都是诗。相对而言，孩子们的诗在童诗的写作技巧、修辞手法等方面也许并不十分讲究，但是他们在诗作中所表达的对于生活、对于世界、对于自身的好奇、理解、想象等，常常是无比自然、天真，甚至是深邃的。例如，六岁殷木子轩的《对的，错的》中"爸爸做错了是对的／我做错了是错的"对于成人与孩子关系的揭示和质疑，七岁蔡澈的《通湖路的榕树》中"孤独地站着／看车来车往"的那棵老榕树，八岁何肖飞的《我是小牛》中"我是一头／被人牵着走的小牛"所传达的现实童年的无奈，8岁吴导的《泥土》中"我袒露一切／也埋葬一切"的思想力道，实在都是有着属于童年又超越童年的深刻力量的。

记　者： 可否简单介绍一下当下童诗的创作和发展现状？

方卫平：近些年来，童诗的活跃和热闹，也是前所未有的。例如，童诗创作在学校文学教育背景下的方兴未艾，许多孩子在老师的带领下从爱诗、读诗到仿写、创写，创作出了许多脍炙人口的童诗佳作；近年来各种童诗选本、童诗集成了继图画书之后的新的童书出版热点，"爆款"频出，有的出版社把童诗出版作为战略板块来经营；各种童诗微信公众号、童诗阅读推广活动层出不穷；童诗也越来越多地进入了文学"官方"、主流媒体的视野，例如中国诗歌学会不仅在自己的微信公众号上专辟了"中外好童诗"栏目，还专门组织撰写《童诗教程》，组织召开童诗研讨会。这些景象在过去是很难想象的。

童诗创作者主要来自两个方面，一方面是传统意义上的童诗诗人，从前辈诗人任溶溶、圣野、金波、樊发稼、张秋生、李少白、刘崇善到高洪波、薛卫民、王宜振、邱易东、高凯、王立春、张晓楠、童子等中青年诗人，他们构成了童诗创作的主要力量；另一方面则是来自中小学校园的孩子们、老师们，他们是今天童诗创作的朝气蓬勃的生力军。据我了解，目前童诗的发表园地、出版机会可能是前所未有的，童诗的艺术拓展和丰富可能也是前所未有的。诗人薛卫民说，"诗既是少数人的事，诗又恩惠着所有的人"。今天，童诗似乎已不再属于"小众"，我相信在未来，美好的童诗必将会更好地播惠童年，映照未来。

（原载2019年7月10日《文艺报》）

做理想儿童诗选本需要独特审美
——2019年7月15日答《中国出版传媒商报》记者郑杨问

问：您是从什么时候开始想选评这样一套书的？

答：2017年秋天，福建少年儿童出版社副社长杨佃青与编辑熊慧琴等一行专程来金华找我，商量由我为小读者选评一套《童诗三百首》的选题事宜。他们特别谈到，福建少儿社将把童诗出版作为该社的战略板块来经营，而《童诗三百首》是这一战略板块的奠基性的出版项目。

就我自己来说，这些年我对编选儿童文学读本一直持谨慎态度。因为品质、授权、避免跟风等方面的原因，我先后婉谢了数十家出版社的相关邀约，但这一次是福建少儿社的诚意和规划打动了我。

事实上，早在1980年代，我就十分关注儿童诗这一文体，并参与了《中国儿童文学大系》儿童诗卷的编选工作。2000年底，应著名语文教育家、学者王尚文先生邀请，我作为主编之一，在王先生和钱理群先生指导下，参加了《新语文读本》(小学卷)的编写、统稿等工作。它与我个人选评的《最佳儿童文学读本》(新版更名为《给孩子的阅读课》)系列、《中国儿童文学分级读本》等，都选入了不少中外儿童诗作品。从这个意义上也可以说，《童诗三百首》的选评在我的心里酝酿已久。

问：在编选这套童诗选本时，跟作家是否有交流？有什么特别难忘的地方？

答：《童诗三百首》的选评持续了将近一年时间，其间我与数十位儿童诗人,包括大诗人、小诗人及其老师、父母亲、推荐者等通过电话,加上与责任编辑的频繁通话,累计应该超过了三百通。电话内容除了与作品使用授权有关外,主要讨论的是作品本身的一些问题。最令我难忘的是,当我就一些作品(多为入选作品)的标题、用词、句子、段落等与诗人们讨论并提出修改建议时,他们所表现出来的包容、睿智、从善如流的态度,很是令我感动。我还记得与薛卫民、王立春、李姗姗、慈琪等作家、诗人交流时的坦诚与温暖。有时电话一打就是一个多小时,有的中青年诗人还是意犹未尽。所以,《童诗三百首》的选评过程,其实也是我与许多童诗作家朋友们讨论童诗技艺、切磋童诗美学的过程。

问:这套书编选时感觉比较困难的地方在哪里?是如何克服的?

答:其实从选文的专业角度来看,我需要做到的是,以独特的审美眼光,以最认真的态度为孩子们选好诗作,并精心导赏。您可能不会想到,对我来说,困难的倒是入选作品的使用授权的落实问题。所以,我要特别感谢《童诗三百首》的责任编辑熊慧琴和福建少儿社的编辑团队。他们以极大的责任感,通过艰苦的努力,取得了一百多位作者的授权。同时,我也要特别感谢作家朋友们的信任和支持。

问:目前对这套书的评价如何?市场反响如何?

答:据出版社方面介绍,《童诗三百首》出版三个月来,目前印量逾十万册,先后入选"百班千人"第十八期共读书目、《中华读书报》六一推荐好书、2019年福建省与广东省"暑假读一本好书"推荐书目等十余种权威推荐榜单,得到了孩子们和许多父母、老师的喜爱,也获得了一些同行的关注。责任编辑熊慧琴告诉我,一些朋友对这些诗作呈现出的儿童诗艺术面貌和赏读文字表示赞许。诗人薛卫民认为,

《童诗三百首》"在纷纭的童诗选本中，有自己的定位、有自己的追求，它延续了'三百首'这个中国诗歌的古代基因。方卫平教授所做的这个大工程，非常难得、非常可敬。儿童文学其他体裁的论著多多，但对儿童诗，我感觉很多理论工作者'望而生畏'，因为对诗的选取、解读，的的确确需要更为独特的文学功力甚至天赋。方卫平教授一直致力于儿童诗的研究，非常难得"！对于我十分用心写成的赏读文字，前辈诗人金波先生认为，"特别是卫平先生的点评，是这套书的一大亮点"。一位读者说："非常喜欢方老师的选篇和每一辑之后撰写的'赏读时刻'，它不只是评析，而是与这些诗歌的灵魂会晤，是快意的碰撞。"对于我来说，这些来自同行和大小读者的喜欢和肯定，是无比珍贵的。

（本次答问内容见 2019 年 7 月 19 日《中国出版传媒商报》的《〈童诗三百首〉：做理想儿童诗选本需要独特审美》一文）

语文教材与原作改写

——2019年10月30日答《南方周末》实习记者杜嘉禧问

记　者：语文教材选文常常出现对原文进行改动的情况，且这种情况在低年级课本中更为常见。教材编写者认为改动是必要的，以符合儿童的认知特点和语言发展规律。您如何看待这一问题，语文课文对原文的改动是否必要呢？尤其是一些经典文章，为什么要对其进行修改？例如，小学语文四年级上册课文《麻雀》是俄国作家屠格涅夫的作品，讲述老麻雀应对猎狗保护小麻雀的故事。课文写到"我急忙唤回我的猎狗，带着它走开了"这一句，戛然而止。而在原文中还有一段，"是啊，请不要见笑。我崇敬那只小小的、英勇的鸟儿，我崇敬它那爱的冲动。爱，我想，比死和死的恐惧更加强大。只有依靠它，依靠这种爱，生命才能维持下去，发展下去。""部编版"《麻雀》选文将这段话完全删去。您认为这种删减是否有必要呢？

方卫平：关于语文教材选文常常出现对原文进行改动的情况，我不是一个绝对的"持不同意见者"。我认为，在某些情况下，对原文做一些慎重的改动，有时候可能是需要的。目前的问题是：一，教材编撰者对原作的改编权常常被放大，甚至被滥用了。二，是不是存在一种教科书编写的"标准化模式"，一种绝对自信、强固的"语言纯洁伦理"？这一模式和伦理只求语文教材语言的规整与统一，成为相对安全但却机械、单调的所谓"教材体"语式。这种"教材体"语文，常常把文学语言个性化、毛茸茸的鲜活语感删减、驱除殆尽。三，比较随意地修改原文，也是对原作者不够尊重的表现。我认为这些可能就是"教材体"语文被质疑和诟病的主要原因。

这篇《麻雀》是俄国作家屠格涅夫的散文诗名篇之一，浓缩了晚年屠格涅夫的人生体验和思想感情。我认为《麻雀》结尾处这一小段兼具抒情性、议论性的文字，是作者写作此文时的重要感悟和思想寄托，也是作品整体叙事抒情的有机组成部分。其中如"爱，我想，比死和死的恐惧更加强大"这样的文字，更是具有一种深刻、厚重的思想和情感力量。因此，我认为，这样的删减，还是令人遗憾的。

记　者：在语文教材中多选取的是经典原著或者从旧教材中选出的文章，但没有具体作者。杭州越读馆语文教学负责人郭初阳认为，现在有很多好的小说散文，但没有入选教材，仍沿用旧的、没有出处的文章是不合适的。而教材编写团队认为从老教材中沿用的文章，虽然没有作者，但也是经过教学检验的经典。您怎么看这个问题？作为儿童文学研究的专家，您认为教材里应该更多选用什么样的课文是适合儿童阅读学习的？

方卫平：传统教材中经过长期教学实践检验，在今天仍然发光的文字，当然可以保留。我认为，语文教材的编撰，应该综合考虑传统继承、儿童心理认知特点和语言习得与发展规律、语言文学的审美特征、母语演变的现实要求等因素。在具体选文方面，不同体裁、不同内容、不同风格、不同时代的作品都应该得到合理的呈现。我注意到，新的统编小学语文教材增加了儿童文学作品的选文，这是非常好的。尤其是新的选文在人文观、儿童情趣、中外作家的广泛性与代表性方面，有了一定的提升和拓展。例如，二年级下册鲁冰的《蜘蛛开店》、德国于尔克·舒比格的《当世界年纪还小的时候》，三年级上册流火的《那一定会很好》、王一梅的《胡萝卜先生的长胡子》等，在选文眼光、品质方面都是可圈可点的。

记　者：此外，您自己对于小学语文教材或者语文教育应该实现什么目标有自己的想法和建议吗？请简单聊聊。

方卫平：语文教学的全面提升，是一项系统性的工作。例如，语文及其教学观念的重建，语文教材的编撰与更新，教师语文素养的全面丰富与提升，课外语文生活与体系的建设，等等。近20多年来，语文教育一直广受社会的关注，争鸣与探讨不断，这是一件好事。这不仅说明了语文教育的重要，也意味着这一事业终将在人们的共同努力中不断奔向一个光明的前景。

（本次访谈主要内容见2019年10月31日《南方周末》的《统编小学语文教材中的争议与回应》一文）

如何看待当下的儿童文学市场及其问题

——2019年12月23日答《文汇报》记者汪荔诚问

问：您认为当下的儿童文学市场的发展情况如何？

答：近年儿童文学市场的突出表现，伴随着国内儿童图书消费量的急剧攀升，以及儿童文学作品在整个出版市场地位的不断提升。开卷公司、当当网等提供的统计数据都显示，童书出版，尤其是儿童文学作品的出版，是整个图书市场中引人注目的亮点。"开卷"的持续数据表明，十多年来童书销售的年增长幅度，均高于整体市场的增幅；当当网近年发布的5年童书大数据也显示，当当图书的品类结构中，儿童文学占比最高达30%，其中中国儿童文学占比17%，连续四年销售码洋同比增长40%。我在去年出版的《中国儿童文学四十年》（中国少年儿童新闻出版总社2018年4月出版）一书中，也曾用"一些堪称现象级的出版个案"来证实这一出版趋向。

近十余年来，针对儿童消费潜力的出版发掘与利润争夺，几乎成了席卷中国出版界的一种醒目现象，不但专业的少儿出版社加大了各类儿童文学出版项目的策划、宣传与施行，而且一批非童书专业出版机构，也纷纷设立少儿出版分支，加入了这一市场争夺和利润分羹的队列。这些现象，使得人们对于原创儿童文学的关注和青睐日益凸显。一些年前，童书出版就被认为进入了"黄金十年"，如今，有些性急的人已经提出童书出版"黄金十五年"的概念了。

我认为儿童文学出版市场在兴盛热闹的同时，也存在一些问题和隐忧。如出版门槛的降低，某些作家创作态度的草率和怠慢，在人文观、童年观、艺术观等方面，也产生了许多亟待思考、理清的问题。

问：沈石溪的动物小说《狼王梦》和《老鹿王哈克》等作品中融入了人类的情感，展现欲望和权力。《金蟒蛇的抉择》涉及性生活的描写。有教育者指出，这类文学作品容易激起未成年儿童对这方面的好奇，不适合放在童书的目录里。对此，您怎么看？您认为沈石溪的作品是否是合格的童书？

答：儿童文学包括动物小说能不能表现"欲望""权力""性"等在许多人看来踩到儿童文学艺术边界的题材？我们可能需要先问几个问题：第一，一部具体的儿童文学作品究竟是怎么表现"欲望""权力""性"的，是用的文学还是非文学的方式？第二，如果确是文学的表现，那么是给哪个年龄段的孩子看的？第三，在表现一些特殊、敏感或另类的题材、主题时，儿童文学的伦理和美学边界应该如何把握。明确了这些问题，许多儿童文学题材伦理层面的争论就会得到很大程度上的澄清。

给沈石溪作品贴一个简单的是否"合格"的标签，是不合适的，因为他的动物小说的主题、类型和风格十分丰富多样。他有十分优秀的作品，在我看来也是当代原创动物小说的一流作品，当然也有一些比较复杂、值得讨论的作品。近年围绕他的一些作品，专业领域和公众有争议，尤其是那些涉及动物本能、"丛林法则"描写的作品。我认为，对沈石溪作品进行坦诚、认真的讨论、研究是必要、有益的。其实沈石溪的动物小说翻译到国外，关于其中动物的人化问题也有讨论，有批评的，也有为它辩护的。前面说的争论，一方面是针对沈石溪的个人创作，另一方面也代表了当代儿童文学公众阅读启蒙过程的一个进阶。它表明，大家开始更谨慎、细致地对待童书和童书阅读的事情。

问：一本合格的、值得推荐的童书作品，在您看来，要具备哪些要素？

答：近二十年来，为孩子们推荐、导赏好作品是我的主要工作之一。我个人选评、出版过《方卫平精选儿童文学读本》《方卫平精选少年文学读本》《中国儿童文学分级读本》《童诗三百首》等选本。我在一套读本的"前言"中曾经说过："我相信，优秀的儿童文学作品构成了人类审美历史和文化的一个独特而巨大的'文本'，这个文本以其独特的文化积淀、人生蕴涵、艺术魅力，成为人类共同拥有的精神财富"；这套读本中的作品"触及了关于童年、人生、人性、社会、命运等最基本的人类价值和命题，因而具有相当的思想深度和情感力度；我也希望借助这些作品来展现儿童文学的纯真和质朴，幻想和幽默，玄思和深邃，丰富和大气"。这些话大体上反映了我个人对儿童文学的一些认知。就单个作品来说，每一部作品都是一个独特的艺术生命体，不可能无所不包。简单来说，好作品应该是"有趣""有益"的。

问：您认为应该如何去解决童书市场存在的问题？

答：首先，童书畅销是一件好事，说明作品在某些方面受到读者的欢迎。其次，因为畅销，影响面大，童书之事就更加不可轻慢。

目前童书市场存在的问题，既有市场管理方面的，也有创作和理论方面的。作为儿童文学研究者，我曾经从理论方面谈过一点看法。从当代儿童文学艺术的基本状貌来看，我认为我们对于儿童文学的独特艺术和美学的理解，既取得了相对于过去的重大进步，也存在某些影响其走向更远未来的问题。例如，儿童文学的艺术发展如何走出"唯儿童主义"（即"只要孩子喜欢的，就是好作品"）的狭隘视野，不是仅仅将简单地娱乐儿童大众作为艺术的目标，而是深刻地认识到，在儿童大众的现实趣味和儿童文学的审美趣味之间，同样存在一种辩证的关系：前者提醒后者不要忘记"孩子喜欢什么"，后者则以"孩子应该喜欢什么"的思考和体验提升前者。当代儿童文学需要审思什么是童年生活中真正具有高度文学表现价值的趣味，而不仅仅是简单录制或仿造童年生活的某些现实。发现这种独属于童年的，同时又蕴含价值高度的审美趣味，也许是当代儿童文学走向经典的必由之路。

通 信

"国际安徒生奖大奖书系"主编给编辑的信
(2011年10月7日—2019年8月2日)

2011年10月7日08:58（星期五）

章 全：

前些天在合肥召开的"国际安徒生奖大奖书系"启动会开得非常好，梳理了现状，也明确了工作的分工、方向和目标。谢谢社里的精心组织和照顾。

回来后我又想了一下，有几个问题还想咨询或了解一下。

1. 是否需要在十月份拟定致IBBY的项目总体中英文说明书，以方便相关工作的衔接和推进？

2. 关于邀请国际安徒生奖评审委员会主席和部分委员来皖参加相关活动并与其洽谈事宜，希望一切顺利。

3. 我这边要逐渐进入具体的选目工作。我的具体选择作品的操作方法如何？是否向我提供相关样书？一般工作时间有多少？

4.确定选目、联系版权、组织翻译等工作量较大，估计也会不时遇到各种困难和问题。建议部分有把握引进的好作品，提前组织译者进入翻译工作阶段，以便把握好整体的出版节奏和进程。

暂时先说这些，谢谢章全。

祝好！

方卫平

2011年10月14日15:38（星期五）

章全：

河北的书系，如方便请寄一套来，这样便于我了解和比较参照。谢谢你。

希望这项工作明年能够初具规模。

祝好！

方卫平

2011年11月11日10:25（星期五）

芮嘉好：

关于《河豚少年》《光辉普照》，我们的阅读印象和意见如下：

这两本书的梗概：《河豚少年》讲述13岁女孩卡丽和她19岁的继兄长一起去寻找后者的酒鬼父亲的过程。《光辉普照》讲男孩保罗如何在心理和情感上慢慢接受自己刚出生的小弟弟的过程。

作者 Paula Fox 特别擅长细腻、准确的心理描写，这也是两部作品的特点。从相关网页的评论来看，这两则故事的题材并不特别新颖，读者的意见也褒贬不一。比如有的认为《河豚少年》对人物心理的刻画非常好；也有的读者认为除此之外，故事本身并无优长。因为没有看到原书，难以就作品的可读性发表意见。不过根据查到的资料来看，这两部作品的翻译难度是比较高的。不是说语言难译，而是要把作品中的心理刻画以足够引人入胜的方式翻译过来，不因翻译而影响读者对于故事趣味的接受，甚至应当能够将中文读者完全吸引到故事中来。显然，就这两部作品来说，其情节本身的连接性和紧凑性是不强的，接续情节的似乎主要是主人公微妙的成长情感。在这样的情况下，翻译如果只取意思的直译，容易使中译本看上去缺乏连贯一致的吸引力，也就会减损作品的读者接受度。

以上意见谨供参考。迟复为歉。

方卫平 赵霞

2011 年 11 月 24 日 11:15（星期四）

章全：

发来的几本德语图画书，从内容简介来看就很不错，故事也很清新，应该值得引进，待收到样书，我再给你们邮件确认。

另一本《马塞利诺的奇迹》，由于书出版得比较早，又是基督教题材的，其故事对国内读者来说接受起来不一定顺当（尤其是孩子最后的宗教式死亡）；1955 年拍的同名电影，在国内观众中也没有引起太大反响，建议这本暂不引进为宜。

祝好！

方卫平 赵霞

2011年12月20日 14:22（星期二）

凤梅您好：

　　记得贵社编辑曾提到叶拉·莱普曼的《架起儿童图书的桥梁》一书版权也已联系上，不知该书是沿用原来的翻译版本，还是重新从英文版或德文版引入？我们与慕尼黑国际青少年图书馆联系时，提到了安少社的这一重版举措，该馆前任馆长，也是前次中文版权洽谈方之一的波德博士（Dr. Andeas Bode）听了很兴奋。他特别提到，他在1991年莱普曼女士100周年诞辰之际，为自传的纪念再版增写了一篇后记，不知此次是否也会收入安少版的中文译本中？慕尼黑国际青少年图书馆与叶拉·莱普曼女士渊源深厚，后者是前者的创始人。直到今天，莱普曼女士关于儿童图书事业的许多理念仍然为慕尼黑青少年图书馆所继承发扬，其自传似乎最早也是由该馆推出的。想问一下，如果引进版本中不包含波德馆长的后记，是否方便由出版方将后记（德语）翻译后增补入其中？

　　祝好！

方卫平

*注：此信提出的建议后来电话讨论解决。

2012年01月16日 23:47（星期一）

章全：

　　1. 李琳寄来的五本德语图画书，我和赵霞都看了。我们认为这些作品虽然从图画书艺术性来说，未见特别出众、出彩之处，但故事可读性比较强，绘画的趣味性也不错，引进出版完全是可以的。这五本书等过年之后再寄回是否可以？

2. 关于涅斯特林格的小说作品，我们认为她的作品一般来说都比较好看，根据故事梗概来看，应该都有出版价值（加上作者的身份）。如果要有个顺序的话，可考虑首先选择《给妈妈找男朋友》、《伊尔莎出走了》、《小个子先生》、《普丁·保利破案记》（三册）、《婴儿鬼》、《莉莉的超级妙计》这八本。如果一起推出，还是会有一些分量的。

祝好！

方卫平

2012年01月21日10:56（星期六）

章全：

我看了四位候选翻译者的信息，感觉都很有实力，建议你们根据相关情况，从中选择适合的译者。

我这里也认识浙师大、浙江工商大学的一些老师，今后也可以作为候补的译者。

就要过年了，祝你新春快乐，一切顺利！

方卫平

2012年02月29日16:19（星期三）

章全：

上次寄来的巴西儿童文学作家安娜·玛丽亚·马查多（Ana Maria Machado）的三本童书，我们读完了原书，也查找了相关外文资料，引进意见如下：

1. 图画书 Wolf Wanted（暂译《聘狼启事》）是一本不错的图画书，可引进。不过对于国内小读者来说，对于该书的理解可能存在一个小障碍，即书中提到的各种来自西方经典童话的"狼"的形象，有些是众所周知的（如《小红帽》《三只小猪》里的狼），有些则还比较陌生（如俄国童话故事和圣经故事中的狼），所以全书后半部分的可读性没有前半部分强。如果可能，该书出版时最好能在书末附一个关于故事中出现过的各头"狼"的身份解读说明，为小读者提供理解的线索。

2. 小说 Me in the Middle（《过去现在未来》）可引进。该书讲述一个时空穿越的故事，主角"我"和"我"过去的曾外婆以及"我"未来的曾外孙女在当下相逢，由此引发了一场不同时代童年观念、生活之间的交流和沟通。小说涉及自我认同的成长主题。

3. 小说 From Another World（《从另一个世界来的人》）建议暂不引进。该书讲述一个黑奴女孩的故事，具有很强的历史教育题旨，大概因为观念先行的缘故，其故事呈现并不特别生动。同时，这样的作品对于不熟悉那段历史的中国小读者来说，也缺乏足够的吸引力。

以上意见，供社里参考。稍后我会将三本原书寄回给你。

祝好！

方卫平

2012 年 05 月 16 日 16:17（星期三）

阮征：

你好！

收到你关于安徒生奖丛书的来信后，我和赵霞就信中提到的事宜商量了多次。丛书的工作从启动到版权的联系，其间社里各位付出了许多努力，现在到了可以探讨翻译的环节，我们也感到很受鼓舞。关于此次书目的确认和翻译工作的安排，我们有以下几点意见：

1. 信中提到的八种作品选目，有四种我们在收到社里邮件后都仔细查阅过相关资料并通过邮件确认过，即名单中涅斯特林格的三部作品以及 Kathrin Schrer 的图画书《图书馆里的奇妙事件》，没有问题。

2. 其余四种作品中，《了不起的 M.C. 希金斯》《但尔司·屈里尔之屋》是芮嘉去年11月给我邮件时提到的，当时我耽搁了一段时间，未及回复。这两本书的作者弗吉尼亚·汉弥尔顿的创作名声很响，两部作品在文学性和思想性方面也比较强大，但两部作品都涉及对美国本土文化（黑人与土著文化）的深入理解（汉弥尔顿本人就有非裔血统，她的童书创作与黑人文化有比较密切的关系），其题材和思想对国内少年读者来说可能不那么容易亲近，适合的读者年龄段也偏高些。丛书接下去的选目，建议先少选这类本土文化色彩过强的著作。

3. 另两部作品《吹玻璃工的两个孩子》和《太空人遇险记》，我好像不记得社里先前提过，往来邮件中也没发现。这两部作品的作者玛丽亚·格里帕和帕特里夏·赖特森都写出过很棒的童书，虽然《吹》在格里帕的作品中还比较一般（我们更欣赏她的《神秘的公寓》，也是河北教育出版社出版的），但也不错，而且可以顾及较低年龄段的一批儿童读者的需要。赖特森的《太空人遇险记》没有问题。

4. 关于此次译者的组织，我们有以下一些想法：

（1）以上八部作品中，《伊尔莎出走了》《了不起的 M.C. 希金斯》《但尔司·屈里尔之屋》《吹玻璃工的两个孩子》《太空人遇险记》五部此前已译入国内，其中《但尔司·屈里尔之屋》《吹玻璃工的两个孩子》是徐朴先生译的（译文都不错），《太空人遇险记》有任溶溶先生的译文；如果可能，这三本的译文都可沿用。另两个已有的译本，我们还需要再琢磨一遍，看看是现成可用，还是需要重新组织翻译。

（2）优秀的英语童书译者很不容易找，这其中，任溶溶和徐朴二位先生的译笔比较可靠。但考虑到任先生年事已高，长篇作品新译的可能性恐怕不大，比较可行的是选用他过去已经完成的译本。新的译者中，贵社"金麦田少儿国际获奖书系"的译者之一李宇美的译笔蛮不错的，也可考虑。

（3）此次八部作品中有四部是德语作品，这方面的译者，目前可推荐的人选有：湘雪（涅斯特林格"弗朗兹的故事"系列的译者，译笔很不错）、陈俊（21世纪出版社"彩乌鸦"系列的主要译者之一）、李士勋（米切尔·恩德作品的主要译者之一）。

（4）关于译者的推荐，我们还有一个想法，即从成人文学翻译界的优秀译者中寻找翻译家。我们手头已记下一些名字。约请这类译者的好处是此类译者资源更为丰富，同时翻译质量也有更好的保证。但也可能会出现以下两种情况：一是最后的确得到非常流畅优美又适合儿童阅读的译文；二是译文本身可能很好，但语言上偏于成人化，不一定适合儿童接受，毕竟成人文学译者不一定有童书译介的经验。如果朝这个方向去做，不如意的结果我们也要充分考虑到。

（5）丛书的翻译工作启动前，我会尽快给社里一个译者的推荐名单，这没有问题。推荐的译者中，我手头有联系方式的，会将联系方式一并附上；但有些译者（比如成人文学译者）可能只有一部分联系信息，到时还要麻烦社里相关编辑费时去网上核查一下。

关于你们最近联系到的五本新书，收到资料后，我也会尽快给出回复。工作进程中如有任何问题，我们随时保持联系。

祝好！

方卫平

2012年5月20日23:06(星期日)

阮征好：

我们读了你发来的两本希腊新书的电子版部分，感觉第一本 Oof! 挺不错的，里面几个故事立意比较特别，语言也很当下，同时也有相当的幽默感，孩子应该会喜欢。不知这本书是否有好的原版配图，如果有的话就更好了。收到你寄出的原书后我们会再向你确认这一点。

相比之下，第二本 The Statue Who Was Always Cold 就比较一般。这是一个有着鲜明的希腊历史和文化痕迹的故事，其中所表达的乡愁主题太落实了，对于希腊本土读者来说或许很亲切，但对中国读者则比较陌生。作品行文中随意提及的一些希腊文化和地理常识，翻译给国内儿童读者时必然还需加注说明，不大方便。另外，该童话故事本身沿袭了早期童话的风格，可读性也比较一般。如果这部作品的插图特别精美，或可考虑引进；如果不是，我们认为可先暂缓考虑。

丛书的工作辛苦你了，以上意见供你们参考。

祝好！

方卫平

2012年5月23日 07:42(星期三)

阮征好：

收到你新发来的五组书目，先写上我们的初步意见：

1. 尤里·奥莱夫的三册作品文学性都不错，从可读性来说，尤以《鸟雀街上的孤岛》为最佳。

2. 大卫·阿尔蒙德的作品很值得出版，但信中提到的这三册书我们还没看过，待收到你寄的样书后，我们会尽快回复你。

3. 沃尔夫·埃尔布鲁赫是德国很知名的插画家，他的图画书《是谁嗯嗯在我的头上》几年前译到国内，很受欢迎。这次发来的两本由他配图的德文图画书 Mrs Meier, the Blackbird 和 The Butterfly Workshop，插图是典型的"埃尔布鲁赫"式风格，很精美，也很特别，不过如果从较高的图画书艺术标准来看，两个作品的故事就比较一般，篇幅也太长些，但总体艺术感觉还是不错的，可考虑引进。

就图画书引进的问题，我再多说一句。到目前为止，咱们这套丛书暂选的引进目录中，我还没有发现特别让我兴奋的图画书作品。我想如果可能的话，第一次推出的系列中，最好能有一本从故事到插图都一流的图画书"坐镇"。因为除了小说、童话等作品，这类图画书也会是一个特别的亮点，这样也有利于提起丛书的整体品牌气势。

4. 信中提到 Cinderella – Pepelka 一书是斯洛文尼亚作家 Tone Pavcek 的作品，但我在这本书的 PDF 上没有看到这位作家的名字。该书封面写着文字作者是格林兄弟，插画作者是 Alenka Sottler，不知是否弄错，请再确认。另外，因本书系斯洛文尼亚文写成，不知是否也会再寄英文翻译本过来？

收到你和明舟老师那边寄来的相关图书后，我会给你再去一信确认作品的情况。

辛苦！

祝好！

方卫平

2012年5月29日17:28（星期二）

阮征：

我今天刚从杭州出差回来，想着你可能着急，先回复你的邮件。新发来的材料我和赵霞这些天都看完了，赵霞也查了相关的另一些外文资料，我们的初步意见如下：

1. 关于塞浦路斯作家 Elli Peonidou 的作品 A VISIT TO PLANET ALLISPOSSIBLE（《奥斯波星球历险记》）。

这部作品将传统与现代的童话题材、主题等相结合，从样张节选来看，作品对话很紧凑，语言很生动，故事性、可读性较强，生态主题也很符合当下，应该符合目前国内许多小读者的阅读兴趣。建议加快联系版权引进。

2. 关于比利时作家 Bart Moeyaert 的四部作品 Hornets' Nest、The Milky Way、The End of Bordzek, Told by Myself Who Was There、Graz。

Moeyaert 擅长写少年的成长心理，但他的童书总体上可能有些小众化，主要是故事性不强，情感表现又有些复杂。例如，赵霞帮忙查了美国《学校图书馆杂志》，其对 Hornets' Nest 一书的评价即是"事件、角色不好懂"，"适合小众"。但其作品的文学性还是不错的。以上四本书中，建议可先联系 The Milky Way 的版权（从英文世界的评价来看，这本书应该挺不错），引进后试一下市场情况。其实从介绍来看，这四本书的文学质量不见得比国内已经引进的有些国际获奖书系中的一般作品低。像 Hornets' Nest 这样的作品，到时或可考虑放在咱们这套丛书的后几辑中。

3. 关于奥地利作家 Monika Pelz 的三部作品 The Conspiracy of the Poets、Winchester Mystery、Unternehmen Halbmond。

Monika Pelz 的童书多具文化的厚重感。这三部作品中，The Conspiracy of the Poets 以 18 世纪欧洲启蒙运动时期的一则文化轶事为题材，创作出一个趣味性的故事。优点是情节生动，富于悬念；缺点是如果对这一历史背景缺乏了解，对于故事的解读就不一定那么顺利。但作品本身是一个不错的故事。Winchester Mystery 也有同样的优长和问题。Unternehmen Halbmond 是一个幻想故事式的小说，其性别认同的主题设计别出心裁。三部作品均可引进，如需排序，或可先考虑 Unternehmen Halbmond，其次 The Conspiracy of the Poets，再次 Winchester Mystery。

4. 关于法国插画作家 Henri Galeron 的两部作品 Children from Moon and Sun 和 Nasr Eddin Hodja A funny Idiot。

这两部作品中，第一本是诗歌形式的图画书，涉及种族题材，离国内读者的生活有些远；插画虽有一定的创意，但并不十分突出。第二本在故事风格上有点像国内"阿凡提"类的故事，只是其中主角是个"好笑的白痴"。从发来的样张内容中收入的几个故事来看，作品只是一般性的搞笑，插图也比较老旧。建议两本都先暂缓引进。

5. 关于瑞典作家 Lennart Hellsing 的五部作品 *Little brother and night-time*、*The Bothersome Crow*、*Baltzar's Trousers*、*Three drops of rain*、*Summa Summarum*。

从介绍来看，Lennart Hellsing 编文的这五本图画书各有妙趣，主题看来也都十分清新。这位作家的儿童故事以诗化、幽默、富于游戏性的语言为主要特征，这五本图画书建议均可引进。如果来得及选一两本放入本丛书第一辑，则更好，因为这些作品似乎比我们此前选定的几本图画书都更好些。

以上意见，供社里参考。有些判断不一定完全准确。引进工作过程中，我们再随时保持沟通。

祝好！

方卫平

2012 年 06 月 11 日 21:26（星期一）

阮征好：

六一以来，陆续赴青岛、杭州、香港等地出差，心里一直惦着你的上一封邮件。

这些天我们仔细看了你发来的书目材料和说明文字，又从网上查阅了相关外文资料，形成了对于这批新书目的引进意见。为了方便你查对，我们仍按你发来材料时的作品排序组织条目，在相应的作品题名之下分别写上我们的看法和建议，详细的内容请看附件。此次的备选书目较多，我们的意见也写得较长，如有不清楚处，我们再邮件或电话联系。

祝好！

方卫平 赵霞

附 件：

一、关于国内曾出版，现在版权到期的三本故事书

巴西作家莉吉亚·布咏迦·努内斯的《黄书包》、英国作家埃·法杰恩的《小书房》、法国作家勒内·吉约的《丛林虎啸》三本书都不错。但《小书房》的翻译可能还需重新组织，目前已出版的译本翻译腔较重。

二、关于国内曾出版，现在版权到期的三本图画书

法尔西德·梅斯伽利的《小黑鱼》、赤羽末吉的《仙鹤媳妇》和《跑呀，逃呀》三本图画书，不知社里是否已确定全部引进（因来信中提到其中两本已拿到版权，另一本正在洽谈）。我们认为《小黑鱼》的插画虽很有特色，但故事十分一般，现有的翻译也比较有问题。《跑呀，逃呀》的画面很富创意，故事则还不够自然，开头和结尾的想象有些做作，尤其是结尾，儿童读者恐怕不好理解。因为这本作品大部分篇幅采用了无字书的形式，又的确是想用图画来讲一个故事，因此故事的首尾通畅就显得格外重要，这一点恰恰是这部作品欠缺的地方。相比之下，取自民间故事的《仙鹤媳妇》在故事和形式上均较为传统，但在易于儿童读者接受的同时，其艺术风格并不新颖。应该说，这三本图画书都比较有特色，但故事路子是比较旧的，这样的作品在国内通常不大容易引起人们注意。如果社里已谈下三本书版权，决定出版，那么《小黑鱼》和《跑呀，逃呀》

可附上相应的导读文字，以指导读者对于其中故事的阅读理解。有时如果导读文字提供得好，也可从侧面推助图画书的市场接受。

三、关于挪威插画家 Øyvind Torseter 插画的两本图画书

GI GASS, INE（*STEP ON IT, INE*）和 *HE HE, HASSE*（*HA HA, HASSE*）两书的插画别具特色（Torseter 被认为是当代挪威最先锋的青年插画家之一），但故事都比较一般。我们就作品本身的形式判断，两本图画书应该属于一个系列故事中的两册，而该系列中应还包含其他的分册，所以单独看这两本，感觉其中角色性格的呈现还有些突兀。同时，从图画书的综合艺术来看，这两本作品的文学质量并不突出。我们的建议是暂缓引进，或考虑放在本译丛的后几辑引进。这位挪威插画家也创作有一些自绘自文的图画书（如 2004 年出版的 *Klikk*），一般说来，这类插画和文字是同一位作者的图画书作品，在文图配合方面会做得更好些，社里或可顺便关注一下。

四、关于阿根廷作家 María Teresa Andruetto 的 14 本书

María Teresa Andruetto 是本届国际安徒生奖的获奖作家，趁着奖项的热度和推动作用，她的一部分优秀作品或可作为一个系列由安少集中引进。但要注意的是，由于这位女作家作品中的阿根廷文化背景与中国文化之间有较大的隔阂，因此其作品尽管得到大奖的肯定，但在国内童书市场的接受不一定会一帆风顺。事实上，我们查询这位作家的作品出版情况时发现，她的童书似乎还未进入英语市场，上面提到的文化隔阂可能是其中的一个重要原因。

1. *Stefano*（《斯特法诺》）

从该书的简介和节选的四章英文翻译来看，这是一本不错的现实主义风格的青少年小说，在题材和叙述形式上均具有一

定的探索性。这本书也被作为1997年阿根廷的优秀童书之一，入选了慕尼黑国际青少年图书馆的"白乌鸦世界优秀童书选目"。建议可引进。

2. *Veladuras* (Glazes)

关于该书，我们还未能从英文渠道找到更多的介绍资料。就发来的简介一时难以判断该书的文学质量，但可以看出其中的故事有着阿根廷土著文化的鲜明烙印，对国内儿童读者来说，理解小说中对于这一文化的当代思考并不容易。我们的建议是先引进上面的 *Stefano* 一书，看一下反响，该书则可暂缓一缓。

3. *El país de Juan* (Juan's Land)

该书所涉及的"城乡迁移"与"进城务工"题材与中国当代社会的语境有相似处，患难中的友情主题也符合国内儿童读者的情感期待和理解视野，我们建议引进。

4. *Hacia una literature sin adjectives* (Towards a Literature without Adjectives)

该书简介应为西班牙语，网上也未找到关于本书的英文或德文材料，你来信中提到接下去会传来相应的英文简介，我们稍后再做回复。

5. *La Durmiente* (The Sleeping)

这本图画书将现代社会的批判精神融入古老的睡美人童话中，既重写了这则传统童话的精神内涵，又丰富了童话文体的思想内容。这一写法代表了当代西方童话创作中一个引人关注的思想、文化和艺术探索的方向，有助于启发国内图画书的创作。不过，这部作品的思想性可能要大于它的故事性，如果引进的话，主要是考虑其艺术上的价值，至于市场的反应则很难说。

另外还有一个要紧的地方,即该图画书的插图是拼贴画,其中有不少文字内容的拼贴,比如剪裁下来的一小片西班牙语报纸,而报纸上的文字虽然是插图的一部分,却极有可能与故事内容相关。如果要将这些文字也翻译出来,一是画面上恐怕不好处理,二是翻译工作也会特别麻烦。因为假使一个报纸标题被译成了中文,下面的文字哪怕并不要紧,但当然也要做中文化的处理,这就比较难做;而如果不加翻译,任其以西班牙语的方式呈现,则又可能大大减损故事的言外之意。这是本书引进的一个难题,建议社里可以联系西班牙语方面的专家帮忙把下关。如果认为以上插画中的文字内容不翻译不行,全部翻译又不可行,那就只能先暂缓引进。

6. *El Incendio* (The Fire)

这本图画书同样是一个富于思想和艺术探索性的作品,其中的哲学内涵发人深省,插图也很特别,建议引进。

7. *Agua Cero* (Zero Water)

该书中的童诗形式探索很是新颖,唯一的问题是对翻译者的挑战会很大。因为翻译时既要弄清其中遍布各处的文字游戏,又要考虑中文翻译是否能够最大限度地复现原文的诗意,又是否切合书页上文字的不同排列形态,同时还要辨别和呈现这些诗作对于传统童诗语言的巧妙颠覆,难度很大。建议本书可先谈下版权,但需请有经验的译者仔细打磨出一个适合的译本来。

8. *Trenes* (Trains——A Love Story for Children)

该书有一个很好的故事创意,但因为采用的也是与上面第五本图画书 *La Durmiente* 同一位插画家的拼贴画插图,因而也面临着同样的翻译困难，操作建议同第 5 个条目。

9. *El árbol de Lilas* (The Lilac Tree)

从故事到插图都非常美的一本图画书，建议引进。

10. *Solgo*

该书与上面的 *El árbol de Lilas* 一书共同代表了 María Teresa Andruetto 故事写作的另一种风格，温暖而清新，诗意而唯美，插画也很漂亮，建议引进。

11. *La mujer vampiro* (The Vampire Woman)

该书收录的短篇故事从西班牙语民间故事中汲取灵感。因为发来的 PDF 是西班牙原文，所以我们还不能确定这些作品的基本风貌，但作家所选择的"人的恐惧感"的主题很有意思，也含有深意。该书入选了 2002 年慕尼黑国际青少年图书馆的"白乌鸦世界优秀童书选目"。建议引进。

12. *Huellas en la arena* (Tracks in the Sand)

该书与上一本书一样取自传统民间故事中的题材，可读性应该很强。但这本书的出版时间较早，其中故事是否会比较老旧，还有待进一步了解。

13. *El anillo encantado* (The Enchanted Ring)

这一本与上一本也有同样的问题。如果社里有意把这位最新获奖作家的系列作品做大，这两本书均可列入；如果想先试探性地出几本看看，可先选择第 13 本 *El anillo encantado* (The Enchanted Ring)。

14. *La niña, el corazón y la casa* (The Girl, the Heart and the House)

该书有关问题家庭（唐氏综合征患儿家庭）亲情主题的处理不错，但故事和语言是散文化的，叙述不紧凑，阅读起来很需要耐性。批评界认为这部作品的语言代表了María Teresa Andruetto标志性的写作风格。我们的意见同上一条目：社里若想趁大奖新颁之际系统出版这位作家的作品，该书可包括在内；若是有选择性地出版，则该书可暂缓引进，或放到丛书后几辑中。

关于以上14本书的意见，主要是根据你上次邮件发来的材料以及我们从网络上搜寻到的相关资料，综合比较考虑后得出的。因为没有看到原书，再加上目前关于这些阿根廷童书的英文介绍也十分有限，有些判断可能会有偏颇，谨供你们参考。

此外，针对这位阿根廷女作家的作品引进，不知社里是准备从西班牙语直接翻译，还是借英文版本转译？这个会涉及译者安排的问题，对丛书工作来说也很重要。

2012年07月07日 22:04（星期六）

阮征好：

因为临近放假，前些日子很忙，拖了几天才和赵霞一起研读了相关资料，我们的相关意见附在后面（附件内容也一样）。

我们在研读和讨论、判断过程中，虽然十分尽力，包括从国外网页搜寻相关资料，但是仍觉得限于资料和时间，特别是多数作品原先未有引进，我们也未能读过原书，所以有些意见也不是特别有把握。盼望社里在最终定夺时，各位责编朋友也能下些功夫。如果我们之间有碰撞，共同形成一些意见，可能会比我这边单方面拿意见更全面、可靠一些。

祝暑安！

方卫平

附　件：

对 6 月 29 日新书目的建议（方卫平　赵霞）

一、故事书（4册）

（瑞典）玛丽亚·格里珀《艾尔韦斯的秘密》、（美）凯塞琳·帕特森《我的双胞胎妹妹》、（美）凯塞琳·帕特森《养女基里》：

这三部作品都是文学性比较高的儿童小说，值得引进。不知为何，原先引进的这三本书在读者和评论界都未激起太多回响，实际上这三本书对于儿童和少年心理的把握和表现都很棒，其中尤以《我的双胞胎妹妹》一书最佳。

（以色列）尤里·奥莱夫 THE LADY WITH THE HAT（《戴帽子的女士》）：

该书可引进，但有一个关于翻译的小建议：因该书故事与"二战"时的集中营、犹太文化等紧密相关，国内儿童读者对于其中的一些历史和文化知识不一定能完全领会。建议译者在书中一些涉及异域文化知识的细节处，以添加简短译注的方式予以解释（如书中提到的"战争"，也就是"二战"，以及"集中营"等概念。再如该书英文版第14页，谈到玛卡姨妈的婚嫁问题，当玛卡的家人得知玛卡的爱人是"基督徒"后，竭力阻止他们完婚；这里面涉及犹太人的宗教文化中不与基督徒通婚的律令，不明白这一点，也就不能理解为什么玛卡的父亲最后会对这桩婚事大发雷霆，甚至与她断绝了父女关系）。此类内容如不加说明，大体上并不影响读者对故事的理解；但如能加上准确的译注，则更能帮助儿童读者完整地读懂小说，并使他们获得一些有关异域文化的知识。不过这类译注添加的前提是保证注释内容的准确性。

二、图画书（11 册）

挪威插画家 Yvind Torseter 的作品 HULLET（THE HOLE）和 KLIKK (CLICK)：

The Hole 一书创意不错，虽然故事的编织不很圆融（有些刻意），但其中的知识呈现比较别致，也蛮有趣的，可考虑引进。

KLIKK (CLICK) 中讲述的生活故事比较简单，但还挺有童趣，插图也不错，值得引进。结合此前发来的该插画家的一些作品判断，总体上看，由这位插画家插图的许多作品，插图都很有特色，但故事水平不是很高，目前这两本算是其中比较优秀的。

捷克插画家 Peter Sís 的作品 *The Three Golden Keys*：

该作品插画华美精致，内含俏皮的小游戏，但故事有些玄奥，带有鲜明的捷克地理和文化的痕迹。对于捷克儿童来说，作品开头出现的地图自然是非常熟悉的，但对于我国儿童读者来说则恰恰可能是十分陌生的，所以国内小读者对于该书故事的接受可能会困难些。不过总体上看，该书仍值得引进，特别是其中的插图，可以给国内图画书创作界带来一些启迪。

委内瑞拉插画家 Arnal Ballester 的作品共 18 册（其中 IN MIXED 不是一本书，PDF 文件内含 11 本图画书的若干样张）：

这 18 册图画书中有些是诗集，有些是故事书，因为缺乏文字，光看有限的样张，实在很难判断作品的质量。特别是，

Arnal Ballester 的插图体现了典型的南美拉丁风格，用色、线条、形状、题材等都显得怪异夸张，对于我们的读者来说，看上去非常具有视觉冲击力，但也因此令人很难从有限的几帧图画中看出故事的意图以及质量。不知社里能否要到其中若干作品［或至少一部作品，比如第5本 *QUAN REU DOS MICOS*（*When you both were monkeys*）］的完整英译版？如果对方考虑到版权的问题不愿给出全书电子版，只提供作品文字部分的英译也行，至少可供我们判断一下故事的大概质量。

三、之前咨询过，现在需要补充咨询的图书（4册）

巴西作家 Ana Maria Machado 的作品 *Wolf Wanted*：

该书早先我们也已看过社里寄来的原版书，认为可以引进。

希腊作家 Christos Boulotis 的作品 *Oof!*：

该书插图并不多，主要是故事的叙述，可以引进。

斯洛文尼亚作家 Tone Pavcek 的作品 *Po morju plava kit* (*A whale Swims in the Sea*)：

该书的原版样书和部分英文翻译我这边好像不曾收到过，不知是否邮寄有遗漏？另外，今后邮寄样书，烦请尽量从邮局或顺丰快递走，因我这边许多快递公司都不送书，需要自取，很容易造成邮件丢失，谢谢。

斯洛文尼亚插画作家 Alenka Sottler 的作品 *Cinderella Pepelka*：

该书插图看来比较精美，作为经典灰姑娘故事的又一个插图版本，可考虑引进。

2012年07月29日 20:26（星期日）

阮征好：

来信和整理的相关资料都收到了，这次的引进项目涉及图书多，事项也多，其中有许多需要考虑的大小细节。你的工作及时、周到、细致，也让我们感到踏实。

我看发来的版权信息统计中，有些信息好像还未及登上。比如，大卫·艾尔蒙德的三本书，记录在表上的还是我们第一时间的回应，我在后来发给你的一份邮件中，对这三本书的情况做了较细的分析并提出了引进建议（先选《当天使坠落人间》）。可能要麻烦你查一下我们的邮件往来记录，把相应的信息补全，这样或许更方便接下去社里的版权联系工作参考。

另外，我前些天刚收到了张明舟老师那边寄来的斯洛文尼亚作家 Tone Pavcek 的两本书：*Romeo in Julija*（图画书）和 *Majhnice in majnice*（诗集），随书附有作家的若干介绍、自述和诗歌翻译。在此前我们的邮件通讯中并未提到这两本书，不知它们是否在社里的引进目录单上。我看了一下，*Romeo in Julija* 一书似乎并无特别出彩之处，引进价值不大。*Majhnice in majnice* 一书中的诗作则更接近成人诗，语言和立意过于深涩，再加上文化的隔阂，作为儿童文学作品引进，可能难以引起国内儿童读者的阅读兴趣。这两本书我都不建议引进。

信中提到的这位作家的 *Po morju plava kit* (A Whale Swims in the Sea) 一书，我没有收到过的印象了，找了也没找到。"骄子宾馆"是我们学校北门外小弄堂里的一个农家小宾馆，有个快递公司的邮件是在那儿取的，我倒是去取过一两次件，但没有取这本书的印象。

还请麻烦张明舟老师那边的工作人员再查一下，此件最后是否有我本人签收的快递单，以作确认。给你们添麻烦了！这边的快递除了顺丰都不送件上门，而是集中委托给附近的一个宾馆或小店，再发短信通知收件人到指定地点取件，有时难免遗漏。再加上我平时出差较多，也有收到短信后来不及立即取件的时候。所以下次社里寄书，还请最好通过邮局的渠道，这样我们学校的收发室会集中整理分到各院，比较保险。

  从贵社和张老师那边寄来的外文书，我都专柜保存着，之前有些已陆续寄回。近期的一批，我会再集中寄还给你。

  还有一事。赵霞与慕尼黑国际青少年图书馆前任馆长 Andreas Bode 博士通信时提起安少社这次的国际安徒生奖引进丛书项目，又提到社里会重出叶拉·莱普曼女士的自传《架起儿童图书的桥梁》，得知莱普曼女士 100 周年诞辰纪念时，该书又出过专门的纪念版，Bode 博士为该版撰写了一篇专论莱普曼的后记。叶拉·莱普曼与慕尼黑国际青少年图书馆渊源深厚，前者是后者的创立者。她对于世界童书事业的推进成就，也是以该图书馆的创立为重要标志的。此后，她又创立了 IBBY 组织。该馆保留有关于莱普曼女士的许多第一手文献资料，Bode 博士本人手中就有当年莱普曼女士与其秘书通信的手稿，他的这篇研究性的后记也颇具纪念和资料的价值。我们觉得，该文的添加或许可以为该书中文版的再度出版增添另一个与莱普曼有关的重要文化记号。所以赵霞问 Bode 博士要来了这份后记，我把它放在附件里，你们看看，是否方便由社里安排翻译后放在该书的合适位置。我之前曾跟徐总说起此事，她表示认可这一想法。但不知目前《架起儿童图书的桥梁》一书在社里的出版进程到了哪一步，现在放进去是否还来得及？

暑安，保重！

方卫平

2012年08月23日 18:36（星期四）

阮征好：

我们于14号赴国外出差，昨晚刚回到金华。邮寄和发来的10本作品均已收到并陆续仔细阅读，我们的意见如下：

1. 关于希腊作家 Christos Boulotis 的四本作品：

总体上看，这位作家的作品文学质量一般，其故事带有民间童话的痕迹，但缺乏民间童话特有的简洁和喜感；其语言体现了类似安徒生童话中的部分诗意，但缺乏安徒生童话中十分重要的幽默感。四本作品的其中一本 The Statue That Was Cold，此前你曾发来过文字稿，我们认为质量一般，收到原书后，翻阅插图，还是觉得一般。另外三本中，故事相对写得较好的是 Tam Taratum & The Town That Cut Itself in Two 一书。这个故事的构思并不是最具原创性的，我们从更早的一些儿童文学作品中已可见到类似的，但读来还比较有趣，其题旨也很具当下意义。如果考虑引进这位作家的作品，我们的建议是先以 Tam Taratum & The Town That Cut Itself in Two 一书作为一试，看看读者的反应，其余三本暂缓引进。

2. 关于伊朗插画家 Farshid Mesghali 插图的六部作品：

这六部作品的故事和插图大多富于民族特色。根据原书的 PDF 和内容的简介，我们认为可先尝试引进 Mazan 和 The Blue Eyed Boy 两书。图画书 Mazan 是童年想象力的游戏狂欢，其形式上的创意在目前国内引进的各种图画书中也显得比较新颖；*The Blue Eyed Boy* 一书的故事和插图都体现了伊朗童书的独特之处，故事的感觉也不错。另外四本中，*Arash The Bowman* 的故事虽有民间传说的特色，但并没有特别突出的文学创意；*Hedgehog, Me and My Doll*, *Persian Mythology of Creation*, *You Are the One I Am Longing for* 三本，由于是以文字为主的作品，单凭简介很难准确判断其质量，特别是诗集 *You Are the One I Am Longing for*。不过从简介来看，至少前三本作品的文学性似乎并不突出。因此，对于上述四本作品，我们的建议是先暂缓引进。

稍后我会将邮寄来的四本原版图画书并之前收到的同一位作家的 *Oof！* 一书原书用顺丰快递给你。

八月底我要去北京，整个九月将在中央党校参加一个哲学社会科学方面的研修班，可能十月初回学校，特告。

祝好！

方卫平

2012 年 08 月 23 日 18:29（星期四）

小李：

你好！

我自 14 号开始出差，昨晚刚回来，邮件迟复为歉。

信中发来的《相爱》一书，之前并未传给过我（我收到并写过引进意见的是由 Wolf Erlbruch 插图的 *Mrs Meier, the Blackbird* 和 *The Butterfly Workshop* 两书的电子版本）。该书作者和绘者都很有名，但其主要题材是歌咏、表现、调侃成人世界的爱情，不是一般意义上的"爱的教育"（埃尔布鲁希和舒比格都是跨儿童与成人二界的创作者）。我们认为这是一本成人图画书，查阅到的相关德文资料也证明了这一点。该书诗与画俱佳，若引进国内，颇有畅销书的潜质（比如，作为爱人之间的赠书），但可能不适合作为童书出版。不知社里是想单独引进该书，还是将它纳入国际安徒生奖书系，我们建议可以单独引进，因为这本不太适合列入书系。

你们也可请社里相关的德语编辑看一下此书，确认一下该书的定位。若版贸部有意洽谈此书，或可作为面向一般读者的单册图书考虑引进。

以上意见，供社里参考。

祝好！

方卫平

2012 年 09 月 06 日 21:27（星期四）

小李好：

谢谢你重新发来作品电子稿。

我仔细看了一下，觉得在我们目前引进的图画书作品中，这个作品的故事和插画都还算蛮不错的。它的主要问题可能是故事有些拖沓，译文有些别扭，但整个故事感觉比较清新，收尾也很有力。我个人挺喜欢作品中有关童年的"蓝眼睛"的隐喻，"蓝眼睛"是童年看待世界的独特方式。但在故事里，这种方式不能得到成人世界的认可；在被迫接受来自成人的"矫正"之后，童年眼中充满惊奇感的世界消失了，取而代之的是一片没有色彩的天地。这是现实生活中童年文化命运的某种生动抒写。从发来的图片中，还看不大出这部作品插画的质量。如果作品的插图用色有一个明显的从鲜亮到暗淡的过程，尤其是如果前几幅画面与最后一幅画面能够形成色彩上的明显对照，那么这些插图也同样具有很强的意义诠释的力量。你手头如有原书，可比对一下看看。我的建议，该书可以引进，但文字部分可能需要重译。

  关于国外儿童文学专业和杂志的情况，咱们方便时电话联系。

  祝好！

方卫平

2012 年 09 月 08 日 20:56（星期六）

阮征好：

  我看了译者名单，总体感觉是，这些译者大多层次很高，好几位年事已高，几乎都是大忙人，恐怕不易请到。由于这套书的特殊性，译者的组织十分重要，肯定也会碰到很多问题。我估计最好的方式是，有几位名家带头、压阵，再有一些实力派的中青年译者参与。这样既可以显示译丛的高品位，又比较具有可行性。我在这方面也不太有经验，盼望社里尽快有一个比较完整的组织方案。

  我参加的研修班课程、讨论安排得很满，还要写论文、写体会，参与简报、讨论纪要整理等等，管理也是准军事化的，原先真是想象不到。从 9 月 1 号上午开学，到今天我还没有出过校门。除了上课、讨论、吃饭，我基本上都在房间里。17 号至 25 号到延安考察，听说每天也安排得很满。

  祝好！

方卫平

2012年11月09日 23:00（星期五）

阮征好：

发来的两份邮件都收到了，我们也都仔细看了，整理意见如下：

1. 关于韩国作家黄孙米的作品：

从发来的 PDF 文件中还很难判断这些作品的真实质量。不知是何原因，这位作家的作品介绍、评论，意思相对比较空洞，一些介绍文字对于故事梗概的描述似不完整，其中也看不出对应故事的特色。根据目前的介绍材料，我们建议谨慎起见，或可先尝试引入 The Bad Kid Sticker 和 The Children of Silence 两本。前一本是作者的主要代表作，本土发行量已很大，主题所指向的童年观也很当下，应该不错。后一本涉及残障儿童的生活，目前的介绍文字相对比较具体，看来似乎不错。若再要保险些，建议社里拿到这两本作品的部分英译章节（或这位作家其他代表作的部分英译章节），发我们看一下，这样对作品质量会比较有把握。

2. 关于巴西插画家 Roger Mello 的作品（他是 2010 年国际安徒生奖插画奖最后入围角逐大奖的四位插画家之一）：

从介绍来看，评论界的反响都很好。遗憾的是在文件中，我们未能看到这位插画家的任何插画作品（包括封面）样品，对于其作品风格的把握，也主要是根据评论和介绍文字来想象。我们觉得可尝试引进的图画书是 Selvagem (Wild) 和 Zubair e os Labirintos (Zubair and the Labyrinths) 两本，前者是无字图画书，后者是文字与图画共同编织谜语的作品。从介绍来看，这位作者的插画风格应该非常有特色；从其关于图画书艺术的自述来看，他的创作也应该非常讲究图画书文与图的配合技巧。所选的这两本书，如能达到较高的图画书艺术水平，对于目前为止丛书的图画书部分来说，是很好的充实。

介绍中提及的另外几部作品，有诗也有故事，介绍文字没有特别打动人的地方。其中几则故事类作品看来具有鲜明的南美神话和民间传说的色彩，对于中国小读者来说，不一定容易接受。若社里能先拿到上两本图画书作品的样书（或电子样张），看一下再决定最终是否引进，这样更好。

本想就以上两位作家的作品请赵霞查阅英文阅读界的反应，但赵霞反馈说英文搜索网站都打不开，操作不了。目前的意见，是根据发来的介绍材料而定，如社里编辑能看到两位作家的相关样书，也可与我们交流意见。

另外，我们在看材料的过程中也感到，丛书对于国际安徒生奖提名作家作品的引进，还是要多些慎重。毕竟提名是在本国推荐基础上产生的，考虑到不同作家之间的平衡，各个国家推荐的每届参评作家往往会有变动；同时，不同的国家之间，儿童文学发展的总体水平也不一样，有时考虑到国别的覆盖，一些创作上相对弱一些、但国别和民族具有代表性的作家也常会入围其中。我想，我们这套大奖丛书的选择，在考虑到国别、作家、作品类型和风格的总体覆盖面的同时，更多的还是以作品本身的质量为第一依据，以求在先期推出一批有一定艺术高度又具有相当可读性的作品，以有助于丛书的品牌打造。这一点上，我们大家再一起努力。

祝好！

方卫平

2012年11月24日 20:51（星期六）

阮征好：

发来的两个压缩包，其中巴西插画家 Roger Mello 的作品打开为空白文件，麻烦你再发一遍。

另一个亨利·加勒隆（Henri Galeron）作品的压缩包，内里八个作品的样张我们都仔细看了（其中一个上次曾传来过）。这位画家的插图很有想法，尤其是一些怪诞风格的画作，不过有些不一定适合给年龄段较低的孩子读。我们比较了各个作品诗与画的整体感觉。从英文样张中不多的几首译诗来看，诗作以 I Have a Secret 一书更好些，简单朴素的诗行中蕴含了法语诗歌的哲理感觉，但该书的插图与其他几本相比似乎逊色些。若从诗与画的配合来看，The Rapping Rat 一书整体效果可能更胜些。但这些好像还不是 Henri Galeron 最有代表性的插画作品。我们查了相关资料，他最受欢迎的插画作品除了"第一次发现"丛书中的一些分册外，似乎是早期的 Le kidnapping de la cafetière（英译作 The Kidnapping of the Coffee Pot），以及大开本的 The Ugly Duckling（《丑小鸭》），另有一本他参与插图的 El cielo, las estrellas y la noche（英译为 The Sky: the Stars and the Night，插画者有三人）受众反应也不错。但不知这三本书实际的作品质量如何。如能看到这三本书的样张，比较后再选择，会更好。如不方便，或书的版权已被拿走，我们建议从 The Rapping Rat（《老鼠的饶舌歌》）和 My Hens Can Spreak（《我的母鸡会说话》）两书中挑选一本先试试（这两本书，插图是前一本更有趣些，但还要看收入其中的全部诗歌是否适合儿童阅读）。

因为出差迟复为歉。谢谢你的问候，天凉了，我们都保重；问候社里各位朋友！

方卫平

2012年12月10日 22:43（星期一）

阮征好：

　　新传来的巴西作家、插画家 Roger Mello 的四本图书资料，比之前传来的文字材料信息量丰富多了。从宽松些的选择角度来看，这四本书都可引进，书中 Roger Mello 的插图很有特色。如果更谨慎些，更多地考虑国内小读者的接受趣味，则 *Meninos do Mangue* (Mangrove Kids) 和 *Joo Por um Fio* (Joo by a Hair's Breadth) 两本可读性应该更强些。前者实际上是故事集，后者是典型的儿童图画书。另两本 *Zubair e os Labirintos* (Zubair and the Labyrinths) 和 *Cavalhadas de Pirenópolis* (Cavalry Charge in Pirenópolis) 包含比较多的跨文化信息，文字量也相对比较大，我们建议可以先引入具有图文叙事创新意义的前一本。

　　我前些天分别在北京、河北、杭州等地，连续参加四个不同的活动，迟复为歉。

　　祝好！

　　　　　　　　　　　　　　　　　　　　　　　　　　方卫平

　　注：本邮件先回答前一封邮件，新一封邮件容后回复。

2012年12月14日 11:04（星期五）

阮征：

　　传来的这本 *Bears, Bears, Bears!*（《熊，熊，熊！》）虽算不得最一流的图画书作品，但故事和插图的创意都在中上，蛮不错的，可以引进。

　　祝好。

　　　　　　　　　　　　　　　　　　　　　　　　　　方卫平

2013年1月8日晚上8:21（星期二）

阮征：

新年好！

你传来的赖特森女士的作品书目，我下载了几次，文件都无法辨识，是特殊格式吗？麻烦你再发一遍。如属特殊文件，请顺便告知名称，我可下载相关软件来打开。谢谢。

祝福！

方卫平

2013年1月13日18:27（星期日）

阮征好：

我们仔细看了发来的帕特里夏·赖特森的作品目录，并查询了相关外文资料。因作品数量较多，查找也费了些时日。在近年国内大奖童书翻译潮中，赖特森的作品似乎并不太被看好。这位作家的作品中，我最欣赏的是《我有一个跑马场》。该书早先的译文版本有点生涩，应该可以重译。但你邮件中提到版权已他落，所以只好先放下。

其他的二十几种书目，外文网上大多只能找到简单的概要，具体的介绍或评价很难看到，所以也较难做出准确的判断。总的来说，这些作品大抵可分为三类：一是涉及澳大利亚本土文化（包括与澳洲自然环境相关的神话、传说等）的幻想作品（数量居多）；二是表现少年成长体验的故事；三是表现对社会弱势者（智障、老人等）文化关怀的作品。从英语世界的反应来看，读者对赖特森作品的热情似乎并不太高，大概部分原因是她的多数作品题材过于"本土"吧。考虑到题材、风格上的代表性和作品的可读性，我们先选出了以下五种书目，作为出版考虑的可选项：

1. *The Nargun and The Stars* (1973)：

该书属于上面说到的第一类作品，在赖特森的本土幻想类作品中颇受赞誉。

2. *A Little Fear* (1983)：

作品题材比较特别，其主角是一位不堪忍受老人院生活的老人（对应于一般儿童小说中那些不堪忍受孤儿院生活的孩子）。从介绍来看，作品颇有新意。

3. *The Sugar-gum Tree* (1991)：

作品写女孩之间的友情，不落俗套，又颇富意趣。

4. *Shadows of Time* (1994)：

题材风格上接近第一本作品，但写作时间更靠近当下。

5. *Rattler's Place* (1997)：

写作时间较近，据相关介绍来看也较有吸引力的一部少年小说。

另一系列 The Song of Wirrun 三部曲，属于今天常说的奇幻文学作品，但我们不大能确定作品的总体质量放在今天的幻想文学中来看究竟如何。若你们觉得这一题材比较适合出版，该三部曲也可考虑在内。

上面提到的第一种幻想类作品在此次的书目中占大多数，但我们没有多选，主要是考虑到国内儿童的接受。我对赖特森的少年小说抱有艺术上的较高期待，所以这里选入的作品有两部。

此外，我们也倾向于选择写作和出版时间更近当下的作品。考虑到半个世纪间童年生活的巨大变迁，这些作品在题材和手法上也会相应地更适合当代儿童的阅读口味。不过总体上，这样选目还是比较困难。

因为缺乏文本的对照，我们也是在很大程度上凭借对当时的儿童文学写作环境、作家写作风格和当下儿童阅读兴趣的总体了解，结合相关的外文简介，来小心地做出包含较大揣测性的斟酌判断。

从丛书选目更准确的角度出发，我们还是建议有可能的话，尽量配合样张或样书进行选择，这样可以更好地保证咱们这套译丛的总体质量。

以上意见，供你们参考。如有新的想法，我们还可以再讨论。

祝好！

方卫平 赵霞

2013年01月16日 21:26（星期三）

阮征好：

传来的《到处都很容易错过》德文版电子书我们看了，虽然作者和画者的组合很强大，但此书以对话体为主，情节性不强，针对特定话题的讨论玄学味过重；翻译后，语言的损耗比较大，对话会更显无味，恐怕不大适合国内小读者接受。文字作者舒比格的《当世界年纪还小的时候》一书中译本，虽有某些亮点，但不少故事也有相近的问题，可读性不强。所以此书我们原则上不建议引进。

祝好！

方卫平 赵霞

2013年02月24日 22:34（星期日）

阮征好：

新发来的贾尼·罗大里的三部作品都不错。《二十个故事加一个》由河北少儿社引进过，其中一些故事今天读来还很有创意，可以引进。《水晶贾科尼》虽然与罗大里的其他一些重要作品一样，政治味儿较重，但故事也可做更广泛的人文解读，寓意很好，也可引进。另一本《来自曼托瓦的小矮人》，赵霞在外文网上查了一下，英文资料不多，但看介绍和插图都不错，应该也可引进。

从目前第一辑的阵容来看，这三本罗大里的著作如能加入此辑，的确会增色不少。罗大里的有些作品，带有他那个时代典型的政治和意识形态色彩，比如早期最为国内读者所熟知的《洋葱头历险记》《假话国历险记》。比较之下，上面的三部作品可以丰富我们对罗大里的了解，如能落实版权就很好。

传来的译者和选译图书名单都收到了，我也联系了几位译者，主要是考虑要有文学翻译的感觉。如社里翻译工作需要的话，我再把联系的译者的简介和联系方式发给你（浙江工商大学一位英语博士、副教授说，该校有德语、西班牙语博士），到时可根据他们试译的文字质量，判断是否合适。

元宵节快乐！

方卫平

2013年03月06日 10:35（星期三）

阮征好：

勒内·吉约的这两本书，我们都未见过，网上也难找到英语读者的评点。从资料来看，两书在20世纪90年代都拍成了电影，也是目前为止吉约童书中唯一被改编成电影的两部，看情节似乎不错，但观众反应好像一般，也未见到相关影评。考虑到近年来，一是动物题材的故事在国内小读者中颇受欢迎；二是涉及非洲题材，也是当前国内文化的热点之一，不妨列入引进目录。不过勒内·吉约的文笔还是属于儿童文学发展相对早些的童书写作风格（这位作家获国际安徒生奖，跟他写作的异域题材也有很大关系，他的代表作《丛林虎啸》，算不得是一部特别吸引人的作品）。谈版权时，如果可能的话，最好有原文相关片段请社里懂法文的编辑预读一下。如果语感基本不错，就不妨引进。

发来的罗大里作品版权信息，其中似有不少相互重复的作品，我们还要仔细筛选，回头再把待选书名传给你。

祝好！

方卫平

2013年03月21日 11:11（星期四）

阮征好：

我昨天傍晚出差回到学校，昨晚和今天上午都有课（下午还有四节课），迟复为歉。

两位的译稿看了，都还不错，郭建玲的更成熟一些。我个人觉得可以作为译者参与翻译工作。意见谨供参考，谢谢！

祝好！

方卫平

2013年03月28日 19:03（星期四）

阮征好：

上次发来的1970年国际安徒生奖得主、意大利儿童文学作家贾尼·罗大里的一系列作品目录，我们仔细看了。

从版权情况来看，这里的大部分作品都已售出中文简体版权，留下的不多。仔细分辨，其中一些未售出中文版权的故事，与已售出版权的许多书目中的故事其实有很多重叠，只是换了一种形式（比如将罗大里某部作品中某个较好的故事选出来单独配画，做成图画书）。

这倒为咱们这套丛书中引入罗大里的作品提供了蛮好的机缘。在我们的阅读印象中，国内近年引进的罗大里作品多为文字版，比如《电话里的童话》《二十个童话加一个》《天上和人间的歌谣》等。其中有些故事单独来看挺不错，但因为与其他较一般的故事放在一起，可读性反而减弱了；同时，由于翻译上的原因，一些故事原来的想象力长处也未得到彰显。

相比之下，目前发来的书目中有些中文版权待售的作品，其实是从《电话里的童话》《二十个童话加一个》以及罗大里其他作品集中选出来的单则故事，插画也很不错。以当代图画书的形式呈现罗大里的故事，在今天的童书市场也许更受欢迎。

鉴于此，我们建议从以下几种作品中选择若干尝试洽谈版权（从发来的介绍看，这些作品的中文版权均尚未售出）：

1. *I colori dei mestieri*（*The Colours of Trades*），illustrated by Alessandro Sanna.

故事立意很不错：每一种职业都有独特的意义和价值，也都有独一无二的乐趣。

2. *Alice Cascherina*（*Tumbling Alice*），illustrated by Elena Temporin.

第二三本是罗大里"爱丽丝"系列中的两个故事，很能体现罗大里一部分作品的空想美学特征；本故事收入《电话里的童话》。

3. *Alice nelle figure*（Alice in the Pictures），illustrated by Anna Laura Cantone.

4. *Il Filobus numero 75*（The Bus number 75），illustrated by Blanca Gómez.

5. *Lo zoo delle storie*（The Zoo of Stories），illustrated by Fulvio Testa.

6. *I viaggi di Giovannino Perdigiorno*（Giovannino Perdigiorno's Travels），illustrated by Valeria Petrone.

7. *Che cosa ci vuole*（What do you need?），illustrated by Silvia Bonanni.

从情节介绍来看这是很棒的一则故事，特别体现了儿童文学人文关怀的高度。

8. *Uno e Sette*（One and Seven），illustrated by Vittoria Facchini.

故事很大气。

9. *Animali senza zoo*（Animals not in the Zoo），illustrated by Anna Laura Cantone.

10. *La passeggiata di un distratto*（The Walk of an Absent-Minded），illustrated by Alistar.

收入《电话里的童话》中的一则有趣的故事。

11. *Il pittore*（The Painter），illustrated by Valeria Petrone.

以上作品大多是单则故事，篇幅不大。社里可考虑先洽谈第1、2、7、8、10五种。在你之前发来的目录中有这几种图书的内容简介，你们也可看看。如有可能拿到相应作品的部分样张，我们再一起看一下，这样对作品质量的判断会更有把握。

另外，罗大里也写有大量童谣和诗歌作品，像《天上和人间的歌谣》等。其最大特点在于语言游戏（包括音韵、双关等）的运用，译文中很难体现，所以这部作品在国内也未引起更多反响。传来的书目中也有他的不少诗歌作品（其中有几种中文简体版权已售出），我们暂不建议引进。

以上意见，谨供参考。

祝好！

方卫平

2013年3月30日，由安徽少年儿童出版社牵头举办的"国际安徒生奖大奖书系"翻译工作研讨会在安徽休宁召开。笔者在会议上的发言提纲如下：

经过大家近一年半的共同努力，书系第一辑的选目和授权等工作取得了重要进展。这里我谈谈对第一辑的一些看法：

1. 第一辑目前共包含18种故事书、17种图画书，作家、国别的覆盖有相当广度，涉及16个国家的18位安徒生奖得主或提名作家。这16个国家是：英国、法国、德国、奥地利、希腊、瑞典、丹麦、澳大利亚、塞浦路斯、巴西、阿根廷、挪威、以色列、伊朗、日本、斯洛文尼亚。

2. 近年来，一些出版社出版了若干种很不错、很有影响的儿童文学译丛。与同类译丛，如新蕾社的"国际大奖小说"、河北少儿社的"安徒生奖获奖作家系列作品"、21世纪出版社的"彩乌鸦"系列相比，咱们这套"国际安徒生奖大奖书系"的长处表现在：

（1）拥有IBBY正式授权，也即拥有了最名正言顺的"国际安徒生奖"获奖作品的中文译本代言权。随着译丛的后续宣传和翻译跟进，应该也会产生一定的品牌效应。

（2）作品总体质量不错，有一些支撑性作家与作品，如奥地利作家涅斯特林格、以色列作家尤里·奥莱夫、瑞典作家玛丽亚·格里帕的作品，应该会在很大程度上增加这套丛书的分量。

（3）部分作家作品体现新意，除一些此前未有中文译介的国际安徒生提名奖作家作品外，还包括了最新一届安徒生奖作家奖得主、阿根廷作家玛丽亚·特里莎·安德鲁托的作品。总体上说，本辑作品感觉还不错。

可改进之处表现在：

（1）从首辑作品的文学质量来看，由于不少获奖作家代表作品的中文版权还在其他社里，因此本辑中包括了不少提名奖作家作品，阵容还不是太强大，后续要进一步增加经典获奖作家作品。最近几次陆续发来的澳大利亚作家帕特里夏·赖特森的作品、意大利作家罗大里的作品等，都是很好的后续经典作品。

（2）随着书系后续作品的加入，要进一步考虑整套丛书系统性的问题，包括重要国家、作者的覆盖度。

（3）图画书部分总体质量上相对较弱，还缺乏一些可以作为丛书图画书部分支撑的最优秀作品，也就是那些令读者感到谈论优秀的引进图画书不可绕开的作品。

3. 翻译工作对本书系的意义：

书系做到现在，社领导和编辑朋友们花了许多力气，接下去就要看翻译工作了。从我对目前国内引进的儿童文学译作的阅读印象来说，这一领域存在普遍的翻译粗糙现象，比如有些翻译作品，从书名到内容都译得十分毛糙。举个例子：《呐喊红宝石》（2003年英国卡内基文学奖获奖作品），英文题目叫 Ruby Holler，是小说中一个美丽而神秘的地方，处在山间的一个低地，也是小说中的两个孤儿主角得到家的温暖的地方。Ruby 的意思是红宝石，Holler 最常用的意思是呼叫，被译者想当然地直译成了"呐喊红宝石"。乍看书名，难免令人不知所云，内文读来也很拗口。其实稍微花些力气查文献就可知道，这里的"holler"乃是16世纪英语中"hollow"一词的变体，意思即是"山谷"。所以这个书名直译过来应该是"红宝石山谷"，这样就相对比较切题了。想到成人文学翻译界能够把 Wuthering Heights（字面意思是风呼呼吹的高地）译成传神的"呼啸山庄"，我们就能看到这里的差距了。再如"向他射去一支感激的箭"这样的翻译，也有些让人摸不着头脑。我想，只要我们的译者工作到位了，这套译丛在同类丛书中是大有可为的。如果翻译工作能保证相当好的质量，整套书系的引进工作就有了重要的保障。

2013年04月09日 08:36（星期二）

阮征好：

发来的德国图画书《只要我们在一起》（nur wir alle），故事不是最出色的，但比此前我们引进的《图书馆里的奇妙事件》一书却要略胜一筹。除了"在一起"的题旨较好外，作品有意使用了"元叙事"的手法，对小读者来说，这一手法在作品中的运用倒不显晦涩，反而具有一定的趣味性。此书可以考虑引进。

初选的 11 种罗大里作品，我们仔细看了传来的样张，可以直接看到英译的故事和原书插图，这样很好。总体来说，能选到这批罗大里的作品，我们还挺兴奋的，其中多数作品不但故事好，插图也很棒。书中涉及若干诗体作品，多为叙事诗，个中故事大都很不错，对翻译语言的要求也不是太高。全部作品中，我们建议第 11 本（*An Absent-Minded Walker*）可先不予考虑，这个作品故事原本很好，但插图太老旧，也不具太多延伸性的想象空间。此外，第 5 本（*A Zoo Full of Stories*）和第 9 本（*Animals Without A Zoo*），故事相对来说更老套一些，其中第 5 本插图风格也显陈旧。版权洽谈中，如果需要，以上三本可按 11、5、9 的舍弃顺序处理。

信中提到罗大里作品版权洽谈较急，故先复此信。关于书系支撑性作家的名单，我还在整理，稍后发上。

祝好！

方卫平

2013 年 05 月 03 日 21:38（星期五）

小李好：

发来的试译稿看了，其中《小黑鱼》和《灰姑娘》两篇译文基本可以，全译稿交稿后，可再请有经验的编辑校对、润色一遍。另一篇《图书馆里的奇妙事件》，译文语言直译痕迹较重，总体不流畅，语言风格前后不一致，一些当下口语新词的译文（如"东东"、感叹词"喂"等）也不合适（尤其是对于这样一套大气的译丛来说，就更是如此）。本书恐怕需要重译，或另外安排合适的译者。

　　以上意见，谨供参考。

　　祝好！

方卫平

2013年05月03日 22:09（星期五）

阮征好：

　　发来的三篇试译稿都仔细看了。Oof！的试译文字基本可以，但其中有些句子明显译得有些拖沓，或有明显的漏字、错字、欠斟酌的译词等，我在试译文字中标了红色，供你们参考。《大象的主人》有两篇译文，文字感觉上以余铁的译文为佳。但有一个疑问，余与梁的两种译文，许多相同段落的译文在意思上却相差很大，这意味着其中一方的译文必然出现了不准确或误译的问题。若选择余的译稿，还需请相关编辑确认一下译文的准确性。

　　关于支撑性作家一事，我们正在陆续积累。若只是要作家名单，只需把历年国际安徒生奖获奖作家中作品反响较好的名字拉出来即可，但显然还需考虑操作性的问题。所以目前我们正在做的工作，除了推荐知名作家的知名作品外，还包括查看列入名单的作家还有哪些优秀的作品因为各种原因尚未译介进来，方便社里参考，也可体现本译丛的新意。作家和作品的初步名单，我们会在近日尽快发上。

　　另外，关于赵霞暂时无法承担翻译工作一事，我也想说明一下。近一年多来，她一直与我一起参与咱们这套译丛的书目选择和确认工作，尤其是外文资料的查阅方面，要费去较多时间；同时，这项工作本身也是持续性的。所以目前看来，她暂不承担翻译事务，将精力仍然放在书目选择和资料查阅等工作上，可能是更合适的。

因近日杂事缠身，邮件迟复为歉。

祝好！

方卫平

2013 年 05 月 03 日 23：00（星期五）

阮征好：

看了发来的瑞典插画家 Anna-Clara Tidholm 的创作和作品介绍，比较之下，建议可先选择以下三种作品联系版权和样张：

1. *Resan till Ugri-la-Brek*（*The Journey to Ugri-la-Brek*）：

两个孩子前往另一个世界寻找失踪的爷爷，使用不直接涉及死亡意象的方式为孩子讲述关于死亡的故事。该书获 1992 年"德国青少年文学奖"，是 Tidholm 作品中较受好评的一部。

2. *Adjö, Herr Muffin*（*Goodbye, Mr. Muffin*）：

该书是以温情的童话表现死亡的母题，2002 年获瑞典知名的奥古斯都文学奖儿童青少年作品奖。

3. *Knackap!*（*Knock, Knock, Knock!*）：

该书是可供婴儿翻阅的图画书，出版后很受欢迎，已在各洲被译成多种语言。如该书实际样张看上去不错，可再考虑联系同一系列的另三部后续作品 *Utochg!*（*Out Walking*）、*Hittap!*（*Find Out!*）、*Varfrd?*（*Tell Me Why*）。

从文中介绍来看，上述三种作品的艺术质量似乎都很不错，应该也尚未译介到国内。如果实际质量的确可以，能纳入书系是最好不过的事。不过做最后判断时，最好都先看样张，再定版权，以保证选择比较准确。假使作品总体感觉都不错，可再考虑同一作家的另一些作品。

　　祝好！

方卫平

2013 年 05 月 08 日 09:34（星期三）

阮征好：

　　此信先复试译稿一信。

　　发来的两篇西班牙语译稿总体翻译质量一般，特别是若干句子存在直译痕迹过重的问题。其中吴译稿中，第二篇译文的质量明显逊于前一篇，若继续往下译，不知译文质量是否会再下降。我在两篇译稿中各标出了两到三处明显生硬的直译，谨供译者参考。西班牙语译者可能本来就难寻，按目前的情况来看，徐译稿再加润色后应可用。吴译稿如果不方便另外安排译者的话，希望译者对照第一篇译文的感觉，将第二篇译稿再打磨一遍，后面的译文也应按这一要求来做为宜。

　　关于试译稿的问题，我们也希望可能的话，社里相关编辑能共同参与到译稿的判断和取舍工作中来。比如，在发来译稿时，相关编辑也能就译文提出相应的意见。这样既方便我们之间讨论切磋，对译丛编辑朋友的工作，也是一种促进和锻炼。不知大家认为如何？我的意见不一定对，谨供各位朋友参考。谢谢！

　　祝好！

方卫平

2013年05月09日 11:30（星期四）

阮征好：

从发来的PDF文件中的书目介绍来看，这些应该并非托芙·扬松的原著，而是根据其最著名的"木民"系列改编或新创作的各类幼儿图画书——比如从里面选出某些可以对幼儿进行生活或情感教育的内容拼接在一起，或为主要角色编写新的故事等。由于在欧洲地区，书中的"木民"卡通形象已经影响了好几代人的童年，因此这类延伸图画书在父母和儿童读者中都有市场。但作为咱们这套"国际安徒生奖"译丛的一部分，恐怕并不合宜，应以引进扬松的原著为佳。

如果不考虑"国际安徒生奖"的因素，仅就这套"木民"新作系列的引进价值来看，假使书中的"木民"形象在中国孩子中已经积累起一定的品牌效应，这类童书或有商业上的引进价值。但据我们所知，这样的效应在国内似乎还未确立。

以上意见，供你们参考。

祝好！

方卫平

2013年05月09日 21:17（星期四）

阮征好：

仔细看了发来的比利时新书目介绍，按建议引进的顺序，排列如下：

1.Klaas Verplancke的图画书 *Applesauce*。

从介绍来看，该书与安东尼·布朗的图画书《我爸爸》有异曲同工之妙，或可为译丛目前为止的图画书队列增色。

2.Bart Moeyaert 的儿童小说 *Little Bro*。

这个故事看上去既富于幽默的童趣，又诠释了成长与爱的温暖。这位作家的另一部儿童小说 *It's Love We Don't Understand*，题旨虽然好，但故事叙述较平淡，可读性不如前者。因此两本中选前面一本。

3.Peter Verhelst 编文、Carll Cneut 插图的 *The Secret of the Nightingale's Throat*。

故事虽以安徒生童话《夜莺》为母本，但从介绍来看，改编富于当下意义，插图很特别，可考虑纳入译丛图画书。

4.Anne Provoost 的 *The Rose and the Swine* 与 *The Windows of Heaven*。

二书各有优劣，前一本寓意似有些牵强，后一本则带有西方"圣经"文化的浓重色彩。如要选择一本，建议先考虑 *The Rose and the Swine*。

以上四册作品，1、2两册估计基本可考虑取用，最好能对照着若干样张看一下；第3册需要看一下插图的总体感觉；第4册可能不一定合适，还要看一下样张再做决定。

祝好！

方卫平

2013年05月13日 10:54（星期一）

阮征好：

关于书系支撑作家作品一事，自受命以来，我们一直在努力梳理、推进中。因为要从中外文渠道尽可能全面地了解相关作家的总体作品情况与艺术评价、代表性作品的质量与读者反馈、作品中文译本情况等，并需要综合相关零散的信息，统合出一个总体的书目意见，基本上每位重要作家及其作品的挑选都需费去不少时间，因此这项工作目前仍在进行中。我们的目标是努力为书系的工作整理出一个眉目比较清晰、艺术判断较为准确又有足够经典支撑力的作家作品名单来。这项工作尽管十分费时，但对于书系的长远规划来说，花去的时间都是值得的。

因考虑到书系接下来版权联系工作的迫切性，我们先将目前已梳理出来的 19 位作家（均为国际安徒生奖作家奖获奖者，插画奖未含其中）的作品说明与推荐建议发上，以方便社里启动相关联系工作。后面还有 12 位作家的作品情况，还需要些时日才能做完，到时再续传。

需要说明的是，目前已译介入国内的国际安徒生奖获奖作家作品，我们大部分都读过。但近年国内许多出版社都积极参与到了国际获奖童书的版权争夺中，一些作家的若干作品会分散在不同的出版社。我们在对照国内译本时，除了已掌握的版本外，也尽量查询了另一些新译本，但其中一定还会有些遗漏。若社里编辑在工作过程中发现新情况，请随时予以补充。

我们的想法是，目前可列为支撑作家作品的，主要是历届国际安徒生奖获奖作家中较具艺术代表性、影响较大的作家及其作品。因近年来，许多获奖作家及其代表性作品中文版权都已旁落，所以联系起来不一定顺利。这一点，社里负责相关工作的编辑应该最有体会。我们想了想，还是依照历届国际安徒生奖的年次，从代表性作家的作品质量及其中文版权输出情况来看，列出以下名单及相应建议。名单中的作者名字，我们标上了不同的颜色类别，其中，标橘色的为首先考虑的重要作家，标蓝色的为有若干作品可考虑的作家，标绿色的为可考虑尝试先引入一部作品的作家，未标色彩的为可暂不考虑的作家（实际上这类作家有些作品已选入本译丛，新作就可不考虑了）。若书系能将其中标为橘、蓝二色几位作家的代表作品纳入其中，艺术阵容就很强大了，也有足够的经典气象。标绿色和未标色的，作为获奖作家的一种覆盖，是锦上添花。

以下是支撑作家作品名单（上）：

1. 伊列娜·法吉恩（Eleanor Farjeon，1956年首届国际安徒生奖得主）

法吉恩的童书数量并不多，目前已译入国内的作品包括《万花筒》《小书房》两部（本译丛中也已纳入《小书房》一书）。但其最著名的童话作品《苹果园里的马丁·皮平》（Martin Pippin in the Apple Orchard），至今好像仍未引入国内。从相关英文读书网的评价来看，读者对这本书的评价都很不错，可考虑联系样张与版权。

2. 阿斯特丽格·林格伦（Astrid Lindgren，1958年国际安徒生奖得主）

这位瑞典作家最知名的10种童书作品（《长袜子皮皮》《小飞人卡尔松》《淘气包艾米尔》《疯丫头玛迪琴》《大侦探小卡莱》《吵闹村的孩子》《绿林女儿》《狮心兄弟》《米欧，我的米欧》《海滨乌鸦岛》）的版权都已被国内出版社引进，但还有一些其他的故事集可供选择，如"萝塔"系列（Lotta）、《顽皮街的孩子》（The Children on Troublemaker Street）。"萝塔"系列以顽皮姑娘萝塔为主角，该系列中有些故事也收入了《顽皮街的孩子》；中国少年儿童出版社2012年出过一本林格伦作品选，名为《叮当响的大街》，但不知其内容与《顽皮街的孩子》是否完全一致。除此之外，另有一部分由当代插画家插图的林格伦幼儿故事，或可考虑联系版权，如《我不想睡觉》（I Don't Want to Go to Bed）、《我想有个弟弟妹妹》（I Want a Brother or Sister）、《我也想上学去》（*I Want to Go to School Too*）三册。故事虽显旧一些，但插图不错，作家知名，或可考虑。林格伦是重量级作家，如能从出版社获得她的更多作品的简介，选择合适作品加入译丛，会使我们的书系增色许多。

3. 埃里希·凯斯特纳（Erich Köstner，1960 年国际安徒生奖得主）

凯斯特纳是跨界作家，作品质量不用多说，最知名的童书有《埃米尔与大侦探》（*Emile und die Ditektive*）、《小不点和安东》（*Pünktchen und Anton*）、《5 月 35 日》（*Der 35. Mai*）、《飞翔的教室》（*Das fliegende Klassenzimmer*）、《动物会议》（*Die Konferenz der Tiere*）、《两个小洛特》（*Das doppelte Lottchen*）等。国内近年已有成系列的译本出现（如明天出版社"漂流瓶丛书"），或可争取接下去的中文再版权。若以上作品版权都已在另外的国内出版社，也可向德国相关出版社联系这位作家的作品简介，看看其他作品中是否有合适的可选项。无论如何，凯斯特纳的名字还是很有号召力的。

4. 门德特·德琼（Meindert DeJong，1962 年国际安徒生奖得主）

德琼的作品中，推荐联系三种：《学校屋顶上的轮子》（*The Wheel on the School*）、《一只兔子般纯白的猫》（*All White Rabbit Cat*）、《坎迪，快回家》（*Hurry Home, Candy*）。德琼的一些作品在河北少儿社的国际安徒生奖译本中已有译介（包括三本，除《学校屋顶上的轮子》外，另有《小兔沙得拉》《六十个老爸的房子》），其中以《学校屋顶上的轮子》为最佳，但不知河北少儿社的中文版权是否已到期。《一只兔子般纯白的猫》和《坎迪，快回家》尚未有中文译本，前者表现城市生存的"孤独"，后者是关于一只名叫坎迪的狗的故事，属于拟人体动物小说，从外文介绍来看，两部作品都不错。

5. 勒内·吉约（René Guillot，1964年国际安徒生奖得主）

关于这位作家的作品，我们之前有一封邮件曾详细聊过，社里正在谈版权准备引进他的两种作品，已足够了。

6. 托芙·扬松（Tove Jansson，1966年国际安徒生奖得主）

托芙·扬松获奖的代表作品即著名的"木民"系列（Moomin）。明天出版社前些年出过任溶溶先生的全译本，中文版权可能还在那里，可关注一下再版版权。

7. 詹姆斯·克吕斯（James Krüss，1968年国际安徒生奖得主）

克吕斯最著名的作品是《出卖笑的孩子》（Timm Thaler）。这是一部极棒的儿童文学作品，明天出版社出过克吕斯的一系列译本，其中就包括《出卖笑的孩子》，可关注其再版版权。克吕斯的另外几部作品如《我和我的曾外公》（My Great Grandfather and I）、"龙虾礁"系列（Lobster Cliffs Stories）也很不错，但国内也都已有译本。另有一套以名为Henriette的蒸汽火车为主角的系列图画书，评价不错，而且似乎还未译介入国内，可考虑联系相关出版社，看一下样张，再考虑引进。

8. José Maria Sanchez-Silva（与詹姆斯·克吕斯同年获国际安徒生奖的西班牙作家）

这位作家的代表作《马可利诺的奇迹》（Miracle of Marcelino），记得我们曾在一封邮件里讨论过，不适合纳入译丛。

9. 贾尼·罗大里（Gianni Rodari，1970年国际安徒生奖得主）

关于罗大里的作品，我们在前面的邮件中已详细谈过，这里暂略。

10. 司各特·奥台尔（Scott O'Dell，1972年国际安徒生奖得主）

《蓝色海豚岛》(Island of the Blue Dolphins)是奥台尔最知名的代表作,这部小说在某种程度上可视为"鲁滨逊漂流记"的少年版,对于儿童来说,可读性又比鲁滨逊的故事强很多,是少年荒岛冒险小说中的佳作。其他作品包括《国王的五分之一》(The King's Fifth)、《黑星星,亮黎明》(Black Star, Bright Dawn)、《黑珍珠》(Black Pearl)、《月光下的歌谣》(Sing Down the Moon),都还不错。其中《蓝色海豚岛》《黑珍珠》《国王的五分之一》在河北少儿社的国际安徒生奖丛书中均有收入(前两部后来又被收入新蕾出版社国际大奖小说系列),故事可读性较强;《黑星星,亮黎明》和《月光下的歌谣》也是获奖作品,属于历史题材的小说,国内好像还未有译介,故事写得很不错,但西方一些读者对书中的一些知识错误颇有微词。《月光下的歌谣》在国内已由译林出版社出版,可能因为历史题材过于民族化,加上译文方面的原因,读者反响一般。综合上述作品来看,最具可读性的应为《蓝色海豚岛》《黑珍珠》《国王的五分之一》三部,可考虑联系中文再版权。

11. 玛丽亚·格里帕(Maria Gripe,1974 年国际安徒生奖得主)

格里帕的《神秘的公寓》(Agnes Cecilia)是集侦探、历史、文化等题材和风格于一体的少年小说,可读性强。该书在河北少儿社的国际安徒生奖丛书中有收入,后又转入新蕾出版社的国际大奖小说系列,中文版权一时可能拿不到。另两本进入河北少儿社国际安徒生奖丛书的格里帕作品《吹玻璃工的两个小孩》(The Glassblower's Children)和《艾尔韦斯和他的秘密》(Elvis and his Secret),从中文译本来看都较一般。对本译丛来说,或可考虑格里帕的成名作"约瑟芬系列"(三部曲: Josephine; Hugo; Hugo and Josephine),这是我们比较熟悉的儿童成长故事题材,从英语读者的评价来看，故事都还不错，又尚未译介进来。格里帕另有不少作品，但因为语言方面的原因，可读性一时较难确定。谈版权时，可顺便问相关出版社要一下她的其他作品简介，方便我们参考。

12．塞西尔·伯德凯尔（Cecil Bødker，1976年国际安徒生奖得主）

这位丹麦作家最知名的作品是以"西拉斯"（Silas）为主角的一系列青少年小说（如为她赢得丹麦文化部童书奖的《西拉斯和黑马》（Silas og den sorte hoppe），曾由辽宁少年儿童出版社译介出版，可能由于语言上的原因，英语世界对这位作家的作品介绍不多，可先尝试引进上述系列的一至两本。

13．葆拉·福克斯（Paula Fox，1978年国际安徒生奖得主）

记得我们在之前的邮件讨论中谈到过这位作家。福克斯的儿童文学作品主要以青少年读者为对象，一般认为她最具代表性的作品是《跳舞的奴隶》（The Slave Dancer）和《一只眼睛的猫》（One-Eyed Cat）。但《跳舞的奴隶》中有关美洲早期黑奴苦役生活的书写对儿童读者来说可能过于残酷；相比之下，《一只眼睛的猫》要好许多（该书收入新蕾出版社的国际大奖小说系列）。她的另一部风格轻快的少年成长题材小说《伊凡的画像》（Portrait of Ivan），或许更适合国内读者的文化接受口味。福克斯本人做过问题儿童的教育工作，她的青少年小说也相应地较关注这一方面。她的作品数量不少，如能从出版社方面获得其更多作品的简介，会更有利于本译丛的选目工作。

14．博哈米尔·里哈（Bohumil Riha，1980年国际安徒生奖得主）

这位获奖作家的国际声名一般，他最知名的虚构类儿童文学作品大概是《新格列佛游记》（Nov Gulliver），但影响似乎并不大。出于译丛获奖作家覆盖率的考虑，可先联系作家相关作品的简介，选一部（如《新格列佛游记》）作为尝试。

15. 莉吉亚·布咏迦·努内斯（Lygia Bojunga Nunes，1982 年国际安徒生奖得主）

从收入河北少儿社国际安徒生奖丛书的《黄书包》来看，努内斯的作品带有北美文学魔幻思维和手法的特点，本身非常具有文学表现力。但对国内读者来说，这样的艺术表现跳跃性过大，接受起来不易。她的作品英译本不多，或许也与这一原因有关。她的代表作 *Corda Bamba*，讲述一个孩子如何借助于幻想的方式逐渐接受父母死亡的事实的故事，故事创意不错，但还不能确定其叙述风格是否适合国内读者的接受能力。努内斯出版于 1995 年和 2002 年的两本近作 *Seis Vezes Lucas* 和 *Retratos de Carolina*，在风格上靠向现实主义，但故事可读性如何还不能确定。努内斯作品的英译本似乎不多，这是不是也在一定程度上反映了她的作品对于异质文化的普通读者来说并不具有太强的可读性？如果可以要到相关作品的内容简介与英文样张，可选一部充实译丛获奖作家队伍。

16. 克里斯蒂娜·涅斯特林格（Christine Nöstlinger，1984 年国际安徒生奖得主）

涅斯特林格的一批儿童小说和童话近年在明天出版社、人民文学出版社、新世纪出版社、浙江少年儿童出版社、二十一世纪出版社以及本社（安徽少年儿童出版社）等已有大量译介，相关作品包括"弗朗兹"（Franz）系列、"米丽"（Mini）系列、《巴特先生的返老还童药》、《可爱的魔鬼先生》、《幽灵大婶罗莎·里德尔》、《罐头里的小孩》、《冻僵的王子》、《脑袋里的小矮人》、《新木偶奇遇记》、《狗来了》、《伊尔莎出走了》等。相比于童话，涅斯特林格写得最棒的还是儿童小说，如"弗朗兹"的故事、"米丽"的故事。记得此前邮件中我们已选择过涅斯特林格的若干作品，本社"金麦田丛书"中也有她的《罐头里的小孩》，如版权仍在，也可列入译丛。另外，涅斯特林格本人是位高产作家，作品数量较多，还有许多可供选择的作品（如她的处女作《红头发的弗莉德里克》Die feuerrote Friederike），因此可尝试向相关出版社要到更多作品的简介（尤其是儿童小说作品），以方便再做挑选。另外，国内的一些涅斯特林格译本译文也不很理想，如"米丽"系列的某些译文，如能拿到版权，可考虑重译出版。

17. 帕特里夏·赖特森（Patricia Wrightson，1986年国际安徒生奖得主）

关于赖特森的作品，我们在之前的邮件中曾详谈过，此处暂略。

18. 安妮·施米特（Annie M. G. Schmidt，1988年国际安徒生奖得主）

施米特最知名的儿童小说，也是为她赢得国际安徒生奖的作品是"Jip and Janneke"系列，中文版由浙江大学出版社出版，译作《乙乙和丫丫》。该书故事和插画都很不错，但在国内主流童书界好像并未引起太大反响。另一部《猫女咪妮》（Minoes）由上海译文出版社出版。除这两本外，《飞翔的电梯男孩》（Abeltje）、《货车手普拉克》（Pluk van de Petteflet）也是施米特的代表和畅销作品，应该尚未有中文译本。《飞翔的电梯男孩》与罗尔德·达尔的《查理和大玻璃升降机》有某些情节设计上的相类，属于幻想冒险小说，从介绍来看，可读性很强。《货车手普拉克》是施米特作品中仅次于"Jip and Janneke"系列的畅销作品，在评论界反响颇佳，除日耳曼语系的诸多译本外，也已有英文译本。以上两本均可考虑联系样张、版权。

19. 托摩德·蒿根（Tormod Haugen，1990年国际安徒生奖得主）

蒿根收入河北少儿社国际安徒生奖丛书的《总有一天会长大》（从德文译来，德语题名为 Wenn Ich Einmal Stark Bin）和《保守秘密》（英译书名为 Keeping Secrets），作品本身意味深长，但因为其叙述技法较为现代，语言又讲求诗意，可读性相对弱些。他另有一部《危险的旅行》（Perilous Journey）曾由少年儿童出版社出版，内容一般。蒿根代表性的儿童小说主要表现童年的孤独与成人世界对童年的漠视与不理解，如《夜鸟》（The Night Birds，已有英译本）、《白色的城堡》（Slottet det hvite）、《消失的一天》（Dagen som forsvant）等。但作为儿童文学作品，小说的情绪显得有些过于低沉、悲观，相比之下，《总有一天会长大》是其中少有的一本较为乐观的作品。不过反过来看，蒿根作品思想的力量也正来自这样的现实主义处理，它比许多廉价的娱乐要有意义得多，只是对国内读者而言，一些过于绝望的童年生活情愫显然难以被普遍接受。关于这位作家的作品，社里可考虑联系《总有一天会长大》和《消失的一天》的版权，但后一部还要看一下样张，以确定作品的基调是否合适。

以上意见，大家一起参考。社里编辑在具体的工作过程中如有新的发现，我们随时保持沟通。另外 12 位获奖作家的名单和作品分析一经完成（还需要些时日），我们会再尽快发上。

祝好！

方卫平

2013 年 08 月 14 日 23:06（星期三）

阮征好：

我前几天刚从美国出差回来，回复不知是否迟误。发来的两份译稿，显然以王潇潇的译文为佳。至于相对于源语言的忠实度，我想只要译文在意思上基本保持一致，译者本人出于文学性考虑的某些修辞演绎，不是大问题。

同时发上支撑性作家的后续名单及引进书目的相关建议。与之前的名单一样，其中标橘色的为首先考虑的重要作家，标蓝色的为有若干作品可考虑的作家，标绿色的为可考虑尝试先引入一部作品的作家，未标色彩的为可暂不考虑的作家。标橘、蓝二色的作家，可作为书系重点联系的支撑作家，这些作家及其名下合适作品的入列，对译丛的整体面貌和质量具有重要的支撑价值。

20．弗吉尼亚·汉弥尔顿（Virginia Hamilton，1992年国际安徒生奖得主）

汉弥尔顿是非裔美国儿童文学作家，她的许多作品与黑人历史、文化和生活的题材有关，收入河北少儿社国际安徒生奖丛书的《但尔司·屈里尔之屋》（The House of Dies Drear）、《了不起的M.C.希金斯》（M.C. Higgins, the Great，该书获纽伯瑞奖和美国国家图书奖）两本都是如此，其他几十种作品内容也相近。我们在之前的邮件中曾谈到过她的作品。这些小说艺术性较强，对民族文化和青少年成长情感的思考表现也很值得称道，但其非裔文化题材对国内儿童读者来说显然有隔膜，因此目前我们不建议过多译介。综合考虑，可选择她最知名的《了不起的M.C.希金斯》（这部作品所表现的传统与现代生活之间的冲突，也与当下中国孩子的生活境况有一定程度上的呼应和碰撞），或另一部题为《朱尼尔·布朗的星球》（The Planet of Junior Brown）的儿童小说（这部青少年小说涉及问题少年、问题家庭与问题社会题材，1997年被拍成电影）。

21．窗满雄（Michio Mado，1994年国际安徒生奖得主）

窗满雄的作品主要是童诗和儿歌，他的获奖似乎与他的日本和亚洲作家身份有关。作品暂不建议译介。

22．尤里·奥莱夫（Uri Orlev，1996年国际安徒生奖得主）

本书系目前已收入奥莱夫的四种作品，已经不少了。不过奥莱夫的作品（含小说和图画书）数量较多，质量也不错（尤其擅长故事的编织和苦难中微妙、温暖的童年情感表现），如果出版社有更多他的作品简介可提供，或可用来充实书系后面几辑的书目。

23．凯瑟琳·帕特森（Katherine Paterson，1998年国际安徒生奖得主）

帕特森的《我和我的双胞胎妹妹》（Jacob Have I Loved，纽伯瑞奖获奖作品）、《养女基里》（The Great Gilly Hopkins，获纽伯瑞提名奖和美国国家图书馆奖）、《通向特拉比西亚的桥》（Bridge to Terabithia）、《日月颂歌》（Brother Sun, Sister Moon，图画书）分别在河北少儿出版社、人民文学出版社、浙江少儿社出版。这四部都是很不错的作品，《我和我的双胞胎妹妹》《养女基里》是很好的少女成长小说；《通向特拉比西亚的桥》曾拍成迪士尼电影，不知为何小说并未畅销，不知中文版权目前是否已到期，可尝试联系。她的未有中文译本的作品中，《帕克的追寻》（Park's Quest，一个男孩寻找和认识已逝父亲的故事）、《和星星一样》（The Same Stuff as Stars，一个孤独、困境中的女孩的成长故事，纽伯瑞奖获奖作品）两部作品可考虑引进；此外还有一些她编文的图画书（《日月颂歌》是其中的一本），也可与出版社联系简介以做挑选。

24．安娜·玛丽亚·马查多（Ana Maria Machado，2000年国际安徒生奖得主）

作为巴西儿童文学作家，马查多与另一位巴西作家莉吉亚·布咏迦·努内斯（1982年国际安徒生奖得主）齐名。马查多的小说和童话受到北美魔幻现实主义文风的影响，又多用叙事技法和语言游戏，可能因为文化和语言上的原因，她的作品在英语世界译介似乎并不多。她的 Palavra de Honra（Word of Honour）在2005年出了英语译本，讲述19世纪定居巴西的一个葡萄牙家族的历史。Era uma vez um tirano（Once upon a time there was a tyrant），以童话的方式讲述三个孩子反抗一个暴君的故事。另一部 Bisa Bia, Bisa Bel 以魔幻现实主义的手法讲述一个女孩与她过世的祖母、未来的曾孙女之间的交流。从介绍来看，马查多的作品文学质量颇高，但翻译可能很有难度。建议可从以上三部（或从出版社方面提供的书目中）选择一部尝试引进。

25. 艾登·钱伯斯（Aidan Chambers，2002年国际安徒生奖得主）

钱伯斯是才华型的作家，著名的 Dance Sequence 系列包含六部小说，其中包括涉及青少年同性恋题材的《在我坟上起舞》（Dance on my Grave，2004年由译林出版社出版，2013年转由湖南文艺出版社出版）和号称击败《哈利·波特》第三部获得英国卡内基文学奖的《来自无人地带的明信片》（Postcards from No Man's Land，中译本于2004年由译林出版社出版，2012年转至由湖南文艺出版社出版）。但钱伯斯的青少年小说读者年龄段相对较高，尤其是其中往往包含对国内读者来说较为激进的话题（除《在我坟上起舞》涉及同性恋外，《来自无人地带的明信片》触及了同性恋、双性恋等话题）。尽管作者对这些题材的处理方式很文学，很艺术，但在目前的中国童书市场，还是有些不合时宜。这可能是他的作品虽常在成人读者中受到褒奖，却难以获得国内主流童书市场认可的重要原因。建议本译丛出到后面几辑，确立了一定的品牌效应后，可引入包括钱伯斯的作品在内的一批明确面向较高年龄段青少年读者的作品，作为本书系文学面貌上的丰富和补充。

26. 马丁·韦德尔（Martin Waddell，2004年国际安徒生奖得主）

韦德尔擅长为幼儿写动物图画书故事，在中国，他最知名的图画书大概是《你睡不着吗，小熊》(Can't You Sleep, Little Bear?)。他写过一批不错的图画书（均由别的插画家插图，《你睡不着吗，小熊》属于其中的"小熊"(little bear)系列，在国内好像只出版了这一本），可从出版社提供的书目介绍中做些选择，丰富和加强本译丛的图画书部分。

27．玛格丽特·梅喜（Margaret Mahy，2006年国际安徒生奖得主）

玛格丽特是在2006年澳门举办的IBBY大会上宣布的国际安徒生奖得主，我在澳门见过她，还一起合过影，但她的作品一直没有在我国受到集中关注。从介绍来看，她的作品可读性比较强，可以考虑引进。梅喜有一批图画书作品，可联系国外出版社要来书目简介，进行选择。她的《草地上的狮子》(A Lion in the Meadow)、《七个中国兄弟》(Seven Chinese Brothers)、《海盗母亲的儿子》(The Man Whose Mother Was a Pirate)三部作品在本土最受好评。另外，她的两部幻想文学作品《特异功能》(The Haunting)和《变身》(The Changeover)均获过卡内基文学奖。建议可向国外出版社要来作者的一批书目简介，先选择出版一到两部。

28．于尔克·舒比格（Jürg Schubiger，2008年国际安徒生奖得主）

舒比格的作品，我们在此前的邮件中已有谈及，这里暂略。

29．大卫·艾尔蒙德（David Almond，2010年国际安徒生奖得主）

艾尔蒙德的小说，我们在讨论译丛第一辑的引进书目时曾谈过，也已有引进图书，暂时不必考虑。

30．玛丽亚·特里莎·安德鲁托（Maria Teresa Andruetto，2012年国际安徒生奖得主）

这位最新获奖作家的作品，一年来我们邮件中一直有探讨，社里也已谈妥她的若干著作版权，这里就不赘述了。

以上意见，供你们参考。

暑天，多保重！

方卫平

2013年10月16日 10:30（星期三）

阮征好：

很高兴从你信中得知国际安徒生奖项目进展的近况，这也是我们常在惦念的事情。

仔细看了发来的插图样稿和装帧设计方案，我们觉得挺好，尤其是选中方案里的图画书和文学书设计，加上国际安徒生奖的 logo 来看，挺霸气的，呵呵。我想这一基本的设计（包括 logo 的位置）会贯穿整个译丛收入的所有作品吧，这样显得很有气势，希望也能较快形成译丛的品牌感。

辛苦你啦，也谢谢你的问候，天凉了，多保重！

方卫平

2013年11月08日 03:26（星期五）

阮征好！

我近日在上海、南京出差，很高兴获知工作的进展。会尽快给你回复。

昨天晚上我、赵霞在上海与海栖、明舟先生聊天，明舟还反复说起 IBBY 执委们对咱们这套书的关心和期待呢。谢谢！

方卫平

2013年11月12日 15:37（星期二）

阮征：

发来的内文版式看到了，感觉很不错，从封面、文字到插图看来都干净而雅致，很合大奖之名。我没有别的意见了。书系马上就要正式面世，挺高兴的。

祝好！

方卫平

2013年12月13日 23:03（星期五）

阮征好：

我们细读了发来的材料，建议如下：

一、马丁·韦德尔（Martin Waddell）的《你睡不着吗，小熊？》《小猫头鹰》《鸭子农夫》等几本图画书，国内已有引进（但"小熊"系列的其他几本似未引入），不知中文版权是否已到期。如版权没有问题，word 文档中韦德尔的图画书作品，除 Room For a Little One 外（这本故事创意很好，但基督教义内容过重），均可考虑引入。其中尤以"小熊"（Little Bear）系列图画书、The Happy Hedgehog Band、Rosie's Babies 为佳。韦德尔的小说，先尝试引入较知名且通俗的两部：The Ghost in a Blue Velvet Dress 和 Otley。其中 Otley 一书系韦德尔早期创作的成人小说（主人公是一个年轻的流浪汉），但其冒险和侦探题材可能也适合较高年龄段的儿童阅读。

二、Kathrin Sohärer 插图的图画书 Das Beste überhaupt 没有问题，可引入。

三、玛格丽特·梅喜（Margaret Mahy）的作品，可在先期引入几本的基础上，结合作品和市场情况再分批引入。她写了较多的幻想小说，但一些作品题材比较相近，包括巫术、魔法、超能力的梦魇等；其中一些作品含有恐怖元素，虽然在同类幻想小说中恐怖级别并不很高，在引入时也要有所注意。不知这是不是梅喜获国际安徒生奖（且在中国澳门领奖）以来，其作品迟迟未能译介进来的原因之一。我们先从发来的32种书目中选出了以下几种：

1. *HERIOT*
2. *ALCHEMY*
3. *MEMORY*
4. *THE CHANGEOVER*
5. *THE CATALOGUE OF THE UNIVERSE*
6. *24 HOURS*
7. *A VILLAIN'S NIGHT OUT*
8. *UNDERRUNNERS*
9. *THE TRICKSTERS*
10. *THE HAUNTING*
11. *CLANCY'S CABIN*
12. *THE BIRTHDAY BURGLAR*
13. *A FORTUNATE NAME*
14. *THE OTHER SIDE OF SILENCE*

以上作品包含幻想小说、冒险小说、童话、儿童生活小说等，各有各的特点。我们的建议是先选 *HERIOT*（幻想小说）、*24 HOURS*（青少年小说）、*A VILLAIN'S NIGHT OUT*（童话）、*A FORTUNATE NAME*（儿童生活小说）四本（或只选一两本也可）看看。如效果不错，再从上面的选目中接着分批挑选。如社里从先拿版权的角度考虑，准备一次性引入，应该也可以。

我近日从台湾出差半月刚回来。关于《斯特法诺》一书的情况，一两句话很难说清，我再想仔细些，回头联系。

祝好！

方卫平

2013年12月27日 01:55（星期五）

阮征好：

因近段时间连续出差，抱歉此信回复晚了。

来信中关于图画书导读的问题，我电话里已与凤梅总编谈定。

另外两个问题：

1. 图画书部分的支撑作家名单，我们再来做。

2. *The Rapping Rats* 和 *MY HENS CAN SPEAK* 两本作品，我还有印象，记得当时我们看的主要也是英语译本。我想既然版权已经买下，法语不行的话，就从英语转译成中文吧。实际上对于儿童诗歌作品来说，不论是从法语还是英语译成中文，要译得好的话，都需根据中文表达习惯做较大的创造性翻译。所以如果英语译本能保证意义的准确性，选择转译也可以，关键还是看译者的发挥处理。我们也对照了发来的英文、法文PDF，有个想法：由于英译本与原作相比也有形式上的变化（比如同样的诗行，英语译文与法文原文的长度就不同，一些英译的段落显然没有原文整齐），如确定从英语译本译，可把法文文本也同时传给译者参考，以方便译者在翻译时，可考虑将英语的译文和法文原文的声韵感相结合。

祝好！

方卫平

2013年12月28日 20:05（星期六）

阮征好：

邮件收到。我们看了附件里罗大里《需要什么》一书的PDF，这本书的文字部分本来就是罗大里的一首儿童诗，不必添加什么。倒是诗歌翻译有个地方不妥。其中的"想要种子，需要水果。想要水果，需要花朵"，比较好的译法应为"想要种子，需要果实。想要果实，需要花朵"。译者这样处理，可能是想使"果"与"朵"押韵，但"水果"与"果实"相比，丢掉了原诗的诗意。该诗译文，最好再细细打磨一下，既要讲究诗意，又要尽量体现原诗的韵律。因原诗字数本来就少，译本的好坏，全仗翻译。

我们也看了《斯特法诺》一书的译文，从儿童文学的标准来看，有些内容的确过火，如果与其他图画书、童话、儿童小说等不分级地放在一起出版，家长见了可能会有意见。实际上，此书主角虽是青少年，但不是典型的儿童文学，而更接近欧美青春文学的感觉（如《麦田里的守望者》之类）。不但是其中的性描写，小说的意识流手法也要较为成熟的读者才能理解。我们的建议是，或者在译丛中专列一个面向高年龄段读者的青少年文学试验区，安排这样的作品（但如果这类作品仅此一部，这一方法就不妥）；或者对书中的性描写内容做一定的处理；或者面向青年和成人读者单独出书,不列入书系。三者择其一,你们觉得呢?

祝好!

方卫平

2014年01月01日 22:03(星期三)
方卫平致导读作者

各位文友:

新年好!

谢谢各位对安少社这套书系的重视,并参与导读的撰写。这两天出版社把相关作品的 PDF 文件发来了,我粗看之后,发现有些作品未附作者姓名、国籍、获奖年份等信息,恐给各位的写作带来不便。我已通过电话和邮件与相关编辑联系,请他们明天上班后补足这些信息,并将作品做合理的搭配后,再直接发给大家。之后的导读写作事宜,也请大家直接与安少社阮征女士联系,后面我会附上她的邮箱和手机号码。

预计出版社会在明天或后天把补全信息后的作品 PDF 文件发给各位。谢谢!

关于写作,有几点建议供参考:其一,由于导读是面向一般读者的,所以尽可能拿捏好专业性和大众性的关系;其二,篇幅请掌握在1500-2000字;其三,由于出版社计划三月中旬前出书,时间较紧,敬请大家尽早完稿,写好一篇就发送一篇,尽可能在1月15日前交稿,最晚请勿迟于1月19日(周日);其四,如果各位收到图画书 PDF 文件后,感觉导读写作实在困难,请尽早与出版社联系,以便另做安排。

谢谢大家!

祝新年快乐！

方卫平

2014年01月01日 22:11（星期三）

阮征：

新年好！

上信中提到的《灰姑娘》一书中的血腥场景，由于格林兄弟的《灰姑娘》本来就是根据民间童话改写而成，因而保留了传统童话的某些恐怖元素。不过作者也并未对相关的血腥情节多加渲染，而它又是一部已经问世并广为人们接受的文学经典，这些内容可不改动。

《鹤妻》导读可以用彭懿老师的。张天琪的译文不错，可用。

关于首批拟出版的各本图画书PDF文件上的作者、获奖等相关信息，还盼能够一一补齐，以便各位写作导读的专家有最基本的参考和依据，并方便寻找相关背景线索和资料。其中，已分配给刘绪源先生两部：《75路无轨电车》和《爱丽丝又不见了》；陈恩黎博士两部：《灰姑娘》和《咔嗒》；赵霞和我四部：《童话里的爱丽丝》《一个和七个》《需要什么》《若昂奇梦记》。这七部作品中，除《一个和七个外》，均已有作者名，可不用再补充（除非导读作者有其他要求）。《一个和七个》一书，我们记得也是罗大里的，如信息无误，此书也无须再发补充信息。其他的六本图画书以及另外尚未发来的两本，请补全作者信息（如作家、画家的姓名、国籍，获国际安徒生奖或提名奖的年份等）后，分给另外四位导读作者，每位两本。她们的电话、电子邮箱和主要身份信息如下：

谈凤霞女士邮箱×××，手机×××××，南京师范大学副教授，博士。

杜传坤女士邮箱×××，手机×××××，山东师范大学副教授，博士。

钱淑英女士邮箱×××，手机×××××，浙师大人文学院副教授，博士。

王晶女士邮箱×××，手机×××××，浙师大杭州幼儿师范学院教师，博士。

发给导读作者的作品，请编辑略做平衡，同一位作者，如有一本较难写，就配一本相对比较好写的。考虑到这一平衡的因素，我和赵霞这边所选的四本图画书，也包括了两本写起来不得劲或比较难理解（需要较多文化和艺术背景资料支撑）的作品。

另外，以上各位导读作者身份信息仅供参考。如果导读手册中有导读作者的身份简介，请务必向各位作者核实，以保证简介的准确性。

我会马上给各位作者再写一封信，说明有关情况和关于导读写作的一些建议及后续工作的联系方式等，同时会发送给你。

新年来了，回想起这一年与你和安少社各位编辑朋友的互动交流，我们也有很多收获，谢谢你们。请代问各位好，并祝各位新年工作顺利，生活幸福！

方卫平

2014年1月3日 16:41（星期五）

阮征：

你好！

我联系了萧萍教授，她很高兴参加导读撰写。她的电子邮箱是××××，手机号为××××。

谢谢!

方卫平

2014年1月8日23:51（星期三）

阮征：

　　谢谢你，效率真高！我明天去北京，后天就回。

　　我又想起，方便的话，烦请告知《童话里的爱丽丝》《需要什么》《一个和七个》三书的插画作者（最好附上外文原文），方便我们撰写导读时参考。

　　谢谢!

方卫平

2014年01月11日 22:30（星期六）

阮征好：

　　附件里是我写的一篇导读《读〈童话里的爱丽丝〉》，不知是否合适？

　　辛苦了，祝福!

方卫平

2014年1月16日14:48（星期四）

阮征好!

　　收到了，并已发给报社。谢谢啦!

方卫平

2014年01月25日 00:29（星期六）

阮征好：

关于你前一封邮件中提到的涅斯特林格《婴儿鬼》一书，放到图画书里恐怕不合适，这本只能算是插图较多的文字读物。我们建议还是按文字读物的方式出版，并像原版书一样，在封面上同时注明作者和画者。这样的插图童书，在西方市场上还是比较常见的，况且插画者也有一定的阅历（这几天外文网站打不开，今晚刚可以；赵霞刚从德文网站查到，该插画家除了给一些童书插图，自己也创作图画书，画风很有个性），我们觉得没有问题，读者应该也能从画风和内容中基本判断出该书适合的儿童年龄段。

关于新一封邮件中传来的"科索亚多森林"系列，我们看了文档里的资料，也查了网络上的介绍。该系列在台湾曾翻译出版，也有书评。综合考虑介绍资料及作者冈田淳的主要创作风格，该系列的可读性应该较强，建议可引进。发来的介绍文字中提供了其中六册的梗概，但后面的说明中又注明已出版有十册，不知目前社里的预期是引进多少册？谨慎起见，可先引进《不可思议的树果》《黑夜魔女的秘密》《森林里的海盗船》三册，试试市场反响；如果考虑到谈版权的方便，同时引进整个系列，也没有问题。

关于《小书房》一书的出版形式问题，因收到邮件后正好与徐总通电话，便在电话里直接说了我的建议，即最好能征求一下译者（最好还有作者）的意见，看看拆成上下两本，对这部作品来说是否合宜。

快过年了，盼你和各位编辑朋友也多保重，春节快乐！

方卫平

2014年1月25日0:35（星期六）

阮征：

本周五上海《文汇读书周报》发表了一篇导读，请看链接。

http://dszb.whdszb.com/whdszb/html/2014-01/24/content_178876.htm

方卫平

2014年1月30日14:08（星期四）

阮征友：

我与赵霞正在回老家的路上。很高兴一年来与你有那么多的交流，也辛苦你啦。

祝新春快乐，马年吉祥！

方卫平

2014年2月9日13:46:59（星期日）

克文社长、凤梅总编：

新春问好！又要开始忙碌了吧。

春节期间，一直在琢磨和写这篇总序。我觉得，对这套书系来说，这样一篇代表中方的序文，似乎还是很有必要的。

有一个细节，还烦请编辑朋友能注意一下：序文中所提的书系名称，与最后书系的定名是否一致？烦请核对。谢谢！

祝福新春，马年丰收！

卫平

2014年02月10日 13:59（星期一）

凤梅：

您好！非常谢谢你提出的很好的修改意见。我琢磨之后，略做了一些补充，一下子就到了两千多字，刚才又考虑了一下，删到了一千八百余字，请你再看一看。

我也反复考虑了你关于增加具体例证的意见。我准备在此文有单独发表的机会时，再根据你的意见做些补充。作为一套书系的序文，个别举例可能还是不甚妥当。

在写这篇序文的时候，我也仔细琢磨过序文的定位，主要想到了下面两点：一是要从总序的高度来谈论这套书系，突显一种具有统摄性的总的精神，因此尽量避开具体作家作品的小落实，而从大经典的视角来营造一种宏观的气象、氛围和感觉，这样的序言格局和覆盖力才与这套书系的规模相称；二是要突显序文代表中方（特别是安少社）发言的定位，所以在概括中突出了社里为书系引进、翻译所做的重要工作（外方的参与，在另外两篇外方序文中或许会有具体的体现，这样不同序文之间也构成信息的互补），并把它们也纳入了总序的"经典"精神之下，以彰显书系工作的品质。刚刚补充修改的序文，进一步结合了这两点考虑。这些想法是否合适，还请你批评。谢谢！

祝好！

卫平

2014年2月11日 20:58（星期二）

凤梅：

您好!

克文社长下午和我通了电话,其中主要谈了他对图画书导读文字如何安排的看法,谈得比较详细。我觉得两种方式各有利弊,社长的态度也比较坚决,所以我也就接受了他的看法。

另外,略有改动的序文,不知是否可以了?如果可以的话,我还需要把定稿发给社长和主要负责的编辑吗?谢谢!

祝好!

卫 平

2014年02月20日 17:00(星期四)

阮征好:

信中提到的Uncle系列,仍按原来的小说形式出版(作为图画书出版肯定是不合适的),没有问题。在封面或勒口上,再注明插画家的获奖情况。考虑到国际安徒生奖插画家奖获奖者中,有不少画家主要是为其他作家的文字作品绘制插图,接下去的工作中应该还会碰到同样的情况。我们认为都可以用以上方式安排。你和编辑们也可再商量一下,看有没有更好的处理方式(这类作品肯定适合放在文字类里,是否可考虑统一的介绍方式,以突出插画家的贡献?)。

去年你信中曾提到国际安徒生奖插画家奖获奖者中的支撑画家一事,我们一直放在心上。由于插画家中较多非英语国家的画家,关于部分画家的英文(包括德文)介绍甚少,加上获奖名单中除了一部分自写自绘图画书的插画家外,还有不少插画家的主要作品是借其他人的文字图书得以呈现的,并无代表性的独立作品,较难给出具体的书目。我们的建议是：

1. 请根据1966年以来的国际安徒生奖插画家奖获奖者名单，向国外出版社联系其代表作品的介绍、样张等，我们再从中选择优秀作品。

2. 从我们了解的情况来看，目前得奖的24位画家中，有三位可作为重量级的核心支撑画家，他们是：莫里斯·桑达克（Maurice Sendak，美国）、安东尼·布朗（Anthony Browne，英国）、罗伯特·英诺森提（Roberto Innocenti，意大利）。

这三位画家的创作代表了当代图画书领域的顶尖水平，再加上他们在国内图画书界的声名已经形成，他们的名字和作品进入书系，能够真正起到为书系图画书板块坐镇的效果。他们本人也有大量独立和配图的图画书创作，可抓紧联系作品版权（国内近年引入这三位画家的作品不少，但留下的作品中仍有不少可挑可选之作，那些已引入的知名作品，如能谈到后一期的版权，更佳）。

此外，昆汀·布莱克（Quentin Blake，英国）、马克斯·维尔修斯（Max Velthuijs，荷兰）、沃尔夫·埃尔布鲁希（Wolf Erlbruch，德国）也是非常重要的插画家，他们的作品可考虑优先挑选引入。其中，沃尔夫·埃尔布鲁希和另外三位获奖画家斯汶·奥托（Svend Otto S.，丹麦）、彼得·西斯（Peter Sís，捷克）、安野光雅（日本）的插图作品（含文字与图画书），记得我们此前的选目中已各引入一两册。从上次安排撰写导读的第一辑图画书名单来看，图画书部分的当务之急，还是欠缺核心支撑插画家的名字和作品，希望能够在第二辑补足。

以上意见，供大家参考。如各位编辑有新的想法，我们一起来讨论。

小郭邮件中提到的图画书理论著作一事，我们会尽快再和她联系。谢谢！

祝好！

　　　　　　　　　　　　　　　　　　　　　　　　方卫平

2014 年 02 月 27 日 10:40（星期四）

阮征好：

　　收到邮件，我们便抓紧看完了发来的四本马克斯·维尔修斯的图画书作品，还不错。其中三本延续了他笔下的青蛙弗洛格形象，另一本的插图非常突出地体现了维尔修斯的个性画风，四本都可引进。

　　期待三月相见。

　　祝好！

　　　　　　　　　　　　　　　　　　　　　　　　方卫平

2014 年 03 月 04 日 18:09（星期二）

阮征好：

　　早上收到作品后，我们立即抓紧时间研究，一天都在讨论。我们的想法和建议如下：

　　1. 昆汀·布莱克的图画书《三只小猫头鹰》（Three Little Owls），故事一般，但加上插图，品质不比目前出版的许多图画书落后，可考虑引入。

　　2. 莉丝白·茨威格插画的《圣诞故事》（Ein Weihnachtsm örchen）和《童谣集》（Lullabies, Lyrics and Gallows Songs），文字部分的作者，前一部的是狄更斯，后一部的是克里斯蒂·摩根希坦。两人都是成人文学作家，两部作品也都不错，可引进。但翻译方面，还要多下功夫。比如狄更斯的《圣诞故事》，成人文学领域已有不错的翻译，但给孩子看，还需要更通俗的译本。摩根希坦的童谣集中有许多无厘头的滑稽诗，挺有趣味的。不过这种趣味的中文化，还在很大程度上有赖于翻译的智慧。

3. 尤塔·鲍尔的《树林里的小房子》（Steht im Wald ein kleines Haus），是一本很不错的图画书，可抓紧引进。

4. 涅斯特林格撰文的3本图画书和13本文字书中，图画书建议引入《克劳斯要搬家》（Klaus zieht aus）和《胆小的威利》（Willi und die Angst）两本。从介绍来看，文字故事中的《安纳托和无所谓小姐》（Anatol und die Wurschtelfrau）、《巨人兄弟》（Die verliebten Riesen）、《瓦乌嘎》（Der Wauga）、《哦，你这该死的！——朱丽叶的日记》（Oh, du Hölle!: Julias Tagebuch）、《我也有爸爸》（Einen Vater hab ich auch）、《时间计划》（Stundenplan）六本可先谈版权，最好先看一下样张；其他的七本，凭目前的介绍一时还难以准确判断。其中的"苏西"系列小说，可以拿到其中一本的某些样张看一下吗？这一系列的涅斯特林格作品，和目前国内已引入的作品相比，有较大突破。如果样张看着不错，可持续加快引入，以加强书系的独立品牌感。

5. 汤米·温格尔的15种图画书和插图作品，看起来都不错。建议先从《魔法学徒》（Der Zauberlehrling）、《季拉妲的巨妖》（Zeraldas Riese）、《沃里克的三个瓶子》（Warwick und die 3 Flaschen）、《兹罗提》（Zloty）、《新朋友》（Neue Freunde）、《震音先生》（Tremolo）、《今天在此，明天离开》（Heute hier, morgen fort）、《彩色蝙蝠胡弗斯》（Rufus, die farbige Fledermaus）八册开始引入（谈版权的同时，最好能看到其中两三册图画书的电子版），因从介绍来看，这八册的故事性比较强。另有三册《思想是自由的》(Die Gedanken sind frei)、《猫》(Katzen)、《期待意料之外》(Expect the Unexpected)，跟一般意义上的图画书还有点区别，但比较有意思，可考虑放在下一辑的图画书中出版。如果收到前面一些作品的电子书，感觉的确不错，余下的《帽子》(Der Hut)、《施纳普爸爸和他那些绝不会发生的故事》(Papa Schnapp)、《弗里克斯》(Flix)、《勇敢的秃鹫奥兰多》(Orlando der brave Geier)四册，也可马上考虑接下去的引进。插画家奖获奖者温格尔的这一批作品的引入，可以较好解决书系第一辑图画书正奖获得者不多的问题。

6. 詹姆斯·克吕斯的《从前有个人》(Es war einmal ein Mann)，可以引进。

7. 克劳斯·恩希卡特插图的两部作品，建议引入《租出物》(Die Leihgabe)，故事和插图都不错。

8. 沃尔夫·艾尔布鲁赫的图画书《迈尔太太和小鸟》(Frau Meier, die Amsel)，记得在早先的书单上就有过（我查了一下，在2012年5月的通信中确认过这部作品的引入），我们已选用了。

9. Dusan Kallay 插画的四部作品，插图还是独具风格的。我们觉得，伊索寓言、安徒生童话、爱丽丝等作品，虽是老作品，但配上获奖画家的插图，如果译本的质量也能得到相应的保证，或可能在目前比较混乱的传统儿童文学名著译丛中迅速脱颖而出，吸引读者关注，同时也成为书系的亮点之一。你们认为呢？

以上意见，供大家参考。

祝好！

方卫平

2014年3月11日 17:17（星期二）

阮征好：

新发来的三位作家的作品收到了。因我今晚要去福州出差，赶着先看完了这批作品和书单。我们的建议是：

1. 大卫·麦基的图画书往往有不错的创意，从传来的 *King Rollo Balloons* 一书 PDF 来看，这个 King Rollo Series，故事虽不是特别出彩，但也富于童趣。如果该系列的其他作品也基本保持在这一艺术层级上，可考虑引进。麦基的另一本 *Melric and the Sorcerer*，故事编得挺有创意，可引进；如果也打算引进整个系列的话，最好能把其他作品过一遍，确认一下总体的质量。

2. Michael Foreman 的三本图画书，从介绍来看不错，可引进。

3. Tony Ross 的书单很长，他最知名的"小公主"系列（The little princess），明天社曾引进过，是很不错的一套幼儿成长图画书，但不在这个书单上。从现有的书单来看，他的 Towser Series 可考虑引进，该系列的小狗主角拍成过比较知名的动画短片。除此外，书单中可先挑选的作品还有：*I'm Coming to Get You!*，*Stone Soup*，*I want a Cat*，*Susan Laughs*（残障儿童题材），*I Hate School*，*Caterpillar Dreams*，*We're Going to a Party*，*The Second Princess*，*Who amI?*（其中 *I'm Coming to Get You!* 和 *Caterpillar Dreams* 两本，国内已有出版，不知版权是否还在）。从介绍看，Tony Ross 的图画书还是比较成熟的。前些年国内一些出版社分散引进过他的若干作品，好像并未引起太多关注，可能跟零散出版的原因有关。上述作品确定出版后，如果反响不错，可以从他的书单里继续挑选下一波作品。

发来的书系宣传画和图画书封面也看到了，很有冲击力，令人期待！

辛苦啦，祝好！

方卫平

2014年4月2日 15:20（星期三）

阮征好：

博洛尼亚同行，非常愉快。也谢谢你和各位的诸多照顾，令我们感到无比温暖。

收到邮件后，我们抓紧细读了发来的《胡安的国度》与《迷情指环》两书。单从文学性的角度看，这两本书还是不错的。其中的恐怖元素，放在当代世界青少年小说的艺术语境里并不越界。责编提到的两个问题也的确值得重视。

为保险起见，我们建议，去掉两册书中目前看来不大宜于作为童书出版的内容（第一本中取《胡安的国度》一篇，第二本中去掉6、7、8、9、10、12、13、15八则容易引发家长误解或不易引起孩子兴趣的故事），把这两本书再合并成一本。另外，因为书中的故事都各自独立，建议不用"第一章""第二章"做题目，只以故事名称为题（或者再加一个编序用的阿拉伯数字）。你和相关的责编商量一下，看看这样是否可行，或者也再征求一下作家本人的意见？

同时发上我的两张照片，麻烦你们帮忙选一张合适的，谢谢！

祝好！

方卫平

2014年4月3日 0:07（星期四）

阮征好：

第一辑18种书目收到。如果可以的话，还要烦请你将其中《戴帽子的女士》《奥斯波星球历险记》《碧婆婆 贝婆婆》《给妈妈找男朋友》、《矮个子先生》《不可思议的阿瑞斯》《大象的主人》七册作品的译文电子版传来，这样方便我们做全面的判断。收到作品后，我会尽快给你回复。

祝好！

方卫平

2014年4月4日 15:07（星期五）

阮征好：

针对目前已译出的18册作品，我们仔细做了三方面的考虑比较：一是作品的质量和可读性；二是不同体裁、风格、读者年龄段的覆盖；三是尽量挑选由安少社首先翻译出版的新作，以突显书系品牌工作的创造性。综合各方面取舍，我们建议推荐以下四部：

1.《小书房》

这本童话故事集无愧于同类作品中的经典，个中作品既有民间童话的质朴风味，又透着创作童话纯净的温情。虽然此前该书也曾译入国内，但我们仍建议推荐。

2.《大象的主人》

该书是勒内·吉约作品中颇具可读性的一部小说，应该也是首次译入国内。异域风情的故事引人入胜，其中所表现的人与动物的世界融为一体的魔魅感和生态意识，也呼应了当代人的文化需求。人与动物之间的离奇故事以及别致的生态主题，是该书可以宣传的推荐点。

3.《碧婆婆 贝婆婆》。

我们在《碧婆婆 贝婆婆》与《胡安的国度》两书间做了比较，本来很想选后者（主要是获奖者的得奖时间更近），但从可读性考虑，还是前者更合适。该书同样是首次译入国内，故事浅显有趣，带有一定的幻想色彩，适合中年级小学生阅读。作品以单纯的趣味故事所传递的大文化主题（过去、现在与未来的彼此演进和交融），加强了该书的文化分量。

4.《鸟儿街上的岛屿》

尤里·奥莱夫的四部作品，其实我们很想选《戴帽子的女人》，因为其他三部都曾出版过中译本。但比较之后，还是觉得这本《鸟儿街上的岛屿》最具可读性。这是一部题材和情感上都颇有重量的小说，比较适合高年级小学生和初中学生阅读。

如果数量允许的话，建议再加上一部《不可思议的阿瑞斯》。这部适合中低年级小学生阅读的儿童故事集比较富于当代生活气息，与今天市场上的许多畅销童书在内容和风格上最为相近，可丰富上面四部作品的总体格局。

以上建议，供大家参考。在挑书的问题上，各位编辑朋友若有新的看法和意见，我们一起来交流。

祝周末好！

方卫平

2014年4月4日17:39（星期五）

阮征好：

《中华读书报》前天发表了赵霞在博洛尼亚写的今年国际安徒生奖颁奖的消息。我们都是现场的见证者，附上文章方便时看看。

祝好。

方卫平

2014年4月30日18:10（星期三）

阮征好：

发来的前后两封邮件都收到了，因作品数量较多，花了几天才看完，我们的想法如下：

一、关于罗大里作品

此次罗大里的这组作品，总体上不大理想，除作品本身的原因外，还有两个因素：第一，在此前的书目中，我们已引入几本罗大里的作品，从单个作家的作品比例来说，已算很高。因此，现在再选新的作品，要求也会更高。如果作品难以在更高的层次上提升书系的品质，我们建议先不引进。第二，这次的这组作品，插图普遍都很一般，有些完全缺乏当代优秀图画书的感觉。对于这类作品，我们也不建议放在书系的图画书辑里出版，这样反而有损品牌的整体质量。综合以上两点，我们对各个作品的具体建议如下：

1. *Album Scuola*（A School as Big as the World）：

该书文件无英译，但从题目和插图来看，还不错，可考虑引入。

2. *Animali senza Zoo*（Animals without a Zoo）

记得前面邮件中选罗大里的作品时，也有过这本书。从目前的英文文本来看，该书内的短篇故事比较一般，建议不考虑。

3. *Christmas Tales*

该书只有意大利文的 PDF，没有英译。从插图来看，风格略显老旧，建议不考虑。

4. *L'omino dei Sogni*（The Dream Man）

本次罗大里作品中，有几本与此前我们已定入第一辑的罗大里的《童话里的爱丽丝》系同一位插画家插图。该画家的作品挺有个性和风格，但画面表现力一般，且不同作品的某些画面有所重复，入选一本就足够了。建议这本不引入。

5. *A INVENTARE I NUMERI*（Making up Numbers）

文本富于创意，但涉及文字游戏，翻译起来会很困难，译得不好也无法呈现作品的优势。如无合适的译者，建议不引入。

6. *Princess Allegra*

我们蛮喜欢这部作品的故事，但插图实在一般，从图画书的角度来看，与我们这套书系的经典品质不大符合。因插图对图画书来说非常重要，如果这样的作品放在书系图画书部分，没有什么支撑力。建议不引入。

7. *Favole Rovescio*（Tales told Backwards）

故事具后现代风格，与插图放在一起看，总体上质量一般，建议不引入。

8. *Omino Pioggia*（The Little Rain Man）

与上书一样，故事一般，插图更一般，建议不引入。

9. *The Sky Belongs to Everyone*

罗大里的这首诗歌很不错，但所配插图就很一般，所以还是同样的意见——如果作为图画书，我们不建议引入。

10. *The Story of Pinocchio*

该书因为只有意大利文版，我们一时看不出罗大里对科洛迪的《木偶奇遇记》是怎么重写的。不过从作品比较一般的卡通插图来看，似乎不值得引入。如果编辑觉得作品不错，可以商量，请再发一个英文的简介过来，方便我们参考。

11. *Passeggiatacop*（*The Walk of an Absent-minded*）

这个《一个没头脑的人去散步》的故事，在国内还比较知名，但所配插图实在不行，建议不引入。

12. *The Zoo of Stories*

这个集子，记得上次挑选罗大里的作品时，我们曾根据介绍，建议联系版权。但从目前的英译文本来看，收入的故事还是过于老旧了些，不建议引进。

13. *Storia Universale*（*Universal Story*）

小诗很不错，插图也还可以，建议引入。

14. *When Stories are Mistold*

这个后现代童话的创意本身不错，但因为插图是后配的，没能很好地配合故事叙述，也缺乏画面表现的创意。个中碎片化的故事，幼童理解起来有困难。不建议引入。

15. *Storie brevi 9-12*

这四个作品中，Apollonia's Marmelade、Traveling Monkeys 和 The Mouse Who Ate Cats 故事一般。The Ice Cream Palace（国内过去译作《冰淇淋宫》）故事可以，但插图过于图解文字了。以目前的罗大里选文来看，四本图画书都不建议选入。

二、Tony Ross 的三本图画书，建议引入 Who am I? 和 Susan Larghs 两本，从故事到插图都有很好的创意。其中 Susan Larghs 一本，安排的译者最好能用符合中文习惯的表达方式译出其中的韵文效果。相比之下，另一本 We're Going to a Party 就比较一般，不建议引入。

三、昆汀·布莱克的图画书 The Five of Us，故事并无期待中的大惊喜，但也还不错，又有布莱克的插图撑着，加上画家本人撰文，可考虑引入。

以上意见，供大家参考。各位编辑如有别的建议，我们再一起探讨。

祝假日快乐！

方卫平　赵霞

2014 年 6 月 16 日 19:04（星期一）

阮征好：

上一封信中发来的十部作品资料，我们仔细看了，建议如下：

1. 马克斯·维尔修斯的四本图画书，the monster 系列的两本可用；The Painter and the Bird 与 A Birthday Cake for Little Bear 两本，故事相比之下略逊色些，但综合考虑插图和故事的总体品质，也可考虑引进。

2. 切斯拉夫·简安斯基（Zbigniew Rychlicki）的 Droppy Ear the Bear，从目前文件中含有的几则英语故事来看，十分一般。尽管插图的确很有特色，画家也够分量，但就作品整体质量而言，我们不建议引进。

3. 彼得·西斯的《群鸟的集会》，从介绍材料来看，可尝试引进。

4. 昆汀·布莱克的四部作品，《六个和七个》非常不错，可引进；《大熊的冬天小屋》也还不错，可考虑引入。The Five of Us 系列，我们之前已确定引进其中一册，本册故事质量一般，不建议引进。《捕鼠记》故事一般，不建议引进。

以上意见，供大家参考。因临近期末，诸事繁多，邮件迟复为歉。

另外，书系第一批样书前段时间已收到，印得很漂亮，译文总体质量也很高。希望这是一套能流传开去的大奖译本。大家辛苦工作了这么久，亲见这些书美美地印出来，一定也很开心吧。

祝好！

方卫平

2014年6月24日 10:10（星期二）

阮征好：

发来的两本法吉恩作品简介及故事我们都看了，从目前的资料来看，内容并无太大看点，网上好像也找不到更多介绍。不过像你说的，考虑到公版书的优势，再加上作者的名声，我们认为还是可以先考虑引入的。保险起见，如果能看到全书，判断起来就更准确些。

祝好！

方卫平

2014年7月4日 8:05（星期五）

阮征好：

　　关于第二辑书目中涅斯特林格的作品，我们的建议是先选《罐头里的小孩》《我也有爸爸》《时间计划》和 Puttin-Pauli 系列的第一册 Pudding-Pauli rührt um。《罐头里的小孩》一书，社里已有译本，方便采用（另一册《同学都说我丑》，试图处理师生对立、同学欺凌、自我认同等问题，但我们认为故事所体现的观念，包括童年观、人文观等等，可能都有些问题，所以虽有现成的译文，我们暂时建议不做）。赵霞也帮忙去英语、德语网站查了一下本辑备选书目中涅斯特林格其他几本作品的读者评分，基本差不多。选 Puttin-Pauli 系列第一册 Pudding-Pauli rührt um，是因为这部作品的故事为校园侦探题材，有悬念，应该会受孩子们欢迎，也可丰富本辑作品的风格。另外，《我也有爸爸》一书，从介绍看，故事是比较有趣的，只是其中诸多奥地利俚语，不知翻译起来是否会有麻烦。若暂时不便，可先替换为《哦，你这该死的！》一书。

　　罗杰·米罗的《红树林的孩子》一书，不知是否有他本人的插图（记得好像有），请查一下。如果有文字有插图，就建议引进。

　　这次的两本理论书选得都很好，很富于经典性，此前也未引进过，可以为国内读者和研究者提供珍贵的参考和纪念资料。我们这两天也在细看新收到的几本书系图画书作品，觉得在目前的引进图画书出版格局中，一些作品的总体艺术感觉也排在前列，非常好。

　　收到书系第一辑文学作品18册后，有空时我们也常常翻阅，感觉这真是一套不错的作品，除了经典性外，译文质量也比较好。盼望通过共同的努力，能够让这套书成为一套经典的引进品牌书。我们也有两个小的建议供参考：一是，每本书封面或封底都印有"该书系获得国际儿童读物联盟IBBY官方授权"字样，建议从第二辑开始，将"该书系"改为"本书系"；二是，部分文学作品在结束时缺个空白的衬页（故事一结束，就到了封底），感觉像西裤下光脚穿皮鞋，缺双袜子，呵呵。建议以后可以加上。这点我在电话里跟凤梅总编辑也曾提起过。

辛苦了，祝夏安！

方卫平

2014年7月18日 14:56（星期五）

阮征好：

发来的六部作品我们抓紧看了。

从目前的样张来看，葆拉·福克斯的 How Many Miles to Babylon? 和玛格丽特·梅喜的故事集 The Door in the Air 都还不错，可尝试引进。帕特里夏·赖特森的四部作品都可考虑，不过具体操作时，我们建议先选 The Ice is Coming。该书与选目中的 The Dark Bright Water、Journey Behind the Wind 同为赖特森幻想小说系列 Book of Wirrun 的一、二、三分册（记得我们之前邮件中甄选赖特森的作品书目时也曾提到过这一系列），如该册做得成功，后面的续册可随时跟进。A Little Fear 也不错，可以考虑加入书系的后面几辑中。关于 The Door in the Air、A Little Fear 两书作为文字书开本过小、页数太少的问题，我们觉得开本倒没关系，社里出的时候，可以把开本再做大些，文字间距做宽敞些，这样很可能比原书还美观（原书出版时间略早些，装帧形式上不像近年出的童书那样精美）。页数方面，如果做单册实在太薄（书脊都印不上字），放入书系可能不大合适，那就干脆舍弃，影响不大。

以上意见，供大家参考，如有新的想法，我们再交流。

祝夏日清凉！

方卫平

2014年8月18日 13:10（星期一）

小张你好：

两个新邮件都收到了，辛苦了。邮件中提到的相关作品，我们的看法如下：

1. 传来的 Mira Lobe 的两本图画书扫描件，第一本 *Das 5. Entlein* 故事较一般，第二本 *Eli Elefant* 依目前市面上典型的图画书形式看，字数过多，故事也没有特别出彩的地方。我们建议暂不引进。

2. Mira Lobe 的四本文字作品，可在 *Grosse Freunde - kleine Freunde* 或 *Lollo* 中先选一本，看一下样张的感觉。另外，到目前为止的国际安徒生奖获奖作家名单上并无 Mira Lobe，你查到的介绍应系误传。

3. 涅斯特林格的回忆录，放在作品中可能不大合适，能否放到书系中的理论作品部分，作为研究资料呢？

你们再商量一下，如有新的意见，我们再交流。

祝秋安！

方卫平

2014年8月29日 12:09（星期五）

小张好：

关于新发来的四位作家的作品，我和赵霞读后建议如下：

1.马克斯·维尔修斯（Max Velthuijs）的作品中，由他笔下最著名的青蛙弗洛格形象衍生出来的这一批新作，大多为幼儿玩具书和启蒙书（如翻翻书、布书、识字书、识物书等）。这些作品主要不是以图画书的艺术性取胜，而是借已有的形象品牌规划出的衍生产品。这类产品作为一般幼儿读物固然非常不错，但放在书系的图画书部分，可能品质上还有欠缺。若社里各位觉得有意向引进，可选其中一两本故事性相对较佳的作品（因只有简介，未见样张，我们一时还选不出确定的对象）做个尝试。至于维尔修斯的另两个系列（Elephant and Crocodile 和 The Little Red Hen），倒可以联系拿到一两本的样张，看看作品总体感觉，再做定夺。

2.Marcela Paz 的 *Papelucho* 一书，故事性虽不太强，但对儿童心理的把握很是到位，可尝试引进。

3.Stasys Eidrigevicius 的图画书 *The Boy with the Heart Full of Love*，画面颇有想象力，可惜故事本身过于追求新奇，作为儿童故事的逻辑感不够，插图风格可能也不适合我们文化传统中年龄较小的孩子。建议暂不引进。

4.Mohammad Reza Yousefi 的作品 *A Star Called Giant*，故事开头还不错，但中间叙述非常一般，只是市井孩子间的打闹，也缺乏更大的生活关怀。建议不引进。

以上意见，供大家参考。

上周末我与阮征友通过电话，听说她本周上班了，请代问候，谢谢！

秋凉，多保重！

方卫平

2014年10月24日22:57（星期五）

阮征好！

非常谢谢你细致的工作，实在让你费心了！

上月中旬的来信，看到你重新发送的邮件，我觉得很熟悉，应该是回复过了。查了邮箱，发现我当月19号回复的，不知何故当时忘了发出，竟然还"睡"在草稿箱里，现附后，供参考。

一路顺利，明天见！

方卫平

重发2014年9月19日的回复：

阮征：

你好！

很高兴得知你身体康复的好消息。看到你精力充沛的工作邮件，我们也放心啦。

发来的几个作品和相关的介绍，我们仔细看了，想法如下：

1. 托芙·扬松的书，作家的名字足够亮眼。从目前的译文样张来看，故事性虽不强，叙事的质感却很不错，引进应该没问题。

2. 关于《红树林的孩子》，如果缩减文字，是否需要征得作家本人的同意？具体操作上若没有问题的话，这样的处理应该可以。

3. 此次玛格丽特·梅喜的三部作品都不错。图画书 *A Lion in the Meadow* 富于童年想象的创意；*The Man Whose Mother Was a Pirate*，故事琢磨起来蛮有意思，插图也很精美；童话 *The Tale of a Tail* 中关于许愿狗的故事，既有童趣，也有思考。三本均可考虑引进。

以上情况，供大家参考。

秋凉，你们也多保重！

方卫平

2014年11月7日15:32（星期五）

阮征：

你好！

都收到了，衷心感谢！

方卫平

2015年1月15日8:26（星期四）

阮征好：

谢谢你温暖的来信。

销售情况统计也看到了。大家辛苦了。

祝福！

方卫平

2015年2月14日22:45（星期六）

阮征好：

新发来的材料，我们抓紧看了。因收到邮件时，我们临近放假，事情稍多；前几天又去香港开了一个会，所以，近来时间只能零碎使用，回复略迟些，还请见谅。

此次相关作品，我们的建议如下：

1. 关于涅斯特林格的作品，我们看了这次传来的新目录，发现其中多数作品也是此前我们曾筛选过的；目前进入书系前三辑的作品数量已够，可暂不考虑新作的列入。已选作品如能顺利出版，也可看看读者和市场的反响，在安排后面的工作。

2. Ana Maria Machado 的 *Tyrant* 一书，故事不错，插图也有趣味，可入选。如果做成一本太薄，信中提到的再合并其他作品的想法，也可行。

3. 莫里斯·桑达克插图的 *Brundibar* 一书，是桑达克与文字作者 Tony Kushner 根据一部 20 世纪 30 年代创作的歌剧改编的图画书。该书故事初看一般，但因原作在接受过程中被赋予了儿童保护和政治自由（反独裁）的双重蕴涵，桑达克的插图又为之增色，出版时在美国颇受好评。咱们的书系目前较缺国际安徒生奖获奖插画家的作品，桑达克的名字也足够经典，本书可考虑入选。

4. 智利提名作家 Alicia Morel 的 *THE DANCE OF THE HUMMINGBIRD* 一书，收入的四则故事还可以，风格也较特别，只是较为短小浅显，适合年龄段略低的孩子阅读。如你们觉得适读对象年龄低些也无妨，亦可收入。

5. 土耳其提名插画家 Feridun Oral 的两部图画书作品，故事还不错，插图尤其精美，可考虑收入。

6. 比利时提名作家 Moeyaert 的 *Brothers* 一书，初看文字不错，可尝试收入。

犹记得去年初春共赴博洛尼亚书展的时光，转眼又是将近一年过去。为书系的工作，各位都辛苦了。

孩子一切都好，谢谢你的惦念。

新春将至,衷心祝福!

方卫平

2015 年 3 月 2 日 21:58(星期一)

阮征好!

　　序文我斟酌了一下,觉得可以不改。我只在倒数第 4 自然段后面加了两小句,你看看是否妥当,如觉得不妥则请删去。

　　春节前我拍了几张照片,方便的话,序文旁的照片可否换一张?

谢谢!

　　新春已至,祝福安好!

方卫平

2015 年 3 月 26 日 22:03(星期四)

阮征:

　　你好!

　　照片和销售情况都收到啦,非常感谢!

　　谢谢你们的金华之行,给我们留下了温暖难忘的记忆。

　　祝好!

方卫平

2015 年 4 月 16 日 23:08(星期四)

阮征好:

　　我和赵霞读了发来的四册扬松作品译文,很同意来信中转述的凤梅总编辑的意见,《公平竞争》《真诚的骗子》《轻装旅行》三本确属成人文学,观其内容体式,不大适合作为童书出版。倒是前次你曾发来译文样张的《冬天之书》,除第三部分"轻装旅行"中的小说《那只松鼠》和《克拉拉的来信》不大合适外,或仍可考虑出版,理由是:

1. 该作虽也采用成人散文的笔法,但多涉及童年回忆。如我们之前邮件中所说,尽管故事性不强,叙事质感还挺好的,对于年龄略高的少年读者来说,作为散文读也可以。

2. 考虑到扬松的知名度,本辑放一本她的著作,也有助加强作者阵容。需要再加考虑的是该书最后"留言"部分,主要似是读者写给扬松的信件,其中一些读来颇具生活的喜感。如确定出版,最好能向原书出版方确认一下,是否可将"留言"改作"读者来信",去掉其中一些家庭"留言"的部分,保留读者来信部分。这样"童年回忆+读者来信"的组合,在一位世界知名儿童文学作家的作品中,既具有一定的文献价值,本身也蛮有意思的。你们觉得呢?

祝好!

方卫平

2015年6月18日11:50(星期四)

阮征好:

新发来的几个作品,赵霞和我正在抓紧看,为争取时间,先就已看过的几种建议如下:

1. 来信中提到版权洽谈竞争激烈的上桥菜穗子的《鹿王》,应是一部不错的幻想文学作品。只是不知竞争激烈到什么程度,如果抬价过于明显，也没必要勉强，可先放过，再等等看。上桥菜穗子的作品艺术感很强，不过市场反响尚需等待。

2. 詹姆斯·克吕斯编文的两本图画书（《动物园来了新成员》和《从早到晚》），看来不错，克吕斯的名字也够经典，均可引进。

3. 菲利普·普尔曼的 Sally Lockhart 系列，上次邮件来询 The Ruby in the Smoke 一书时，我们即已注意到它是该系列的第一部。不过这一系列的构成主要是都有 Sally Lockhart 一角参与，前后情节之间倒无紧密逻辑关联，且后几部有成人化倾向。考虑到这一点，我们当时没有推荐该系列的后续作品。我们的想法是先引进这第一部（其中故事具有独立性），如有需要，再考虑后续引进的事宜。倒是邮件中传来简介的另几部普尔曼作品，包括 I Was a Rat、Count Karlstein 和 The Adventures of the New Cut Gang 三本，还可再考虑。三本中，后两本与 The Ruby in the Smoke 一样设置在历史生活背景上，可先选一本。综上，建议可先引进 I Was a Rat 与 The Adventures of the New Cut Gang 两本。

传来的安德鲁托埃的作品，因篇幅较长，我们还在看，回头再写邮件交流。

祝好！

方卫平

2015 年 6 月 22 日 15:04（星期一）

阮征好：

上次传来的玛丽娅·特雷莎·安德鲁埃托的 The Girl, the

Heart and the House 一书英文稿，越读越觉得熟悉。翻找了以前的邮件，发现我们确曾谈过这部作品（2013年6月），回信原文如下：

新发来的 María Teresa Andruett 的 The Girl, the Heart and the House 一书全文，我们读了一遍，记得此前发来的这位作家的作品简介中，似乎也有这部作品。从英译全本来看，该作品的立意有些特别，表现一个处于特殊离异状态的家庭里，小女孩蒂娜如何努力想要以自己的力量使她和父亲、母亲以及有生理缺陷的弟弟重新走到一起，其中对家庭情感的书写较为细腻，但故事情节较为松散拖滞，可读性不强。从英语的译文来看，这类故事的风格有些像20世纪八九十年代的一部分中国少年小说（区别是这部小说中的主角还是幼儿），其中由全知叙述人不时站出来表达的情感，显得稍微做作了些，且缺乏现代生活的感觉。因此，我们对该作品的建议是暂缓引进。

目前我们的建议仍是如此，供大家参考。

祝假期快乐！

方卫平

2015年7月5日21:57（星期日）

阮征好：

真抱歉，因为期末前许多紧迫的工作必须完成，回复晚了，希望没有太延误你们的工作进程。

发来的《沼泽地的孩子》一书，记得文字和插图作者都是罗杰·米罗吧。我们把中译稿仔细读了一遍，认为个中故事可能因为异域色彩和后现代气息较浓的缘故，初读似易走神，其实还是颇有"嚼头"的。

图文质量都不错，作为儿童文学出版应没有问题。这篇作品的译文也蛮流畅的，只是有些小处还要再请译者仔细核对。比如，译稿第30页一段："懒惰听着听着故事又开始打呵欠了。这又快把运气惹恼了，于是她赶快又开始了下一个故事。"故事从头到尾一直是懒惰在讲故事，运气在听故事，这里的人称是否弄错了呢？至少从前后逻辑上看，似应为："运气听着听着故事又开始打呵欠了。这又快把懒惰惹恼了，于是她赶快又开始了下一个故事。"另外，《没意思的小故事》一篇中的"传话大走样"游戏，本身趣味性挺强，但因为过于照顾原文的意思，其中一部分传话的走样过程在中文语境下难以理解。比如，"咖啡粉里有蚊子"怎么一下子就传成了"十二月不会下雨"？原文中肯定存在上下词语之间的谐音附会关系，但译文中难以体现。为了保持故事的可读性，是否可以请译者再斟酌修改，将这一类"传话"的前后语也尽量译成谐音附会的关系？

　　以上意见，供大家参考。

　　祝夏安！

方卫平

2015年7月13日 11:54（星期一）

阮征好：

　　传来的 Come Down, Cat 和 DER BÄR, DER NICHT DA WAR 两书，我们仔细看了，都不错，可引进。其中，后一本（DER BÄR, DER NICHT DA WAR）除插画作者是国际安徒生奖获奖插画家埃尔布鲁赫外，故事和语言也颇有妙趣，一些富于哲思的片段让人想起《小王子》。

只是这样的作品，翻译起来难度也大些。比如，该书正题名的原意是"本来不在的熊"，与内文中"有"与"无"、"我"与"你"、"快"与"慢"等哲理思考有所照应；目前版代公司提供的"痒痒熊"如直接拿来做书名，可能不大合宜。如确定引进，建议再与译者商议如何翻译最佳。故事内文的翻译，也请编辑用心安排，尽量使译文能生动、准确地传达出原文的诗性哲思感。

我于5号动身去香港参加了第四届丰子恺儿童图画书奖决审、9号晚到达北京参加了在京西宾馆举行的全国儿童文学创作出版座谈会，前天夜里回到家。迟复为歉！

在京期间与克文社长一起参会，受他照顾多多，十分温暖和感谢！

祝夏安！

方卫平

2015年9月26日20:13（星期六）

阮征：

您好！

非常高兴收到你热情、贴心的来信，谢谢！

国际安徒生大奖书系第二辑的主编合同，我没有其他意见，也谢谢你和社领导的周到考虑。

国际安徒生大奖书系从2011年秋天正式启动，四年来留下了许多珍贵的记忆。与克文社长、凤梅总编辑和你及各位编辑朋友、整个书系团队广泛、深入的交流、互动，与各位结下的友情，也成为我们个人专业生涯里十分珍贵的记忆和财富。

前天傍晚接到凤梅总编辑的电话，昨天又接到海栖老师的电话，都说起你们有意给赵霞出一本散文集的计划。之前赵霞的习作一直得到绪源老师和《文汇报·笔会》编辑谢娟女士的鼓励，谢娟女士更是频频约稿，才使她略有了一点积累。赵霞在散文写作上刚刚试笔、起步，就得到朋友们如此厚爱，她说十分惭愧，也增添了写作的动力。

　　附件里是这两天赵霞整理的散文初稿，烦请方便时看看。不一定合适，请斟酌。谢谢你。

　　祝阖家中秋节快乐！

方卫平

2017年6月15日11:09（星期四）

阮征好：

　　我们这两天又仔细研究了你发来的书系目录，觉得这些书放在目前国内系列引进童书的出版环境下，总体质量上乘。不论图画书还是文字书，要做舍弃颇有些不忍。

　　反复想了想，觉得图画书部分，《洞》和《火焰》两本，如果读者反响平平，或可考虑去掉。前者故事有点虚幻，后者太过寓言化，寓意对孩子来说又有些勉强。安德鲁埃托的图画书（包括《火焰》）和文字书，可读性都一般，但因为是大奖作者（非提名奖）的作品，比较具有代表性，图画书的插图又都精美，大部分可暂时保留。此外若还有销售上特别走不动的作品，烦请把目录传来，我们再做进一步的考虑和甄别。

　　理论资料部分，因为不是文学作品，销售恐怕都一般。不过从文化积累和品牌建设的角度考虑，建议暂时保留为好。另外，如果已有的作品持续再版，有些图画书的译文可再进一步润色。比如《童话里的爱丽丝》中（这本书我们在教学中常用到），像"美丽的公主动情地啜泣起来"（现版12—13页）这样的译句，联系上下文，修改为"美丽的公主伤心地啜泣起来"，或许更符合中文语言表达的日常习惯和感觉，读来也许更为熨帖。

　　从品牌未来发展的角度，我们也想了一下书系目前最大的优势和进一步要突破的瓶颈是什么。我们的这套书系，总体的选文和翻译质量都保持在一个相当不错的水准线上。这对于数量这么多的引进作品来说，尤为难得。同时，从打造顶级品牌的目标看，目前需做的最大突破，就是逐渐纳入一批国外最一流的、具有全球知名度的当代图画书和文字作品，使书系在总体优质的基础上，还有一批最具代表性、读者耳熟能详的高端作品，那品牌形象就更完满了。我们再一起来努力！

　　祝夏日清凉！

方卫平

2017年6月18日 12:19（星期日）

阮征好：

　　发来的表格我们看了，觉得主要还是要看社里的意图，如果一些书目不但孩子不大喜欢，编辑也觉得难以维护，那就去掉。我们建议，正奖文字作家的作品，如数量相对多些，受众反响又很一般，可去掉若干，但至少保留代表性的一两部；正奖插画家的作品，尽量保留。这是出于书系要有支撑性作品的考虑，等今后书目中有了更多优秀的大奖作家作品，再将这些旧目替换下来。

目前书系的图画书部分，最待充实的便是来自国际安徒生奖插画家奖获得者的最优质作品。我们时常也关注这类图画书的讯息，但往往看后一查，版权已经他落，大家可能是以网罗式的密度和强度在做相关的版权引进。最近看到2018年国际安徒生奖各国提名已出浏览了一下名单，看到美国提名的插画家是 Jerry Pinkney。这位插画家的《狮子和老鼠》曾获凯迪克金奖，另有些他自写自绘的图画书（画家与其他作家合作的作品很多，但自写自绘类作品往往在图画书的形态上更典型），如 *Little Red Hen*，*The Grasshopper and the Ants* 等，好像还没看到中译本，或可试着联系，看看有无引进佳作的可能。名单上的其他作家、画家，相关的编辑也可关注一下，也许能发现不错的作品。

夏安，再联系。

方卫平

2018年3月4日10:14（星期天）

阮征好：

序言加了几句，见标红处，烦请看看是否合适。谢谢你！

方卫平

2018年4月11日9:51（星期三）

阮征好：

邮件看到了。你们辛苦了。

因为对对这两天有一点咳嗽，昨天晚上还有一点发烧症状，所以今天上午我们想带他去医院检查一下，回来尽快看有关材料。争取今天先把关于 The Fox and the Hare 一书的意见发给你。

期待金华再见。

祝福！

方卫平

2018 年 4 月 11 日 23:14（星期三）

阮征好：

传来的第四辑备选目录收到了。我们先看了最急的 The Fox and the Hare 一书，插图是真好，遗憾的是，故事本身恐怕太政治寓言化了。兔子的房子给狐狸占了，狗、熊、牛先后出来打抱不平，都未成功，最后由公鸡来主持公道。而成功者能否成功的原因，似乎就是手头是否掌握了有力的武器，以及与此相关的，报复的态度是否足够强硬。这个作品虽然借用了民间故事的结构形式，表达的却是类似"枪杆子里面出政权"的意思，固然也有理，却不是适合儿童世界的道理。包括故事最后，公鸡用它的大刀把狐狸砍倒，也不是儿童故事的好结局。尽管此书插图作者是今年新获国际安徒生奖插画家奖的俄罗斯热门作者，我们仍觉得不适合引进。事实上，整本图画书在我们看来，可读性也不强，即便引入，恐也难以成为大众读物。

欧尼可夫的插图还是很迷人的，如果有更详细的作品目录和简介（英文），从中能挑选出合适的儿童故事，会是本辑图画书的亮点。

另外一位今年国际安徒生奖短名单提名者 Pablo Bernasconi 的插图作品，风格颇为特别，但艺术的丰富性还欠缺些。从目前的作品简介来看，我们建议进一步了解其中的 Quetren Quetren、Hipo no Nada（Hippos can't Swim）和 El Infinito（The Infinite）三种。Quetren Quetren 的插图应是画家的典型画风，故事看上去也还有趣。Hipo no Nada 表达的是儿童文学中永恒的"认识自我"的命题。El Infinito 以儿童文学的形式探索富于哲思感的"永恒"话题，从目前看到的样图来看，颇具诗意和创意。

以上看法谨供你们参考。

第三辑眼看就要出版，第四辑的工作又已启动，大家都辛苦了，我们一起再加油！

周末红楼研讨会见！

方卫平　赵霞

2018 年 4 月 16 日 9:50（星期一）

阮征好！

谢谢你和张怡来红楼参加海栖新作《有鸽子的夏天》研讨会，并在会上发表见解。也谢谢你们给对对带来礼物。这几天他一直在摆弄这个新玩具，爱不释手。

我和赵霞抓紧看了你这次带来的中央编译出版社出版的玛丽亚·格里帕的"埃尔维斯成长系列"三册（《我不想上学了》《我的烦心事儿》《我的小秘密》）。此书与 2001 年河北少年儿童出版社出版的《艾尔韦斯的秘密》属一个系列，主角都是同一个有点敏感、内向和孤单的小男孩艾尔韦斯。格里帕的小说，文学的质感相当好，对小男孩的曲折、丰富、难以一语道清的独特内心世界有着沉稳、细腻而精准的把握。

从整个系列来看，略微的遗憾是，书中关于小男孩艾尔韦斯生活的书写，向内的精神探寻居多（比如关于艾尔韦斯如何下定决心鼓起勇气告诉妈妈自己交了一个不被她认可的朋友，又如何在一次次胆怯、犹豫中错过机会的叙述和描写），向外的活动打开较少。毕竟这是一个大约六七岁的年幼男孩，当多本这样的题材和风格的分册放在一起时，容易导致阅读的某些滞重感。年龄相仿的儿童读者打开这套书，恐怕很难坚持阅读太久。

另外，文化方面的隔阂或许也要考虑进去。比如《我的烦心事儿》一册，对于几个大孩子对艾尔韦斯的欺凌行为（如把他绑起来、扔进垃圾箱，往他身上浇水，合上箱盖……），作者有意用平淡的、可接受的笔墨来写，并以比较认同的口吻叙述了艾尔韦斯向父母隐瞒这一欺凌事件的合理性，在中国当下的儿童生活语境中，是不合适的。再如小说中小姑娘安娜露丝的一些语言，"我们，你和我，实际上根本不会存在，如果我们的妈妈不和爸爸们'干那个'事"，"世上已经有这么多孩子，但他们还是'干那个'，还想再增加几个，你说怪不怪？"，放在西方文化语境中没什么大问题，译成中文读起来就有些不合宜。

所以，如果考虑市场的前景，我们建议先引进《我不想上学了》一册（书名的翻译需再重新打磨），还有当年河北少儿社引进过的《艾尔韦斯的秘密》一书，可考虑同时放在一起。其他的几册，如果接着引进，翻译需要重新安排。目前几册的译文比较书面化，有一些语意或语势衔接不够自然之处。

格里帕的作品中，另有一本《神秘的公寓》，也是河北少儿社当年引进过的，探讨时间和生命的大话题，但故事性又相当强，建议引进，不知道中文版权是否还在。

中央编译出版社这套书的腰封，说是这位获奖作家的作品"首次引进中国"，其实格里帕的《艾尔韦斯的秘密》（又译《艾尔韦斯和他的秘密》）一书至少在1986和2001年各出版过两个版本（少年儿童出版社版和河北少年儿童出版社版）。

再联系，祝一切好！

方卫平

到这封信，我们为国际安徒生奖大奖书系的选编工作，与安徽少年儿童出版社各位编辑朋友的通信已经持续了多年。这些信件，记录了一段漫长、充实、辛苦、愉快的岁月。

随着通讯方式的丰富、发展，我们与编辑朋友的沟通手段、形式越来越多样了。电话、qq、微信……当然，还有经常的见面交流。

感谢我们曾经拥有一个属于email的时代，它为我们保留了这些珍贵的文字和那些难忘的时光。

方卫平记于2019年12月29日，10:23，丽泽湖畔